Dychweler erbyn y dyddiad olaf uchod
Please return by latest date above

Gwasanaeth Llyfrgell a Gwybodaeth Sir Ddinbych
Denbighshire Library and Information Service

'Paid â deud bo' chdi yn mynd yn ôl i Rwsia hefyd! Be sy'n bod ar bawb? Oes 'na ryw glwy yn mynd o gwmpas?'

'Nid Rwsia. Dwi'n gadael am Baris.'

'Pryd?'

''Fory, dwi'n meddwl. Bora 'fory, os alla i. Dwi'n teimlo ei bod hi'n hen bryd imi ddechra byw fy mywyd eto.'

'Pam wyt ti'n swnio mor ddramatig? Elli di ddim byw dy fywyd yma yn Berlin?'

'Na. Amhosib. Ma' gormod o gymhlethdoda. Mi alla i gefnu ar rei petha yn Berlin a throi dalan lân. Dwi'n gobeithio y bydd Paris yn cynnig rhywbeth newydd imi.'

'Fel be?'

'Y cyfla i ail-greu fy hun.'

Ffarweliodd y cefndryd gan siarsio ei gilydd i gymryd pob gofal. Gwyliodd Alyosha Margarita a Larissa yn cerdded fraich-ym-mraich tuag at yr S-bahn. Gwyliodd y ddwy am amser maith a'u gweld yn dringo i fyny'r grisiau fesul gris o dan bont haearn y rheilffordd nes diflannu mewn ennyd o'i olwg.

Teimlai ryw chwithdod a theimlai ryw obaith yn gymysg â'i gilydd. Trodd a cherdded o dan ei bwysau gan ffarwelio â'r ddinas fesul stryd a sgwâr. Teimlai'n hapusach a dedwyddach dyn wrth i'w sodlau fesur oriau ei ymadael.

Paris, Paris, Paris, ailadroddodd wrtho'i hun.

Paris amdani.

Ar waetha ei holl dreialon, fe deimlai Alyosha yn nwfn ei galon fod ei fywyd ar fin egino hefo'r gwanwyn.

*Carwn ddiolch i
Gyngor Celfyddydau Cymru
am ysgoloriaeth a roddodd
gychwyn ar y gwaith.*

Dim ond unwaith erioed roedd o wedi cyffwrdd â Mademoiselle Babin, a hynny pan gafodd hi ei chyflwyno i'w gyfnitherod, Margarita a Larissa, ac yntau gan ei dad am y tro cynta ychydig tros flwyddyn ynghynt.

Ar ganol llawr y stydi roedd y tri pan dywysodd ei dad hi i mewn, yn dalsyth, hyderus. Safodd y disgyblion ger ei bron. Cofiodd fod ei golar newydd galad yn tynnu'n gras am ei gorn gwddw nes peri i'w groen losgi. Hefo un llaw yn ddyfn ym mhoced ei siaced *shantung* y cyflwynodd Fyodor Mikhailovich y tri iddi fesul un.

'Dyma ferch ieuengaf fy mrawd Kozma, Larissa Kozmyevna Alexandrov, sy'n un ar ddeg oed.'

Cyrtsi.

'A'i chwaer fawr hi, Margarita Kozmyevna Alexandrov, sy'n bedair ar ddeg.'

Cyrtsi.

'A fy mab i, Alexei Fyodorovitch.'

Ysgwydodd Alyosha ei llaw yn ffurfiol. Poeth a meddal oedd ei bysedd. Aeth i'w gilydd i gyd, a methodd â sbïo i'w hwyneb, ond doedd dim swildod yn perthyn i Mademoiselle Babin wrth iddi syllu i fyw cannwyll ei lygaid. Aeth ei dad ati i esbonio fod perthynas glòs wedi bod rhwng y tri phlentyn er pan oedden nhw yn blant mân iawn.

'Yn fwy fel brawd a dwy chwaer?' gwenodd Mademoiselle Babin wrth holi.

'Yn hollol . . . dyna chi . . . fel brawd a dwy chwaer yn union.'

Noethodd Fyodor Mikhailovich ei ddannedd a gwenu arni. Ers dydd eu geni te rannodd y tri yr un llaethfam, a rhannu'r

'Biti na fasa Mam wedi cytuno i ddwad hefo ni. Fuo bron iddi 'neud, ti'n gwbod. Ond tynnu nôl yn y pen dwytha wnaeth hi . . .'

'Biti,' dringodd Alyosha i'w wely a thynnu'r flanced at ei wddw.

'Ond dwi'm yn meddwl y basa hi wedi cael rhyw lawar o flas ar wyliau. Ddim a tada i ffwrdd yn y rhyfal. Mae hi'n cael traffarth mwynhau ei hun ar y gora . . .'

Tawelodd Larissa toc. Roedd ei hanadlu wedi trymhau. Gorweddodd Alyosha yno, gorweddian a gwrando ar bob sŵn o'r tu allan, lleisiau gan fwya yn mynd a dod, a'r rheini ambell dro'n troi'n chwerthin, a'r tro arall, clepian drysau'n agor, drysau'n cau. Oesau'n ddiweddarach, pan oedd yn hanner hepian, lledodd goleuni ar draws ei lygaid, cyn duo'n ddim.

Trodd Mademoiselle Babin ei chefn tuag ato. Roedd llodrau'i gwisg yn siffrwd. Clywodd glic oeliog yn nhwll y clo. Tyfodd lamp o dan y bync isaf yn oleuni gwelw. O fewn dim ogleuodd Alyosha y cognac a'r mint y bu ei diwtores yn ei sipio ynghynt. Sbeciodd arni'n tynnu amdani'n yr hanner gwyll. Gwnaeth hynny'n ddi-lol a'i chefn tuag ato, a sbec sydyn ar suddo a dadsuddo ei hysgwyddau noethion oedd yr unig beth a welodd. Tynnodd ei dillad isaf o dan ei choban. Camodd wysg ei hochor a'u dodi nhw o'r neilltu mewn bag lledar brown o dan ei gwely. Tynnodd grib o'i gwallt, ysgwyd ei phen nes sbydu'r pinnau'n rhydd; llaciodd a thywalltodd tros ei hysgwyddau, a than hanner hymian yn dawel wrthi hi ei hun, eisteddodd i'w frwshio. Wrth iddi benlinio i weddïo wrth erchwyn ei gwely wedyn, bochiodd ei choban.

Methodd Alyosha gysgu. Roedd ogla *l'Heure Bleue* ymhob cilfach o'r compartment. Dechreuodd ddychmygu fod Mademoiselle Babin yn ei gusanu, yntau'n ei chusanu hithau hefyd. Dychmygodd flasu ei chroen trwy lyfu ei gên (brathu ei gên a'i gwên . . .) i lawr ei gwddw (blas ei gwddw . . .), ac yn ei flys (blas ei chwys . . .), dros ei bronnau (ar draws ei bronnau . . .), i lawr dros ei bol, yn is ac yn is. Rhwng ei fys a'i fawd gwasgodd flaen ei fin rhwng dau ewin nes magodd wayw byw.

11

Yn nechrau Awst, danfonodd Fyodor Mikhailovich Alexandrov ei wraig Inessa, ei ddau fab a'i ddwy nith i ddal y trên i'r Crimea. Cafodd eu cistiau a'u cesus, a'u holl drugareddau eraill i gyd, eu danfon i orsaf Nicholevski gan *chauffeur* y teulu mewn motor-car arall, nes roedd y mwstwr mwyaf ar y platfform wrth i'r porthorion fynd ati i stacio, storio a chordio'r cwbwl. I dendiad ar Inessa danfonodd ei gŵr ddwy forwyn ac un gogyddes, yn ogystal â morwyn sugno i Georgik, a oedd ond yn chwe mis oed.

Yn rhan o'r gwmnïaeth hefyd roedd tiwtores breifat o Angoulême, a oedd wedi bod hefo'r teulu ers dros flwyddyn yn unig. Dywedodd ei fam wrth Alyosha:

'Yn yr un compartment y byddwch chi'ch pedwar yn cysgu.'

'Pedwar?'

'Mademoiselle Babin, dy ddwy gyfneithar a chditha.'

Teimlai Alyosha ei hun yn gloywi trwyddo. Tair ar ddeg oedd o, a dim ond wyth mlynedd yn hŷn oedd Mademoiselle Babin. Yn y compartment, roedd dau fync moethus o boptu i'w gilydd. Mynnodd Larissa gael cysgu ar y bync uchaf, uwchben ei thiwtores. Dewisodd Alyosha yr un gyferbyn â hi, a Margarita oddi tano fo.

Wrth i'r trên ruthro trwy fforestydd mawrion Rwsia y noson honno, tynnodd y tri amdanyn, gwisgo eu dillad nos a dringo i'w gwlâu. Ar ôl darllen am ryw hyd, aeth Margarita i gysgu o fewn dim, ond cafodd Larissa ac Alyosha hwyl wrth ei chosi hefo pluan o dan ei thrwyn.

'Dwi 'di edrach ymlaen ers wythnosau,' sibrydodd Larissa.

'Finna hefyd.'

HAF 1916

The tramroutes remained unchanged but no one knew the route of history.

Ilya Ehrenburg

i Elen

ⓗ Wiliam Owen Roberts

Argraffiad cyntaf: 2008

ISBN 978-1-906396-10-7

Cyhoeddwyd gyda chymorth ariannol
Cyngor Llyfrau Cymru.

Cyhoeddwyd gan Gyhoeddiadau Barddas
Argraffwyd gan Wasg Dinefwr, Llandybïe

PETROGRAD

Wiliam Owen Roberts

Cyhoeddiadau Barddas
2008

llygaid oddi ar yr actor, yn sbecian draw ond yn cogio hefyd ei bod hi ddim yn gwneud hynny. Safodd Alexei Dashkov am hydoedd, gan bwyso un llaw ar gefn ei gadair, a'r llall ar ei glun. Bob hyn a hyn byddai'n codi sigarèt i'w wefusau ac yn yfed coffi tywyll o gwpan, a oedd bron mor fychan ag ecob. Roedd Inessa mewn perlesmair. Cofiodd dorri ei lun o wahanol gylchgronau pan oedd yn hogan bedair ar ddeg oed a'u gosod ar y parad nesa at ei chlustog.

Cusanai ei wyneb bob nos cyn mynd i gysgu. Roedd ei enw'n hawdd i'w gofio – gan iddi alw ei mab ar ei ôl o – Alexei. Yn y cnawd, edrychai'r actor yn llawer iau na'i oed. Roedd ganddo esgyrn cryfion a chroen iach, a llygaid llwydion fymryn yn segurllyd – fel llygaid madfall mewn tes – ac edrychiad a feithrinodd, heb os, wrth ei weld ei hun mewn pictiwr ar ôl pictiwr yn pwyso ei benelin ar gaead piano, yn tynnu ar sigarèt mewn *holder* er mwyn araf droelli modrwyau o fwg llwydlas tros ei wefusau wrth syllu'n ddwfn i lygaid ei brif actores.

Meddai ar ryw lonyddwch diegni, ond llonyddwch oedd o, fel y gwyddai pawb, a guddiai drybestod chwantus, anifeilaidd a'i gwnaeth yn eilun rhywiol digwestiwn i filoedd ar filoedd o ferched. Bu farw ei wraig gyntaf tan amgylchiadau na chafwyd eglurhad boddhaol arnyn nhw erioed. Bu pob math o sibrydion digon aflan yn clecian trwy weiars teligram rhwng Moscow, Petrograd ac Odessa, lle roedd gwreiddiau Alexei Dashkov.

Cafodd ei gyhoedd fwy byth o achos siarad pan redodd i ffwrdd hefo gwraig cyfarwyddwr artistig Tŷ Opera Moscow i'r Hotel de Paris ym Monte Carlo. Gadawodd ei gŵr a'i phlant ar ôl, a gadael y sgandal fwyaf ers cyn co, a sgandal a fynnodd lusgo ymlaen am fisoedd lawer yng nghylchgronau Rwsia cyn marw'n ara deg. Roedd amryw o'r farn y byddai hyn yn rhoi'r farwol i yrfa Alexei Dashkov, ond fel arall yn hollol y bu, ac aeth o nerth i nerth a phawb (heblaw am yr Eglwys, a fu'n llawdrwm arno fo a'i debyg o'r cychwyn), yn meddwl ei fod yn dduw.

edmygu ei chorff – a oedd yn ddim ond cnawd ac esgyrn o dan ei gwisg.

'Taw â dy hen rwdlian gwirion . . .'

Eisteddodd gweddill eu bwrdd ond safodd yr actor a'r actores er mwyn i bawb o bobol y Pafiliwn gael eu gweld yn iawn.

'Ddim hen rwdl ydi be dwi newydd ddeud o gwbwl, siŵr . . .'

'Be? Ti'n 'i feddwl o bob gair?'

'A phob un sill . . .'

Rhwng ei bys a'i bawd, pinsiodd hi ei foch yn galed nes gadael ei hôl am eiliad ar ei gnawd heulog.

'Un drwg ar y naw wyt ti, Alexei Alexeivich . . . Be oedd hyn ddeudist ti amdana i yn y *restaurant* neithiwr?'

'Ydan ni'n barod i ordro?' holodd Fyodor, a oedd yn sychedig iawn.

'Hisst, 'nei di?'

Roedd Inessa yn dal i glustfeinio.

'Fi yn deud rhywbath cas amdanach chdi yn dy gefn, 'y mlodyn gwyn i? O, Nina! Pwy sy' 'di bod yn trio codi hen gynnan rhyngddan ni?'

'Ti'n meddwl mai ddoe ges i 'ngeni?' holodd yr actores yn chwareus.

'Dwi'n mynd i ordro cwrw,' dywedodd Fyodor ar ei ben.

Gwgodd Inessa. Daeth gweinydd i'r fei. O fewn dim, daeth y bwyd a'r diod. Sylwodd Alyosha fel y methai ei fam â thynnu ei

27

Amrywiai'r byrddau crynion o ran maint. Ar ganol y llawr roedd y byrddau mwyaf, a'r rhai lleiaf at yr ochrau.

'Dwi isio ista yn fan'cw,' gorchmynnodd Inessa un o'r gweinyddion.

Eisteddodd y teulu, ond teimlodd Fyodor yn annifyr pan welodd fod y dyn heb goesau yn eistedd ar y bwrdd y tu ôl iddo. O fewn dim, cododd rhyw gynnwrf brwd trwy'r lle. Gan fod Inessa â'i chefn at y brif fynedfa, ni welodd hi'r actores enwog Nina Charodeyeva yn camu heibio i'r byrddau mewn gwisg werdd hawdd gweld trwyddi a het enfawr ar ei phen. Gwraig fain iawn oedd hi, gwraig a oedd wedi arfer ei llwgu ei hun ac o dan ei llygaid roedd cysgodion gleision.

Gwirionodd Larissa:

''Drychwch pwy sy'n fan'cw, Modryb Inessa.'

Trodd Inessa ei phen i weld Nina Charodeyeva yn peri i fwrdd o bobol godi i'w chyfarch. Cododd a chusanodd rhyw ddyn canol oed, moel gefn ei llaw. Sylwodd Alyosha fel y fferrodd llygaid ei fam. Y nesaf i dalu gwrogaeth i'r actores – a oedd wedi gosod gwên lydan ar ei hwyneb – oedd yr actor enwog Alexei Dashkov.

'Nina, 'nghariad i,' dywedodd yn llawn o smaldod rhagrithiol wrth godi ei law esgyrnog at ei wefusau.

'Pam mae pawb yn rhythu arnyn nhw?' holodd Fyodor yn uchel.

'Hisst!' harthiodd Inessa heb dynnu ei llygaid oddi ar yr actor.

'Ti'n edrach yn dlysach nag erioed,' roedd Alexei Dashkov wedi cydio yn nwy law Nina Charodeyeva er mwyn smalio

26

hefyd, ac wedi dwad o hyd i lond dwrn o gerrig duon, gloyw a sgubwyd i'r lan yn sgil rhyw lanw a'u gadael ar drai y Môr Du. Hogyn braidd yn swil a di-ddweud oedd Dimitri ond gwelodd Alyosha ei gyfla i gael ffrind.

'Pwy?' holodd Inessa.

'Dimitri,' atebodd ei mab.

'Wrth gwrs ceith o ddwad hefo ni am fwyd i'r Pafiliwn.' Cysgododd ei llygaid hefo'i llaw, 'Croeso aton ni.'

'Diolch,' atebodd yn swil.

Yn ôl ei harfer, mochelodd Inessa rhag yr haul tan barasôl llydan tra oedd Mademoiselle Babin eisoes yn ei gwisg nofio, a'r cwbwl a wnaeth oedd tynnu un dilledyn amdani, ac roedd yn barod i orwedd er mwyn torheulo trwy'r pnawn.

Heriodd Fyodor Mikhailovich Margarita, Larissa, Alyosha a Dimitri i'w ganlyn ar draws y traeth, ond pan gyrhaeddodd fin y dŵr, am ryw reswm, gwgodd mwya'r sydyn, tywyllodd ei wedd a newidiodd ei feddwl. Neidiodd y plant i'r tonnau nes plymio tros eu pennau. Roedd Larissa yn nofwraig debol ac aeth allan ymhell gan herio Dimitri i ras. Nofiodd Alyosha i'w canlyn a Margarita ar ei ôl o. Gorweddodd y tri ar wastad eu cefnau yn y môr tan syllu fry i'r wybren. Ar ôl sbel, syllodd Alyosha tua'r lan, lle safai ei dad ar gwr y lli, yn gwylio dau ddyn yn cario dyn ifanc heb goesau i fyny'r traeth at gadair olwyn.

Adeilad wedi ei godi ar bolion pren praff uwchben y môr oedd y Pafiliwn. O amser cinio hyd yn hwyr y prynhawn, byddai'r lle yn orlawn o bobol yn cerdded i fyny'r grisiau pren o'r traeth, er mwyn cael hoe rhag gwres tanbaid yr haul, ac yfed sgwash lemwn, coffi, te neu win a chwrw. Roedd wastad ryw awel addfwyn yn chwythu trwy'r lle nes codi fymryn ar ymylon lliain y byrddau.

'Cael traffarth cysgu?'

'Ddim felly, na.'

'Gobeithio na cha inna chwaith.'

Sychodd eu sgwrs; bu eiliad o dawelwch.

'Bob dim wedi bod yn hwylus felly?'

'Hyd yma.'

Noethodd ei ddannedd a gwenodd arni. Trodd Inessa ar ei sawdl a cherdded i mewn i'r *dacha* tra dilynai Fyodor yn ôl ei throed fel rhyw drafaeliwr blawd a oedd newydd alw heibio i werthu llwyth. O hirbell, ymlwybrodd Alyosha ar eu holau.

Tywysodd ei fam ei dad i'w lofft, a sŵn eu traed ar y llawr parquet gloyw yn boddi eu siarad.

'Chofiodd Alyosha erioed adeg pan oedd y ddau yn cysgu hefo'i gilydd. Roedd eu llofftydd yn fydoedd ar wahân, yn eiddo preifat hollol i'r naill a'r llall. Felly roedd hi nôl yn Petrograd; felly hefyd ar wyliau yn y Crimea.

Ni welodd ei fam erioed yn mynd i lofft ei dad, ond amryw byd o weithiau fe glywodd ei dad yn llusgo draw at lofft ei fam: cysgod mud yn symud trwy'r rhimyn goleuni o dan ei ddrws o tuag at ei drws hi; cnoc ysgafn a llais yn sibrwd, rhyw sisial isel yn galw'i henw, a gair neu ddau. Weithiau, byddai'r cysgod yn sleifio yn ei ôl a 'mlaen am sbel nes y byddai drws yn agor. Dro arall byddai distawrwydd . . .

Drannoeth fe aeth Fyodor Alexandrov i'r traeth hefo'r teulu. Ivan Kirilich y *chauffeur* a ddanfonodd bawb. Roedd Alyosha wrth ei fodd pan ddaeth o hyd i ffrind newydd, hogyn o'r enw Dimitri, llibyn main, pryd tywyll y cyfarfu ag o ryw deuddydd ynghynt wrth lolian ar hyd y traeth. Rhyw gymowta hel cregyn hefo Margarita a Larissa roedd o ar y pryd, a'r tri wedi dilyn eu trwynau, nes cerdded heibio i'r penrhyn coediog yn y pellter a dwad i draeth arall. Gwneud yr un peth roedd Dimitri taro'i gap ar ei gorun. Camodd Fyodor Mikhailovich i'r haul yn ei fresys a'i het bowler a'i grysbas du tros ei fraich a dau bapur newydd – y *Ryetch* a'r *Novoye Vremya* – o dan ei gesail.

Teimlodd Alyosha gywilydd o'i dad. Roedd ei wisg a'i wedd a'i holl osgo mor anaddas mewn gwres mor llethol. Roedd yn arfar bod yn ddyn golygus hefo trwch o wallt a mwstàsh du, ond roedd o bellach wedi dechrau twchu a thagellu, yn chwythu mwy wrth gerdded, a'i lygaid bob amsar yn gochlyd a braidd yn boenus i edrach arnyn nhw yn hir.

Holodd ei dad:

"Lyosha? Ble mae dy fam?"

Pan atebodd hi, trodd Fyodor Mikhailovich i'w gweld yn sefyll ar y grisiau. Ysgwydodd lwch y ffordd oddi ar ei het a'i tharo'n ysgafn ddwywaith, dair yn erbyn pen y postyn isaf, cyn camu ati, ond gan ei bod hi ddwy ris yn uwch, ar ogwydd, gwyrodd Inessa ei boch tuag at wefusau sych ei gŵr.

'Sut ma' petha?'

'Cystal â'r disgwl.'

Gan y mynnai Inessa wisgo het wellt lydan i arbed ei chroen rhag yr haul roedd ei hwyneb yn glaerwyn. A phawb arall wedi magu dipyn o liw, parai hyn iddi edrach fel petai yn perthyn i ryw lwyth o bobol ddiarth. Chwythodd Fyodor ei wefusau a llyfnu ei fwstàsh hefo'i fys a'i fawd.

Dywedodd ei wraig:

'Mae hi 'di bod yn boethach.'

'Sut ma'r mosgitos 'leni?'

"Di cadw draw hyd yn hyn.'

23

Cynigiodd Alyosha ddarllen llythyr Vadim iddi.

'Fasach chdi?'

Diolchodd yn swil tan fynd yn dawel, yn llonydd ei chorff, heb symud dim ond gwrando'n ddwys. Pan orffennodd Alyosha y llith, cododd a dododd Dunia y babi yn ei grud ond cyn cau botymau ei blows, dywedodd,

'Os ti isio.'

Roedd ceg Alyosha yn grimp a'i dafod yn dew.

'Am ddarllan y llythyr cystal? Leciat ti? Am un eiliad rwan, ro'n i'n teimlo fod Vadim yma hefo fi.'

Cododd Dunia ei law yn ara a'i rhoi i orwedd yn wastad ar ei chnawd. Roedd ei bron yn gynnes. Gosododd ei law arall ar y llall. Yr hyn a synnodd Alyosha fwya oedd mor galed oedd y ddwy.

Deffrôdd o'i drwmgwsg fel o freuddwyd. Sŵn corn yn hwtian. Dyna feddyliodd iddo ei glywad, ond dyna glywodd Alyosha wedyn, ond yn agosach y tro yma wrth i'r injian duchan a phesychu wrth dynnu i fyny'r lôn. Gwelodd Oxana ac un forwyn arall yn rhedeg allan o'r *dacha* – a'r ddwy eisoes yn tynnu eu harffedogau – wrth glywed y motor-car yn dwad i stop a chrib y brêc yn cael ei godi'n stowt.

Sodrodd Alyosha ei draed ar y ddaear, gwthio'r hamoc draw â'i glun wrth godi a cherdded draw yn ei siwt gotwm ysgafn, ei het wellt a'i chantel llydan, a'i 'sgidiau gwynion swel, a wnaeth crydd yn unswydd iddo ar gyfer y gwyliau, fel y gwnaeth bob blwyddyn. Closiodd at y glwyd haearn bwrw lwyd, a rhwng y bariau, gwelodd fod Ivan Kirilich, y *chauffeur*, eisoes wedi

'Dwi'n gweld ei golli fo'n ofnadwy . . .'

Meddyliodd Alyosha am hiraeth ei Fodryb Ella, mam Margarita a Larissa. Hawdd y gallai o ddychmygu ei bod yr eiliad honno yn poeni ei henaid am ei Ewyrth Kozma, a oedd wrthi'n cwffio ar y ffrynt ers dechrau'r rhyfel.

'Weithia, dwi bron â chael fy llethu wrth boeni amdano fo.' Holodd yn daer wrth gydio yn ei fysedd, 'Ti ddim yn rhy ifanc i allu dallt hynny, wyt ti?'

'Na.'

'Dyna pam dwi mor ddeddfol, ddwywaith dair y dydd weithia, bob dydd, yn gweddïo gweddi'r Grawys yn y gobaith y daw Vadim nôl adra ata i'n iach.'

Gan symud mor fud â lleian, dododd y babi ar ei hysgwydd a phatio'i gefn pan aeth i morol rhywbeth. Dychwelodd, a dangosodd lythyr i Alyosha.

'Rhywun arall sgwennodd o tros Vadim, a rhywun arall wnaeth ei ddarllan o i mi yn Petrograd . . . Ti'n nabod Oleg, brawd Oxana?'

'Ydw.'

'Hen hogyn ffeind ydi o, y siort ora, chwara teg. Mi ddysgodd Oleg 'i hun i ddarllan a sgwennu ar y môr, ond 'chafodd Vadim na finna 'rioed y cyfla i ddysgu darllan na sgwennu.'

Llonydd hollol oedd y *dacha* a Gosha'n cysgu'n dawel. Teimlodd Alyosha fod Dunia'n falch o'r cyfle i fwrw dipyn ar ei bol. Gan ei bod hi'n weddol newydd i'r teulu, doedd hi ddim yn nabod Oxana a'r morynion eraill gystal ag yr oeddan nhw'n nabod ei gilydd. Ychydig iawn o sylw a wnaeth ei fam ohoni ar wahân i fynnu fod y babi yn cael ei fochal rhag yr haul.

21

Cyn ychwanegu yn ddidaro:

'Waeth ichdi heb na chuddio ddim. Pam na ddoi di i mewn?'

Oedd hi'n mynd i achwyn wrth ei fam? Dyna oedd yn cnoi trwy'i ben wrth iddo ddringo i mewn. Doedd dim dewis ganddo ond mynd ati a cheisio ei darbwyllo i ddal ei thafod a safodd yno gan edrach fymryn yn llywaeth a gweld bod Dunia yn dal ar ei heistedd heb 'styrbio dim, yn siglo'r babi'n bwyllog yn ei breichiau. Syllodd y ddau ar ei gilydd am y tro cyntaf erioed. Dynas bump ar hugain oed oedd hi, fymryn yn dew a'i chroen yn llyfn ac yn iach. Fel pawb arall, roedd Alyosha yn gwybod ei bod hi mewn galar oherwydd i'w babi farw yn sydyn o ryw aflwydd rai wythnosau ynghynt.

'Nes ata i, ty'd.'

Patiodd y gwely.

'Ista'n fa'ma.'

Syllodd Alyosha ar ei frawd bach yn bwydo, yn sugno'n farus ar ei bron.

'Gad inni ddwad i nabod ein gilydd ein well.'

Teimlodd yn dawelach ynddo'i hun pan ddywedodd Dunia na fyddai'n rhedeg at ei fam i redeg arno. Soniodd am ei gŵr, a 'listiodd yn y fyddin pan dorrodd y rhyfel rhwng yr Almaen a Rwsia ddwy flynedd ynghynt.

'Doedd dim math o isio'i weld o'n mynd arna i, ond roedd o'n teimlo'n gry mai dyna oedd y peth iawn i'w 'neud ac y dylai o 'neud ei ran fel pob Rwsiad o'r iawn ryw.'

Bu'n cwffio ym mrwydr Tannenburg, ac o gwmpas Llynnoedd Masurian wedyn. Roedd hi'n wyrth ei fod o'n dal yn fyw o hyd.

Defod Oxana oedd mynd o gwmpas i ddiffodd y lampau paraffîn a chloi'r caeadau rhwyllog ar y drysau a'r ffenestri ar ôl i bawb noswylio. Wedi i'r *dacha* lonyddu, sleifiai Alyosha allan trwy ffenest ei lofft (a'i ffrâm bren yn dal yn boeth o dan ei gluniau wedi gwres y dydd), tan rowndio'n dawel, droednoeth yng nghysgodion yr adeilad nes dwad i wardio o dan ffenest Madamoiselle Babin.

Llechai yno, ac ogla'r coedydd pîn yn gryfach yn ei ffroenau ar awel y nos. Sbeciai i mewn i'w hystafell, craffai ar ei thrwyn smwt a'i cheg fechan a'i gwallt melyn, llaes. Yn ei gŵn nos wen, eisteddai o flaen y drych bob nos yn plicio'i haeliau er mwyn eu troi'n ddau fwa main tan syllu'n hir i'w llygaid hi ei hun, ei llygaid duon crwn – yn union fel llygaid pysgodyn. Dro arall byddai'n clicio a dadglicio ei leitar wrth syllu ar y fflam fach yn bownsio i fyny ac i lawr o'i blaen hefo rhyw olwg flin ar ei hwyneb a'i thalcen wedi crychu. (Am be oedd hi'n meddwl, ceisiodd Alyosha ddyfalu.) Doedd hi byth yn smocio yng ngŵydd y teulu, dim ond pan oedd hi ar ei phen ei hun . . .

Am oriau hefyd, byddai'r diwtores un ai'n eistedd ger y bwrdd yn 'sgrifennu llythyrau – tan edrych yn bell a synfyfyrgar, ac, o bryd i'w gilydd, yn ochneidio'n llesg – neu dro arall byddai'n gorweddian ar ei gwely yn darllen, a mwy nag unwaith fe aeth i gysgu â llyfr agored ar ei brest. Ar ôl nosweithiau o chwantu ei gweld yn noethlymun gerpyn yn ei chnawd, roedd Alyosha wedi dechrau 'laru. Siom a diflastod a gafodd o'r noson honno hefyd wrth syllu arni'n sgriblo ac yn sgrwnsio'r papur am yn ail. Roedd rhyw olwg hiraethus arni.

Wrth droi nôl am ei wely, chwalodd cragen fôr yn siwrwd o dan ei sawdl, a hynny o dan ffenest morwyn sugno Gosha, a'r caeadau wedi hanner eu cau. Eistedd draw yn y cysgodion pellaf ar ei chadair siglo roedd hi, a chododd Dunia ei llygaid (a chylchoedd duon, dyfnion o danyn nhw) yn ara deg.

Doedd dim braw yn ei llais pan ddywedodd:

'Dwi 'di gweld dy gysgod di'n sleifio heibio bob nos.'

19

merched ifanc yn eu dillad gwynion a'u chwerthin golau yn hwylio heibio a'u cluniau'n frown.

Un dydd adnabu Andrei Petrovich Vengerov, Prif Reolwr-gyfarwyddwr Banc Masnachol Azor-Don, bancar ei dad mewn crys llewys byr glas, trowsus cwta a sandalau gwynion. Cerdded yng nghwmni ei wraig a'i unig ferch roedd o, a'r tri yn llyfu hufen iâ. Dim ond newydd gyrraedd o Petrograd roedd y teulu, ac yn lletya uwchben yr harbwrdd yn yr Hotel Billo.

'Sut mae'ch tad?' holodd Andrei Petrovich. 'Ydi o'n bwriadu cael rhyw hoe o'i ffatri yr haf yma?'

'Mi ddeudodd y basa fo'n cyrraedd yma at ganol y mis.'

'Falch o glywad. Dydi Fyodor Mikhailovich ddim yn ddyn i laesu dwylo ydi o?'

'Na . . .'

'Cofiwch fi ato fo'n annwyl, Alexei Fyodorovitch.'

Ymlwybrodd Andrei Petrovich yn ei flaen, fraich-ym-mraich â'i wraig, a wisgai ddillad fflanel gwynion, llachar. Gwraig dal, osgeiddig oedd hi, fymryn yn dalach na'i gŵr. (Pam roedd hynny wastad yn taro Alyosha fel rhywbeth od?) Clywodd ei fam yn siarad amdani un noson. Roedd hi'n caru yng nghefn ei gŵr hefo'r bardd Bessonov a'r garwriaeth yn weddol hysbys i bawb o fewn rhai cylchoedd heblaw am Andrei Petrovich. Y tu ôl i'r gŵr a'r wraig roedd eu clompan o hogan dew wedi rhyw hanner troi i gil-sbecian tros ei hysgwydd ar Alyosha – tan wenu'n smala o dan ei pharasôl – nes i'w mam ei siarsio'n swta,

'Galina, ty'd yn dy flaen i loetran.'

18

pleser mwyaf iddi oedd fod ei Modryb Inessa yn fodlon mynd â hi i swpera allan o dan y sêr ar *verandah* y casino a hithau yn gallu clywed bwrlwm bywyd y tu mewn. Gwnâi hynny iddi deimlo yn llawer hŷn na'i hoed.

'Ond paid â sôn gair wrth dy fam pan ei di nôl adra i Petrograd,' siarsiodd Inessa hi.

Roedd gan ei modryb y gallu i beri i Larissa deimlo ei bod hi'n rhywun arbennig.

Gan ei fod ar wyliau, câi Alyosha wneud fel y mynnai, er bod ei dad wedi ei siarsio cyn cychwyn iddo fachu ar ei gyfle i astudio. Paciwyd un gist yn llawn llyfrau ar gyfer y plant, ac er i Mademoiselle Babin annog y tri i ddarllen rhyw ben bob dydd, ni thrafferthodd neb ond Margarita i'w hagor. Yn amlach na heb, gorweddai Alyosha yn ei hamoc o dan ddail y gypreswydden ym mhen pella'r ardd yn teimlo amser yn toddi.

Âi ei fam a Larissa a Margarita hefo Dunia a'r babi, a'r naill neu'r llall o'r morynion, i'r traeth bob dydd neu, os byddai'n codi'n wirioneddol chwilboeth, am bicnic cysgodol i Erddi Livadia, ac ambell waith fe aent am dro i Fae Ghurzuv, a Georgik yn gwirioni wrth weld y tonnau geirwon yn torri ar ei greigiau. Fe aeth Alyosha sawl tro, ond buan y dechreuodd alaru ar gwmni ei fam a'i ddwy gyfnither. Roedd o'n ysu am gwmni hogiau o'i oed ei hun. Y rhan fwya o'r amser ni wyddai be i wneud hefo fo'i hun gan ei fod yn teimlo mor annifyr yn ei groen. Teimlai'n ysol o gocwyllt, a chan ei fod mor ddi-hwyl, byddai'n ei halio'i hun yn ddidrugaredd nes teimlo ei ben yn binnau poethion, ei waed yn berwi tu ôl i'w lygaid, ei galon yn ei churo'i hun yn garreg a'i geilliau'n hesb a chrin.

Lle bynnag yr âi, lle bynnag yr edrychai, roedd cnawd i'w weld ym mhobman wrth chwarae set o dennis neu wrth eistedd y tu allan i'r cafés neu pan safai'n ddiamcan rhwng stondinau'r farchnad ddyddiol; neu hyd yn oed wrth wylio'r llongwyr wrth eu gwaith draw'n yr harbwrdd, byddai rhyw hogan ifanc yn bownd o ddwad i'r fei. Gwagsymerai am oriau ar y cei yn syllu ar y gwragedd yn eu gwisgoedd haf a'u

17

liain gwyn y bwrdd, ac ar ben pob dim, roedd yn chwys diferyd a'i geseiliau'n wlyb.

Bwyta a gorweddian a wnâi Inessa – a darllen, weithiau – ac, os deuai rhyw chwiw drosti ar ôl swpera, byddai ei bysedd yn llithro i fiwsig yr hen biano Bechstein honno a fu yn y *dacha* ers cyn co, ond na fu erioed mewn tiwn. Roedd Margarita yn codi'n gynnar bob dydd tra oedd Larissa yn codi'n hwyrach. Weithiau byddai Margarita wedi cerdded i lawr i'r dre ac yn ôl cyn i'r bwrdd brecwast gael ei hwylio.

'Be sy' 'na i'w weld?' holodd ei chwaer fach yn biwis pan gafodd ei deffro wrth i Margarita wisgo amdani ar doriad y wawr un bora.

'Pob math o betha.'

'Fel be?'

'Y dydd yn deffro. 'Drycha . . .'

Agorodd y caeadau rhwyllog a'u gwthio am draw.

'Bob dim yn ogleuo'n ffresh. Y morynion yn cadachu gwlith y nos oddi ar fyrddau'r cafés. Y gweision yn brwshio dail oddi ar y llwybrau tua'r traeth, a'r tywod yn dal yn oer a llaith . . .'

'A dyna ni? Dyna'r cwbwl?'

'Ti'n rhy ifanc i ddallt.'

Yr hyn roedd Larissa yn ei fwynhau yn fwy na dim oedd nofio yn y môr, rhwyfo cychod, bwyta picnic a llyfu hufen iâ o dan gysgod y pinwydd, ac yn fwy na dim – yr hyn a roddai'r

16

Sestrovetsk pan est ti'n sâl, yn crynu o dan y twmpath dillad 'na hefo gwres uchal?'

Roedd Larissa yn casáu cael ei hatgoffa o hynny.

'Oes rhaid i chdi fod mor gyfrifol trwy'r amsar?'

'Ddim isio i chdi ddiodda' eto rydw i,' atebodd wrth setlo'i het hefo'i dwy law ar ei phen.

'Chwaer i mi wyt ti – ddim mam.'

Sgipiodd Larissa draw at Alyosha, cipio'i gap morwr nes peri i hwnnw orfod rhuthro ar ei hôl a hithau yn dal y peth o'i afael yn uchel uwch ei phen. O fewn dim roedd eu cistiau wedi eu llwytho i dri motor-car benthyg, a gyrrwyd hwy i ben eu taith trwy'r pentrefi Tartar, ar hyd y lonydd culion igam-ogam, heibio i'r *villas* gwynion a'u palmwydd llonydd, y coedydd lelog a'r coed pisgwydd, heibio i dai isel a godwyd mewn gerddi o fewn waliau cerrig melyn golau a'u llwyni magnolia, nes gyrru i mewn i Yalta dair awr yn ddiweddarach a llgada pawb yn llwch.

Ar ôl cyrraedd y *dacha*, fe sgafnodd hwyliau pawb. Roedd hyd yn oed Georgik wedi sirioli ac yn sugno'n fodlon ym mreichiau Dunia, a hithau'n ei suo i gysgu trwy ganu hwiangerddi. Dadbaciwyd a chartrefwyd – a'r brif forwyn Oxana a'r morynion eraill yn gosod trefn a rhoi pob un dim yn daclus yn ei le. Oherwydd grym y gwres, cedwid y ffenestri ar agor led y pen trwy'r dydd, ac o bryd i'w gilydd clywid sŵn olwynion troliau a chlip clopian carnau'r merlod bychain yn eu harneisi gleision yn glir o'r ochor bella i'r berllan wrth ddringo i fyny ac i lawr y lôn.

Sgafnodd gwisgoedd Larissa a Margarita, a phan gamodd Mademoiselle Babin ar y *verandah* i swpera y noson honno, sylwodd Alyosha nad oedd dim rhyngddi a'i chnawd ond un flows denau.

Cafodd Alyosha drafferth i roi ei feddwl ar orffen ei fwyd, a gwnaeth lanast o bethau trwy dywallt ei wydryn o *kvas* tros

'Fel 'swn i'n mygu . . . 'Ots gen ti agor y ffenast ryw fymryn . . .?'

Cododd Alyosha ar ei draed.

'Ti'n siŵr na 'neith y sŵn ddim deffro'r genod?'

Rhuodd oerni'r nos i'w wyneb.

'Alla i gysgu hefo chi?'

'Alli di be?'

Camodd yn ôl i'w wely.

'Deud eto . . . 'Chlywis i ddim . . . Alli di be?'

Cogiodd ei fod wedi dechrau mynd i gysgu.

Fesul awr ar y trydydd dydd poethodd yr haul nes crasu'r wybren yn las llachar melltigedig a dywalltai ei wres tanbaid tros y byd. Deuddydd o siwrna fuo hi o Petrograd i Dde Rwsia.

Cyrhaeddwyd Simferopol toc wedi hanner dydd. Un diwrnod ac un noson yn unig a dreuliwyd yn nhes blin ei strydoedd gan fod Georgik mor biwis – yn crio byth a hefyd.

'Y tywydd poeth yma sy'n dechrau deud ar Gosha bach,' mynnodd Inessa, a gorchmynnodd y fam-faeth Dunia i gadw'r babi yn y cysgod.

'Dwi wrth fy modd hefo'r gwres,' daliodd Larissa ei hwyneb at yr haul a'i llygaid ynghau.

'Cymer ofal na chei di'm gormodadd ohono fo,' siarsiodd Margarita yn ddoeth. 'Ti'n cofio'r ha hwnnw ar lan y môr yn un forwyn hefyd un haf pan aeth y ddau deulu ar wyliau i'r Crimea hefo'i gilydd. Am fod y plant mor ffond ohoni, gwrthodai Margarita, Larissa ac Alyosha fynd i gysgu onibai y byddai Daria, hogan writgoch, wledig, yn eu rhusio i fyny'r grisiau gan chwyrnu fel rhyw arthes ar ei phedwar nes gwneud iddyn nhw sgrechian chwerthin wrth sgrialu am eu gwlâu. Pan ddaeth y tri i oed ysgol wedyn, fe'u dysgwyd gan yr un tiwtoriaid preifat a'r un athrawes biano.

Trwy blu ei glustog gwrandawodd Alyosha ar rwndi'r trên yn cliciti-clacio. Gwthiodd ei fysedd yn ara tros ei fol, trwy fân flewiach ei afl nes gwasgu bôn ei goc, a deimlai'n anarferol o boeth. Yn astud astud gwrandawodd ar sŵn anadlu'n troi a throsi o'r gwely agosa, ac yna, mor ddistaw fyth ag y gallai, tan geisio dwyn i gof y teimlad hwnnw – yr ysgwyd llaw dros flwyddyn ynghynt, ara haliodd ei hun, ond ar waetha pob un plwc, troi'n wadin wnaeth ei wanc. Ailgydiodd yn ei ddwrn-bwmpio, a cheisio dychmygu blas bronnau Mademoiselle Babin, ei chnawd, ei chluniau, ei . . . Llafuriodd ei frest, a cheisiodd atal ei anadlu trwm, ond roedd hi'n anodd peidio â thuchanu.

Treiddiodd ei llais o'r gwyll:

'Alexei?'

Ochneidiodd yn dawel o dan ei gwynt wrth holi'n hiraethus:

'Titha'n methu cysgu chwaith?'

'Na.'

'Na finna.'

A'i wddw'n chwys diferyd, agorodd Aloshya ei geg wrth lyncu ei boer yn ara.

'Clòs 'di hi 'ma . . .'

Trodd y Ffrances ifanc ar wastad ei chefn a slapio'i dwylo o boptu.

13

Dywedodd Fyodor Alexandrov toc:

'Oes rhaid i bob sgwrs ddwad i stop?'

Trodd Inessa i wynebu ei gŵr:

'Oes gen ti bensal?'

'Dydw i byth heb bensal.'

Cliciodd ei bys a'i bawd. Torrodd ddarn o bapur o ryw ddyddiadur.

'Cer draw a gofyn iddo fo dorri ei enw ar hwn . . .'

'Sgen i'm isio . . .'

'Alyosha, cer . . .'

'Does dim rhaid iddo fo os ydi o ddim isio mynd,' dywedodd Fyodor yn reit stowt.

'Mi a i,' cododd Larissa ar ei hunion, codi'r bensel a chroesi draw.

Gwasgodd Inessa ei llaw ar ei chorn gwddw. Roedd hi'n teimlo yn wan i gyd. Teimlodd yn wannach fyth pan drodd Alexei Dashkov i edrach draw a gwenu ei wên enwog arni.
Trodd at ei gŵr,

'Welist ti o rwan? Welist ti o? Gwenu arna i! Arna i o bawb!'

Onibai i rywun arall dynnu ei sylw, byddai Alexei Dashkov wedi croesi draw. Dychwelodd Larissa a gosod y darn papur ar ddwy gledr agored ei modryb.

Bu ond y dim iddi godi'r enw at ei gwefusau a'i gusanu.

29

Yn y *dacha* yr arhosodd Fyodor ar ôl hynny, yn darllen llyfr ar hanes Rwsia gan Karamisin neu gyfrol o'i hoff gerddi gan Catalws. Yn amlach na heb, arhosai Mademoiselle Babin yn y *dacha* hefyd, gan gwyno iddi fod braidd yn rhy farus am ormodadd o haul, a bod ei wres wedi dechrau deud arni. Glynodd Inessa at ei phatrwm beunyddiol yn union yr un fath. Ond byddai'n benderfynol o fynd draw i'r Pafiliwn ryw ben bob dydd nes iddi glywed trwy un o'r gweinyddion fod Alexei Dashkov wedi dychwelyd i Moscow.

Aeth y gwyliau yn eu blaen. Ond aeth Inessa i godi'n hwyrach, byddai'n bwyta yn fwy afreolaidd bob dydd, gorweddian wedyn, cyn ei throi hi i lawr i'r traeth, dychwelyd at y min nos, bath a swpera ar y *verandah* tan yn hwyr a chwarae sawl gêm nes y byddai'r cardiau'n feddal a chwyslyd.

Drannoeth, dechreuodd edliw i Alyosha ei fod yn gwmni mor giami a'i bod yn falch o gwmpeini Margarita a Larissa. Gwerthfawrogai'r ddwy yr amser da a gaent yng nghwmni eu modryb yn chwarae gêm ar ôl gêm o *durak*. Pam gwneud sylw ohono ar wyliau, meddyliodd Alyosha, pan nad oedd yn ddim ond cysgod iddi weddill y flwyddyn?

Dychwelodd Alyosha i'w hamoc yn yr ardd. O'i hamoc clywodd Ivan yn chwibanu wrth olchi a pholishio'r motor-car benthyg yn union fel ag y gwnâi i fotor-car ei dad nôl ym Mhetrograd. Ceg llyffant oedd gan Ivan, a'i wefus isa'n hongian, a bob tro y byddai'n gwenu deuai rhesiad bras o ddannedd mân i'r golwg. Gwên fingam, braidd yn greulon, oedd hi, ac amball dro byddai Alyosha yn rhyw amau ei fod yn ysu i achosi rhyw ddrwg iddo pe byddai'n gallu.

Doedd dim gwir reswm ganddo tros hel meddyliau cas fel hyn, gan na ddywedodd y *chauffeur* erioed yr un gair croes wrtho, ac eto, roedd yn amal yn amau fod ei wên deg yn ei wyneb tra oedd yn wenwyn yn ei gefn.

Daeth Ivan ato yn llewys ei grys tan lowcio'i anadl, eistedd i lawr, a phwyso'i gefn ar risgl bôn y bisgwydden a'i blodau'n ogleuo'n felys. Yn ei law roedd potel oer o gwrw ond roedd golwg flin a chwyslyd arno, a chymerodd rai munudau i ddwad ato'i hun a dechrau sadio.

Y motor oedd y drwg. Roedd rhywbeth o'i le ar yr injian, a bu am awr neu fwy yn turio'n ei grombil. Eglurodd fod rhyw weiran wedi treulio a cholli ei nerth, ac roedd wedi gorfod beicio'r holl ffordd i lawr i Yalta, er mwyn dwad o hyd i weiran newydd, a beicio'r holl ffordd yn ôl.

'Sdim byd casach i ddyn sy' 'di arfar gyrru . . .'

Swigiodd. Roedd Ivan Kirilich yn meddwl y byd o'i waith.

'*Chauffeur* oedd fy nhad am imi fod er pan fuodd o'n gweithio fel labrwr ar y rheilffordd rhwng Petrovsk a Belsan, pan gafodd honno ei gosod i lawr yn y ganrif ddwytha. Dwi 'di sôn wrthach chdi o'r blaen?'

'Do.'

'Do?'

'Fwy nag unwaith.'

'Sgen i'm math o go . . .'

Swigiodd o'r botel.

''Neith o ddim drwg ichdi glwad yr hanas eto. Dyna i chdi be oedd gwaith diddiolch. Dychmyga labro caib a rhaw o fora gwyn tan nos, a joban berig bywyd hefyd hefo'r holl ddeinameit roedd yn rhaid ei drin wrth fylchu trac trwy'r creigiau. Dyma pam roedd fy nhad mor benderfynol 'mod i ddim i ganlyn yn ôl ei droed o.'

Roedd Alyosha yn hannar cysgu yn y gwres.

'Rhyw bnawn, pwy alwodd draw ond Cadeirydd y Cwmni Rheilffordd yng nghwmni dau neu dri o'r pwysigion erill – er mwyn gweld sut roedd y gwaith yn dwad yn ei flaen – a phan welodd fy nhad gystal graen oedd ar yr hogyn oedd yn gyrru eu motor-car nhw, dyn ifanc cefnsyth hefo menyg duon ac iwnifform daclus a chap pig glân, mi benderfynodd yn y fan a'r lle mai dyma roedd yn dymuno i minna fod pan fyddwn i 'di tyfu i fyny. A 'drycha lle ydw i heddiw. Yn gyrru motor-car a ddim beic fel begar.'

'Ma' beic yn iawn gen i . . .'

'Iawn gin ti, ydi . . .'

Â'r blewiach melyn ar gefn ei law yn sgleinio'n yr haul, sychodd Ivan Kirilich ei wefusau â'i arddwrn.

'Achos bo' chdi'm yn gwbod yn well . . .'

Torrodd wynt.

'Fasa'n gneud byd o les ichdi ddwad i nabod perfadd peiriant fel'na . . .'

Holodd Alyosha'n ddioglyd:

'I be?'

'Er mwyn dwad i wbod be 'di achos y peth yma ar y peth arall, siŵr . . . Ti'n bownd o fod isio gyrru motor-car dy hun ryw ddydd . . . Be 'sach chdi'n torri i lawr yn ganol nunlla? Neu'n ganol nos yn ganol nunlla?'

'Pfff. Dwi'n ama . . .'

'Peth handi ydi dallt mecanics injian . . . Ty'd. Cwyd. Gad imi ddangos i chdi . . .'

'Sgin i'm mynadd rwan . . .'

32

'Pwy ohonon ni sy'n gwbod be sy' rownd y . . .?'

Cododd Aloysha ei ben pan stopiodd y *chauffeur* siarad mwya sydyn. Yn cerdded ar hyd llwybr canol yr ardd a'i sandalau'n crensian y cerrig mân roedd Mademoiselle Babin. Sylwodd fod ei gwallt yn wlyb a'i bochau'n gochion, a dwy wiwer fechan yn chware mig o dan ei blows. Wrth iddi glosio, cododd ar ei eistedd. Roedd Ivan eisoes ar ei draed, ac wedi hanner cuddio'r botel y tu ôl i'w glun.

'Gen i isio postio hwn . . .'

Cododd lythyr rhwng bys a bawd.

Gwenodd y *chauffeur*:

'Am i mi 'neud?'

'Am i chdi 'ngyrru fi lawr i'r dre. Os na 'di hynny'm yn ormod o draffarth.'

Fflyrtiodd ei llygaid.

'Ddim o gwbwl. Os 'neith y motor danio, mae o 'di bod yn rhyw chwara mig . . .'

Agorodd Ivan ei geg llyffant, ac wrth wenu arni, daeth rhesiad bras o ddannedd mân i'r golwg. Daliai Mademoiselle Babin y llythyr yn agos ati a chefn yr amlen felen oedd yr unig beth a welodd Alyosha. Gosododd ei draed ar y ddaear:

'Ddo inna hefyd.'

'Aros di fan hyn.'

Rowliodd Ivan y botel i fôn y llwyni rhosod y tu ôl iddo.

'Dau chwinciad fyddwn ni . . .'

'Gin i isio dwad . . .'

'I be?'

'Os ydi o isio dwad hefo ni, Ivan Kirilich, gad iddo fo. 'Neith fwy o les iddo fo i ddwad am dro na gorweddian yn fa'ma'n gneud dim byd trwy'r dydd . . .'

Pwffiodd y *chauffeur* un foch a chwythodd anadl gil ei geg. Ochorgamodd Mademoiselle Babin er mwyn osgoi rhyw wenyn meirch a fu'n ei phiwsio ers meityn,

'Dowch eich dau, sgen i'm isio colli'r post.'

Cerddodd y Ffrances ifanc ar y blaen tuag at y motor-car. Daliodd Ivan Alyosha yn ôl am ennyd gerfydd ei fraich. Gwefusodd:

'Ti'n gwbod pwy 'di'i chariad hi?'

Ysgwydodd ei ben.

'Ti ddim?' pryfociodd. 'Rhywun sy'n perthyn yn agos iawn i chdi.'

'Pwy?'

Tapiodd flaen ei drwyn, 'Dyn sy'n dwad i glywad y cwbwl ydw i, yn hwyr neu'n hwyrach.'

'Os na 'nei di ddeud wrtha i, 'fydda i ddim callach.'

'Ydach chi'n dwad?' holodd Mademoisell Babin braidd yn ddiamynedd ger y glwyd.

'Dwad rwan,' atebodd y *chauffeur* cyn sibrwd, 'Tad Larissa a Margarita.'

Lledodd rhyw wrid i boethi bochau Alyosha; roedd ei lygaid yn llosgi.

'Ewyrth Kozma? Byth!'

Winciodd Ivan arno cyn brasgamu ar wib i ganlyn y diwtores.

Y lle gorau un o bell ffordd am fwyd yn Yalta oedd *restaurant* teras yr Hotel Billo uwchben y môr. Roedd ben ac ysgwydd uwchlaw pob *restaurant* arall, a thrwy gydol misoedd yr haf, pan oedd tymor yr ymwelwyr yn ei anterth, ysai pawb o bwys am fachu bwrdd, a chan fod Andrei Petrovich Vengerov yn westai yno, roedd ganddo fantais amlwg tros bobol eraill, gan fod cildwrn slei i'r pen-weinydd o Tiflis yn saff o warchod y gornel orau un. Oherwydd bod Fyodor Mikhailovich yn un o brif gwsmeriaid Banc Masnachol Azor-Don, trefnodd i wadd y teulu ato. Ivan a yrrodd Fyodor, Inessa, Alyosha, Margarita a Larissa draw.

'Paid ag aros yma . . .'

Dechreuodd Fyodor roi gorchymyn i'w *chauffeur*, cyn i Inessa dorri ar ei draws.

'Na, Ivan, aros . . .'

'Os ddeudwn ni hanner nos . . .'

'Os ti'n meddwl 'mod i'n mynd i ddiodda' sŵn y dyn sych 'na tan hynny . . .'

Ildiodd Fyodor a gorchmynnodd ei *chauffeur* i aros yn y bar. Er ei fod o'n ddyn pwysig a dylanwadol ym myd bancio Petrograd, roedd ochor addfwyn a gwylaidd iawn yn perthyn i Andrei Petrovich, ac roedd o wastad yn awyddus iawn i roi lles pawb arall o flaen ei les ei hun, yn enwedig teulu cwsmer mor bwysig â Fyodor Mikhailovich Alexandrov.

Di-dda-di-ddrwg oedd y sgwrsio o gwmpas y bwrdd i gychwyn. Soniodd Andrei mor anodd oedd hi, hyd yn oed ar wyliau, i ddyn plygeiniol fel fo dorri ar arferiad oes, a mynnai godi yr un mor gynnar â phe bai nôl adra yn y banc. Doedd dim yn well ganddo na cherdded ar hyd y cei yn gwylio'r gwylanod cynnar yn crawcian tros weddillion y nos. Carai feddwl amdano'i hun fel dipyn o fardd, a bob bora byddai'n eistedd i lawr i sgwennu pwt o gerdd, rhyw bennill neu ddau yn ôl ei fympwy. Roedd ogla gwymon ffresh yn well na dim i ysbrydoli'r awen.

Ond o fewn dim aeth y ddau ddyn ati i siarad siop a'u cloi eu hunain mewn sgwrs ar ôl sgwrs am gyfraddau llog a chyfranddaliadau ac ati, gan anwybyddu'r gwragedd.

Yn eistedd nesaf at Alyosha roedd Galina – y glompan dew. Doedd fawr ddim byd ganddi i ddweud wrth Larissa na Margarita. Camodd gweinydd draw at Inessa a thanio ei sigarèt. Teimlai hithau yr awel ysgafn yn ei gwallt, a syllodd allan tros bellter maith y môr, nes sylwi ar dair rhes o oleuadau mân yn cael eu sugno'n fud i'r nos.

Stwmpiodd mwy na'i hanner hi. Gwasgodd hi'n galed galed. Roedd hi wedi glân ddiflasu, roedd wedi cael mwy na llond bol, ac roedd hi hefyd wedi bod yn yfed yn y *dacha* cyn cychwyn, a slotian chwanag wrth y bwrdd wedyn, nes roedd y cwbwl wedi codi i'w phen hi. Teimlai'n benysgafn. Syllodd ar y byrddau nesa ati – ac roedd pawb i'w weld a'i glywed yn cael mwy o hwyl na hi. Digiodd wrth Fyodor mwya sydyn. Cofiodd fel y bihafiodd yn y Pafiliwn y prynhawn hwnnw y gwelodd Alexei Alexevich Dashkov.

Ar adegau fel hyn, ni fyddai'n malio botwm corn pe bai ei gŵr yn disgyn yn farw. Deuai llun iddi'n amal, llun ohoni hi ei hun yn weddw ar lan ei fedd, tusw yn ei llaw, a dagrau ar ei hances, ei thrwyn yn wlyb a'i gwefusau'n boeth. Roedd arni flys codi a gadael, ac roedd hi ar fin gwneud hynny, pan ddiffoddwyd y goleuadau mwya sydyn. Ar wahân i'r canhwyllau mewn cregyn ar ganol y byrddau a waedai ryw oleuni melyn hyd wynebau pawb a throi'r cwmni yn fynwent o ellyllon, roedd y teras mewn tywyllwch.

Neidiodd cysgod o'r cysgodion gan strymio cordiau ei gitâr yn swnllyd, a rhai o'r dynion ar y byrddau pellaf yn chwibanu'n fain. Tawelodd sgwrsio Fyodor ac Andrei wrth i lafn o oleuni naddu ar y llwyfan crwn yng nghanol y balconi. Rhuthrodd gwraig sipsi i'r fei, ei gwisg sidan dynn amdani, a thoriad isel ei bodis yn tynnu sylw at ei hysgwyddau a'i bronnau trymion. Hoeliwyd sylw pawb. Rhythodd y sipsi yn herfeiddiol ar ryw gadfridog wyneb-cigog – rhyw edrychiad llym – cyn dechrau canu yn llawn angerdd am ryw gariad digydnabod, am gasineb a dialedd gwaed.

Dechreuodd amryw gydganu. Cerddodd yn dalog trwy wthio ei hysgwyddau yn ôl a'i brestiau ymlaen, ac â'i llygaid duon, edrychai i lawr ei thrwyn ar bawb, a rhyw grechwen creulon ar ei min. Dechreuodd nadreddu ei llwybrau rhwng y byrddau i demtio a phryfocio, codi blys a chodi cynnen rhwng gwŷr a gwragedd, ac ewinedd cochion ei bysedd bach yn araf gripian tros warrau a braidd-gyffwrdd â chluniau. Bob tro yr ymadawai â gwahanol fyrddau gadawai ryw ochenaid ar ei hôl.

Daeth at Alyosha a syllu i'w lygaid a phoer ei gwefus fel gwlith mân ar ei wyneb wrth iddi ganu'r cytgan. Cododd Inessa'n sydyn a chydiodd yn llaw'r sipsi a'i throi mewn chwrligwgan. Cymeradwyodd y byrddau fel un ac amryw yn codi ar eu traed i guro dwylo. Edrychodd Andrei yn syn ar Fyodor, ond rhag yngan dim a allai ei dramgwyddo mewn rhyw ffordd neu'i gilydd penderfynodd gau ei geg, er bod ei aeliau'n symud, wrth iddo gnoi cil yn dawel fach.

Cynigiodd y cadfridog wyneb cigog rosyn gwyn i Inessa, a gwasgodd hithau'r blodyn rhwng ei dannedd wrth ddawnsio a chlapio'i dwylo uwch ei phen tra stampiai'i thraed. Ni sylwodd Alyosha fod ei dad wedi galw Ivan ato, a'i orchymyn i fynd â Margarita a Larissa ac ynta yn ôl i'r *dacha*. Ar ôl cwyno fe aeth

Alyosha, ond wrth i Margarita a Larissa ddringo i gefn y motor-car, heliodd esgus ei fod wedi anghofio rhywbeth a rhedodd nôl trwy'r gwesty at y balconi. Roedd y lle yn ferw gwyllt. Y cwbwl a welai oedd pobol ar eu traed yn neidio a bloeddio yn llawn blys.

Canai'r sipsi nerth esgyrn ei phen a'r gitarydd wrthi fel dyn gwyllt o'r coed, a gwthiodd heibio i'r cyrff i weld ei dad a'i wedd yn boenus, yn cydio'n daer yn nwy arddwrn ei fam tan siarad yn ei chlust wrth blwcio'i breichiau bob hyn a hyn a hitha yn ei dagrau yn chwerthin am ei ben.

GAEAF 1916

I dŷ Ewyrth Fyodor y câi Margarita a Larissa eu gyrru erbyn deg o'r gloch y bora bob bora yn ystod yr wythnos i gael eu dysgu gan ddyn cringoch, torsyth. Enw eu hathro newydd oedd Herr Professor Karl Krieger.

'Mi ges i fy magu ar lethrau isaf mynydd Grotenburg,' oedd un o'r pethau cyntaf a gyhoeddodd pan safodd o'u blaenau.

'Sy'n golygu 'mod i'n hanu yn wreiddiol o Detmold. Tref enedigol pwy oedd honno?'

Edrychiad syn oedd ar wyneb y tri.

'Y Dywysoges Pauline zur Lippe née zu Anhalt-Bernburg, nith i Catherine Fawr o Rwsia.'

Nid o Detmold y daeth Herr Professor K.K. (fel y cafodd ei enwi gan y tri) i Petrograd, ond o Minsk, lle collodd ei le fel tiwtor hefo teulu arall oherwydd teimladau gwrth-Ellmynig. Byddai hyd yn oed wedi gwrthod y cynnig i weithio i Fyodor Alexandrov pe byddai wedi cael cynnig arall, am y rheswm syml ei fod yn gorfod rhannu'r gwaith â thiwtores o Ffrances. Fel pob Almaenwr gwerth ei halen, doedd ganddo ond dirmyg at Ffrainc a phopeth Ffrengig.

Wrth osod ei sbectol ar ei drwyn byddai'n ymdebygu i ryw offeiriad gwledig, a buan y gwelodd Alyosha, Margarita a Larissa mai dim ond dwy siwt oedd ganddo – un las dywyll, denau ac un ddu – a'r ddwy yr un mor dynn am ei ysgwyddau a'u llewys wastad ryw fodfedd neu ddwy yn rhy gwta uwch ei arddwrn.

'Allanolion dibwys bywyd ydi'r pethau ola i 'mhoeni fi,' cyhoeddodd Herr Professor K.K. 'Pam meddach chi?'

Edrychodd y tri yn syn.

'Mae mwy o ddileit yn perthyn i fywyd y meddwl nag i fywyd go iawn. Heblaw am ambell gêm o *billiards* yn stafall gefn y Francis Albert ar y Nevski, wrth gwrs. Pwy ydi dy hoff awdur di, Alexei?'

'Pushkin,' atebodd bron yn ddifeddwl.

'Larissa?'

'Tolstoi.'

'Margarita?'

'Anton Tshiecoff.'

'Fy hoff awduron i ydi Goethe, Schiller a Heine, ac i raddau llai, Milton a Shakespeare yng nghyfieithiadau bendigedig Schlegel-Tieck – a phan fyddwch chi'ch tri wedi dechra blino ac yn dechra nogio rhwng cwsg ag effro, bryd hynny, mi fydda i'n gofyn ichi ddarllen yn dawel fach (gan fynnu cwpanu eich dwylo tros eich clustiau) er mwyn dysgu rhannau o *Faust* ar gof a chadw. Ydan ni'n dechra dallt ein gilydd?'

Bob bora byddai Herr Professor K.K. yn dysgu berfau, Llen-yddiaeth Almaeneg, Arithmetig a Hanes yr Hen Fyd Clasurol i'r tri. Roedd gan Margarita ddawn naturiol at lenyddiaeth, tra oedd Larissa yn hoff o wersi Daearyddiaeth a Ffrangeg, ond doedd Alyosha yn hidio dim am ddim er ei fod o'n ddigon galluog – ac o'r herwydd ato fo y byddai Herr Professor K.K. yn troi tu min gan amla.

'Dwi wastad yn barod i gosbi,' cyhoeddodd sawl tro.

Wrth droed ei ddesg cadwai gas lledar du a warchodai bedair gwialen a gariodd hefo fo yr holl ffordd o Westphalia i Rwsia.

Dull hollol wahanol o ddysgu oedd gan Mademoiselle Babin, a dyna pam y byddai'r tri yn cadw golwg fanwl ar fys y cloc wrth i hwnnw dynnu i fyny at hanner dydd gan ddyheu am awyr sgafnach y pnawn pan geid gwersi Ffrangeg, Saesneg a Daearyddiaeth.

Suddodd yr hydref i'r gaeaf. Llusgodd rhyw lwydwyll glas ei hun trwy'r strydoedd a goleuodd melyn y lampau fesul rhes ar hyd y camlesi, a'u llewyrch meddal yn melfedu'r dŵr gan hau cysgodion duon o dan fwa'r pontydd. Roedd y dyddiau yn prysur fyrhau a'r ddinas yn powlio'n sydyn i ddüwch y nos. Roedd hi'n oeri a'r dosbarthiadau yn cael eu cynnal o flaen y tân yn niddosrwydd y salon. Weithiau, byddai Mademoiselle Babin yn mynd â nhw am dro a hitha'n eu holi ynglŷn ag enw y peth yma a'r peth arall am yn ail mewn Ffrangeg neu Saesneg.

I'r siopau ar y Nevski Prospekt y byddai'r pedwar yn mynd gan ling-di-longian heibio i fwydydd Yeliseyev: y stwrsiwn ffresh, y cafiár ar iâ a'r ffrwythau amheuthun allan o dymor o'r Crimea, pasteiod Ffrengig wedi'u haddurno'n gywrain. Oedid wrth ffenestri amrywiol i edmygu toriad ffasiynol y dilladau diweddaraf o wledydd tramor, Paris yn bennaf.

''Drychwch ar rheina . . .'

Byddai Mademoiselle Babin yn llonni trwyddi wrth holi'r tri am enwau gemau disglair Faberge, Cartier a Bulgari. Pefriai llygaid duon y Ffrances ifanc wrth iddi eu hedmygu gan ddyheu am gael gwisgo broetsh Bolin ar ei brest.

Holodd Alyosha Ivan sawl tro wedyn am yr hyn a ddywedodd o wrtho fo yn Yalta.

'Wyt ti'n deud y gwir am Mademoiselle Babin ac Ewyrth Kozma?'

'Ydw i'n foi sy'n 'u rhaffu nhw?'

Doedd Alyosha ddim yn siŵr. Roedd o'n gwybod cymaint o bleser roedd y *chauffeur* yn ei gael wrth bryfocio a herio gweision a morynion y gegin. Roedd o wastad yn llawn o ryw gastiau slei. Roedd gyrru pobol benben â'i gilydd yn rhoi rhyw bleser iddo fo. Ond digwyddodd rhywbeth i Alyosha a gladdodd y pryder yma i gyd.

Yn hwyr un prynhawn, bu'r pedwar yn yfed siocled poeth yn yr Hôtel de l'Europe Astoria. Uwch eu pennau roedd cymylau eira yn prysur hel uwchben Eglwys Gadeiriol Sant Isaac tan dduo'r awyr. Oedodd y pedwar i ddisgwyl i dram melyn basio cyn croesi'r stryd ond daeth motor-car ar ei ôl – Dellanay-Belleville du a rhyw ddyn – tan chwerthin – a'i law yn gorwedd yn llipa ar y llyw, yn troi i siarad hefo gwraig wrth ei ochor ac un fraich tros ei hysgwydd. Inessa. Ei fam.

Cerddodd Mademoiselle Babin, Margarita a Larissa ar draws y ffordd, ond stopiodd y Ffrances wrth ei weld wedi fferru yn ei hunfan, a holi wysg ei hochor,

'Wyt ti'n dwad?'

Doedd Alyosha ddim wedi ei chlywed.

Holodd wedyn.

Safodd yn ei unfan.

Tan ebychu'n swta, trodd Mademoiselle Babin at y genod:

'Be aflwydd sy'n bod arno fo? 'Rhoswch chi fan hyn.'

Cerddodd Mademoiselle Babin yn ôl at Alyosha, gan sylwi wrth nesu ei fod yn syllu ar rywbeth ymhellach i lawr y stryd. Be yn hollol, doedd hi fawr dicach, a chan ei bod hi eisoes yn tywyllu roedd hi braidd yn anodd gweld dim byd, ac yn achos Mademoiselle Babin, bron yn hollol amhosib, gan ei bod wastad wedi bod braidd yn fyr ei golwg ac roedd hi'n gwrthod gwisgo sbectol ar waethaf pob perswâd i wneud hynny er lles ei llygaid.

'"Lyosha?'

Holodd fymryn yn biwis:

'Oes rhywbeth yn bod?'

'Ddaeth Alyosha ddim ar draws y gŵr a welodd yn gyrru'r Dellanay-Belleville ymysg neb o'r gwesteion a alwai heibio i'r tŷ. Fel pob hogyn o'i oed, roedd yn llawn chwilfrydedd, a phan fyddai ei fam yn gadael yr aelwyd, byddai'n cripian draw yn slei bach i'w llofft. Wrth sbeuna yno yn hwyr rhyw bnawn daeth o hyd i 'goriad: un bychan aur ar ruban coch. Maes o law, daeth o hyd i gist yn nrôr isa ei desg mahogani, ac o fewn dim o dro, roedd wedi troi'r clo gan agor y caead.

Roedd y demtasiwn i ddarllen ei dyddiaduron yn ormod, ond rhag ofn iddo gael ei ddal, fe wnaeth hynny fesul tipyn, pan fyddai hi'n weddol saff iddo allu bachu ar ei gyfle. Trwy droi tudalennau'r llyfrau lledar cochion y dechreuodd Alyosha deimlo iddo ddod i ddechrau adnabod ei fam go iawn am y tro cynta yn ei fywyd.

Synnodd Alyosha fod Margarita neu Larissa, neu hyd yn oed Mademoiselle Babin, heb sylwi ar Inessa ar ôl iddyn nhw adael yr Hôtel de l'Europe Astoria y prynhawn hwnnw. Rasiodd yn llythrennol o dan eu trwynau; neu efallai fod ei gyfnitherod wedi'i gweld hi ond eu bod yn dewis cadw'n dawel rhag codi cywilydd arno fo. Roedd yn ysu i holi Margarita ond roedd Larissa wastad yn glustiau i gyd. Cadwodd y cwbwl iddo'i hun a'r darlun yn troi'n hen surdan yn ei ben bob nos. Yn nyddiadur ei fam cyfeirid at y dyn fel Mita Golitzin, ond doedd hi wedi nodi dim byd amdano ar wahân i ddweud ei bod hi'n ei garu i'r byw.

Pwy oedd o, felly? Roedd bywyd Inessa y tu allan i'r tŷ yn fywyd hollol wahanol i'w bywyd hefo'i dad. Byd diarth iawn ond egsotig iawn oedd y byd a ddisgrifid yn y dyddiaduron. Byd ffasiwn a byd artistiaid ac actorion, cerddorion a chantorion. Byd y bobol roedd hi wastad hapusa yn hel eu cwmni, ac fel miloedd ar filoedd o ferched eraill Rwsia roedd hi'n hanner addoli actor enwoca'r sgrin – Alexei Alexevich Dashkov – a chadwai'r llofnod a roddodd iddi yn y Pafiliwn yn Yalta yn saff, yn ogystal â lluniau ohono o wahanol gylchgronau a phapurau newydd mewn llyfryn o dan ei chlustog.

Roedd hi'n hoff o gyngherddau a pherfformio o bob math – dawnsfeydd ac opera – ac yn hoff iawn o siopa dillad hefyd. Doedd hynny'n fawr o gyfrinach i neb gan ei bod hi wastad yn gwisgo'n smart a'i cholur yn berffaith. Cyn hwylio i'w throi hi am allan, byddai wastad yn paentio ewinedd ei thraed yn lliw gwyrdd tywyll er mwyn iddyn nhw gyd-fynd â lliw ei llygaid.

Ar wahân i dreulio amser yn chwilota trwy'i dyddiaduron, treuliodd Alyosha oriau'n byseddu trwy'i dillad a'i dillad isa i gyd. Un pnawn ogleuodd ei sana a'i beltiau garter. Y sidan a'r satin . . .

Er i Alyosha bendroni sut i ddechrau holi am y dyn diarth a welodd yn y motor-car hefo'i fam, roedd yn orchwyl a hanner. Yn orchwyl amhosib. Cafodd flys i'w chanlyn. Yn amal, fe'i dychmygodd ei hun yn canlyn ei fam trwy'r strydoedd o draffig, heibio i'r tramiau a'r troliau a'r coetsus drudion a dynnid gan geffylau wedi eu sgrafellu'n lân a'u cotiau'n loyw a lifrai borffor ac aur gweision y Llys yn sgleinio'n llachar wrth ruthro heibio.

Dychmygodd weld ei fam yn camu heibio i resiad y motor-ceir a safai y tu allan i'r Hôtel de l'Europe Astoria, a'r porthor yn agor drws y gwesty iddi a hithau'n camu i mewn i gadw oed hefo Mita Golitzin.

Os nad oedd Alyosha yn agos at ei dad, doedd o ddim mymryn nes at ei fam chwaith. Doedd hi erioed wedi cydnabod ei fodolaeth. Ddim go iawn. Ddim fel y dylai gan nad oedd hi'n trin Alyosha fel roedd mamau eraill yn trin eu meibion; neu dyna sut y teimlai'n amal. P'run a oedd hyn yn fwriadol ai peidio ni allai ddweud. Doedd hi byth yn greulon yn ei wyneb, nac yn gas ei thymer tuag ato, na byth yn ei fychanu na dim, ond doedd hi chwaith byth yn gariadus. Yn ei hagwedd tuag ato roedd hi bob amser yn emosiynol niwtral – neu ar ei gorau, yn tosturio wrtho am rywbeth na wyddai, a rhyw edrychiad chwithig yn ei llygaid a rhyw leddfdod yn ei llais. Dro arall teimlai Alyosha weithiau na fyddai hi'n hidio rhyw lawer pe na bai'n ei weld o gwbwl.

Er iddo bendroni, methodd ddyfalu pam. Ai arno fo roedd y bai? Oedd o wedi gwneud rhywbeth anfaddeuol i'w phechu hi ond ei fod o'n rhy ifanc i allu cofio? Rhywbeth nad oedd o hyd yn oed yn ymwybodol ohono fo? Roedd ei fam yn caru ei frawd bach Georgik yn llawer llwyrach nag y gwnaeth hi ei garu o erioed.

Ganwyd Gosha wedi llafur di-boen, ac roedd yn dal yn ddigon o fabi i gael ei fwytho a'i ddifetha o hyd. Roedd Inessa yn dotio arno ac wedi gwneud hynny o'r dydd y daeth i'r byd. Pam nad oedd hi wedi dotio cymaint arno fo?

I'r parot roedd y diolch yn y diwedd am y rhyddhad rhywiol y bu Alyosha yn crefu amdano fo. Bu'r hen dderyn yn y teulu ers cyn co – ac roedd amryw byd o'r gweision a'r morynion hyna yn ama ei fod yn tynnu at ei ddeunaw oed. Ddwywaith y flwyddyn, byddai Roza yn mynnu fod y parot i gael ei olchi gan ei fod yn chweina gymaint. Hen wreigan felen, fain oedd y brif gogyddes, a'i dannedd bargod yn amlwg i bawb. Ni fyddai'n mentro hyd weddill y tŷ, ond ei theyrnas hi oedd y gegin, ac yno byddai'n dwrdio pawb mewn slipars dyn (hen rai ei brawd), a wisgai wastad am ei thraed. Ei gwendid pennaf yng ngolwg pawb oedd ei bod yn cario clecs ac yn chwythu tân.

Yn achos golchi'r parot, haws dweud na gwneud oedd hi bob tro oherwydd roedd yn gas gan bawb fynd yn rhy agos ato, ac roedd yn gasach fyth gan y parot fynd ar gyfyl unrhyw fath o ddŵr, yn enwedig os oedd hwnnw fymryn yn gynnes ac wedi ei gymysgu hefo jochiad o fodca rhad.

Oherwydd ei fod yn orchwyl mor fudur a diddiolch, penderfynodd criw'r gegin ers blynyddoedd mai'r un a fyddai'n gyfrifol o dymor i dymor am olchi'r aderyn fyddai'r forwyn ieuenga bob tro. Pan ddychwelodd y teulu o'u gwyliau haf yn Yalta, y ddiweddara i gael ei chyflogi oedd hogan ifanc o'r enw Aisha.

Er pan oedd yn fychan byddai Alyosha bob amser yn rhan o'r sbort a'r sbri. Oleg, brawd Oxana, honglad o hogyn llydan, tal hefo trwyn fymryn yn Armenaidd, oedd yr un a ddaliai'r parot. Bob hyn a hyn, byddai'n galw heibio i'r gegin trwy'r drws cefn, er mwyn hel i'w fol a hel y clecs diweddara. Oherwydd iddo ddiodda' o'r dyfrglwy unwaith, chwyddodd ei wep, ac er i'r afiechyd gilio ac iddo ddwad ato'i hun, daliai i edrych yn fochiog a fymryn yn dagellog, a hyd ei groen gwelw roedd rhyw hen wawn afiach a chwys mân wastad ar ei wefus ucha.

Pan anelai Oleg amdano roedd y parot yn ddigon hirben i wybod fod rhywbeth ar droed, a ddim ar chwarae bach roedd o'n fodlon gadael ei le. Gerfydd ei gorn gwddw a'i fol y byddai dwylo'r forwyn yn cydio ynddo a'i gario draw at y twb lle byddai Roza'n trochi blaena'i bysedd er mwyn bodio gwres y dŵr. Erbyn hynny byddai Aisha wedi tynnu amdani nes y byddai'n sefyll yn ei phais.

Gwichiai a fflapiai'r aderyn ei adenydd gan ara gynddeiriogi nes tasgu llwch a phryfetach mân o'i blu, a'i big caled, du yn agor a chau fel petai ar fygu. Â'i ddannedd melyn yn y golwg – a rhyw wên hurt yn hwylio'i fochau – daliai Oleg ynddo fel gelen ond doedd Aisha ddim mor saff o'i phetha, ac wrth iddi ei gymryd i'w dwylo ei hun ffyrnigo yn waethwaeth tan wichian yn y modd mwya melltigedig a wnâi'r parot.

'Dal o!'

'Drewi!'

'Yn sownd dynn rwan! Dal o!'

'Mae o'n drewi! Ych! Ych!'

Ffaglodd pawb yn glir o'r golwg, yn glana chwerthin o'u corneli nes bod sŵn y gegin yn goferu i'r cefnau ac amryw byd yn stopio, a rhai yn rhyw sbecian i mewn, er mwyn gweld achos y miri. Er mawr ryfeddod i bobol o'r tu allan, yr hyn a welid y tu mewn fyddai hogan ifanc wlyb diferyd yn rhedeg fel peth wyllt a hanner noeth o gwmpas y bwrdd gegin.

47

Ar ôl y pnawn hwnnw, ni freuddwydiodd Alyosha ond amdani hi. Aeth yn glustlipa i bawb. Dechreuodd loywi a sirioli. Aisha oedd bob dim.

'Ar be ti'n sbïo?'

'Chdi.'

Roedd o'n dal ar bob cyfle i siarad hefo hi. Roedd hynny'n weddol hawdd gan ei bod hi wastad nôl a 'mlaen o'r gegin, a hwnt ac yma ar hyd a lled y tŷ yn rhywla, yn morol a 'mestyn yn ôl caniad y gloch.

'Gen i waith i'w 'neud. Neu mi ga i ram-dam gin Oxana.' Gwenodd. 'Pam ti'n edrach arna i fel'na?'

'Dy llgada di.'

'Gin i ddau fel pawb arall. Be sy' mor sbeshial am hynny?'

Roedd ganddi lygaid annisgwyl, rhai crwn di-ael o liw gwyrddgolau a barai iddi edrach fel hogan yn byw rhyw syndod parhaus. Roedd hi'n hardd iawn – mewn rhyw ffordd wreiddiol – a doedd ryfedd yn y byd fod cymaint yn taflu eu llygaid ati.

'Faint ydi dy oed di?' holodd Alyosha.

'Dwi ddim yn rhy siŵr.'

'Pam?'

'Oes rhaid i chdi holi cymaint?'

Roedd ganddi dymer hefyd.

'Dwi'n meddwl bo' ni tua'r un oed.'

48

Merch amddifad oedd Aisha, a fagwyd gan leianod yng Nghwfaint Pokrovskii. Dyna pam roedd hi'n gwybod cymaint o salmau ar ei chof er bod ganddi lais canu sobor. Cafodd rhyw gymaint o addysg gan y chwiorydd, er mai elfennol iawn oedd hynny, ac ni allai ysgrifennu gair er y gallai ddarllen rhyw gymaint, os oedd y geiriau yn weddol syml a'r brawddegau'n fyr.

'Os ti isio . . . mi fedra i roi gwersi ichdi.'

'Gwersi be?'

'Ar sut i sgwennu a darllan.'

'I be fasa petha felly yn da i rywun fel fi?'

'Ma' pawb isio gwella'i hun. Profi petha newydd . . .'

Dyna pryd y cusanodd y ddau am y tro cyntaf erioed.

Pan ddaeth Alyosha at y bwrdd brecwast, roedd ei dad eisoes wedi gadael am ei ffatri. Wrth gamu at ei gadair, roedd ei fam ar ganol sgwrs hefo Dunia, a oedd yn dal Gosha yn ei breichiau ac yn gwenu arno gan fwytho'i foch â chefn ei bys bach.

Eisteddodd Alyosha a gwrando ar yr holi a'r ateb ynglŷn â phatrwm bwydo a phatrwm cysgu'r babi a chymaint yr oedd yn prifio ac mor hapus oedd Inessa fod Dunia yn ei fagu cystal.

Y bore hwnnw roedd newid ym mhatrwm y gweini, gan mai Aisha oedd yn tendiad y bwrdd, a hynny tan lygaid Oxana, a oedd yn amlwg wedi ei siarsio ynglŷn â be i'w wneud, ac felly yn gallu rhoi gorchmynion tawel iddi â'i llygaid neu hefo amnaid ei phen. Cymerodd Alyosha ac Aisha arnyn eu bod nhw'n ddiarth i'w gilydd, ac roedd hi'n anodd i'r ddau hyd yn oed gyffwrdd yn slei bach gan fod Oxana yn sefyll yno fel dau lygad teyrn.

Eisteddodd Professor K.K. yn gefnsyth ger y bwrdd a thaenu lliain yn siarp o'i flaen gerfydd ei gonglau cyn ei wthio tros fotwm ei grys o dan ei gorn gwddw, yr un pryd ag yr eisteddodd Mademoiselle Babin gyferbyn ag o. Roedd Professor K.K. wedi cael newyddion da.

'Choeliwch chi fyth, ond mi ges i deligram o Berlin yn fy hysbysu fod cytundeb yn y post rhyngdda i a Gwasg Stralau Verlag i gyhoeddi'r llyfr dwi wrthi'n 'i 'sgrifennu ar hyn o bryd.'

'Da iawn,' atebodd Inessa yn sych.

'Llyfr ar berchentyaeth ydi o. Dwi'n addoli'r syniad.'

Brathodd ddarn o dost a'i gnoi. Roedd Alyosha yn gwybod gystal â neb fod gan Herr Professor K.K. ymlyniad dwys wrth yr aristocrasi. Siaradai am y pwnc yn amal, mor amal ag y siaradai am Goethe.

'Yn fy marn i, yng ngorllewin Ewrop beth bynnag, yr Eglwys Gatholig a theuluoedd uchelwrol o dras ydi cerrig sylfaen pob brenhinaeth hirhoedlog a llwyddiannus a fu erioed, a'r teulu ydi'r morglawdd sanctaidd gorau y gallwn ni ei godi yn erbyn yr unigolyddiaeth remp sydd wedi dod i fod trwy orseddu a mawrygu democratiaeth uwchlaw pob trefn wleidyddol arall. Un o'r rhesymau gwreiddiol tros i mi benderfynu dod i diwtora yn Rwsia oedd er mwyn imi gael dysgu mwy am linach y Tsar a'i deulu, defodau'r Llys a thraddodiadau ac arferion hynafol yr Eglwys Sanctaidd, sef prif bwnc fy llyfr i.'

'Da iawn,' dywedodd Inessa drachefn gan feddwl fod y dyn yn siarad fel llyfr.

Yr wythnos honno ar ei hyd cafwyd gwersi llawen iawn. 'Welodd Larissa, Margarita nac Alyosha mo'u hathro mewn cystal hwyliau, a'i sodlau'n sionc a'i osgo'n ysgafn. Wedi i Professor K.K. derfynu ei ddysgu rhyw fora a cherdded allan, dechreuodd y ddwy chwaer hoffio chwerthin. Roedd hi'n amlwg trwy gydol y wers fod y ddwy wedi bod yn mwytho rhyw gyfrinach.

"Newch chi ddeud be sy' mor ddoniol?"

Holodd Larissa'n smala:

'Pam ma'r Professor 'di prynu siwt newydd a chribo'i wallt a'i oelio fo?'

Atebodd Alyosha yn biwis:

'Achos 'i fod 'di gwirioni wrth feddwl y ceith o gyhoeddi llyfr yn Berlin.'

'Naci ddim. Mae o â'i lygad arni dydi?'

'Pwy?'

'Pwy ti'n feddwl?'

Nodwydd o genfigen a bigodd Alyosha.

'Ddim Mademoiselle Babin?'

Ysgwyd ei phen a wnaeth Margarita.

'Pwy 'ta?'

'Rho gynnig arall arni . . .'

Doedd dim byd yn gasach gan Alyosha na chael ei gau allan o gyfrinach. Cafodd wybod o fewn dim. Valeriya Markovna? Yr athrawes biano? Edrychodd ar Larissa:

"Choelia i ddim . . .'

Daliodd honno ei llaw allan:

'Bet arni?'

'Mwydro 'dach chi.'

'Margarita, deud ti wrtho fo be glywson ni . . .'

Eiliodd ei chwaer fach. Hen sychan drwynsur fel honno? Dynas na welodd Alyosha mohoni'n gwenu erioed? A dynas a oedd wastad yn barod i dapio'i figyrnau'n galed hefo'i ffon fechan tasa fo'n digwydd taro nodyn chwithig. Doedd bosib fod hynny'n wir? Tynnu ei goes o roedd y ddwy.

Yn nes ymlaen holodd Alyosha Aisha.

'Be? Dim ond rwan ti 'di dwad i wbod?'

Am fod ei lofft yn cael ei llnau, sibrwd roedd y ddau yn y closet dŵr mawr ar yr ail lawr. Dywedodd Aisha fod yn rhaid i Alyosha fod yn fwy o gwmpas ei bethau.

'Yn eu ffordd eu hunan, ma'r ddau 'di mopio gymaint â'i gilydd . . .'

Sut na sylwodd o, meddyliodd.

'Pam arall ma' dynas dysgu piano yn dechra lliwio'i gwallt mewn bloda camomeil er mwyn 'i gadw fo rhag tywyllu gormod 'ta?'

Be roedd y ddau yn ei weld yn 'i gilydd, dyfalodd Alyosha. Ych-a-fi! Magodd lun hollol anghynnes yn ei feddwl ond tyfodd fesul manylyn yn fwy blysiog a chnawdol fyth. Am ryw reswm tyfodd llun o'i fam yn ei feddwl. Gwelodd Inessa yn cusanu ei dyn – ei Mita Golitzin. Gwelodd ei law yn rhwbio'i chefn, yn agor ei blows, yn gwthio'i fysedd tros ei bronnau, yn gwyro'i ben i frathu ei chnawd, a'i sgert yn codi'n uwch ac yn uwch . . .

52

Teimlodd Aisha ei godiad yn darfod yn ei ddwrn ac ail-haliodd ag arddeliad a chaledodd drachefn. Gwasgodd ei law yn dynnach am ei bron a'i thylino â'i fysedd wrth wthio'i geg i'w gwddw a'i gwallt yn cosi'i drwyn wrth i'w anadlu ddwysáu a chwys ei chroen yn ogleuo fel blawd wedi llwydo.

Toc:

'Paid! Ti'n brifo . . .'

'Paid â stopio . . .'

'Dy winadd di . . .'

'Paid, Aisha, paid â stopio . . .'

'Aw!'

'Dal ati, dal ati, dal ati . . .'

Mwya'r sydyn, llamodd goleuni i'r cwpwrdd. A'i goesau ar led, yn dal y ddau ddrws led y pen ar agor o'u blaenau, roedd Ivan Kirilich. Cyn i Alyosha allu cau botymau ei falog, roedd y dyn byr wedi cydio gerfydd ei chlust yn Aisha – rhwng gewin bys a gewin bawd – nes roedd hi'n gwichian wrth gael ei llusgo allan. Brasgamodd Alyosha ar ei ôl tua phen y grisiau. Dwrdiodd Ivan yn ei lais clir:

'Hogan fudur.'

Gwasgodd Alyosha ei fraich:

'Ddim 'i bai hi 'di hyn . . .'

Rhoddodd Ivan beltan sydyn iddi ar draws ei phen.

'Paid â'i brifo hi!'

Diflannodd y forwyn fach. Er ei fod yn gwisgo sgidiau hefo sodlau talach na'r cyffredin mewn ymdrech i roi rhyw awdurdod uwch iddo fo'i hun, dyn byr iawn oedd Ivan. Roedd Alyosha wedi tyfu i fod yr un mor dal ag o, ac yn prysur brifio'n dalach, a doedd arno fo mo'i ofn o gwbwl, ac os oedd blys ar Ivan i ruthro i achwyn wrth ei fam neu'i dad, roedd ynta yr un mor barod i fygwth y byddai'n gwneud pob un dim o fewn ei allu i gael ei warad o. Dywedodd hynny yn ddiflewyn-ar-dafod. Syllodd Ivan arno am rai eiliada. Syllodd yn hirach wrth durio i'w lygaid.

Dywedodd yn dawelach:

'Mae gen ti dipyn o waith dysgu eto'n does?'

'Sgen i'm isio gwersi gen ti a dy debyg . . .'

'Nagoes, debyg.'

Chwarddodd er bod ei lygaid yn llonydd.

'Ond mi fasa rhywun fel fi'n gallu dysgu mwy o'r hannar ichdi na'r ddau arall 'na sy' wrthi . . .'

Gwenodd ei wên bric pwdin, ac wrth agor ei geg llyffant, daeth rhesiad bras o ddannedd mân i'r golwg.

'Bydd di'n ofalus. Achos dyma sut ma' sgandala'n dechra . . .'

Tapiodd ei ysgwydd ddwywaith.

'Yn sgil rheini ma' pob math o helyntion yn codi . . .'

A'i wên yn tywyllu.

Holodd Alyosha:

'Fel be?'

'Blacmêl.'

Pan ddychwelodd Kozma Mikhailovich Alexandrov o'r ffrynt ar gyfer y Nadolig, penderfynodd Fyodor drefnu rhyw swper croeso ar gyfer ei frawd, ond gwgu ar y syniad a wnaeth Inessa.

'Mae meddwl am orfod treulio noson gyfa yng ngwynt dynas mor ddiflas ag Ella yn fwy nag y galla i ei ddiodda',' dywedodd ar ei ben.

Ochneidiodd ei gŵr.

'Ma' hi'n wyrthiol 'i fod o hefo ni o hyd a chymaint wedi'u lladd . . . Be os mai hwn fasa'r tro ola inni weld Kozma ar dir y byw? 'Sgwijiodd ei lygaid hefo'i fawd. 'Ddigon posib dydi? Fwy na phosib . . .'

Bwyta ei frecwast roedd Alyosha tra gwrandawai ar ei dad a'i fam.

'Chwith o beth gorfod meddwl fel hyn o gwbwl, ond fel'na mae hi . . .' Blinciodd. 'Sut fasa rhywun yn teimlo wedyn? 'Faddeuwn i byth i mi fy hun . . .'

'Ma' gweld y ddynas Ella 'na unwaith y flwyddyn yn ddigon i mi . . .'

'Ti'n gallu bod mor annheg . . .'

'Annheg . . .?'

'Ac mor afresymol hefyd. Prin 'dan ni 'di gweld Kozma 'leni . . .'

55

'Fyodor, 'drycha . . .'

'Na, 'drycha di, Inessa . . .' Dywedodd hyn mor sgornllyd ag y gallai a'i lygaid yn gochion, ''drycha di am unwaith . . .'

'Dwi ddim yn mynd i wrando ar y lol-mi-lol 'ma . . . Alyosha, 'nei di adael?'

Cododd ac aeth allan. Aeth Inessa a Fyodor tros yr un hen dir. O'r eiliad y cyfarfu'r gwragedd roedd Inessa wedi penderfynu mai dynes ffug-wylaidd a rhagrithiol oedd hi. Yn sgil rhyw un sgwrs roedd Inessa wedi penderfynu fod Ella – ar ben pob dim arall – yn snob o'r radd flaena un, yn ddynes-pigo-bai-ar-bob-dim-dim-ots-be, yn ddynas a edrychai i lawr ei thrwyn ar Inessa, gan ei bychanu trwy wneud rhyw sylwadau bach sbeitlyd.

Roedd Inessa wedi ei darbwyllo ei hun mai sôn amdani hi roedd Ella pan oedd yn cogio trafod diffygion merched eraill. Roedd hi wedi pechu a phechu yn anfaddeuol yn ei herbyn. Pan oedd Fyodor wedi ceisio dal pen rheswm hefo'i wraig ifanc trwy honni mai dynas swil iawn oedd ei chwaer-yng-nghyfraith a bod Inessa wedi ei chamddallt, ac mai'r noson honno oedd y tro cynta i'r ddwy gyfarfod ac o'i nabod yn well y deuai yn ffond iawn ohoni, doedd hynny wedi tycio dim, gan fod Inessa wedi bwrw ei ffon fesur arni a'i barn amdani'n ddi-droi'n-ôl.

Ychydig dros ddeng mlynedd o fwlch oedd rhwng y ddwy ddynas, a phan oedd Inessa newydd briodi Fyodor, roedd Ella eisoes yn fam i Margarita, a dim ond newydd golli ei hail blentyn – sef hogyn y bu hi a Kozma yn dyheu amdano o'r cychwyn cynta un. Sigodd y brofedigaeth hi a chafodd nerth a chysur yn ei ffydd, a fu'n bwysig iddi erioed, ond a dyfodd yn bwysicach fyth yn sgil y golled. Wedyn ganwyd Larissa ond doedd hynny mo'r un peth â geni mab.

Ond erbyn i Fyodor ddychwelyd adra o'r ffatri y noson honno roedd Inessa wedi cael diwrnod cyfa i hel meddylia, ac wedi cael cyfle i ailfeddwl, a bellach roedd hi'n benderfynol o droi'r dŵr i'w melin ei hun ac yn barod amdano fo. Wedi iddi ddweud ei dweud, edrychai ei gŵr fymryn yn syn.

'Ond bora 'ma . . .', oedodd, pendronodd, 'ro'n i'n meddwl imi dy glwad di'n deud fel arall . . .'

'Do, dwi'n gwbod . . . rheswm o'n i mor gyndyn bora 'ma oedd 'mod i'm isio treulio noson gyfa yng ngwynt dynas ddiflas fel Ella. Ti'n gwbod cystal â fi nosweithia mor llipa 'dan ni 'di'i gael dros y blynyddoedd. Wrth wadd chwanag o westeion, mi fedra i 'i chadw hi hyd braich . . .'

Wrth syllu i lygaid disglair ei wraig sad-gysidrodd Fyodor heb fethu dallt pam y tro ar fyd, ond eto'n ama'n syth fod rhywbeth y tu ôl i hyn, rhywbeth na wyddai amdano.

Siarsiodd hi:

'Fydd hi'n noson werth chweil, gei di weld.'

Roedd Inessa wedi sioncio drwyddi. Roedd yn edrach ymlaen yn barod, a gwasgodd ei ganol fel yr arferai ei wneud. Siarsiodd chwanag:

'Mi wna i'n siŵr y bydd hi.'

Trwy noethi ei ddannedd cytunodd yntau.

Drannoeth yn y dosbarth, roedd Larissa yn llawn o'r hanesion diweddara am y garwriaeth rhwng Valeriya Markovna a'u tiwtor o Westphalia, ac yn tynnu coes Alyosha am ei fod yn gwbod cyn lleied. Honnodd iddi weld y ddau yn cerdded fraich-ym-mraich hefo'i gilydd yn hwyr rhyw bnawn o *delicatessen* Yeliseyev, ac yn ôl y si ddiweddara gan Mademoiselle Babin, roedd Valeriya wrthi'n teipio ei lyfr ar *Hanes yr Eglwys Union-gred*.

Roedd gan Alyosha ei bryderon ei hun. Er ei fod yn cadw oed ag Aisha o hyd, roedd rhywbeth wedi newid, ac ni wyddai be yn iawn, dim ond ei bod hi'n fwy cyndyn nag y bu. Bob tro roedd o'n ceisio cydio yn ei llaw a'i gosod ar fotymau ei falog, fe dynnai ei bysedd i ffwrdd.

'Gad lonydd imi.'

Bob tro roedd o'n gwasgu ei bron, fe'i gwthiai oddi wrthi.

'Paid!'

Bob tro roedd o'n ceisio ei chusanu, roedd hi'n tynnu rhyw stumiau, ac un tro fe'i gwelodd yn sychu ei gwefusau hefo cefn ei llaw. Doedd Alyosha ddim yn dallt be oedd yn bod, na pham roedd hi wedi ei wrthod.

'Wyt ti'n cyboli hefo rhywun arall?'

'Na.'

'Dwi'n meddwl bo' chdi.'

'Meddwl di be t'isio.'

Aeth hyd yn oed eu sgwrsio'n rhyw golbio geiriol a'r ddau yn ateb am ateb bob gafael. Am nad oedd o fawr callach pam roedd hi'n bihafio fel hyn, teimlai Alyosha yn rhwystredig ac yn gas tuag ati, er nad oedd o isio teimlo felly, ac yn trio peidio, ond roedd o'n ddryslyd iawn ei deimladau.

Doedd o ddim yn un i ildio ar chwarae bach, yn enwedig gan ei bod hi'n lleddfu ei chwant o hyd – ond yn ôl ei mympwy rhyfedd. Hyd yn oed os mai dim ond yn ysbeidiol a thros dro roedd hynny, roedd yn well na dim. A'i chwant oedd yn mynnu bwrw ei awydd yn ei flaen, yr awydd i fynd gam ymhellach: yr awydd i brofi profiad go iawn. Dyna oedd o isio. Dyna'r cwbwl a oedd ar ei feddwl o nos a dydd a thrwy'r dydd.

'Sawl tro sy' isio imi ddeud 'paid'?'

'Aisha . . .'

'Ti'n fyddar ne' be?'

Gorwedd ar wastad ei gefn yn ei wely ei hun roedd Alyosha, yn teimlo yn annioddefol. Caeodd Aisha ei botymau a throi arno'n filain:

'Taswn i'n gadal i chdi, buan basach chdi'n 'laru ac isio ca'l madal arna i. Rhei fel'na 'dach chi i gyd . . .'

'Ddim fi . . .'

'Chdi hefyd. Gas gin i'r ffordd ma'r Ivan Kirilich 'na'n edrach arna i trwy'r amsar hefyd. Be 'sa fo'n mynd i'r afael â fi i lawr yn y gegin pan fydd neb o gwmpas? Pwy fasa'n 'y ngwarchod i rhagddo fo? Chdi?'

Drannoeth ar ei ffordd i'w wersi daeth Alyosha i gyfwrdd â Dunia, a oedd wedi bod â Georgik am dro yn y goets fach. Roedd hithau wedi clywed fod noson wedi ei threfnu ar gyfer Kozma Mikhailovich, a gwyddai Alyosha o sgyrsiau blaenorol fod Vadim, ei gŵr, yn gwasanaethu yn yr un gatrawd. Ers eu gwyliau haf ysgrifennodd sawl llythyr ato ar ei rhan; a darllenodd sawl llythyr a 'sgrifennodd rhywun arall drosto fo nôl ati hi. Trwy hynny roedd Alyosha ac Dunia wedi dod yn ffrindiau da.

'Ma' rhyw natur greulon yn Aisha,' dywedodd hi, gan oedi fel petai hi'n synfyfyrio ar rywbeth a fu'n pwyso ar ei meddwl. 'Ma' rhei merchaid fel'na . . .'

Holodd Alyosha:

'Sut?'

'Yn cael plesar wrth chwara castia hefo rhywun . . . Cadw'n glir ohoni. Nefoedd, dwi'n synnu fod y sôn amdanoch chi'ch dau heb gyrraedd clustia dy dad neu dy fam yn barod. Ma' Oxana 'di bygwth sôn fwy nag unwaith wedi i Ivan ddeud. Genod tebyg i chdi dy hun – dyna fasa ora i hogyn fel chdi.'

Noswaith y swper, fe gamodd Kozma Mikhailovich Alexandrov i'r cyntedd yn ei lifrai filwrol lawn, a'i gleddyf ar ei glun a sbardunau arian ei sodlau yn clincian ar y llawr marmor. Roedd Ella ei wraig ar ei fraich a Margarita a Larissa wrth eu cwt. Wrth i Fyodor ac Inessa eu croesawu, fe gymerwyd eu cotiau gan warchodwr y drws.

Cofleidiodd y ddau frawd.

Cusanodd Kozma gefn llaw Inessa a gwnaeth Fyodor yr un peth i law fechan Ella a'i boch welw a ogleuai o oerni'r nos. Diaddurn oedd gwisg Ella o'i chymharu â'r gwragedd eraill, ac er i Margarita a Larissa sôn am wisgo mwslim gwyn a rhubanau pinc, digon cyffredin oedd eu gwisgoedd hwythau hefyd.

O fewn dim, roedd llu o bobol wedi cyrraedd, ac yn eu mysg, aelodau o Lysgenhadaeth Ffrainc, swyddogion y fyddin, rhai actorion, rhai cerddorion. Cyflwyno pobol i'w gilydd oedd gwaith pennaf Fyodor.

'Andrei,' cydiodd ym mhenelin Rheolwr-gyfarwyddwr Banc Masnachol Azor-Don, 'gad i mi dy gyflwyno di i'r Marquis Villansinda.'

Gadawodd y ddau i sgwrsio. Roedd Inessa wedi troi ymysg y gwragedd gan gadw llygaid ar y morynion a oedd yn didol siampên i wydrau pawb. Cyrhaeddodd dau neu dri ar ôl y gweddill. Y beirniad llenyddol Chiva oedd un, mewn siwt las, ei wallt braidd yn flêr a'i farf angen ei thocio. Y darlithydd Velyaminov oedd y llall, a'i goler feddal wedi crychu a mymryn o lwch sigarèt ar ei lawes. Dyn fymryn yn ddiofal ohono'i hun fuo fo erioed.

Disylw iawn oedd Mademoiselle Babin. Eistedd yn dawel a wnaeth hi ar y *chaise-longue*. Ymunodd Larissa a Margarita â hi. Roedd gan y diwtores siôl dwrcaidd tros ei hysgwyddau, a gwisg ddu amdani, un hefo streipiau melyn a bwa o'r un lliw yn ei gwallt, a oedd wedi ei blethu yn 'falwod' tros ei chlustiau.

'Dwi mor falch fod mam wedi gadael inni ddwad yma heno.'

Roedd Larissa wedi darn-wirioni.

'Alyosha?' holodd wrth ei weld yn pasio.

'Be?'

Tynnodd ei thafod arno a chwerthin.

Yn sefyll mewn cylch gerllaw roedd Kozma yn sgwrsio hefo Louis de Robien ac Etienne de Beaumont o Lysgenhadaeth Ffrainc am y milwyr, ac a oedd gobaith o gwbwl i wthio byddin-oedd y Kaiser o'r Caparthian a Galicia. Doedd y Cadfridog ddim yn canolbwyntio. Roedd ei lygaid yn cael eu tynnu draw at y *chaise-longue*.

'. . . rydan ni'r Ffrancod wedi llwyddo i ddal gafael ar Verdun,' siaradodd Etienne de Beaumont yn ei lais undonog, 'ac ma'r Twrciaid yn cael eu herlid bob cam allan o Asia Minor . . .'

'Esgusodwch fi,' symudodd Kozma draw at Mademoiselle Babin. Holodd eu tiwtores:

'Sut mae'r ddwy yma yn dygymod hefo'u gwersi?'

'Yn dda iawn, chwarae teg.'

'Dwi'n falch o glywad.'

'Dysgu sut i 'sgrifennu llythyra wnaethon ni gan fwyaf y mis dwytha.' Edrychodd Mademoiselle Babin i'w lygaid. 'Ma' pawb yn lecio derbyn llythyr.'

Daeth Ella i'r fei a daeth rhyw ogla i'w chanlyn: rhywbeth yn debyg i laeth sur neu hen lwch lli. Roedd hi ar fin dweud rhywbeth wrth Margarita a Larissa ond tynnwyd sylw pawb pan gododd Louis de Robien ei lais,

'. . . y Balkans ydi apendics Ewrop. Wastad wedi bod . . .'

'Mae'r bwrdd yn barod,' sibrydodd Oxana yng nghlust Inessa.

Ar ôl y cwrs cynta, ac wedi i bawb gael hoe, diddanodd Kozma y gwmnïaeth hefo'r hanesion diweddara o'r ffrynt, ond gan sôn yn bennaf am brydferthwch gwlad Pwyl. Roedd o wastad wedi bod yn ddyn a oedd yn hoff o fyd natur, yn wahanol i'w frawd, a oedd yn ddyn dinesig i'r carn.

Inessa a ofynnodd:

''Naethoch chi ddim gweld Karsavina yn perfformio mewn balet yn Warsaw?'

'Do. Mi ddaeth hi draw yn unswydd er mwyn rhoi perfform-iad i'r swyddogion.'

'Sut berfformiad oedd o?'

Daliodd Kozma lygaid Mademoiselle Babin rhwng y blodau ar draws y bwrdd.

'Bendigedig o osgeiddig.'

'Dyna un fantais o fynd i ryfel,' dywedodd Inessa. 'Cael gweld gwir artist wrth ei gwaith . . .'

Yn ei flaen yr aeth Kozma i sôn am yr hwyl a'r gwmnïaeth ymysg swyddogion y fyddin ac am ymweliad annisgwyl y Tsar ei hun.

'Sut un oedd o i siarad hefo fo?' holodd Andrei hefo diddordeb ysol. ''Alla i ddim dychmygu bod yn yr un stafall ag o.'

'Dyn pwyllog.'

'Pwyllog ym mha ffordd?'

'Fel pob dyn gwirioneddol ddoeth, mae o'n meddwl cyn siarad.'

'Gan mai fo sy'n arwain y rhyfel, mae'n dda o beth ei fod o,' dywedodd Marquis Villansinda wrth sipio'i win. Hancesodd ei wefusau ac ochneidio. Roedd ei wyneb yn gochlyd a'i drwyn yn gigog, er bod ei farf yn denau, a'i fwstàsh yn fwy tila fyth.

'Ydi, mae hi,' atebodd Fyodor hefo rhyw ddwyster mawr.

Aeth Kozma yn ei flaen i siarad yn hwyliog, fel dyn di-boen, tra syllai Fyodor yn hir i wyneb ei frawd, ei wyneb sgwâr, a'i lygaid clir a edrychai yn dawel ar y byd, hefo edrychiad dyn a welodd gryn dipyn, ac a oedd wedi colli'r gallu i gael ei synnu bellach gan ddim, gan iddo dystio i bob math o ffieidd-dra ar faes y gad.

Doedd o chwaith ddim wedi colli'r arferiad o edrych ar draws pobol, yn hytrach nag arnyn nhw wrth siarad, ac ni chollodd yr arferiad chwaith o fod fymryn yn drahaus ac yn ddi-ildio ei farn.

Yn y man, safodd a chododd Fyodor ei wydryn mewn llwnc-destun.

'I'r Tsar a'i deulu!'

'Y Tsar a'i deulu!'

'I fyddinoedd Rwsia.'

'Byddinoedd Rwsia!'

'I fuddugoliaeth tros y Kaiser.'

'Buddugoliaeth tros y Kaiser.'

'I goncro dinas Berlin.'

'Dinas Berlin.'

Ni fu dim sôn am y llanast a'r lladd, na'r colledion enbyd diweddara yn y ffosydd, ddim mwy nag y bu sôn am yr ymosodiadau trychinebus yn erbyn byddinoedd yr Almaen. Gwyddai Fyodor mai dyna oedd y gwir. Y prynhawn hwnnw roedd ei frawd wedi taro heibio i'w ffatri. Ivan a yrrodd y ddau yn y motor-car am ginio i'r Clwb Hwylio. Dyna lle clywodd gan Fyodor am ynfydrwydd y cwffio a diffyg trefn y fyddin Rwsiaidd.

'Mi welis neb llai na'r Tywysog Dolgorukov hefo sigâr debol yn ei geg yn gyrru'i geffyl fel ffŵl dwl yn syth i ganol y bwledi. Ar wahân i sŵn y tanio o'r ochor bella y cwbwl ro'n i'n ei glywed oedd y fo yn rhegi mewn Ffrangeg. Cyn cyrraedd y weiran bigog gyntaf roedd tros hanner ei filwyr o'n gyrff celain y tu ôl iddo fo . . .'

Am mai fo oedd yn siarad fwyaf, ni fwytaodd Kozma ryw lawer.

'Mae dynion fel fo yn perthyn i natur rhyfela'r ganrif ddwytha, neu'r ganrif cyn hynny hyd yn oed. 'Newidian nhw fyth. Maen nhw'n gaeth i'w rhigol.'

'Be am y milwyr oddi tanyn nhw? Sut maen nhw'n teimlo?'

'Rydan ni'n gofyn iddyn nhw aberthu eu bywydau yn ufudd, Fyodor. A dyna maen nhw wedi bod yn ei wneud yn ddi-gŵyn hyd yma. Mae mwy na digon o bob un dim gan fyddin y Kaiser. Ond does dim chwartar digon o arfau ganddon ni. Ma' prinder gynau. Prinder bwledi. Prinder cleddyfau. Prinder o bob un dim. Ond dynion. Ond am faint y bydd hynny yn para?'

'Ti'n paentio darlun tywyll iawn.'

'Mae'r gwirionedd hyd yn oed yn dywyllach. Ond paid â sôn gair am hyn heno. Mae Ella yn poeni digon fel mae hi . . .'

''Sonia i yr un gair, paid â phoeni dim.'

Roedd Inessa yn ei helfen trwy'r nos ac yn sgwrsio'n frwd. Roedd ei gwar a'i gwddw mor loyw â marmor, ei gwallt yn sgleinio a'i gwisg o Siop Madame Duchlet o Stryd Morskaya yn drawiadol ryfeddol. Canlyn ffasiwn Paris a wnâi Inessa a dyna pam roedd ffrog *chiffon* wedi ei thorri'n isel amdani ac wedi ei gwisgo yn fain am ei chanol. Siaradodd fwy na neb, a'i llais yn fyrlymus a chynnes. Siaradodd fel melin bupur, yn parablu pymtheg y dwsin, yn gwenu ac yn chwerthin, yn union fel pe bai rhyw Inessa arall a fu'n llechu y tu mewn iddi wedi cael ei throi allan i galifantio.

Daliodd Inessa edrychiad Ella wrth iddi wgu ar rywbeth ond doedd hi'n malio iot. Sôn roedd hi am giniwia un pnawn mewn *restaurant* o'r enw Cubat, a oedd ond newydd agor ac yn lle gwerth chweil.

'Inessa?'

Daliodd ati i siarad ond cododd Fyodor ei lais fymryn.

'Inessa?'

'Be?'

Er mwyn rhoi taw ar ei pharablu, awgrymodd ei gŵr iddi ganu cân ac eiliodd amryw trwy gymeradwyo gan fod ganddi lais bendigedig. Taenodd ei gwisg yn ddestlus ac eisteddodd wrth y grand piano a swyno pawb â'i llais contralto isel a'r morthwylion bychain yn sboncio ar hyd y llinynnau. Roedd hi'n ei helfen. Gallai ganu caneuon clasurol operatig, neu dro arall, faledi sipsiwn hefo'r un *eclat*.

Agorodd y drws.

Trodd pawb o gwmpas y bwrdd ei ben i weld swyddog tal, main yn lifrai lawn swyddog o Ysgol Feddygol y Fyddin yn sefyll yno. Gwisgai fonocôl yn ei lygaid chwith, ac o dan ei drwyn, tyfai fwstàsh bach sgwâr.

'Mita Golitzin,' cyflwynodd ei hun. 'Mae'n wirioneddol ddrwg gen i fod yn hwyr.'

Eglurodd ei resymau – damwain rhwng tram a dwy goets ar Bont Elagin.

'Croeso aton ni.'

'Diolch.'

Camodd at gadair wag, yr un nesaf at wraig y Marquis Villansinda.

'Fy ngwraig i oedd ar ganol ein diddanu ni,' dywedodd Fyodor Mikhailovich.

Nodiodd Mita Golitzin ei dalcen.

'Inessa?'

66

Fferrodd eiliad ar y stôl. Wedyn, canodd gân ysgafn ac ymunodd pawb i gydganu'r cytgan – pawb ond Fyodor, a oedd yn mwytho rhyw dawelwch.

Edrychodd Alyosha ar Mita Golitzin wrth i hwnnw dynnu ei fonocôl a'i rwbio ar ei lawes. Chwythodd ar y gwydr cyn ei gorcio nôl yn ei lygaid. Llygaid brown-ddu, dyfnion oedd ganddo fo, mewn wyneb gwelw main. Main hefyd oedd ei lais pan siaradodd.

Daliodd Alyosha ar ei fam wedyn a chofiodd am ddau lun a welodd ohoni'n hogan ifanc. Wrth ddarllen trwy un o'i dyddiaduron yn hwyr un pnawn disgynnodd lluniau i'w law. Blwyddyn ei phriodas. Dwy ar bymtheg oed oedd hi ar y pryd – dyna'r cwbwl – ac roedd hi'n hawdd anghofio hynny – a'i dad yn ddyn yn ei oed a'i amser a newydd ddathlu ei ben-blwydd yn ddwy a deugain oed. Roedd yn fwlch o amser. Roedd wedi teimlo erioed fod ei dad yn hen.

A oedd pontio'r fath wahaniaeth oed yn bosib? Mewn un llun, eistedd ar stôl gron roedd ei fam, ei gwallt mewn dwy blethen yn hongian yn isel hyd ei chefn. Roedd caead y piano wedi ei godi a'i dannedd du a gwyn yn disgwyl dawns ei bysedd. Yn yr ail un, roedd wrthi'n canu'r piano, ond hyd yn oed mewn llun o'r fath, hawdd dweud mai cogio roedd hi, gan fod y ffotograffydd yn amlwg wedi gofyn iddi droi ei phen ryw fymryn i gil-edrych tros ei hysgwydd i lygaid y lens.

Heno, wrth iddi daflu amal i edrychiad draw at y gwesteion, asiodd y gorffennol a'r presennol yn un, gan fod ei hystum ger y piano yr un ffunud â'r llun. Edrychodd Alyosha arni. Roedd ei phrydferthwch yn drawiadol – ond yng ngwedd ei fam roedd y tegwch hwnnw rywsut yn ymddangos weithia fel rhywbeth yn chwilio am rywun newydd i'w lwyr werthfawrogi'n iawn. Sylweddolodd nad oedd hi wedi newid fawr ddim dros y blynyddoedd, ond wedi'r cwbwl, roedd hi'n ifanc iawn o hyd, yn ddim ond un ar ddeg ar hugain oed.

Diweddodd Inessa ei chân, cododd ar ei thraed a moesymgrymu tra cymeradwyai'r gwesteion.

Ymhen sbel, neilltuodd y gwmnïaeth i'r salon, ac o dan y siandelîr ddisglair, eisteddai cerddorfa fechan yn eu disgwyl a'r cerddorion yn cynhesu eu hofferynnau. Dechreuodd y dawnsio. Rhwng gwisgoedd y gwragedd a'r blodau trodd y stafell yn un chwrligwgan lliwgar.

Mynnodd Larissa ddawnsio hefo Alyosha.

'Be sy'?'

'Be sy' be, Lala?'

'Ti'n dawel iawn. Ti ddim yn mwynhau dy hun? Dwi heb fwynhau fy hun cymaint yn fy mywyd. Pam allwn ni ddim gwneud hyn bob nos? Ti'm yn meddwl y basa hynny'n hwyl? Cofia di, mi fydda i wedi blino bora 'fory . . .'

Wrth i'r ddau symud o gwmpas y llawr sylwodd Larissa fod rhyw forwyn ifanc yn rhythu arni â rhyw olwg ddryslyd-ddig ar ei gwep. Roedd Alyosha eisoes wedi sylwi ar Aisha, ac ar ddiwedd y ddawns ceisiodd groesi draw ati ond mynnodd Larissa ddawns arall.

Roedd meddwl Alyosha yn dryblith. Roedd o'n gwybod rhywbeth na wyddai neb arall mohono. Y swyddog tal, main. Yn lifrai lawn Ysgol Feddygol y Fyddin. Mita Golitzin. A'i fonocôl yn ei lygaid chwith. A'i fwstàsh bach sgwâr o dan ei drwyn . . .

'Pam rwyt ti'n rhythu ar y dyn 'na trwy'r amsar?' holodd Larissa.

'Pa ddyn?'

'Aw! Watshia! Ti'n sathru 'nhraed i eto!'

Wedi i'r ddawns orffen, aeth Alyosha i eistedd nesaf at Margarita. Sylwodd ar y swyddog main yn croesi'r llawr a chamu at ei fam, a oedd yng nghanol sgwrs hefo gwraig Louis de Robien. Cododd Inessa ei llygaid i edrych i'w lygaid a'r eiliad nesa roedd wedi cynnig ei fraich iddi. Safodd a chydgerddodd y ddau i ganol y llawr gan gymryd eu lle yn y *cotillion*. Doedd eu cydsymud ddim yn berffaith o bell ffordd. Daliai Inessa ei braich mewn rhyw osgo fymryn yn chwithig ond roedd Mita Golitzin yn edrych arni mewn modd na welodd Alyosha ei dad erioed yn ei wneud.

'Ble mae dy dad?'

Cododd Alyosha ei glustiau i glywed ei Fodryb Ella yn holi Margarita.

'Dwi wedi blino. Awn ni adra . . . mae hi'n hwyr . . .'

'Oes rhaid inni?' dechreuodd ei merch ieuengaf swnian.

'Oes . . . Digon ydi digon . . .'

'O, Mam!'

'Larissa! Taw â chwyno!'

Cododd Alyosha ar ei draed: 'Mi a i i chwilio am Ewyrth Kozma . . .'

Aeth allan o'r salon wedi iddo gerdded o gwmpas unwaith a methu ei weld. Camodd i'r coridor. Gwelodd Oxana yn diflannu i lawr pen y grisiau i'r gegin. Aeth yn ei flaen a sŵn y gerddorfa yn gwanio. Roedd drws stydi ei dad gil yn agored ond fel ag y closiai, camodd ei ewyrth allan. Safodd am un eiliad, a syllodd y ddau ar ei gilydd.

'I ble ti'n mynd?' holodd Kozma gan godi ei lygaid i edrach tros ei ben.

Eglurodd Alyosha.

69

'O'r gora. Deud wrth dy Fodryb Ella y byddwn ni'n cychwyn am adra cyn bo hir.'

Dychwelodd Alyosha tua'r salon, ond cil-edrychodd tros ei ysgwydd a gwelodd Mademoiselle Babin yn sleifio o ddrws y stydi gan gau botymau ei gwisg.

Tynnodd y noson i'w therfyn tuag un o'r gloch y bora.

Aeth Fyodor i'w wely yn teimlo'n drymaidd ac yn hen. Cofiodd pan gyfarfu â'i wraig am y tro cynta erioed. Cofiodd mor frwd oedd Inessa wrth wneud ei gorau i ennill ei barch, ac yn ceisio ei gorau glas i'w blesio, dim ots sut cyn belled â'i bod hi'n llwyddo, achos dim ond wedyn y gallai hi ei hun deimlo rhyw fath o ddedwyddwch. Be oedd eu priodas iddo fo? Cariad. Parch. Bodlonrwydd. Sicrwydd hefyd a gwahanfur rhag unig-rwydd. A'r awydd am etifedd. Cofiodd ei dad yn dweud wrtho rywdro nad oedd dyn yn ddyn nes bod ganddo fab. Roedd gan-ddo ddau. Gwyddai mai y fo oedd tad Alyosha, ond am Gosha, doedd o ddim mor siŵr . . .

Roedd o'n caru Inessa. Yn ei charu i'r byw. Yn ei charu o hyd. Roedd o'n grediniol ei bod hi hefyd, yn y dyddia cynnar o leiaf, yn ei garu o. Buan y darfu hynny. O fewn blwyddyn neu ddwy; neu efallai lai. Ni allai gofio. Ond cofiodd un peth yn iawn. Yn fuan wedi geni Alyosha dechreuodd Inessa garwriaeth hefo rhyw *poseur* o arlunydd bohemaidd a drodd ei phen. O fewn rhai cylchoedd, pentra bach iawn oedd Petrograd a phawb yn gwbod busnes pawb mewn dim o dro. Gwyddai Fyodor am garwriaeth gynta ei wraig mewn mwy o fanylder nag y dymunai, a hynny am iddo gyflogi ditectif preifat.

Hwnnw a ddeudodd y cwbwl wrtho fo am Mili Samoilovich Petreuko. Disgrifiodd ddyn tal, gwargram (o ddewis), mwstàsh moethus, gweflau tewion, talcan llydan hefo rhychau dyfnion (angst creadigol), het gantel lydan wedi ei gwthio nôl tros ei gorun, hefo crafàt sidan am ei wddw. Roedd o'n gwisgo mascara, a dillad isa ei gariadon, yn ogystal â threfnu orjis. Gwelodd y tu mewn i waliau cochion uchel carchar Sedletz unwaith am sgriblo graffiti anweddus ar ddrysau mynachdy Danskoi.

70

Bob yn eilddydd byddai'r ditectif yn cyfarfod â'i gyflogwr er mwyn darllan adroddiad am bob dim a welodd, ac a glywodd. Yn amlach na pheidio, byddai Fyodor yn amau ei fod yn cael pleser blysig wrth droi dalennau ei lyfr bach wrth adrodd ei nodiadau mewn llais undonog:

'Ac wedyn, mi ofynnodd hi i Mili, 'Pam? Oes gin ti gwilydd ohona i?' Ac wedyn mi atebodd Mili hi trwy ddeud . . . Ac wedyn mi ddeudodd hi wrth Mili . . . Ac wedyn mi atebodd Mili hi trwy godi'i lais a deud . . . Ac wedyn mi ofynnodd hi i Mili . . . Ac wedyn . . . wedyn 'nes i'm cweit dallt be'n union ddeudodd Mili yn ôl wrthi hi, achos erbyn hynny roedd hi wedi dechra sgrechian arno fo ac ati ac ati ac ati a bla bla bla.'

Hwnnw oedd y tro cynta – ond ddim y tro ola chwaith – i Fyodor Alexandrov gyflogi ditectif i ganlyn ei wraig wrth iddi ganlyn dynion eraill y tu ôl i'w gefn. Doedd o ddim yn ffŵl. Fe wnaeth yr un peth yn achos Mita Golitzin, ond yn wahanol i bob tro o'r blaen, y tro yma roedd yn benderfynol o gael ei wared o, dim ots sut. Heb godi sgandal. Dyna'r peth. Heb godi sgandal, meddyliodd cyn mynd i gysgu. Roedd hynny'n bwysig. Sut oedd y cwestiwn?

Enw ewyrth Alyosha, brawd iau Inessa ei fam, oedd Artyom. Neu y 'Parisien' fel roedd pawb yn ei alw. Dyn i godi hwylia pawb mewn dim o dro oedd Artyom. Dim ots be fyddai'r achlysur, roedd o wastad yn byrlymu'n llawn direidi, yn tynnu coes a chwerthin, yn frwd a ffraeth a phawb yn dotio a gwirioni.

Roedd ganddo fo edrychiad yn ei lygaid hefyd, edrychiad a barai i famau warchod eu merched. Gwell o'r hanner gen Artyom oedd cwmpeini gwragedd na dynion – gwragedd o bob math, a genod ifanc hefyd – genod i 'godi blewyn' fel y dywedodd wrth Alyosha unwaith pan oedd yn rhy ifanc i'w ddallt.

Artyom oedd dandi'r teulu. Ers blynyddoedd, cyn i'r rhyfel dorri, doedd hi'n ddim ganddo fo i godi pac a gyrru'r holl ffordd o Baris i Petrograd. Bob tro y byddai'n cyrraedd roedd hynny wastad mewn motor-car newydd sbon danlli grai a dystiai i'r ffaith ei fod yn ffynnu draw yn Ffrainc.

Roedd Margarita a Larissa yn ffond iawn o Artyom ac yn ei ystyried yn Ewyrth, er nad oedd o'n perthyn trwy waed o gwbwl. Ei bleser mwya bob amser oedd didol anrhegion i bawb. Roedd o wastad yn llawn o syrpreisus, a doedd o byth yn dwad yn waglaw o Baris, ac yn amlach na heb roedd pawb yn gwirioni, yn enwedig Inessa, a hyd yn oed Fyodor, a fyddai yn edliw iddo am wario cymaint o bres ar ei gownt o.

Adeg Nadolig 1913 – y Nadolig olaf cyn i'r Rhyfel dorri yn haf 1914 – daeth ag anrheg arbennig i'w frawd-yng-nghyfraith. Tan godi ael ar ei chwaer a wincio'n slei, honnodd Artyom:

'Wn i ddim a ydi o da i rwbath ne' beidio . . . ond mi ges i o yng nghefn café La Rotonde yn Montparnasse.' Pesychodd yn dyner i'w ddwrn. 'Picasso ydi enw'r dyn fuo wrthi, ac ma' amryw'n dweud 'i fod o'n magu dipyn o enw iddo'i hun . . .'

Diolchodd Fyodor yn gwrtais, ond yn ei fyw 'welodd o erioed ddim byd mwy di-chwaeth. Roedd Inessa yn llawer iawn mwy hael ei gwerthfawrogiad o waith yr artist. Roedd hi hefyd wedi darllen am Picasso mewn rhyw gylchgrawn chwarterol a pharodd ei chanmol i'w gŵr deimlo'n ffŵl o flaen ei frawd-yng-nghyfraith.

Eleni eto, ar waetha'r rhyfel, dychwelodd at y teulu, gan gyrraedd Petrograd ddeuddydd cyn y Nadolig. Er iddo fo alw draw i weld ei chwaer a'i frawd-yng-nghyfraith, nid ar aelwyd Fyodor ac Inessa roedd o'n arfer lletya tros yr ŵyl – ond yn ei wely ei hun, yn ei hen lofft ei hun, yn nhŷ ei fam a'i dad.

Curodd ar y drws a gallai glywed yr hen was Til yn clunhercian yn gloff ar draws y cyntedd. Roedd ei dad, Vasillii Karlovich Riuminskii, yn cysgu – fel y gwnâi bob pnawn am awr ar ôl bwyta'i ginio – ond cofleidiodd y fam ei mab a'i gusanu yn union fel pe bai eto'n hogyn bach.

'Dda dy weld di . . .'

Roedd hi'n gwisgo ei choler o berlau fel erioed.

'Dda gweld chitha hefyd, Mam. 'Dach chi heb newid blewyn.'

Â'i dwy law am ddwy foch ei mab, atebodd Anna Timurovna Riuminskii:

'Taw wir . . .'

'Edrach cystal ag erioed . . .'

'Ti wastad wedi bod yn hogyn ffeind . . .'

'Wir yr rwan . . . cystal ag erioed . . .'

'Chditha hefyd, Tyoma, 'y ngwas annwyl i.'

Gwasgodd o ati unwaith eto, nes y teimlodd Artyom yr oriawr, a oedd yn hongian ar ruban o gwmpas ei gwddw, yn gwasgu'n boenus i'w frest.

'Dwi mor falch dy fod ti adra'n saff . . .'

Gorchmynnwyd Til i roi cnoc ar ddrws llofft ei gŵr, ac o fewn dim roedd y tri yn rhoi'r byd yn ei le, ac yn byrlymu trwy'r hanesion diweddara am deulu a chydnabod, cyfoedion a chymdogion. Ar ôl rhyw deirawr, teimlai Artyom nad oedd wedi gadael Petrograd erioed, ac erbyn hynny, roedd ei fam yn mynnu ailadrodd straeon roedd eisoes yn eu gwbod tu-chwith-allan, a'r rheini wedi llwydo, a'r rhan fwya o'r bobol roedd hi'n eu dwyn i gof yn eu beddau ers blynyddoedd. Roedd hi'n hwyr glas ganddo adael ei rieni, ac wedi bwyta yn eu cwmni (a meddwl fod y *soufflé* braidd yn sych), trawodd ei gôt a'i sgarff amdano ac aeth allan.

Draw i dŷ Yevgeny Ivanych yr aeth o, neu Orlov fel roedd pawb yn ei nabod. Dywedodd ei forwyn (a fu'n hogan debol erioed, ond a oedd wedi dechrau pesgi o ddifri o gwmpas ei chanol a'i chluniau erbyn hyn) nad oedd ei meistr gartra.

'Aeth o allan ganol y pnawn.'

'Ti'm yn gwbod i ble?'

"I fusnas o ydi'i fusnas o. Dydi o byth yn deud 'run gair wrtha i.'

'Sgen ti'm syniad pryd daw o'n 'i ôl chwaith?'

'Fel deudis i . . .'

'Ti'n gwbod dim.'

'Na.'

Caeodd y drws a chamodd Artyom i lawr y grisiau, cerdded ar hyd y stryd a neidio i mewn i'r *droskii-cab* cynta a ddaeth i'w gyfwrdd, a gorchymyn y gyrrwr i'w ddanfon draw i'r Plikin. Gyrrodd hyd y Neva ddwys – yr afon ddu – a'i phontydd gleis-ion wedi eu rhibyn-oleuo gan lampau'r gwyll, nes taflu cysgod-ion ar hyd talcenni a phileri'r palasau. Taniodd Artyom sigarèt wrth groesi'r bont i Ynys Vasilyevski a gweld cysgodion y cychod bychain yn bobio oddi tano, a'r badau llonydd, a ddaeth ar y lli o fforestydd pell, yn orlawn o goedydd tamp. A'r march yn trot-ian yn gynt, dywedodd y gyrrwr tros ei ysgwydd,

'Mi gafodd y Plikin 'i ailenwi ryw gwta ddeufis nôl.'

'A'i enwi'n be?'

'Tydi blys newid pob un dim 'di mynd i ben pawb? Pam fedar pobol ddim bodloni ar betha fel ma' nhw?'

Gan fod yr *isvostchik* yn amlwg heb ei glywed, holodd Artyom yn uwch be oedd yr enw newydd.

'*Restaurant-bar* y Solovyov, os gwelwch chi'n dda. 'Dach chi'n ddyn 'di bod i ffwrdd, ma'n amlwg? Yn y rhyfal, siŵr gen i? Offisar, debyg?'

Drwy gydol y daith draw i'r Vladimirski Prospekt holodd y gyrrwr o'n dwll, ond yn ôl ei arfer, pan fyddai yn siarad hefo dieithriad, cyndyn iawn oedd y Parisien i ddweud dim byd o bwys amdano'i hun na'i fusnes. Edrach braidd yn gam arno ddaru'r gyrrwr pan setlodd ei ddyled. Am na chafodd ddim o'i groen ni ddymunodd noswaith dda ac aeth i ffwrdd yn swta. Gwenodd Artyom wrtho'i hun. Roedd pawb trwy Petrograd yn gwybod mai llygaid a chlustiau heddlu cudd y Tsar – yr *Okranha* – oedd pob gyrrwr tacsi.

Roedd Artyom yn disgwyl gweld y Plikin wedi ei weddnewid yn llwyr, ond heblaw am yr enw newydd ar y tu allan, roedd ei du mewn yn union yr un fath, a'r un staff yn union oedd wrthi'n gweini fel erioed. Wrth glosio at y drws, clywodd ffidil yn canu walts. Roedd y gerddoriaeth fel petai yn hidlo i fyny trwy'r palmant. Camodd heibio i'r llenni, tynnu ei gôt a'i sgarff a'u rhoi yn nwylo'r ddynas i'w hongian yn y stafell fechan nesaf at y cyntedd. Camodd i lawr y grisiau ac i ganol trwch o fwg a dwndwr siarad llond stafell o bobol. Dallwyd o eiliad gan wynder llachar y tair siandelîr enfawr.

Doedd o ddim yn cofio fod y byrddau mor agos at ei gilydd. Bu'n rhaid iddo gamu wysg ei ochor heibio i gefnau rhai cadeiriau er mwyn cyrraedd at y pen pellaf. Aeth heibio i chwerthin dynion mewn siwtiau, gwragedd a'u hysgwyddau a'u breichiau noethion. Roedd hi'n amlwg mai sipian siampên trwy welltyn oedd y ffasiwn ddiweddara. Gwelodd Artyom ei hun yn y drych mawr ar y mur, ond clywodd rywun yn galw'i enw.

'Artyom!'

Ei ffrind Perarskii oedd y cynta i'w weld; roedd eisoes wedi codi ar ei draed. Galwodd ei enw eto. A'r tro yma, fe welodd

Artyom o. Trodd Kukushkin er mwyn rhythu draw, a'i fraich yn hongian yn llipa tros gefn ei gadair. Cofleidiodd y tri tan chwerthin a churo cefnau ei gilydd a thynnu coes ynglŷn â phwy a oedd wedi magu'r pwysau tryma a britho fwya ac ati, cyn eistedd a gweinydd eisoes yn morol potel arall o fodca i'w gosod ar y bwrdd.

'Sut mae bywyd Paris yn dy drin di?'

'Fel brenin.'

'Ti'n dal i weithio i dy frawd-yng-nghyfraith, Fyodor Mikhailovich, o hyd?'

'Er fy mhechoda.'

'Sgen ti'm awydd gwneud rhwbath arall?'

'Fel be?'

Siaradodd y ddau ar draws ei gilydd wrth ei holi.

'Ddim hiraeth dwad nôl 'ma i fyw chwaith?'

'Finna'n byw ar ben 'y nigon?'

'A'r merchaid?'

Holodd Kukushkin fel erioed hefo'i geg siâp calon a'i fwstàsh bach sgwâr a symudai fymryn yn ôl ystum ei wefus.

'Tro dwytha gwelis i chdi, roeddach chdi'n canlyn dwy 'run pryd,' dywedodd Kukushkin yn flysig. 'Faint sgen ti erbyn hyn? Tair ne' bedair?'

Braidd-chwarddodd Artyom wrth bwffian ei sigâr a dweud ei bod hi'n braf gweld fod rhai petha yn Rwsia yn aros yn union yr un fath.

'Rwan fod 'u gwŷr a'u cariadon nhw i ffwrdd yn cwffio, synnach chdi gymaint o ferchaid Petrograd sy'n hollol wyllt am dipyn-o-ti'n-gwbod-be . . .'

'Chditha'n gneud yn fawr o'r cyfla debyg, Kukushkin?'

'Wirion i beidio baswn?'

Winciodd Perarskii ar Artyom, a fygodd ei awydd i chwerthin. Doedd neb tebyg i'w ffrind am ei frolio'i hun lle roedd merched yn y cwestiwn.

Wrth godi'i fodca, holodd Artyom:

'Pam nad ydi Gruzin ddim hefo chi heno?'

'Adra'n 'i wely.'

Ailgynheuodd Perarskii ei sigâr.

'Annwyd trwm ers dechra'r wsnos.'

'Ac Orlov?'

Gwenodd Kukushkin wrth rwbio'i fys yn ôl a 'mlaen yn awgrymog o dan ei drwyn nes peri i Perarskii chwerthin.
Edrychodd Artyom o'r naill i'r llall gan ddisgwyl rhyw eglurhad ond gwrthododd yr un o'r ddau adrodd yr hanes yn iawn, dim ond rhyw chwara mig, pentyrru jôcs gan edrych ar ei gilydd wrth bryfocio – ''nawn ni ddeud wrtho fo neu 'nawn ni ddim?' – a chwerthin chwaneg.
Bu'n rhaid i Artyom ddisgwyl nes cyrraedd y casino cyn cael clywed y gwir i gyd.

'Orlov? Yn canlyn?'

'Rhyw hysteric . . .'

'Dwi'n 'i nabod hi?'

'Dwi'm yn meddwl bo' chdi, Zinaida.'

'Zinaida Ernestovna . . .'

'Hysteric,' pwysleisiodd Kukushkin wedyn gan ddili-dalio gosod bet neu beidio.

'Fedar hi'm byw hebddo fo.'

'Bys â modrwy? Neu fys difodrwy?'

'Bys â modrwy.'

Edrychodd y *croupier* mor haerllug â Phwyliwr aristocrataidd wrth alw pawb o gwmpas y bwrdd i osod betiau terfynol.

''Ŵyr neb fawr o'i hanas o. Rhyw ddyn busnas . . .'

Chwyrlïodd yr olwyn.

'Ddim yn brin o bres, chwaith. Maen nhw'n byw yn un o'r tai mawr crand 'na ar y Znamenskaya . . .'

Colli'n drwm a wnaeth Artyom y noson honno, ond yn ôl ei arfer, doedd o ddim i'w weld yn malio; yn hytrach honnai'n hollol ddihitio fod ganddo gyflenwad di-ben-draw o arian.

Am dri o'r gloch y bora, datglôdd Kukushkin y drws. Oer a digroeso oedd ei apartment, ac er bod pob un dim fel pin mewn papur (bron yn boenus o lân a thaclus), teimlad digysur hollol oedd i le'r hen lanc. Morwyn yn pendwmpian a aeth i mofyn gwydrau a photelaid o fodca. Teimlai Artyom ei fod wedi cael ei wala o ddiod am un noson ac ymestynnodd i boced ei wasgod a thynnu pecyn lledar allan.

'O Marseilles.'

'Marseilles . . .'

Adleisiodd Perarskii mewn rhyw lais breuddwydiol.

'Gant y cant yn bur.'

'Do, mi flas.'

'Stwff gora gewch chi'n Ffrainc heddiw . . .'

Holodd Kukushkin:

'Be hudodd chdi i fan'no? Busnas?'

Cymerodd Artyom arno beidio â'i glywed. Wrth ddidol y *cocaine* rhwng y tri, roedd Artyom yn awyddus i glywed chwanag o hanes cariad newydd Orlov, ond â'i lygaid yn drymion, torrodd Kukushkin ar ei draws trwy siarad yn flysig:

'Hannar cyfla, ac mi rown i un iddi.'

Gwnaeth Artyom ryw ymdrech i led-chwerthin ond roedd wedi blino ar y brolio.

'Ar 'i chefn fasa hi, finna'n 'i thrin hi. 'I thrin hi fel na chafodd 'i thrin erioed, gen 'i gŵr ne' gen bwy bynnag, fasa hi yn 'i seithfad ne', ac yn saff i chi, fasa hi'm isio gwbod am Orlov ar ôl noson hefo fi . . .'

O fewn hanner awr roedd Kukushkin yn rhyw fudur gysgu – heblaw am blwcio deffro bob hyn a hyn, agor ei lygaid a syllu fel o'r newydd ar y stafell cyn disgyn i gwsg drachefn.

Tueddai sgwrsio Artyom a Perarskii i fod yn llai gwamal a sinicaidd. Buan y clywodd y Parisien galon y gwir. Rhyw wythnos ynghynt roedd Zinaida Ernestovna wedi gadael ei gŵr a symud i fyw at Orlov.

"Chafodd o fawr o ddewis yn y mater . . .'

'Pam?'

'Tasa rhyw ddynas yn dadlwytho ei hun arnach chdi heb na bw na be, be fasa chdi'n 'i 'neud?'

'Yn hollol ddirybudd?'

'Heb na bw na be . . .'

'Synnu ydw i 'i fod o, o bawb – dyn fel Orlov sy mor giwt am 'i betha'i hun – wedi'i gadal hi tros riniog y drws . . .'

'Synnu ma' pawb arall hefyd.'

Chwarddodd y ddau.

'Ond dyna be wnaeth hi. Pan gerddodd hi i mewn, mi ddeudodd yn blwmp ac yn blaen 'i bod yno i aros am byth. Cofia di, roedd o'n chwara hefo tân. Roedd o wedi rhyw led-ofni y gallai hi wneud rhywbeth byrbwyll – ma' hi'n gallu bod yn ddynas wyllt – ond feddyliodd o 'rioed y basa hi'n dwad ato fo i fyw chwaith.'

Chwarddodd Artyom yn uwch wrth ddychmygu ymateb Orlov, a dweud:

'Berig 'i fod o wedi taro ar 'i fatsh yn hon . . .'

'Berig iawn. Ma' hi'n ddynas benderfynol. Dynas sy'n dallt be mae hi isio. Ac yn mynnu ei gael o hefyd. Ti'n gwbod cymaint o hen lanc 'di Orlov. Yn lwmpyn disymud sy'n mynnu dilidalio o hyd . . . Yn y bôn, be wnaeth Zinaida ond gwthio penderfyniad arno fo. Roedd hi'n gwbod yn iawn na fasa dim byd yn digwydd fyth oni bai 'i bod hi'n penderfynu mai fel hyn roedd hi i fod – a gweithredu.'

'Leciwn i fod wedi bod yn bry ar y wal pan osododd hi 'i siwtces i lawr.'

'A finna. Cofia di, mi ddeudodd hi wrtha i mai hefo Orlov roedd hi isio byw ac isio byw am byth. Deud 'i bod hi'n ei garu'n wirion a dwi'm yn ama – 'falla mod i'n 'rong – ond yn 'i ffordd ei hun – ma' Orlov yn ei charu hi hefyd.'

'Er ei fod hefyd yn caru'i ryddid i fyw fel dyn annibynnol yn fwy?'

'Ama dim. Ond ma'r drwg wedi ei wneud rwan tydi? 'All Zinaida Ernestovna fyth fynd yn ôl at ei gŵr.'

'Mwy nag y gall Orlov yn hawdd ei throi hi allan chwaith?'

'Yn union. Mae hi yno i aros dydi? Ond am ba hyd 'di'r cwestiwn?'

Ar y seithfed o Ionawr – ar fora dydd Nadolig – canwyd holl glychau eglwysi'r ddinas. Ar ôl iddo gadw cwmni i'w fam a'i dad mewn gwasanaeth yn Eglwys Gadeiriol Kazan, gyrrodd Artyom yr hen bobol draw i dŷ Inessa a Fyodor.

O dan ei gôt wlanen drwchus, gwisgodd y Parisien siwt lwyd olau o'r toriad perffeithiaf, crys sidan pinc a thei bychan, ac am ei draed roedd pâr o sgidiau lledar cain wedi eu gwneud gan un o gryddion gorau Paris mewn gweithdy mewn cowt bychan y tu cefn i'r Avenue de l'Hippodrome.

Roedd Artyom yn orlwythog o anrhegion, a bu Ivan ac Oxana wrth eu gwaith am bwl yn eu dadlwytho a'u cario i mewn i'r tŷ. Cerddodd Vasillii a'i wraig i'r cyntedd a chynigiodd Anna foch oer i'w chusanu i'w mab-yng-nghyfraith.

'Croeso atom ni a bendithion yr Ŵyl.'

Helpodd Inessa a Fyodor y ddau i ddiosg eu cotiau gan fod Ivan mor brysur. O dan ei gôt, gwisgai Vasillii drowsus twrc-aidd (am ei fod yn gyfforddus), cap bychan o sidan ar ei gorun ac am ei draed sliperi tartar. Teimlai ei fod yn hollol addas i hen ŵr fel fo wneud yr ymdrech i wisgo'n draddodiadol ar ddydd Nadolig.

Gynta ag yr oedd Fyodor yng nghwmni ei dad-yng-nghyfraith, byddai'r sgwrs yn troi at brif ddileit Vasillii Karlovich.

'Fuoch chi allan ar afon Pasha yn ddiweddar?'

'Ddim yn ddiweddar. Ond mi fûm i'n saethu chwiaid gwylltion ar Lyn Lagoda ryw bythefnos yn ôl.'

Oherwydd ei frest, doedd Vasillii ddim wedi bod allan yn yr awyr iach gymaint ag y dymunai y flwyddyn honno. Am flyn-yddoedd lawer bu'n aelod selog iawn o Undeb Helwyr Karelian, ac yn Llywydd am dair blynedd yn olynol.

Cusanwyd Anna Timurovna gan ei merch, Inessa, ond mynnodd yr hen wreigan wisgo'i menyg gwlân am ryw hyd eto, gan fod ei bysedd mor oer.

'Dowch, dowch at y tân . . .'

Yn fuan wedyn, cyrhaeddodd Kozma, Ella, Margarita a Larissa. Gwisgai Kozma gôt ddu laes hyd at ei sodlau, a chôt a oedd ddim yn annhebyg i gasog mynach. Sylwodd Alyosha ar yr edrychiad pruddglwyfus yn wyneb hir ei ewyrth. Roedd ei lygaid yn ddyfrllyd a'i drwyn yn rhedeg, a dim ond wedyn y cafodd ar ddallt ei fod yn diodda' annwyd trwm, a'i fod dan y funud ola wedi bod rhwng dau feddwl p'run ai i ymweld neu beidio. Yn ôl ei harfer, gwisgodd Ella yn llwm ond roedd ei dwy ferch yn eu gwisgoedd mwslim a'u rhubanau pinc, a'u trwynau a'u bochau'n gochion.

Syrpreis arbennig Artyom i'r teulu oedd camera newydd y daeth â fo hefo fo bob cam o Baris. Tynnodd y teclyn o focs pren wedi'i leinio hefo melfed piws. Roedd bocs arall hefyd, i gadw'r bi-pod a blygai, poteli bychain o wahanol gemegau, lensus amrywiol a gwahanol fflachiadau.

'Wyt ti'n dallt be ti'n 'neud?' holodd ei dad.

'Ydw. Dwi hyd yn oed wedi bod am wersi.'

'Gwersi hefo pwy?' holodd ei fam, gan edrach braidd yn bryderus.

'Hefo'r pen bandit ei hun, meistr y meistri . . . Monsieur Hugo Monges. Roedd yn rhaid imi. Er mwyn cael gwbod sut i gael y gwerth gora o'r camera.'

Roedd ar dân i dynnu llun y teulu cyn i bawb ista i ginio, er i Anna Timurovna dynnu'n groes. Tynnwyd llun. Doedd Artyom ddim yn fodlon.

''Rhoswch, 'rhoswch lle rydach chi – neb i symud!'

Grwgnach yn hapus a wnaeth y teulu.

'Eiliad fydda i. Alyosha, dwi'n gwbod fod gen ti wynab hyll fel pechod, ond paid â thrio'i guddio fo tu ôl i ysgwydd Margarita . . .'

Chwerthin.

'Pawb i wenu! Lala, gwena!'

'Dwi *yn* gwenu!'

Sylwodd Alyosha ar ei ewyrth Kozma yn rhoi ei fraich am ganol Mademoiselle Babin, a gwyrodd hithau ei phen fymryn, nes roedd yn gorwedd ar ei ysgwydd. Dal i deimlo'n anfodlon roedd Artyom. Mynnodd dynnu llun mwy *avant-garde*, ddim yn y salon ond yn y llofft orau gan fod lletach, dyfnach goleuni yno, ac yn ôl ei arfer, actiodd y clown, nes bod pawb yn glana chwerthin ar ben ei stumiau hurt.

Galwyd pawb i'r bwrdd. Yn ôl ei arfer, Vasillii Karlovich a offrymodd weddi o ddiolch am holl fendithion y flwyddyn a aeth heibio.

'Mae Crist Iesu wedi ei eni,' cyhoeddodd yr hen ŵr.

'Mawrygwn Ef,' atebodd y teulu a'r gweision fel un.

Wedi i bawb eistedd, Anna Timurovna a aeth o gwmpas y bwrdd i dynnu croes o fêl ar dalcen pawb.

'Yn enw'r Tad a'r Mab a'r Ysbryd Glân,' camodd yn bwyllog o berson i berson, 'bydded ichwi fwynhau melys bethau bywyd yn ystod y flwyddyn sydd ar ddyfod . . .'

Llifodd mymryn o fêl i lawr rhwng dau lygad Artyom hyd at flaen ei drwyn. Hefo'i dafod fe'i llyfodd wrth dynnu llygaid croes nes peri i Larissa wichian-chwerthin yn afreolus.

'Bihafia!' gwgodd ei mam o dan ei gwynt.

Rhannwyd y bara. Cafwyd cinio Nadolig deuddeg cwrs traddodiadol wedyn. Ar ôl hynny, didolwyd yr anrhegion yng nghanol miri a sbri a sbleddach papur lapio, a oedd yn prysur hel yn llwyth o dan draed. Yng nghanol llawnder o chwerthin a siarad, dotiodd pawb yn ei dro.

'Dyma chi.'

Rhoddodd Larissa anrheg i Mademoiselle Babin.

'Gan Margarita a fi.'

'Diolch yn fawr.'

Cododd y Ffrances ei llygaid a gwelodd Kozma yn syllu arni. Cododd y mwclis.

'Wel?' holodd Larissa, 'be 'dach chi'n feddwl?'

'Tlws iawn.'

'Pam na wisgwch chi nhw rwan?'

Yn eistedd nesa at ei nain roedd Alyosha. Roedd hi'n dwrdio Vasillii o dan ei gwynt:

'Paid ti â meiddio holi Kozma am y rhyfel. Diwrnod i anghofio pob rhyfel ydi heddiw.'

'Mi hola i o hynny dwi isio. Dydi'r papura newydd bellach ddim yn betha i'w coelio.'

'Sdim isio holi dim.'

'Propaganda ydyn nhw i gyd. Ma'n well gen i glywed calon y gwir waeth pa mor erchyll ydi hynny . . . Be ddeudi di, Alyosha, 'y ngwas i?'

'Dwi'n cytuno hefo chi, taid.'

'Da was.'

Roedd y teulu mewn hwyliau da, a sylwodd Alyosha fod hyd yn oed ei fam a'i dad fel petaen nhw wedi ailganfod rhyw hen dynfa a fu unwaith rhyngddyn nhw.

Roedd ei daid wedi dechrau ffwndro ac yn ei ailadrodd ei hun. Dywedodd fwy nag unwaith:

'. . . mor bwysig ydi 'nheulu i mi.'

Dywedodd yr un peth o fewn rhyw awr wedyn:

'. . . wn i ddim lle baswn i heb fy nheulu.'

Dywedodd hefyd mai bendith ac anrhydedd ydi bywyd pawb.

'. . . waeth befo pwy ydi o neu hi – mae gan bawb ei gyfraniad i'w 'neud. I fyw yn dda mae'n rhaid i ddyn fyw fel dyn dall sy'n gweld dim ac yn chwantu dim heblaw am yr hyn mae o isio'i weld a'i chwantu. Dyna'r agosa y daw dyn at ganfod hapusrwydd, Alyosha. Ac ma' plant yn gysur mawr. Trwy ei blant mae dyn yn cael rhyw ail gyfla i 'neud yn iawn am ei ddiffygion ei hun. Dwi mor falch fod Inessa wedi priodi yn dda, a bod Artyom yn llewyrchu cymaint ym Mharis. 'Fasa dim byd yn gasach gen i na meddwl fod fy mhlant i fy hun wedi etifeddu fy ngwendida i . . .'

'Pa wendida oedd y rheini?' holodd Alyosha.

Taniodd ei daid sigâr.

'Do mi weld . . .'

Clepiodd gaead y bocs.

'Pa wendida?'

Synfyfyriodd wrth droelli mwg o'i geg.

''Fasa dim byd yn fy siomi i'n fwy na gweld fy mab fy hun yn gamblo, fel y gwnes i. Dwi'n gwbod na 'neith o ddim am 'i fod o'n gallach dyn o'r hannar na hynny . . . Mi fethis i â choncro fy

86

hun, a hyd nes gneith rhywun hynny, 'neith o fawr ddim byd ohoni'n y bywyd yma.'

Gwasgodd ei ben-glin:

'Alyosha, addo i mi nad ei di fyth i gamblo . . .'

Addawodd.

Hefo llygaid wedi lleithio fymryn, dywedodd ei daid:

Ma' dy dad yn ddyn da, yn ddyn da iawn hefyd, ac wedi bod yn dda iawn wrth hen begor dwl fel fi . . . Ma' gen i gymaint o gwilydd o betha dwi wedi eu gwneud . . . petha alla i mo'u dad-wneud. . . petha . . .'

Chwythodd ei drwyn i'w hances.

'Bydd di fel dy dad – bydd di'n hogyn da. A gweithia. Paid â mynd i ofera. Gweithia, pa waith bynnag 'nei di. Ti'n gaddo?'

'Ydw.'

'Yn hwyr neu'n hwyrach, 'mots sut, ond ma' pob dyn yn siŵr o ddangos ei wir ochor. Ffrwyth gweledig o'r gwreiddyn anwel-edig sy'n y galon ydi pob un ohonan ni. Ma' bywyd dyn yn siŵr o effeithio ar ei natur o'i hun, ar deimlada ei teulu a'i gyd-ddynion – er da neu ddrwg. Ond cofia fod gweithredoedd bywyd dyn yn ei ganlyn o i'r Farn Fawr. Cofia di hynny. Yn awr y cyfri mi gawn ni i gyd ein barnu.'

Ar ôl gorffen agor yr anrhegion, aeth Vasillii Karlovich i daro'i ben i lawr am awr neu ddwy, fel y byddai'n effro ac yn fwy o gwmpas ei betha erbyn y byddai'n amser i bawb fynd i'r offeren.

Aeth Fyodor, Inessa, Anna, Kozma, Professor K.K. a Mademoiselle Babin i chwarae *durak*. Gwahoddwyd Alyosha i ddwad at y bwrdd – a'i nain yn ei atgoffa fel y dysgodd hi fo sut i chwarae cardia pan oedd yn hogyn bach – ond gwrthododd.

Pan oedd ar fin mynd i chwilio am Aisha, cafodd ei dynnu o'r neilltu gan ei ewyrth, a gododd ei fys bach arno fo.

'Canlyn fi . . .'

Yn stydi ei dad, dywedodd wrth Alyosha:

'Cau'r drws.'

Cododd ael:

'O ryw le bach y gwn i amdano fo, yli.'

Tynnodd Artyom becyn bach llwyd o boced ei wasgod.

'Anrheg go sbeshial gen dy hen Ewyrth, 'rholl ffordd o Montmartre.'

Ymestynnodd Alyosha amdano, ond daliodd Artyom y pecyn o'i afael a slapio'i fysedd yn ddireidus.

'Ah, ah, na, na. Ar yr amod na soni di'r un gair wrth Mami na Dadi, ac os down nhw i wbod, wada i'n ddu-las fod a 'nelo fi ddim byd â'r peth. Dallt?'

Gwenodd Artyom pan nodiodd ei nai.

'Da hogyn.'

Rhwbiodd ei wallt. Yr eiliad y cafodd ei gefn, palfalodd bysedd Alyosha yn y pecyn. 'Be sy' mor sbeshial?' meddyliodd wrtho'i hun wrth rwygo'r papur gynta ag y gallai. Gwelodd pam . . . ar draws ei wegil, teimlodd ryw gryndod – a rhyw ias ryfeddol yn gymysg hefo rhyw groes-deimlad o ffieidd-dra hefyd. Safodd yn ei unfan yn syllu'n araf, araf o gerdyn i gerdyn. Ar gefn pob un roedd llun o ddyn noeth a dynes noeth, dwy ddynes a dyn, dyn a thair dynes, dynes a dynes, dwy ddynes a dynes a dynes a chi.

Ben ucha a phen isa, yn orweddog neu ar droed yn erbyn rhyw ffrâm ffenest, roedd eu stumiau'n ddi-ben-draw. A gwên ar wyneb pob un.

Craffodd eto. Craffu'n fanwl dros bob manylyn. Roeddan nhw'n gwneud petha i'w gilydd na ddychmygodd Alyosha yn ei fyw erioed fod petha felly'n bosib. Teimlodd ryw fin dŵr yn magu o dan ei frethyn. Pwy oedd y dynion a'r merched yma? Yn un llun, roedd rhyw ddyn coesau main hefo helmet soldiwr a thatŵ o sarff ar ei fraich yn cerdded dynes ar ei dwylo yn union fel petai o'n gwthio berfa a bôn ei godiad yn dangos yn glir ei fod wedi'i blannu ynddi.

Y noson cynt, aeth Aisha ac Alyosha i'r pen. Digwyddodd yn annisgwyl. Roedd yn cysgu'n sownd pan glywodd ryw sŵn annelwig – fymryn yn ddirgelaidd – ddim yn rhy annhebyg i ddraenog mewn dail sychion yn stwna nôl a 'mlaen. Meddyliodd mai llygod bach oedd yno i gychwyn nes iddo agor ei lygaid yn iawn a'i gweld yn nesu ato ar flaena'i thraed. Cyn iddo allu yngan gair gwasgodd ei llaw tros ei geg a'i gwasgu ei hun arno. Digwyddodd y cwbwl mewn eiliad, cyn iddo gael amser i feddwl. Cododd Aisha o'r gwely. Doedd hi heb hyd yn oed dynnu yr un dilledyn. Wrth fynd addawodd chwanag iddo'r noson wedyn – yr anrheg Nadolig orau a gâi erioed. Dim ond wedi iddo gau drws ei lofft y sylweddolodd fod ogla diod arni.

Dychwelodd Alyosha at ei deulu a gwelodd Artyom yn wincio arno.

'Be sy', Alyosha? Ti'n edrach fel tasach chdi wedi gweld ysbryd.'

Dechreuodd fwrw eira, a bwriodd yn drwm cyn stopio'n sydyn. Agorodd y ffenest a chlywed ogla tebyg i felon ffresh wedi ei hollti yn ei ffroen. Tasgodd gwynder y tu allan ei lewyrch ar du mewn y tŷ. Syllodd Alyosha ar lonyddwch y ddinas, ac uwch ei ben yn rhywle clywodd hisian isel peipan stêm o dan loriau un o'r llofftydd.

Dechreuodd dywyllu, ac o dipyn i beth meddalodd y dodrefn yng ngoleuni'r heulwen welw, a gorfu i Oxana gynnau'r lampau.

Yn y min nos, pan oedd Inessa'n canu'r piano a'r teulu cyfan, gweision a morynion hefyd, yn cydganu, clywyd sŵn crashio trwm. Doedd dim posib agor y drws i'r cyntedd. Doedd dim posib mynd dim pellach gan fod y goeden Nadolig wedi disgyn drach ei chefn a llithro ar ei hochor. Gwaeddodd Fyodor ar Ivan, a oedd wedi llwyddo i wasgu heibio i'r drws, i'w llusgo hi am draw.

Rhyw hoffio a wnaeth Larissa ac Alyosha hyd nes i Margarita ddweud:

'Tewch, 'newch chi!'

Roedd Inessa ac Artyom yn chwerthin hefyd am eu bod yn teimlo'n gynnes braf ar ôl bod yn slotian cymaint o gognac. Dim ond wedyn y sylwodd pawb ar Ella. Roedd hi wedi penlinio ar y carped, ei llygaid ynghau a'i dwylo'n padera mewn gweddi. Doedd dim anffawd waeth yn y byd i gyd na chwymp coeden Nadolig, a hefo rhyw daerineb dolefus yn ei llais, dywedodd:

'Drwg-argoel ydi hyn fod rhyw drychineb enbyd ar droed.'

Cynigiodd ei gŵr ei law iddi, ond arhosodd ar ei phengliniau yn syllu'n wag ar y wal. Distawodd y cwmni. Cropiodd pawb arall ar hyd yr un meddyliau'n union ag Ella. Ai hwn oedd Nadolig ola Kozma Mikhailovich ar dir y byw? A ddeuai fyth eto'n fyw o faes y gad? Dyna pryd y dechreuodd Mademoiselle Babin feichio crio – a chrio cymaint fel gwraig mewn ing dir-dynnol – nes gorfod cerdded o ŵydd pawb.

Y noson honno, wedi i'r tŷ noswylio ar ôl i bawb ddychwelyd o'r offeren am hanner nos, cripiodd Alyosha allan o'i lofft. A'i gnawd ar dân aeth yn ei hyll i fyny'r grisiau i'r llawr uchaf lle roedd Aisha yn cysgu o dan y trawstiau. Bu'n astudio'r cardiau o Montmartre eto cyn eu gwthio'n ddyfn o dan ei fatres.

Doeddan nhw ddim hanner cynddrwg ag yr oedden nhw ar yr edrychiad cynta. Roedd ganddo ei ffefrynnau hyd yn oed – tri yn enwedig – a bu'n demtasiwn ganddo i halio, ond wrth feddwl am Aisha yn ei gwely, ymataliodd.

Yn yr hanner gwyllni, wrth iddo glosio at ei drws ar ddistaw droed, clywodd ryw sisial isel, rhyw blwc o chwerthin yn cael ei hanner mygu. Daliodd ei wynt a chlustfeinio: roedd arno ofn symud rhag ofn i'r llawr wichian ond tawodd pob sŵn, a doedd dim smic i'w glywed.

Agorodd y drws i'w llofft.

Ar wahân i oleuni gwelw'r arogldarthwr bychan o flaen yr eicon coch roedd y stafell mewn düwch dudew. Closiodd at ei gwely ond ogleuodd chwys tew ac oglau cyrff yn gigog yn ei ffroen, ac wrth i'w lygaid gynefino hefo'r gwyllni, gwelodd rimyn o war, ac o dan yr ysgwydd, wyneb Aisha ar ogwydd, ei llygaid ynghau ond ei cheg ar agor a'i dannedd yn crensian yn galed i'w gilydd.

Roedd y gwely'n rhincian, a sŵn erthychu myglyd yn siglo nôl a 'mlaen, nes yn frysiog frysiog, patiodd bysedd gefn noeth yn sydyn-sydyn pat-pat-pat, a stopiodd pob sŵn ar wahân i duchanu dyn yn trio cael ei wynt ato.

'Y?'

Sibrydodd Aisha rywbeth o dan ei gwynt tra holai pwll o lais dwfn rywbeth arall, cyn troi yn chwim i rythu ar Alyosha, ac ar amrantiad, chwipiodd y blancedi o'r neilltu a llamu allan o'r gwely – y weithred wedi bachu'r blaen yn reddfol ar ei feddwl. Safodd Oleg, brawd Oxana, ei anadlu'n dynn a chaeth. Sythodd ei frest yn herfeiddiol wrth hanner disgwyl i'r hogyn fynd amdano.

Ni wnaeth Alyosha ar ei union. Roedd ei emosiwn ar ffyrch. Syllodd i wyneb swrth y carwr noeth, y morwr llydan, llonydd. Tyfodd oglau'r arogldarthwr nes bod ffwrnais ddrewllyd yn llosgi lond ei drwyn a'r goleuni'n serio fel procar gwynias i'w ben, yn ffrio a sïo ei reswm. Rhuthrodd Alyosha amdano hefo'i ddyrnau.

'Callia rwan!'

Ar ôl rhyw ymrafael blêr, gafaelodd Oleg ynddo fo o gwmpas ei frest a'i garcharu yn ei freichiau.

'Hei! Callia! Callia, 'nei di?'

Ciciodd a stranciodd Alyosha yn y modd mwya melltigedig.

'Sgen i'm isio tynnu helynt ar 'y mhen,' ymdrechodd Oleg i'w dawelu.

Hefo holl nerth cefn ei ben, pwyodd Alyosha y morwr yng nghanol ei wep.

'Ti'n haeddu honna'r basdad!'

Gwegian draw am droed y gwely a wnaeth Oleg gan ochneidio.

'Ti'n haeddu un arall hefyd—'

A dechreuodd Alyosha haeru:

'Gei di fwy o gweir—'

Ond cythrodd Aisha yn ei wallt:

'Paid!'

Llond dau ddwrn ohono fo.

'Gad lonydd iddo fo!'

A'i swingio fo hefo cymaint o nerth bôn braich nes clecian asgwrn ei dalcen ar y seidbord.

Crynodd yn erbyn y wal.

Teimlai Alyosha ei hun yn ben-glwc.

Siarad hefo'i ddwylo roedd Oleg:

'Sbïa . . .'

Hefo pocn main yn codi o'i arlais i'w dalcen, fe honciodd Alyosha am y drws.

'Sbïa'r gwaed . . .'

Roedd o dan ryw bendro, yn simsanu ar ei draed, yn drwsgwl ac yn drwm.

'Sbïa'r gwaed 'ma!'

Hisiodd Aisha rywbeth na ddeallodd Alyosha mono.

'Be?'

Roedd llaw Oleg o flaen ei lygaid.

Ti 'di ffwcin torri 'nhrwyn i'r cont!'

GWANWYN 1917

Dal ati i 'sgrifennu llythyr dyddiol at Mita Golitzin a wnaeth Inessa, ond ar ôl rhyw bwl nid atebodd. Pan gyrhaeddodd y newyddion drwg o'r ffrynt am chwaneg o golledion gorchmynnodd Inessa i bob papur newydd gael eu danfon ati'n becyn. Sut na fedrai pymtheng miliwn o ddynion Rwsia mewn lifrai lwyddo i drechu'r Almaenwyr? Pam nad oedd Rwsia bellach wedi martsio i Berlin a'r Kaiser wedi ei goncro? I ble'r aeth ysbryd gorfoledd 1914? Sut y diflannodd y gobaith? Doedd o o ddim help fod ei thad yn mynnu ailadrodd:

'Dim ond i rywun chwythu ar Rwsia heddiw, a ma' perig iddi chwalu'n llwch.'

Am y tro cyntaf yn ei hanes dechreuodd Inessa ddilyn hynt a helynt brwydro byddinoedd Rwsia yn erbyn byddinoedd yr Almaen ac Awstria hefo diddordeb ysol. Mesurodd ei dyddiau hefo papurau'r bora a phapurau'r hwyr. Darllenodd am y cyrch diweddara ym mynyddoedd y Caparthian. Brwydro'n galed a dal ei thir roedd byddin Rwsia, yn ôl y *Novoye Vremya*. Cwffio yn wrol a di-droi'n-ôl, yn ôl y *Ryetch*. Os oedd cystal graen ar y cwffio, pam roedd milwyr yn taflu eu gynau i ffwrdd ac yn sleifio adra o ffosydd y ffrynt liw nos? Pam roedd hynny yn digwydd?

Daeth yr alwad am fwy o arfau. Daeth yr alwad am fwy o fwledi nes roedd Fyodor yn brysurach nag erioed. Byddai'n gadael y tŷ am ei ffatri yn gynnar iawn, a braidd byth yn dychwelyd adra tan yn hwyr y nos. Ond roedd o'n poeni am ei wraig. Fyth ers y Nadolig dioddefai Inessa bylia poenus iawn o gur pen, a galwyd y doctor ati fwy nag unwaith.

'Wyt ti'n teimlo rywfaint yn well heddiw?' holai Fyodor hi.

'Ddim gwell na ddoe.'

Treuliai oriau y tu ôl i'r llenni trymion yn nhywllwch ei hystafell yn gorwedd hefo cadach oer tros ei thalcen yn ymdrechu ar waetha ei phoen i lythyru hefo'i chariad.

Ceisiodd Inessa gau'r presennol allan o'i meddwl. Roedd hi'n dyheu am weld heddwch yn teyrnasu unwaith eto. Ceisiodd fyw yn y dyfodol, lle hiraethai am haf hirfelyn rhyw fuddugoliaeth.

'Be os ydi o wedi ei ladd? Be os ydi o'n farw?' oernadai.

Ceisiodd Oxana wneud ei gorau glas drosti.

'Pam na 'newch chi drio bwyta rhwbath?'

'Sgen i'm blas at ddim.'

'Dwi'n siŵr y basach chi'n teimlo yn well tasach chi yn bwyta rhwbath.'

'Llonydd ydi'r cwbwl dwi isio.'

Am oriau, eisteddai Oxana yn dawel wrth droed ei gwely tan syllu arni o ganol ei hwyneb gwrywaidd wrth weu dillad babi – manion ar gyfer Gosha, yn bennaf.

Dynes anllythrennog oedd Oxana, yn union fel ei nain. Bu farw ei mam ddeunaw mlynedd ynghynt. Morwr hefo llynges Rwsia yng nghaer-borthladd Kronstadt ar ynys yng Nghulfor y Ffindir i'r gorllewin o Petrograd oedd Oleg. Ond roedd ganddi hefyd frawd iau o'r enw Artur. Artur oedd un o'r rhai cyntaf i enlistio yn 1914. Cofiodd ei weld yn martsio mewn catrawd i lawr Stryd Morskaya i Sgwâr Isakievski a'r Tywysog Belski mewn lifrai fawreddog yn dalog ar y blaen, ar gefn ei geffyl hardd a'i fwng du yn sgleinio yn yr haul.

'Chwith, dde, chwith, dde!'

Gwaeddodd y swyddog mewn tiwnic gwyrdd a'i strapiau newydd danlli grai yn gwichian wrth dynnu ar draws ei frest.

'Chwith dde, chwith dde!'

Cofiai Oxana y miloedd yn dymuno'r gorau i'r milwyr ar faes y gad. Cofiai sefyll nesa at Inessa, a oedd yn sefyll yng nghefn y motor-car yn chwifio ei hances sidan.

Teimlai fod y cwbwl mor bell yn ôl. Bellach, roedd llaw haearn y rhyfel yn gwasgu yn dynn am wddw Rwsia ac yn dechrau ei mygu. Defod ddyddiol oedd clywed cnul yr eglwysi a'u clychau trymion yn cyhoeddi gwasanaeth coffa arall. Duodd gwisgoedd pawb. Dagrau galar oedd ym mhobman. Roedd hyd yn oed ryw sŵn wylofus yng nghablau'r tramiau uwchben y strydoedd. Hiraethai Oxana weithia am ddychwelyd i'r wlad. Yn y wlad roedd ei nain yn rhygnu byw o hyd mewn gwth o oed, ac yn uchel ei pharch am fod y gallu naturiol ganddi i drin plant a phobol rhag pob math o anfadwch, yn enwedig colic cyllau a chyrn traed. Ond 'chafodd y ddawn i feddyga mo'i hetifeddu gan Oxana.

Ar ôl i Inessa ddiodda' pedair noson aflonydd arall, mynnodd Oxana fod Ivan yn gyrru i mofyn ei nain o bentra bychan iawn i'r de-ddwyrain o Petrograd.

'O ble?'

'Tichwin.'

'Tichwin?'

'Pam ti'n mynnu ailadrodd be dwi newydd ddeud? Paid â bod yn gymaint o lembo. Glywist ti fi'n iawn y tro cynta.'

Holodd y *chauffeur* yn goeglyd:

'Ydi lle felly hyd yn oed ar y map?'

Cyrhaeddodd yr hen fusgrellan at y min nos, a basged wiail yn llawn o bob math o berlysiau tros ei braich. Roedd ogla blawd arni, neu ogla llygod bach mewn gwellt.

Holodd: 'Ble ma'r gryduras sy'n glaf?'

Aeth Roza, Oxana a hithau ati i hwylio'r ffisig nes roedd y gegin yn ogleuo fel sgubor. Er bod ei ogla'n felys, chwerw iawn oedd ei flas, a thynnodd Inessa wyneb.

'Ych!'

Crychodd ei thrwyn yn hir a gwasgodd ei llygaid yn fain – ond mynnodd Oxana fod yn rhaid iddi yfed llond gwydryn cyn y byddai yn teimlo'i les. Suddodd pen Inessa yn ôl ar ei chlustog, caeodd ei llygaid ac aeth i gysgu, ond drannoeth roedd hi ar ei thraed, a'r cur a fu'n gymaint o boen iddi hi wedi darfod. Gyrrodd Ivan y ffisig-wraig adra â phres yn ei phoced.

Daeth Inessa tros ei anhwylder, er ei bod hi'n welw ei gwedd ac yn teimlo braidd yn wantan o hyd. Diolchodd i Oxana.

'Mi wnaeth y ffisig fyd o les imi.'

Am fod Fyodor mor brysur, dim ond Alyosha a Herr Professor K.K. a Mademoiselle Babin a oedd wrth y bwrdd swper. O fewn dim roedd Inessa wedi troi'r sgwrs cyn diwedd y cwrs cyntaf at hanesion o'r colledion diweddaraf.

Y tu ôl i ysgwyddau ei fam, syllai Alyosha ar Aisha. Roedd hi'n anodd i'r ddau osgoi ei gilydd, ond ers y Nadolig dyna wnaethon nhw.

Drannoeth holodd Dunia fo:

'Oes 'na rywbeth yn dy boeni di?'

'Na.'

Roedd hi wedi sylwi ers amser ei fod yn dawel. Cadwodd ei feddyliau iddo'i hun. Am y tro cyntaf yn ei fywyd, cafodd bwl dychrynllyd o genfigen. (Melyn oedd ei liw, ddim gwyrdd . . .) Teimlai gasineb a theimlai'r awydd i ladd y morwr. Roedd Oleg yn galw heibio yn weddol gyson. Weithiau yn ei grys a'i drowsus clochwaelod glas, neu dro arall mewn hen gôt fras. O dan y gôt

99

gwisgai grys cotwm glas a'r golar wedi'i rhwygo, a'r crys hefyd gan amlaf wedi ei ddadfotymu i ddangos ei frest flewog i bawb. Gorweddai Alyosha yn amal yn meddwl am wahanol ffyrdd o'i frifo – a'i frifo i'r byw.

Pan gornelodd Aisha, gofynnodd:

'Be sgen Oleg nad ydi o gen i?'

Gwingodd hi'n rhydd o'i afael.

'Atab fi!'

'Gollwng di fi gynta!'

Llyfodd Aisha groen ei garddwrn.

'Wel? Rhaid fod rhwbath—'

Teimlodd Alyosha ryw bryfôc pan atebodd 'dim'.

'Gad dy glwydda!'

'Dim, medda fi.'

Ond yn gwenu hefyd.

'Dim ond bod yn well gen i gymysgu hefo pobol debyg i fi'n hun . . .'

'Fi'n hun, sut?'

'Pobol sy'n wahanol i chdi.'

Diwedd Ionawr oedd hi, a'r tywydd yn erwin, pan wylltiodd Herr Professor K.K. yn gacwn hefo Alyosha. Byth a beunydd mewn amryw byd o wersi ers dechrau'r flwyddyn, bu ei feddwl ymhell i ffwrdd. Roedd o'n meddwl am Aisha o hyd. Doedd o'n canolbwyntio dim ar waith y dosbarth. Doedd o byth yn gwrando, byth yn rhoi dyledus sylw i'w athro, ac roedd wedi cwyno wrtho fo fwy nag unwaith, a chwyno wrth ei dad hefyd.

Roedd Herr Professor K.K. wedi cyrraedd pen ei dennyn. Gorchmynnodd i Margarita a Larissa godi a cherdded allan o'r dosbarth a gwnaeth y ddwy hynny'n ufudd, er eu bod yn poeni am eu cefnder. Fel roedd Professor K.K. ar fin codi ei wialen, cododd sgrechian o rywle. Trawodd yr athro ei ben heibio i'r drws gan feddwl mai un o'r merched oedd wrthi, ond codai'r sŵn o'r dyfnderoedd.

Adnabu Alyosha y gri a rhuthrodd ar ei union i lawr i'r gegin. Pan gyrhaeddodd droed y grisiau, gwelodd Dunia yn eistedd ar gadair â'i chefn ar y wal yn dyrnu ei brestia, yn oernadu fod Duw yn ddim byd ond celwydd.

'Does dim nefoedd, does dim uffern!'

Dolefodd trwy'i dagrau nad oedd Duw yn bod. Safai Ivan Kirilich yn dila gerllaw, yn dal rhyw ddalen felen rhwng ei fysedd. Llythyr syml iawn oedd o, mewn teip du swyddogol, yn hysbysu Dunia ei bod hi'n weddw. Roedd Vadim wedi ei ladd. Suddodd i ryw bydew dudew nes y câi drafferth i godi o'i gwely a gwisgo amdani, a phan wnâi, cerddai ac eisteddai fel dynes â'i bywyd wedi'i wagio ohoni.

Aeth pethau o ddrwg i waeth. Yng nghanol Chwefror clywodd Oleg ac Oxana am farwolaeth eu brawd iau, Artur. Dychwelodd y forwyn i bentra Tichwin at ei nain. Pan dorrodd y newyddion i'r hen wraig, dychrynodd honno gymaint nes y cafodd godwm. Daeth ati hi ei hun ymhen sbel oherwydd bod ganddi ffydd ddiderfyn yn y Tsar.

'Mi edrychith o ar ein hola ni i gyd ac mi ddaw pob un dim i drefn.'

Doedd Oxana ddim mor siŵr. Roedd rhywun yn rhywle yn colli anwyliaid yn ddyddiol a chysgod y rhyfel yn lledu tros Petrograd a thu draw tros ymerodraeth Rwsia. Gwaethygodd cur pen Inessa drachefn. Aeth i deimlo'n anhwylus iawn, a byddai'n bwyta llai a llai bob dydd, ac er iddi yfed y ffisig chwerw ni lwyddodd hynny i ladd ei phoen.

Byddai Margarita yn sôn wrth Alyosha am ofidiau ei mam – roedd catrawd Kozma yng nghanol y brwydro gwaetha heb fod ymhell o Warsaw. Ar ben pob dim roedd tros bum mil o'i filwyr wedi marw o deiffws a dysentri cyn cyrraedd y ffrynt. Doedd y teulu ddim wedi clywed ganddo ers dros fis a mwy.

Mewn rhyw ffordd lesg a difater iawn ailgydiodd Alyosha yn ei wersi, rhag rhoi rheswm i'w diwtor ei gosbi. Ond roedd rhyw newid graddol wedi dwad dros Herr Professor K.K. ers dechrau'r mis ac ni allai Alyosha roi ei fys ar y peth i ddechrau. Roedd yn llawer addfwynach ac yn llai pigog, a ddim hanner mor barod i fod mor fachog wrth weld bai a bygwth y wialen. Mewn rhyw ffordd neu'i gilydd, meddyliodd Margarita mai'r athrawes biano, Valeriya Markovna, oedd y rheswm.

Mewn dim o dro, daeth y gwir reswm i'r amlwg. Roedd Rwsia yn colli'r rhyfel, ac oherwydd hynny, roedd teimladau gwrth-Almaenig yn magu fel y geri marwol ym mhobman, ond yn unman mor gry â Petrograd. Oherwydd bod y Tsarina o dras Ellmynig, roedd pawb o'r farn ei bod hi'n tanseilio pob ymgyrch filwrol trwy ddatgelu cynlluniau i ysbiwyr Berlin trwy law Raspwtin. Corddwyd teimladau trwy erthyglau a llithoedd golygyddol bytheiriol, nes un pnawn Mawrth ar y Nevski Prospekt aeth gorffwylledd ac emosiwn yn drech na rheswm, a dechreuodd heidiau o bobol falurio ffenestri siopau ag enwau estron ar eu talcenni. Bu sgarmesu ffiaidd a chlwyfwyd degau, tra hyrddiwyd sawl piano trwy ffenestri trydydd llawr un siop, nes yr holltodd y pren yn drwst amhersain ar y stryd. Cafodd plismon a geisiodd stopio'r llanast mewn storfa yng nghefn rhyw siop ei gicio i farwolaeth.

Doedd yr un Almaenwr yn saff ac roedd pob un mewn perig o gael ei gyhuddo o fod yn sbïwr. Wrth wylio ei diwtor yn trafod Goethe, synfyfyriodd Alyosha wrtho'i hun beth mor wamal a chwit-chwat oedd grym, ac fel y gallai sefyllfa newid du ucha'n isa mewn llai na diwrnod, llai nag awr, llai na munud.

Gwyddai yn iawn fod Herr Professor K.K. yn ofni trwy'i din ac allan y gallai rhywun – gan gynnwys Alyosha – ei riportio, ac oherwydd hynny, doedd o ddim yn ymddiried yn neb ac felly'n glên wrth bawb.

Meddyliodd Alyosha wrtho'i hun:

'Pwy ydi'r cryfaf rwan? A phwy ydi'r gwannaf?'

Doedd Ella bellach ddim yn fodlon gadael i Margarita na Larissa gerdded i dŷ eu cefnder ar eu pennau eu hunain fel cynt.

'Pam?' cwynodd Larissa.

'Am nad ydi'r strydoedd yn saff i chi'ch dwy ar eich penna eich hunan . . .'

'Ddim genod bach ydan ni.'

'Lala, gwranda ar be ma' Mama'n ddeud,' siarsiodd Margarita.

Byddai Ella ei hun yn cydgerdded hefo nhw yn amlach na heb.

Ar ôl rhyw bwl, mynnodd fod Nikita eu gwas yn eu hebrwng nhw hefyd. Digwyddodd hyn wedi i ryw fegar – milwr heb goesau – ddal gafael yn ffêr Larissa un pnawn wrth iddi gerdded am adra tan boeri na ollyngai oni byddai'n agor ei phwrs. Doedd dim pwrs ganddi. Roedd o'n ei brifo. Ar waetha ei chrefu, a chrefu ei chwaer, gwrthododd ollwng ei afael, ac os rhywbeth, gwasgodd yn ffyrnicach, nes bod rhywbeth hollol loerig yn ei gydio di-ildio.

Aeth Aisha at Fyodor Alexandrov yn gynnar iawn un bora.

'I ddechra pryd?'

'Gynta galla i.'

Roedd hi wedi penderfynu gadael.

'Gwaith ymhle?'

'Ffatri rwber yn ardal Viborg.'

'Os mai felly ma'i dallt hi.'

Tan edrach i'w llygaid gwyrdd-olau, gwenodd a dywedodd yn dyner:

'Os mai dyna dy ddymuniad di.'

Cyn ychwanegu:

'Biti hefyd.'

Roedd yn chwith gan Fyodor weld Aisha yn gadael, yn enwedig gan fod un o'r morynion eraill hefyd wedi gadael ddechrau'r flwyddyn am waith a oedd yn talu'n well. Am fod yn forwyn mor driw, gwasgodd ryw gil-dwrn i'w llaw. Roedd o'n deall ei rhesymau yn iawn.

Cyrtsi bychan.

'Diolch.'

Y rhyfel oedd yn magu'r chwant am chwanag a chwanag o weithwyr wrth i fwy a mwy o filwyr gael eu drafftio i'r fyddin, a'r rheini'n marw wrth y miloedd. Ar ddiwedd wythnos ola'r mis, cordiodd Aisha ei thipyn eiddo a gadawodd.

Wrth bori trwy ei chylchgrawn ffasiwn *Zhurnal dlia zhenshchin* honnodd Inessa'n ddidaro mai mater hawdd iawn oedd dwad o hyd i forwyn arall.

'Dwi'm mor siŵr.'

Hefo tong arian gollyngodd Fyodor lwmp o siwgwr i'w gwpan.

'Hefo cymaint o genod ifanc yn heidio yma o'r pentrefi . . .? Siŵr gawn ni rywun mewn dim o dro . . . Faint sy' 'di curo ar y drws yma dros y blynyddoedd . . .?'

Doedd Inessa ddim i'w gweld yn malio dim o gwbwl ar gownt colli Aisha, ond buan y newidiodd ei chân. Ar ôl cinio un pnawn daeth Dunia ati mewn du galar o'i chorun i'w sawdl i'w hysbysu ei bod hithau hefyd yn dymuno gadael. Gwrthododd Inessa dderbyn ei hymddiswyddiad. Aeth pethau i'r pen. Teliffoniodd ei gŵr gan fynnu ei fod yn rhoi'r fam-faeth ar ben y ffordd.

'Pwy arall sydd ar gael i fwydo Gosha bach?'

Roedd ei wraig mewn gwewyr meddwl mawr pan ddychwelodd Fyodor i'r tŷ.

''Cheith hi'm gadal.'

'Allwn ni mo'i hatal hi . . .'

'Deud wrthi fod rhaid iddi aros.'

Ymbiliodd am fymryn o synnwyr:

'Inessa . . .'

'Paid ti â dechra . . . Paid ti â dechra ar dy beth'ma . . . y llais cwynfanllyd 'na a . . .'

Caledodd ei gwefusau:

'Dwi'n gwbod 'i hanas hi, gwbod 'i bod hi'n lân. Be tasan ni'n cael rhywun yn 'i lle hi a honno'n diferu o *syphilis*? Be ddeuai o 'mabi bach i wedyn?'

Cytunodd Dunia i aros wedi i Fyodor ddwyn perswâd arni trwy apelio at ei ffyddlondeb a'i dyletswydd a'i theyrngarwch i rai a'i cyflogodd gyhyd.

'Mi wn i fod hyn yn anodd,' dywedodd, 'ond mae hi'n bwysig dy fod ti, Dunia, yn wynebu dy sefyllfa'n onest . . .'

Daliodd y fam-faeth ei llygaid ar y llawr o'i blaen.

'Gwraig weddw wyt ti rwan . . . Dyna'r gwir amdani . . . Gwraig heb ŵr i dy gynnal di . . . A be rwyt ti angan yn fwy na dim ar adag fel hyn ydi cefnogaeth gadarn, cefnogaeth gref y teulu i ddwad dros y brofedigaeth, a dwad atach chdi dy hun wedi colled mor enbyd.'

Stumiodd Fyodor holl emosiynau Dunia nes peri iddi deimlo iddi wneud rhyw gam hefo gwraig y tŷ. Ar ddiwedd ei chyfarfod yn y stydi dywedodd:

'Sut fues i mor ddiddiolch ac Inessa Vasilievna a chitha wedi bod mor ffeind wrtha i?'

'Dim ond meddwl am dy les di rydan ni.'

'Alla i weld hynny rwan, wedi i chi ddeud . . . Be ddaeth dros 'y mhen i i hyd yn oed feddwl am eich gadael chi'n y lle cynta?'

'Dwi'n falch bo chdi'n hapus yn dy waith.'

'Dwi'n hapus iawn.'

Dychwelodd i'r gegin a dodi'r babi ar ei bron a dechrau rhyw ganu grwndi o dan ei gwynt. O fewn dim dechreuodd unwaith eto deimlo mor drwm ei hysbryd ag erioed a'r felan a fu'n gorwedd arni ers clywed am farw Vadim yn mynnu sugno pob egni byw ohoni.

Yn ei grys cotwm blêr hefo'i goler racs y daeth Oleg, brawd Oxana, draw i chwilmanta am damaid o fwyd.

Yn cadw cwmni iddo wrth fwrdd y gegin roedd morwr byr iawn – hogyn a oedd bron yn gorrach – o'r enw Rodion, o un o longau llynges Rwsia yn Kronstadt.

O ran pryd a gwedd ymdebygai Rodion i Napoleon am fod ei wallt yn teneuo a'i dalcen yn lledu'n uwch o fis i fis. Roedd Oleg wedi ei helpu ei hun i fodca'n barod, tra oedd Rodion wrthi'n rowlio sigarèt iddo'i hun o faco rhad, rhyw *makhorka* drewllyd, roedd o'n ei fyseddu o swigen mochyn wedi'i sychu, a llinyn crych i hel y geg at ei gilydd. Hefo'i draed i fyny ar gongol y bwrdd, smociodd yn dawel.

O'i gaets, gwawchiodd y parot yn swnllyd.

Ffromodd Rodion:

'Ffwcia'i o'ma'r cont.'

Atebodd yr aderyn:

'Ffwcia'i o'ma'r cont.'

Atebodd Rodion:

'Ffwcia'i o'ma dy hun.'

Atebodd y parot:

'Ffwcia'i o'ma dy hun.'

Atebodd Rodion:

'Ffwcia'i o'ma'r cont.'

Atebodd y parot:

'Ffwcia'i o'ma'r cont.'

Atebodd Rodion:

'Ffwcia'i o'ma dy hun.'

Atebodd y parot:

'Ffwcia'i o'ma dy hun.'

Atebodd Rodion:

'Ffwcia'i o'ma'r cont.'

'Hisst, hisst, hisst, hisst, hisst!'

Ar ras, siarsiodd Oleg:

'Rodya, taw!'

Sychodd chwys ei wefus ucha hefo cefn ei law.

'Sdim tewi ar y bastyn bach unwaith mae o'n dechra arni.'

Tan fwytho'i ben-glin, oherwydd ei fod yn diodda' o ryw egin crudcymalau, ebychodd Rodion, wrth i'r drws cefn ledu ar agor. Aisha oerllyd a gerddodd i mewn a thynnu ias o wynt y min nos i'w chanlyn yn drewi o ogla rwber y ffatri yn Viborg.

'Dyma hi, fy hogan i.'

Yn ddi-ddeud ar ddiwedd ei shifft hir, tynnodd Aisha ei menyg ac estyn ei dwylo rhynllyd at y stof wrth i Oleg lapio ei freichiau o gwmpas ei chanol.

'Dechra ama bo' chdi 'di ffendio rhywun arall. Ble buost ti?'

'Paid . . .'

A'i thynnu ato:

'Gad lonydd, Oleg . . .'

Mwythodd ei foch ar hyd bôn ei chefn.

'Ti 'di fferru. Gad imi rwbio dy facha di. Ma' nhw fel talpia o rew. Do mi sws.'

Bob dim 'run pryd. Trodd Aisha i'w wynebu a gwiwerodd drosti. Aeth yn rhyw fath o ymrafael, rhyw wichian – paid, paid, blysig – wrth i fysedd durio i fan lle na ddylen nhw fod, ei winadd garw yn ei chripian a'i brifo, nes y trodd y chwarae yn chwerw, a rhoddodd Aisha beltan i Oleg ar draws ei gorun. Chwerthin wedyn a wnaeth y ddau. Cwpanodd hi ei fochau yn ei dwylo, rhwbio'i thrwyn gwlyb ar ei dalcen a rhoi sws glec iddo fo. Gwenodd Oleg wrth araf siglo ei dwy glun rhwng ei gluniau.

'Honna fawr o beth. Rho un arall imi.'

Sugnodd ei cheg i'w geg cyn iddi allu plwcio ei gwefusau'n rhydd,

'Ych!'

'Ych, be?'

'Blas y diawl. Pryd sgrwbist ti dy ddannadd ddwytha'r sglyfath?'

Hefo dau fys bachodd Oleg gonglau ei geg i dynnu ei weflau'n llydan er mwyn dangos ei resiad melyn. Tuthiodd Aisha. Taflodd ei chariad winc at Rodion a llyfu ei dafod tros ei fwstàsh eiddil yn ara deg.

'Hogan a hannar . . . eh?'

Erbyn hynny roedd Aisha wedi poeri'n drwm i'r bwced ddu wrth y stof.

'Ty'd yma . . .'

Cythrodd Oleg amdani eto.

'Gad lonydd, 'nei di?'

Ei thynnu ato er mwyn gwasgu ei thin ar ei godiad, ond gwingodd yn rhydd o'i afael.

'Paid!'

Roedd hi'n biwis. Hefo cledr ei law, rhwbiodd Oleg ei gwd trwy'i frethyn, ei lyfnu'n wastad tan honni fod Aisha yn flin am rywbeth.

'Wedi blino ydw i.'

Tuthiodd:

'Shifftia ffatri. Ar dy draed trwy'r dydd.'

Swig o'i fodca:

'Ddeudis i ddigon, do? Siŵr bo' chdi'n gweld isio dy hen waith fel morwyn yn fa'ma rwan?'

110

'Hy!'

Clompiodd sŵn traed ar y grisiau. Gan gario basgediad o ddillad budron dan ei chesail, cerddodd Oxana i mewn. Llwyd a gwelw oedd ei hwyneb sgwâr a'i galarwisg yn peri iddi edrach yn bruddaidd.

'Pwy roddodd hawl i chdi osod dy hen sgidia budron fan hyn?'

Dododd y fasged i lawr ar ben pella'r bwrdd gan beri i Rodion orfod symud ei draed. Rhythodd y corrach arni, ond cyn i Rodion gael ei gefn ato i'w hateb, fe drodd Oxana at Aisha, gan holi yn filain braidd,

'A ti nôl 'ma bob gafal hefyd? O'n i'n meddwl bo' chdi wedi'n gadal ni?'

'Gofyn i dy frawd.'

"Dan ni'n gneud dim drwg i neb,' atebodd Oleg gan edrach ar ei chwaer.

Byseddodd Oxana'r dillad o'r fasged a'u didoli ar y bwrdd ar yr un eiliad ag y dechreuodd Georgik grio, a symudodd Dunia fo at y fron arall. Camodd Aisha draw, penlinio a rhedeg cefn ei llaw yn dyner tros ei gorun meddal gan holi'r fam-faeth a oedd y si a glywodd yn wir.

'Pa si?'

'Bo' chdi 'di ca'l cynnig lle gwell hefo rhyw deulu arall?'

'Pwy ddeudodd hynny wrthach chdi?'

'Ivan y *chauffeur* soniodd rwbath echnos . . .'

'Finna 'di'i siarsio fo i beidio â sôn gair wrth neb.'

'Mae o'n wir felly?' holodd Aisha.

Atebodd Dunia yn ofalus:

'Na.'

Oleg a holodd wedyn, 'Pam? Be sy'? Ti 'di newid dy feddwl?'

Heb godi ei llygaid oddi ar y babi, atebodd Dunia:

'Do . . .'

Pan ddywedodd ei bod wedi newid ei meddwl, doedd neb yn y gegin yn falchach nag Oxana. Gwrandawodd Rodion yn dawel tan bwyso'i ên yn wastad ar erchwyn y bwrdd, gan edrych fel petai rhywun wedi torri ei ben i ffwrdd hefo bwyall.

Oleg a holodd:

'Oeddach chdi wedi cael cynnig lle gwell?'

'O'n . . .'

Gwgodd ei chwaer:

'Paid ti â dechra corddi petha.'

'Be?' Gwnaeth ystum annelwig hefo'i law fel petai yn tynnu rhywbeth o'r awyr uwch ei ben, 'A lle oedd yn talu'n beth'ma . . . well o'r hannar, debyg?'

Cusanodd Dunia dalcen Gosha.

'Faint yn union fasa dy gyflog di hefo'r teulu newydd felly?'

Tan wrido, atebodd Dunia:

'Ddim pres 'di bob dim yn y byd 'ma.'

'Ddim pres 'di bob dim yn y byd 'ma?

Tynnodd Rodion dafod ar y parot wrth i Oleg ddatgan yn big:

'Ffwcin hel, dwi 'di clwad y cwbwl rwan. Siarad trwy het 'di peth fel hyn, siarad yn ffwcin wirion. Pwy sy' 'di bod yn dy ben di? Inessa i fyny grisiau? Y sguthan honno sy' 'di rhoi stop arnach chdi?'

Nid atebodd Dunia. Cododd Oleg ar ei draed tan ddweud yn blwmp ac yn blaen:

'Dydi hyn ddim yn iawn.'

'Ti 'di deud dy ddeud.'

Awgrymodd ei chwaer trwy'i goslef ei bod hi'n bryd iddo feindio'i fusnas.

'Hitha 'di cael cynnig lle gwell! 'Neith rhywun arall ddeud wrthi? Pam mai dim ond fi sy'n siarad?'

'Achos mai gen ti ma'r geg fwya . . .'

'O ha ha. 'Neith rhywun ddeud wrthi? Digon hawdd iddi hi . . . digon hawdd i'r ddynas Inessa 'na . . . Ti'n gwbod be dwi'n drio'i ddeud . . .? Pwy ma' hi 'di'i golli. . .? Neb . . . Ddim gŵr . . . A ddim brawd fel Oxana a fi . . .'

Llonyddodd y gegin. Tawelodd Oleg am eiliad wrth gofio am ei frawd bach Artur. Cafodd ei gefn ato a rhyw nerth o'r newydd i ddweud,

'Dyna pam ma'n rhaid ichdi feddwl amdanach chdi dy hun rwan, Dunia. Be ti'n ddeud, Rodya?'

Nodiodd y corrach ei ben yn gynnil.

'Be bynnag 'nei di, paid â gadal iddyn nhw fanteisio arnach chdi . . .'

'Ti'n un da i siarad!'

Ebychodd Aisha, a oedd yn amlwg yn pigo ar rywbeth o ryw drafodaeth arall a fu rywdro rhyngddi hi ac Oleg, ac na wyddai neb arall amdani – ond Rodion, efalla, gan i hwnnw wenu yn dawel. Aeth y siarad yn ei flaen.

'Ar ba delera rwyt ti wedi cytuno i aros yn y tŷ 'ma, Dunia?'

'Yr un rhei ag o'r blaen . . .'

''Na'th Inessa Vasilievna gynnig codiad cyflog ichdi?'

'Naddo, siŵr . . .'

'Pam?'

''Na'th hi'm cynnig . . .'

''Nest ti ddim gofyn iddi chwaith?'

'Feiddiwn i ddim siŵr. A nhwtha wedi bod mor ofnadwy o ffeind tuag ata i . . .'

'Be'n union ydi dy amoda gwaith newydd di?'

'Taw â holi rwan – dwi 'di blino . . .'

'Ydi Fyodor Mikhailovich neu Inessa Vasilievna wedi cynnig chwanag o wyliau ichdi?'

Daeth yn amlwg fod Dunia heb ofyn am ddim. Aeth Oleg rhagddo i'w rhoi hi ar ben y ffordd a'i chynghori i fynd yn ôl at feistr a meistres y tŷ gynta ag y bo modd, gan fynnu cael yr hyn a oedd ond yn deilwng o dan yr amgylchiadau.

114

'Hen feudan fachog, yn stimddrwg at ei phetha'i hun ydi honna.'

Roedd y morwr o Kronstadt yn ei rhoi hi'n hegar i Inessa, ar waetha protestio ei chwaer, a oedd yn mynnu cadw part ei meistres.

'Wedi'r cwbwl, ma'n rhaid i chdi ddallt fod petha wedi dechra newid, Dunia.'

Daliodd Oleg ati i'w rhoi ar ben y ffordd.

'Gen ti ma'r llaw ucha rwan. Cofia hynny.'

Â'i lawes racsiog am ei ddwrn, sychodd chwys afiach ei wyneb.

'Ma'n bwysig bo' ni i gyd yn cofio hynny.'

Roedd Ella wedi derbyn llythyr gan ei gŵr. Yn ôl ei arfer fe sgrifennodd Kozma am ei fywyd yn y ffrynt – y manion bob dydd yn bennaf – gan roi rhyw sglein gloyw a hwyliog ar hynt a helynt y gatrawd. Ond roedd Ella yn poeni fwy fyth amdano. Ar waetha'r gobaith arwynebol, rhwng y llinellau synhwyrodd ryw anobaith dwfn yn llechu – ac weithiau, mewn ambell ymadrodd, teimlai fod rhyw dristwch anhraethol yn pwyso arno, ond na allai ei fynegi.

Dododd Ella y llythyr i lawr a syllu allan trwy'r ffenest a daeth rhyw deimlad dirdynnol drosti, rhyw ysictod a lynodd yn ei chorn gwddw a theimlai ei bod ar fin cael ei llorio a'i bwrw i ryw ddüwch diwaelod. Pan ddaeth ati hi ei hun camodd draw at yr eicon, penlinio a gweddïo yn galed tros gorff ac enaid Kozma Mikhailovich ac iddo ddychwelyd yn ôl ati yn fyw ac yn iach.

Felly y gwelodd Larissa ei mam pan gamodd trwy ddrws ei llofft. Roedd hi'n gwybod cyn agor ei cheg y byddai yn chwyrn yn erbyn iddi fynd i'r Sioe Ffasiwn.

'Pam na cha i ddim mynd?'

'Dwi 'di deud fy neud . . .'

'Mam – dwi'n crefu!'

'Am y tro olaf un – na!'

Daliodd Larissa ei thir, ei chyfiawnhau ei hun a dal pen rheswm, ond synnwyd hi'n syn gan ymateb sarrug a diflewyn-ar-dafod ei mam.

'Dwyt ti ddim i fynd a dyna ddiwadd arni!'

'Fydd Modryb Inessa hefo fi. A Mademoiselle Babin . . .'

'Sut elli di feiddio meddwl am y ffasiwn beth â ffasiwn ar adeg mor adfydus?'

Ceisiodd ei gorau glas ateb ei mam ond teimlai'r tir yn llithro o dan ei thraed, ac wedi rhyw ddeng munud arall o grefu, gwyddai na châi fynd eleni. Lleisiodd Ella bethau na leisiodd monyn nhw wrthi erioed o'r blaen a dywedodd rai pethau eitha mileinig.

'Waeth ichdi gael gwbod ddim . . . Ti'n tyfu bob dydd rwan. A ma'n bwysig ichdi ddwad i ddechra dallt rhei petha . . .'

Modryb Inessa oedd dan lach ei mam.

'Tasa dy Ewyrth Fyodor dlawd ond yn gwbod am hannar y petha ma' honna'n 'i 'neud tu ôl i'w gefn o . . . ac wedi'i 'neud am flynyddoedd hefyd . . .'

Yn swil a gofalus, holodd Larissa:

'Fel be, Mam?'

'Sgen i'm isio trafod chwanag arni . . .'

Ond aeth yn ei blaen i ddweud, mewn rhyw ffordd fymryn yn sych-syber:

'Mi ddyla Fyodor fod wedi cael gwared â hi ers hydoedd . . .'

'Pam?'

'Ei throi hi dros y rhiniog a'i nadu rhag gweld Alyosha a Georgik fyth eto.'

'Fel yn achos Anna Karenina?'

Roedd rhyw olwg led-dosturiol yn ei llygaid:

''Y mach i, mae bywyd yn beth llawar mwy cymhleth na'r hyn gei di fyth mewn llyfr. Ond dyna fo . . . Mi ddeudis i ar y pryd, deud wrth dy dad fod ei frawd o'n ffŵl gwirion i ddrysu ei ben am hoedan wirion fel honna, heb sôn am ei phriodi hi, ond wedyn mi – '

Stopiodd Ella yn sydyn fel petai yn sylweddoli iddi fynd yn rhy bell. Newidiodd ei gwedd – roedd wedi cydio yn llaw ei merch gan fwytho'i chroen â'i bysedd a hwnnw'n teimlo fel lledar meddal.

'Anghofia be 'dwi newydd 'i ddeud, Lala fach.'

Siarsiodd Larissa i fwrw'r cwbwl tros go.

'Doedd be 'dwi newydd 'i ddeud ddim yn bwysig, ddim go iawn.'

Ond i Larissa roedd yn amlwg ei fod o'n bwysig iawn.

'Y cwbwl sy'n bwysig, yn wirioneddol bwysig, ydi fod Rwsia yn ennill y rhyfel, a bod y Tsar a phob cadfridog a phob un swyddog a phob un milwyr yn dychwelyd adra at eu teuluoedd yn saff a bod bywyd i fynd yn ei flaen fel cynt.'

'Cadw'n lle fi'n gynnas oeddach chdi?'

Symudodd Alyosha i eistedd yn y gadair nesa ati. Eisteddodd Zinaida Ernestovna i lawr a chwyno wrth Inessa fod cymaint o fudreddi ymhob man. Teimlai Alyosha yn boeth wrth gael ei wasgu rhwng côt ffwr ei fam a chôt ffwr Zinaida Ernestovna a'i sebon sent *Ambre Antique* yn llenwi'i drwyn.

Roedd gwres ei chorff yn peri iddo chwysu yn ei chwmni. Ni allai beidio â sbecian arni chwaith. Am ei bod yn echal sgandal fawr, roedd wedi clywed amdani droeon. Zinaida Ernestovna a oedd wedi gadael ei gŵr er mwyn mynd i fyw at Orlov, un o ffrindiau pennaf ei Ewyrth Artyom.

Doedd gan ei dad yr un gair da i'w ddweud amdani. Roedd Fyodor Alexandrov o'r farn mai'r unig beth ar feddwl Zinaida Ernestovna oedd chwantu ei phleserau hi ei hun. 'Fyddai o ddim yn malio rhyw lawar am hynny, onibai ei bod hi bob tro yn ei gosod ei hun o flaen pawb a phob un dim, waeth be fydd-ai'r canlyniadau.

Roedd hi hefyd yn rhagrithriol. Am flynyddoedd, pan oedd Zinaida Ernestovna yn briod, doedd hi ddim hyd yn oed yn fodlon gadael ei ffrind a oedd yn cael carwriaeth tros riniog y drws. Yn ei barn hi, godinebwyr oedd baw isa'r doman. Pan ddechreuodd hi ar ei charwriaeth hefo Orlov – a rhywun yn tynnu ei sylw at y ffaith ei bod hi bellach yn gweithredu'n groes i'r hyn roedd hi wedi ei bregethu erioed, honnodd Zinaida fel arall. Cariad oedd rhyngddi hi ac Orlov, nid chwant llechwraidd.

118

Gwenodd amryw. Trwy beidio â chuddio ei theimladau – yn wahanol i bobol eraill yn yr un cwch – fe fu hi yn ddewr. Trwy fod yn fwy na pharod i wynebu llid cymdeithas roedd hi wedi troi ei charwriaeth yn weithred wrol ac anrhydeddus. Gwelodd ei hun fel rhyw arwres hardd mewn ffilm, arwres a oedd yn mynnu herio rhagrith cymdeithas.

Gwenodd fwy. Mae gan bawb eu ffyrdd gwahanol o'u cyfiawnhau eu hunain, rhai yn fwy gwreiddiol na'i gilydd. Pan dynnodd rhywun ei sylw at hyn, twt-twtio a wnaeth Zinaida Ernestovna. Doedd hi'n wir ddim yn malio botwm – ddim go iawn. Roedd hi gymaint tros ei phen a'i chlustiau mewn cariad hefo Orlov, fel mai y tu allan i'r bybl doedd y byd go iawn ddim wir yn bod.

Duwyd y dydd pan dynnwyd llenni trymion ar draws ffenestri mawrion Theatr y Palas, a phan drawodd y gerddorfa ei nodau cyntaf, dechreuodd tri dwsin o fodelau – un ar ôl y llall – gerdded i lawr y rhimyn o lwyfan a godwyd yn y canol rhwng y seddi gorlawn, ac yn uwch fry i fyny yn y galerïau roedd cannoedd o lygaid eraill yn dilyn y dillad, ac yn eu mysg, Mademoiselle Babin, hefo pâr o finociwlars bychan yn ei llaw.

Dotiodd Inessa at y dillad. Dotiodd fwy at y modelau. Yr actores brydferth Valentina Mironova, a fodelodd het o felfed *panné* uchel. (Roedd hi wedi cadw lluniau ohoni yng nghwmni Alexei Dashkov, pan actiodd y ddau mewn dau bictiwr hefo'i gilydd.) A Natalya Kowanko wedyn a basiodd o fewn modfeddi iddi mewn gwisg laes yn ddigorset. Gwisgodd y ballerina Vera Karalli gôt mewn steil milwrol fel teyrnged i'r milwyr ar y maes. A gwnaeth Ekaterina Geltzer argraff drawiadol trwy smocio sigarèt mewn holder wrth arddangos steil gwallt newydd tra gwisgai wisg nos a chlogyn o *chinchilla*. Uchafbwynt y cwbwl – a'r un a gafodd y gymeradwyaeth gryfaf – oedd Tamara Karsavina, a fodelodd flows *batiste* wedi ei haddurno yn gywrain. Awr a hanner a barodd y cwbwl ac ar ôl y sioe symudwyd i stafell arall lle roedd bwyd a diod wedi eu hwylio gan ddau o brif dai ffasiwn Petrograd. Yn y gornel roedd y canwr Igor Seversky yn diddanu'r gwesteion trwy ganu cân.

Doedd ar Alyosha fawr o archwaeth bwyd, ac wedi iddo dorri ei syched, fe aeth i grwydro, a'i ganfod ei hun yn y man y tu ôl i'r llenni. Ymlwybrodd i lawr rhes o risiau, aeth trwy ddrws, cerddodd ar hyd coridor tywyll gan basio o boptu stafelloedd yn llawn chwerthin a rhialtwch, lleisiau blith-draphlith yn gymysg, a chyrc siampên yn popian. Ceisiodd ddychmygu beth oedd yn peri'r fath oglais wrth fynd heibio i'r drysau, rhai ar agor led y pen, y lleill yn gil-agored, lle gwelodd ddynion a merched yn wynebau'i gilydd, tusw o rosynnod cochion yn gorwedd fel babi ar fraich, ysgwyddau a chefnau noethion a gwydrau'n cael eu hyfed . . .

O fewn dim roedd wedi cyrraedd rhyw fath o swyddfa. Syllodd i wydr barrug trwchus drws lle gwelodd symudiadau rhyw gysgodion annelwig. Roedd y drws gil yn agored a cham-odd Alyosha gam ymlaen er mwyn sbecian heibio . . . yn lolian eistedd ar lin dyn barfog, moel hefo crafàt gwyrddlas am ei wddw roedd merch noeth â'i braich tros ei ysgwydd ac am ei war. Sylwodd fod ei hewinedd yn ysgafn gripio i fyny ac i lawr ei foch. O dan ei hwyneb, daliai'r gŵr blât arian a hithau'n gwyro i sugno rhywbeth a edrychai fel blawd y byddai Roza yn ei drin ar fwrdd y gegin cyn ei droi yn does.

Gwthiodd y gŵr barfog y plât o'r neilltu wrth gladdu ei wefusau yn ei bronnau ifanc. Chwarddodd y ferch a thaflu ei phen yn ôl tan gau ei llygaid wrth ei wasgu ati trwy'i gripio'i ben a'i bysedd. Teimlai Alyosha ei geg yn crimpo, ond fe aeth hyd yn oed yn grimpach pan gododd merch arall noeth, un nad oedd wedi ei gweld cyn hynny, oddi ar y llawr y tu ôl i'r ddesg, gan fynnu cusanu'r dyn ar ei wefusau . . .

Dychwelodd at ei fam, a gwelodd hi'n chwerthin yng nghwmni Zinaida Ernestovna a dau ddyn ifanc o'r enw Perarskii a Kukushkin. Roedd yr ystafell ei hun yn gwagio er bod paith maith o fwydydd a diodydd ar ôl o hyd – siampên, cafiár a *vol-au-vents* yn dal i ddisgwyl bysedd misi i'w codi.

Clywodd eu sgwrs yn hidlo tuag ato . . .

'. . . mae pawb yn twyllo pawb . . .'

120

'. . . s'neb yn dallt pam . . .'

'. . . dwi'm hyd yn oed yn dallt fy hun!'

Digiodd Alyosha pan rwtshiodd Kukushkin ei wallt a'i drin fel hogyn bach.

''Ngwas i . . .'

Roedd ganddo geg siâp calon a'i fwstàsh bach sgwâr yn symud yn ôl ystum ei wefusau. Roedd gwraig arall yn y gwmnïaeth, Lazareva Petrovna Vengerov, chwaer Andrei Petrovich Vengerov, Rheolwr-gyfarwyddwr Banc Masnachol Azor-Don.
Sefyll nesaf at Zinaida Ernestovna roedd hi. Roedd gan Lazareva Petrovna dryblith o wallt wedi'i liwio'n goch cry. Teg a thlws oedd ei phryd a'i gwedd a'i chorff yn lluniaidd iawn mewn ffrog wen wedi ei brodio hefo sash sidan wedi ei glymu yn gwlwm ar fôn ei chefn a het lydan hefo rhuban du o'i chwmpas hi yn gorwedd ar ogwydd ar ei phen. Sylwodd Alyosha ar ei sodlau uchel, ei hewinedd gleision.
Roedd hi'n mynnu tynnu sylw, meddyliodd. Roedd rhywbeth rhyngddi hi a Perarskii. Daeth hynny'n amlwg o'r modd y daliodd ei bysedd ar ei law pan gynheuodd ei sigarèt. Yn ei llygaid goleuodd rhyw lech nwydus wrtho iddo fo wenu arni, gwefusodd rywbeth na ddeallodd neb mohono – ond y nhw'u dau. Perarskii hefyd oedd yr unig un a'i galwai'n Laza.
Wrth gerdded i lawr y grisiau hanner gwrando roedd Alyosha ar ei fam yn cwyno:

'Ma' Orlov yn trin Zinaida Ernestovna yn siabi.'

'Pam? Be mae o'n 'neud iddi?'

'Ddim bc mae o'n 'neud ydi'r drwg. Ond be mae o ddim yn 'neud iddi.'

Tynnodd ei menyg am ei dwylo.

'Ma' Zinaida Ernestovna yn ddynes sy'n haeddu gwell na fo.'

Wrth i Ivan eu gyrru trwy'r ddinas sylwodd Alyosha ar y milwyr clwyfedig. Roedd heidiau carpiog ar faglau wedi hel i smocio'n griwiau ungoes neu unfraich ar gongol gwahanol strydoedd. Y tu allan i fwy nag un siop safai rhesi o wragedd a'u basgedi gweigion ar eu breichiau.

Wrth i'r car droi i'r Morsakaya clywyd rhyw sŵn clecian. Y car oedd yn camfihafio. Dyna a feddyliodd Alyosha. Yn sydyn – chwalodd gwydr a ffenest flaen yn siwrwd. Sgrechiodd ei fam yn fain i'w glust wrth wasgu'i fraich, ac yn y panic gwasgodd Ivan Kirilich ei droed i lawr a gyrru'n galed i gyfwrdd â thri Cosac ar feirch mawrion a garlamai heibio ar wib yn erlid rhywrai.

Teimlai Alyosha frath yr oerfel ar ei wyneb – a sgrechian ei fam yn brifo'i glust a honno'n canu o hyd. Sylwodd am y tro cynta mor foel oedd Ivan pan chwipiwyd ei gap oddi ar ei ben. Roedd gwaed ar drowsus gwyn Alyosha. Roedd ewinedd ei fam wedi torri croen ei arddwrn.

Yn syth ar ôl dychwelyd adra, aeth Inessa ar ei phen i'r stydi i deliffonio Fyodor. Dychwelodd ar ei union. Rhuthrodd trwy'r trwch eira draw at y motor-car lle gwthiodd Ivan ei fys i'r lleder. Nythai'r fwled yno o hyd a'i chorun yn galed fel farwca tan ei fys.

Bu Fyodor yn crancio'r teliffôn am weddill y nos, yn llawn o bryderon, o gwynion a gorffwylledd.

Ar ôl hynny, roedd Inessa yn gyndyn o adael y tŷ. Stopiodd ganu ei phiano a bu'n orweddog – yn cwyno'n waeth nag erioed fod ei phen yn llosgi yng ngwyllni ei hystafell.

Pan glywodd Ella'r hanes clodd ei dwylo sychion mewn gweddi gan ddiolch i Dduw Hollalluog am roi arweiniad mor sicr trwy beri iddi atal Larissa rhag mynd hefo Inessa i'r Sioe Ffasiwn. Roedd Rhagluniaeth wedi bod o'i phlaid: roedd hynny'n amlwg – er na wyddai am ba hyd . . .

Penderfynodd Ella fod yn rhaid iddi hi a'i dwy ferch ddangos eu 'teimladau tuag at y rhyfal' mewn ffordd fwy cyhoeddus ac ymarferol.

'Be 'dach chi'n feddwl wrth 'ymarferol'?' holodd Margarita.

O'r dydd hwnnw ymlaen nid aeth y ddwy chwaer i chwaneg o wersi hefo Alyosha. Yn lle hynny, byddai'r ddwy yn gwisgo dillad nyrsus ac yn canlyn eu mam i ysbytai'r ddinas er mwyn gweini ar y milwyr claf. Barwnes Wrangel a oedd yn goruwch-wylio'r drefn lle byddai boneddigesau yn cynorthwyo'r nyrsus. Bob bore byddai'r tair yn cychwyn am wardiau tywyll Ysbyty Santes Mair Fagdalen.

'Ma'n gas gen i fynd,' cwynodd Margarita ar ddiwedd ei diwrnod cyntaf. 'Ma'n gas gen i ogla'r lle . . .'

'Mynd fydd raid ichdi eto 'fory,' atebodd ei mam.

'Ma'n gas gen i waed . . . 'Fedra i'm diodda' gweld gwaed . . .'

Doedd dim dewis gan Margarita ond mynd gan fod ei mam yn mynnu. Roedd y cwbwl yn codi cyfog arni.

'Mam, dwi'n crefu arnach chi . . .'

Ateb ei mam bob tro oedd:

'Be ydi dy fân boenau pitw di ochor yn ochor â phoen a dioddefaint y cannoedd ar y wardiau?'

Fe gynefinodd Larissa hefo ogla iodofform yn gynt o'r hanner. Doedd dim ots ganddi hi dendiad ar y dynion ifanc mewn pyjamas, hefo'u pennau moelion a'u llygaid duon, dyfnion. Cynefinodd yn fuan hefo'u syllu angerddol. Gorweddian yn ddisymud ar eu gwlâu a wnâi'r rhan fwya, gan mai dim ond rhyw bedwar neu bump a oedd yn gallu eistedd i fyny. Roedd dau wastad wedi plygu tros gêm o draffts ger y ffenest. Un dyn yn unig mewn sliperi mud a oedd yn cerdded yn ôl ac ymlaen ar hyd y ward o un pen i'r llall fel rhyw anifail mewn caetsh.

'Nyrs!' galwai rhyw hogyn ifanc hefo gweflau tewion, 'trowch fi ar fy ochor 'newch chi? S'neb wedi 'nhroi fi ar fy ochor ers wn i'm pryd.'

Roedd o'n rhy drwm i'w droi.

'Margarita?'

Curodd ar ddrws y swyddfa fechan ar ben y ward lle byddai ei chwaer fawr yn treulio cymaint o'i hamser ag y gallai o olwg pawb. Darllen y byddai hi gan amlaf.

'Be rwan eto?'

'Sgen i'm digon o nerth . . . Ddoi di i roi help llaw imi?'

Wrth droi'r hogyn gweflau tewion ar ei ochor, galwodd rhywun o'r gwely gyferbyn.

'Nyrs? Dwi'n chwilboeth. A ma' 'ngheg i'n grimp. Be sy'n bod arna i? Ma' hi'n hen bryd i rywun ddwad i fesur 'y ngwres i . . .'

Aeth Larissa draw a gwthio thermomedr i'w gesail.

'Dwi'n dal i daflu i fyny, nyrs,' sibrydodd llais y tu ôl iddi. 'Ma' pawb yn deud 'mod i'n gorfod bwyta, ond 'fedra i ddim dal dim byd i lawr. Dwad yn 'i ôl i fyny ma' pob un dim, hyd yn oed cegiad o ddŵr . . .'

'Peidiwch â gwrando ar 'i hen rwdlian o nyrs . . . Mae o mor gry â bustach.'

Cododd llais arall – roedd lleisiau yn codi o bobman.

'Ma' Ruslan isio gofyn rhwbath ichi, nyrs, ond 'i fod o'n rhy swil i 'neud . . .'

Closiodd Larissa at droed y gwely:

'Be mae o isio'i ofyn imi?'

'Gofyn a 'newch chi 'i briodi fo?'

'Tynnu'ch coes chi mae o, 'mechan i . . . Tewch â gwrando ar 'u hen lol nhw.'

'Wrth gwrs brioda i fo.'

''Newch chi wir?'

''Dach chi werth y byd . . .'

'Chwara teg i chi, nyrs fach.'

'Mi brioda i chi i gyd!'

A chwerthin hir i lawr y ward.

Yn hwyr un nos wrth dynnu amdani i fynd i'w gwely, dywedodd Larissa wrth Margarita ar ôl eu gweddi:

'Fasa'm ots gen i fynd i nyrsio go iawn ryw ddydd.'

Hiraethai Margarita am ei gwersi.

Drannoeth, pan oedd y tair yn gwisgo eu gwisgoedd nyrsio ac yn hwylio i'w throi hi am Ysbyty Mair Madgalen, gofynnodd i'w mam pryd y câi ailgydio yn ei llyfrau.

'Maen nhw yna iti o hyd . . .'

'Hynny mo'r un peth, Mam . . .'

'Ar gyfar dy daith di trwy'r byd yma . . .'

Tynnodd glip gwallt o'i cheg.

'Ti a dy chwaer 'di dysgu hen ddigon yn barod. Clyma'r rhuban yma o dan 'y ngên i, 'nei di?'

''Fedra i'm dysgu ar 'y mhen fy hun.'

'Dy dad fynnodd bo' chi'n ca'l gwersi . . . Taswn i 'di ca'l fy ffordd . . . Ond dyna fo, fel gwyddost ti, dwi'm yn un i fynnu dim . . . Dyn ydi mistar pob tŷ . . .'

Ni allai Margarita glymu'r cwlwm yn ddigon buan gan fod gwynt ei mam yn drewi o ogla garlleg cry.

Yn ystod y prynhawn hwnnw, daliodd ei mam hi yn darllen yn y swyddfa.

'Be yn y byd mawr wyt ti'n 'i 'neud yn diogi fan hyn?'

Gwylltiodd yn gandryll a throi tu min.

'Ma'n gwilydd o beth a chymaint o waith i'w 'neud!'

Roedd Margarita yn amau mai Larissa a oedd wedi achwyn amdani. Gwadodd ei chwaer fach. Fel cosb, fe fynnodd Ella fod Margarita yn gwneud dwy awr o waith yn stafell y llawdriniaethau.

Stafell fechan, glòs oedd hi. Roedd y ffenestri wedi eu bordio. Yn hongian o'r trawst uwchben roedd lamp a losgai mewn sinandelîr o haearn bwrw crwn. Cafodd Tartar ifanc ei gario i mewn a'i osod ar y bwrdd. Roedd ei goes dde i'w llifio i ffwrdd ond cyn i'r lli frathu'r cnawd, roedd Margarita yn lledan ar y llawr.

126

Dechreuodd hunllefu. Byddai'n deffro ym mherfeddion nos, ei chnawd yn chwys diferyd, yn teimlo ei bod wedi llwyr ymlâdd ar ôl rhedeg a rhedeg a rhedeg o ward i ward, ac o ward i ward. Dim ots faint o redeg a wnâi, byddai ffos ddofn o waed wastad ar ei sodlau, yn lledu a lledu a hithau'n rhedeg a rhedeg, ond dim ots pryd y byddai'n stopio, byddai'r gwaed yn ei chanlyn a hithau'n rhedeg eto, yn rhedeg i fyny grisiau, ond byddai'r gwaed yn codi fesul gris ar ei sodlau, a hithau'n rhedeg ar hyd pen y grisiau a'i chloi ei hun mewn stafell a theimlo'n ddiogel am sbel hyd nes i'r gwaed ailymddangos o dan y drws a hithau'n gorfod camu i ben cadair, ond roedd y gwaed yn codi a doedd dim dewis ganddi ond dringo allan trwy'r ffenest, ond roedd y ffenest yn rhy gyfyng, ac er iddi geisio ei gorau glas i wthio a gwthio roedd hi'n methu ei thynnu ei hun yn rhydd ac roedd y gwaed yn codi a chodi a . . .

8.

'Arestio? Sut?'

Roedd yr athrawes biano Valeriya Markovna mewn cymaint o ing – ac mor fyr ei gwynt – fel mai prin roedd hi'n gallu gwasgu dau air at ei gilydd. Bu'n sefyll heb ddweud dim bw na be am sbel heblaw am dynnu ar ddwy lawes ei ffrog lwyd-olau am yn ail wrth drio cadw trefn arni hi ei hun.

Hefo Fyodor Mikhailovich roedd hi wedi dymuno siarad pan ruthrodd draw i'r tŷ, ond gan nad oedd yno, mynnodd fod Oxana yn curo ar ddrws Inessa.

Tan osgoi edrych yn syth i'w llygaid adroddodd Valeriya Markovna fel y trefnodd Herr Professor K.K. (neu Karl fel y'i galwodd ryw unwaith neu ddwy . . .) i'w chyfarfod yn *restaurant* Français Albert, dafliad carreg o Bont Politzeiski ar y Nevski. (Roedd Inessa'n gwybod ers misoedd am eu carwriaeth gan wenu bob tro wrth feddwl fod y ddau yn ymhyfrydu yn y ffaith mai eu cyfrinach nhw yn unig oedd hi . . .)

Roedd Karl yno ymhell o'i blaen. Roedd wedi cyrraedd mor gynnar fel y cafodd gêm o *billiards* mewn stafell arall, drwodd yn y cefn. Braidd yn hwyr yn dod o'r wers roedd Valeriya Markovna, ac erbyn iddi gyrraedd, roedd byrddau canol llawr y *restaurant* yn llawn. Cafodd y ddau eu tywys at fwrdd yn ymyl y ffenest. Wedi archebu eu bwyd, dechreuodd Karl sôn am ei ymchwil diweddara i hanes yr Eglwys Uniongred.

'Chafwyd fawr o sgwrs. Allan ar y stryd, pwy gerddodd heibio ond Aisha, y gyn-forwyn, hefo'i braich ym mraich ei chariad – rhyw hogyn llydan mewn gwisg morwr, ac o'r ffordd roedd y ddau yn baglu ar draws traed ei gilydd, roedd hi'n amlwg eu bod nhw'n weddol chwil.

Heb fod ymhell o'r *restaurant*, roedd rhyw griw o bobol wedi bod yn dadlau a ffraeo ers meityn, ac un dyn, a oedd yn sefyll ar ben wal, ben ac ysgwydd yn uwch na phawb arall, yn rhefru a rhuo am y rhyfel a'i ddwrn yn pwnio'r awyr . . . Person gweddol anwleidyddol oedd Valeriya Markovna ond roedd hi'n gwybod digon i sylweddoli mai Bolshefic oedd o. Duw a ŵyr be oedd daliadau'r criw o'i flaen o, gan fod y rheini'n mynnu heclo a chadw sŵn. Ceisiodd Karl a hithau eu gorau i anwybyddu'r cwbwl, ond trwy gil ei llygaid, fe welodd Aisha yn rhythu arnyn nhw.

'Ei!'

Dechreuodd gnocio'r ffenest hefo'i migwrn. Hefo ystum gwefus a awgrymai – 'anwybyddwch hi, Lera, mi aiff hi i ffwrdd,' cododd Karl ei gyllell a'i fforc. Curodd Aisha yn ffyrnicach. Oherwydd trwch y gwydr a'r bloeddio y tu allan doedd dim posib dallt be'n hollol roedd y gyn-forwyn yn ei ddweud, ond fe drodd at y morwr, ac fe drodd hwnnw i rythu ar Herr Professor K.K. a Valeriya Markovna tan wasgu ei drwyn mawr ar y ffenest.

Roedd ei wallt wedi ei dorri'n grop agos iawn, nesaf at yr asgwrn nes tynnu sylw at y gwythiennau gleision a oedd i'w gweld yn glir o dan ei groen. Gwasgodd ei wyneb ar y ffenest wrth rythu ar y ddau. Llusgodd chwys ei wefus ucha hyd y gwydr wrth hisian 'basdad Jyrman', tra dyrnai Aisha y gwydr a galw Karl yn sbei i'r Kaiser ac yn enwau gwaeth.

'Chdi a dy debyg laddodd 'y mrawd i'r cwd hyll!'

Rhuodd Oleg fel rhyw ddyn gwyllt o'r coed. Yn lle gadael ar eu hunion – fel yr awgrymodd Valeriya Markovna – mynnodd Karl aros i orffen ei bryd. Wedi'r cwbwl, doedd o'n gwneud dim byd o'i le. Mynd o ddrwg i waeth a wnaeth y crochweiddi y tu allan, a chwanag o bobol yn dyrnu'r ffenest. Roedd y bobol wrth y byrddau eraill yn y *restaurant* wedi peidio â bwyta ers meityn.

'Basdad ffwcin Jyrman fa'ma! Ma' 'na fasdad Jyrman! Hei!'

Croesodd gwraig ganol oed mewn galarwisg o'r sidan duaf draw o'r gornel bellaf. Gwyliodd pob un ei llygaid hi fel afon haf yn dôl-ystumio yn ara rhwng y byrddau, nes dwad i sefyll ger erchwyn y bwrdd. Cododd Karl ei lygaid.

'Madam?'

Rhyw eiliad.

'Fedra i'ch helpu chi?'

Cododd y bowlen siwgwr a'i thywallt yn bwyllog tros ei wallt cringoch. Aeth y dorf y tu allan yn hollol wyllt gynddeiriog, yn bloeddio a brygowthan ffieidd-dra o bob math. Ffestodd y Maître d' at y bwrdd a chrefu yn garedig arnyn nhw a fydden nhw gystal â gadael ar eu hunion trwy'r drws cefn. Roedd dwy weinyddes boenus yr olwg eisoes yn sefyll ger y cwpwrdd agored yn dal eu cotiau a'u sgarffiau'n barod.

Taflodd rhywun soser, a dim ond o fewn trwch blewyn y llwyddodd Herr Professor K.K. i wyro'i ben mewn pryd. Wald-iodd y soser y gwydr ar ei gwastad, disgyn yn glep a rowlio o dan draed Valeriya Markovna. Nesa at ei chlust, roedd hanner cant a mwy o ddyrnau'n dyrnu'r ffenest a'r stafell yn chwantio a phantio fel tarw mewn tes.

'Ffwcin basdad o Berlin!'

'Arestiwch o!'

'Sbïwr ydi o!'

'Contiau Jyrman fel hwn laddodd 'y mrawd ym mrwydr Tannenburg!'

Tawelodd Valeriya Markovna wedi iddi adrodd yr hanes i gyd. Cododd ddychryn ar Inessa. Roedd hi'n fud am rai eiliadau yn treulio'r hyn a glywodd. Cododd wedyn, a chanodd y gloch drydan.

Daeth Oxana i'r fei, a chafodd orchymyn i deliffonio ei gŵr. Gwnaeth Inessa ei gorau i gysuro'r athrawes biano, ond doedd hi ddim yn ddynes i ddidol cydymdeimlad yn hawdd, a theimlai yn annifyr wrth drio cogio gwneud. Eisteddai â'i phen yn isel yn ei dwylo yn crio'n ddianwadal hollol, ond hollol fud oedd Valeriya Markovna.

Daeth Alyosha draw i glywed ei fam yn dweud wrth ei athrawes biano:

'Mi fydd pob un dim yn iawn.'

Dychwelodd Oxana i ddweud nad oedd Fyodor wrth ei waith, a'i fod wedi mynd i ginio yn y Clwb Hwylio, a doedd neb yn disgwyl ei weld yn ôl tan ddiwedd y pnawn.

Roedd Valeriya Markovna bron â mynd o'i cho pan glywodd hyn a mynnodd – crefodd –

'Ma'n rhaid i rywun 'neud rhywbeth er mwyn achub Karl, neu mi fydd yn siŵr o gael ei flingo'n fyw.'

Trodd Inessa:

'Alyosha?'

'Ia, Mam?'

'Er mwyn sicrhau fod dy dad yn cael y neges, dos i ddweud wrth Ivan am fynd draw i'r Clwb Hwylio i ddeud wrtho fo be sy' wedi digwydd.'

Pan glywodd Fyodor yr hanes, cranciodd y teliffôn er mwyn siarad hefo hen ffrind iddo, sef Michael Maktuyev yn y Wein-yddiaeth Gartref. Gwnaeth hynny ar ei union mewn ystafell breifat ar ail lawr y Clwb. Hefo'i lais hamddenol, tawel addaw-odd hwnnw ymchwilio i'r mater a'i deliffonio nôl.

'Fasach chi mor garedig â 'nheliffonio fi yn y tŷ?'

Addawodd Michael Maktuyev wneud hynny. 'Wyddai Fyodor ddim be i'w ddisgwyl gan ei fod yn nabod Michael Maktuyev yn dda, ac er ei fod yn ddyn galluog, diwylliedig iawn, roedd hefyd yn ddyn sinicaidd a bachog i warchod ei groen ei hun. Ei les o'i hun oedd y peth pwysicaf bob tro. Roedd wastad yn cadw llygad manwl a pharchus ar y sawl a oedd uwch ei ben, a dir-mygai'r sawl a oedd oddi tano.

Cwta awr a hanner yn ddiweddarach canodd y teliffôn. Nid Michael Maktuyev oedd ar y pen arall ond rhyw was suful ym-ddiheurgar iawn yn hysbysu Fyodor fod ei diwtor o Detmold wedi cael ei gyhuddo yn ffurfiol o dair trosedd, sef 'tanseilio'r drefn gyhoeddus, trosglwyddo cyfrinachau milwrol i Berlin, ac, yn olaf, enllibio Tzar Nicholas II'.

Chwarddodd Fyodor yn sych.

'Yn anffodus, dyna'r sefyllfa . . .'

Ailadroddodd y llais o bell:

'. . . dyna'r sefylla'n anffodus.'

131

Cyn darfod yn annwelwig gan ryw hanner yngan rhywbeth na ddeallodd Fyodor mono yn iawn.

'Pam ddaru Michael 'i hun ddim fy nheliffonio fi nôl? Pam y llwfrdra 'ma?'

'Mae Tywysog Maktuyev wedi'i alw i Tzarskoye Selo i weld y Tsarina.'

'Dwi'n siŵr 'i fod o . . .'

Yn sydyn, adnabu Fyodor y llais ar y pen arall: Kukushkin, ffrind ei frawd-yng-nghyfraith Artyom. Gwas suful. Wrth gwrs. Dyna be oedd o wrth ei alwedigaeth.

Holodd Kukushkin toc:

'Oes rhywbeth arall alla i ei 'neud i'ch helpu chi?'

'Oes. Deud wrth Michael 'mod i'n gwbod 'i fod o'n ista nesa atach chdi rwan yn gwrando ar bob gair. Dwi'n synnu ato fo o bawb. Synnu atach chditha hefyd. Synnu atach chi i gyd. Ble ma'r ffasiwn beth ag anrhydedd?'

Gwasgodd y teliffôn nôl ar ei fachyn. Pwyllodd. Daeth ato'i hun, a sylwodd fod Alyosha wedi bod yn sefyll yn y drws yn dyst i'r cwbwl. Doedd fiw iddo eistedd fel rhyw ewach gwan yng ngŵydd ei fab ei hun, meddyliodd.

Cranciodd y teliffôn a chafodd ei ateb yn y Weinyddiaeth Gartref drachefn.

'Dwi'n mynnu siarad hefo'r Gweinidog ei hun y tro yma,' dywedodd, gan fygwth mynd â'r mater yn uwch oni fyddai'n cael gair ar ei union.

Ar ôl siarad hefo'r Gweinidog am ryw ddeng munud, cafodd addewid bendant y byddai'r mater yn derbyn ei sylw.

Ganol y bore drannoeth y dychwelodd Herr Professor K.K. i'r tŷ hefo clais bychan ar ei arlais a'i wefus wedi chwyddo. Edrychai fel dyn wedi torri. 'Ddywedodd o braidd ddim, er bod pawb yn garedig iawn wrtho fo.

'Amod fy rhyddhau,' dywedodd wrth Fyodor ac Inessa, 'oedd fod gen i bedair awr ar hugain union i adael Rwsia . . .'

'Neu?'

'Neu mi ga i fy arestio eto, a 'ngyrru i wersyll carcharorion rhyfel yn Omsk.'

Roedd Omsk gannoedd ar gannoedd o filltiroedd o Petrograd – yr ochor bella i fynyddoedd yr Ural.

'Dydi fiw i hynny ddigwydd,' dywedodd Fyodor ar ei ben.

Hwylusodd y trefniadau teithio ar ei ran. Rhoddodd Ivan ac Oxana help llaw iddo i bacio ei drugareddau. Poen meddwl mwya Herr Professor K.K., ei wewyr gwaetha un, oedd na fyddai byth yn gallu cwblhau ei lyfr ar hanes yr Eglwys Uniongred. Er mwyn astudio'r ffynonellau, roedd yn rhaid byw yn Rwsia.

Dywedodd yn drist wrth bacio'i lyfrau:

'Dwi'n gweld chwys oriau o lafur wedi mynd yn hollol ofer.'

Tawedog iawn oedd Fyodor, Inessa, Ella, Margarita, Larissa, Alyosha a Mademoiselle Babin pan eisteddodd pawb o gwmpas y bwrdd y noson honno.

Cododd Herr Professor K.K. ar ei draed, tan dynnu dalen fechan o'i boced a'i dadblygu, diolchodd i'r teulu am eu croeso ac am y fraint o ddysgu Alyosha, Margarita a Larissa.

'Rydw i'n dymuno pob llwyddiant ichi'ch tri yn eich bywydau a . . .'

Oedodd eiliad pan glywodd ryw fagnelwr trwm yn tanio a'i sŵn egwan yn y pellter fel peswch isel.

Crynodd y gwydrau ryw fymryn.

'Gobeithio nad yr un fydd tynged Petrograd â thynged Rhufain Mariws a Swla.'

Teimlai Fyodor yn isel iawn ei ysbryd, yn sgrafellu ei feddwl am rywbeth i'w ddweud er mwyn rhusio'r sgwrsio yn ei flaen. Er bod Alyosha yn edrych mor bruddaidd â phawb arall, yn ei galon roedd yn falch o weld cefn y dyn a fu'n gymaint o boen iddo fo.

Wrth i'w dad draddodi araith o ddiolch ac o werthfawrogiad am ei holl waith da gan felltithio Aisha ac Oleg a'u tebyg ar yr un pryd, tyngodd fod addysg ei fab wedi ei ddifetha dros dro gan gibddellni afiach.

'Ble do i fyth o hyd i diwtor arall cystal a'r rhyfel yn ei anterth?'

Methodd Fyodor ei atal ei hun. Aeth rhagddo i fwrw'r bai ar Raspwtin a gweinidogion di-asgwrn-cefn y Duma am roi tragwyddol heol i bethau ddirywio yn draed moch o'r fath.

Gorfodwyd Alyosha gan ei dad i godi'n gynnar drannoeth. Pan oedd y wawr ar dorri camodd Herr Professor K.K. i'r trên cyntaf tua'r Ffindir. Ei fwriad oedd torri'r daith yn Helsingfors, cyn teithio draw i Sweden a dal llong o Stockholm i Hamburg.

Rhag beichio'r dyn â chwanag o ofidiau ni ddywedodd Fyodor Alexandrov air o'i ben, ond, yn ei galon, roedd yn amau'n gry mai Stockholm fyddai ei gartref am beth amser gan fod mentro croesi Môr y Baltic yn fater dyrys iawn.

Nid Fyodor ac Alyosha yn unig oedd yno i ffarwelio. Daeth Valeriya Markovna i sefyll ar y platfform hefyd – a synnodd

Alyosha pa mor hir y cusanodd Her Professor K.K. gefn ei llaw cyn snapio nôl a chlicio'i sodlau yn y dull Prwsiaidd. Caeodd y drws yn glep, eisteddodd mewn sedd nesaf at y ffenest, ond wrth i'r trên adael, nid edrychodd ar yr un o'r tri.

Ar ei ffordd i'w ffatri cafodd Fyodor brofiad annymunol. Soniodd o yr un gair wrth neb. Siarsiodd Ivan ei *chauffeur* i gadw'n dawel rhag codi chwanag o ofn ar Inessa.

Ar ganol stryd Gogolya roedd ciw blêr o bobol yn sefyllian. Gwragedd, plant mân a babanod oedd y rhan fwyaf, er bod ambell hen ddyn yn wardio yn eu mysg nhw hefyd y tu allan i siop fara. Oherwydd maint y ciw, goferai'n aflonydd tros ymyl y pafin nes dechrau hel ar ganol y stryd a'i gynffon yn afreolus.

O dipyn i beth, daeth Ivan â'r motor-car i stop. Di-do oedd y motor y bora hwnnw. Cyn gadael y tŷ, 'chododd y *chauffeur* mohono fo oherwydd ei fod o'n gwybod cymaint roedd Fyodor yn mwynhau cael ei yrru yn yr awyr iach, hyd yn oed pan fydd-ai'r hin yn oeri. Ond roedd hi bellach yn gwanwyno. Dim ond os byddai'r tywydd yn dechrau troi yn erwin neu'n bwrw glaw neu eira y byddai'n hoffi cael ei gau i mewn yn y cefn.

Drwy gydol y daith bu Fyodor â'i ben mewn pecyn o ddog-fennau yn ymwneud â ffigyrau gwerthiant y chwe mis cynt, ac amcan o ffigyrau gwerthiant y chwe mis dilynol, a derbyn fod y nwyddau crai yn mynd i gyrraedd y ffatri o gwbwl. Roedd y llywodraeth wedi gofyn am adroddiad ar faint o fwledi y gellid eu disgwyl ar gyfer cyflenwi'r angen ar y ffrynt.

Wrth i'r car falwenna ei ffordd heibio i'r bobol, cododd Fyodor ei ben a sylwodd ar eu hwynebau, eu llygaid mawrion yn syllu'n llonydd ymbilgar a'u dillad yn druenus a'u hesgidiau yn waeth.

Trodd llawer i'w wynebu. Dyn tal, tywyll oedd un a'i olwg wedi suddo i gors ei wyneb, yn syllu'n wastad ar y byd trwy ddau lygad llwglyd. Am ei fod yn droednoeth, pwysai ar ei sodlau wrth gleinsio'i fysedd yn yr oerfel. Wrth ei ochor roedd gwraig â'i hwyneb wedi chwyddo gymaint nes gwasgu ei llyg-aid yn ddwy linell fain. Amdani roedd gŵn nos wedi ei chlymu yn dynn, a het wellt ar ei phen. Gweithiai ei gwefusau'n ddiwyd fel petai yn siarad hefo hi ei hun neu'n melltithio rhywrai. Wrth ei hysgwydd hi roedd dyn blewog, byr hefo wyneb mwnci, llygaid glasddyfnion a thrwyn smwt piws, yn rhynnu'n ddi-het a'i ddau ddwrn yn dyrnu ei gilydd mewn rhythm rheolaidd nes bod ei figyrnau'n goch.

Be oedd yn cael ei wneud i unioni'r sefyllfa? Digiodd Fyodor fwy fyth wrth feddwl am y peth. Roedd bai mawr ar y llywod-raeth, doedd dim dwywaith am hynny. Doedd dim disgwyl i bobol giwio am oriau bwygilydd fel hyn bob dydd, yn fferru yn yr oerfel tan hanner llwgu. Roedd y cwbwl mor warthus.

A'r bobol yma a oedd yn sibrwd ymysg ei gilydd fod y Tsarina yn llawiach hefo'r Kaiser yn Berlin. Y bobol yma a oedd wedi hen golli parch at y Tsar ei hun. A'r bobol yma a oedd â llai byth o barch at fasnachwyr a siopwyr yr oeddan nhw o'r farn eu bod yn magu bloneg ar eu traul. Roedd pobol yn prysur gyrraedd pen eu tennyn ac yn gadael wrth y cannoedd er mwyn dychwelyd i'w pentrefi lle roedd mwy o obaith am damaid o fwyd. Gwyddai hynny o'i sgyrsiau hefo rheolwyr ei ffatri, a oedd yn poeni'n ddyddiol am y peth, ac yn poeni y byddai'r cynhyrchu ei hun yn dwad i stop yn gyfan gwbwl pe na ellid gwneud rhywbeth i atal y lli. A allai unrhyw un weld bai arnyn nhw?

Teimlodd ei ben yn noethi mwya sydyn. Cripiodd rhywun y tu ôl iddo a'i chipio hi. Gwelodd ei het bowler yn chwyrlïo fry i'r awyr nes disgyn i ganol rhywrai ym mhen blaen y ciw. Lluchiwyd hi i fyny drachefn a llu o freichiau yn cythru amdani. Dechreuodd amryw godi hwyl a chwerthin, a chodwyd chwanag o firi wrth ei lluchio i fyny wedyn. Hanner cododd Fyodor ond disgynnodd yn glewt i'w sedd pan wasgodd troed Ivan i lawr a gyrru i ffwrdd ar wib.

Wrth syllu tros ei ysgwydd, gwelodd ryw hogyn bach yn stampio ei het i'r mwd.

Curodd dau blisman ar y drws.

'Pam? Be ma' nhw isio?' holodd Fyodor o'r tu ôl i'w ddesg.

'Gair hefo chi.'

'Tywys nhw i mewn.'

Caeodd Oxana ddrws y stydi ar y ddau.

'Be fedra i 'i 'neud i chi?'

Cododd i'w cyfarch.

'Maddeuwch inni am darfu . . .'

'Eisteddwch.'

'Well ganddon ni sefyll.'

''Dach chi'n siŵr?'

'Fyddwn ni'm yn hir.'

Yr un byrraf a wnaeth y rhan fwya o'r gwaith siarad, er bod y talaf hefyd yn cytuno trwy hanner gwefuso geiriau'r llall.

'Ma'r strydoedd wedi mynd yn beryclach bob dydd . . .'

'Mae hynny'n ddigon gwir.'

'Ac yn waeth fyth yn y nos. Mwy o ladd. Mwy o reibio. Mwy o ddwyn . . .'

Gwyddai Fyodor o brofiad pan gollodd ei het. Heb wastraffu chwanag o'u hamser, cytunodd i'w cais. Pan glywodd Inessa be oedd hwnnw, trodd at Alyosha:

'Ydi dy dad wedi mynd yn hollol hurt wirion bost?'

Bron na stompiodd ei throed.

'Ydi o isio'n gneud ni'n gocyn hitio byw i bob sowldiwr blin sy' 'di rhedeg i ffwrdd o'r ffrynt ac yn trampio'r ddinas yma yn chwilio am drwbwl?'

Gwnaeth Fyodor ei orau glas i ymresymu hefo hi, ond yn y diwedd fe gollodd Inessa ei limpyn yn lân.

'Dwi'n gwbod sut brofiad ydi cael fy saethu . . .'

Ymbiliodd ei gŵr arni i dawelu.

'Alyosha a finna. Hyn – naci, llai byth – hyn—'

Cododd fwlch rhwng bys a bawd.

'—a mi fasa fo neu fi yn farw gorn. Yn farw gorn. Ti'n 'y nghlywad i? Yn farw gorn!'

'Sy'n fwy o reswm byth tros gynnig rhoi help llaw i gadw cyfraith a threfn a . . .'

'Ddim ar do'r tŷ yma!'

'Ond ti'm yn meddwl fod . . .?'

'Ddim ar do'r tŷ yma, medda fi!'

Caledodd ei phenderfyniad.

'A phaid â meiddio deud dim un gair arall, ne' mi golla i'n limpyn.'

Ni feiddiodd Fyodor ddweud yr un gair arall ond collodd hi ei limpyn yr un fath.

'Gosod plisman hefo gwn ar do'r tŷ 'ma bora 'fory? Be tasa rhywun yn dechra saethu at y ffenestri? Be am Gosha? Be am Alyosha? Be amdana i? Oes rhaid ichdi fod mor styfnig â mynnu cael dy ffordd dy hun bob amsar?'

Doedd dim darbwyllo arni a dyna pam mai ateb swta iawn a gafodd Fyodor gan y plismon drannoeth.

'Wel, dyna fo, os na 'newch chi ein helpu ni, sut ma' disgwl i ni'ch helpu chi?'

Dododd y teliffôn yn ôl ar ei fachyn. Sylwodd fod ewinedd ei fysedd braidd yn hirion. Roedd angan eu clipio. Sut fu o mor esgeulus i beidio â sylwi? Gwthiodd ei fys ar hyd ymyl ei glust a theimlo blew cryfion yn tyfu o'r gwraidd. Roedd angen eu tocio ar y rheini hefyd.

Canodd y gloch ac ordrodd wisgi. Cyn iddo glywed ôl troed Oxana a'i chnoc ysgafn ar ddrws ei stydi, roedd wedi ei ddych-mygu ei hun yn ei yfed ar ei dalcen.

'Wnaeth o ddim. Dim ond ei sipian.

Wrth rowlio'r gwydryn rhwng ei ddwylo, gwrandawodd ar sŵn cynefin y ddinas, ond yn y pellter pell, clustfeiniodd ar ryw glecian saethu: tac-tac, tac-tac, tac-tac.

Ym mis Chwefror 1917, dychwelodd ymwelydd annisgwyl o'r ffrynt. Galwodd Kozma Mikhailovich Alexandrov ar ei frawd a'i chwaer-yng-nghyfraith pan oedd ar ei ffordd i weld Tywysog Maktuyev a nifer o weindogion eraill ar gais neb llai na'r Tsar ei hun o'i bencadlys milwrol yn Mogilev.

'Dwi wedi cael gorchymyn clir i roi terfyn ar yr anhrefn yn Petrograd.'

Sylwodd ei frawd fod Kozma wedi colli pwysau, ei wyneb wedi teneuo, ei fochau wedi pantio, ei lygaid wedi suddo a duo yn ei ben.

'Rydan ni yn trio cynnal rhyfal yn erbyn y Kaiser a be sy'n digwydd? Ma' rhyw rabsgaliwns yn codi twrw ar ein strydoedd ni. I ble'r aeth parch at aberth y milwyr? Oes mo'r fath beth ag urddas yn perthyn i ddynion bellach?'

Cymhellodd Inessa:

'Chwanag o win?'

'Ddim i mi, diolch.'

'Siŵr?'

'Ydw, dwi isio cadw pen clir ar gyfar be sy' o 'mlaen i . . .'

Yn gynharach y prynhawn, roedd Kozma wedi cael ei yrru mewn motor-car ar hyd y Nevski lle boddodd mewn môr o lwydni: milwyr mewn cotiau tros eu hysgwyddau, gweithwyr di-waith, gweision, morynion, a meddwon o bob lliw a llun. Ffieiddiodd at y sbwriel ar y pafin, y blodau haul a'r baw ceffylau nad oedd neb wedi trafferthu eu rhofio oddi ar y stryd. Aeth olwyn flaen ei fotor-car i dwll nes y cafodd ei siglo o'r naill ochor i'r llall a gwingodd tan boen hen glwy yn ei ysgwydd ar ôl iddo gael ei saethu ryw fis ynghynt.

'Choeliach chi ddim y 'nialwch oedd yn cael ei werthu. Tybaco, rhubanau cochion, cardiau post budron, cwrw, cacenni, bisgedi, a hyd ag y gwelwn i, unrhyw beth arall roedd pobol yn fodlon ei brynu.'

140

'Ma' nhw fel gwarthaig heb hwsmon a ffon,' cytunodd Inessa, 'yn maeddu a baeddu fel fyd fynnan nhw, yn malio am neb na dim.'

Hefo rhyw hiraeth yn ei lais, holodd Kozma:

'I ble'r aeth y dynion geirwon hynny yn eu crysau gleision, y rheini oedd yn arfar brwshio'r strydoedd yn lân? Ac i ble'r aeth y genod bach hefo'r wynebau caled a oedd yn arfar gwerthu eirlysiau i bobol? 'Dach chi'n cofio?'

'Cofio'n iawn . . .'

'Alla i eu hogleuo nhw rwan. Roeddan nhw wastad wedi eu sentio hefo rhyw *eau-de-cologne* rhad.'

'A'u bysedd budron,' ychwanegodd Inessa. ''Brynis i ddim gen yr un ohonyn nhw erioed.'

Wedi hynny, soniodd Fyodor am y saethu ar y strydoedd, a phobol, ceffylau a chleddyfau benben â'i gilydd yn yr eira slwj.

'Fuo bron i Alyosha a finna gael ein saethu . . .' taniodd llygaid Inessa.

'Do, dwi'n gwbod. Ges i'r hanas i gyd mewn llythyr gan Ella. Be am y ffatri, Fyodor? Am faint ti'n gweld y streic yn para?'

'Fel ma' petha rwan, dwi'n byw o ddydd i ddydd . . .'

(Ma' pobol heb ddim i'w wneud wastad yn chwilio am drwbwl, siaradodd Inessa ar draws sgwrs y ddau.)

'Mae'n rhaid ei thorri hi.'

'Haws deud na gwneud.'

'Ma'n rhaid fod rhyw ffordd . . .'

'Sut? 'Alla i ddim cynnig codiad cyflog iddyn nhw. Ddim hefo chwyddiant fel ag y mae o . . .'

'Mae gen i bum mil ar hugain o filwyr yma yn Petrograd at fy ngwasanaeth i.'

'A ti'n meddwl y gall y pum mil ar hugain yma orfodi'r gweithwyr i weithio? Be tasan nhw'n gwrthod tanio ar y bobol? Neu'n waeth byth, be tasan nhw'n ochri hefo'r bobol? Gwŷr a brodyr a meibion i ferched sy'n llwgu ydyn nhw. Cofia di hynny.'

'Rydan ni yng nghanol rhyfel. Ma' pawb yn gorfod diodda' cyni ac aberthu.'

Crafodd Kozma ei ewin melyn ar y lliain bwrdd gwyn.

'Ond heb fwledi, Fyodor, ma' 'myddin i yn marw ar y maes.'

'Dwi'n sylweddoli hynny. Ond fel deudis i, dwi'n gwbod sut mae'r gweithwyr yn teimlo. Mae gen i gydymdeimlad hefo nhw.'

Ffromodd Inessa wrth fwyta ei *pâté de fois*.

'Sgen i ddim isio amharchu ein Tsar, Kozma. Mwy na sgen i isio dy amharchu di. Nac unrhyw un o'r uchel-swyddogion a'r milwyr sydd wedi ymladd yn ddiflino ac yn wrol tros Rwsia. Ond ma'r bobol wedi hen alaru ar y rhyfel. Does dim bwyd. Does dim gobaith. Dyna pam maen nhw'n teimlo'n filain ac yn codi twrw.'

Oherwydd simsanrwydd y sefyllfa ar strydoedd Petrograd, rhoddodd Kozma stop ar ymweliadau ei wraig a'i ferched ag ysbytai'r ddinas.

'Dwi inna hefyd ar bigau'r drain,' dywedodd Inessa. 'Dyna pam na cheith Alyosha ddim mynd ar gyfyl unrhyw ffenest yn nhalcen y tŷ.'

Hyd yn oed os na allai Alyosha eu gweld, gallai glywed y torfeydd o hyd yn udo am fara. Tyfodd y torfeydd o gannoedd yn filoedd wrth i chwanag a chwanag o weithdai a ffatrïoedd gau eu clwydi. Aeth gweithfeydd Obuhkov ar streic. Iardiau llongau'r Neva, y ffatri Ffrengig a'r ffatrïoedd llai. Ar hyd y Nevski Prospekt – o un pen i'r llall – gellid clywed y 'Marseillaise' yn cael ei chanu yn yr awel laith gan filoedd ar filoedd wrth orymdeithio o dan goedwig o faneri cochion yn datgan 'Heddwch a Bara'.

Gyrrodd Kozma adroddiadau dyddiol at y Tsar yn ei ben-cadlys yn Mogilev. Yr un oedd ei neges bob tro: fod y sefyllfa yn gwaethygu; fod saethu ar y strydoedd; fod anarchiaeth ar gynnydd; fod ei awdurdod ymysg y milwyr yn breuo a theneuo. Un noson aeth allan wedi ei wisgo fel gweithiwr tlawd er mwyn mesur y dyfnder a'r dicter a deimlai o'i gwmpas. Crwydrodd i ardal Viborg. Cerddodd i lawr rhes o risiau i seler gwrw lle roedd rhyw dlodion yn slotian. Roedd rhywrai eraill yno wrthi'n areithio ac yn didol pamffledi er mwyn corddi teimladau. Clywodd Kozma sut roedd yr imperialwyr wedi taflu'r byd i grochan rhyfel yn 1914. Clywodd sut yr oedd y *bourgeoise* o'r brig i'r bôn wedi creu croesgad sanctaidd tros farchnadoedd y byd a buddugoliaeth cyfalafiaeth. Clywodd sut roedd llyfrgwn pleidiau Democratiaid Sosialaidd Ewrop wedi bod yn gefn i'r cwbwl.

'Pam ma'n rhaid i fcibion y dosbarth gweithiol fod yn offrwm ar allor arian? Pam mai eu gwaed hwy sy'n gorfod cael ei dywallt er mwyn gwarchod moethau'r cyfoethogion?'

Cododd y fath fregliach annheilwng ac annheyrngar gyfog ar Kozma. Mor arwynebol o ddu a gwyn oedd byd-olwg o'r fath. Aeth i'r eglwys agosaf lle penliniodd a gweddïodd am nerth y Goruchaf i gyflawni ei ddyletswydd i'w Tsar a'i famwlad. Yn raddol, fe deimlodd wres y cymundeb cyfrin hwnnw sydd mewn gweddi yn treiddio trwyddo. Cafodd ryw egni o'r newydd. Aeth ati hefo gras ac ias rhyw argyhoeddiad goruwchnaturiol yn ei fynwes – bron na theimlodd fys Iesu ar ei ysgwydd – wrth iddo ymdrechu i ailorseddu trefn ac awdurdod yn ninas Petrograd.

Ond hefo ogla poen a phenbleth y strydoedd wedi mwydo'i lifrai y cerddodd Kozma Mikhailovich i stydi ei frawd yn hwyr y nos yn niwedd Mawrth.

'Ma'r cwbwl ar ben.'

'Be ti'n feddwl? Y cwbwl ar ben?'

'Yn union be ddeudis i.'

'Sut?'

'Ma'r Tsar am gamu oddi ar ei orsedd.'

'Pryd?'

''Fory . . . Bora 'fory rywbryd.'

Agorodd ei geg mewn blinder.

'Dyna'r si sy'n dew, beth bynnag . . .'

Gan ddal i fethu coelio:

'Ond . . . Pwy ddaw yn lle'r Tsar?'

'Enw'i frawd o sy'n cael ei grybwyll. Ond y sôn ydi y bydd y Grand Ddug Michael yn gwrthod y cyfrifoldeb. A phwy a all weld bai arno fo?'

Câi Fyodor drafferth i dreulio'r cwbwl.

144

'Dydi hyn ddim yn rhwbath faswn i'n disgwyl i'r Tsar Nicholas 'i 'neud. Wyt ti'n siŵr mai dyma 'neith o?

'Ma' hi'n amlwg nad ydi anrhydedd, dyletswydd a ffydd yn ddigon i achub y sefyllfa bellach.'

Eistedd yn swrth mewn cadair freichiau roedd Kozma, ei goesau blinedig wedi eu hestyn yn syth o'i flaen a'i ddwylo'n hongian yn llipa tros yr ochrau. Nid atebodd. Holodd Fyodor mewn anghrediniaeth:

'Y Tsar yn camu oddi ar ei orsedd? Ar ôl i linach y Romanov lywodraethu Rwsia am dros dair canrif?'

Bu canu a gorfoleddu a saethu gwyllt wirion i'r awyr. Meddiannwyd Palas y Tauride gan heidiau o filwyr a gweithwyr. Rhwygwyd eryrod deuben yr hen drefn oddi ar dalcenni adeiladau cyhoeddus. Aeth y partïo yn ei flaen trwy'r dydd ac yn hwyr i'r nos.

Aeth pob un milwr, heblaw am ryw hanner dwsin o Dartariaid o gatrawd Petroplavlosk, drosodd at y bobl. Lledodd y sôn allan fod garsiwn cyfan Tsarseko Selo – y gatrawd a warchodai deulu'r Tsar ei hun – wedi gwrthod tanio ar y bobl a bod holl aelodau teulu'r Romanoff i'w harestio a'u rhoi o dan glo.

Dridiau wedyn, rywdro at ddiwedd y prynhawn pan oedd hi newydd ddechrau tywyllu y tu allan, galwodd Fyodor Inessa ac Alyosha ato i'r stydi er mwyn eu hysbysu fod gan Rwsia lywodraeth newydd a'r Tywysog Lvov yn Brif Weinidog arni.

Inessa a ofynnodd:

'Be'n hollol ma' hynny i fod i'w feddwl?'

Atebodd ei gŵr:

'Dwi newydd gael cynnig anrhydedd o'r radd uchaf un.'

145

Ar fusnes yn Lisbon roedd Artyom pan ddarllenodd am y blerwch yn Rwsia. At ei gilydd, doedd adroddiadau'r wasg ddim yn argoeli'n dda. Y tu allan i sawl café ar y Rua de Barros Queirós, eisteddai yng ngwres yr haul yn poeni am yr hyn a oedd yn digwydd yn ei famwlad. Prynodd gopi o *Le Monde* a darllenodd hanes Tsar Nicholas II yn ildio ei orsedd ar ôl tair canrif o lywodraethu dwyfol.

Y Tywysog Lvov oedd y Prif Weinidog newydd, Tywysog Sergei Urusov yn Weinidog Cartref, a Tereshchenko yn Weinidog Cyllid. Enwyd rhes o weinidogion eraill a ddyrchafwyd i wahanol ofalon, dynion fel Alexander Kerenskii. Syndod o'r mwyaf i Artyom oedd gweld enw ei frawd-yng-nghyfraith yn yr un golofn. Roedd Fyodor wedi derbyn swydd fel ymgynghorydd i'r Gweinidog Konovalov, a oedd yng ngofal Diwydiant a Masnach.

Crintach oedd croeso golygyddol *Le Monde* i Lywodraeth Ddarpariaethol newydd Rwsia. Ailbobiad annemocrataidd o hen griw'r Duma oedd eu barn nhw amdani. Pwy oedd wedi ethol y dynion yma? Neb o'r bobol. Ofn mawr *Le Monde* oedd y byddai llywodraeth y Tywysog Lvov yn tynnu Rwsia allan o'r rhyfel yn erbyn yr Almaen gan ryddhau ei byddinoedd ar y Ffrynt Dwyreiniol i groesi draw i'r Ffrynt Gorllewinol a'u hyrddio'u hunain yn erbyn milwyr blinedig Ffrainc a Lloegr.

Terfynodd Artyom ei fusnes yn y Praca de Don Pedro IV yn gynt na'r disgwyl a phacio'i siwtces. Daliodd y trên i Barcelona. Aeth i swyddfeydd cwmni o'r enw Impex, lle cafodd ei groesawu gan ddyn o'r enw Pablo. Dim ond unwaith o'r blaen roedd Artyom wedi cyfarfod ag o. Pablo oedd bancar Impex. Y fo oedd yn ei dalu.

'Bob dim fel ag y dylai fod?'

Holodd wedi i Artyom orffen cyfri'r pres i gyd.

'Taclus iawn.'

Gwenodd Pablo. Gosododd Artyom y doleri mewn hafn bwrpasol ar waelod ei siwtces. Cafodd y siwtces ei wneud yn unswydd trwy ddyn y daeth i'w nabod pan ddechreuodd saethu colomennod clai ar y Plateau d'Issy. Arhosodd yn Barcelona am ddwy noson. Roedd dyn y dderbynfa yn yr Hotel Motrico yn ei gofio.

Daeth Alondra ato ar deras y Café de l'Opera. Cododd i'w chusanu ond rhoddodd beltan hegar iddo ar draws ei foch.

'Pam 'nest ti hynna?'

'Achos bo' chdi'n 'i haeddu hi.'

Edrychai Artyom yn ddifalio er bod ei foch yn binnau poethion.

'Finna wedi disgwyl cusan.'

Eisteddodd Alondra.

'Ti heb faddau imi am beidio â dy gyfarfod di'n Bilbao y llynedd?'

'Madda ichdi? Py! Naddo. Cicio sodlau yn disgwyl amdanach chdi ar 'y mhen fy hun yn y gwesty 'na wrth yr harbwr? Sut ti'n meddwl o'n i'n teimlo? Mmm? Ti'n gwbod faint o drafferth ges i i hel esgus i fynd i Bilbao yn y lle cynta?'

'Aeth petha'n ddyrys arna i.'

'Dwi'n siŵr.'

'Fu raid imi newid fy nghynllunia yn y pen dwytha. 'Chest ti mo'r teligram?'

'Do. Ond be oedd hynny yn da i mi? Dy siwtio dy hun rwyt ti bob tro, Artyom. 'Wn i ddim pam dwi'n cyboli hefo chdi.'

147

'Ti'n cyboli hefo fi achos 'mod i'n cynnig rhywbeth ichdi na all dy ŵr di byth.'

Gwenodd Alondra. Roedd ei gwallt a'i llygaid mor ddu â nos o Chwefror. Plygodd Artyom tuag ati:

'Rho sws imi.'

Pwdodd Alondra a sodro'i gên ar ei brest.

'Oes rhaid imi fegera?'

Llithrodd Artyom ei law o dan y bwrdd ac i fyny ei sgert. Cymerodd Alondra ei gwynt ati.

'Pam nad awn ni nôl i'r gwesty?' sibrydodd yn ei chlust.

Pan ddychwelodd i Baris, roedd llythyr yn ei ddisgwyl. Llythyr hirfaith gan ei chwaer oedd o, yn sôn am yr holl helyntion a fu. Ailddarllenodd y llythyr wrth Jeanette pan oedd y ddau yn gorwedd yn y gwely. Oedodd tros y paragraff lle soniodd Inessa am y saethu ar ôl y Sioe Ffasiwn a'r fwled a fu bron â'i lladd.

'Ma' Petrograd yn swnio'n lle perig bywyd i mi,' ymestynnodd Jeanette ar draws Artyom er mwyn stwmpio'i sigarèt yn y soser ger yr erchwyn.

'Dydi petha ddim yn dda.'

Cododd.

'I ble ti'n mynd?'

'I biso.'

Sobrwyd Artyom i waelod ei fod a daeth effaith chwyldro mis Mawrth yn fwy byw iddo nag unrhyw erthygl bapur newydd.

Soniodd Inessa am Fyodor a'i waith newydd yn Llywodraeth Ddarpariaethol y Tywysog Lvov, a chymaint o gyfrifoldebau oedd ganddo fo, a chymaint roedd hi'n poeni am y dyfodol, amdani hi ei hun a'u dau fab. Parodd hyn i Artyom boeni hefyd.

'Onibai fod gen i betha ma'n rhaid imi eu gneud yma ym Mharis o hyn tan ganol mis Mai, mi faswn i'n mynd yno . . .'

'Ti'm yn gall.'

'Dwi'n teimlo rheidrwydd . . .'

'Rheidrwydd i be?'

'I helpu 'nheulu.'

'Be ydi'r gydwybod fawr 'ma mwya sydyn?'

Roedd yn gas gan Artyom glywed Jeanette yn chwerthin am ei ben.

'Pam mentro mynd? A dy frawd-yng-nghyfraith yn y Llywodraeth? Be elli di'i 'neud na all o ddim? Pam ti'n gwisgo?'

'Mae gen i gyfarfod.'

Aeth i'r Brasserie Balzar ar y Rue des Écoles. Eisteddodd y tu allan a gwylio'r byd yn llwybreiddio heibio. Teimlodd gysgod tros ei wyneb. Wedyn, haul. Roedd dyn yn eistedd gyferbyn ag o. Tynnodd y dyn ei het feddal a'i dodi ar y bwrdd.

'Francisco.'

'Artyom.'

Braidd-gyffyrddodd eu bysedd. Americanwr oedd Farr, neu dyna sut y cyflwynodd ei hun pan gyfarfu'r ddau am y tro cyntaf y flwyddyn cynt.

'O Indiana yn wreiddiol, er imi gael fy magu yn New Mexico.'

Dyna a ddywedodd Francisco Farr pan oedd wedi trefnu i gyfarfod ag Artyom yn yr Orangerie yn y Place de la Concorde. Roedd yno arddangosfa o waith Degas.

'Dwi'n clywed dy fod ti'n ddyn sy'n hoff o gymysgu hefo artistiaid.'

'Dwi wedi prynu un o lunia Picasso i fy mrawd-yng-nghyfraith.'

'Rhy fodern gen i.'

Roedd Artyom yn amau eisoes fod Francisco Farr wedi bod yn holi am ei hanes. Ar ôl cerdded o gwmpas yr arddangosfa camodd y ddau i fotor-tacsi a aeth â nhw i Montparnasse. Eisteddodd y ddau i gael pryd o fwyd yn La Coupole. Pan gododd Farr i fynd i'r tŷ bach, manteisiodd Artyom ar ei gyfle i sbeuna trwy bocedi ei siaced ar gefn ei gadair. Pigodd ei waled a'i basbort allan.

Francisco Farr oedd ar ei basport ond James Lang oedd ar ei lyfr sieciau. Doedd dim dal pwy oedd o go iawn. Doedd fawr o ddiben dyfalu chwaith. (Ond fel ymhob achos tebyg, fe ddeuai'r gwir i'r fei rywbryd fel hen froc o'r môr . . .) Roedd Artyom yn gwybod un peth i sicrwydd, fod Francisco Farr yn gweithio i'r brodyr Mannesmann. Roedd y brodyr Mannesmann yn ddynion perig.

'Dwi'n clywed dy fod ti wedi bod ym Mhortiwgal?'

'Felly wir? Pwy oedd yn sôn?'

Cyn i Farr orfod cynnig ateb, camodd dyn byr – a byrrach fyth ei wynt – at eu bwrdd.

'Ma'n ddrwg gen i 'mod i'n hwyr,' pesychodd â'i frest yn gwichian.

Tynnodd Farr gadair ato.

'Cymer dy wynt atat, Albert.'

Ei ail enw oedd Bartels.

'Be sy'n digwydd yn Rwsia erbyn hyn?' holodd Francisco Farr.

Atebodd Artyom mai prin iawn oedd y newyddion.

'O leia ma' Lvov wedi cadw'r wlad yn y rhyfel.' Bartels a siaradodd wrth sugno ar bwmp *asthma*. 'Mi ddeudodd o'r cychwyn y basa fo'n gwneud hynny . . .'

'Am ba hyd?' holodd Artyom, 'ma'r dyn Lenin 'ma'n gaddo pob math o betha i bobol. Heddwch, tir a bara i bawb. Mae o'n gwbod sut ma' gwneud y Bolsheficiaid yn ddynion poblogaidd iawn . . .'

'Clyfar,' nodiodd Farr.

'Ond ma' 'na ddynion clyfrach na fo'n Rwsia,' dywedodd Artyom.

Dechreuodd oeri ar y teras. Aeth y tri dyn i mewn i'r Brasserie Balzar. Tros sigârs a cognac ar ôl y pryd yr aethpwyd ati i drafod busnes.

Eglurodd Francisco Farr wrth Albert Bartels mai cynrych-iolydd Gorllewin Ewrop i gynhyrchwr arfau hefo ffatri fawr yn Petrograd – un o'r rhai mwyaf yn Rwsia – oedd Artyom.

'Ydw i'n iawn i ddweud hynny?' gan wybod ei fod o.

'Perffaith iawn.'

'Ydi hi'n iawn imi hefyd ddeud dy fod wedi gwerthu i sawl un?'

'Dwi wedi gwerthu i bawb. Berlin oedd ein marchnad fwyaf ni nes i'r rhyfal dorri yn 1914. Ond ers hynny, mae'r holl arfau mae Fyodor Mikhailovich wedi eu cynhyrchu wedi mynd yn syth i fyddinoedd Rwsia – sy' ond yn iawn. A hyd yn oed tasan ni'n dal isio gwerthu i Lywodraeth Ffrainc, mi fasa osgoi blocâd yr Almaen yn anodd iawn.'

'Os wyt ti heb werthu yr un arf ar ran Fyodor Mikhailovich yn Ewrop ers 1914?' holodd Albert Bartels, 'ar be wyt ti wedi bod yn byw?'

'Dwi 'di gorfod gweithredu ar fy mhen fy hun. Dros y blynyddoedd, mi rydw i wedi magu amryw byd o gysylltiada.'

'Dyna rydw i wedi ei glywed trwy Mr Farr,' craffodd Albert Bartels ar Artyom.

'Ma' Artyom yn gwbod pwy 'di pwy a be 'di be,' ychwanegodd Francisco Farr. 'Mae'n o'n nabod gwerth gwn. Mae o hefyd yn gallu hwyluso'r ffordd i bobol sydd am gael gafael ar betha maen nhw isio.'

'Sut alla i'ch helpu chi, Monsieur Bartels?' holodd Artyom.

Roedd ganddo fo ffrind mewn angen. Ei enw oedd Abd-el-Malek. Roedd Abd-el-Malek yn byw yn Morocco. Bu Albert Bartels yn byw yn Morocco a dyna sut y dysgodd siarad Arabeg. Canodd glodydd yr iaith. Canodd glodydd y wlad.

'Mae hi'n hardd ryfeddol. Wyt ti wedi bod yno?'

'Ddim eto,' atebodd Artyom.

'Ond fel llawer o wledydd tlawd y byd, mae hi dan draed tramorwyr. Yn yr achos yma, y Ffrancod a'r Sbaenwyr, rhyngddyn nhw. Dydyn nhw ddim wedi bod o unrhyw les i Morocco. Os rhywbeth maen nhw wedi bod yn aflesol. Fel gwladgarwr gwerth ei halen, mae fy nghyfaill Abd-el-Malek am unioni cam ei famwlad. Mae o am gael gwared â phob Ffrancwr a phob Sbaenwr o Morocco.'

'Faint o arfau yn union fyddai eich cyfaill yn dymuno eu cael?' holodd Artyom.

'Faint bynnag allwn ni eu hallforio trwy dde Sbaen. O Seville neu Cadiz neu hyd yn oed Malaga. Mi allwn ni drefnu i ddadlwytho yn un ai Tetouan neu Melilla neu ble bynnag. Heb i neb wbod, wrth gwrs.'

'Wrth gwrs.'

Francisco Farr a holodd:

'Am ddeg y cant o gomisiwn?'

'Fel arfer,' atebodd Artyom, 'ond y tro yma dwi'n mynd i ofyn am bymtheg.'

'Dydi hynny'n ddim problem o gwbwl,' atebodd Albert Bartels yn glên. 'Pa mor fuan alli di ddechra ar y gwaith?'

'Yr eiliad y bydda i nôl o Petrograd.'

HAF 1917

Trên o Baris a aeth ag Artyom i Calais. Ar waetha blocâd y rhyfel, hwyliodd o Calais i Dover. O Dover teithiodd ar drên i Lundain, ac o Lundain i Newcastle, gan ddal llong dan hebryngiad a aeth â fo i Stockholm. O Sweden croesodd i'r Ffindir ar fferri i Abo, trên o Abo i Helsingfors.

Treuliodd noson yno cyn dal y trên drannoeth a chyrraedd Rwsia am saith o'r gloch y nos. Rhwng pob un hoe a phob un oedi fe gymerodd y daith dair wythnos a hanner. Roedd hi'n fis Mehefin pan gyrhaeddodd Petrograd.

Tywynnai'r haul ar ddŵr y camlesi ac ar erddi'r ddinas er bod olion cwffio'r gwanwyn i'w weld o hyd ym muriau llwyd yr adeiladau.

Aeth draw i'r Plikin lle gwelodd Kukushkin, a oedd yn yfed yn drwm.

'Ddim y llanast allanol ydi'r peth gwaetha un ond yr ofn mewnol sgen bawb . . . Ofn beth a all ddigwydd nesa . . . Ofn i fyddin y Kaiser gyrraedd Petrograd . . . achos mae'r rhyfel yn mynd yn ei flaen o hyd am fod llywodraeth y Tywysog Lvov o blaid dal ati i frwydro rhag pechu a digio llywodraethau Ffrainc a Lloegr. Ond mae'r milwyr yn sleifio i ffwrdd wrth eu miloedd . . .'

'Felly o'n i'n dallt,' atebodd Artyom.

'Mae dwy lywodraeth yn Rwsia heddiw,' Perarskii a leisiodd ei farn. 'Ers chwyldro mis Mawrth, mae Pwyllgorau'r Gweithwyr a'r Milwyr wedi magu mwy o lais. Sofietiaid ma' nhw yn galw eu hunain. Does dim diwrnod yn mynd heibio nad ydyn nhw'n hawlio'r peth yma a'r peth arall. O'r ffordd ma' nhw'n clochdar, mi fasa rhywun yn meddwl mai nhw sy'n rheoli'r wlad. Ond all yr un wlad fyth gael dwy lywodraeth.'

'Be 'neith ddigwydd?'

Cododd Kukushkin ei ddwy law i fyny a'u gollwng mewn anobaith.

'Ar hyn o bryd sdim dal. Dyna sy'n peri'r ansicrwydd. Ond mae sôn fod Lenin a'i griw yn mynnu mwy o rym o'r chwith trwy ddefnyddio'r Sofietiaid yn y fyddin, y llynges a'r ffatrïoedd i godi twrw, tra bo 'na ddynion ar y dde i Tywysog Lvov sydd hefyd yn benderfynol o 'neud yr un peth. A 'drycha pwy sydd wedi cael eu dal yn y canol yn deg! Ffyliaid dwl fel ni.'

'Be 'di barn Orlov am hyn i gyd?'

'Orlov?' (Chwarddodd) 'Ma' mwy na digon o broblema gartra gynno fo heb orfod poeni am Rwsia hefyd.'

Galwodd Artyom yn nhŷ ei frawd-yng-nghyfraith lle cafodd groeso cynnes iawn gan Inessa ac Alyosha.

'Dwyt ti 'di tyfu eto fyth? Be ma' dy fam yn 'i roi yn frecwast ichdi dwad?'

Gwenodd a gwasgodd y Parisien foch ei nai rhwng ei fys a'i fawd a dal ei ên ar ogwydd.

Bron mor dal â dy dad rwan . . .? E . . .?'

'Ty'd draw at y bwrdd . . .'

'Tydi'r hogyn 'ma'n prifio, Inessa?'

'Ydi, mae o . . .'

'Mi fydd o 'di tyfu'n ddyn cyn inni droi rownd . . . I ba goleg ei di, Alyosha? Zurich fel dy dad?'

'Dwi'm yn gwbod eto, Ewyrth Artyom . . .'

Eisteddodd Inessa a gwthiwyd ei chadair yn nes at y bwrdd.

'Diolch, Oxana. Ma' 'na betha erill i feddwl amdanyn nhw cyn hynny . . .'

''Di mynd i brifysgol ddim yn siwtio pawb chwaith.'

Chwarddodd Artyom:

''Drycha arna i . . .'

'Fasat ti 'di medru mynd tasat ti isio . . . Digonadd o allu gen ti . . . Mwy na digon . . . Oedd Mama a Tada wastad yn deud hynny . . .'

'Pa iws fasa Schopenhaur, Kant neu Nietzsche wedi bod i rywun fel fi? Be 'nelo rhyw hen syniada sychion fel'na hefo bywyd go iawn? Dwi'n ama weithia mod i 'di gneud yn well o'r hannar heb fod ar gyfyl y lle o gwbwl . . . Dwi'm yn meddwl 'mod i 'di colli fawr o ddim, ne' felly fydda i'n teimlo, beth bynnag . . .'

Edrychodd Artyom ar Alyosha a'i wedd yn difrifoli ennyd.

'Anodd 'di gwbod be ma' rhywun isio'i 'neud hefo'i fywyd pan ma' rhywun yn ifanc. Anodd 'di gwbod pan ma' rhywun yn hŷn hefyd . . .'

Cymerodd gegiad o win gwyn, a chwerthin drachefn wrth roi ei wydryn i lawr.

'Ma' pawb yn gallu newid dydyn? Newid cymaint hefyd . . . Sut ma' bod yn hapus? Yn 'y marn i, pan ma' dyn 'di dwad i nabod 'i hun ac yn gwbod be mae o isio gan fywyd . . . Dyna'r agosa ddoi di . . . am wn i hefyd . . . Be ddeudi di, Inessa?'

'Bwyta dy fwyd cyn iddo fo oeri . . .'

158

'Ble mae Fyodor heno? Ydi o'm am swpera hefo ni?'

Gan dywallt dŵr iddo'i hun, dywedodd Alyosha:

'Dyna be fasa gwyrth.'

Rhwng ei waith i lywodraeth y Tywysog Lvov a'i waith yn ei ffatri, doedd gan Fyodor fawr o amser yn weddill i ddim byd arall. Byddai'n dwad adra yn hwyr iawn y nos bob nos hefo dau dditectif ifanc i'w warchod bob un cam o'r ffordd o ddrws y Weinyddiaeth Diwydiant a Masnach hyd at ei ddrws ei hun. Roedd y ddau dditectif yn rhannu defodau byw a bod bob dydd y teulu, yn prysur ymgartefu ar yr aelwyd ac roedd y byrraf a'r tewaf o'r ddau byth a hefyd yn fflyrtio hefo Mademoiselle Babin.

Ar waethaf ei phrotestio cynnar gorfodwyd Inessa i dderbyn realiti'r sefyllfa, i dderbyn bod ei chartref bellach i bob pwrpas yn gaer. Doedd yr un o'r ddau dditectif byth heb eu dau refolfer a swatiai mewn holsteri lledar o dan eu ceseiliau. Cyn gadael y tŷ byddai'r ddau yn tynnu eu hetiau Crimeaidd gwastad allan o'u pocedi, llyfnu'r plygiadau hefo cefn eu bysedd, cyn eu taro ar eu pennau a'u tynnu'n isel tros eu clustiau.

Gosodwyd cloeon newydd ar y *porte-cochere*. Bedair awr ar hugain y dydd, fe gâi'r drws ei warchod gan ddau filwr, a oedd yn driw i'r Llywodraeth Ddarpariaethol ac na fyddent yn can-iatáu mynediad i neb onibai y byddai Oxana yn eiriol trostyn nhw. Ar ben hynny, arfogwyd y *chauffeur*, a bob tro y byddai Ivan yn gadael y tŷ byddai wastad yn cario gwn tros ei ysgwydd, ac am ei ganol gwisgai wregys cetris llydan yn llawn bwledi brown. Gwnaeth hyn iddo deimlo'n bwysicach nag erioed a threuliai fwy a mwy o'i amser yn cadw cwmni i'r milwyr neu'n rhannu gwydryn o fodca hefo un o'r ddau dditectif wrth gongol bwrdd y gegin.

Er bod Artyom wedi cuddio hynny, roedd wedi dychryn pan welodd ei chwaer gan ei bod wedi colli pwysau a'i gwallt mor ddifywyd â'i llygaid. Mwy di-raen oedd stafelloedd y tŷ ei hun. Mwy difalio oedd pob gofal a glanweith-dra hefyd nes bod llwch wedi hel ei wely, lle gynt y bu sglein a pholish.

Am bum munud i ddau y bora dychwelodd Fyodor a'i ddau dditectif. Arhosodd Artyom ar ei draed er mwyn cael ei weld. Roedd ei frawd-yng-nghyfraith yn flinedig iawn, yn hanner cysgu ar ei draed, ac aeth i eistedd yn y stydi a gorchmynnodd y ditectif main i fynd i morol gwydrau, potel arall o armagnac a choffi o'r gegin. Pan ddywedodd Artyom ei fod yn awyddus i gael sgwrs, gwnaeth Fyodor ryw ystum â'i fys a chiliodd y ditectif tew gan gau'r drws ar ei ôl.

'Dwi'n poeni am fy chwaer . . . Di'm yn iawn . . . Mae hi 'di colli cymaint o bwysa a di'm yn cysgu . . . Dwi'n siŵr fod y straen o orfod byw fel hyn yn deud arni . . . Ma'n gas ganddi sŵn gwn heb sôn am weld un . . .'

''Fedra i 'neud dim byd ynglŷn â'r peth . . .'

'Dwi'n sylweddoli hynny . . . Dwi'n mynd nôl i Baris cyn diwadd y mis – mae gen i waith i'w 'neud . . .'

'Dda clywad bo' chdi'n gwneud bywoliaeth. Ond, cofia, fel dwi wedi deud sawl tro o'r blaen, unwaith y daw'r rhyfal yma i ben, mi fydd petha yn haws. A mi 'nawn ni'n dau ailgydio yn y gwerthu yn Ewrop . . .'

Anwybyddodd Artyom hyn a dweud:

'Dwi'n meddwl y dylsa Inessa ddwad yn ôl hefo fi. Dwi 'di cynnig unwaith yn barod ond gwrthod 'na'th hi . . . Ma' cymaint 'di gadal Petrograd yn does? Dwi'n meddwl 'i fod o'n syniad da . . . Faswn i'n fodlon mynd â'r tri hefo fi – Alyosha, Georgik a hitha . . . Pam na roi di berswâd arni . . .?'

160

Pesychodd Fyodor i'w hances.

'Be sy'n bod? Oes rhwbath ddyliwn i ga'l gwbod?'

'Galar sy' ar dy chwaer . . .'

Meddyliodd Artyom yn syth am deulu a chydnabod, a methu meddwl am neb. Meddyliodd yn lletach wedyn, rhag ofn ei fod o wedi anghofio am ryw berthynas pell.

'Madda imi . . . ond galar am bwy?'

'Y dyn sydd wedi'i ladd.'

'Rhywun sy'n perthyn?'

'Y dyn ma' hi'n 'i garu.'

Syllodd Artyom arno gan geisio pwyso a mesur y cwbwl, ond anodd oedd gwybod be oedd union deimladau ei frawd-yng-nghyfraith. Eglurodd Fyodor am Mita Golitzin.

Holodd Artyom:

'Sut cafodd o'i ladd?'

'Gen 'i filwyr 'i hun ym mynyddoedd y Caparthian. Gen y rheini a oedd wedi llyncu propaganda'r Bolsheficiaid a 'laru ar gwffio, a hiraethu am fynd adra at eu teuluoedd. Mi driodd o eu hatal nhw. Roedd o'n beth arwrol iawn, neu ddwl iawn, i'w 'neud . . .'

Ar ôl ysbaid o dawelwch:

'Ma' 'na ryw eiliad mewn perthynas weithia, lle ma' rhyw-beth yn marw, yn does?'

'Oes.'

'Y drwg ydi fod f'eiliada i yn oria.'

Diolchodd Artyom iddo am siarad mor onest.

Mentrodd ofyn cyn codi:

'Ble ma' hyn yn gosod Inessa a chditha?'

''Dan ni wedi gwahanu mewn pob dim ond enw ers sbel go lew.'

'Ysgaru 'newch chi?'

'Ddim tra bydda i byw.'

Cwynodd Inessa yn chwerw am golli ei morynion. I ble'r aeth bron bob un yn y diwedd? Allan i brotestio ar y strydoedd trwy fartsio a gweiddi a chodi twrw tan gario rhyw faneri cochion a gwneud sôn amdanyn nhw eu hunain.

'Does neb bellach isio gweithio, Artyom. Dyna'r gwir plaen amdani. Mae rhei pobol yn Rwsia yn meddwl y ca' nhw fyw ar ben 'u digon heb orfod gwneud dim byd . . . Ti'n cofio Aisha fuo yma hefo ni, Alyosha?'

'Ydw, Mam . . .'

Er na sylwodd neb, fe gochodd ar waetha'i hun.

'Dyna ichdi enghraifft berffaith o'r hyn dwi'n 'i feddwl . . .'

Dywedodd ei brawd:

162

'Fedri di sy' 'di arfar byw fel hyn ddim gwneud heb dy forynion, Inessa. 'Di'r peth ddim yn iawn . . . Sdim isio inni boeni Fyodor wrth fynd o'i chwmpas hi i chwilio am rei chwaith . . . Mae ganddo fo fwy na digon o heyrn yn y tân fel mae hi . . . Mi ddo i o hyd i forwyn, sdim isio ichdi boeni dim.'

Cadwodd Artyom at ei air. Hogan wylaidd, dawel iawn oedd Lika. Doedd Inessa ddim yn fodlon ei derbyn onibai fod Oxana yn cribo'i gwallt yn yr ardd, rhag ofn ei bod yn cario llau, a'r rheini'n cario teiffws. Cafodd ei chribo a'i chribo, a'i chribo a'i chribo, nes y daeth yn amlwg nad oedd gan Lika un lleuen ar gyfyl ei phen, ond hyd yn oed wedyn, doedd Inessa o hyd ddim yn fodlon. Doedd fiw peryglu iechyd Georgik nac Alyosha na neb arall o'r teulu a gorfodwyd Lika i sefyll yn ufudd a noeth tra archwiliwyd hi yn fanwl gan hen ddoctor am olion unrhyw afiechydon eraill, ond ar wahân i fod yn fyr, yn fain ac yn esgyrnog, cafodd ei barnu i fod yn hollol iach.

O dan y ffwlbri sylwodd Alyosha fod ei ewyrth yn ddyn ymarferol iawn ac yn rhywun gwerth chweil i'w gael wrth law mewn cyfyng-gyngor.

'Pam na ddoi di a'r hogia nôl hefo fi i Baris?'

Ysgwydodd ei phen. Hawdd oedd gweld fod Inessa mewn galar a'r felan yn gwasgu arni. Ceisiodd ei brawd ei chysuro.

'Dim ond dros dro . . . Dim ond nes bydd petha yma wedi dechra setlo . . . neu pam nad awn ni i'r Riviera? Ti'n cofio ni'n dau hefo Mama a Tada yn Nice rhyw haf? Chdi a fi'n codi'r castall mawr 'na ar y traeth . . .?'

'Sdim tywod ar draeth Nice – dim ond cerrig . . .'

'Cannes 'ta? Ma'n rhaid mai yn Cannes roeddan ni . . . Cofio ni'n mynd i hwylio allan ar y môr, hitha'n codi'n storm . . .? Finna'n dechra crio, chditha'n deud wrtha i am beidio â bod yn gymaint o hen fabi? Ac wedi inni gyrraedd nôl ar dir sych, Tada'n deud 'i fod o 'di teimlo fel crio hefyd . . .'

Gwenodd.

'Gest ti liw haul . . . Ma'r brychni ar dy freichia di hyd heddiw . . . A 'mreichia i – 'drycha . . . Inessa, be sy'n bod?'

'Dim . . .'

'Fedra i ddeud . . . Ma' rhwbath mawr yn bod . . . Neithiwr, wrth imi fynd i 'ngwely, mi glywis i chdi'n crio . . . Crio'n galed a . . .'

'Rho'r gora iddi, Tyoma! Rho'r gora iddi, 'nei di?'

Drannoeth, rhoddodd ei brawd un cynnig arall i'w chwaer ond gwrthod gadael a wnaeth Inessa. Cynigiodd Artyom fynd â'r hogiau hefo fo i Baris. Sad-gysidrodd hi am rai eiliadau, ond doedd hi ddim yn barod i'w gweld nhw'n mynd.

'Dwi'n cydymdeimlo hefo chdi'n dy brofedigaeth . . .'

Gwasgodd ei garddwrn.

'Diolch, Tyoma.'

Cofleidiodd y ddau am amser maith. Roedd hi'n fis Gorffennaf, 1917. Ceisiodd Artyom bendroni be roedd o wedi'i gyflawni wrth ddwad i Petrograd, ond er iddo ddyfalu, ni wyddai'n iawn. Wrth syllu allan trwy ffenest y trên, teimlai ei fod yn ffarwelio â'i deulu am y tro ola yn ei fywyd.

Yng nghyntedd y Grand Hotel yn Stockholm darllenodd am helyntion newydd yn y Svenska Dagbladet a sylweddoli ei fod wedi gadael Rwsia ar yr union ddiwrnod y ceisiodd y Bolshefic-iaid fachu grym iddyn nhw'u hunan. Methiant fu'r ymdrech a sgrialodd llaweroedd am eu hoedal o Petrograd, tra carchar-wyd degau, a Trotskii yn eu mysg.

Yn hwyr un pnawn yn nechrau Awst, 1917, rhuthrodd rhyw horwth drewllyd gan ymosod ar Anna Timurovna Riuminskii wrth iddi gamu at ddrws ei thŷ ar ôl iddi fod yn ymweld â chymydog clafychus yr ochor bella i'r stryd. Pan deimlodd yr hen wraig winadd geirwon yn gwasgu i'w gwar, a braich yn rowndio'i chanol a'i thynnu nôl wysg ei chefn nes ei chodi oddi ar ei thraed, dechreuodd sgrechian nerth esgyrn ei phen.

Ogleuodd law ddrewllyd yn pwyso ar draws ei thrwyn nes iddi ei theimlo'i hun yn dechrau mygu'n gorn. Rhuthrodd yr hen was Til allan tan glunhercian a gweiddi, yn fwy mewn ofn na dim byd arall, wrth weld rhyw labwst yn sgrialu o'i olwg. Cododd ei feistres ar ei thraed; roedd wedi sgriffio ei phen-gliniau a brifo'i garddwrn pan gafodd godwm.

Tywysodd hi i'r tŷ. Golchodd ei gŵr ei briwiau'n dyner hefo dŵr cynnes a wadin. Doedd dim plismyn ar y stryd wedi i'r ola gael ei saethu yng nghefn ei ben gefn dydd golau ryw dridiau ynghynt.

Ychydig o les a wnaeth yr ymosodiad i iechyd yr un o'r ddau, gan eu bod yn teimlo yn symol ers amser. Dioddefai Anna o *arteriosclerosis*. Roedd brest ei gŵr, Vasillii Karlovich Riuminskii, yn giami ers blynyddoedd, a'i esgyrn yn hychgrygio. Roedd y ddau yn byw mewn ofn beunyddiol, ac yn mynnu fod pob ffenest a phob drws i'w cloi bob nos.

O fewn dim diflasodd Inessa ar geisio ei chysuro, a'r hen wraig yn flin i gyd, yn gwneud ati bob gafal i edliw bob un dim i'w merch.

'Digon hawdd i chdi siarad fel'na, Inessa . . .'

''Dach chi'm yn teimlo yn saff yn aros yma hefo ni . . .?'

'Teimlo'n saff, wir . . .'

'Saffach nag oeddach chi yn eich tŷ eich hun, dwi'n siŵr. Dau soldiwr ar y drws . . .'

'Ma' pob un dim mor ddryslyd . . . Pam wnaeth y Tywysog Lvov ymddiswyddo?'

'Yn ôl be ddeudodd Fyodor, achos bod ganddo fo ddim dewis . . .'

'Pam?'

'Pam? Pam? Pam? Be wn i?'

'Pwy ydi'r dyn Kerenskii 'ma sy'n Brif Weinidog yn lle'r Tywysog Lvov? Fydd hwnnw rywfaint gwell? Be mae o'n 'neud i ddwad â phetha i drefn leciwn i 'i wbod . . .'

''I ora glas, dwi'n siŵr . . .'

''I ora glas, wir.'

'Sgen i'm isio clwad chwanag . . .'

'Sut alla i deimlo'n saff byth eto?'

'Mwydro 'mhen i! Tewch â rwdlian rwan, Mama . . . Ddaw neb ar gyfyl y tŷ 'ma – ddim hefo dau dditectif i'n gwarchod ni bob nos . . .'

Aeth y fam a'r ferch fwyfwy benben â'i gilydd. Penderfynodd y ddwy ei bod hi – fel erioed – yn amhosib iddyn nhw gyd-fyw o dan yr un to a dychwelodd Anna a Vasillii yn ôl i'w haelwyd eu hunain.

Roedd Vasillii wedi gwangalonni eisoes ynglŷn â'r dyfodol, a theimlai ym mêr ei esgyrn fod arwyddion yr amserau yn drybeilig, gan fod y sefyllfa'n mynd o ddrwg i waeth. O fis i fis roedd pob dim i'w deimlo yn llawer mwy anadferol, a hynny am y rheswm syml fod ei annwyl Tsar a'i wraig a'i deulu wedi eu carcharu. Cafodd o ei ddysgu er pan oedd yn ddim o beth i barchu'r Tsar a'i Famwlad hefo'r un dyledus barch ag a roddai i'r Iôr ac i Iesu annwyl. Yr un frwydr yn union oedd hi tros

166

achos yr Hollalluog Dduw a'r wir ffydd ag yr oedd hi tros y Tsar, ei deulu a thros enaid sanctaidd Rwsia.

Pwy a feiddiai garcharu'r Tsar? Ei osod mewn cadwyni? Roedd meddwl am y peth yn ddychryn ac yn waradwydd dyddiol i Vasillii.

'Sut y gallai unrhyw un feiddio rhoi'r Tsar o bawb o dan glo?' holai pwy bynnag a oedd yn fodlon gwrando. 'Pwy allai lawenhau mewn gweithred o'r fath ond paganiaid, anwariaid ac Iddewon?'

Roedd yn rhaid achub Rwsia. Dyna pam y galwodd Kozma ar ei frawd un nos yn nechrau Awst a'i wadd i hwylio i lawr y Neva hyd at Ynys Volni ac yn ôl. Roedd rhyw sglein cochlyd ar groen ei wyneb a'i wddw'n arw wrth iddo gamu i lawr grisiau cerrig y cei at y lanfa bren.

Du iawn oedd ei hwyliau. Doedd dim isio bod yn broffwyd i sylweddoli be oedd yn digwydd. Ar waetha ymddiswyddiad y Tywysog Lvov ac ar waetha apwyntio Alexander Kerenskii yn ei le, doedd pethau fawr gwell. Gan fod y fyddin wedi colli pob ffydd yn eu swyddogion, roedd y swyddogion yn eu tro wedi dechrau colli ffydd yn eu Prif Weinidog a'i gabinet.

Doedd petha ddim yn hawdd o bell ffordd i'r Prif Weinidog newydd, roedd pawb yn sylweddoli hynny, ond ei fai mwya fo oedd trio ei chael hi bob ffordd, trwy gadw'r ddesgil yn wastad rhag pechu neb, ond trwy wneud hynny yn llwyddo i bechu pawb.

Roedd dyddiau'r dili-dalio yn prysur ddirwyn i ben. Bob tro yr edrychai Kozma i fyw llygaid ei filwyr, yr unig beth a welai oedd dirmyg. Ers chwyldro mis Mawrth roedd awdurdod y fyddin wedi'i thanseilio ac oherwydd hynny, awdurdod y llywodraeth ei hun. Os chwalai'r fyddin, 'fyddai hi fawr o dro cyn y byddai'r llywodraeth yn chwalu'n ei sgil hi. Dyna wers hanes bob tro. Pam y dylai profiad Rwsia fod yn wahanol i brofiad pob gwlad arall?

Bwriodd Alyosha ei enwair tros yr ochor. Hefo rhyw wên warchodol a awgrymai nad oedd eu sgwrs ddim ar gyfer clustiau dynion eraill, siaradodd Kozma:

'Brawd wrth frawd?'

Aeth ati i ddweud ei fod yn sylweddoli fod rhai cylchoedd o hyd yn fodlon cadw cefn llywodraeth Alexander Kerenskii, waeth pa mor anobeithiol fyddai hi, ond roedd o yn bersonol, a nifer o uchel-swyddogion eraill, am weld newid radical.

'Radical?'

'A hynny ar fyrder.'

'Pa mor radical?'

'Paid â 'nghamddallt i, Fyodor, 'wela i ddim bai arnach chdi am fod yn driw i Kerenskii, Savinkov a Chernov a'u tebyg. Ond ti'n gorfod cyfadda fod y cylchoedd yma'n prysur deneuo a chyn bo hir bydd y Prif Weinidog fel yr ynys unig acw'n hollol ar ei ben ei hun . . .'

'Ond?'

'Ma' cylchoedd erill sy'n fodlon camu 'mlaen er mwyn sefyll yn y bwlch a gwneud be sy' isio'i 'neud cyn yr eith petha i'r pen ac y bydd hi'n rhy hwyr i achub y sefyllfa. All Kerenskii a'i debyg ddisgwyl pob cefnogaeth cyn belled â bod pawb yn dwad i ddallt ei gilydd, a thorri'n henwa ar lywodraeth newydd y bydd lles a dyfodol Rwsia yn saffach yn ei dwylo hi.'

Fel ellyll du yn y belen oren, daliai Alyosha bysgodyn yn ei law, a hwnnw'n hongian gwingo tan hanner byw, hanner marw.

'Cwestiwn sy' raid i chdi'i wynebu'n onest 'di hwn: ydi Kerenskii o ddifri ynglŷn â rhoi sicrwydd arweiniad i'r wlad?

Ydi o o ddifri ynglŷn ag ennill y rhyfel yn erbyn y Kaiser? Neu ydi o ond yn dal grym er ei fwyn ei hun? Ond yn bwysicach na dim, ydi o ddifri ynglŷn â rhoi stop ar dwrw'r undebau llafur? Y streicio? A'r protestio diddiwedd? A'r riff-raff sy'n cymryd tiroedd stadau mawrion iddyn nhw eu hunain? A be am y pwyllgorau Comiwnyddol o filwyr a morwyr sy'n herio pob awdurdod canolog? A be am roi terfyn ar bropaganda'r Bolsheficiaid yn y fyddin? Mmmm? Be ydi unig ddyhead y rheini? I Rwsia sanctaidd farw er mwyn i ryw weriniaeth sosialaidd fyw? Os na safwn ni yn y bwlch rwan, mi gawn ein melltithio gan hanes.'

Gripiodd ben-glin ei frawd.

'Dwi'n gwbod fod amryw yn y fyddin yn meddwl ei bod hi'n hwyr glas i betha ddechra newid o ddifri . . . A newid er gwell . . . Fyodor, elli di'n dy galon ddal i roi sêl bendith ar lywodraeth wantan sy'n andwyo gwir fuddiannau Rwsia?'

'Ti'n awgrymu 'mod i'n ymddiswyddo ohoni? Dyna be ti 'di bod yn trio'i ddeud wrtha i heno?'

Dywedodd Kozma fod y Cadfridog Kornilov yn bwriadu ymosod ar Petrograd ac arestio Alexander Kerenskii a'i gabinet. Roedd y trefniadau eisoes ar y gweill. Ond milwr oedd Kornilov, ac nid gwleidydd. Milwr o doriad ei fogail. Unwaith y byddai Kerenskii a'i weinidogion o dan glo, y cam cyntaf fyddai creu llywodraeth newydd, ac i'r perwyl hwnnw, roedd Kozma yn cynnig i'w frawd fod yn Brif Weinidog nesaf y wlad.

'Chdi ydi'r dyn i arwain Rwsia heddiw.'

Galwodd Fyodor ar Andrei Petrovich yn ei swyddfa ym Manc Masnachol Azor-Don. Siomodd ei gyfaill i'r byw pan glywodd be oedd perwyl ei ymweliad. Ni allai beidio â ffromi, a siarad yn weddol blaen:

"Fedra i'm atal fy hun, Fyodor Mikhailovich . . . Maddeuwch imi 'i ddeud o . . . os oes gen uchel aelod o Lywodraeth Ddarpariaethol Mr Kerenskii ddim ffydd fod ei eiddo byw o'n hollol saff mewn banc Rwsiaidd, pa obaith sgen rhywun fel fi o ddarbwyllo neb arall?'

Methodd Fyodor gynnig ateb parod am y rheswm syml nad oedd ganddo'r un, heblaw am ddweud:

'Ma' ansicrwydd yr amserau yn gwneud dynion yn boenus iawn am eu heiddo.'

'Peth sensitif iawn ydi pres mewn banc,' cytunodd Andrei, 'a dwi'n siarad o brofiad oes o fancio. Os oes unrhyw newid yn y tywydd gwleidyddol, 'mots pa mor fychan, mae pres yn gallu teimlo hynny ar ei union. Ei deimlo fo yn gynt na neb a dweud y gwir.'

Rhag peri chwanag o gywilydd i Fyodor, cytunodd Andrei i'w gais. Roedd ei bres, ei fondiau a phob un o dystysgrifau ei gyfranddaliadau i'w symud y diwrnod hwnnw i Fanc y Credit Lyonnais yn Arcêd y Nevski.

Taniwyd dwy sigâr. Wrth eu smocio, trafodwyd simsanrwydd ac anwadalrwydd y sefyllfa wleidyddol.

'Be sy'i angan ar Rwsia heddiw ydi dyn cadarn wrth y llyw,' dywedodd Andrei Petrovich.

"Fasa neb call yn anghytuno hefo hynny,' atebodd gan feddwl amdano'i hun.

'Ers mis Mawrth dwi'n teimlo fod Rwsia – yr hen Rwsia fel dwi a llaweroedd yn ei nabod hi – yn prysur farw. Mae fy awen i wedi cilio. Dwi brin wedi sgwennu pennill. Hefo pob parch, Fyodor Mikhailovich, dwi'n gwbod eich bod chi'n agos at Lywodraeth Mr Kerenskii, ond mae o'n ein gyrru ni tan draed gelynion tramor yn Berlin a gelynion yma yn nes adra – y

Bolsheficiaid. Yn hollol onest, 'wn i ddim pwy sydd waetha. Lenin neu'r Kaiser. Cofiwch chi, ma' amryw byd yn honni mai dyn y Kaiser ydi Lenin, p'run bynnag. Mae hi'n hwyr glas i rywun achub y sefyllfa cyn yr eith hi'n draed moch go iawn.'

Doedd Fyodor byth wedi cytuno i gais ei frawd. Roedd o mewn cyfyng-gyngor dirdynnol.

Un noson roedd rhwng dau feddwl, yn pendilio ynglŷn â dweud wrth Inessa, ond penderfynodd gadw'r penderfyniad iddo'i hun. Wedi dweud hynny, byddai dwad yn Brif Weinidog Rwsia yn gorfodi newid arni hitha hefyd. Ac Alyosha. A Gosha. Ar y teulu i gyd. Ond a oedd o'n gallu'i weld ei hun yn arwein-ydd gwlad? Yn ben ar ymerodraeth? Roedd meddwl am y peth yn ddigon â chodi'r bendro arno fo.

Roedd ei frawd a'r cabal o gynllwynwyr y tu cefn iddo fo yn meddwl ei fod o'n hollol abal. Be am faint y cyfrifoldeb, y baich i allu penderfynu a gweithredu ar ran eraill yn anhunanol? Roedd yn rhaid wrth aberth a gwroldeb. O'i ddarllen yng nghlas-uron Groeg a Rhufain, gwyddai nad oedd gwir wroldeb byth yn gadael y byd heb adael ei ôl. Roedd gwir wroldeb yn traws-newid bywydau dynion, er gwell neu er gwaeth.

Oedd o'n ddigon o ddyn?

Pwysodd Kozma am ateb.

Roedd hi'n ddydd o brysur bwyso.

Oedd o'n ddigon gwrol i wneud yr hyn roedd angen ei wneud er mwyn achub Rwsia?

HYDREF 1917

Ddiwedd y bora, wrth adael ei ddosbarth, gwelodd Alyosha a Mademoiselle Babin Fyodor yn tywys ei frawd a dau ddyn arall i'r stydi. Oedodd Kozma Alexandrov, gan hanner troi, ac wrth wneud hynny, sylwodd ar Mademoiselle Babin. Crychodd ei dalcen, hanner codi ei fys. Hanner agorodd hithau ei gwefusau – fel petai hi ar fin dweud rhywbeth – ond ni ddaeth gair o'i genau.

Caewyd drws y stydi. Aeth Mademoiselle Babin tua'i hystafell, ond aeth Alyosha draw ar ei union er mwyn gwasgu ei glust ar y pren i glywed lleisiau'r dynion yr ochor draw i'r drws. Aeth ei chwilfrydedd yn drech nag o – a phenderfynodd redeg i'r ystafell fwyta ac agor yr ail ddrws i'r stydi – yr un a guddid o'r golwg y tu ôl i lenni trymion.

Sneciodd i gil y drws. Daliodd Alyosha ei wynt a gallai glywed ei dad yn tywallt rhyw wirodydd i wydrau a'r rhew yn clecian. Am yn agos i ddwy awr y bu'r pedwar dyn yn siarad. Kornilov oedd enw'r gŵr bonheddig arall, a hwnnw a siaradai fwya. Clywodd lais y gŵr yn haeru mai'r unig ateb rwan oedd lladd Alexander Kerenskii – fel y dylid lladd pob Iddew arall.

Clywodd lais ei dad yn dadlau:

'Gwaethygu'r sefyllfa fasa hynny'n 'i wneud.'

Dadleuodd Kornilov yn gry:

'Ma' pawb ar staff y fyddin wedi hen golli parch at Brif Weinidog anfoesol, a gefnodd ar ei wraig wrth flysio rhyw ddynes arall.'

Dadleuodd Kozma yn gryfach:

'Bwrw ymlaen hefo'r *coup d'état* ydi unig achubiaeth Rwsia bellach.'

Kornilov oedd y dyn i drefnu hynny, a Fyodor wedyn oedd i fod yn ben ar yr ymerodraeth.

'Dwi'n awyddus i beidio â gweld mwy o dywallt gwaed,' dadleuodd Fyodor, 'mae'n rhaid fod rhyw ffordd arall.'

Aeth y sgwrsio yn ei flaen. Cafodd ei sisyrnu ddwywaith pan fu cnocio ar y drws arall ac Ivan y *chauffeur* yn danfon rhyw negeseuon ysgrifenedig. Naddwyd y drafodaeth i dri dewis. Tri dewis a oedd yn eu hwynebu. A thri dewis yn unig a oedd hefyd yn wynebu Alexander Kerenskii bellach: ei fod i ymddiswyddo ar ei union; ei fod i gydweithio hefo'r Cadfridog Kornilov, a maes o law hefo Fyodor Mikhailovich a'i gabinet; neu, ei fod yn cael ei arestio.

Bu tawelwch. Clustfeiniodd Alyosha er mwyn clywed ateb ei dad ac addawodd y byddai yn gosod yr *ultimatum* ger ei fron.

Wrth ffarwelio, dywedodd Kornilov:

'Ma' disgwyl i'r Prif Weinidog ateb y naill ffordd o fewn pedair awr ar hugain.'

Yr eiliad y cafodd eu cefnau, brasgamodd Fyodor Alexandrov ar draws llawr y stydi a llusgo Alyosha o'i guddfan gerfydd ei glust. Gwyddai ei fod yno trwy gydol yr amser ond yng ngŵydd y lleill ni allai wneud dim. Ni welodd ei dad erioed mor gynddeiriog.

'Be ti'n feddwl ti'n 'i 'neud?'

Doedd dim math o fusnes ganddo i fusnesa mewn materion pwysig fel hyn – pethau nad oedd o'n ddigon hen i'w dallt. Roedd Alyosha wedi dallt digon ar y sgwrs i sylweddoli fod ei dad yn cynllwynio yn erbyn y llywodraeth.

'Pam 'dach chi'n gneud hynny?'

'Ar boen dy fywyd, Alyosha,' eglurodd Fyodor Alexandrov yn daer, 'ti ddim i yngan gair am be glywist ti heddiw wrth neb.'

175

Yr eiliad y cafodd Mademoiselle Babin gwmni Alyosha iddi hi ei hun fe'i holodd yn dwll.

'Be oedd dy Ewyrth Kozma Mikhailovich yn 'i drafod hefo dy dad? Pwy oedd y dynion eraill? Be oedd yn mynd ymlaen?'

Gwrthododd Alyosha ddweud, ond mynnodd ei diwtores gael gwybod calon y gwir. Cafodd Alyosha ei hun mewn lle cas gan ei fod wedi addo i'w dad na fyddai'n sôn gair am yr hyn a drafodwyd rhwng y ddau. Sylwodd fod rhyw gryndod yng ngwythïen gwddw Mademoiselle Babin, ac roedd rhyw wylltineb yn ei llygaid duon crwn. Ceisiodd Alyosha fynd o'i gafael ond daliodd arno a mynnu ei fod yn dweud y cwbwl wrthi.

'Fiw imi . . .'

'Dwi'n poeni am dy ewyrth . . .'

'Dwi 'di addo peidio deud!'

Gwasgodd ei law.

''Alla i ddim . . .!'

Edrychodd hi arno, ac am ryw reswm, teimlai ei hun yn ildio iddi. Yr eiliad yr agorodd o'i geg fe ddifarodd iddo wneud. Roedd hi'n rhy hwyr i dynnu'r geiriau nôl gan fod Mademoiselle Babin eisoes wedi gadael y tŷ.

Â'i phen yn llawn tryblith a'i hemosiynau ar chwâl, oedodd ennyd heb wybod yn iawn i ble roedd hi'n mynd. Pam na ddeudodd o wrthi? Oedd o ddim yn ymddiried ynddi i gadw cyfrinach?

Cyrhaeddodd ddrws ei dŷ. Doedd dim dal ei fod yno, ond doedd dim dewis ganddi a churodd yn galed. Cododd Ella ei phen o'i gwnïo pan dywysodd y forwyn hi ati. O fewn dim rhedodd Margarita a Larissa i mewn a'i chyfarch. Aeth y sgwrsio rhagddo am beth amser am y peth yma a'r peth arall.

Teimlai Mademoiselle Babin fod croglath am ei gwddw a châi drafferth i siarad yn iawn, yn baglu a bystachu tros ei geiriau nes peri i Ella ofyn a oedd hi'n iawn. Daeth hi'n awr o brysur bwyso a phenderfynodd fod yn rhaid iddi wynebu Ella yn onest.

'Ble ma' Kozma Mikhailovich?' holodd Mademoiselle Babin.

'Pam 'dach chi'n holi?' gofynnodd Ella.

Yn sglein y bwrdd crwn gwelodd lewyrch gwelw o'i hwyneb hi ei hun.

'Ma'n rhaid imi siarad hefo fo. Ble do i o hyd iddo fo?'

Hyd at y foment honno bu Ella'n gwrtais iawn, ond daeth rhywbeth drosti, a dododd ei llaw i orwedd yn wastad ar ei boch, fel pe bai'n diodda' o'r ddannodd. Caeodd ei llygaid a sugnodd anadl ddofn i'w hysgyfaint, codi'i hysgwyddau a'u gwthio nôl fel petai yn trio caledu rhyw urddas a feddalodd ac a doddodd y tu mewn iddi. Roedd Mademoiselle Babin wedi colli ei gwedd i gyd a'i bochau'n welw a'i bysedd yn troi a throsi rhyw ruban bychan ar ei glin.

Agorodd Ella ei llygaid toc a syllodd arni â chasineb. Yn yr edrychiad hir, deallodd y ddwy ei gilydd i'r dim, a doedd dim byd arall i'w ddweud.

Caeodd Mademoiselle Babin y drws yn dawel ar ei hôl.

Wrth durio trwy ddroriau ei wardrob, a oedd yn llawn o fenyg, darnau o les, fêls, sliperi satin, a myrdd o boteli bychain, hanner llawn a llawn o sebon sent, sylweddolodd Inessa fod un o'i modrwyau ar goll. Modrwy ddiemwnt werthfawr iawn. Yn bwysicach na dim, roedd iddi werth sentimental gan mai

modrwy ei nain oedd hi, modrwy mam ei mam. Anna a rodd-
odd y fodrwy iddi un nos Sul, flynyddoedd lawer ynghynt, ar ôl
bod yn yr eglwys pan oedd ei dyweddïad â Fyodor ar fin cael ei
gyhoeddi.

Chwiliodd Inessa ar ei phen ei hun i gychwyn, ond er iddi
fynd ati'n ddiwyd i chwilio trwy bob un drôr a phob un dilledyn
– nes bod ei llofft yn un llanast blêr – methodd ddwad o hyd
iddi.

'Ar goll? Be ti'n feddwl? 'Ar goll'?'

'Ar goll ydi ar goll.'

Tuthiodd Fyodor yn ddiamynedd.

'Wedi ei rhoi hi'n rhwla wyt ti a ddim yn cofio lle.'

'Ti'n trio deud 'mod i'n dechra colli arni?'

Roedd yn rhaid chwilio o'r trawstiau ucha i'r trawstiau isa.
Aeth pawb ati'n ddyfal – a'r ddau dditectif hefyd – trwy bob un
stafell hefo crib mân, a thynnu pob un dim y tu chwithig allan,
a throi pob un dodrefnyn du-ucha'n-isa.

Dwi'm yn dallt y peth . . .'

Dywedodd Inessa hyn mewn anobaith llwyr.

'Ddim yn dallt y peth o gwbwl.'

'Er mwyn dyn, tria feddwl eto . . .'

'Dwi wedi meddwl!'

'Ma'n rhaid dy fod ti wedi ei rhoi hi'n rhwla'n saff ac wedi
anghofio.'

178

Drannoeth, daeth Ivan o hyd i bedwar pâr o sana sidan, pâr o fenyg lledar cochion a dwy het.

''Drychwch be ges i.'

Galwodd Fyodor ar ei wraig yn syth:

'O dan wely Lika.'

Edrychodd y feistres yn sur.

'Da, Ivan.'

Gwasgodd Fyodor ei ysgwydd.

'Da was, da a ffyddlon.'

'Gnawas fach 'di'u cuddio nhw mewn hen sach. O'n i wedi ama ers sbel.'

Gwenodd ac agorodd ei geg llyffant a daeth rhesiad bras o ddannedd mân i'r golwg.

''Dwyllodd hi mohona i.'

Manteisiodd y *chauffeur* ar y cyfle i frolio rhyw gymaint arno'i hun:

'Dyn sy'n dwad i wbod y cwbwl ydw i, yn hwyr neu'n hwyrach.'

Galwyd y forwyn fach i gyfri. Yn lle disgyn ar ei bai yn syth a chrefu am faddeuant, cafodd Fyodor ac Inessa eu synnu gan ei rhodres wyneb galed a'i hosgo hollol haerllug, a oedd yn hyll o ddiedifar. Dechreuodd ateb nôl. Wedi magu chwanag o hyfdra, dechreuodd eu blagardio gan edliw cyn lleied oedd ei chyflog.

Pe na bai baich Fyodor mor drwm, a phe na bai dyletswyddau eraill pwysicach yn mynd â'i amser, byddai wedi llusgo'r forwyn o flaen ei gwell. Gan feddwl iddi beidio â'i glywed y tro cyntaf, dywedodd drachefn:

'Gei di fynd rwan.'

Yn ddisymud hollol fe safodd Lika yn ei hunfan, ac er mawr ryfyg, taniodd sigarèt a chwythu'r mwg yn ffri i lawr ei ffroen. Bu'n rhaid i Inessa frwydro'n galed i ffrwyno'i thymer. Y tu mewn roedd hi'n teimlo'n hollol wyllt gynddeiriog. Wedi mwy o ffraeo, mwy o gyhuddo a mwy o anghytuno, mynnodd gwraig y tŷ gael modrwy ei nain yn ôl yr eiliad honno, a bod y lladrones wedyn i hel ei phac a gadael ar ei hunion.

'Mi adawa i pan dwi'n barod.'

Camodd gam ymlaen nes peri i Inessa fagio cam yn ôl.

'A meiddiwch chi ne' rywun arall drio'n hel i allan . . .' Roedd hi'n eu herio. 'Mi a i'n syth at 'y nghariad, a gewch chi'r plesar wedyn o ddal pen rheswm hefo fo.'

Hefo blaen ei hesgid, rhwbiodd ludw brau ei sigarèt i'r carpad.

'Pwy ydi'r fo 'ma, os ca i fod mor hy â gofyn?'

Goleuodd ei llygaid bach:

'Bolshefic o Kronstadt.'

O Dduw Dad, meddyliodd Fyodor wrtho'i hun.

Trawodd y forwyn ei phen ar ogwydd a syllu'n hy i wyneb ei chyflogwr.

'Ddylsan ni i gyd fod yn ddiolchgar iddyn nhw. Fy nghariad i oedd un o'r miloedd na'th roi stop ar Kornilov . . .'

Roedd hi'n llygad ei lle. Roedd Alexander Kerenskii wedi gwrthod yr *ultimatum*. Oherwydd hynny, roedd byddin Kornilov wedi ceisio ymosod ar Petrograd ym mis Medi 1917. Yn wyneb y fath fygythiad roedd y Prif Weinidog wedi rhyddhau Trotskii o'r carchar ac arfogi'r Bolsheficiaid. Penderfynodd undeb gweithwyr y rheilffyrdd wneud pob un dim o fewn eu gallu i stopio'r fyddin rhag cyrraedd pen y daith. Dyna a ddigwyddodd. Aeth y *coup d'état* â'i ben iddo. Cafodd Kornilov ei arestio. Aeth ei swyddogion eraill ar ffo. Roedd Kozma yn eu mysg. Hyd ag y gwyddai Fyodor Mikhailovich doedd neb eto wedi bradychu ei enw fo.

Yn lle tynnu chwanag o helynt ar eu pennau, sad-gysidrodd Fyodor eiriau ei forwyn fach, ac er ei fod yn dymuno gweithredu yn wahanol, penderfynodd bwyllo a chaniatáu iddi aros.

''Dach chi'n gneud camgymeriad mawr, mistar,' mentrodd Ivan, 'mi fydd cael un o'r Bolsheficiaid yn y tŷ 'ma fel gollwng sarff yn y salon. Mi fydd honna'n siŵr o wenwyno gweddill y morynion hefo rhyw hen rwtsh-ratsh sosialaidd.'

'Diolch ichdi am dy gyngor, Ivan.'

''Dach chi am i mi 'i thaflu hi allan? Dim ond i chi ddeud . . .'

'Na. Ma' Lika yma i aros. Am y tro, o leia.'

''Dach chi'n berffaith siŵr rwan?'

'Ydw.'

''Na fo. Chi ŵyr eich petha. Ond dwi'n meddwl 'i fod o'n gamgymeriad fy hun.'

Yn groes i bob crefu o du Inessa, cafodd Lika ganiatâd i gadw ei hysbail hefyd, heblaw am y fodrwy ddiemwnt, a oedd i'w dychwelyd ar ei hunion. Ond mynnodd Inessa fod Oxana yn golchi'r fodrwy mewn dŵr berwedig.

'Does wbod lle ma'r hoedan fach 'na 'di bod yn nagoes? 'Nenwedig os ydi hi 'di bod yn rhwbio hefo rhyw hen dacla comiwynddol budur yn Kronstadt . . .'

Gwaradwyddodd Anna pan glywodd am yr helynt. Diolchodd fod ei holl drugareddau hi bellach o dan glo ym Manc y Credit Lyonnaise. Doedd dim posib i fachau blewog fynd i'r afael â dim yn fan'no.

Pan glywodd Vasillii, ni allai gredu ei glustiau a bu'n llawn gofid a phenbleth:

'Llanast a lladd ar bob llaw. I be ma'r byd ma'n dwad?'

Cododd wydryn, ac yfed dau lwnc o fodca yn ôl ei arfer, wrth ddwrdio:

'Ma'r jadan hogan Lika 'na'n waeth na'r Polya bowld honno o stori Anton Tsiecoff. Dwyn oedd castia honno hefyd . . .'

Yn ogystal â phowdro'i bochau'n gochion, dechreuodd Lika baentio ei haeliau a'i gwefusau hefyd. Byddai'n ei chordio ei hun bob bora i mewn i gorset pinc y daeth ei chariad o Kronstadt yn bresant iddi o rywle. Roedd o wedi ei ddwyn o, mwy na thebyg, ond doedd Lika yn malio dim.

Gan ei bod hi wedi ei phlesio cymaint, y tro nesa y gwelodd y ddau ei gilydd, daeth â breichled ddrud iddi, a disgleiriodd llygaid Lika wrth syllu arni. Ysgwydodd y dernyn arian, a oedd yn hongian wrth gadwyn aur fechan, a gwirionodd wrth glywed ei sŵn o gwmpas ei garddwrn. Sylwodd Oxana ar y newid ynddi. O gwmpas y gegin, sythodd ei chefn, cododd ei gwar ac roedd yn llai crwmanog nag y bu. Daliai ei phen yn uchel, a daeth rhyw sbonc newydd i'w holl osgo, a byddai'n gwenu a chanu grwndi fel cath fodlon wrth gerdded ar hyd a lled y tŷ. Yr unig fantais i Inessa bellach oedd ei bod yn gallu ei chlywed ymhell cyn ei gweld oherwydd jangl ysgafn ei breichled a chric-cracio ei cherddediad.

Erbyn diwedd Medi 1917 roedd y Bolsheficiaid wedi ennill y mwyafrif o'r seddi ar Sofiet Petrograd. Tyfodd eu hawdurdod. Tyfodd y sloganau. Prifiodd Lenin wrth i Kerenskii nychu. O dan y graffiti, daeth pobol a fu'n swil o fywyd allan i olau dydd. Safai milwyr, morwyr a myfyrwyr gan drin a thrafod a dadlau ymysg ei gilydd. Roedd pob cornel stryd wedi troi yn neuadd drafod. Fel rhyw ddraenog enfawr aeth motor-lori yn fochiog o filwyr heibio, a'r rheini â'u bigodau i fyny. Yn eu sgil martsiodd milwyr o Oranienbaum, milwyr hefo wynebau melyn, esgyrnog yn tynnu gynnau ar olwynion bychain i'w canlyn fel cŵn ar gortyn.

Roedd y lleisiau a'r dadlau'n siarp. Yn amlach na heb bydd-ai'r dadlau'n troi'n gwffas sydyn: a phawb wedyn am y gorau yn peltio, colbio a leinio ei gilydd cyn gwahanu ar ôl chwythu eu plwc. Ciliai pawb i fwytho cleisiau, tendiad clwyfau ac atal gwaed. Pa le bynnag y cerddai Alyosha byddai rhyw hogyn ifanc neu hogan ifanc yn gwthio rhyw bamffledyn neu ddalen lwyd ar bapur rhad i'w law – a'r geiriau breision yn amal wedi'u printio'n rhatach ac oherwydd hynny yn anodd iawn i'w dar-llen – os nad weithiau yn hollol amhosib.

Bourgeoisie oedd un o'r prif eiriau. Cydiodd rhyw ysbryd ysol ym mhawb ac roedd pobol wedi glân gynhyrfu – fel petai rhyw afiechyd wedi lledu trwy'r ddinas – a llaweroedd yn cyhoeddi fod y dyfodol yn rhywbeth agored a oedd eto i'w greu a'i fod yn feichiog o bob math o bosibiliadau. Ond gwaith i godi'r bendro oedd rhedeg i ganlyn rhyddid. Prin fod gan neb amser i eistedd i lawr i fwyta – dim ond rhyw borthi'n wyllt wrth ruthro heibio i'r cyfarfod nesa – lle byddai plant yn rhedeg o gwmpas yn afreolus yn dathlu'r ffaith fod pob ysgol wedi cau a bod pawb i ymddwyn yn ôl ei ffansi. Felly roedd hi yn Petrograd liw dydd.

Liw nos roedd hi'n fater arall. A lampau'r strydoedd ond yn goleuo yn ôl eu mympwy, o'r tywyllwch clywid sŵn saethu, ci yn coethi ac ambell lori yn refio yn y pellter. Gorweddai Alyosha yn ei wely yn gwrando ar y nos. Ond yr hyn a oedd yn ei boeni o yn fwy na dim oedd bod y geudy ddim yn gweithio. Er i'r drws gael ei gau a'i gloi roedd rhyw ogla drewllyd yn dal i ledu ohono ac roedd Fyodor yn amau fod rhyw beipan wedi blocio'n rhywle.

Roedd llofft Alyosha mor oer ag ogof nes dwyn ei wres i gyd. Anamal y gwelai ei dad. Arhosai ei fam yn ei hystafell am oriau bwygilydd bob dydd.

Roedd tonc-tanc, tonc-tanc cloc y cyntedd wedi hen beidio ers hydoedd.

Galwodd Fyodor am Ivan y *chauffeur* un bora.

'Dydi o ddim yn 'i lofft chwaith.'

Oxana a fu wrthi'n chwilio.

'Mae'n rhaid ei fod o hyd y tŷ ma'n rhwla . . .'

'Dwi 'di bod yn chwilio.'

Braidd yn biwis oedd Fyodor pan fynnodd:

'Dos i chwilio eto.'

Caeodd y forwyn y drws ond dychwelodd ymhen dim.

'Wel?'

'Does dim golwg o'r motor-car chwaith.'

Fesul tipyn, ciliodd pob un o'r gweision a'r morynion gan adael neb ar ôl ond dwy: Oxana, o ffyddlondeb, a Lika am resymau eraill.

Yn hwyr un nos, clywodd Alyosha ddrws ei lofft yn gwichian.

'Pwy sy' 'na . . .?'

Holodd yn gysglyd a thawelodd pan welodd gysgod ei dad.

'Y Bolsheficiaid.'

'Be amdanyn nhw?'

'Ma' nhw newydd ymosod ar y Llywodraeth Ddarpariaethol.'

Ffoi ar eu hunion a wnaeth Alexander Kerenskii a'r aelodau o'r cabinet a oedd heb gael eu harestio.

Yng nghwmni ei fam drannoeth, holodd Alyosha ei dad:

'Be sy'n mynd i ddigwydd rwan?'

'Cyn bellad ag yr ydw i'n y cwestiwn, dydw i'n mynd i unman.'

'Fiw inni aros yma. Mi ddôn nhw amdanach chdi.' Inessa a siaradodd (a'i hwyneb yn welw). 'Ma' nhw'n siŵr o ddwad amdanach chdi. Mae hynny'n saff o ddigwydd. A be wedyn? Be am Alyosha? Be am Gosha? Be amdana i? Does dim dewis. Fyodor! Mae'n rhaid inni fynd i ffwrdd . . .'

'I ble?'

'I rywla saffach. Dros dro, o leia. Nes bydd hi'n tawelu. Mi allwn bacio'n petha rwan hyn. Pam nad awn ni i rywle 'mhell i ffwrdd o Petrograd? Rhywle anial? Ti'n gwrando arna i? Be am yr ardal honno yng nghyffiniau Ekaterinoslav, rhwng y Môr Du a Môr Azov? 'Ddaw neb o hyd i ni yn fan'no. Neu be am ffoi i'r Ffindir?'

Ysgwydodd ei ben yn bendant.

'Pam?'

'Does neb yn mynd i fy erlid i o fy ngwlad fy hun.'

'Pa ddewis arall sydd? Fyodor! Ma'n rhaid inni ffoi neu mi laddan nhw ni i gyd!'

Pan ddiflannodd y ddau dditectif, caeodd Fyodor ei hun yn ei stydi. Treulai ei amser yn sgwennu llythyrau at amryw byd o bobol ac yn teliffonio hwn a'r llall ac arall. Penderfynodd fod yn rhaid iddo wneud ei orau glas i drechu'r bygythiad diweddara i ddemocratiaeth Rwsia.

Yn ddirybudd galwodd Kozma heibio mewn dillad gweithiwr ffatri a chap ar ei ben.

'Alyosha, 'ngwas i, ydi dy dad yma?'

'Ydi. Mae o yn 'i stydi.'

Fyth ers methiant *coup d'état* Kornilov, bu Kozma'n byw yn danddaearol, yn sleifio o le i le ac yn cadw i'r cysgodion. Doedd neb yn falchach o'i weld na'i frawd a chafodd groeso addfwyn.

'Ble ma' Ella a'r merched?' holodd Fyodor.

'Yn saff. Ond be amdanach chdi? Pam wyt ti yma o hyd? Fasa hi ddim yn rheitiach ichdi ddiflannu?'

'Dwi wedi deud a deud wrtho fo droeon,' nadodd Inessa, 'ond dydi o'n gwrando dim arna i.'

'Dim ond cachgwn sy'n ffoi,' atebodd ei gŵr. 'A ph'run bynnag, dwi'n credu y bydd miri lol Lenin a'i griw yn darfod cyn bo hir. Does neb yn 'i iawn bwyll yn mynd i ddiodda' llywodraeth sy'n gwladoli banciau a busnesau a ffatrïoedd. Dwi'n gwbod o brofiad na all y dosbarth gweithiol redag dim.'

'Dwi ddim mor siŵr,' atebodd Kozma. 'Ma' nhw'n arestio a saethu pawb sy'n gwrthwynebu 'u trefn nhw. Dyna pam mae nifer o swyddogion o hen fyddinoedd y Tsar i gyd yn anelu am dde Rwsia. Ma' nhw i gyd yn gadael am y Kuban i godi byddin newydd er mwyn ymladd yn eu herbyn nhw.'

'Pam nad awn ni i'r Kuban hefyd?' gofynnodd Inessa.

'Dydan ni'n mynd i unman,' atebodd Fyodor ar ei ben.

'Be am Mademoiselle Babin? Ydi hi yma o hyd?' holodd Kozma.

Aeth Oxana i'w mofyn.

'Mi glywis ryw si echnos fod rhyw ddynion yn tyrchu cyrff o'u heirch ym mynwentydd yr aristocrasi.'

Arswydodd Inessa, 'Pam?'

'Rhag ofn fod 'na aur neu arian wedi cael eu claddu hefo'r meirw.'

Pan frasgamodd yn frysiog trwy'r drws, methodd Mademoiselle Babin ei hatal ei hun. Gwasgodd Kozma a lapio ei breichiau amdano yn dynn, ei bysedd yn ei wallt.

'Ble'r wyt ti wedi bod?' sibrydodd yn ei glust, 'ble'r wyt ti wedi bod gyhyd? Ro'n i'n meddwl fod rhywbeth drwg wedi digwydd ichdi . . .'

'Pam wyt ti'n dal yma?' daliodd ei hwyneb hefo'i ddwy law. 'Chest ti mo'n llythyr i?'

'Pa lythyr?'

'Ma'n rhaid ichdi adael Petrograd. Cer i Lysgenhadaeth Ffrainc. Mi a i â chdi yno.'

'A be amdanach chdi?'

'Ma' gen i gynllunia eraill . . .'

'Dwi ddim yn mynd i unman hebddach chdi!'

'Clementine, gwranda arna i.'

'Dwi ddim yn mynd i unman!'

Aeth yn ddadl boeth. Ond torrodd Kozma'r dadlau, a mynnu fod Mademoiselle Babin yn mynd i bacio ar ei hunion ond gwrthod a wnaeth hi.

Sleifiodd Alyosha allan o'r tŷ. Cyhoeddai posteri'r strydoedd fod pob grym gwleidyddol wedi ei drosglwyddo i Ddirprwyon Pwyllgorau'r Milwyr a'r Gweithwyr Sofietaidd. Bu eisoes saethu rhwng y Bolsheficiaid a'r rheini a oedd yn ffyddlon o hyd i Lywodraeth Alexander Kerenskii. Doedd yr holl helyntion a fu hyd hynny'n ddim ond plant yn chwarae mig o'i gymharu â'r hyn a ddigwyddai'n ddyddiol ar strydoedd a sgwariau Petrograd.

Gwelodd Alyosha griw yn gwthio tram melyn ar ei ochor a hogan ifanc hefo dwylo bychan, tywyll yn llusgo weiran bigog i'w chanlyn; eraill yn rowlio casgenni; yn stacio bocsus; yn eu nythu eu hunain yn barod ar gyfer y gyflafan. Chwalwyd gwydr wyth o ffenestri'r tŷ'n siwrwd pan ddechreuodd yr artileri danio ddwy stryd i ffwrdd.

Clywyd sgrechian yn sgil ffrwydro a cherrig mân yn tasgu'n galed ar hyd y waliau. Doedd y baricêds ddim yn ddigon saff a thyrchwyd y strydoedd yn ffosydd i wardio rhag y tanio, ond ni rwystrodd hynny rywun rhag saethu'r hen gloc hynafol a safai ar ben y Nevski. Stopiodd amser.

Yn gynnar un min nos rhewllyd ym mis Tachwedd, aeth Oxana ofnus at ei meistres.

'Be dwi i fod i ddeud?'

Roedd rhywrai'n curo'n ffyrnig ar ddrws y tŷ. Aeth Inessa at ei gŵr ac Alyosha wrth ei chwt. Sefyll o flaen y drych yn ei ddillad gorau roedd Fyodor, yn araf gribo'i wallt a syllu yn ddwfn i'w lygaid ei hun. Roedd eco'r curo ar bren y drws yn llenwi'r cyntedd gwag islaw.

Tan grynu, holodd ei wraig:

'Fyodor?'

Ni hastiodd. Twtiodd a smartiodd ei hun. Ymysg y criw a ddaeth i'w arestio roedd Oleg, brawd Oxana, yn ei wisg morwr, ac Aisha'r gyn-forwyn yn gwisgo het a chôt ffwr laes ac yn cario gwn a oedd bron mor fawr â hi ei hun. Taflodd strap ei reiffl tros ei hysgwydd, a hefo'i llaw, sadiodd ei fôn ar ei chlun.

Wedi i Oleg ddatgan eu perwyl ac wedi i bawb arall gael cyfle i ddweud eu dweud – a gwahanol leisiau (rhai bychain, nwydog) yn gweiddi gwahanol bethau ar draws ei gilydd y tu ôl iddo – gwahoddodd Fyodor nhw yn gwrtais i fwyta wrth ei fwrdd, ac wedi peth dadlau ymysg ei gilydd, cytunodd y morwyr a'r milwyr i fynd i lawr i'r gegin lle yr agorwyd poteli o'r siampên drutaf – y rhai roedd Artyom wedi dod â nhw yn anrhegion o Baris i Petrograd sawl blwyddyn ynghynt.

Sodrodd rhyw hogan ifanc wynebwenog (a oedd yn bletiau i gyd) ei hun ar ei lin. Trawodd ei braich am war Fyodor a llyfu ei wyneb hefo'i thafod du. Parodd hyn ddifyrrwch mawr. Cododd ei ddwylo a'i gymell i wasgu ei bronnau nes roedd pawb yn hwtian. Wedi yfed dwsin o boteli'n sych, agorwyd y seler win ac yfwyd *vintage* '88, '91, '94 a '98 nes bod pawb wedi meddwi'n ulw ac yn morio canu'n chwil.

Codwyd gwydrau mewn sawl llwnc-destun i forwyr dewrion Kronstadt.

'I forwyr dewrion Kronstadt.'

Codwyd gwydrau i'r chwyldro.

'I'r chwyldro!'

Codwyd gwydrau i'r Rwsia newydd.

'I'r Rwsia newydd!'

Aeth y gegin yn dwlc. Rhwng lludw'r sigarèts a'r fflemio diddiwedd, buan yr aeth y llawr dan draed yn un sglyfath. Malwyd y gwydr tros lun y Tsar (a fu uwchben y pentan ers cyn co) ac Oxana'n ochneidio a chrio i'w ffedog pan araf losgodd Rodion ei ddau lygaid yn ddau dwll. Trwy'r mwg baco glaslwyd a'r pesychu a'r gweiddi, y chwibanu a'r chwerthin, cynhaliwyd cystadleuaeth i weld pwy a allai dynnu'r llun gorau o Fyodor ar y muriau gwynion.

Ar ôl i bawb gael tro, gorfodwyd gŵr y tŷ i lunio'r cartŵn doniola a allai ohono'i hun, ac wedyn dyfarnodd Oleg fod pawb yn gyfartal gyntaf – heblaw am y parot, a oedd yn ail, a Fyodor, a oedd yn drydydd. Ymlwybrodd y criw i fyny'r grisiau'n gaib. Arestiwyd Fyodor yn swyddogol yn y cyntedd (gan fod pawb wedi anghofio eu bod wedi gwneud hynny unwaith yn barod) a than ganu a thanio eu gynnau diflannodd y *Cheka* i lawr y stryd hefo gwahanol lestri a chwpanau a phlatiau lond eu pocedi a'r parot ar ysgwydd Rodion yn gwawchio 'ffwcia hi o'ma'r cont'.

Ni ddaeth Fyodor yn ôl i'r tŷ ac ni chlywodd neb mo'i hanes. Bu farw'r teliffôn. Er i Anna neu Vasillii eistedd am oriau wrth ei ymyl yn disgwyl iddo ganu ni chlywyd llais eu mab-yngnghyfraith. Er i'w mam a'i thad ei chysuro, methodd Inessa feddwl am neb na dim ond Fyodor. Bellach roedd hi'n teimlo'n euog am ei drin mor wael.

Aeth noson ddinewyddion heibio. Wedyn dwy. Erbyn min nos y trydydd dydd roedd Inessa bron â mynd yn orffwyll. Doedd wybod lle roedd Fyodor, na be oedd ei dynged. Gallai fod yn fyw, gallai fod yn farw. Doedd hi ddim yn ddiogel mentro blaen troed allan o'r tŷ, a hyd yn oed yn y tŷ, doedd rhywun ddim yn teimlo fawr saffach.

I rwbio'r halen i'r briw, symudodd Lika i lofft Fyodor ac Inessa. Honno oedd y llofft orau yn y tŷ. Dechreuodd ei meistres droi tu min go iawn ond roedd y forwyn yn glustfyddar i'w blagardio.

'Cer allan!'

'Na wna i!'

'Cer allan o'n llofft i rwan!'

'Pam nad ei di allan o'n llofft i,' slamiodd Lika y drws yn ei hwyneb.

Gobaith gwan iawn oedd gan Inessa o gael gwared ohoni. Bob min nos byddai'r gyn-forwyn yn treulio awr neu fwy yn powdro'i hwyneb, lliwio'i gwefusau a threfnu ei gwallt. Byddai'n dethol gwahanol wisgoedd o wardrob ei meistres, eu dal nesa ati gan ei hedmygu ei hun yn y drych – yn dewis ac ail-ddewis, taflu ac aildaflu, nes y byddai'r gwely'n un twmpath o ffrogiau a pheisiau gorau Inessa.

Oriau'n ddiweddarach byddai'n rowlio adra'n chwil gaib – rywdro'n oriau mân y bora, neu gan amla, os byddai wedi bod yn noson fawr, ar doriad gwawr – ac wedi hudo rhyw forwr neu filwr cegog – neu un tro, y cyn-blismon boliog a arferai gerdded i fyny ac i lawr y stryd – i'w chanlyn adra am chwanag o swae. Byddai sŵn eu chwerthin a'u rhialtwch i'w glywed am oriau lond y tŷ. Un noson, deffrôdd Alyosha pan glywodd ergyd gwn yn tanio oddi tano a siandelîr yn chwalu'n deilchion.

Ar waetha ofnau Inessa ac Anna, dywedodd Vasillii y bydd-ai'n gwneud ymdrech i ddwad o hyd i Fyodor ac yn groes i bob crefu o du ei fam, mynnodd Alyosha fynd hefo'i daid i chwilio am ei dad. Ymwelodd Vasillii Karlovich eisoes â'r llefydd mwya amlwg, sef hen orsafoedd yr heddlu; neu o leia y rheini roedd eu muriau yn sefyll o hyd, heb fod wedi cael eu llosgi i'r llawr.

Unwaith y clywodd dynion fod y gŵr roeddan nhw'n chwilio amdano fo wedi'i arestio gan y *Cheka*, doedd neb am wybod dim ac yn ysu i wybod llai. Aeth Alyosha a'i daid i holi mewn llefydd eraill a oedd yn nwylo'r Bolsheficiaid. Wedi hir holi cerddodd y ddau yn ddiamcan heibio i borthorion y Llyfrgell Gyhoeddus Imperialaidd ar Sgwâr Alexander a phob un rhwng y colofnau ionicaidd, o flaen ei brif borth, hefo brwsh neu bastwn yn ei ddwrn fel gwn i warchod y lle. Heibio i fariau griliau y ffenestri isa sylwodd Alyosha ar lygaid ofnus yn sbecian allan.

Ar hyd gwahanol furiau roedd talpiau o wahanol bobol yn darllen posteri'r drefn newydd. Heblaw am siopau bwyd roedd pob siop arall wedi cau – ac roedd hyd yn oed silffoedd y siopau bwyd yn prysur droi yn llwm a gwag.

Y tu allan i'r banciau safai rhai yn ddifater tra oedd eraill yn eu dagrau yn curo'n gynddeiriog ar y drysau trwy eu dagrau. Doedd neb yn fodlon mentro agor. Wrth gerdded y ddinas y prynhawn hwnnw clywodd Alyosha bob math o sibrydion: ond p'run a oeddan nhw'n wir neu beidio doedd o na neb arall fawr callach.

Ymunodd Vasillii ac Alyosha hefo ciw o bobol fud o flaen drws derw theatr anatomi y brifysgol – pawb yn amyneddgar ddisgwyl ei dro i adnabod y cyrff a saethwyd y noson cynt. Bu'n rhaid i'r ddau ddisgwyl am ddwy awr a mwy. Nid ynganodd Vasillii air o'i ben, a sylwodd Alyosha ei fod wedi teneuo a'i fod yn siarad â fo'i hun o dan ei wynt, a'i lygaid wedi eu hoelio ar rywbeth yn y pellter.

Rhesi o gyrff oedd yno, a'u clwyfau crawennog, eu traed o liw gwêr a'r croen yn annaturiol; eu boliau melynllyd a 'mân flewiach caglog wedi duo gan waed. Er i'r ddau graffu yn fanwl, nid oedd Fyodor Alexandrov yn gorwedd ymysg y meirw. Dychwelodd y ddau adra.

'Be 'dan ni'n mynd i'w 'neud?' holodd Inessa. 'Sut down ni fyth o hyd iddo fo?'

'Mi ddown ni rywsut,' atebodd Vasillii heb wybod sut.

'Pam na 'newch chi ofyn i Lika?' awgrymodd Alyosha. 'Ma' hi'n cymysgu digon hefo'r Bolsheficiaid.'

Aeth Inessa i guro ar ddrws ei llofft.

'Be rowch chi imi am ddeud ble mae o?' holodd Lika hefo sigâr yn ei cheg.

'Beth bynnag wyt ti isio.'

Daeth Vasillii o hyd i Fyodor yng Nghwfaint y Smolni. Roedd y selerydd wedi eu troi yn garchar tros dro gan y *Cheka*.

Yn drwm ei ysbryd y dychwelodd i'r tŷ.

Inessa a holodd:

'Be sy'n digwydd?'

Dywedodd ei thad:

'Am fod Fyodor Mikhailovich wedi cyfrannu at Lywodraeth Alexander Kerenskii, mae o wedi ei ddedfrydu i'w saethu.'

'Ei saethu?' adleisiodd Mademoiselle Babin.

'Dyna ddalltis i.'

'Ei saethu?' holodd Alyosha a'i syndod mor fyw â phawb arall.

'Mae'n debyg.'

Â'i llygaid yn llydan agored, suddodd Inessa.

'Ond . . .'

Gwnaeth Anna ryw ystum brysiog hefo'i llaw.

'Ond . . . mae'n rhaid bod . . . rhaid bod 'na rwbath fedrwn ni 'i 'neud i'w achub o . . . oes ddim? Vasillii?'

'Oes . . .' atebodd Vasillii.

Holodd Inessa:
'Be? Be sy'n rhaid i ni ei 'neud?'

'Ydan ni'n fodlon mynd ar ofyn neb llai na Lenin ei hun?'

1918-1921

Ar ôl treulio wyth mlynedd yn alltud o'i wlad, gadawodd Stanislav Markovich Feldman am Rwsia yn niwedd Ionawr 1918 heb wybod be i'w ddisgwyl, na be oedd o'i flaen. Bu'n daith flinedig iawn o Ffrainc: Paris, Calais, Llundain, Aberdeen, Bergen, Stockholm. Ar long, ar drên, ar drên, ar long. Bu'n rhaid iddo aros rai dyddiau yn Stockholm.

Wrth i'r trên wau ar hyd aberoedd culfor Bothnia, cafodd Stanislav ddigon o hoe i hel meddyliau, cyfle i ddidol profiadau, hel atgofion hefyd, a cheisio lled-gysidro be roedd yn bwriadu ei wneud hefo gweddill ei fywyd. Ar ôl yr holl flynyddoedd i ffwrdd, a oedd y Rwsia newydd yn mynd i roi rhyw gychwyn newydd iddo fo? Cyrhaeddodd Petrograd yng nghanol rhew ac eira mis Chwefror.

Neidiodd ar stepan isaf y tram. Gwthiodd ei hun i mewn trwy'r cnwd o filwyr a oedd yn llenwi'r lle. Gwasgodd ei drwyn am draw, er mwyn osgoi'r ogla drewllyd a godai o gnapsach yr un agosa ato fo.

Er bod ganddo fo annwyd lond ei ben, cryfhaodd yr ogla chwys a'r ogla baco, ac yn y gwres, roedd yr eira ar fotasau'r milwyr yn dadmer, gan socian y pren dan draed nes peri i wadnau ei esgidiau ddechrau soeglan. Tros ysgwydd arall cafodd gip ar bapur newydd a'i golofnau gweigion gwyn lle bu'r sensor wrthi'n tocio. Arafodd y tram, nes dod i stop. Dechreuodd y milwyr anesmwytho, rhai yn cega, eraill yn achwyn. Yn angar y gwydr, rhwbiodd Stanislav gledar ei law mewn cylch nes y gwelodd olion damwain rhwng *droskii-cab* a motor-car. Pa mor ddrwg oedd hi, ni allai ddweud, ond gwelodd fod olwyn y motor wedi stumio a'r ffendar wedi'i tholcio.

Plwciodd y tram ac ailgychwyn. Hanner nogiodd heibio i sawl baricêd wedi hanner eu chwalu, hanner eu cadw – fel pe bai rhywrai rhwng dau feddwl ynglŷn â'r hyn a oedd i ddigwydd nesa. Hyd furiau gwahanol adeiladau roedd olion y cwffio i'w weld o hyd. Doedd neb wedi trafferthu llenwi tyllau'r bwledi.

Roedd y banciau i gyd wedi distewi a mynd yn fud. Safai milwyr hefo capiau hirfain cochion hwnt ac yma yn stopio pobol. Gwelodd un milwr rhynllyd yn byseddu rhyw ddogfennau. Doedd dim pasbort gan Stanislav, ond hyd yma – trwy lwc yn fwy na dim – 'chafodd o mo'i holi.

Hyd yn oed pan oedd rhyfel ffosydd Ffrainc yn dal yn ei anterth roedd bwyd o ryw fath wastad yn siopau Paris, yn wahanol i'r hyn a welodd yn ffenestri Petrograd. Er bod adeiladau'r ddinas mor gadarn ag erioed, llwm a llwyd oedd wynebau pawb. Doedd y tywydd garw fawr o help. Roedd wedi anghofio pa mor erwin y gallai'r hin fod. Difarodd na fuasai wedi dwad â chôt fwy trwchus hefo fo yn ôl o Ffrainc.

Roedd tirlun ei ddyfodol ar goll mewn tawch.

Ar gornel Bulvar Konno-Gvardeiski camodd i lawr o'r tram. Cerddodd heibio i filwr heb fraich yn cynhesu ei law wrth dân agored tan hanner gwrando ar wraig feddw yn canu'r acordion ryw lath neu ddwy i ffwrdd.

Diflannodd Stanislav i mewn i gwrt tywyll, a chamu i fyny'r grisiau a oedd yn drewi o ogla piso cathod. Cyrhaeddodd y trydydd llawr gan deimlo braidd yn fyr o wynt, braidd yn benysgafn hefyd. Curodd ar y drws. Roedd fwy ar bigau'r drain nag a feddyliai. Rywle uwch ei ben roedd rhyw ddau lais ifanc yn edliw rhywbeth i'w gilydd, a churiad rhyw ddrws yn cau yn glep a'r sŵn yn cilio.

Pan agorodd hi'r drws fe ebychodd yn uchel. Gwthiodd ei gên yn dynn ar ei frest a gwasgu ei breichiau amdano. Ogleuodd Stanislav wreiddiau gwydn ei wallt, a'r ogla mor gry â phridd nyth morgrug wedi ei chwalu. Cofleidiai'r ddau am sbel.

Pryd gyrhaeddist ti?'

Caeodd Katya'r drws.

'Neithiwr.'

Sychodd ddeigryn:

197

'Ble arhosist ti?'

Enwodd Stanislav ffrind.

'Ti'n 'i gofio fo?'

'Ydw. Sut hwylia sy' arno fo erbyn hyn?'

'Go lew.'

Doedd hi ddim hyd yn oed yn gwybod fod ei ffrind wedi dwad yn ôl i Rwsia. Eglurodd Stanislav wrth roi ei gwdyn bag i lawr a thynnu ei fenyg mai Maxim Gorkii a ofynnodd iddo fo. Roedd wedi dilyn Katya i mewn i'r ystafell fyw. Syllodd ar gefn ei phen, ei gwar, ei hysgwyddau. Roedd yn falch o weld fod ei chefn mor unionsyth ag erioed, ond sylwodd ei bod wedi teneuo a'i hugan wlân yn hongian ar ei hysgwyddau.

"Neith te y tro?'

Gwenodd yn llesg.

'Sgen i'm coffi i'w gynnig.'

Gwenodd ynta:

'I'r dim.'

Camodd Katya at y *samovar*. Sylwodd Stanislav fod llyfr yn gorwedd yn agored wyneb i waered ar liain y bwrdd. Tywalltodd y cwbwl yn rhydd i'w ddwylo pan gododd y copi. Gwenodd hi wrth ei weld yn stryffaglian ar ei bedwar i loffa'r tudalennau wrth drio eu gwthio nôl at ei gilydd. Bu wrthi am sbel yn adfer trefn y llyfr, a phan eisteddodd roedd rhyw wrid-gochni yn ei fochau.

Tuthiodd:

'Nietzsche ganol bora?'

'Bachu ar 'y nghyfla. Fel ti'n gwbod . . . Dydi o'm yn lecio 'ngweld i'n darllan.'

Hefo rhyw chwerwedd tawel yn ei llais.

'Ti 'di newid dim.'

Roedd Stanislav yn syllu arni fel yr arferai ei wneud. Dododd Katya ei gwpan wrth ei benelin.

Heb edrach i'w lygaid, dywedodd:

'Na chditha chwaith, Slava.'

Rhyw bum mlynedd ynghynt y gwelodd y ddau ei gilydd ddwetha pan alwodd Katya yn ei stafell yn y Rue du Bac un min nos i ddweud ei bod hi wedi penderfynu priodi rhywun arall. Sigodd Stanislav. Cafodd swadan emosiynol hegar. Teimlodd yn ddig iawn tuag ati. Doedd hi fawr o gyfrinach fod amryw byd o alltudion eraill Paris wedi bod yn chwantu ar ei hôl hi. Ond y fo oedd wedi ei chael hi. Y fo o bawb. A phawb yn gofyn be oedd dynas fel Katya Schmit wedi ei weld mewn rhyw ddarn o orangiwtang fel fo? Roedd y peth yn groes i bob rheswm, yn groes i natur. Oedd hi'n ddall? (A mwy nag un yn honni mai peth dall ydi cariad . . .) I amryw byd o bobol, bohemiad od oedd Stanislav Markovich Feldman, yn mynnu cario ambarél hyd yn oed pan fyddai hi'n dywydd braf. Roedd o hefyd yn gwisgo sbectol haul gefn gaeaf, a chadw'i wallt yn hir. Doedd o byth yn molchi na siafio chwaith, ac roedd wastad ryw olwg anghynnes arno fo.

Ar y llaw arall, dynas hardd ryfeddol oedd Katya a'i llygaid gleision a'i gwallt melyn llaes yn dyst i'w thras. Dôi ei theulu yn wreiddiol o un o drefi arfordir de Estonia. Dim ond wedi iddi enwi ei darpar-ŵr y dechreuodd Stanislav deimlo yn ddialgar. Doedd o rioed wedi gweld lygad yn llygad â Maxim Bogdanov. Roedd yn un o'r ychydig bobol roedd o wedi ei gasáu o'r cychwyn cynta un. Roedd elfen gref o genfigen o du Stanislav – 'alla fo ddim gwadu hynny – a hynny am y rheswm syml ei fod o'n hollol dlawd a Maxim yn ddyn cefnog, a yrrai o gwmpas Paris yn ei fotor-car ei hun.

Cyni oedd y baich a fu'n gorwedd yn drwm ar Katya a Stanislav o'r cychwyn cynta un. Gwenwynodd tlodi eu perthynas. Hynny, ac elfen o hunanoldeb; neu mewn geiriau eraill, doedd o ddim yn barod i gael ei 'glymu i lawr'. Roedd y ddau yn ffraeo byth a hefyd, yn rhefru a rhuo ar ei gilydd a hynny gan amla mewn llefydd cyhoeddus fel y Café de la Paix, neu yn y clwb selar hwnnw yn Rue St. Bendodît, o dan y llun o'r ddynas foel hefo'r mwstàsh. Roedd tymer wyllt iawn yn anian Katya, a gallai ambell air, neu weithiau un edrychiad cam, ei gyrru'n gacwn wyllt ar y llygedyn lleia.

Penderfynodd y ddau aros yn ffrindiau er mwyn eu merch.

"Di Irina yma?'

'Nac ydi.'

Am eiliad, edrychai Katya yn llegach iawn:

'Adawodd hi am Nizhny Novgorod hefo Mam a fy chwaer ryw bythefnos yn ôl . . . Hefo petha fel ma' nhw . . . Straen 'di codi'n y bora . . . 'Sneb yn gallu byw'n iawn . . . Ma' bwyd mor brin . . . mor anodd i ddwad o hyd iddo fo, a doedd Maxim ddim yn teimlo'i bod hi'n saff iddi aros yma hefo ni . . .'

Roedd wedi edrach ymlaen at weld Irina. Ond gan ei bod hi rai cannoedd o filltiroedd o Petrograd doedd dim diben hiraethu a chaeodd hi o'i feddwl. Penderfynodd droi'r sgwrs a holi hanes Katya. Dysgodd fod Alexander Kerenskii, Victor Chernov, Boris Savinkov a'u tebyg ar ffo ers mis Hydref y flwyddyn gynt, a bod si ar led fod y rhan fwya o gabinet y llywodraeth gynt wedi dengid tros y ffin; neu'n pydru yng ngharchardai'r *Cheka*.

Y noson gynt haerodd Maxim wrth Katya iddo glywed o le saff fod y Tsar wedi torri'n rhydd o Tobol'sk hefo help rhywrai, a'i fod wrthi'n arwain byddin yn erbyn Petrograd (yn union fel y ceisiodd y Cadfridog Kornilov ei wneud), ond bod y Comiwn-yddion yn mynnu cadw hyn yn dawel rhag creu chwanag o banic.

Yn y trên o'r Ffindir, clywodd Stanislav si fod y Cadfridog Denikin wedi dianc i Dde Rwsia er mwyn codi byddin hefo'r bwriad o ddal ati i ymladd yn erbyn y gelynion tramor – yr Almaenwyr – a'r gelynion gartra – y Bolsheficiaid. Clywodd sôn gan rywun arall fod arweinyddion pob plaid arall yn cael eu harestio, a bod Moscow a Petrograd o dan reolaeth filwrol o hyd. Ar wahân i *Isvetza* a *Pravda*, doedd dim papurau newydd eraill ar werth ar blatfform gorsaf y Ffindir, a'r unig newydd-ion y tu fewn i'r rheini oedd sôn am gau'r llysoedd, gwladoli'r stadau mawrion, a bod tai ag eiddo preifat i'w rhoi yn nwylo pwyllgorau o denantiaid.

Dywedodd Katya fod ei chymdogion hi o'r farn fod y Ffrancod, y Saeson, yr Almaenwyr a'r Americanwyr yn manteisio ar eu cyfle i brynu ffatrïoedd, tiroedd a banciau Rwsia am y nesa peth i ddim. Doedd yr holl helyntion a gododd y Bolsheficiaid yn ddim byd ond un twyll mawr i flingo'r wlad o'i chyfoeth, gan mai gweithredu ar ran y *bourgeoisie* tramor roedd Lenin – er ei fod yn honni fel arall (roedd y cwbwl mor ddieflig o stim-ddrwg a chyfrwys) ac mai pen draw castiau fel hyn fyddai cadw Ymerodraeth Rwsia tan draed cyfalafwyr tramor. Doedd hi ddim wedi newid dim, meddyliodd. Yn ei chalon, roedd hi'n dal yn Fenshefic o hyd.

Syllodd Stanislav i wyllni y tu allan wrth i Katya gynnau lamp.

Holodd hi:

'Am ba hyd rwyt ti'n bwriadu aros yn Petrograd?'

'Ddim yn hir. Ar ôl yr holl flynyddoedd o fyw yn alltud, dwi'n meddwl y dyliwn i feddwl 'i throi hi am adra.'

'Be wyt ti'n gobeithio'i 'neud?'

Oedodd cyn ateb:

'Dwad o hyd i mi fy hun eto.' Gwenodd, 'neu ddwad o hyd i gariad.'

Rai dyddiau'n ddiweddarach, roedd ar y trên i Moscow.

'Ddaru'r heldrin y bu'n rhaid iddyn nhw fyw trwyddi hi wrth ffagio ar draws eangderau Rwsia ddim peri iddyn nhw glosio blewyn. Os rhywbeth, fe dyfodd y ddau ymhellach ar wahân, ac yn fwy diarth fyth i'w gilydd. Gwnaeth Alyosha ei orau i fod yn serchog tuag ati ond roedd ei diwtores yn bigog ei hwyliau, yn swnian am hyn a'r llall ac arall: trenau gorlawn, budreddi, drewdod, diffyg bwyd, diffyg diod, llau a llanast.

Heb sôn am y stopio diddiwedd. Weithiau am ddyddiau. Dechreuodd Mademoiselle Babin smocio'n drwm nes sbydu ei phaced i gyd. Y paced a roddodd Kozma iddi yn ei llaw ar y platfform yn Petrograd. Ni theimlodd erioed gymaint o gyth-rwfwl ac o ffwdan. Yn waeth fyth, doedd ganddi mo'i phethau hi ei hun o'i chwmpas i'w chysuro – ei dillad, ei sebon sent a'i thrugareddau eraill i gyd, gan i fwy na hanner ei heiddo gael ei ddwyn rai cannoedd o filltiroedd i'r de o Moscow, yr ochor isa i Belgorod, pan stopiodd y trên mewn seiding dros nos ar gyr-ion Krasnodar.

Ar ôl noson annifyr iawn pan na chysgodd Mademoiselle Babin fawr ddim – os o gwbwl – dechreuodd feio Alyosha am ei chael i'r ffasiwn dwll. Roedd hi'n casáu'r ffaith ei bod hi wedi cael ei gorfodi i adael Petrograd yn y lle cyntaf gan mai yno roedd hi'n dymuno bod a ddim yn cymowta ar hyd a lled gwastadeddau diddiwedd yn llusgo rhyw hogyn fel fo wrth ei chwt. Ond Kozma Mikhailovich oedd wedi pwyso arni.

Daeth i'w stafell yn nhŷ Fyodor yn hollol ddirybudd. Doedd o heb drafferthu curo'r drws na dim. Roedd hithau'n hanner noeth, yn sefyll o flaen drych ei wardrob yn cortynnu ei staes. Daeth i mewn mor dawel fel na sylwodd ei fod yno. Troi'r ffordd yma a'r ffordd acw roedd hi, yn sbecian tros ei hysgwydd ar ei phen ôl, yn codi ar flaenau bysedd ei thraed yn ei sliperi pinc, tynn. Y cwbwl a oedd amdani oedd y staes, rhuban a les, ei hysgwyddau a'i hwyneb yn ddibowdwr, er bod ei gwallt wedi ei hel yn bentwr ar ei phen. Dim ond pan blygodd i glipio ei garter i dop ei hosan y sylwodd ei fod yno.

Cusanodd Kozma hi hefo'r fath nwyd. Ei gwasgu a'i bodio a'i byseddu fel rhywun wedi ei lwgu nes ei bod hi bron â mygu. Hanner tynnodd amdano, rhwygo'i ddillad i ffwrdd er bod ei drowsus yn dal o gwmpas ei fferau pan ddisgynnodd y ddau i garu ar y gwely.

'Dydi hi ddim yn saff ichdi aros yma yn Petrograd.'

'Sgen i ddim isio mynd i unman hebddach chdi,' atebodd hi. 'Dwi wedi gwneud hynny'n berffaith glir sawl tro o'r blaen.'

'Pam nad ei di i'r de? I'r Crimea? Cer i'r *dacha*. Fyddi di'n saff yno.'

'Be amdanach chdi? Ddoi di ddim? Ateb fi . . .'

'Mi ddo i gynta galla i . . .'

'Ti'n addo?'

Cusanodd ei thalcen.

'Ti'n addo y doi di ata i? Wyt ti?'

'Gynta galla i . . . Ond rhywsut, ma'n rhaid imi gael fy mrawd yn rhydd o afael y *Cheka* gynta . . . Fydd hynny ddim yn hawdd . . . Ond dwi wedi siarad hefo Vasillii ac mae gen i syniad dwi'n meddwl 'neith weithio . . . Gawn ni weld . . . Dwi'n byw mewn gobaith . . . Mewn amseroedd fel hyn be arall all rhywun ei 'neud?'

'Hebddi hi?'

Torrodd Mademoiselle ar draws rhediad ei feddwl.

'Be?'

'Heb Ella? Pan ddoi di i'r de ata i, ddoi di hebddi hi? Kozma, ti 'di gaddo y gnei di ysgaru dy wraig a 'mhriodi i!'

'Dwi'n gaddo hynny ichdi, Clementine. Dyna un peth dwi'n benderfynol o'i 'neud. Dwi'n addo gwneud hynny, tasa fo'r peth ola wna i.'

Bu'r siwrna hir o Petrograd i'r Crimea yn artaith. Taith dridiau oedd hi i fod, ond bu'r trên yn pwffian am bron i fis oherwydd yr oedi byth a hefyd – yn enwedig ar ôl gadael Moscow. Mewn cymdeithas lle roedd cydraddoldeb i fod yn rheol aur, roedd rhyw si ar led fod pob trên bellach i redag ar yr un cyflymder. Roedd pob un trên yn orlawn. Yn ffoi tua de Rwsia o afael y Bolsheficiaid roedd gwleidyddion o bob lliw a llun, gweision suful, swyddogion mewn *mufti*, dynion busnes, plismyn, perchnogion stadau, actorion ac awduron. Ffoi rhag anhrefn Petrograd roeddan nhw bob un. Anelu am y Don roedd rhai, eraill am y Kuban, ac amryw am Terek.

Rhwng Tula, Orel, Kursk, Belgorod a Kharkov y bu'r oedi hiraf. Roedd hynny yn bennaf am fod y gorsafoedd rheilffordd yn llawn o bobol blith-draphlith. Cododd yr oedi boen meddwl di-ben-draw a phob math o sibrydion yn dew. Ond drymder nos roedd hi waetha pan fyddai rhywun yn hanner hepian a'r trên mwya sydyn yn dwad i stop – yr echal yn gwichian: sŵn ansicrwydd ac ofn. Lampau'n siglo o berfeddion y gwyll. Clepian drysau'n agor a lleisiau dynion o'r niwl yn gorchymyn pawb i ddangos eu dogfennau. Ambell dro, llusgid rhywrai allan i'r tywyllwch – Iddewon gan amlaf. Anamal y deuai'r rheini yn eu holau, ac wedi un chwiban hir, byddai'r injian eto'n magu stêm a'r trên yn bwrw yn ei flaen.

Agorodd y ddau ddrysau a ffenestri'r *dacha* a bwrw ati i frwshio'r gwe pry cop i ffwrdd. Doedd yr un gair o Petrograd wedi eu cyrraedd. Roedd y newyddion yn brin a'r hanesion diweddara o ddinas Moscow i'w deimlo'n llawer nes.

O bryd i'w gilydd, câi Mademoiselle Babin neu Alyosha afael ar gopi o *Isvetza* – a oedd bron yn ddi-ffael wythnos neu fwy yn hŷn na dyddiad ei gyhoeddi a'r storïau eisoes wedi heneiddio, heblaw am daro'r un hen dant yn gyson, sef taranu am ymdrechion y 'cyn-bobol' i adennill eu breintiau blaenorol ac adfer eu grym gwleidyddol. Ar dudalen flaen hen gopi o *Pravda* – mewn llythrennau breision du – darllenodd Alyosha am yr alwad ar y gweithwyr i ymladd y *bourgeoisie*, boed y rheini'n Rwsiaid, Almaenwyr neu'n Anglo-Ffrancwyr. Mewn gair, i'w trechu ym mha le bynnag y byddent yn y byd.

Yr unig un a fyddai'n galw heibio ryw ben bob dydd oedd y garddwr-ofalwr ungoes a'i farf yn felyn fudur gan ei fod yn glafoerio sug baco drosti. Roedd bron â chodi pwys ar Mademoiselle Babin bob tro yr agorai ei geg. Daeth i'r fei yn hwyr rhyw bnawn wedi i'r ddau o Petrograd dreulio bron i dridiau yn y *dacha*. Gan amla byddai'n dwad i'r fei at ddiwedd y bora neu ddechrau'r pnawn, yn feddw ysgafn, yn siglo ar ei faglau fel petai ar fin dangos i Alyosha sut i ddysgu dawnsio.

Ceisiodd Mademoiselle Babin ei roi ar ben y ffordd trwy awgrymu amryw byd o fân bethau roedd isio iddo eu gwneud o gwmpas y gerddi. Addawodd wneud pob dim ond er iddo bwyso arno fwy nag unwaith, 'wnaeth o'r nesa peth i ddim. Gofynnodd Mademoiselle Babin iddo drwsio'r gwydr yn un o ddrysau'r tŷ haul ar gefn y *dacha*. Ar ôl trio dal pen rheswm sylweddolodd hi y byddai'n haws iddi wneud y gwaith ei hun.

Trwy fynd i chwilio am wydr, fe ddenodd y Ffrances waeth helynt i'w phen pan hudodd ryw ddyn hollol annymunol draw – dyn y cafodd Mademoiselle Babin drafferth mawr i gael gwared ag o, nes peri iddi ddifaru cyboli hefo'r gwaith trwsio o gwbwl. Rhyw fath o weithiwr mewn becws oedd Nikolai Milynkov – ond doedd o ddim i'w weld yn gweithio rhyw lawer – a byddai'n galw draw at hanner dydd bob dydd yn drewi o napthalîn.

Roedd wedi hen osod y gwydr mewn dim o dro, ond er mwyn ei gadw allan o'i ffordd a rhag bod o dan ei thraed, rhoddodd Mademoiselle Babin chwanag o ryw fân orchwylion iddo. Mynnodd Nikolai Milynkov fod Alyosha yn rhoi help llaw trwy morol a thendiad. Yn hollol groes i'w ewyllys y gwnaeth Alyosha hynny am fod hynny'n rhoi esgus i'r dyn holi ei berfeddion – ac yn bwysicach na dim – holi am Mademoiselle Babin.

Doedd Alyosha mewn fawr o hwyliau siarad. Doedd o mewn fawr o hwyliau at ddim fyth ers i'w fam, ei nain, ei daid a'i Ewyrth Kozma fynnu ei fod yn gadael Petrograd am y de. Roedd yn gyndyn o'u gadael ond 'chafodd o ddim dewis a thrwy gydol y daith, doedd o wedi meddwl am neb na dim ond ei deulu – a'i dad.

Erbyn diwedd mis Mawrth roedd bwyd wedi mynd yn brin nes gorfodi Mademoiselle Babin ac Alyosha i fyw o'r llaw i'r genau. Er bod Nikolai Milynkov yn gwneud bywyd yn boen – yn enwedig bywyd Mademoiselle Babin – o leia 'fyddai o byth yn dwad draw i'r *dacha*'n waglaw.

Dyn di-ddal oedd o, dyn na fyddai'n gwneud dim byd i blesio neb, onibai fod hynny'n fodd i'w blesio'i hun, a dyn hefyd a fyddai'n meddwi a dechrau mwydro yn ei gwrw, a thrwy hynny buan yr aeth y si ar led trwy'r cyffiniau i gyd fod gwraig ifanc ddi-gefn yn byw ar ei phen ei hun hefo neb ond hogyn ifanc yn gwmpeini iddi.

Dechreuodd pob math o ddynionach alw heibio yn cario pob math o esgusodion tila. Er bod Mademoiselle Babin ar yr wyneb yn gwrtais ddigon rhag pechu neb am eu bod yn morol bwyd a diod draw i'r *dacha*, ar ôl iddi weld eu cefnau, mater arall oedd hi. Yn hwyr y nos gan amlaf – ar ôl ymdrech daer a diflas i'w darbwyllo ei bod hi'n bryd hel pac a'i throi hi am adra – byddai'n llawn dirmyg tuag at Alyosha, yn cega yn y modd mwya melltigedig, tan fwrw'r bai yn blwmp ac yn blaen ar ei deulu am ei gosod yn y fath gyfyng-gyngor.

Tyfai dirmyg Mademoiselle Babin at Alyosha yn waeth o wythnos i wythnos. Byddai cyfnodau o fudandod llwyr rhwng y ddau. Gwaith anodd oedd torri'r ias wedyn. Yn amlach na heb, Alyosha a fyddai'n mentro gwneud hynny trwy godi sgwrs am rywbeth gweddol ddibwys – fel rhyw stori smala am Herr Professor K.K. yn oelio'i wallt. Y cwbl a wnâi Mademoiselle Babin yn ei thymer oriog – roedd yn dibynnu yn hollol ar ei hwyliau – oedd un ai ei anwybyddu neu ei fychanu trwy ei sbeitio hefo rhyw edrychiad 'be ma' hogyn bach fel chdi'n 'i wbod am ddim?'

'Gwbod digon i wbod 'i fod o 'di bod yn canlyn Valeryia Markovna yn slei bach.'

Gan ei bod hi mor barod i'w herio, byddai Alyosha yn rhoi hirach cynffon i bob stori. Pan soniodd am y bora yr aeth hefo'i dad i ffarwelio hefo'i diwtor ar blatfform Gorsaf Ffindir, honnodd iddo weld yr athrawes biano yn cusanu Herr Professor K.K. tan hongian arno wrth i'r trên ddechrau symud. Chwarddodd Mademoiselle Babin, oedi, difrifoli ennyd cyn chwerthin drachefn.

'Be sy' mor ddoniol . . .?'

Melyn oedd ei dannedd yng ngolau'r gannwyll. Teimlai Alyosha yn fwy blin byth pan chwarddodd wedyn. Gwyrodd Mademoiselle Babin ato, un pen elin ar y bwrdd a gwydryn gwin coch ar ogwydd rhwng bys a bawd ei llaw. Cwm bach tywyll oedd yr hafn rhwng ei bronnau. Am ryw reswm roedd hi'n sibrwd:

'Yr unig reswm roedd y bwch dyn 'na'n canlyn yr hurtan yna o gwbwl oedd er mwyn cael closio at ei brawd hi.'

Ei brawd hi, meddyliodd Alyosha.

Oedd, roedd gan Valeriya Markovna frawd, roedd hynny'n ddigon gwir. Bu'n dysgu'r ffidil i'w gyfnither Larissa am bwl hyd nes i honno gael llond bol a chrefu ar ei mam i adael iddi roi'r gorau iddi.

Cofiodd Alyosha ei dad yn sôn amdano yn perfformio yn y llys hefyd, gerbron neb llai na'r Tsar ei hun. Syllodd Mademoiselle Babin arno trwy ei llygaid duon, crwn. Roedd ei llaw'n teimlo'n feddal ac yn boeth wrth iddi wasgu ar ei fysedd.

'Ti am i mi ddeud stori wrthach chdi amdana fi'n hun? Stori wir?'

'Ydw.'

'Fel ti'n gwbod, mi ges i 'ngeni a'm magu yn Angoulême. 'Fûm i erioed yn hapus. Ro'n i wastad isio mynd i fyw i Baris. Ar ôl crefu ar fy mam a 'nhad mi ges i fynd i aros at fy modryb, chwaer fy nhad, bedair blynadd yn ôl, yn ystod haf 1914. Roedd hi'n wahanol i fy mam, yn dipyn o *bonne vivante*. Roedd hi a fy ewyrth yn dipyn cyfoethocach na'n rhieni i. Mewn *villa* tri llawr mewn stryd foethus o'r enw l'Avenue des Chalets roeddan nhw'n byw. Roedd y ddau yn ddi-blant ac mi ges i groeso mawr. Nhw ddysgodd fi i rwyfo ar lyn gwneud y Bois de Boulogne. Am y tro cynta yn fy mywyd mi welis i rasio ceffylau yn Auteuil. 'Nes i hyd yn oed ddysgu sut i osod bet. Ma' dy daid yn lecio gamblo tydi?'

'Ydi.'

'Un dydd mi aeth fy modryb â fi i'r Hôtel Ritz ar y Place Vendôme. Bwrdd i ddwy yn y salon tapestri gawson ni. Alla i weld y stafall yn fy meddwl rwan hyn. Mi ddigwyddodd dau beth yr un pryd. Mi safodd y maître d' a chyhoeddi fod rhyfel wedi torri rhwng Ffrainc a'r Almaen. A'r ail beth ddigwyddodd, o fewn llai nag awr, oedd imi gael fy nghyflwyno i ddyn y gwnes i ddrysu 'mhen amdano fo. Fo oedd fy nghariad cyntaf i. René Darduard. Dyna oedd ei enw fo. Sgen i'm cwilydd deud hyn, ond hefo fo es i i'r gwely gynta erioed. Roeddan ni yn trefnu i garu yn y prynhawnia. Roedd ganddo fo fflat ar Rue Cortort yn Montmartre.

Gwenodd wrth gofio.

'Alla i weld fy hun rwan yn sefyll ar y balconi. A Paris wedi ei lapio mewn rhyw dawch glas, a cholofnau o fwg gwyn a llwyd yn codi o'r ddinas. Roedd hi wedi glawio hefyd, rhyw gawod sydyn, a'r ogla hwnnw, rhyw ogla cyfoethog yn gymysg o bob math o arogleuon, yn llond fy nhrwyn i. Mi ddaeth René ata i a gwasgu ei freichiau amdana i. Wn i ddim am faint 'naethon ni sefyll ar y balconi yn syllu allan. Plant yn chwarae. Dynion wrth eu gwaith. Gwragedd yn siarad. Fel erioed, am wn i.'

Yfodd ei gwin yn ara deg a llyfodd ei gwefus. 'Ddywedwyd yr un gair am amser wedyn hyd nes y torrodd Madmoiselle Babin y tawelwch trwy ddweud:

'Dwi'n siŵr y gelli di orffan y stori drosta i?'

'Aeth René i'r rhyfel a ddaeth o ddim yn ôl?'

'O fewn ychydig wythnosau, mi gafodd ei ladd. Brwydr Marne, ym mis Medi 1914. Dyna un rheswm pam y dois i i Rwsia ddwy flynedd wedyn. Er mwyn rhoi cymaint o bellter rhyngdda i a Ffrainc. Gwaith perig ydi canlyn milwr.'

Roedd ei hwyneb yn druenus a rhyw gysgodion llwyd-ddu o dan ei llygaid.

'Pam nad ydw i byth wedi dysgu 'ngwers, meddach chdi?'

Wrth syllu ar Nikolai Milynkov yn chwibanu o dan y coed acacia wrth ling-di-longian i fyny'r lôn, dywedodd Mademoiselle Babin wrth Alyosha:

'Dwi'n benderfynol o gael gwarad ag o.'

Roedd hi'r un mor benderfynol o adael y *dacha* gynta ag y gallai er mwyn mynd nôl i Petrograd.

'Sut yn hollol, 'wn i ddim eto, ond dwi'n benderfynol fod rhaid imi fynd yn f'ôl i Petrograd rywsut neu'i gilydd.'

'Fiw inni . . .'

'Fiw inni? Be ti'n feddwl?'

'Ddeudodd fy Ewyrth Kozma wrthan ni am aros yma. Inni beidio â mentro gadael ar boen bywyd . . .'

'Aros di – ond dwi yn mynd nôl gynta galla i.'

'Ond sut gwyddoch chi ei fod o hyd yn oed yn dal yn Petrograd? 'Falla'i fod o yn Ne Rwsia erbyn hyn. Mi wnaeth o sôn am fynd i'r Kuban i ymuno hefo byddin i ymladd yn erbyn y Bolsheficiaid unwaith y basa fo yn llwyddo i gael fy nhad yn rhydd o afael y *Cheka*.'

Roedd hi wedi cyrraedd y pen.

'Fedra i ddim diodda' aros yma chwanag. Dwi'n mynd.'

Ar chwinciad, trodd du min:

'Paid â sbïo arna i fel'na, 'nei di? Sgen i'm cwilydd fod pawb yn gwbod cymaint dwi'n caru Kozma Mikhailovich.'

Roedd Nikolai Milynkov wedi cwrcydu yn yr ardd i fyseddu rhywbeth wrth fôn y llwyni gladioli.

Holodd Alyosha yn dawel:

Y cwestiwn ydi, ydi f'ewyrth yn eich caru chi yr un faint?'

'Siŵr iawn 'i fod o . . . Sut elli di feiddio . . .?'

Cododd gwên ddireidus i'w hwyneb, ac am un eiliad, roedd hi'n hogan ifanc yn ei phrydferthwch swil unwaith eto.

'Pam dwi hyd yn oed yn trafod hyn hefo chdi o bawb?'

Duodd ei golwg.

'Onibai amdanach chdi faswn i'm yn y llanast yma.'

'Do'n i'm isio gadael Petrograd chwaith.'

Doedd hi ddim wedi'i glywed.

'Kozma fynnodd 'mod i'n mynd hefo chdi. Crefu arna i. Deud y basa hi'n saffach imi yn y de . . . Y cwbwl o'n isio oedd aros hefo fo. Bod hefo fo – 'i briodi fo. Pam arall ti'n meddwl y dois i i Rwsia o gwbwl? I ddysgu rhwbath tebyg i chdi a dy ddwy gneithar? Naci. Y rheswm y dois i i Rwsia oedd er mwyn chwilio am ŵr.'

Pam roedd hi wedi anghofio'r hyn a ddywedodd hi wrtho fo am René Darduard? Ai wedi meddwi roedd hi? Wrth gerdded i mewn, cnociodd Nikolai Milynkov ar y drws a chyn iddo yngan dau air, cododd Mademoiselle Babin ei braich.

'Stopia! Aros lle rwyt ti!'

Safodd.

'Dwi isio ichdi ddallt un peth . . . Ti ddim i roi blaen dy droed yn y *dacha* 'ma byth eto. Ydw i wedi 'ngwneud fy hun yn glir?'

Pan ddiflannodd Mademoiselle Babin i'w llofft roedd rhyw edrychiad petrus yn llygaid Nikolai Milynkov. Trodd at Alyosha a gofyn:

'Ydi hi o ddifri?'

'Ydi.'

'Be ddaeth drosti?'

''Dan ni'n dau yn bwriadu cloi a gadael.'

'Gadael am ble?'

'Petrograd.'

'Petrograd? 'Newch chi byth gyrraedd, byth bythoedd. Ddim trwy'r ffasiwn anhrefn. Ddim hefo petha fel ag y maen nhw ar draws gwlad rhwng fan hyn a Moscow. Ma' hi'n prysur droi yn rhyfal cartra rhwng y Gwynion a'r Comiwnyddion. Ti'm yn darllan be sy'n y papura newydd? Mi gewch eich mwrdro gen rywrai yn saff.'

Daeth Mademoiselle Babin i'r fei. Roedd hi wedi pacio dau siwtces. Roedd hi'n hwylio i adael yr eiliad honno. Hyd nes y daeth tro sydyn ar fyd.

'Wnaeth yr un o'r ddau lythyr a bostiodd Stanislav gyrraedd Moscow o gwbwl. Roedd wedi gyrru yr un cyntaf o Le Havre a'r llall o Helsingfors. Doedd ei fam yn hidio dim. Roedd o yno yn y cnawd o'i blaen wedi'r holl flynyddoedd o fyw i ffwrdd. Dechreuodd grio. Rhyw gyrnewian isel. Methodd yngan yr un gair am hydoedd ac roedd y cwbwl wedi mynd yn drech na hi.

Doedd hi erioed wedi dychmygu ei weld fyth eto. Roedd hi'n gyndyn o goelio ei llygaid. Ai fo oedd yno? Ai ysbryd oedd o? Oedd o adra o ddifri? Gwasgodd ei gorff ati'n dynn dynn gan ei fwytho a'i wasgu a'i wasgu a'i fwytho nes roedd mewn perig o gael ei gleisio.

Tyfodd cymaint o guro ar y drws, fel y gadawyd o ar agor wrth i chwanag a chwanag o gymodogion a theulu daro heibio. Bu chwerthin a chrio, yfed a chwerthin a chwerthin a chrio a bwyta ac yfed trwy'r prynhawn hyd y min nos.

Dechreuodd dywyllu a goleuwyd y lamp a'r sgwrsio mor glyd ag erioed. Aeth yn noson i'w chofio a phobol am y gorau i gael dweud eu dweud. Roedd gan bawb ei brofiad ei hun ynglŷn â'r helyntion a fu ar strydoedd Moscow, lle roedd sŵn saethu i'w glywed o hyd. Wrth i chwanag o fodca gynhesu gyddfau a boliau daeth yn amlwg fod anghytuno. Roedd rhai o blaid y chwyldro, eraill yn ffyrnig yn ei erbyn. Y poen gwaetha oedd y trais a'r ansicrwydd: doedd wybod o ble y deuai'r ergyd nesa.

Tan sefyll ger y ffenest dwrdiodd ei Ewyrth Konstantin y Bolsheficiaid tan haeru fod pob ynfytyn yn cael rhwydd hynt i wneud yn union fel fyd ag y mynnai yn ôl ei fympwy gwirion ei hun.

'Po wiriona'r syniad gora oll.'

Wrth sugno'n araf ar ei getyn holodd Stanislav:

'Fel be'n hollol felly?'

'Ty'd draw i'r 'sbyty acw bora 'fory a gei di weld drostach chdi dy hun. Y cwbwl ddeuda i 'di 'i bod hi'n fedlam, yn fedlam.'

213

O'r ochor bella, eiliodd rhyw gymdoges:

'Rhyw gwta ddeufis yn ôl, adag un o'r cyfarfodydd chwarterol
'dan ni'n 'u cynnal, mi roedd 'na gais gerbron y Cofrestrydd gen
hogyn ifanc o'r enw Grigory, doctor newydd 'i hyfforddi, ac wedi
treulio blwyddyn llynadd, neu'r flwyddyn cynt, dwi'm yn cofio
– mewn 'sbyty yn Geneva, lle drysodd o'i ben am ryw hogan –
rhyw ferch ifanc o Awstria, o Fienna – hogan bengoch, dwi 'di
gweld 'i llun hi ganddo fo . . .'

Anogodd rhywun mewn llais gwichlyd:

'Yn fyr ac i bwrpas rwan, Kostya.'

Tuchanodd:

'Mi ddrysodd 'i ben fel deudis i, ond gwaetha'r modd roedd
hi'n Bolshefic benboeth a mi aeth ynta 'run ffordd a llyncu'r
un petha nes dwad i goelio'r un lol yn union – a mewn difri
calon rwan, ond wyddoch chi be oedd 'i awgrym o i'n Cyfarfod
Chwarterol ni?'

'Fod y 'sbyty i ethol sofiet?'

'Gwaeth – fod y trueiniaid lloerig acw i ethol un. Glywsoch
chi'r ffasiwn lol? Sôn am odro democratiaeth i'r pen! Chwerthin
'nes i wrth feddwl mai tynnu'n coes ni roedd o. Dagra petha ydi
na fu o 'rioed gymaint o ddifri ynglŷn â dim yn 'i fywyd. I drio'n
darbwyllo ni, mi siaradodd nes roedd ei gorn gwddw fo'n
grimp. Rwan ma'r staff 'di'i hollti a phawb yn ffraeo.'

'Ffraeo ofnadwy . . .'

Eiliodd rhywun a rhywun arall hefyd.

'Does dim heddwch acw o gwbwl hefo pawb benben â'i gilydd
a'r trueiniaid 'di cynhyrfu yn meddwl y cân nhw 'u hawlia.

214

Dwi'n deud wrthach chi, 'ddaw dim achubiaeth fyth i'r sawl
sy'n mynd ati'n fwriadol i ddinistrio Rwsia fel ma'r Bolshefic-
iaid yn ei 'neud, a thrwy 'neud hynny yn dinistrio'r diniwad.'

Drannoeth, cysgodd Stanislav yn hwyr. Pan gododd darllen-
odd nodyn ei fam – yn ei llawysgrifen fân – i ddweud na fydd-
ai'n debygol o ddwad yn ei hôl tan yn hwyr y pnawn. Os oedd
arno awydd mynd allan am dro, iddo wneud hynny a pheidio
ag aros yno yn disgwyl amdani hi. Dyna'r cwbwl a nodwyd. I
ble'r aeth hi, dechreuodd ryw frith-ddyfalu tan agor ei geg led
y pen. Er iddo gysgu'n dda, teimlai yn bendrwm o hyd a'i gorff
wedi cyffio trwyddo a'i esgyrn yn flinedig. Roedd arno flys
mynd yn ôl i'w wely a dyna a wnaeth.

Am ryw hyd fe aeth i gysgu'n sownd, a gweld rhywun tebyg
iddo'i hun yn cerdded ar hyd y Bois de Boulogne trwy ddadwrdd
o goetsus a cheffylau, motor-ceir a motor-beics, ond yr eiliad
nesa roedd yng nghanol y tawelwch perffeithaf a fu erioed. O'i
flaen roedd anifeiliaid yn pori'n dawel ar hyd gwastadeddau'r
gorwel. Teimlai ei hun yn sgafnu fesul cam, nes y sgafnodd
ddigon i esgyn yn uwch ac yn uwch a Pharis oddi tano yn pell-
hau nes y diflannodd o dan y cymylau. Mudodd o wlad i wlad
nes y sylwodd ar aderyn du o'r uchelderau yn dwad amdano
ond pan ddaeth yn nes gwelodd nad aderyn ydoedd ond gwraig
ar adenydd. Gofynnodd be oedd ei henw, ond nid atebodd, a
phan holodd eilwaith, agorodd hi ei phig a llithrodd babi allan
yn mewian ei enw . . .

Dychwelodd ei fam yn ddynas hapus iawn. Wrth iddi hwylio
swper clywodd Stanislav yr hanes i gyd. Cafodd ddiwrnod
llafurus, ond diwrnod wrth ei bodd oherwydd yn y diwedd fe
dalodd ar ei ganfed iddi fynd i holi hwn a'r llall. Adroddodd fel
yr aeth o swyddfa i swyddfa er mwyn dwad o hyd i'r un iawn –
gan ei bod am fod yn hollol siŵr o'i phetha, ac na fyddai yna'r
un camgymeriad i amharu ar fater mor bwysig. Ar ôl cerdded a
cherdded o le i le nes roedd ei thraed hi'n brifo a bôn ei chefn
yn wayw, dywedodd clerc wrthi am eistedd ac aros tra âi yntau
i holi. Ddwy awr yn ddiweddarach, clywodd y newyddion gorau
posib.

'Yr hyn dwi 'di bod yn dyheu amdano fo yn fwy na dim.'

Roedd y Bolsheficiaid wedi pasio deddf i ddatgan fod yr holl garcharorion a'r holl alltudion a ddioddefodd tan drefn y Tsar i gael pob maddeuant. Doedd yr un cyhuddiad na'r un carchariad i sefyll yn erbyn neb. Roedd alltudiaeth hir pob un o'r *émigrés* o Rwsia wedi dod i ben. Doedd gan neb ddim oll i'w ofni. Roedd Stanislav â'i draed yn rhydd i ddechrau ail-fyw ei fywyd yn ei famwlad unwaith eto heb orfod sbecian tros ei ysgwydd.

Dywedodd:

"Fory, fel arwydd o ddiolch, dwi am inni fynd at fedd dy dad.'

Pedwar o uchel-swyddogion o fyddin Anton Denikin a glosiodd at y *dacha*. Ni fu fawr o drafod ar y mater ar wahân i ddweud wrth Mademoiselle Babin ac Alyosha yn gwrtais – ond yn ddigwestiwn – eu bod yn bwriadu lletya dros dro.

'Nes i'r fyddin gael gorchymyn i symud yn erbyn y Cochion.'

Ychydig iawn o newyddion oedd ganddyn nhw, ar wahân i honni:

'Ma' llywodraeth anghyfreithlon Lenin a Trotskii yn prysur fynd â'i phen iddi.'

Honnodd un arall:

'Mi fydd y Tsar Nicholas II yn ôl ar ei orsedd cyn diwedd y flwyddyn, gewch chi weld.'

Roedd tri o'r pedwar yn gwirioneddol gredu hynny (er nad oedd y pedwerydd ddim mor ffyddiog) ac yn eu gweld eu hunain yn marchogaeth yn hyderus yr holl ffordd i Moscow.

'Mi fydd Rwsia sanctaidd, unedig ac anweledig unwaith eto'n rhydd o grafangau'r Anghrist, a'i weision parod, yr Iddewon a'r Seiri Rhyddion.'

Cafodd Alyosha amser wrth ei fodd. Roedd un o'r swyddogion yn fwy na pharod iddo farchogaeth ei geffyl i fyny ac i lawr y lôn. Doedd dim purach na glanach sŵn yn y byd i gyd na chlywed clipan pedolau oddi tano. Llonnodd Mademoiselle Babin hefyd. Dechreuodd ddenu sylw dau o'r swyddogion ifanc, a'r rheini am y gorau i beri iddi chwerthin. Siriolodd fesul awr nes y sgafnodd trwyddi ac ar ôl cwta ddeuddydd roedd ei hen hunan wedi brigo i'r wyneb unwaith eto, a'i llygaid yn llawn direidi. Roedd hi hyd yn oed yn serchus tuag at Alyosha.

'Madda imi am fod mor ddifalio ohonach chdi mor amal . . .'

Poeth a meddal oedd ei llaw.

''Wn i ddim be ddaeth drosta i.'

Yn ystod y gyda'r nosau, roedd un o'r swyddogion yn canu'r piano a dau o'r lleill yn cymryd eu tro i ddawnsio hefo Mademoiselle Babin. Dim ond un swyddog a gadwai ei gwmni ei hun, trwy ddarllen yn dawel, neu ei gau ei hun yn ei lofft.
Lledodd rhyw nefolrwydd dedwydd trwy'r *dacha*. Am y tro cynta ers amser maith, teimlai Alyosha ryw deimlad tebyg i hapusrwydd. Yr unig un anhapus oedd Nikolai Milynkov. Er i Mademoiselle Babin ddweud wrtho am gadw draw roedd yn mynnu galw heibio o hyd. Eisteddai am oriau yn peuo a phoncio. Roedd wedi mynd i'w gilydd i gyd, yn sur a blin, yn bigog a sarrug. Edrychai fel dyn wedi rhynnu, ei ddwy law wedi eu gwthio ymhell i fyny dwy lawes ei grys. Roedd yn methu diodda'

217

byw'n ei groen bob tro y clywai chwerthiniad Mademoiselle Babin. Poen byw oedd pob sŵn o'i genau, nes y tyfodd ei anhapusrwydd yn ing byw.

Yn hwyr un nos aeth petha'n hyll a blêr pan gododd y swyddog hefo'r wyneb diflewyn (roedd ganddo groen gwritgoch glân fel bochau offeiriad ifanc) ei wrychyn. Pan geisiodd y swyddog gosi gên Mademoiselle Babin wrth chwarae *vint* o gwmpas y bwrdd yng nghwmni'r ddau swyddog arall (roedd y llall yn darllen yn dawel mewn cadair yn y gornel) sychodd Nikolai Milynkov ei ddwylo ar ei ddau ben-glin. Cododd ar ei draed. Clywodd Alyosha fo yn herio'r swyddog diflewyn i *duel*. Doedd neb yn ei gymryd o ddifri.

Drannoeth, dychwelodd Nikolai Milynkov yn gynnar iawn hefo pistol trwm hen ffasiwn (o frwydr y Crimea yng nghanol y ganrif gynt). Aeth i lofft Mademoiselle Babin. Penliniodd wrth erchwyn ei gwely a chrefu arni i gael gwared â'r swyddogion. Roedd hi'n cysgu, a 'chlywodd hi ddim. Gwasgodd Nikolai ei llaw.

Clywodd Alyosha sgrechian annaearol. Nikolai Milynkov yn anelu pistol at Mademoiselle Babin a welodd pan ruthrodd i'w llofft, a hithau wedi swatio'n belen sgrechlyd wrth droed y gwely.

Bloeddiodd Alyosha,

'Be ti'n 'neud?'

Denodd y sgrechian sgrialu traed trymion draw, un ar ôl y llall. Hanner cododd Mademoiselle Babin ei phen pan ruthrodd Nikolai Milynkov allan (gan roi hergwd i Alyosha), bledodd allan o'r *dacha* ond hanner ffordd ar draws yr ardd stopiodd, a hanner camu nôl, ond stopiodd a safodd yng nghanol gwely o flodau, codi'r pistol at ei ben, gwasgu'r baril ar ei arlais, cau ei lygaid a thynnu'r trigar.

Tynnodd Nikolai Milynkov y trigar eto.

'Ddigwyddodd dim byd wedyn chwaith. Dechreuodd y swydd-ogion chwerthin am ei ben.

Bloeddiodd yn herfeiddiol:

'Hir oes i'r Sofietiaid!'

Rhedodd nerth ei beglau am ben y lôn.

Roedd Mademoiselle Babin am i Alyosha wrando'n astud:

''Alla i ddim diodda' aros chwanag yn y *dacha* 'ma.'

Dywedodd yn ddiamynedd:

'Yn disgwyl am be? Ac am ba hyd?'

Mewn llais braidd yn hunan-dosturiol wedyn:

'Dwi'n ifanc o hyd, prin wedi dechra nabod neb na dim. Tria ddallt. Ma' gen i 'mywyd cyfan i'w fyw . . .'

Ar ôl hynny:

'Ma' 'na wastad benderfyniadau anodd i'w gwneud ond penderfyniadau ma'n rhaid inni i gyd eu hwynebu o bryd i'w gilydd. Rhyw ddydd, Alyosha, mi fydd yn rhaid i chdi orfod gwneud pob math o ddewisiadau, gei di weld. Dwi'n siŵr y gwnei di gyfarfod â rhywun y byddi di'n 'i charu hi'n dwll. Ond 'falla y byddi di'n cyfarfod â rhywun arall y byddi di'n 'i charu hi'n dwll hefyd. Elli di ddychmygu sut beth ydi caru dwy ddynas yr un pryd? A'r cwestiwn y byddi di'n 'i ofyn i chdi dy hun fydd: p'run o'r ddwy dwi'n 'i charu fwya? P'run o'r ddwy ydw i'n 'i charu ddigon i dreulio gweddill fy einioes hefo hi? Mi

219

ei di drwy wewyr meddwl mawr. Achos fydd gwneud y dewis byth yn hawdd . . .'

Tan gyffwrdd â'i foch hefo cefn ei llaw:

'Ti'n hogyn hŷn na dy oed, dwi'n siŵr bo' chdi'n dallt sut dwi'n teimlo.'

Roedd hi'n mynd i'w adael o ar ei ben ei hun.

Heliodd y swyddogion Gwynion eu pac. Daeth rhyw ddychryn dwfn tros Alyosha. Teimlai ryw gryndod ym môn ei gefn. Cododd rhyw wayw yn ei fol a dechreuodd frifo'n boenus. Doedd o erioed yn ei fywyd wedi treulio amser ar ei ben ei hun. Doedd o erioed wedi gorfod penderfynu dim. Roedd rhywun wastad wedi bod wrth law i'w warchod o.

'Pam na cha inna ddim dwad hefo chi hefyd?'

'Alyosha, dwi wedi egluro unwaith yn barod . . .'

'Alla i'm bod ar y 'mhen fy hun.'

'Fyddi di'n saffach yma nag yn unlla arall.'

Gwasgodd Mademoiselle Babin ei fraich a sibrwd ei bod yn rhy beryglus iddo fentro tua Moscow hefo byddin Anton Denikin. Crefodd am gael dwad hefo hi. Gwrth-effaith oedd crefu chwanag arni. Aeth hi'n swta sorllyd a braidd yn ddiamynedd.

'Dydw i ddim yn mynd i feichio fy hun hefo'r cyfrifoldeb o edrach ar dy ôl di. Mae o'n ddigon o boen meddwl i mi orfod edrach ar fy ôl fy hun.'

'Dwi'n gaddo na fydda i'n ddim traffarth . . .'

'Ti ddim i ddwad hefo fi, a dyna ni. Dyna ddiwadd arni.'

Aeth Mademoiselle Babin ati i bacio. Ond roedd y swyddog-ion o'r farn ei bod hi wedi pacio gormod. Bu'n rhaid iddi ddadbacio. Paciodd lai a llai. Gwaith anodd oedd dewis be i'w adael ar ôl. Gwyliodd Alyosha hi yn dawel. Roedd un swyddog yn tendiad arni yn fwy na'r lleill, yr un di-farf a'i groen glân. Yn ei gwmni o y byddai Mademoiselle Babin yn gwenu a chwerthin fwyaf.

'Dwi ddim mor ifanc â 'dach chi'n meddwl,' dywedodd Alyosha. 'Dwi'n gwbod be 'dach chi'n 'neud. Be oedd yr holl siarad 'na am garu fy Ewyrth Kozma?'

Cau botymau ei chôt wiwer roedd Mademoiselle Babin.

'Be os daw o yma a gweld bo' chi wedi mynd?'

'Deud be fynni di wrtho fo.'

'Sut fydd o'n teimlo wedyn?'

Niwsans oedd Alyosha iddi hi o hynny ymlaen. Roedd yn ddigon craff i sylweddoli hynny. Ar waethaf ei hesgusodion pitw roedd o'n deall ei gwir resymau tros fynnu ei fod i aros yn y *dacha*. Doedd dim i atal ei hapusrwydd. Doedd ryfedd ei bod hi wedi chwerthin cymaint nos ar ôl nos. Roedd hi'n hollol amlwg i Alyosha ei bod hi wedi disgyn mewn cariad hefo'r swyddog diflewyn – Yakov, mab i neb llai na'r Tywysog Gavril Sergeevich Peshkov.

'Dwi'm yn meddwl bo' chi'n dallt be 'di cariad.'

'O, be? A mi wyt ti? Dyna be ti'n trio'i ddeud wrtha i?'

'Y cwbwl 'dach chi isio ydi priodi pres.'

'Fel dy fam.'

Cododd Mademoiselle Babin wrychyn Alyosha pan enwodd ei fam. Aeth yn amddiffynnol iawn ohoni.

'Sdim isio llusgo enw Mam i ganol hyn.'

Daeth Yakov Sergeevich Peshkov i sefyll yn y drws yn ei lifrai lawn, ei fenyg cochion am ei ddwylo a'i gleddyf ar ei glun.

'Ti'n gwbod be, Alyosha, 'wnaeth dy fam erioed dorri gair hefo fi. Ddim un waith. Finna yn byw o dan yr un to â hi. Ti'm yn meddwl fod hynny'n rhyfeddol?'

Dododd Mademoiselle Babin ddau lythyr yn ei law.

'Cadw'r rhein yn saff.'

Roedd un wedi ei ysgrifennu at ei dad, a'r llall yn cynnwys map, yn dangos y ffordd i Batumi, lle byddai'n ddiogel rhag y Cochion gan fod byddin o Saeson newydd lanio yno, yn ôl y sôn.

'Cymar ofal ohonach chdi dy hun rwan.'

Ar ben ei march uchel, siarsiodd Mademoiselle Babin:

'A bydd di'n hogyn da.'

Syllodd ar eu cefnau main yn trotian i lawr y lôn.

Roedd Mademoiselle Babin a'r Gwynion wedi hen adael y cyffiniau. Mewn dim o dro, daeth byddin o Gochion yn eu lle, milwyr yn marchogaeth at y *dacha* yn hwyr un pnawn. Trwy lwc, fe welodd Alyosha nhw yn dwad o bell. Cuddiodd o'r golwg i fyny'r ffawydden fawr yn yr ardd. Syllodd ar y milwyr yn tynnu ar ei gilydd wrth chwalu a chwerthin trwy'r ystafelloedd.

Clywodd wydr yn malu a gosgordd o gysgodion yn sleifio heibio i'r ffenestri. Aeth yr ysbeilio rhagddo trwy'r min nos, ac yn hwyr i'r nos, cyn yr aeth y Cochion i ffwrdd â phob math o bric-a-brac yn beichio eu meirch, gan gynnwys y cloc ormolu a fu ar y pentan. Erbyn iddi ddistewi roedd lleuad felen, gron yn goleuo'r byd.

Bu Alyosha wrthi am oriau yn llusgo o stafell i stafell yn ail-osod dodrefn ac ailosod lluniau ar y waliau a'i draed yn crensian tros y gwydr. Roedd yn sefyll ar wyneb rhywun. Bagiodd. Syllodd llygaid ei dad i'w lygaid.

Cododd y llun ond torrodd ei fys. Sugnodd y gwaed a rhwym-odd ei fys mewn cadach. Aeth ati i rowlio'r llun o'r ffrâm. Gwnaeth yr un fath hefo'r lluniau eraill, y rheini oedd ddim wedi eu rhwygo. Dododd nhw i gyd mewn cist a'i chloi a chudd-io'r allwedd y tu ôl i garreg yng nghlawdd yr ardd.

Drannoeth clywodd Alyosha ryw sgriffian. Yn nhraed ei sanau camodd allan o'i wely (gan amau fod rhai o'r milwyr wedi dwad yn eu hola), symud y gadair a wasgodd yn erbyn y drws, ei ddat-gloi (gwrando'n astud) a chamu allan a cherdded yn dawel draw hyd at ddrws y gegin gan oedi ennyd cyn mentro i mewn a gweld rhyw hen ddyn yn chwilota trwy'r cypyrddau. Teimlodd hwnnw ar ei union fod rhywun â'i lygaid ar ei war, ond ni chynhyrfodd ddim, na stopio ei sbeuna chwaith.

Creadur addfwyn hefo llygaid llaith oedd y lleidar bwyd. Rhannodd Alyosha ac yntau ddarn o fara a chrystyn. Mewn dim o dro, tyfodd y ddau yn dipyn o ffrindiau. O dras Tartar roedd Leo, er ei fod yn honni iddo gael ei fagu yn unig fab i ail-wraig masnachwr coffi Groegaidd o Odessa, a oedd yn arfer rhedeg café enwog iawn o'r enw Reiter.

'Fuost ti'n fan'no erioed?'

'Café Reiter neu Odessa?'

'Odessa, siŵr.'

'Naddo.'

'Leciach chdi fynd?'

'Taswn i'n cael y cyfla.'

'Gneud cyfla sy' isio ichdi. 'Chei di'm gwell tre ar wynab y ddaear 'ma.'

Roedd wrth ei fodd yn hel atgofion am y lle. A'r gwahanol fwydydd. Y porc, y pâtes, y menyn, y cawsydd, y diodydd. Cawl cwningan oedd ei hoff fwyd o. Yn ei nefoedd berffaith, gallai fyw i ben draw tragwyddoldeb a thu hwnt ar gawl cwningod, a hwnnw wedi'i stwnsio hefo tatws, moron a phupur du.

Doedd yn dda gan Leo y Cochion, er nad oedd ganddo fo fawr o feddwl o'r Gwynion chwaith. Rheibio, treisio a blingo oedd castiau milwyr y rheini hefyd. Doedd ryfedd fod cyn lleied o ddynion yn fodlon cwffio yn eu rhengoedd, a'r rheini a oedd yn cael eu gorfodi i godi gwn yn sleifio am adra ar y cyfle cynta. Teimlai fod rhyw ysbryd dieflig wedi plymio trwy briddoedd Rwsia. Teimlai fod y diafol wrth ei waith yn medelu yn ôl ei fympwy.

Roedd ganddo farn gymedrol, sobor ar bob dim – pan oedd yn sobor. Ond pan fyddai wedi ei dal hi – ac roedd o'n dechrau clecio ganol y bora bob bora – câi drafferth i osod ffrâm i'r syniadau annelwig a oedd yn tueddu i chwit-chwatio yn ei ben.

Be oedd y rhwyg a fu rhyngddo a'i deulu? Doedd Alyosha fawr callach. Dim ond at y gyda'r nos pan fyddai Leo wedi ei yfed ei hun yn sobor y byddai ei feddwl diffrwyth yn dechrau dihoeni. Dyna pryd y byddai'n dechrau dweud ei ddweud. Yn ei farn o, doedd dim posib creu trefn wleidyddol gyfiawn fyth heb ddinasyddion cyfiawn.

'Ond pwy sy'n fodlon gwrando ar hen dramp fel fi?'

Roedd pobol Rwsia wedi pryfedu'n fyw ers cenedlaethau, yn union fel defaid yn cynrhoni yn nhes yr haf, yn chwantu dim ond rhyw gysgod oer er mwyn cael hedd a gorffwys. Y drwg oedd fod mwy o fodca a mwy o glwy gwenerol yn Rwsia nag oedd o synnwyr cyffredin.

'Dyna pam ma' hi mor hawdd i ryw benboethiaid gamarwain y wlad.'

Roedd o o'r farn ei bod hi'n hurt bost fod Rwsiad yn lladd Rwsiad. Y Gwynion yn lladd er mwyn gwarchod Arferion Sanctaidd yr Oesau, Eiddo Preifat a'r Eglwys Fyw yng Nghrist, tra oedd y Cochion yn lladd er mwyn creu ffordd newydd i baradwys ddaearol yng ngwawrddydd y dyfodol, ond bod neb hyd yma wedi gweld y map.

'Ma'n gas gen i ddeallusion Marcsaidd.'

Roedd yn eu casáu â chas perffaith am eu bod yn manteisio ar ddelfrydau a dyheadau didwyll y bobol er mwyn ennill grym iddyn nhw eu hunain. Mwydrai mai celwydd oedd eu credo oherwydd mai ffynhonnell gwir rym oedd Duw. Gwan oedd mater, cryf oedd yr ysbryd.

'Nid gwanychu emosiynau naturiol mae crefydd, Alyosha, ond eu hatgyfnerthu a'u sancteiddio, trwy eu gwneud yn fwy angerddol am lesâd.'

Teimlai Leo yn enbydus tros ei gig a'i waed ei hun.

'Pam ydw i gymaint yn fy ngharpia? Pam ydw i mor llac fy ewyllys? Pam mae fy ysbryd i mor llesg?'

Ateb Alyosha bob tro oedd:

''Wn i ddim.'

Siriolai Leo wedyn:

'Gwyrth a rhyfeddod, hogyn. Dyna ydi bywyd wastad wedi bod i mi.'

Yn ei ffordd ei hun roedd y tramp yn bur ddefosiynol, a'r salmau a'r caniadau roedd o'n eu hadrodd bob nos yn dyst i fagwraeth grefyddol.

'Peth anffodus ydi fod natur dyn yn yr oes sydd ohoni yn mynnu eglurhad labordy am y byd a'r bydysawd, yn lle derbyn bodolaeth dirgelion a dirgelwch.'

Cyn mynd i gysgu byddai'n penlinio'n feddw o flaen yr eicon o Sant Geraison gan ei gyffwrdd yn dyner hefo'i fysedd melyn, main. Weithiau, roedd yn ei godi a'i ddodi ar ei foch. Bryd hynny edrychai fel dyn wedi ei glwyfo gan ryw wayw nad oedd gwella arno.

'Buan y ceith y *dacha* 'ma 'i roi i rywun yn saff, rhyw Gomisâr Comiwnyddol neu'i gilydd. Neu i'w frawd o. Neu i'w frawd-yng-nghyfraith o. Neu i bwy bynnag y bydd o isio talu rhyw gymwynas nôl am rywbeth neu'i gilydd. Mae plant y proletariat yr un mor farus am eu moethau bydol â phlant yr hen *bourgeoisie* gynt.'

Dysgodd y tramp Alyosha sut i smocio rhyw faco twrcaidd rhad. Tros fygyn pibell glai – a than gnoi *pimentos* am yn ail – rhybuddiodd o un noson:

'Fel mab i ddyn oedd pia ffatri arfau yn Petrograd, yn jêl ar dy ben fydd dy hanas di, os cân nhw afal arnach chdi.'

'Ddalian nhw mohona i. Mi reda i'n bell o'u gafal nhw.'

''Redi di'm yn bell o wynt y *Cheka*. Ma'r rheini'n ddynion selog iawn.'

''Ddalian nhw byth mohona i.'

'Paid â dechra dangos dy hun. Gwranda. Ddim rhyw bwl dwl o fwydro ydi hyn rwan, dallta, dwi o ddifri. Dwi am ichdi newid dy enw . . .'

'Pam ddyliwn i?'

'Anghofia pwy oeddach chdi.'

'Byth.'

'Ti'm llawn llathan, hogyn. Deud dy fod ti'n fab i'r *chauffeur* gartra yn Petrograd. Neu'n well fyth, deud dy fod ti'n fab i mi!'

Chwarddodd Alyosha.

'Paid â bod yn ben sglefr ac anwybyddu cyngor doeth pan ti'n 'i gael o. Ti'n gwrando? Neu fel arall 'chei di'm bwyd.'

Ochneidiodd Leo.

'Chdi a dy debyg, 'dach chi'n esgymun cyn bellad â ma'r Cochion yn y cwestiwn. Onibai fod y Gwynion yn dwad yn 'u hola i warchod plant y *bourgeoisie* – gei di rwydd hynt i fod yn chdi dy hun wedyn.'

Cysgu ar y llawr a wnâi Leo am na allai ddiodda' meddalwch matras. Pesychai trwy'r oriau mân gan gadw Alyosha ar ddi-hun. Doedd Leo ddim yn ddyn da iawn ei iechyd. Doedd o byth yn tynnu ei ddillad chwaith, ac o herwydd hynny, roedd ei ddrewdod yn annioddefol – gan atgoffa Alyosha o ogla piso hen geffyl yn gymysg ag ogla caws, a hwnnw wedi ei fwydo'n hir mewn stafell glòs. Cyndyn iawn oedd Leo i fynd ar gyfyl dŵr gan daeru nad oedd dim byd mwy afiach i ddyn fel fo na gor-weddian yn ei fudreddi ei hun. Byddai hynny'n ddigon amdano.

Yn hwyr un bora, doedd o ddim wedi trafferthu codi. Pen-derfynodd Alyosha guro ar ei ddrws at ganol y pnawn. Nid atebodd y tramp. Pan gerddodd Alyosha i mewn, gwelodd fod ei ddau lygad ar agor a'i wefusau fymryn yn leision, ac wrth glosio llethwyd o gan ogla afiach, nes codi pwys arno fo. Bu'n rhaid iddo wasgu ei lawes tros ei drwyn rhag taflu i fyny.

Gorweddai bysedd Leo ar ei frest tan wasgu'r eicon a'i ddau fys bach yn plygu'n ddau fachyn (fel dau abwyd angau) a'i lygaid llaith yn sych. Ceisiodd Alyosha ei godi ar y gwely, ond roedd ei gorff wedi cyffio. Roedd mor ddisymud â maen melin. Yn ei wendid rhoddodd Alyosha y gorau iddi a thaenu lliain trosto fo. Doedd o erioed wedi gweld dyn marw o'r blaen. A'r geg ar agor fel rhyw dwll llygoden tywyll. Penderfynodd na allai aros o dan yr un to â burgyn.

'Fel mab dy dad . . .'

Paciodd ei ddillad mewn bag lledar, a chlymu ail bâr o esgid-iau am ei wddw.

'Anghofia pwy oeddach chdi.'

Caeodd ddrws y *dacha* yn dawel ar ei ôl.

Pan gyrhaeddodd Stanislav Moscow roedd ganddo sawl sgript yn ei siwtces. Awgrym ei fam oedd iddo guro ar ddrysau theatrau'r ddinas. Croeso digon llugoer a gafodd o. Roedd o wedi bod i ffwrdd am yn rhy hir a doedd neb bellach yn nabod ei wyneb, neb yn gwybod amdano; doedd ganddo ddim 'enw'.

Ym myd bach y theatr yn Moscow roedd gwybod pwy oedd pwy o'r pwys mwyaf un. 'Chafodd o fawr o hwyl arni er iddo ddidoli copïau i fwy nag un cyfarwyddwr a chael sawl addewid y byddai ei ddramâu yn cael eu darllen a'u hystyried. Diddor-deb mewn clywed am ffasiwn ddiweddara perfformio yn Ewrop oedd gan bron bob un.

Tan bigo'i drwyn, holodd un cyfarwyddwr a oedd wedi llwy-fannu rhywbeth yn Paris. Gwnaeth Stanislav fôr a mynydd wrth sôn am berfformiad hwyr y nos yn Theatr Du Vieux-Colombier. Manylodd am eu polisi o gynhyrchu gweithiau modern, fymryn yn *avant-garde*. Digon cymysg oedd y derbyniad a gafodd ei ddrama ei hun, ond roedd yn dderbyniad digon da i beri trafodaeth bellach ynglŷn â'i hatgyfodi er mwyn rhoi bywyd hirach iddi trwy ei llwyfannu yn nhymor yr hydref. Ni fu dyn hapusach yn y Quartier Latin trwy gydol y gwanwyn hwnnw ar ei hyd na Stanislav, a chafodd ei ysbrydoli gymaint fel yr aeth ati i sgwennu drama arall at yr haf. Torrodd Rhyfel 1914 ar draws bywyd pawb, a chladdwyd pob sôn am berfformiad, nes gorfodi'r theatr tan orchymyn llys – a haid o blismyn yn y diwedd – i gloi ei drysau am feiddio â llwyfannu cabaret gwrth-filitaraidd.

Ar ei ffordd yn ôl at ei fam galwodd Stanislav yn y Café Bom. Eisteddodd ar un o'r seddi cochion, ymysg yr artistiaid. Yn mynd a dwad, roedd actorion, cerddorion a beirdd Moscow.

Clustfeiniodd ar sawl sgwrs.

Dywedodd rhyw wraig ifanc, a oedd yn gwisgo côt ffwr a het werdd (wedi ei gwneud o felfed bwrdd *billiards*):

'Ma' hi'n ganmil haws chwalu na chreu.'

'Boicotio trefn newydd y Comiwnyddion a cheisio'u hanwybyddu nhw,' oedd barn un arall. Tra oedd y lleill yn ysu i greu bywyd newydd, ond yn cloffi wrth drin a thrafod y glo mân, er bod pob masnach, melin, ffatri, banc, tir a thŷ eisoes wedi eu gwladoli. Doedd eraill yn rhoi fawr o ffydd yn awydd y Cochion i ail-greu Rwsia newydd.

'Ma' nhw'n cynnig rhyddid medda nhw! Ond oes rhywun wedi gofyn be ydi rhyddid? Dydi rhyddid, fel hapusrwydd, byth yn cael ei gyflawni. Dydi o byth yn dod i fod. Mae rhyddid wastad allan o gyrraedd, fel delfryd neu freuddwyd ...'

'Ond dydi hynny ddim yn rheswm tros beidio â dyheu am ryddid?' holodd Stanislav. 'Ddim y dyheu sy'n rhoi ystyr i'n bywydau ni?'

'Yr unig ryddid i mi ydi'r rhyddid rhag y Comiwnyddion.'

Dadl arall a glywodd oedd:

'Dydi trais ond yn magu mwy o drais.'

Trwy gydol y dadlau fe wardiai'r dyfodol yn wylaidd o'r golwg.

Holodd Stanislav ei hun: Oes gen i ddyfodol yma yn Moscow?

Neu'r cwestiwn pwysica un: 'Alla i fyth berthyn?'

Eisteddodd i lawr a cheisio hidlo ei brofiadau ar bapur yn stori fer neu ddrama. Roedd o'n wyth ar hugain oed ond yn hogyn ifanc pymtheg oed bu'n gweithio yn danddaearol i'r Bolsheficiaid yn Moscow yn 1905. Roedd o wedi llwyr gredu – hefo angerdd hogyn ifanc – mewn byd o gydraddoldeb, brawd-garwch a chyfiawnder. Nid brwydr leol oedd hon ond brwydr faith ar draws y pum cyfandir nes gweld gwireddu'r syniad o blaned gomiwnyddol.

Cafodd ei arestio yng nghanol nos, a'i fam yn ei choban a'i dagrau. Bu'n y carchar am dros chwe mis, chwe mis a deimlai yn fwy fel chwe blynedd. Bob hyn a hyn byddai'n cael ei holi. Am brintio taflenni. Am ddosbarthu taflenni. Am ledaenu propaganda sosialaidd yn ffatri Butikov neu ym maracs y fyddin. Trwy'r misoedd hirion, 'fradychodd o mo neb, ond cael a chael oedd hi. Cafodd ei demtio i droi'n fradwr. Roedd wedi cyrraedd pen ei dennyn ac roedd o fewn dim i gyfadda'r cwbwl, pan agorodd drws ei gell.

'Hel dy betha.'

Camodd i'r awyr iach trwy borth y carchar. Yn disgwyl amdano roedd ei dad. Ei dad a lwyddodd i gael ei draed yn rhydd trwy dalu mechnïaeth drom. Aeth y ddau adra ar eu hun-ion at ei fam. Roedd hi eisoes wedi pacio ei siwtces. Drannoeth, gadawodd Stanislav ar y trên am Ewrop hefo pasbort ffug a sêl bendith ei rieni.

Ym mudreddi'r Gare du Nord y daeth y trên i stop. Roedd wedi cyrraedd dinas Paris ar ei ben ei hun. Un cyfeiriad yn unig oedd ganddo yn ei boced. Y tu allan i'r orsaf, dringodd i ben tram a gâi ei dynnu gan geffyl, a rhywsut neu'i gilydd (trwy holi hwn a'r llall, yn benna) fe lwyddodd i ddwad o hyd i'r hotel yn y Place Denfert-Rochereau. Drannoeth aeth i grwydro'r Quartier Latin. Terfyn ei grwydro oedd llyfrgell y Rwsiaid alltud, ym mhen draw cowt afiach oddi ar Avenue des Gobelins. Trwy fynd yno i dreulio'r amser y daeth Stanislav i nabod *émigrés* eraill.

Daeth i nabod criw o Bolsheficiaid. I fyny'r grisiau mewn goruwch-ystafell mewn café ar yr Avenue d'Orléans roeddan nhw'n cyfarfod. A chyfarfod yn rheolaidd, bron bob wythnos, i drin a thrafod, yn ogystal â didol y newyddion diweddaraf o Rwsia. Un min nos yn nechrau Mai cerddodd dyn byr, moel mewn siwt dywyll a cholar wen i fyny'r grisiau yn cario brieffces o dan ei gesail. Hwn oedd Lenin. Cafodd Stanislav ei gyflwyno iddo. Cafodd ei wadd i'w fflat mewn stryd fechan ger Parc Montsouris. Krupskaya a agorodd y drws. Tros swper cafodd ei holi yn fanwl gan Lenin am y sefyllfa wleidyddol yn Rwsia, a gwnaeth Stanislav ei orau i ateb pob cwestiwn.

Aeth i gyfarfod arall. Aeth i brotest a sawl gorymdaith. Gwelodd lun ohono'i hun yn *Le Parisien* pan gerddodd hefo'r llu at y Mur des Fédérés er cof am ferthyron y Comiwn yn 1871. Yn raddol, darfod a wnaeth ei ddiddordeb. Doedd dim gweithredu uniongyrchol ym Mharis fel roedd yn Moscow yn sgil 1905, dim ond trafod diddiwedd, hollti blew ynglŷn â'r ffordd ymlaen, a phawb benben beunydd, yn ffraeo ymysg ei gilydd, yn pwdu, chwerwi a dal dig. Teimlai ei hun yn cilio, a gwelodd lai a llai ar Lenin. Y tro ola iddo ei weld oedd yn eistedd ar fainc ym mharc Montsouris ymysg dail yr hydref, yng nghanol hen wragedd a phlant mân, a'i feddwl ymhell i ffwrdd.

Dechreuodd hel hefo criw arall, criw gwahanol, iau, ond llawn mor gwerylgar. Cafodd ei dynnu fwyfwy i fyd y cafés bohemaidd, y gweinyddion bachog, yr alcoholics trist, yr artist-aid tlawd, y *demi-monde* a riff-raff o bob lliw a llun. Dechreu-odd ddarllen, dechreuodd newid, dechreuodd beidio â molchi a newid llai ar ei ddillad. Aeth i ddrewi. Tyfodd ei wallt yn hir. Dablodd mewn pob math o brofiadau newydd. Cyfriniaeth. *Morphine. Hashish. Cocaine.* Dechreuodd hel diod a slotian yn y pnawn. Ond magodd ddiddordeb mewn celfyddyd hefyd. A cherflunio. Cyhoeddodd stori fer mewn rhyw gylchgrawn bychan.

Gyferbyn â gorsaf Montparnasse roedd café difyr ac yno y byddai'n treulio ei amser hefo criw digon tebyg iddo fo'i hun. Yn Le Rendez-vous des Ficares y cyfarfu â Katya ryw fora pan ddaeth hi a dwy ffrind i mewn am frecwast ac yntau wedi bod yno trwy'r nos. Dechreuodd y ddau ganlyn a bu'n byw hefo hi am ysbaid – ac yna fe aeth hi'n feichiog.

Wrth hel atgofion teimlai ei fod yn nes ato'i hun – at ei wir hun – ym Mharis nag yn Moscow. Paris, bellach, oedd ei gartre. Roedd yn falch iddo dreulio amser yn Rwsia er mwyn sylweddoli hynny. Penderfynodd ddychwelyd. Ffarweliodd â'i fam.

Roedd hynny'n anodd.

Roedd hynny'n anodd iawn.

'Pryd wela i chdi eto?' holodd yn daer a'i llygaid yn dweud: 'os byth'.

"Fydda i ddim mor ddiarth tro yma,' atebodd.

'Gobeithio y gwela i chdi cyn bo hir.'

Cusanodd ei fam. Daliodd drên o Moscow i Kiev, ond oher-wydd yr ymladd, 'aeth o ddim ymhellach. Roedd Kiev yn un hwrli-bwrli o ffoaduriaid, a channoedd ar gannoedd yn cyrraedd bob dydd o bob cwr o Rwsia a thu hwnt. Gwaith anodd iawn oedd cael lle i daro pen i lawr a chysgai rhai cannoedd mewn pebyll, eraill yn yr awyr agored. Doedd o ddim yn fwriad gan Stanislav i aros yno fawr o dro – ond yn y diwedd bu yno am bron i ddeunaw mis. Yr hyn a'i nadodd o rhag gadael ar ei union oedd y brwydro ffyrnig i'r dwyrain a'r de-ddwyrain o'r ddinas, a gadwai bob un trên yn ei seiding ar stop.

Bu'n cicio sodlau am wythnosau bwygilydd tra oedd yn disgwyl i'r ymladd dawelu – ond ni wnaeth, ac, os rhywbeth, gwaethygodd.

Heb iddo sylwi bron, darfu'r amser a darfu ei bres ac aeth ar ei gythlwng, nes, ambell ddiwrnod, ni châi ddim i'w fwyta. Talodd grocbris i bâr priod am gwpwrdd o stafell. Er iddo chwilio am waith, roedd gwaith yn brin. Dechreuodd ddifaru. Pam adawodd o Moscow o gwbwl? holodd ei hun.

Yr unig theatr yn Kiev a gynigiodd unrhyw fath o waith iddo – a hynny o drugaredd a chydymdeimlad yn benna am fod golwg mor llwm a di-raen arno – oedd y Theatr Bypedau. Doedd dim posib iddo weld llwyfannu un o'i sgriptiau ond roedd y cwmni yn fwy na pharod i gydweithio ar wahanol syniadau gan fod cryn dipyn o alw am berfformiadau'r theatr. Plant mân a hen bobol, offeiriaid a lleianod (a ofalai am blant amddifad) oedd swmp a sylwedd y rhan fwya o'u cynulleidfaoedd. Penderfynodd Stanislav fachu ar ei gyfle i droi rhai o'i themâu yn sgetsiau syml.

Cafodd dipyn o fodd i fyw wrth wneud hyn. Cafodd foddion cynhaliaeth hefyd, ond yn bwysicach na dim, daeth o hyd i Tamara.

Un noson cafodd y teithwyr i gyd eu gorfodi allan o'u cerbydau a'u hel ar draws y platfform. Trên Rostov i Khrakov oedd o. Yn ara deg, blagurodd pob math o blant bach o'u cuddfannau, a rhai mor dywyll ag ellyllon bychain. Yn eu mysg, roedd Alyosha.

Hisiodd y tren yn ddiamynedd. Safodd am oriau a milwyr yn gwarchod drysau ei gerbydau er mwyn atal pawb rhag mynd yn ôl arno. Ym mherfeddion nos – heb chwiban hir na dim, magodd sŵn – a diflannodd i'r tywyllwch. Cicio sodlau a wnaeth y cannoedd wedyn yn llesg a blin. Dynion, gwragedd, plant ac anifeiliaid yn sefyllian neu'n gorweddian yn ddiamcan a di-do. Doedd dim sôn y deuai trên arall i'r fei tan ganol y bora drannoeth neu tan ganol pnawn dradwy, neu efallai y deuai un i'r fei rai dyddiau'n ddiweddarach pan oedd y dydd yn tynnu ato a'r haul yn gwanio.

Doedd neb fawr callach be oedd y rheswm tros y newid na'r oedi diddiwedd. Dyna be oedd waetha, ond roedd wastad rywun wrth law i gynnig esgus. Y si gan amlaf oedd:

'Rhyw ymladd 'mhellach i lawr y lein . . .'

Si amhwyllog oedd honno hefyd gan fod pawb erbyn hyn wedi hen ddysgu nad oedd hanner dyfalu mewn gobaith yn lleddfu dim ar boen anwybod. Roedd pawb wedi dechrau sychedu, ac amryw o'r rheini hefo plant mân ar eu cythlwng wedi hen fynd i fegera am fwyd. Felly y dysgodd Alyosha sut i ddechrau dwyn.

Felly hefyd y cafodd dri o ffrindiau newydd. Wardio ym minniau glo mawr y trên roedd Mishka, er bod hynny'n berig bywyd. Gallai rhywun fygu i farwolaeth. Dyna pam roedd o'n cario hoelen yn ei boced er mwyn gwneud tyllau i'w alluogi i anadlu. Onibai fod rhyw blant eraill wedi cael y blaen arno ac yno o'i flaen o'n barod – ac roedd hynny'n digwydd yn amal – mewn cilfachau yn ochrau'r trên roedd Boris yn cuddio. Ei ail hoff le i nythu oedd ar y rod uwchben yr echel, fodfeddi uwchben y trac. Unwaith, fe'i gwthiodd ei hun heibio i'r peipiau a stwffio tu fewn i'r injian a swatio nesa at ryw hogan fach hefo llyffant llwyd yn ei llaw.

Yn y bocsus cadw trugareddau yn y cerbyd ola yr oedd y lle gorau gan ei chwaer, Masha – ond y lle perycla un i gael ei dal gan mai hwnnw oedd y lle cynta roedd y tocynnwr yn dechrau'i chwilio am blant fel hi. Dyna pam y byddai hefyd yn dringo ar ben y to. Ar ben to un trên rhwng Verkhenedneprovsk a Poltava yr oedd Alyosha a Masha wedi dwad wyneb yn wyneb am y tro cynta.

Ni ddaeth trên arall i fyny'r lein. Aeth pobol yn fwy pigog a blin fyth hefo'i gilydd a bu amryw yn cega a chwffio. Aeth newyn yn drech na Mishka, ac ni allai Masha ddiodda' gwrando chwanag ar ei brawd yn griddfan.

Yn ystod eu hail noson ar y platfform hudodd ryw ŵr gweddw gwelw, anial iawn yr olwg, y tu ôl i'r llwyni am ryw hanner awr. Am ei chymwynas, rhoddodd hwnnw delpyn o gig digon afiach yr olwg iddi a mwy afiach fyth ei flas. Mishka a lowciodd y rhan fwya, fel ci ar lwgu.

Drannoeth, penderfynodd y pedwar heigio tua'r gogledd.

Plant amddifad oedd Mishka, Masha a Boris, ond roedd ewyrth – brawd i'w mam – yn byw ar ffarm ar gyrion deheuol Chernigov, tref i'r gogledd-orllewin o Kursk.

Dau frawd oedd Mishka a Boris a'u chwaer oedd Masha a'r tri wedi bod yn anelu i gyrraedd y ffarm ers misoedd ar droed, ar drol ac ar drên.

Newydd gael ei ben-blwydd yn bymtheg oed roedd Mishka. Roedd yn hogyn tebol, tal hefo ysgwyddau llydan, cluniau cryfion a dau ddwrn parod i'w codi ar y peth lleia. Oherwydd natur ei gorff, roedd o angen cynhaliaeth feunyddiol, a gwingai tan boen newyn yn waeth na'r ddau arall, nes nadu a swnian yn amlach o beth cythraul nag y gwnâi ei frawd bach, Boris, a oedd bellach wedi dysgu sut i ddiodda' yn dawel.

Dim ond un llygad oedd gan Mishka – roedd patshyn o ledar du yn cael ei dynnu tros y twll gwag lle dylai'r llall fod – ac er i Alyosha holi Masha droeon, digon cyndyn oedd hi i drafod yr hanesyn y tu ôl i hanner golwg ei brawd mawr.

Tair ar ddeg oedd Masha, a hyd yn oed yn nhraed ei sanau, roedd hi hyd pen yn dalach nag Alyosha. Edrychai ei hwyneb fel wyneb cath mewn cartŵn, hefo'i haeliau uchel, ei thrwyn smwt fymryn yn gochlyd a'i gwefusau meinion. Roedd ganddi lygaid gleision a dwy rwymbleth o wallt goleuliw, coesau hirion, main, a brest wastad fel un hogyn ar ei brifiant.

Dim ond deg a hanner oedd Boris, ond yn gyfrwys ac yn gall ac wedi dysgu castiau twyllo yn gynt na neb.

Trwy gydol y misoedd dechreuodd Alyosha ddysgu sut beth oedd byw o'r llaw i'r genau, a thrwy hynny, fe brofodd ail-fagwraeth a newidiodd ei bryd a'i wedd. Prifiodd o'r newydd nes tyfu'n hogyn gwahanol iawn.

Gwnaeth Alyosha ei orau i fod yn un o'r teulu o dri. 'Lwydd-odd o ddim yn hollol i stumio a phlygu ei orffennol yn rhyw-beth newydd ond gwnaeth ei orau glas.

Wrth godi'n y bora – bron bob bora – byddai ei ben yn llawn stormydd gwylltion o freuddwydion Petrograd. Roedd y cwbwl mor iasol o fyw nes y gallai daeru iddo dreulio'r nos gyfa nôl gartre yn ei wely. Am ryw awr neu ddwy byddai ei hen hunan yn cydrwbio hefo'r hunan newydd nes y câi Alyosha ei hel i ffwrdd er mwyn iddo fo allu magu'r nerth i wynebu her diwrnod newydd. Hefo rhyw wacter a oedd yn gymysg â hiraeth, teimlai dalp arall ohono'i hun yn dadfeilio wrth ei draed . . .

Cysgai'r pedwar ymhle bynnag y caent le: darn o hen stabal, mynwent Iddewig neu bwt o glawdd i warchod cefn. Weithiau byddai boncyff coeden yn cynnig cysgod, dro arall ryw hen dwlc a'r hwch a'i moch yn cynnig gwres am ddim. Cysgodd y pedwar mewn hen faenordy hynafol fwy nag unwaith, rhai a fu gynt yn dai gogoneddus ond a oedd bellach wedi eu hysbeilio, eu meistri wedi eu mwrdro gan eu tenantiaid eu hunain, a'r tanau a gynheuwyd wedi eu troi'n adfeilion. Wrth yfed gwin o gwpan neu fwyta oddi ar blât, câi Alyosha ei atgoffa am ei hen fywyd gynt.

Dwyn i fyw a byw i ddwyn. Roedd yn rhaid cael bwyd, llond ceubal o fwyd i'w cynnal hyd ben y daith. Dysgodd Alyosha sut i ddal mewn un eiliad – trwy un cip sydyn iawn – holl gymhelliad dyn mewn un edrychiad sydyn, slei. Pan fyddai rhyw ddieithriad yn dwad i'w cyfwrdd, byddai llygaid y pedwar yn fferru gan ei bod hi mor anodd barnu pwy oedd yn ffrind a phwy oedd yn elyn.

Roedd yn gas gan Mishka sipsiwn.

'Ffycars anonast ydyn nhw, pob un wan jac.'

Doedd o byth yn rhoi coel ar eu gair am i'r rheini unwaith geisio ei dwyllo – a byddai'n myllio wrth eu gweld a'u bledu hefo cerrig yn eu hwynebau.

'Ffwciwch hi! Ffwciwch hi o'ma! Ffwciwch o'ma'r ffycars!'

O bryd i'w gilydd byddai milwyr ar ffo – o ryw fyddin neu'i gilydd, y Cochion neu'r Gwynion – yn adrodd y newyddion diweddara am frwydrau a oedd eisoes yn wythnosa, neu hyd yn oed yn fisoedd, o oed. Pytiog oedd yr hanesion am yr hyn a oedd yn digwydd yng ngweddill Rwsia. Allan yn y wlad roedd y pedwar saffaf.

Doedd dim dal sut groeso a oedd i'w gael mewn pentrefi, ond roedd mentro pob tref yn berig. Roedd miloedd, os nad miliynau, o blant tebyg iddyn nhw ar dramp ar hyd a lled y wlad. Plant amddifad, plant a gollodd eu rhieni, plant wedi eu hambygio a'u sigo gan natur y brwydro a phob un yn ceisio rhyw loches neu berthynas yn rhywle.

Llwybrau igam-ogam trwy gorsydd a fforestydd oedd eu byd. Liw dydd, liw nos. Croesi tros afonydd gwylltion ar draws pontydd cam, a'r rheini'n amlach na heb yn llithrig a digan-llaw. Cerddai'r pedwar trwy lawogydd trymion a godai lifogydd nerthol a wnâi rai afonydd yn amhasadwy. Weithiau clywid sôn am newyn yn rhyw ardal neu'i gilydd ac roedd honno'n ardal i'w hosgoi bob tro.

O wythnos i wythnos ac o fis i fis, duai croen Alyosha yng ngwres yr haul tra goleuai ei wallt. Dechreuodd barf denau dyfu nes iddo ddod i deimlo'n fwyfwy cartrefol yng nghroen yr hogyn newydd roedd wedi ei greu i'w warchod ei hun.

Un min nos ym min rhyw ffordd, begerodd oddi ar ryw hen wreigan.

'Do mi *kopek*, do mi *kopek*, un *kopek*, dyna'r cwbwl dwi isio.'

Brasgamodd yr hen wreigan yn ei blaen wrth geisio ei heglu hi o'i olwg o, ond rhuthrodd arni gan gydio yn ei garddwrn. Ceisiodd hithau ei waldio hefo'i basged ond roedd o eisoes wedi torchi ei llewys er mwyn dinoethi ei braich.

'Gollwng fi! Gollwng fi'r cythral!'

Bygythiodd ei brathu hyd at yr asgwrn gan haeru y byddai'n marw o *syphilis*.

'Help! Helpwch fi! Er mwyn Crist Iesu ein Gwaredwr help-wch fi rhywun!'

Dychrynodd yr hen wreigan am ei hoedal, a chymerodd ei gwynt ati, a dechreuodd floeddio nerth esgyrn ei phen – sgrech-ian lloerig, llawn llid cynddeiriog. Bachodd Alyosha y fasged lawn bwyd o'r llwch a sgrialu i lawr y ffordd ar wib. Denodd sŵn y wraig haid o gŵn coethlyd a thraed dynion y *militia*. Rhuthrodd y rheini i ganlyn y lleidar wrth i hwnnw ddiflannu tua'r goedwig a bwledi'n hisian heibio.

Tyfodd ei wallt yn llaesach a dechreuodd ei glymu'n gynffon tros ei war. Trwchodd ei farf. O fewn dim, aeth yn flerach. Wedyn, duodd ei groen. Aeth yn arwach ei wedd. Dechreuodd Alyosha edrach fel y llabwst ifanc ag yr oedd o.

Yn fuan ar ôl y chwyldro yn Hydref 1917, caeodd yr Academi Berfformio yn Petrograd ei drysau a chafodd pob aelod o'r staff ei daflu ar y clwt. Rhyw fis cyn hynny, roedd dau o fyfyrwyr y flwyddyn ola wedi cyhoeddi eu dyweddïad.

Eu henwau oedd Tamara Bobrikov a Yury Kashivin. O holl gyplau'r Academi, y nhw, heb os ym marn pawb, oedd y mwya golygus. Ar waetha pob un dim, roedd y ddau yn benderfynol o aros yn Petrograd. Dyna a wnaethon nhw hyd nes i rywrai gnocio ar ddrws eu fflat yn hwyr iawn un noson.

Aeth y *Cheka* trwy eu pethau am oriau. Daeth hi'n amlwg eu bod nhw'n mynd i'w harestio, ar ryw gyhuddiad neu'i gilydd. Daeth yn amlwg hefyd fod modd osgoi hyn. Roedd Yury yn anfodlon, yn anfodlon iawn, a byddai'n well ganddo gael ei saethu, ond darbwyllodd Tamara o fel arall. Cododd yn dawel a cherddodd i'r llofft. Dilynodd y *Cheka* mwya hi. A chau'r drws.

Drannoeth, gadawodd y ddau am Kiev, cartre Tamara, lle roedd ei mam a'i thad yn byw o hyd. Ymgartrefodd y ddau yn y ddinas. Gwaith anodd i bobol ifanc egnïol oedd bod yn segur, ac mewn dim o dro, dechreuodd y ddau ddiflasu ar wneud dim byd. Er mwyn hogi eu sgiliau perfformio, penderfynodd Tamara ac Yury sefydlu theatr bypedau. 'Fyddai'r syniad yma byth wedi magu traed onibai am fam Tamara. Hi oedd yr athrylith y tu ôl i bob sioe. Roedd y gallu ganddi i greu pypedau byw a bywiog. Bron na fasa rhywun yn taeru eu bod nhw'n greadig-aethau o gig a gwaed, a oedd yn siarad go iawn; neu dyna'r argraff a gafodd Stanislav pan ddigwyddodd daro ar un o'u perfformiadau ryw bnawn.

Tros sgwrs wedyn cyfaddefodd Yury Kashivin wrth Stanislav:

'Ma' Tamara a finna'n teimlo'n ddiobaith iawn ynglŷn â'n dyfodol yma yn Rwsia . . .'

'Alla i ddallt sut 'dach chi'n teimlo.'

Oherwydd ei fod o'i hun yn teimlo rhywbeth yn debyg, gallai gydymdeimlo.

'Tra dwi wedi bod nôl yma, dwi heb weld fawr o reswm tros aros. Ddim fel ma' petha ar hyn o bryd a'r wlad i gyd yn cael ei sglaffio.'

'Feddylis i erioed y baswn i'n meddwl am adael fy ngwlad,' dywedodd Yury.

'Dydi o ddim yn benderfyniad hawdd,' atebodd Stanislav.

Gwasgodd Yury arddwrn ei ddyweddi,

'Be sgen ti i'w ddweud, Toma? Ti 'di bod yn dawel iawn?'

Sugno ar ei sigarèt roedd Tamara a'i meddwl ymhell i ffwrdd.

'Allach chi 'neud yn waeth na mynd i Baris,' awgrymodd Stanislav. 'Mi fuos i'n byw yno o'r blaen . . .'

Yury a ofynnodd:

'Am faint?'

'Bron i wyth mlynadd.'

'Dipyn o amsar.'

'Mmmm-hmmm.'

'Sut roedd dyn fel chdi yn ennill bywoliaeth mewn lle felly?'

'Pan 'nes i gyrraedd yn hogyn pymtheg oed, fy nhad oedd yn fy nghynnal i. Doedd o ddim yn gyrru cymaint â hynny o bres i 'nghadw i, ond roedd o'n ddigon i gadw'r blaidd o'r drws ar ddiwadd pob mis. O fewn dwy flynadd mi fuo fo farw. Am ryw bwl, roedd Mam yn arfar gyrru pres, ond ro'n i'n teimlo yn euog. Ro'n i'n gwbod gymaint o aberth oedd hynny iddi. Mi ges i 'nhemtio i fynd nôl i Rwsia, ond doedd hynny ddim yn bosib. Doedd Mam chwaith ddim yn rhy hapus i 'ngweld i'n mentro. Roedd y chwe mis a dreuliais i'n y carchar wedi deud yn drwm arni. Yr eiliad y baswn i'n croesi'r ffin, roedd perig imi gael f'arestio yn syth. Dyna pam nad oedd dim dewis gen i ond gwneud y gora o fy alltudiaeth. Gwneud y gora o'r gwaetha. Ma' rhywun yn dwad i arfar.'

'Ydi o?' holodd Yury.

'Ydi.'

'Be am hiraeth? Oedd arnach chdi hiraeth am dy gartra?'

'Oedd, wrth reswm. Wastad. I gychwyn. Ond mae hiraeth hefyd yn pylu hefo amsar ac yn tyfu i fod yn rhwbath arall. Ryw flwyddyn neu ddwy yn ôl, alla i ddim cofio pryd yn union, mi wnes i ddarllen mewn rhyw nofel nad yr hyn mae dyn yn ei brofi mewn bywyd sy'n bwysig, ond be mae rhywun yn ei wneud o'r profiad.'

Yn llygaid Tamara, wrth iddo fo siarad, daliodd Stanislav ryw sgwrs arall.

'Dyna'r peth,' dywedodd Yury, 'dyna'r peth. Sut ma' rhywun yn dysgu byw ymysg pobol ddiarth? Sut mae rhywun yn dal gafael ar ei iaith a'i draddodiada ei hun?'

'Dydi o ddim yn hawdd.'

''Choelia i nad ydi o ddim yn hawdd . . .' cododd Yury ei lais.

'Ddim yn hawdd o gwbwl . . .' dywedodd Stanislav yn dawel.

Holodd Tamara wrth syllu i'w lygaid,

'Ond ddim yn hollol amhosib?'

'Ychydig iawn o betha mewn bywyd sy'n hollol amhosib,' atebodd Stanislav.

Am ddyddiau a nosweithiau bu'r pâr ifanc yn holi ei berfeddion, mewn caffi budur ar stryd Sofiyskaya tros goffi twrcaidd tywyll gan amlaf. Er nad oedd o ond newydd adael Ffrainc ers rhai misoedd er mwyn dychwelyd adra, teimlai Stanislav fod Paris rywsut mor bell yn ôl, a'i fywyd yno yn ddim ond breuddwyd.

241

'Be arall? Deud chwanag wrtha i.'

Soniodd Stanislav am awyr las y gwanwyn wedi ei sgwrio yn lân. Irder dail y coed ar hyd afon Seine. Roedd olion rhyw hiraeth ar bob un atgof. Darluniodd y ddinas hefo rhyw anwyldeb siriol, yn llawn swyn a rhamant tyner, nes o dipyn i beth roedd wedi tanio rhyw awydd ysol yn y ddau i gyrraedd yno cyn gynted ag y byddai'r brwydro wedi gostegu.

Soniodd yn frwd am ei hoff gafé,

'Y Café de la Paix, lle mae croeso cynnes i bawb.'

'Ble arall oeddach chdi'n arfar mynd?'

'I Maxim ryw ben bob wythnos.'

'A ble arall?'

'La Coupole weithia, pan oedd gen i bres yn fy mhocad . . .'

Enwodd ei hoff bistros. Disgrifiodd hyd a lled y Boulevard Saint-Germain. Hyfrydwch serth Montmartre, a'i heolydd cul eu bôn, a chulach fyth yn eu brig yn tynnu at y Sacré Coeur. Paentiodd ddarlun o brysurdeb Passy. Paentiodd Baris trwy des glaslwyd, ei hadeiladau llwydion unffurf, y naill yn dynwared y llall; cribau uchel ei heglwysi Rhufeinig a Gothig, ei phontydd hynafol, ei phyrth coffa, ac yn nhes yr haf, roedd y ddinas fel maes o haidd yn siglo dan ryw awel dawel; llwyddodd i ddwyn i gof arogleuon unigryw'r dydd wrth iddo fritho, a'r nosweithiau wedyn, yn ferwedig o oleuni byw yn taenu rhyw gysgodion gleision trwy'r myllni . . .

Yn hwyr un nos, dywedodd Stanislav:

'Dwi 'di codi hiraeth dychrynllyd arna fi fy hun.'

Roedd yn dyheu am Baris yn fwy nag erioed. Paris oedd ei gynefin. Paris oedd ei fyd. Ond ar waetha rhamant ei glodfori, amser digon dyrys a gafodd o yn ei alltudiaeth. Am gyfnodau maith bu'n byw mewn hen stafelloedd digon llwm yn Créteil ar gyrion y ddinas, mewn hen adeilad tamp a fu unwaith yn abaty. Ar ôl i'r pres o'i gartre ddod i ben, rhyw fyw o'r llaw i'r genau wnaeth o, yn gwneud y peth yma a'r peth arall, a chyni fel ci yn coethi ar ei sodlau.

Cofiai glywed sôn gan Katya unwaith am 'linell bywyd'. Doedd Stanislav ddim yn ddigon ofergoelus i goelio fod llinell felly yn bod ar gledr llaw, ond daeth i gredu, maes o law, mai gair arall am 'dynged dyn' oedd 'llinell bywyd'.

Cofiodd Katya yn dweud yn ddifrifol mai gorau po gynta y dylai rhywun ddysgu sut i adnabod 'llinell bywyd'.

'Trwy ddysgu sut mae adnabod dy hun? Dyna be ti'n drio'i ddeud?'

'I gymaint gradda â ma' hynny byth yn bosib.'

Dyna'r broblem, meddyliodd Stanislav. Poen meddwl pawb ydi amheuon. Amheuon ynglŷn â ni ein hunain. Amheuon ynglŷn â phobol eraill. Amheuon wrth geisio penderfynu be i'w wneud o ddydd i ddydd, o flwyddyn i flwyddyn. Amheuaeth sy'n llethu pawb.

Dyna sy'n peri i linell bywyd yr unigolyn igam-ogamu o hyd ac o hyd.

Sut mae unrhyw un yn dwad i'w lwyr adnabod ei hun? Sut allwn ni fyth adnabod unrhyw beth fel ag y mae o ynddo fo'i hun? Onid ydi pob profiad yn cael ei hidlo trwy ein dehongliad ni ohono fo? Ond be ydw i? Sut rydw i hyd yn oed yn gwbod hynny? Ac os na allai i hyd yn oed fy nehongli i fy hun, sut mae posib imi ddehongli dim byd arall?

Pan soniodd Stanislav wrth Tamara am 'linell bywyd', gofynnodd hi iddo ddarllen ei llaw. Rhoddodd hyn yr esgus y bu'n chwilio amdano i ddal ei bysedd. Bysedd main oedd ganddi, a'i hewinedd wedi eu cnoi at y byw. Er eu bod nhw fymryn yn esgyrnog, roedd ganddi ysgwyddau prydferth, breichiau prydferth hefyd, llygaid byw mewn wyneb deallus a llais clir.

Wrth iddo syllu arni, sylweddolodd ei fod o wedi ei swyno ganddi, roedd arno flys i'w meddiannu hi. Roedd o'n ysu amdani hi yn fwy na dim. Roedd o wedi bod yn siarad, ond heb gymryd fawr o sylw o'r hyn roedd o'n ei ddweud mewn ateb.

'Dwi'n dy garu di,' dywedodd.

'Be?'

'Dwi'n dy garu di.'

'Ti prin yn fy nabod i.'

'Dwi'n dy garu di,' dywedodd am y trydydd tro.

Chwarddodd Tamara, a ffroenochi fymryn, tan grychu ei thrwyn. Edrychodd hi arno fo a difrifoli,

'Paid â deud hynna eto.'

'Mae o'n wir.'

Cododd ei bys a dangos ei modrwy ddyweddïo.

'A ti'n fy ngharu i hefyd, mi alla i ddeud.'

'Ma' gen ti wynab, Stanislav Markovich! Pwy ti'n feddwl wyt ti?'

Closiodd Stanislav at ei gwefusau a chusanodd y ddau.

Bob tro y byddai'r Fyddin Goch yn marchogaeth heibio byddai'r pedwar yn canu'r 'Internationale', ond pan giliai'r Cochion, a'r Gwynion yn dwad i'r fei, y gân wedyn fyddai 'Duw Achubo'r Tsar' neu 'Bozhe Tsaria Khrani'. Hefo'r Comiwnydd-ion roedd cydymdeimlad naturiol Mishka, Masha a Boris. Sylwodd Alyosha ar hynny yn fuan, er bod ogla chwys y mil-wyr i gyd yn drewi yr un fath. Ar wahân i'r Gwynion a'r Cochion roedd 'na chwanag o filwyr – fel anarchwyr Nestor Makhno – yn tyfu fel dail tafol ar hyd y tir, yn ogystal â heidiau o ladron a llofruddion, a honnai eu bod yn fyddinoedd o fath a ymladdai o blaid yr achos yma neu'r achos arall.

Closiodd Masha at Alyosha; neu Pasha fel roedd hi'n ei alw.

'Ydi o ots gen ti 'mod i'n dy alw di'n Pasha, Pavel?'

'Nac ydi.'

'Ti'n siŵr?'

'Ydw.'

Digwyddodd hyn yn naturiol wrth iddi gribo ei wallt er mwyn lladd llau. Yn ystod y cyfnodau meddal, ysbeidiol yma yng nghanol caledi byw a bod bob dydd, y clywodd Alyosha hanes y ddau frawd a'r chwaer.

O bentref bychan ar gyrion Tsaritsyn ar y Volga roedd y tri yn dod yn wreiddiol. Magwraeth anhapus mewn tlodi enbyd oedd hi. Meddwyn diedifar oedd y tad, er bod y plant yn meddwl y byd o'u mam. Ar y tir y dechreuodd hwnnw weithio, ond rhoddodd y gorau iddi a mynd yn gabman, wedi iddo brynu rhyw hen geffyl a oedd yn debycach i gamel. Chydig iawn o bres roedd o'n ei ennill, a byddai'n potio'r rhan fwya. Wrth droi am adra'n chwil ulw o'r dafarn yn hwyr y nos, byddai'n erlid y fam hefo rasal a'r plant yn sgrechian am eu hoedal.

Pan fyddai wedi sobri, byddai'n crefu am eu maddeuant a theimlo trueni mawr drosto'i hun. Er mwyn cael y ddau ben llinyn ynghyd roedd y fam yn golchi dillad ei chymdogion, llnau tai pobol, a phan fyddai pethau'n fain iawn, bwyellu blociau coed.

Torrodd y rhyfel rhwng yr Almaen a Rwsia yn 1914. Doedd hi ddim yn chwith o gwbwl gan y teulu weld y tad yn diflannu i'r fyddin. Hanner gobeithiai Mishka, Masha a Boris na ddeuai o fyth yn ôl yn fyw o frwydr Lemberg.

Ond er mawr siom, adre y daeth o. Y syndod mwyaf i'r teulu oedd ei weld o'r newydd. Roedd yn ddyn a oedd wedi ei weddnewid yn llwyr o'i gorun i'w sawdl. Eisteddodd ger bwrdd y gegin a dechreuodd siarad yn glir a phendant ei farn. Roedd yn llawn o sloganau am rannu'r tir. Am annog streicio yn ffatrïoedd Tsaritsyn. Am godi twrw. Am chwalu'r drefn. Am greu cymdeithas lle byddai pawb yn rhannu ei bendithion yn deg. Dechreuodd weithredu ei syniadau newydd. Ond cafodd ei daflu i'r carchar.

Daeth tro ar fyd. Roedd y chwyldro yn codi ei ben. Tyfodd eu tad yn ddyn egnïol, mwy pendant fyth ei farn. Roedd ei gyfnod yn y carchar wedi caledu ei argyhoeddiad a rhoi min ar ei weledigaeth. Sgwariodd fwyfwy ar hyd y pentre, a'i alw ei hun yn un o'r proletariat. Ymhyfrydai mewn gwisgo siaced ledar fel un o hogiau'r *Cheka*. Un noson dywyll, dreifiodd llond dwrn o ddynion eraill draw mewn motor-lori i'r plasty lleol a bygwth ei losgi i'r llawr. Mewn dim o dro, fe lwyddodd i erlid hen deuluoedd aristocrataidd o'r cyffiniau i gyd.

Etholwyd sofiet a rhannwyd y tir. Etholwyd sofiet i redeg pob ffatri. Etholwyd sofiet i ddidol tai a fflatiau ymysg y tlodion. Oherwydd y rhyfel cartref a phwysigrwydd y rheilffyrdd i'r Bolsheficiaid, cafodd y tad waith fel meistr yr orsaf leol. Ond gan ei fod gystal arweinydd, cafodd ei ddyrchafu o fewn dim, a'i yrru ar waith propaganda'r Comiwnyddion i drefi eraill. Gwelodd Mishka, Masha a Boris lai a llai arno, hyd nes un dydd ni ddaeth adra.

Ni wyddai'r teulu be oedd tynged y tad. Roedd si iddo ddal y trên a mynd i chwilio am fywyd gwell i fyny'r lein. Mynd i bentre arall, tre arall, dinas arall i ganlyn dynas arall. Fe ddaeth – ac fe aeth – rhyw si ei fod wedi ei yrru ar waith tanddaearol yn erbyn y Gwynion i ddinas Chita, yr ochor bella i Lyn Baikal yn Siberia. Si arall a chwythodd am ryw bwl oedd iddo ymuno hefo trên Trotskii, pan alwodd hwnnw heibio ar ei ffordd i ryw ffrynt yn y gogledd, yn rhywle tuag Arkhangel'sk.

Methodd y fam gael digon o ddillad i'w golchi. Aeth at y sofiet lleol – at Gomisâr ifanc mewn siaced ledar, a oedd yn hoff o eistedd wysg ei ochor ger y piano a tharo'r bysedd hefo bys un llaw am oriau lawer. Cafodd y fam gynnig gwaith yn danfon negeseuon i'r Comiwnyddion. Er mwyn hwyluso pethau, cafodd fenthyg beic ond roedd ei olwyn flaen yn woblo. Bychan iawn oedd y cyflog, ac er mwyn cynnal y teulu roedd yn rhaid i hyd yn oed Boris fynd allan i grafu am waith. Bob bora byddai'n ista ar y pafin wrth ymyl yr orsaf yn cynnig llnau a gloywi sgidiau, ond doedd fawr o alw am ei wasanaeth.

Un noson daeth Mishka adra â'i wyneb yn sbloetsh o waed. Aeth i ddadlau hefo rhyw griw o hogia hŷn, am feiddio gwerthu coed tân ar eu patshyn nhw heb ganiatâd. Doedd Mishka heb fod yn ddigon doeth i'w warchod ei hun trwy ymuno hefo gang. Cafodd ei gosbi. Torrwyd asgwrn ei drwyn, craciwyd asgwrn ei ên nes roedd golwg y diawl arno fo. Daeth y doctor draw i'r tŷ a dweud wrth ei fam ei fod mewn perig o golli ei lygad chwith. Collodd ei lygad chwith.

Wythnosau yn ddiweddarach aeth Mishka allan yn hwyr un noson hefo rasal hir ei dad i fyny ei lawes. Pan ddaeth adra roedd ei grys yn diferu o waed a phedair clust gynnes yn ei ddwy law. Ofnai'r teulu ddialedd gwaeth. Penderfynodd y fam eu bod i adael y pentre ar eu hunion ac anelu am Kursk, lle roedd ei brawd yn byw. Ond yn oriau mân y bore, dechreuodd ymosodiad y Gwynion. Cymdoges i'r teulu a glywodd y tanio cynta.

Roedd Anisya Nazarova wedi codi i odro ei buwch pan glywodd ryw glecian egwan o'r tywyllwch. Clustfeiniodd ger drws ei beudy. Brefodd ei buwch ond clywodd y saethu drachefn, yn agosach y tro yma, yn dwad o rywle yr ochor bella i'r llyn chwiaid, allan ar y gwastatir maith. Rhoddodd ei bwced i lawr a rhedodd am y glwyd, lle gwelodd gysgodion dynion yn rhedeg

247

i lawr unig stryd y pentre. Daeth chwanag i'w canlyn, fesul un a dau. Wedyn, degau. Wedyn, cannoedd. Rhuthrodd ceffyl heibio yn tynnu trol a dynion llawn arswyd am y gorau i neidio arni, ond gan fod cymaint eisoes wedi hawlio eu lle, disgyn a chael codwm a wnaeth y rhan fwya. Bloeddiodd lleisiau. Rhuthrodd milwyr hwnt ac yma, rhai yn taflu eu harfau. Carlamodd chwanag o feirch a throliau heibio a'r tanio o'r paith y tu hwnt i'r pentre yn magu mwy o sŵn wrth glosio.

Curodd Anisya ar ddrws ei chymdoges, ond wyneb cysglyd Mishka a welodd hi gynta, wedyn wyneb poenus ei fam, a oedd yn gwybod ar ei hunion be oedd yn digwydd. Siarsiodd ei mab,

'Cer i ddeffro Masha a Boris.'

Rhuthrodd Anisya yn ôl i'w thŷ, a chodi ei phlant, Petrusha ac Anyuta. Rhwbiodd y ddau eu llygaid, a dechreuodd Anyuta grio yn ddireswm. Mwythodd ei mam nhw, sibrwd yn dawel yn eu clustiau a'u hannog i wisgo. Erbyn i'r tri gamu o'r tŷ, roedd Mishka, Masha a Boris hefyd wedi gwisgo. Roedd y ddwy fam eisoes wedi paratoi cuddfan ymlaen llaw.

Y tu ôl i'r ddau dŷ, roedd hen dŷ gwair, ac ar dalcen hwnnw byddai'r plant yn hel gleuhadau o faw gwartheg, er mwyn eu llosgi yn y gaeaf. Roedd pentwr dwylath o uchder wedi ei hel yn barod yn dwmpath tebol, ond bod lle wedi ei wneud i guddio y tu mewn.

'Brysiwch, brysiwch!'

Camodd y plant i mewn i'w hogof faw.

'Dim siw na miw rwan.'

'Masha, gofala am Anyuta.'

Caewyd y plant yn y tywyllwch, ond trwy dwll bychan gallai'r pump – wrth gymryd eu tro – weld yr holl helynt. Tyfodd mwstwr, lleisiau geirwon, carnau meirch a sŵn motor-lorïau.

'Agorwch! Agorwch!'

Curo drysau. Cŵn yn coethi.

'Ble ma' dy ŵr di? Ble ma' dy blant di?'

Gallai'r pump glywed rhywrai'n holi Anisya.

'I ffwrdd yn gweithio . . .'

Llestri'n malu. Dodrefn yn chwalu.

'Gotsan glwyddog . . .'

'Mi wasgwn ni'r gwir ohonach chdi yr ast . . .'

Gwelodd Mishka ddynion yn llusgo Anisya gerfydd ei gwallt.

'Mam oedd honna'n sgrechian?' holodd Masha. 'Ai mam oedd hi?'

'Bydd dawal,' harthiodd Mishka.

'Ateb fi! Ti'n 'i gweld hi? Ti'n gweld Mam?'

'Nac ydw. Rwan, cau dy geg.'

O flaen yr eglwys, roedd rhai pobol eisoes wedi eu corlannu. Ar eu meirch mawrion carlamai Cosaciaid yn ôl a blaen, yn chwipio pennau. O fewn dim roedd tros hanner cant o garcharorion wedi eu hel at ei gilydd, rhai yn wylofain, eraill yn fud. Llusgodd y bora ei hun yn brynhawn. Fesul un cafodd pawb ei dywys at ddau o swyddogion Gwynion a eisteddai y tu ôl i fwrdd, yn craffu ar restrau o enwau o'u blaenau.

Yr un oedd natur yr holi, am enw a chyfenw, am gynnal cefn y Comiwnyddion, am bleidleisio i'r Comiwnyddion, am ledaenu propaganda'r Comiwnyddion. A'r cwestiwn pwysicaf ar ddiwedd pob holi oedd:

'I ble'r aeth y Comisâr? Ble mae o'n cuddio?'

Doedd neb yn gwybod.

'Mae'n rhaid dy fod ti'n gwbod! Ble mae'r Comisâr yn cuddio?'

Doedd y Swyddogion Gwynion ddim yn coelio neb. A doedd dim maddeuant i fod. Yn eu golwg hwy roedd pawb mor euog â'i gilydd. A'r un fyddai'r gosb, waeth be fyddai'r esgusodion. Câi pawb ei fwrw i'r llawr. O fewn dim, fe fyddai trowsus wedi ei dynnu at y fferau a Chosac trwm yn gwasgu ar goesau tra oedd un arall wedi gwasgu'r pen rhwng ei ddau ben-glin. Am yn ail fe fyddai dau Gosac arall yn chwipio yn ddidrugaredd a'r truan yn sgrechian a'r Cosaciaid yn bloeddio uwch ei ben:

'Mae Crist Iesu ein Gwaredwr wedi atgyfodi! Adrodd y gwirionedd!'

'Mae Crist Iesu ein Gwaredwr wedi atgyfodi!'

'Adrodd o eto!'

'Mae Crist Iesu ein Gwaredwr wedi atgyfodi!'

''Chlywa i mohonach chdi!'

'Mae Crist Iesu ein Gwaredwr wedi atgyfodi!'

'Gad i Lenin dy glywed di'n y Kremlin!'

'Mae Crist Iesu ein Gwaredwr wedi atgyfodi!'

'Yn uwch!'

'Mae Crist Iesu ein Gwaredwr wedi atgyfodi!'

'Yn uwch!'

'Mae Crist Iesu ein Gwaredwr wedi atgyfodi!'

Yn uwch ac yn uwch, drosodd a throsodd. Aeth hyn ymlaen hyd at y min nos; ac yn hwyr i'r nos. Dyna pryd y daeth tro Anisya Nazarova i gael ei holi ond dechreuodd sgrechian cyn i'r dynion ei thaflu i'r llwch a rhwygo'i sgert.

'Dwi'n gwbod ble ma'r Comisâr yn cuddio!' powliodd y geirau yn wyllt trwy ei dagrau.

'Person gonast o'r diwadd!' roedd llais y Swyddog Gwyn yn gryglyd. 'Sut wyt ti'n gwbod ble mae o?'

'Dwi'n gwbod,' hastiodd i ddweud, 'dwi'n gwbod am rywun all ddeud wrthach chi. Dwi'n gwbod ei bod hi'n gwbod. Ma' hi'n danfon negeuson ar ran y Sofiet.'

Dyna sut y cafodd mam Mishka, Masha a Boris ei harestio.

Doedd y plant ddim wedi bwyta nac yfed dim byd trwy'r dydd a bu'n ddiwrnod chwilboeth nes roedd yr ogof faw yn ffwrnais. Wrth sychedu dechreuodd y plant ynfydu a mynnu cael mynd allan yn y nos. Dyna pryd y clywodd ryw Gosac eu sŵn, a bu ond y dim i Boris gael ei ladd pan suddodd llafn ei gledd trwy'r baw gwartheg uwch ei ben. Cafodd y pump eu llusgo allan o'u cuddfan gan filwr penllwyd.
Methodd y fam ddarbwyllo'r swyddogion Gwynion na wyddai ddim. Cafodd ei holi'n hurt.

'Pam na choeliwch chi fi? Dwi'n gwbod dim . . .'

Cafodd ei churo yn hegar.

'Dwi'n gwbod dim.'

Cafodd ei holi eto a'i churo'n waeth.

'Deud ble mae o'n cuddio'r ast!'

'Dwi'n gwbod dim.'

'Ble mae o?'

Atebodd o hyd ac o hyd:

'Mae'n rhaid ei fod o wedi ffoi.'

Cafodd ei churo'n slemp.

Yn oriau mân y bora cafodd Mishka, Masha a Boris eu tywys
i mewn i stafell lle roedd eu mam yn gwywo. Wrth riddfan dan
bwysau'r boen, gofynnodd:

'Pam 'dach chi wedi dwad â nhw i fa'ma?'

Ar ôl hynny:

'Sgen i ddim byd arall i'w ddeud.'

Ar ôl hynny wedyn:

'Dwi wedi deud y cwbwl.'

Hefo rasal arw torrwyd pob un botwm. Cyllellwyd gweddill
ei dillad. Rhoddwyd record i droi ar y gramoffôn. Gwasgwyd hi
yn noeth ar draws y bwrdd gan ddau filwr Bashkir i gyfeiliant
y gân 'Byr yw bywyd, rhaid ei fyw i'r pen'. Yn eu hacenion
Moldovaidd stagrodd pedwar arall i mewn, a dau yn drewi o
chwys ceffylau a surni fodca. A'r dynion yn ei thylino, gwasgodd
Masha lygaid Boris yn dynnach ati wrth i Mishka orffwyllo
gan sgrechian ac udo.

Bagiodd y ffrynt drachefn. Bu ymladd didrugaredd a'r cig-frain yn hel eu gwala. Ciliodd y Gwynion a dychwelodd y Cochion. Yn lle dwad â hoe i'w bywydau, daeth hyn â chwaneg o drwbwl. Roedd rhai o'r minteioedd o ddynion yn gwrthod cydnabod awdurdod Pwyllgor Canolog y Sofiet, ac ar ôl cael blas ar y rheibio a'r lladd, yn mynnu gweithredu yn ôl eu mym-pwy. Cyhuddai'r bobol y Comiwnyddion o fethu cadw trefn.

'Pa! 'Dach chi'r Cochion yn da i ddim byd.'

Dyna oedd y gŵyn gan bawb. Yn hwyr y nos, bob nos, gyrrai gang o hogiau meddw o gwmpas y pentre ar gefn motor-lori lwyd hefo clown o syrcas Tsaritsyn a thri cherddor yn canu dau glarinet a thrwmped yn codi ofn ar y pentrefwyr trwy guro drysau, malu platiau a chreu twrw. Gorchmynnodd y Sofiet lleol fod y criw o hwliganiaid yma i'w harestio.

Noson yn ddiweddarach cafodd pob un aelod o Bwyllgor Canolog y Sofiet, gan gynnwys brawd iau'r cadeirydd, a oedd ond yn ddeg oed, eu saethu yn farw gan y gang. Rhaid oedd adfer trefn. Galwyd ar Gomwinyddion o Tsaritsyn i'w herlid a'u dal. O fewn dim, cafodd y gang eu crogi yng ngŵydd y pen-trefwyr.

'Pwy ddeudodd nad ydan ni Gomiwnyddion yn da i ddim byd?' holodd y Comisâr wrth i'r clown wingo a'i esgidiau duon, mawrion yn cicio'r awyr.

Pan gododd si fod y Gwynion ar y cyrion, yn barod i ymosod, dechreuodd y fam ynfydu. Fyth ers ei rhyddhau o grafangau'r Gwynion, ni fentrodd droed o'r tŷ ac roedd ei nerfau yn racs.

'Doedd dim dewis ganddon ni ond gadael,' dywedodd, 'neu 'neud amdana fi fy hun.'

Daeth Mishka o hyd i drol, a thynnodd y tri phlentyn eu mam heibio i'r llyn chwiaid, allan o'r pentre, ar hyd y lôn, tuag at wastatir y paith agored. Gwaith caled oedd tynnu'r drol.

'Cymrwch hoe, blant, cymrwch hoe.'

Roedd eu mam wedi torri. Roedd hi'n wan ei hiechyd. Pesychai'n ddi-baid wrth i'r tri ei thynnu. Y tu cefn i'r teulu, roedd gynnau'r Gwynion yn tanio. Llifodd cannoedd o ffoaduriaid ar eu holau, ac yn eu sgil, byddin o fwganod brain, y trueiniaid a ddioddefai o deiffws, yn gwegian a gwichian o dan eu blancedi, yn disgyn a marw. Ofn yr afiechyd a yrrai Mishka, Masha a Boris i dynnu'r drol mor gyflym ag y gallai'r tri. Ofn y Gwynion a rusiai'r trueiniaid i gropian yn eu blaenau.

Ar orwel y wawr roedd gorsaf wledig yn disgleirio'n y gwlith. Llusgodd y tri y drol tua'r trên. Dim ond pan godod Masha'r sachau y gwelodd fod eu mam wedi diflannu. Sleifiodd i'r nos. Pryd yn union? Sawl awr ynghynt? Ond yn bwysicach na dim, i ble'r aeth hi?

Wrth i'r tri ei thynnu ar hyd y daith, roedd hi wedi cwyno nad oedd hi'n ddim byd ond baich i'w phlant. Aros neu fynd? Dyna oedd eu dewis. Cododd ffrae. Roedd Masha o blaid mynd yn ôl a chwilio am eu mam, ond roedd bwganod brain y teiffws ar boncan y pellter, ac ar eu gwarthaf roedd meirch y Gwynion a'u cleddyfau'n uchel.

Kursk. Kursk. Kursk. Roedd eu mam am iddyn nhw anelu am Kursk. Yno y byddai'r tri yn saff. Ar do'r trên y teithiodd y tri a Masha yn breuddwydio am weld America.

Hel pob esgus i fod ar eu pennau eu hunain a wnaeth y ddau. Roedd hynny'n anodd iawn ac yn gofyn am dipyn o gyfrwystra gan fod Tamara yn byw hefo Yury ar aelwyd ei mam a'i thad, a'r ddau bob dydd yn gorfod gweithio hefo'i gilydd yn y theatr bypedau.

Bar cul ar sgwâr Dumskaya oedd y lle gorau i gilio o olwg Yury. Dechreuodd Tamara weld diffygion ei dyweddi a rhinweddau Stanislav. Ymhyfrydai yn ei sgwrsio a'i brofiadau gwahanol; ymhyfrydu ei bod hi'n dwad i nabod rhywun o'r newydd a hwnnw'n ei agor ei hun iddi. Peth didrugaredd oedd eu cariad, yn amddifad o faddeuant at neb arall, ac yn llawn o flys at ei gilydd.

Trwy Stanislav y dysgodd hi fod i fywyd pawb ei flas unigryw ei hun. Trwy Stanislav y teimlai ei bod hi'n cael cip o'r newydd arni hi ei hun. Doedd o byth yn oriog ei dymer fel Yury. Gallai hwnnw weithiau droi'n filain ar yr esgus lleia, ac am hydoedd bu Tamara o'r farn mai arni hi roedd y bai, ond dywedodd Stanislav wrthi mai oherwydd rhyw euogrwydd neu gywilydd ynddo'i hun roedd Yury yn bwrw ei lid arni hi.

Cododd hynny faich oddi ar ei chydwybod, a theimlai yn fwy serchus ac yn agosach fyth at Stanislav. Y fo hefyd a fyddai'n llwyddo i waredu'r pyliau o'r felan a deimlai hi o bryd i'w gilydd. Er mai dim ond deunaw oed oedd hi, roedd hi eisoes yn poeni na allai atal henaint. Wrth syllu i ddyfnder y drych, credai fod egin ei difodiant i'w deimlo eisoes yn ei chnawd.

Dywedodd hi:

'Llinell 'y mywyd i.'

Atebodd o:

'Llinell bywyd pawb.'

Wrth Tamara y soniodd Stanislav am adael ei fam yn Moscow. A hithau'n weddw, teimlodd yn euog wrth wneud hynny. Ond nid ei hanes diweddar a oedd yn peri diddordeb i Tamara ond ei hanes ym Mharis. Treuliodd oriau'n gwrando arno'n sôn am yr alltudion a adawodd Rwsia cyn y chwyldro i ymgartrefu yn Montrouge a'r Gobelins.

Pan gyrhaeddodd o yn hogyn pymtheg oed, y stafell gynta iddo fo ei rentio oedd yn Rue Denfert-Rochereau. Ei siwtces, ei stof fechan a'i deciall: y cwbwl o eiddo a oedd ganddo i'w enw. Wrth orfod sefyll ar ei draed ei hun fe dyfodd dros nos o fod yn blentyn i fod yn ddyn, er bod hiraeth yn ei flino. Cofiodd orwedd ar ei wely yn syllu ar gysgodion duon yn murmur hyd y nenfwd. Clecian unig y glaw ar y to.

Cofiodd weld *La Pisanelle d'Annunzio* wedi ei chyfarwyddo gan Meyerhold pan ddaeth i Baris, a hynny ar wahoddiad ffrind o'r Ballet Russes. Ar ddiwedd y perfformiad cafodd Stanislav ei gyflwyno i Ida Rubenstein. Cusanodd hi fo ar ei ddwy foch.

'Diolch am ddod i 'ngweld i.'

'Dwi'n falch iawn imi ddod. Roeddach chi'n ysgytwol.'

Gwenodd,

'Gobeithio y doi di eto.'

Nesa at y theatr roedd *café-tabac*, a oedd yn rhyw fath o fistro bychan drwodd yn y cefn, lle yfodd goffi hefo *eau-de-vie* yng nghwmni Guillaume Apollinaire a Meyerhold. Hel atgofion hefo Meyerhold am Moscow a wnaeth Stanislav fwy neu lai trwy'r nos. Trwy Guillaume Apollinaire y daeth i adnabod criw'r Rotonde. Pan aeth Apollinaire â fo i berfformiad arall yn y theatr yn Rue de la Gaîté, cyfarfu â chylch newydd o bobol a ddaeth yn ffrindiau. Lleddfodd hynny rywfaint ar ei hiraeth ond doedd bywyd ddim yn hawdd.

'Am be ti'n meddwl?' holodd Tamara fo.

'Cofio am chwaer i ffrind i mi rydw i . . . Newydd gofio amdani rwan . . . A heb feddwl amdani ers amser maith . . . Elena oedd ei henw hi . . .'

'Ti'n swnio'n drist . . . Pam? Be ydi hanes Elena?'

'Cyn chwyldro 1905 mi oedd hi'n arfer gweithio yn dan-
ddaearol i'r Bolsheficiaid yn Rwsia ond mi gafodd ei charcharu
fel ges i . . .'

Am ryw bwl, bu'n gariad iddi yn Moscow. Cofiodd Elena'n
dweud mai amodol oedd pob cariad. Hyd yn oed gariad mam.
Dim ond natur sy'n ein derbyn ni fel ag yr ydan ni – yn ein
tristwch a'n trueni, ein llawenydd a'n hapusrwydd, iechyd
ac afiechyd. Sŵn y gwynt, blas y glaw a rhusio'r tonnau sy'n
tynnu rhywun ohono'i hun i'w weld ei hun yn gliriach.

Bu'n rhaid i Elena ddianc o Rwsia. Gadawodd am Ffrainc,
a llwyddo i fynd yn fyfyrwraig i'r Haute École des Études
Sociales, lle y cyfarfu â myfyriwr o Bucharest, Comiwnydd arall
ar ffo.

Dechreuodd y ddau garu. Ymhen rhyw flwyddyn, gofynnodd
i Elena ei briodi. Roedd yn ddyn golygus a charedig iawn, a
oedd yn dyner iawn ohoni, yn poeni'n ddyddiol am ei lles.
Roedd y ddau yn agos iawn, yn caru ei gilydd yn daer. Er iddi
setlo i fagu teulu, 'setlodd hi ddim. Roedd hi'n dal i hiraethu
am gael mynd adre. Pan ddychwelodd ei gŵr o'r gwaith un
noson, roedd hi wedi ei gwenwyno ei hun.

Soniodd wrth Tamara am Tamara arall, Tamara Nadolskaya.
Hogan fain hefo llygaid cysglyd, ceg lac a gwallt cyrliog du a
oedd wedi dechrau britho trwyddo er pan oedd hi yn ifanc.
Roedd o'n arfer cyfarfod â hi weithiau yn y café Rotonde, ac am
ryw bwl bu'r ddau yn rhyw fudur ganlyn. Cofiodd ei sgyrsiau
bywiog am Moscow ac am Gorenki, lle'r oedd ei theulu'n hanu
yn wreiddiol. Am lenyddiaeth Rwsia hefyd. A phwrpas bywyd.
Roedd hi o'r farn fod rhaid newid y byd. Argyhoeddiad dwfn
oedd hwn a gododd o'i phrofiad hi ei hun.

'Rhywbeth relatif ydi pob profiad daearol, hyd yn oed y
cysyniad o Dduw, a'r unig beth absoliwt mewn bywyd ydi
newid.'

Cytunodd Stanislav mai peth aflonydd oedd bywyd a dweud:

'Dydi bywyd neb ohonan ni byth yn aros yn ei unfan, am nad ydi amser am un eiliad byth yn rhewi er mwyn neb.'

'Dwi'n gwbod. Dyna'r tristwch mawr i mi,' atebodd hi.

'Ond dyna brofiad pawb,' atebodd o.

'Am 'i fod o'n brofiad i bawb, dydi hynny ddim yn ei wneud o'n llai trist. Allwn ni ddim byw yn y presennol achos dydi'r presennol ddim yn bod. Dydi'r presennol yn ddim byd ond rhyw hidliad parhaus o'r dyfodol – fel afon sydd wastad yn llifo nôl i gwm rhyw orffennol. Alla i byth hawlio dim o ddoe yn ôl, dim ond ei ail-greu o drwy blethwaith o atgofion, a'r rheini yn amal mor ansafadwy â dŵr. Mi ddigwyddodd rhywbeth real sy' bellach ddim yn real. Ond does dim modd i mi byth brofi hynny. Dyna'r paradocs. Does dim yn fy mywyd i yn bendant. Dyna ydi hanfod fy anhapusrwydd i.'

Credai Tamara yn gry mewn gwreiddioldeb meddwl. Roedd yn gas ganddi bobol a oedd yn bachu eu syniadau a'u dywediadau o lyfrau neu gan bobol eraill. Piod diddychymyg oedd pobol felly, ac roeddan nhw islaw sylw. Rentiodd stafell mewn atig ar stryd yn y Porte d'Italie, a thrwy ffenest fechan, yn lledu draw o'i blaen, roedd toeau llwydion Paris. 'Wireddwyd mo'i breuddwydion am newid y byd a gorseddu cyfiawnder cymdeithasol fel norm absoliwt.

Siom oedd y cwbwl.

Dyna a nododd hi mewn llith fer, cyn ei thaflu ei hun yn stwnsh i'r stryd.

'Ti'n trio codi ofn arna i?'

'Na.'

'Pam ti'n adrodd yr hanesion ofnadwy 'ma wrtha i?'

'Am i chdi ddallt rydw i . . .'

'Dallt be?'

'Be fydd bod yn alltud.'

Tan bydru ar eu cefnau, breuodd dillad y pedwar. Roedd yn rhaid i Mishka, Masha, Boris ac Alyosha ddwyn rhai newydd, ond buan y byddai'r rheini'n carpio, a chan eu bod yn cerdded cymaint, treuliwyd sawl pâr o esgidiau.

Oherwydd natur y wlad a natur y rhyfel cartre doedd eu taith tua'r gogledd ddim fel yr hedai'r frân, a byddai'r pedwar yn gorfod llechwra bob sut a modd er mwyn osgoi'r gwaetha, ac weithiau rowndio trefi er mwyn arbed helynt. Achosai hyn y ffraeo ffyrnicaf rhwng y tri hynaf, a'r ieuengaf yn gwrando'n dawel yn ôl ei arfer. Byddai Mishka ac Alyosha yn dadlau hyd at ddyrnu a Masha yn gorfod cymodi rhwng y ddau.

'Isio mynd ar 'i chefn hi, Pavel?'

Sibrydodd Mishka yng nghlust Alyosha un noson.

Cyn hynny bu'n slotian yn drwm.

Uwch eu pennau rhusiodd rhyw aderyn swnllyd trwy'r dail. Sbonciodd fflamau bychain nes goleuo llygad iach Mishka.

'Dwi 'di dy ddal di'n sbïo arni'r cont . . .'

Roedd â'i bwmp ar Alyosha ar hyd y bedlan, yn ei erlid a'i herio i wylltio, yn y gobaith y byddai yn colli ei limpyn a dech-rau taro nôl.

'Well ichdi beidio, Pavel.'

259

Roedd ogla llosgi lond trwyn Alyosha.

'Os ti'n pasa gweld dy fam eto.'

Agorodd rasal hir ei dad a'i slapio ar ei sawdl.

Holodd Masha o'r ochor bella wrth wasgu llau o wallt ei brawd bach:

'Am be 'dach chi'ch dau'n sibrwd?'

Atebodd yr un o'r ddau.

Gwthiodd Mishka ei fys o dan ei batshyn lledar i rwbio ymylon ei geudwll. Roedd llinyn ei gap wedi datod ac yn hong-ian o boptu ei ben. Sychodd ei safn hefo cefn ei law.

Roedd ei lygad iach wedi'i hoelio ar lygaid Alyosha. Roedd y ddau yn casáu ei gilydd â chas perffaith. Greddf a ddwedodd wrth Mishka fod Alyosha yn celu rhywbeth. Roedd rhywbeth amheus ynglŷn ag o, be'n union, doedd o ddim yn hollol siŵr, ond roedd yn cadw llygad barcud arno fo – rhag ofn. Tyfodd yn fwy amheus fyth wrth ddwad i'w nabod yn well. Roedd yn rhaffu celwyddau amdano fo'i hun. Cryfhau, heb wanhau, a wnaeth y teimlad tros y misoedd ac roedd Mishka yn agos i'w le.

Gan gadw cyngor Leo'r tramp yn ei gof, cyflwynodd Alyosha ei hun i'r tri fel un o'r proletariat.

Fel mab i forwyn o'r enw Dunia.

Galwodd ei hun yn Pavel Vadimovich. Enw a welodd ar garreg fedd mewn rhyw fynwent ddi-nod. Llyncodd Masha a Boris ei stori ar eu hunion. Tan gnoi blewyn ar flaen ei dafod holodd y brawd bach yn ddiniwed:

'Oes gen ti dad?'

'Gin bawb dad.'

Taflodd ei welltyn ato'n chwareus:

'Dwi'n gwbod hynny . . .'

'Mi oedd gen i dad, Vadim Mikhailovich . . .'

'Oedd gynno fo waith?'

'Oedd . . . Ond ddim bob amsar, chwaith . . .'

'Be oedd o'n 'neud, Pavel?'

'Cyn y rhyfal roedd o'n gweithio fel gwas yn nhai pobol bwysig . . .'

Wrth geisio ei bwyso a'i fesur, syllodd Mishka arno heb ddweud na bw na be, dim ond gwrando'n astud ar ei stori.

'Gafodd 'i ladd flynyddoedd yn ôl . . .'

Masha a holodd ymhle.

'Lle o'r enw Tannenburg.'

Mynnodd Mishka wybod ei hanes i gyd. Busnas dyrys oedd palu celwyddau. Wrth ailadrodd roedd yn rhaid bod yn ofalus rhag cael caff gwag.

Honnodd Alyosha ei fod yn fab i Dunia, a'i fod wedi ei fagu mewn tŷ mawr yn Petrograd. Disgrifiodd ei hun yn byw yn y gwaelodion, ymysg pobol fel Oxana a Roza, a ddisgrifiodd fel prepan fechan, fochgoch a roddai dri thro am un i bawb. Er mwyn gwneud ati i honni ei fod yn un o'r gweithwyr, dywedodd ei fod yn arfer chwarae hefo Rodion, morwr o Kronstadt a oedd yn hogyn craff a chall. Soniodd fel y byddai'n galw heibio bob hyn a hyn er mwyn chwilmanta am damaid o fwyd wrth fwrdd y gegin.

Disgrifiodd Inessa Vassilyevna a Fyodor Mikhailovich fel dau bry copyn tew a oedd yn bwydo ar waed y gweithwyr. Dynes ddiog, wedi ei difetha oedd hi, a chyfalafwr boliog yn berchen ar ffatri arfau oedd o.

Rhoddodd fodd i fyw i'r tri pan soniodd sut y cafodd Fyodor ei arestio gan y *Cheka*. Pan ddisgrifiodd sut y cafodd y *bourgeois* ei orfodi i dynnu cartŵn ohono'i hun ar wal y gegin, chwarddodd Boris. Chwerthin a wnaeth Masha hefyd nes roedd hi yn ei dyblau. Roedd hyd yn oed Mishka yn gwenu. Ond teimlai Alyosha ynddo'i hun fwyfwy fel rhyw lofrudd a oedd yn gorfod dal ati i fwrdro a mwrdro, er mwyn lladd yr atgof am y mwrdrad cynt.

'Deud yr hanas eto!'

Ochneidiodd Alyosha.

'Unwaith eto!'

'Dwi 'di deud yr hanas wn i'm faint o weithia yn barod, Boris.'

'Unwaith eto, dim ond unwaith eto . . .'

'Am y tro ola un 'ta.'

Setlodd Boris i wrando â'i lygaid yn disgleirio.

Heb yn wybod i Tamara, roedd Stanislav yn canlyn hefo hogan arall. Gan ei fod mor brin o bres ac yn cael trafferth i dalu'i rent o fis i fis, roedd wedi galw ar sawl un o olygyddion papurau newydd Kiev yn y gobaith o werthu erthygl neu ddwy. Yr unig enghraifft o'i waith oedd un a gyhoeddwyd yn Moscow (rhyw wythnos cyn gadael) yn dadlau o blaid democratiaeth. Efallai ei bod ychydig yn naïf a dryslyd o ran dadansoddiad, ond roedd yn ernes o'i allu i ysgrifennu.

Wrth ddisgwyl i weld golygydd y *Kievlyian*, dechreuodd Stanislav godi sgwrs hefo'r ferch a oedd wrthi'n teipio wrth ddesg yn y swyddfa allanol. Hogan addfwyn, llygaid llawn diniweidrwydd, talcen bychan a gwallt brown wedi ei frwshio nôl oedd Rozaliya Sergeyev. Ar ôl ei gyflwyno ei hun, gwelodd Stanislav gyfrol o farddoniaeth Blok ar ei desg. Dechreuodd y ddau siarad, gan fynd ati i drafod cerddi Balmont a Bryusov hefyd. Cytunwyd i gadw oed y noson honno.

Cyfarfu'r ddau ar lan afon Dnieper. Roedd achos dathliad dwbwl gan Stanislav gan iddo ennill cytundeb i ysgrifennu chwech o erthyglau i'r *Kievlyian.*

Tros yr wythnosau wedyn tyfodd Stanislav yn hoff iawn o gwmni Rozaliya ond ni wyddai a oedd mewn cariad hefo hi chwaith. Dwy ar hugain oedd hi. Er iddi gael cariadon eraill, doedd hi erioed wedi teimlo fel hyn o'r blaen. Roedd hi mewn cariad hefo fo, ac yn teimlo ei bod hi'n caru'n drymach ac yn camu'n ddyfnach bob dydd i ryw gors lle roedd hi mewn perig o'i cholli ei hun yn llwyr ynddo fo. Roedd hynny'n brofiad hollol newydd iddi ac yn ddychryn pleserus.

Ar y llaw arall, roedd canlyn Tamara yn fater dyrys iawn.

Aeth hi'n anoddach o'r hanner i'r ddau guddio eu teimladau. Roedd y baich beunyddiol o orfod twyllo Yury yn dechrau llethu Tamara ac ar anogaeth Stanislav, penderfynodd mai bod yn onest oedd galla.

'Ma' ganddon ni rwbath i'w ddeud . . .' dywedodd hi un bora.

Roedd Yury'n ofni'r gwaetha; roedd hynny'n amlwg yn ei lygaid. Edrychodd trwy derfysg rhyw fraw ar y naill a'r llall.

'Be?'

Methodd Tamara ddeud dim byd arall.

'Be sy'?' holodd Yury yn daerach.

Ar ôl clywed y gwir i gyd gan Stanislav, synfyfyriodd Yury am eiliad neu ddau. Hefo gwiwer lwyd tros un dwrn, a gwiwer goch tros y llall, dechreuodd ei bwyo mor galed ag y gallai ar draws ei ben a'i waldio yng nghanol ei wyneb.

Sgrechiodd Tamara.

'Paid! Paid!'

Crefodd arno i beidio â'i frifo ond roedd Yury wedi colli arno'i hun.

'Paid â'i guro fo!'

Dechreuodd ei gicio.

'Yury! Paid! Ti'n mynd i'w ladd o! Ti'n mynd i'w ladd o!'

Aeth ati wedyn i gicio'r setiau, nes eu malu yn siwrwd, nes sbydu ei ddicter yn ddim.

Eisteddodd Stanislav mor llonydd ag y gallai, yn dal ei drwyn gwaedlyd i fyny, a Tamara yn cega ar Yury am ddifetha eu hunig ffordd o wneud bywoliaeth.

Pan welodd Rozaliya yr olwg ar Stanislav chwalodd yr esgusodion tila y bu'n eu gwnïo at ei gilydd.

Hefo rhyw olwg ddolefus, dywedodd:

'Ro'n i'n gwbod cyn ichdi ddeud dim byd.'

Gan fethu cuddio'i syndod, holodd Stanislav:

'Oeddach chdi?'

Nodiodd.

'Sut?'

''Mots sut. Dwi'n falch iawn bo' chdi 'di deud y gwir wrtha i am Tamara.'

Eistedd yn dawel ar fainc o dan y ffawydden yng Ngerddi Zhitomirskaya roedd y ddau.

'Ti'n wenwyn imi?'

'Be ti'n feddwl . . .?'

Magodd haearn yn ei llais:

'Na, wedi meddwl . . . mae o'n waeth na gwenwyn neu gen-figan . . . mae o'n rhwbath sy'n . . . dwi'm hyd yn oed yn gwbod os oes 'na air i ddisgrifio sut dwi'n teimlo.'

'Alla i ddallt 'mod i 'di dy siomi di.'

'Ddim y chdi 'di'r basdad cynta i 'neud.'

'Mi ydw i'n fasdad.'

'Falch dy glwad yn cyfadda hynny.'

'Ond yn y 'nghalon . . . 'Alla i'm byw hebddi . . . 'alla i 'neud dim byd hebddach chdi chwaith.'

Gwrthododd Yury dderbyn fod y dyweddïad ar ben. Aeth yn hunan-dosturiol, yn fewnblyg a blin. Pam roedd Tamara wedi mynnu ei dorri? Er mwyn rhyw lob fel Stanislav? Aeth yn blentynnaidd. Crefodd arni i ddwad yn ôl ato fo. Fe wnaeth am sbel, ond dechreuodd y ddau ddadlau a ffraeo eto. Byddai Yury yn edliw iddi a galw Tamara'n bob math o enwau hyll.

Codai hithau ei phac a'r eiliad y byddai wedi diflannu trwy'r drws, codai a rhedai Yury ar ei hôl a chrefu am ei maddeuant am fod mor ddifeddwl. Crefai arni i ddychwelyd ato fo, ond gwrthodai hi hyd nes y byddai'n dechrau sôn am wneud

265

amdano'i hun, a dim ond wedyn y byddai'n ildio ac yn fodlon rhoi cynnig arall arni am ryw bwl hyd nes y byddai'r ddau yn dechrau dadlau a ffraeo drachefn.

Yng nghanol yr helynt i gyd, cyflwynodd Tamara Stanislav i'w thad a'i mam. Rheolwr gweithdy trwsio trenau oedd Viktor, ei thad. Chwithig ac anodd oedd y cyfarfod cynta. Roedd hi'n amlwg o osgo ac edrychiadau'r ddau eu bod yn meddwl fod eu hunig ferch yn gwneud camgymeriad.

Er bod ei thad yn perthyn i'r dosbarth gweithiol, roedd yn casáu'r Comiwnyddion.

"Drychwch sut rydan ni'n byw wedi'r miri helynt 'naethon nhw godi nôl yn 1917. Ydan ni rywfaint gwell ein byd? Ma' miloedd ar filoedd wedi marw ers y chwyldro. O ryfela. O newyn. O bob math o afiechydon. Dwi ddim yn un o'r aristocrasi, mwy nag yr ydw i'n un o'r *bourgeoisie*, ond sgen i'm math o awydd plygu glin i'r tacla . . .'

Teimlai Stanislav rywsut fod y dyn yn gwneud ei orau i bigo ffeit. Dyn hyll ofnadwy oedd o, hefo un llygad cysglyd, a thri o blorod duon ar draws ei wyneb.

'Tro dwytha wnaeth y Gwynion ymosod, mi ddaethon draw i'r gwaith. Gorfodi pob un dim i ddwad i stop. Mi safodd un yn dalog, rhyw Gomisâr, a'n gorfodi ni i gyd i gydio mewn rhaw a mynd draw i agor ffosydd dyfnion ar gyrion Kiev er mwyn atal y Gwynion. Gawson ni fwyd? Gawson ni ddiod? 'Chawson ni'm hyd yn oed gymaint â 'diolch'. 'Er eich mwyn chi rydan ni'n gwneud hyn, frodyr.' Dyna be ddeudodd y Comisâr oedd uwch ein pennau ni. 'Ddim er fy mwyn i,' meddwn i, 'ond er mwyn dy drefn dy hun y sbrigyn'. Be sgen ti i'w ddweud?'

'Mae'n gas gen i weld pobol yn marw heb fod isio,' atebodd Stanislav.

Dywedodd ei mam wrth Tamara drannoeth:

'Ti 'di siomi dy dad i'r byw. Canlyn Iddew? Oes rhaid?'

'Dwi'n 'i garu fo.'

''I garu fo? Sut ti'n gwbod?'

'Am 'i fod o'n berson gonast, pur o galon.'

''Neith o dy briodi di?'

A feiddiai Tamara ddweud wrth ei mam a'i thad fod dim rhaid priodi i fyw yn hapus? Roedd hi wedi dwad o hyd i'r profiad brafia yn y byd, sef dwad o hyd iddi hi ei hun trwy rywun arall.

Cododd ei thad ei gap a cherdded allan.

'Tamara druan . . .'

'Sgynnoch chi'm syniad sut dwi'n teimlo, Mam.'

'Pam wyt ti wedi drysu dy ben am rywun fel fo? Ti'n haeddu rhywun gwell . . .'

'Dwi'n bwriadu mynd i fyw ato fo a fedrwch chi na Tada mo'n stopio i.'

'Deunaw oed wyt ti, cofia.'

'Dwi'n ddigon hen i fyw fy mywyd fy hun.'

'A faint ydi'i oed o?'

'Bron yn ddau ddeg naw.'

'Mae o'n rhy hen i chdi,' pwysleisiodd yn dyner, 'yn rhy hen i chdi o'r hannar. Pam 'nei di'm canlyn hogyn sy'n nes at dy oed dy hun?'

'Achos dwi ddim yn caru hogyn yn nes at fy oed fy hun!'

Ddechrau'r hydref aeth y sôn ar led fod byddin debol o Gochion yn closio at y ddinas o'r gogledd-orllewin. Clywyd sŵn tanio artileri trwm ar y gwynt o gyfeiriad Borispol. Penderfynodd Anton Denikin, arweinydd y Gwynion, nad oedd modd amddiffyn Kiev heb chwanag o filwyr. Gwell oedd gadael yn drefnus i ail-grynhoi er mwyn osgoi panic a allai droi'n llanast llwyr.

Un amser cinio, dywedodd Yury:

'Dwi'n hollol barod i roi un cynnig arall arni.'

Ysgwydodd hi ei phen.

'Pam?'

Wedi holl weiddi'r wythnosau a fu, roedd Yury bellach wedi tawelu – a rhyw ddwyster trist yn hongian trosto. Prin yr oedd o'n siarad a chan ei fod o'n sibrwd roedd hi'n anodd dallt pob dim roedd o'n ei ddweud.

'Pam ti'n 'i ddewis o yn lle fi? Be sy' ganddo fo na sgen i ddim?'

Dywedodd Tamara:

'Dwi wedi penderfynu. Sdim troi nôl i fod . . .'

'Toma . . .' crefodd yn wylofus.

'Sdim ffordd ffeind o ddeud rhwbath fel hyn. Ond dwi ddim am ddwad nôl atach chdi. Ma' bob dim drosodd.'

'Na, paid â deud hynny, achos dydi o ddim . . .'

'Ydi, mae o.'

'Ddim o bell ffordd.'

'Am byth. Ma'r cwbwl ar ben . . .'

'Pam wyt ti mor greulon?'

'Pam na elli di ddim derbyn be dwi'n ddeud wrthach chdi?'

''Dan ni wedi dyweddïo. 'Dan ni'n mynd i briodi. 'Dan ni'n mynd i fyw i Baris. 'Dan ni wedi trin a thrafod . . .'

Roedd Yury yn dal i fyw rhyw freuddwyd. Doedd dim dewis gan Tamara ond dweud yn oeraidd:

'Dwi wedi gwneud fy mhenderfyniad.'

Cusanodd ei chyn-gariad yn ysgafn ar ei dalcen.

'Paid â 'ngadael i.'

Cododd Yury ar ei draed.

'Fyddwn ni'n dal yn ffrindiau,' dywedodd hi wrth agor y drws.

'Na, 'fyddwn ni ddim. Sgen i'm isio bod yn ffrindiau. Ddim hefo chdi. Os ti'n 'y ngadael i, dydw i ddim yn bwriadu aros yn Kiev.'

'Ma' hynny i fyny i chdi.'

'Dwi'n benderfynol o wneud rhwbath gwerth chweil hefo 'mywyd.'

Os oedd Yury Kashivin wedi colli enaid Tamara am byth, roedd yn benderfynol o achub enaid Rwsia.

Wrth i'r milwyr hwylio i adael y ddinas, ymunodd Yury hefo byddin y Gwynion.

Ceisiodd Stanislav a Tamara atgyfodi'r theatr bypedau. Ond wrth i fyddinoedd y Cochion nesáu, darfod a wnâi eu cynull-eidfa. Ar gyrion Kiev bu brwydro ysbeidiol. Taniwyd artileri. Yng nghanol y trybestod chwalwyd y tŷ lle bu Stanislav a Tamara yn byw a lladdwyd y landlord ar ei union. Galarodd ei wraig yn ddwys uwch ei gorff.

Martsiodd y Fyddin Goch i lawr heibio i Neuadd y Ddinas a'r Gyfnewidfa. Roedd Kiev yn eiddo i'r Comiwnyddion unwaith eto. Bryd hynny y cyfaddefodd Stanislav wrth Tamara ei wir reswm tros adael Moscow pan soniodd am yr erthygl a gyhoedd-odd yn erbyn y Comiwnyddion, yn eu beirniadu am gau'r Cynulliad Cyfansoddiadol a lladd egin democratiaeth Rwsia. Roedd yn beth dewr iawn neu ffôl iawn i'w wneud. Pan oedd hi'n fain arno am bres ailwerthodd yr un erthygl i olygydd y *Kievylian*. Cafodd ei chyhoeddi ar y dudalen flaen a chymaint oedd y canmol iddi fel y cyhoeddwyd hi wedyn yn y *Kievshaya Zhizu*. Gwyddai mai camgymeriad oedd hynny. O fewn dim byddai'r *Cheka* yn ei darllen hi, yn dechrau holi amdano, yn chwilio amdano, yn curo ar ei ddrws liw nos, ei arestio – a'i saethu.

Ond trwy gydol y gaeaf bu brwydro caled am Kiev. Er bod y Cochion wedi llwyddo i gipio'r ddinas unwaith, doedd hynny ddim yn warant y gellid ei chadw – ac yn nechrau Mawrth, aeth si loerig ar led fod y Gwynion ar fin ennill brwydr i'r de o Chernigov a bod y Cochion ar fin cilio. Bu'r misoedd o fyw yn dawel a di-sôn-amdano o dan y drefn newydd yn ddigon i argyhoeddi Stanislav nad dyma oedd dyfodol Rwsia i fod.

Pan fartsiodd milwyr Denikin tros afon Dnieper a sŵn eu trampio ar Bont Nikolaevski yn atseinio yn erbyn hen furiau'r citadel doedd neb yn falchach nac yn fwy brwd ei groeso i'r Gwynion na Stanislav a Tamara, a daflodd flodau dan garnau eu ceffylau ac olwynion budron eu troliau artileri. Yng nghanol bwrlwm y croeso, syllodd Yury Kashivin yn ei lifrai milwr i lawr arnyn nhw o uchder ei farch.

Pan welodd y ddau Yury gwyddai Stanislav yn syth y byddai'n siŵr o ddial arno am ddwyn ei ddyweddi. Roedd o'n gwybod mai Iddew oedd o.

Agorodd y siopau drachefn a sgubodd chwa o awyr iach i lawr trwy strydoedd Kiev wedi ofn ac ansicrwydd y misoedd a fu. Cynhaliwyd gwasanaeth o ddiolch yn Eglwys Santes Sophia. Yn ystod y misoedd pan oedd Kiev wedi bod tan lywodraeth y Comiwnyddion bu Stanislav yn segur gan na feiddiodd fynd i holi am waith ar rai o bapurau'r Bolsheficiaid rhag i rywun ei nabod. Dyna un rheswm pam yr aeth hi mor fain arno. Felly pan ailgyhoeddwyd *Kievshaya Zhizu*, aeth ar ei union i guro ar y drws. Ni wyddai a oedd y gair wedi cyrraedd clust y golygydd ei fod yn Iddew ai peidio, ond oherwydd prinder deunydd cafodd groeso a chais i sgwennu colofn wythnosol.

Ni sgwennodd ond tair erthygl a dim ond dwy o'r rheini a welodd olau dydd, oherwydd bod chwanag o gatrodau wedi cyrraedd ar y trên o Moscow i Orel ac roedd y Cochion yn barod i ymosod ar Kiev unwaith eto. Daeth yn amlwg fod y Gwynion yn mynd i sefyll eu tir. Paciodd Tamara ddau siwtces ond roedd Stanislav yn poeni am Rozaliya Sergeyev. Roedd Stanislav wedi gweld mwy ar ei gariad nag a welodd erioed o'r blaen ac roedd yn gyndyn o adael Kiev hebddi.

A sŵn tanio yn closio, eglurodd y sefyllfa wrth Tamara.

'Pam?'

Methodd hi â choelio ei chlustiau.

'Be mae hynny'n ddeud amdana i?'

'Dim. Mae o'n deud mwy amdana i.'

'Wyt ti'n fy ngharu i neu wyt ti ddim?'

'Dwi'n caru'r ddwy ohonach chi.'

Eisteddodd Tamara i lawr ymysg ei thrugareddau a dechreuodd wylo. Ceisiodd Stanislav ei chysuro.

'Paid! Paid â chyffwrdd blaen bys yndda i. Gad lonydd imi.'

'Tamara, ma'n rhaid inni fynd.'

'Cer di. 'Ddo i ddim hefo chdi. Ddim dros fy nghrogi. Ddim os wyt ti'n 'i hudo hi hefo ni . . .'

Roedd hi y tu hwnt i gysur.

'Pam 'nes i hyd yn oed gytuno i fyw hefo chdi? Ti 'di gneud ffŵl ohona i ar hyd y bedlan taswn i ond wedi bod yn ddigon call i weld hynny. Mi wnaeth Mam ddeud wrtha i amdanach chdi, ond 'mod i'n rhy benstiff i wrando arni.'

'Merch amddifad ydi Rozaliya Sergeyev. Does ganddi neb.'

'Ond chdi,' dywedodd yn chwerw. 'Ti 'di cysgu hefo'r ddwy ohonan ni.'

Doedd dim modd gwadu hynny.

'O'r naill wely i'r llall. Pwy sy' ora? Hi neu fi?'

Ffrwydrodd pelen dân yn y stryd agosaf. Dymchwelwyd adeilad i'r llawr a'r llwch yn bochio'n bell nes y pesychodd Stanislav.

'Tamara, 'allwn ni ddim aros fan hyn . . .'

Ceisiodd ei chodi.

'Wyt ti'n bwriadu ffwcio'r ddwy ohonon ni o hyn ymlaen? Ne' fasa fo'n haws tasan ni'n tri yn rhannu'r un gwely? Arbad ichdi godi yn y nos?'

Ffrwydrodd pelen arall ar ben y stryd nes taflu Stanislav i'r ddaear.

'Rwan – ma'n rhaid inni fynd!'

Pan ruthrodd Stanislav a Tamara i fyny'r stryd yn halio'u cesus trymion roedd Rozaliya Sergeyev eisoes yn disgwyl amdanyn nhw tan gadw llygaid. Yn uchel uwchben y ddinas, roedd dwy awyren ysgafn yn canu grwndi.

Yn ei gwylltineb, hyrddiodd Tamara ei hun ar y ferch, cydiodd yn ei gwallt a bwrw ei het i ffwrdd.

'Chei di mohono fo!'

Sgyrnygodd ei phen o'r naill ochor i'r llall.

'Fi pia fo! Fi pia fo!'

'Toma! Toma!'

'Fi a neb arall!'

'Paid!'

'Gad ni fod! Gad ni fod!'

'Gollwng hi!'

Yn nwrn Tamara roedd talp o wallt Rozaliya. Safodd yn syfrdan, yn syn-gysidro yr hyn roedd newydd ddigwydd iddi. Roedd hi'n crynu.

'Dim mwy o gwffio,' dywedodd Stanislav, 'ma'n rhaid inni fynd, neu mi gawn ein lladd.'

Bu'n rhaid rhedeg y milltir a hanner olaf o'r Kreshchatik. Rhedodd y tri ochor yn ochor â hogan fach mewn ffrog las yn tywys gafr angora, a dau fyn gwyn wrth ei chynffon.

Ar ôl cyrraedd yr orsaf, doedd dim un trên a doedd dim sôn am un chwaith. Doedd dim posib ffoi. Dychwelodd y Comiwn-

273

yddion. Byddin garpiog oedd hi – a mwy na hanner y milwyr yn droednoeth ac eraill yn gwisgo *portianki* budron am eu coesau. Am fod pawb yn ddiwahân yn gwisgo seren goch ar eu capiau pigfain, yr unig ffordd o adnabod swyddogion oedd bod y rheini yn gwisgo siacedi lledar duon

Yn sgil y fyddin, llusgodd llu o bobol eu troliau a'u trugareddau yn ôl i Kiev, yn ôl tuag at nendyrau cadeirlan Lavra, yn ôl tua'r gerddi, yn ôl tros afon Dnieper a'i hynysoedd bychain. Ymysg y miloedd a gerddai i lawr y Kreshchatik roedd Alyosha, Mishka, Masha a Boris.

Yn yr Hotel Continental y sefydlodd y Comiwnyddion eu pencadlys. Cafodd pob stafell ei gwagio a hawliwyd yr adeilad cyfan yn swyddfeydd i Gyngor Chwyldroadol y Comisârs. Nos a dydd roedd yno fynd a dwad di-baid, a sŵn motor-beics a motor-ceir yn gyrru nôl a 'mlaen o'r cwrt llydan. Cafodd yr hen ystafell giniawa hefo'i chwe siandelîr fawreddog ei throi yn gantîn.

Penderfynodd Mishka mai yno roedd y lle gorau i lenwi bol. Rhaid oedd bod yn slei iawn. Doedd dim posib mynd trwy borth blaen y gwesty heb ddangos pàs. Sleifiodd y pedwar o gwmpas y cefnau.

Hefo rhyw olwg benysgafn arno fo y safodd Alyosha yn syn.

Masha a holodd:

'Be ti 'di'i weld?'

Ar ôl rhyw saib.

'Ar be ti'n sbïo?'

Roedd golwg fwy blinderog yn ei hwyneb.

'Be sy'n bod?'

Daeth y tri arall i sefyll yn nes. Camodd Alyosha draw. Tynnodd ei fysedd tros y bonat a oedd yn sgriffiadau ac yn dolciau drosto. Roedd golwg flêr ar fotor-car ei dad, a thyllau bwledi yn ei ochrau a'r seddi lledar wedi eu rhwygo'n llarpiau a'r gwlân yn bochio allan yn ddu, a phob dim wedi ei faeddu.

Gofynnodd Mishka yn flin:

'Pavel? Ti am ddeud wrthan ni be sy'n bod?'

Ni allai Alyosha gyfadda'r gwir a chadwodd y cwbwl iddo'i hun. Ni fu'r pedwar yn ddigon bachog yn y gegin a chafodd Mishka ei ddal. Sgrialodd y tri arall a dau filwr ar eu sodlau yn gweiddi ar eu holau.

Ddwy noson yn ddiweddarach cafodd Mishka ei ollwng yn rhydd – ond ar yr amod ei fod yn ymuno hefo'r Fyddin Goch. Cafodd gwpon bwyd a thrwy hwnnw, er nad oedd hawl ganddo fo i wneud hynny, byddai Mishka yn smyglo bwyd i'r tri rhyw ben bob dydd. Ond gweld llai a llai ar eu brawd mawr a wnaeth Masha a Boris. Treuliai ei amser yn hel hefo'r *Cheka* yng nghantîn yr Hotel Continental.

O dipyn i beth, dechreuodd ei eirfa newid. Sylwodd Alyosha fod ei sgwrs yn llawn o syniadau newydd.

Dechreuodd Mishka haeru:

'Ma'n rhaid inni ladd pob landlord. Ma'n rhaid inni ladd pob offeiriad, a phob un gelyn mewnol ac allanol i Rwsia.'

'I gyd yr un pryd?' holodd Alyosha fymryn yn ddireidus.

Ni sylwodd Mishka ar ei bryfocio.

'Os ydan ni i gael byw mewn rhyddid – ma'n rhaid i ni eu lladd nhw i gyd.'

Aeth yn ei flaen i ddweud nad oedd neb yn rhy ifanc nac yn rhy hen i wneud ei ran. Roedd gwlad newydd i'w hennill a chymdeithas arall i'w chodi o adfeilion yr hen un.

'Ma' dynion yn marw ond ma' delfryd yn byw am byth.'

Tros un pryd bwyd darbwyllodd Mishka ei frawd bach Boris i osod seren goch ar ei gap. Roedd o wrth ei fodd yn swagro a jarffio. Wrth fartsio o'u blaenau tynnodd stumiau nes roedd y lleill yn glana' chwerthin wrth ei weld yn actio'r soldiwr.

Fel petai o'n adrodd stori dylwyth teg, dywedodd Mishka fod unwaith forwyn dlos o'r enw Pravda. Ar ei thalcen roedd ganddi seren goch, un hardd iawn, a oedd yn goleuo'r holl fyd hefo heulwen gwirionedd, cyfiawnder a dedwyddwch. Ond un nos pan oedd hi'n cysgu, cafodd y seren goch ei chipio gan Krivda, a oedd â'i fryd ar gladdu'r byd mewn anwiredd a thywyllwch. Felly y bu'r byd am amser maith. Gormesol a chreulon iawn oedd teyrnasiad Krivda. Hyd nes un dydd, fe alwodd Pravda dlos ar y werin-bobol i achub ei seren er mwyn morol goleuni'r gwirionedd yn ôl i'r byd. Maes o law, llanc ifanc dewr a drechodd Krivda a'i gythreuliaid. Yn yr eiliad y dychwelodd y seren i Pravda – fel gwibio ystlumod cynddeiriog o geudwll rhyw uffern ddofn – ciliodd pob du o lewyrch y da. Teyrnasodd haul gwirionedd a chyfiawnder. Melys oedd bywyd unwaith eto, a phawb hyd byth yn byw mewn byd di-boen.

Ar ôl clywed y stori, cytunodd Masha ar ei hunion i wisgo seren goch.

'A phaid â'i cholli hi,' dwrdiodd Mishka.

'Chdi sy'n flêr hefo dy betha – ddim fi,' atebodd ei chwaer.

Pan ddaliodd Mishka seren arall o dan drwyn Alyosha, holodd:

'Wyt ti hefo ni o ddifri? Neu dim ond cogio wyt ti?'

Craffodd Alyosha ar ewin budur ei fawd.

'Os ti'n ein herbyn ni, does dim madda i fod.'

Cododd Boris y seren a'i phinio ar dalcen cap Alyosha.

''Na chdi, Pavel. Ti'n filwr yn y Fyddin Goch fel fi rwan.'

Y noson honno llwyddodd Mishka i 'ddwad o hyd' i ddeuddeg potel o siampên. Yfodd y pedwar eu hunain yn geiban ulw nes rowlio'n chwil cyn mynd i gysgu ar draws ei gilydd mewn storwm fechan o dan y theatr-haf (yn drewi o ogla traed a chwys hen sgidiau) ar ganol Gerddi Clwb y Masnachwyr.

Doedd un cwpon ddim yn ddigon i gadw pedwar rhag eu cythlwng ac aeth hi'n beryclach gwaith i ddwyn bwyd. Roedd rhywrai yn y gegin wedi dechrau sylwi fod rhyw fysedd blewog yn blysio trwy'r cypyrddau. Dyna pryd y cafodd Mishka syniad. Mewn dim o dro, llwyddodd i drefnu'r cwbwl.

Camodd Alyosha, Masha a Boris yn swyddogol trwy borth yr Hotel Continental. Pàs mewn llaw a gafodd y tri, ac fe'u tywyswyd i fyny'r grisiau gan wraig ganol oed ddi-ddweud mewn ffrog *cashmere* werdd. Roedd hi'n cnoi hadau blodau'r haul ac yn poeri'r plisgyn gil ei cheg i'w llaw a'u claddu yn ei phoced.

Ar ôl y gnoc ar ddrws ei swyddfa, bu seibyn byr cyn y gorchmynnodd llais y Comisâr nhw i gerdded i mewn. Am hanner eiliad, cododd ei ben. Safodd y pedwar yn eu hunfan. Syllodd Alyosha ar y geg llyffant a'r wefus isa yn hongian. Ivan Kirilich.

Oedd o'n mynd i'w nabod o?

Rhoddodd y Comisâr y gorau i ysgrifennu toc a chododd ei ben. Wrth iddo wenu, daeth rhesiad bras o ddannedd mân i'r golwg.

Oedd o'n ei nabod o?

Cododd ar ei draed a thynnodd cyn-*chauffeur* ei dad ei gôt drom yn dynnach tros ei ysgwyddau. Roedd wedi twchu mymryn, ac yn edrach yn ddyn da ei wedd. Ond doedd o ddim wedi eillio ers rhai dyddiau, ac roedd ei farf gochaidd yn arw-flewog.

Pam oedd o ddim wedi ei nabod o?

Claciodd y *mauser* yn ei holster pren. Chwythodd ei drwyn a chwyno ei fod yn methu â chael gwarad â phwl o annwyd.

'Mae o'n bla arna i ers dyddiau.'

Roedd gan Ivan Kirilich wregys lledar llydan o gwmpas ei ganol. Ar silff tu ôl i'r ddesg, sylwodd Alyosha ar fodelau clai o gi a llew a sebra. Claciodd y gwn drachefn.

Yn llun ei feddwl gwelodd Alyosha fo yn llewys ei grys, yn swigio potel oer o gwrw a'r blewiach mân ar gefn ei law yn sgleinio'n yr haul . . .

Pwysodd Ivan Kirilich ei glun ar erchwyn ei ddesg a phlethu ei freichiau.

Cofiodd y *chauffeur* yn rhannu cyfrinach fod ei Ewyrth Kozma a Mademoiselle Babin yn gariadon ac yntau yn gyndyn o goelio . . .

Hefo'i lygaid cochion, dyfrllyd, syllodd o wyneb i wyneb, ond 'oedodd o ddim yn hirach ar wep Alyosha nag y gwnaeth ar wyneb Masha neu Boris.

Dechreuodd siarad.

''Dach chi'n bobol ifanc, ond 'dach chi ddim yn rhy ifanc i ddallt y sefyllfa chwaith. Ma' Rwsia heddiw mewn perig.'

Soniodd am yr angen am ddewrder a dyfalbarhad, ond yn bwysicach na dim, soniodd am ddisgyblaeth.

'Dydi fiw i'n chwyldro ni fynd yr un ffordd â'r Comiwn. 'Dach chi 'di clywad am y Comiwn? Yn 1871? Na? Lle roedd proletariat Paris yn cael eu hela a'u saethu fel cwningod ar strydoedd Montmartre? Dydi fiw i hynny ddigwydd i ni. Dyna pam ma' cadw disgyblaeth lem yn bwysig. Dyna pam y daw buddugoliaeth tros Denikin a'i debyg. Dyna pam y bydd y Fyddin Goch yn sgubo'r lladron a'r llofruddion yma o dir Rwsia. A dyna pam y daw heddwch i deyrnasu.'

Gwaith cegin yn yr Hotel Continental a drefnwyd i Masha a Boris. Cafodd Mishka ei ddyrchafu i weithio i'r *Cheka*. Gwaith hefo'r criw ifanc a warchodai'r carcharorion a gafodd Alyosha. Am fod cymaint wedi eu harestio, cedwid nhw mewn gwahanol garchardai gwneud ar hyd a lled y ddinas – mynachlogydd gan amlaf – ond i hen stablau y tu cefn i ysgol i enethod ar y Bolshaya Vladimirskaya y cafodd Alyosha ei yrru.

Doedd dim bariau ar y ffenestri. Doedd dim cloeon ar y drysau mawrion chwaith. Roedd yn garchar amrwd iawn, ond doedd hynny nac yma nac acw, gan ei fod yn llenwi a gwagio mor amal. Yr unig beth a gadwai'r carcharorion yn eu lle oedd baril tri gwn. Câi'r tri gwn eu gwarchod gan dri milwr nos a dydd mewn rota, a'r rota honno'n newid bob pedair awr.

Bu arestio hegar yn sgil ail-ddyfodiad y Comiwnyddion i Kiev, ond llaciodd pethau am ryw bwl, a phan ddaeth Alyosha at ei waith, amrywiai rhif y carcharorion yn y stablau o awr i awr. Weithiau byddai dim ond un neu ddau, ond ambell dro, pan fyddai rhyw arestio solat wedi bod yn ystod oriau mân y bora, byddai'r stablau ar doriad gwawr yn ferw o bobol. Doedd dim dal pryd y câi'r carcharorion eu holi.

Bob hyn a hyn byddai sgwad o filwyr yn cyrraedd ac yn galw enw. Byddai rhyw greadur yn codi'n eiddil o welltiach y pen pella. Ymlwybrai trwy'r cysgodion a thros y cyrff cysglyd. Anamal y gwelodd Alyosha yr un yn cadw sŵn. Roedd pob dyn fel petai eisoes wedi derbyn ei dynged. Mater arall oedd saethu gwragedd. Er mwyn arbed twrw eid â'r rheini yn syth o'u holi draw i'r winllan fach led tri chae i ffwrdd rhwng dau *Kalmuk* tal.

Yn hwyr un noson cerddodd pedwar *Cheka* i mewn i'r stablau hefo deg carcharor a dau a'u trwynau'n gwaedu, ac wynebau'r lleill yn gleisiau. Swagrodd Mishka yn ei awdurdod newydd a lledar ei siaced yn drewi o sent rhyw hogan. Oherwydd ei fod mor brysur, gorchmynnwyd Alyosha i dywys un carcharor draw at Gomisâr Kirilich.

Pan ddodwyd gwn yn ei ddwylo roedd yn rhaid iddo gynnal ei bwysau hefo'i ddwy law. Roedd dal carn gwn yn brofiad rhyfedd.

'Gwarchod o hefo dy fywyd, Pavel.'

Dywedodd Mishka hyn â'i lygad iach mor dywyll â'i batshyn du.

Gwnaeth ystum tynnu trigar:

'Unrhyw chwara mig . . .'

Heb ddweud na siw na miw, cerddodd y carcharor o'i flaen ar draws yr iard. Mewn ystafell ddosbarth gorchmynnodd Alyosha fo i eistedd. Cadair bren fechan oedd hi. Suddodd y dyn yn blentyn.

Yn y man, cerddodd Comisâr Kirilich i mewn, tynnu ei gôt a'i hongian ar gefn y drws a chamu draw at ddesg yr athro, didol ei bapurau yn dyner heb edrych unwaith ar Alyosha na'i garcharor. Doedd dim bwriad gan Ivan i ruthro a chymerodd ei amser wrth holi gan wneud hynny'n dawel, yn drefnus ac yn gwrtais. Ar ôl rhyw bedair awr a'r gannwyll wedi llosgi'n isel, gorchmynnwyd Alyosha i dywys y carcharor yn ôl i'r stabal.

Clywodd Alyosha ei hanes i gyd, ac er bod hynny yn berig bywyd, ni allodd ei atal ei hun. Dywedodd fod ganddo yntau gysylltiad â Pharis. Pan glywodd yr enw, stopiodd y carcharor.

280

'Perthyn iddo fo? Wyt ti? Sut?'

O dan ei wynt eglurodd.

'Nai iddo fo?'

Goleuodd wyneb Stanislav a dywedodd:

'Dwi'n nabod Artyom hefyd.'

Gwenodd a theimlodd Alyosha ryw gynhesrwydd mawr tuag ato fo.

''I nabod o'n iawn. Ro'n i'n arfar 'i weld o yn Montparnasse. Roedd 'na griw ohonon ni'n arfar hel at ein gilydd. Apollinaire. Diego Rivera. Picasso . . .'

'Arlunydd 'di Picasso?'

'Dyna chdi.'

Tynnodd Stanislav ei getyn o boced ei grys:

'Ble clywist ti amdano fo?'

Cil-edrychodd Alyosha o'i gwmpas rhag ofn bod clustiau'n gwrando.

'Brynodd Ewyrth Artyom lun ganddo fo unwaith a'i roi o'n anrheg Nadolig i 'nhad.'

'Dwi'n gwbod. Yn y Café Rotonde. Fi awgrymodd iddo fo 'neud. Fydd Picasso'n—'

Yn nrws y stabal safodd milwr yn stond i siarsio Alyosha i beidio â loetran.

Curodd ar y drws. Curodd drachefn, ond yn ffyrnicach ac yn fwy di-ildio. Wyneb cysglyd yn rhyw how smician arno a ddaeth i'w gil pan agorodd.

Pesychodd Mishka:

'Be ti'n 'neud 'ma mor fora . . .?'

'Dwi isio gair hefo chdi.'

Roedd yn flin ei hwyl a'i drwyn ar ôl deffro yn fwy cigog a choch a'i batshyn lledar yn llaith.

'Ti'n gwbod faint o'r gloch ges i 'ngwely neithiwr, Pavel?'

Yn ei lygad iach roedd rhyw olwg wyrgam.

Dywedodd Alyosha:

'Ma' hwn yn fatar difrifol iawn.'

'Be ti'n mwydro?'

Mynnodd wrandawiad. Roedd wedi cael trafferth mawr i ddwad o hyd i stafell Mishka ar y Bibikorskii. Yr unig gliw a gafodd oedd ei fod yn rhannu gwely hefo rhyw hogan benfelen a oedd yn gweithio fel clerc i'r *Cheka*. Aeth yn ei flaen yn frysiog i sôn am Stanislav gan honni fod cam wedi cael ei wneud yn ei achos o.

'Cam difrifol. Cam difrifol iawn. Coelia fi. Ma'n rhaid ichdi 'nghoelio i!'

Cil-edrychodd Mishka tros ei ysgwydd ar y corff clyd yn troi drosodd yn y gwely.

'O dan yr hen drefn roedd o wedi cael ei garcharu yn y Butyrki am brintio taflenni o blaid streicio yn Moscow adag helyntion '05. Hogyn ysgol pymtheg oed oedd o ar y pryd. Dyna pam roedd o wedi gorfod ffoi o Rwsia i Baris yn y lle cynta.'

Agorodd Mishka ei geg yn llydan.

'Pan gyrhaeddodd o Baris, roedd o wedi gweld neb llai na Lenin ei hun. Aeth o draw ato fo am swper. Roedd o wedi cael ei dynnu'n gynnar at y Bolsheficiaid. Paid â chau'r drws! Cyfiawnder i'r gweithwyr. Dyna oedd o isio. Dyna ddeudodd o wrtha i neithiwr. Ma'n rhaid ichdi siarad hefo fo a deud—'

'Be mae o'n 'neud yn sgwennu i racsyn o bapur adweithiol fel *Zhizu* 'ta?'

'Ma' rheswm tros hynny hefyd—'

'Eglura rywbryd eto—'

'Na, na, gwranda, gwranda—'

Ochneidiodd:

'Brysia 'ta—'

'Roedd o isio gadal am Baris ac yn brin o bres . . .'

'Yn brin o bres?'

Holodd yn goeglyd:

'Wel, druan bach ohono fo, ddeuda i. Sut wyt ti a fi a dega o rai tebyg inni'n byw? 'Naethon ni'm gwerthu'n hunan i elynion Rwsia Sofietaidd am bo' ni'n brin o bres.'

Doedd dim ateb parod gan Alyosha.

283

'Dwi'n ama'n fawr a fasa fo o blaid Denikin a'i debyg.'

'Meddach chdi.'

'Be am roi un cyfla arall iddo fo?'

'Sym dy droed y cont.'

Caeodd y drws yn glep.

Sgwrs hefo Masha a sgwariodd feddwl Alyosha yn y diwedd. Dywedodd hi wrth olchi cwpan a'i rhoi i Boris i'w sychu:

'Hyd a gwela i, ma' nhw'n saethu rhywun rhywun. Ti'm haws â thrio dal pen rheswm. Ma' Mishka'i hun mor ddall â neb 'di mynd. Dwi rioed 'di gweld neb yn newid mewn cyn lleiad o amsar.'

Doedd dim troi nôl i fod.

Y noson honno, Alyosha ei hun a gynigiodd dywys Stanislav draw i'r ysgol. Bwriodd Comisâr Ivan Kirilich ei olwg dros yr atebion i gwestiynau y noson cynt hefo crib mân.

A oedd Stanislav yn gwybod am hwn a hon? A oedd o'n gwybod rhywbeth am y peth yma a'r peth arall? Holodd a stiliodd yn hir am gynllwyn y Gwynion, ond doedd Stanislav fawr o help. Roedd y Comisâr yn amlwg ar drywydd rhyw bennod o wybodaeth ac yn benderfynol o'i chael. Llusgodd yr oriau heibio. Roedd hyd yn oed Alyosha wedi dechrau nogio erbyn y diwedd. Roedd Ivan Kirilich wedi dechrau troi tu min. Claciodd y *mauseur* yn ei holster pren yn amlach wrth iddo duchan.

Penderfynodd ailddechrau yn y dechrau gan fod Stanislav yn gwybod mwy nag roedd yn fodlon ei gyfadda.

''Alla i mo dy helpu di.'

'Pam, ma' pawb yn gwbod rhwbath?'

''Alla i mo dy helpu di.'

'Deud o unwaith eto.'

''Alla i mo dy helpu di.'

Cafodd beltan hegar ar draws ei foch.

''Alla i mo dy helpu di.'

'Deud o eto.'

Cafodd beltan galetach ar y foch arall. Sadiodd Stanislav ei hun ar ei gadair. Daliodd ati i wadu. Cododd Ivan ei lais. Cododd rhyw olwg lidiog trwy'i lygaid a dechreuodd weiddi.

'Paid â chwara'r dyn diniwad hefo fi.'

''Alla i mo dy helpu di.'

'Deud o eto.'

''Alla i mo dy helpu di.'

Hefo carn ei refolfer, waldiodd o fo ar draws ei ben. Sigodd Stanislav ac roedd ei ben yn pwmpio gwaed i lawr tros ei dalcen a'i drwyn.

'Dyn sy'n dwad i wbod y cwbwl ydw i, yn hwyr neu'n hwyrach.'

Aeth rhyw ias trwy gorff Alyosha. Arferai Ivan ddweud yr un peth yn union gartra yn Petrograd. Plethodd atgofion i'w gilydd. Cofiodd sut y daeth y *chauffeur* o hyd i ysbail Lika o dan ei gwely. Cofiodd pa mor ffyddlon oedd o i'w dad . . .

'Be am inni ddechra o'r dechra eto?'

Pan hanner llusgodd Alyosha Stanislav o'r ysgol, roedd hi'n dal yn noson glir, ddigwmwl. Wrth ganlyn y llwybr anwastad trwy'r winllan fach roedd miloedd ar filoedd o oleuadau bychain yn britho'r wybren. Ogleuodd y nos. Ogleuodd y pridd a'r mwsog. Hen arogleuon cyntefig, yn drymach ac yn gryfach nag erioed.

Dechreuodd Ivan Kirilich chwibanu cân. Sgubwyd meddwl Alyosha yn ôl i Yalta, amser maith yn ôl. Yn ôl i'r traeth. Yn ôl i'r môr. Yn ôl i'r gwres. Yn ôl i'r ardd at sŵn caled Oxana yn ffatio llwch ei hamoc . . .

Daeth y tri i stop wrth fedd agored nesa at fedd mawr, a oedd wedi ei briddo drosto.

'Ddim fa'na . . .'

Ceisiodd Alyosha ollwng ei afael yn Stanislav ond roedd ei goesau'n gwanio.

'. . . ond fa'na.'

Ceisiodd Alyosha wneud fel roedd y Comisâr yn ei ddweud.

'Gwna iddo fo benlinio yn fa'na . . .'

Roedd Stanislav yn cydio'n dynn a'i anadl yn boeth ar ei law.

'Saetha fo.'

Dywedodd Ivan.

'Artyom . . .'

Mantachodd Stanislav a'i wyneb yn diferu o waed.

'Artyom . . .'

Crefodd o dan ei wynt:

'Artyom, helpa fi.'

Pwniodd Ivan Alyosha o'r neilltu.

'Be ddeudist ti?'

Ysgwydodd ên ei garcharor.

'Artyom? Y petit Parisien?'

Tan sarnu a sgythru:

'Dyna pwy ti'n feddwl?'

Roedd Ivan yn gafael mor gry yn asgwrn ei ên nes y methodd Stanislav â'i ateb.

Camodd Alyosha ymlaen:

'Ivan Kirilich . . .'

Rhythodd y Comisâr. Fflamiodd ei wyneb. Pan glywodd lais y gwarchodwr ifanc am y tro cyntaf erioed roedd fel nerth corwynt yn ei chwipio i'r entrychion.

Camodd Alyosha yn nes. Hefo'i geg ar agor, sythodd Ivan – fel petai ar fin dweud rhywbeth – ond yn ei syndod, bagiodd a diflannodd. Wrth drio stryffaglian codi ar ei draed mynnodd Stanislav fraich Alyosha.

Bloeddiodd Ivan o'r bedd:

'Alexei Fyodorovitch! Saetha fo! Saetha fo!'

Dim ond pan glywodd y glec y sylweddolodd Alyosha be oedd wedi digwydd.

Llai nag wythnos ar ôl cefnu ar Kiev, dechreuodd Alyosha deimlo poenau yn ei ben nes y llanwodd ei glustiau hefo clecian llosgi tebyg i sŵn brigau tân. Ar ffensus rhacs, ar goed, ar waliau roedd posteri o Denikin, Kolchak, Kutepov a Shkuro yn syllu arno. Dechreuodd y posteri siarad am ffyddlondeb, am anrhydedd, am dyngu llw hyd byth i'r Tsar. Gwelodd nhw'n ei gwsg yn mynnu ei fod yn gwneud ei ran tros Rwsia.

Daliodd ati i gerdded gan wneud ei orau i anwybyddu'r cur a dyfai fesul cam yn annioddefol. Cofiodd ddiodda' rhyw bwl o *hermicrania* yn hogyn bach, pryd roedd hannar ei ben yn boen byw a'i dafod yn lwmp o halen. Pan feddyliodd na allai'r dyrnu y tu mewn i'w benglog fynd yn waeth, fe aeth yn saith gwaeth, a doedd yr holl boenau a ddioddefodd tan hynny yn ddim o'u cymharu â'r poenau a deimlai yn awr.

Roedd o'n teimlo fel chwydu er nad oedd wedi bwyta dim y diwrnod hwnnw – ac ychydig iawn o fwyd a gawsai y diwrnod cynt. Gorweddodd ar lawr pridd rhyw hen hofal, ei gorff yn chwys oer a'i ddillad yn damp. Roedd ar ei gythlwng a'i asennau'n brifo. O awr i awr teimlai ei nerth yn darfod, ei gorff yn gwanio nes ei fod yn y diwedd yn teimlo fel cadach.

Lapiodd ei hun mewn hen gôt fawr, lwyd. Torrodd frigyn a gwnaeth ryw lun o ffon iddo'i hun. Dechreuodd gerdded a cholyn echel y ffurfafen fawr yn uchel yn y gogledd. Dechreuodd ei goesau nogio a bu'n rhaid iddo orwedd i lawr. Roedd y poen yn ei ben yn ddirdynnol a'i galon yn curo yn gynt ac yn gynt nes peri iddo deimlo fod ei dalcen ar fin hollti.

Ciliodd y cymylau ond roedd yr awyr fry uwchben yn wyrdd – rhyw wyrdd-golau fel dau lygad Aisha. Brawychus o agos oedd yr wybren hefyd, mor agos â phetai hi wedi baglu a chael rhyw godwm ar ei hyd a disgyn i'w gyfwrdd.

Estynnodd ei fraich, estynnodd ei law a gwthio'i fysedd i'r cymylau, ond roedd y ffurfafen yn dal i gilio o'i afael. Bryd hynny y sylwodd ar ei lawes – roedd honno'n wyn – gwyn llachar, llachar – gwyn na welodd mo'i debyg ers amser maith . . .

Cael a chael oedd hi ei fod o'n dal ar dir y byw o gwbwl. Pan gafodd ei gario ar gert rhyw hen ŵr a ddaeth o hyd iddo ar fin y ffordd, roedd curiad ei galon bron wedi darfod. Bu'n hunllefu a gweiddi am gael gweld Bysantiwm, gan aflonyddu ar gleifion eraill yn nhrymder nos nes roedd hi'n hwyr glas gan amryw iddo farw.

Pan ddaeth Alyosha ato'i hun gallai ddwyn i gof rai o'i hunllefau am iddyn nhw fod yn eiliadau mor olau loyw o fyw.

Bu'n cerdded hefo'i Ewyrth Kozma yn chwilio am ei dad. Daeth y ddau o hyd iddo yn eistedd rhwng bariau preseb gwair, ar fin cael ei dywys at y Comisâr. Plentyn o flaen desg yr athro oedd ei dad, ac Ivan Kirilich yn ei holi, ac Alyosha yn ceisio ei rybuddio, ond doedd ei dad ddim yn gallu ei glywed, dim ots faint o weiddi a wnâi. Fe safai yno fel dyn byddar. Daeth sgwad i'r fei a Mishka yn gosod gwn yn ei law o dan ganghennau coed y winllan fach a'i dad o'r bedd yn crefu am drugaredd . . .

Darfu gerwinder y gaeaf. Meddalodd y pridd. Blodeuodd, blagurodd a deiliodd y coed. Dechreuodd fendio o'r teiffws. Magodd archwaeth felltigedig, a dechreuodd larpio pob darn o fwyd, ac o dipyn i beth dechreuodd araf adfer ei nerth. Trwy'r nyrsus cafodd ar ddallt fod y rhyfel cartre bron ar ben. Roedd Denikin wedi colli'r dydd a'r unig un a oedd yn dal i chwifio baner y Gwynion oedd dyn o'r enw Barwn Wrangel, a hynny i lawr yn y Crimea. Eiddo i'r Comiwnyddion oedd gweddill Rwsia, bob tamaid ohoni.

Pan oedd yn ddigon da i godi allan o'i wely ac eistedd mewn cadair, gofynnodd am bapur ac ysgrifennodd lythyr. Pan ddododd y pedair dalen mewn amlen cafodd bwl o gydwybod ddrwg a thynnodd y dalennau allan ac ailysgrifennu'r ddalen gynta gan gyfarch ei dad a'i fam – yn hytrach na'i fam yn unig. Wrth ysgrifennu ei enw ar yr amlen wedyn, teimlai yn ei galon nad oedd ei dad yn fyw. Gwyddai hynny ers amser maith. Ei dwyllo'i hun oedd meddwl fel arall ac am y tro cynta ers blynyddoedd wylodd yn dawel.

Addawodd doctor ei bostio – y doctor a oedd wastad yn siarad hefo fo mewn rhyw 'lais gyda'r nos' yn wahanol i'r lleill a'u lleisiau 'gwaith bob dydd' ac yn oddefgar iawn tuag at wendidau a gofidiau ei gleifion. Talodd am stampiau o'i boced ei hun. Addawodd Alyosha ei ad-dalu unwaith y danfonai ei deulu bres ato fel ag y gofynnodd yn y llythyr.

Ni chafodd ateb. Ni wyddai hyd yn oed a oedd ei lythyr wedi llwyddo i groesi rhiniog drws ei gartre. Teimlai yn rhwystredig ac am y tro cynta yn wironeddol amddifad. Ymbalfalai o fewn rhyw wacter beunyddiol a daeth yr ysfa i weld ei deulu i lethu pob emosiwn arall.

Un bora oer-gymylog teimlodd wasgfa rhyw hiraeth anhraethol. Cyn mynd i gysgu bob nos byddai'n ei ddychmygu ei hun yn cerdded trwy ystafelloedd y tŷ gan ddechrau yn y gwaelodion a cherdded wrth ei bwysau o stafell i stafell nes dringo yn y diwedd hyd at ystafelloedd y gweision ar y llawr uchaf un.

Gwnaeth addewid derfynol iddo'i hun: cyn gynted ag y byddai'n teimlo'n ddigon iach a chryf, fe fyddai'n gwneud pob un dim o fewn ei allu i gyrraedd Petrograd.

Gwnaeth Stanislav gamgymeriad. Yn lle anelu ar ei union am Bessarabia a ffin Rwmania wrth ddengid o Kiev, derbyniodd gyngor Rozaliya a throi tua'r de. A'r unig reswm yr awgrymodd Rozaliya y de oedd am fod Tamara wedi awgrymu fel arall. Doedd dim serch rhwng y ddwy; prin fod y ddwy yn edrych ar ei gilydd, heb sôn am siarad.

Wrth ddisgwyl trên mewn gorsaf ddi-nod yng nghanol unlla, dechreuodd rhyw leban o Gosac meddw (a oedd yn llowcio fodca o gostrel bridd) godi cweryl hefo Stanislav. Cymerodd y milwr arno'i hun fod rhyw olwg Iddewig arno fo.

'Ti'n was i'r Anghrist.'

Anwybyddodd Stanislav o.

'Ti'n was i'r Anghrist. Paid â meiddio gwadu. Mi alla i d'ogleuo di.'

'Dydw i ddim yn was i'r Anghrist.'

'Ddim gofyn ichdi rydw i – ond deud.'

'Gad lonydd imi.'

'Os wyt ti ddim yn was i'r Anghrist, profa hynny.'

Roedd y Cosac am iddo ollwng ei drowsus o gwmpas ei fferau. Treuliodd ei amynedd i'r pen. Anadlodd yn llafurus o dan ryw bwys ac angerdd. Gwnaeth y tri eu gorau glas i'w anwybyddu, ond doedd dim llonyddu ar y dyn. Roedd yn benderfynol o gael gweld ei bidlan. Dechreuodd fyllio.

'Ti'n was i'r Anghrist! Ma' hynny'n ffwcin hollol amlwg yn dy ddau lygad di!'

Dadfotymodd goler ei diwnic a dadweinio'i gleddyf.

'O Grist Iesu tyner,' crefodd ar yr wybren, 'rho i mi dy nerth!'

Swingiodd y llafn o flaen eu hwynebau.

'Cer i ffwrdd! Cer i ffwrdd!' crefodd Tamara, 'gad ni fod! 'Dan ni'n gwneud dim drwg i neb.'

Roedd Rozaliya yn ei dagrau.

'Be ydi'r twrw mawr yma?'

Daeth Cosac arall i'r fei. Cerddodd draw yn bwyllog, a phwyso cleddyf y Cosac arall i lawr yn dawel hefo ei fawd, ei dywys o'r neilltu at ymyl y platfform a sibrwd rhywbeth wrtho o dan ei wynt. Dofwyd ei ddicter mor sydyn â dŵr afon wyllt yn arall-gyfeiro i gamlas dawel. Diolchodd Stanislav iddo gan holi be oedd ei enw.

'Muvadov.'

''Na i ddim anghofio dy gymwynas di.'

Saliwtiodd. Gwyliodd Stanislav y Cosac yn cerdded i lawr y platfform at y grisiau pren, a cherddodd ar draws y traciau nes diflannu heibio i dalcen rhyw gwt. Diddigwydd fu pethau ar ôl hynny, ar wahân i'r tyndra mud beunyddiol rhwng Tamara a Rozaliya.

Yn hwyr y pnawn y cyrhaeddodd y tri Sevastopol. Ymhell cyn cyrraedd y cyrion roedd cynnwrf a thrybestod i'w weld ym mhobman. O'u cwmpas, roedd rhyferthwy o bobol yn tyrru i'r un fan â nhw. Ar drol, ar droed. Yn ymlid, yn cymell, yn annog yng nghanol y chwyrn-fôr o draffig, roedd gwahanol leisiau'r hedd-swyddogion – milwyr Gwynion hefo bandiau gleision am eu breichiau – yn gwneud eu gorau i gadw trefn.

Anhrefn lwyr oedd Sevastopol. Yng nghanol y wasgfa o ffoaduriaid, roedd hi'n saith gwaeth na Kiev. Safodd Stanislav, Tamara a Rozaliya yng nghanol nyth morgrug anfeidrol ei faint. Roedd pobol ym mhobman. Roedd pob gwesty yn orlawn. Roedd pob tŷ yn orlawn. Roedd pob cwt yn orlawn. Roedd pob twlc yn orlawn. Ar hyd a lled palmantau'r strydoedd, heidiai cannoedd bob awr o'r dydd a'r nos. Diorffwys oedd pob busnes. Roedd y siopau i gyd ar agor, y cafés hefyd a'r tai bwyta a'r tafarndai yn hwyr y nos.

Yr eiliad yr eisteddodd y tri, daeth rhyw wraig fonheddig draw, a chreithiau gofid wedi hagru ei hwyneb. Cludo basgediad yn llawn o flodau grinllys Parma ar ei braich roedd hi. Cynigiodd ddau dusw i Stanislav ond gwrthododd brynu yn gwrtais. Daeth chwaneg o wragedd draw i gynnig y peth yma a'r peth arall. Dechreuodd fynd yn ddiamynedd.

'Dim pres, dim pres,' rhusiai Stanislav nhw i ffwrdd bob un.

Camai'r gwragedd yn amyneddgar o fwrdd i fwrdd wrth drio gwerthu eu trugareddau. Roedd hynny o urddas a fu'n eu cynnal rywdro bellach yn ddarnau mân. Ond nid y gwragedd oedd yr unig rai i hwrjio eu tipyn eiddo. Roedd Swyddogion Gwynion wrthi, a hyd yn oed Gadfridogion.

'Ma'r cleddyf yma yn un sanctaidd. Wyddoch chi pam? Am i'r Tsar ei hun ei ddal o unwaith. Teimlwch y carn. Teimlwch o. Mi fydd yn werth mwy na'r pris rowch chi imi rwan ymhen blynyddoedd i ddod.'

'Dim pres, dim pres,' rhusiai Stanislav pawb i ffwrdd.

Hen dŷ uwchben y ddinas a gafodd y tri. Roedd hynny ar ôl trampio maith. *Villa* oedd o, yn eiddo i deulu a oedd eisoes wedi pacio eu bagiau a gadael Rwsia ar long am Malta ryw ddeufis ynghynt. Perchnogion stadau mawrion yn Sampsonievski oeddan nhw. Cafodd y *dacha* ei drosglwyddo o genhedlaeth i genhedlaeth, er pan godwyd yr adeilad rywdro yng nghanol y ganrif gynt. Roedd eu hysbrydion yn dal o gwmpas, a'u harogleuon ym mhlygion y dillad a oedd yn dal i swatio yn rhai o'r droriau. Ar y waliau lle bu lluniau gynt doedd ond sgwariau gwynion. Roedd hi'n saffach uwchben y ddinas nag yn unman arall, yn enwedig rhag yr afiechydon a oedd yn gyrru o gwmpas.

Bwyd oedd y poen meddwl mwya. Os oedd digonedd o bres gan rywun yn ei siwtces, hawdd iawn oedd prynu unrhyw beth ar y farchnad ddu. Doedd dim prinder siwgwr, menyn a chig-oedd o bob math – ond am bris. Fel ym mhobman arall, roedd faint fynnir o blant amddifad a oedd ond yn rhy barod i ladrata tros rywun.

Ceisiodd y tri gael gwaith. Yr unig un i lwyddo oedd Rozaliya. Cafodd gynnig shifft mewn caffi digon budur a di-drefn. Azerbaijani gwelw oedd ei berchennog, dyn brau hefo wyneb main a llygaid tirsiog. (Rhedodd ei wraig i ffwrdd i ardal Sukhami hefo jyglar mewn syrcas o Poti, a doedd fiw i neb sôn gymaint â gair am y peth.) Roedd yn fyr ei dymer, yn ddyn ar wib i ddigio – ac un o'r pethau cynta a wnaeth oedd dweud yn blwmp ac yn blaen nad oedd Rozaliya i ddwyn dim byd.

'Ti'n gaddo peidio â bachu dim?'

'Dwi'n gaddo.'

'Gobeithio bo' chdi.'

Roedd o'n boenus o agos ati, a'i chefn yn gwasgu'n erbyn y cowntar.

'Gobeithio bo' chdi wir. Achos gaddo peidio â dwyn a wnaeth yr hogan ddwytha oedd yn gweithio 'ma hefyd. A 'drycha be ddigwyddodd iddi hi.'

Wnaeth Rozaliya Sergeyev ddim meiddio gofyn be. Roedd arni ormod o'i ofn o.

''Wna i ddim diodda' neb yn dwyn cymaint â gewin crystyn o 'nghegin i.'

Yn ei wyneb melyn roedd un llygad yn mynnu tynnu'n groes a'i wynt yn ddrewllyd fel petai'n cadw cath farw yn ei gorn gwddw.

Yn rentu stafell uwchben y caffi roedd gwraig fonheddig o Moscow. Roedd hi wedi colli ei phwyll.

'Dwi'n crefu ar i rywun achub fy Pyotr annwyl.'

Gorweddai ar ei gwely, yn ei chôt filwr a'i het o blu, yn crefu a chrio trwy'r dydd. Gweithio i Osvag roedd ei gŵr – adran bropaganda'r Gwynion. Doedd dim siw na miw o'i hanes, ond bod y si yn dew iddo gael ei ddal gan y Bolsheficiaid a'i glymu rhwng dau geffyl heb eu torri nes ei dynnu'n ddarnau.

Nesa at y caffi roedd siop barbwr. Gweld ei wallt a'i wyneb yn y drych hirgul wrth ochor y drws a barodd i Stanislav gamu i mewn. Gwelw oedd ei wyneb a'i farf yn flêr ac angen ei thrimio. Gwenodd y barbwr ryw hanner gwên ond ni lwyddodd i gyrraedd ei lygaid.

'Chdi ydi 'nghwsmer cynta i heddiw . . .'

Camodd Stanislav i stafell a oedd braidd yn glòs a myglyd, hefo nenfwd isel. Dyn byr, seimllyd yr olwg, hefo ffedog fudur tros ei fol oedd y barbwr. Sylwodd Stanislav fod ei ddwylo yn sgleinio wrth iddo hogi min ei rasal ar y galan hir. Fel pob torrwr gwallt, fe siaradodd yn ddi-daw wrth roi sebon ar ei fochau.

Holodd y barbwr ei berfedd.

Holodd Stanislav o am waith.

'Os wyt ti'n sgwennu dramâu ac ati, pam na alwi di heibio'r Bi-Ba-Bo?'

Holodd Stanislav be oedd peth felly. Daeth Tamara a fo o hyd i'r lle. Cerddodd y ddau trwy ddrws i stafell hir a'i ffenestri wedi eu bordio. Yn y pen pella roedd llwyfan amrwd wedi ei godi ar focsus ryw ddeunaw modfedd o'r llawr. Cyntefig oedd y llenni a'r goleuadau. Criw o actorion o Moscow oedd yn rhedeg y lle. Cofiodd Stanislav weld un neu ddau pan alwodd heibio i'r Café Bom. Cyflwynodd ei hun a Tamara, ond digon llipa oedd y croeso. (Roedd cymaint yn curo ar eu drws yn holi am

waith . . .) Ceisiodd yntau holi, ond yn lle hynny cafodd wahodd-
iad i wylio perfformiad y noson honno.

Doedd dim cadair wag a bu'n rhaid i Stanislav a Tamara
sefyll. Cyfuniad o ganeuon a sgetsiau oedd y sioe, ar wahân i
un slot lle safodd y comedïwr enwog Don Liminado o Moscow
i boeri jôcs miniog a budron iawn am Lenin a Trotscii. Cafodd
y sgetsiau eu hactio hefo arddeliad. Propaganda amrwd oedd y
cwbwl drwyddo draw – er ei fod yn sboncio yn syth o'r galon.
Ymdrech debol i godi ysbryd pobol a oedd wedi colli'r cwbwl
oedd y cabaret, pobol a oedd yn crefu am ddialedd ar y lladron
comiwnyddol.

Ar ddiwedd y noson, cytunodd Stanislav i sgwennu sgets a
llond dwrn o jôcs.

'Ma' deunydd doniol da wastad yn brin,' gwenodd Don
Liminado a'i aeliau yn llawn o golur trwchus.

Ni chafodd Tamara gynnig dim.

Roedd hi'n hydrefu a iasau cynta'r gaeaf i'w teimlo ar yr
awel. Poen meddwl mwya Stanislav oedd Tamara. Ni chafodd
inclin o waith. Bu'n chwilio yn hir, ond dechreuodd ddigalonni.
Erbyn hyn, roedd wedi rhoi'r gorau iddi – ond parai hynny iddi
deimlo yn euog iawn. Roedd Rozaliya yn dal i weithio yn y caffi
ond pitw iawn oedd ei chyflog, ac roedd yn gas ganddi feddwl ei
bod hi'n cynnal Tamara.

Gan nad oedd ganddo unrhyw waith arall, cafodd Stanislav
ei orfodi i ysgrifennu mwy o sgetsiau i'r Bi-Ba-Bo. Doeddan
nhw ddim yn ddigon ffyrnig o wrth-gomiwnyddol ac felly fe
ychwanegodd yr actorion atyn nhw. Roedd Stanislav yn ei
gasáu ei hun am ysgrifennu gwaith mor amrwd. Hynny – neu
lwgu. Doedd dim dewis.

Oherwydd bod Rozaliya a Stanislav yn gweithio, gwaith
Tamara oedd hwylio'r swper a llnau'r *villa*. 'Ddysgodd hi

erioed sut i goginio ac roedd gwaith tŷ yn wrthun ganddi. Gwnâi bob un dim i hel esgus i beidio â chodi cadach neu frwsh. Roedd Rozaliya wedi ei magu yn hollol fel arall ac yn casáu budreddi. Dyna pam roedd codi i fynd i weithio yn y caffi budur yn brofiad mor anghynnes iddi.

Un prynhawn dechreuodd Tamara gwyno fod ganddi boenau'n ei stumog.

'Gwneud ati mae hi i hel esgus 'i bod hi'n sâl,' dywedodd Rozaliya heb ddim cydymdeimlad.

Drannoeth, roedd ganddi wayw yn ei brest. Roedd ei gwres yn uchel ac fe aeth i'w gwely. Doedd dim gwella arni a doedd dim digon o fodd gan Stanislav i dalu am ffisig. Trwy'r oriau mân griddfanai Tamara nes cadw'r ddau yn effro, a phan gododd Stanislav drannoeth, gyrrodd Rozaliya i chwilio am gamffor. Er bod cymaint o fegera a lladrata moddion o bob math ym mhobman, fe lwyddodd yn y diwedd i ddwad o hyd i beth. Er i'r ddau chwilio a chwalu doedd yr un chwistrell ar gyfyl y *villa*.

Aeth Stanislav i lawr at y dociau i holi. Cafodd addewid o chwistrell er bod y pris yn ddrud a'i ddanfon i gyfarfod â rhywun ar y teras y tu allan i *restaurant* y Novo-Moskovskyaya. Bachodd gadair yng nghanol morwyr o Marseilles, twrneiod o Moscow, gwragedd bonheddig o Petrograd, actorion a thiwtoriaid diwaith. Ar y wal roedd poster hefo'r slogan 'Ymlaen i Moscow!' a charnau meirch gwynion a'u llygaid gwylltion yn carlamu tros gyrff Iddewon dieflig yr olwg.

Hefo'r chwistrell yn ei boced, anelodd am y *villa*, ond ar y ffordd fe oedodd pan welodd fod hogyn a hogan ifanc yn priodi. Safai'r ddau ymysg eu teuluoedd ar risiau'r eglwys gadeiriol a dyn hefo'i ben o dan liain brown yn tynnu eu llun hefo camera tri-choes. O'r golwg o fewn pyrth yr eglwys yn rhywle, gallai glywed côr o leisiau.

Dychwelodd i'r *villa*. Roedd y lle mor dawel â beddrod a'r stafelloedd yn ddigysur o ddioleuni. Cerddodd drwodd i'r llofft (yn cario lamp dùn fechan wrth gysgodi'r fflam hefo'i law) a gweld fod Tamara yn gorwedd hefo'i llygaid ynghau a'i cheg ar agor fymryn. Pan rowliodd ei llewys, fe ddeffrôdd. Trodd ato a sibrwd:

'Dwi'n marw . . .'

'Paid â siarad hen lol wirion rwan . . .'

Estynnodd ei llaw ond disgynnodd yn dawel ar y gwely.

'Dwi'n marw . . . Stanislav, dwi'n gwbod 'y mod i . . .'

Rywle i'r de o Smolensk fe dorrodd Alyosha i mewn i dŷ. Yn y gwyllni fe reibiodd trwy'r cypyrddau, nes llwyddo i ddwad o hyd i *kopeck*, darn ugain wedi ei guddio o dan bapur un drôr. Roedd newyn yn ei fwyta'n fyw.

Clywodd sŵn. Stopiodd. Oedodd. Rywle o'r tu allan, clywodd eos yn canu. Gwrandawodd am sŵn arall. Yr eos eto. Camodd trwy led-dywyllwch y cysgodion, heibio i dri oleograff a cherdded yn dawel, mor dawel ag y gallai, ac erbyn hyn, roedd hynny'n dawel iawn, gan y gallai symud ar ysgafn droed, mor ysgafn â chath, er bod y pren o dan ei sawdl yn ochain rhyw ychydig.

Daeth wyneb yn wyneb â dyn barfog a bachodd Alyosha y peth agosaf ato – procar hir – ond gwnaeth y dyn barfog yn union yr un fath, a dim ond pan chwilfriwiodd y gwydr yn siwrwd o gwmpas ei draed y sylweddolodd ei fod wedi 'mosod arno'i hun.

I'r gogledd o Smolensk, roedd wedi cael ei arestio unwaith, a'i golbio ddwywaith, un waith gan y plismyn a'r tro arall gan griw o grymffastia. Cafodd ei golbio mor greulon nes y collodd ddau ddant blaen a chraciodd asgwrn ei ên. Edrychai'n hyllach ac yn beryclach nag erioed.

Rai wythnosau'n ddiweddarach, rywle rhwng Gomel a Roslavi, roedd wedi mynd yn llawiach hefo gang o blant a gysgai'r nos mewn ogof yn y creigiau uwchben depot yr orsaf drenau.

Roedd yr hyna, hogan o'r enw Natalie – y meddyliodd Alyosha i gychwyn mai hogyn oedd hi, gan fod ei phen mor foel ag ŵy a'i bysedd mor eirwon – yn sgut am ddwyn trydan o'r cwt signal trwy redeg weiar trwy frigau'r coed. Pan na ddychwelodd trwy geg yr ogof un noson aeth y cynllun i'r gwellt a'r plant ieuenga yn eu dagrau. Am nosweithiau wedyn methodd rhai gysgu. Roedd Natalie fel mam iddyn nhw. Nid arhosodd Alyosha hefo'r un plentyn arall, na'r un gang arall yn hir. Hefo un llygad yn wastadol ar seren y gogledd, pydrodd yn ei flaen.

Cyrhaeddodd dref Safonovo. Lladrataodd bres o boced dyn a oedd â'i ben mewn copi o *Pravda*. Aeth draw i'r orsaf. Doedd dim trên i Petrograd ond roedd un ar fin gadael am Moscow. Ar ail ganiad y gloch diflannodd y platfform, diflannodd y tai a'r afon islaw'r bont, nes nad oedd dim ond coed i'w weld o boptu. Coed poplys a choed lelog. O dipyn i beth aeth Alyosha i gysgu. Cafodd freuddwydion piwis, yr un hen freuddwydion ag o'r blaen, lle gwelodd ei hun yn cerdded hefo'i Ewyrth Kozma i chwilio am ei dad, a dod o hyd iddo'n eistedd rhwng bariau preseb gwair. Plentyn o flaen desg yr athro oedd ei dad mewn breuddwyd arall, ac Ivan Kirilich yn ei holi, ac Alyosha yn ceisio ei rybuddio, ond doedd ei dad ddim yn gallu ei glywed, dim ots faint o weiddi roedd o'n ei wneud. Fe safai yno'n fyddar fud. Daeth sgwad i'r fei a Mishka yn rhoi gwn i Alyosha o dan goed y winllan fach a'i dad o safn y bedd yn crefu am drugaredd . . .

Doedd dim gwella ar Tamara. Aeth hi o ddrwg i waeth nes y dechreuodd nychu. Sych a gwan oedd ei pheswch. Dechreuodd Stanislav ofni'r gwaetha. Eisteddai wrth erchwyn ei gwely am oriau yn darllen iddi. Byddai hi'n hanner gwrando, er bod ei llygaid gan amlaf ar gau. Rhwng bys a bawd fe gydiai o'n ei garddwrn trwy gydol y stori. Pan ddychwelai Rozaliya o'i gwaith yn hwyr y nos, byddai Stanislav a hithau'n loetran ar eu traed, yn anwesu ei gilydd, cusanu hefyd, ac, ambell waith, yn caru.

Roedd y ddau yn gorwedd yn y gwely.

'Dwi 'di hel digon o bres . . . Mis arall ac mi awn ni . . .'
Cusanodd Rozaliya ei ên, 'Paris. Byw ym Mharis . . .'

Yr awgrym oedd 'ein dau'. Yr awgrym nad oedd byth yn cael
ei leisio . . .

''Na i ddim talu am bawb,' dywedodd yn swil, gan ofni ei
ymateb.

Ei dymuniad hi oedd gadael Tamara ar ôl mewn bedd yn
Rwsia.

Yn ystod y dydd, pan fyddai Tamara yn llonydd, byddai
Stanislav yn rhoi pin ar bapur ac yn sgwennu ambell sgets neu
jôc i'r Bi-Ba-Bo – ond doedd dim byd yn tycio, ddim go iawn.
Doedd ei galon o ddim yn y gwaith. Roedd moli rhagoriaeth-
au'r Byddinoedd Gwynion yn troi ei stumog. Roedd o'n gwybod
gormod am eu gwrth-semitiaeth.

Gwnaeth ei orau i roi trefn ar ei emosiynau trwy ddodi trefn
ar yr holl ddigwyddiadau hynny a welodd neu a brofodd ers
dychwelyd i Rwsia, ond roedd y cwbwl yn gymaint o dryblith.
Sylwai'n amal ar hen bapur newydd, syllu ar luniau o Denikin,
Kolchak a Wrangel, y rheini'n ben ar eu byddinoedd. A'r hyn a
welodd? Y rhyfel cartre? Sut roedd trio dallt hynny? Sut roedd
ceisio ei ddarbwyllo ei hun fod rhyw bwrpas amgenach i hyn
oll? Yn esgor ar be? Aberth disynnwyr? Yng nghanol yr holl
gasineb a'r holl wroldeb a'r holl ofn, a oedd yna wersi pwysig
i'r ddynoliaeth oll eu dysgu?

Y cwbwl a welodd oedd pobol yn ceisio byw o dan amodau
anodd iawn – am y rheswm syml fod pobol yn dymuno aros yn
fyw. Dyna pam yr oedd pentrefi a threfi yn fodlon plygu glin i'r
Gwynion heddiw ac i'r Cochion 'fory, er mwyn achub eu crwyn.
Gwyddai am amryw a blastrodd Marx ar un ochr i lun a'r
Tsar ar yr ochr arall – yn barod i droi'r ffrâm drosodd pan
ddeuai'r gnoc ar y drws.

Oerodd yr hin, caledodd y ddaear. Roedd hi'n gaeafu o ddifri. Tros nos roedd barrug ar y borfa a thawch isel yn hongian tros doeau'r ddinas. Doedd Tamara yn gwella dim. Os rhywbeth roedd hi'n gwaethygu, yn ddim byd bellach ond cnawd ac esgyrn.

Dychwelodd Rozaliya o'r caffi un noson, yn llawn o newyddion. Roedd y jyglar o Poti wedi cicio gwraig yr Azerbaijani allan o'i dŷ ac allan o'i fywyd. Dyna pam y cerddodd i mewn i'r caffi. Trwy ei lygaid tirsiog fe syllodd ei gŵr arni o ganol ei wyneb main am hydoedd heb ddweud na bw na be.

'Roedd pawb yn y caffi wedi mynd yn hollol ddistaw,' adroddodd Rozaliya Sergeyev y stori wrth dynnu ei hesgidiau. 'Dynas ifanc ydi hi, fawr hŷn na fi. Be welodd hi mewn bwch fel fo, dyn a ŵyr? Ddaeth hi i mewn yn gwisgo côt wedi ei gwneud o gyrtans melyn trymion. Am ei ffêr roedd ganddi gadwyn arian. Mae hi'n hardd iawn. Gwallt pygddu yn hongian yn gudynnau tros ei thalcen hi; llygad llwydion, bron yn las. Dwylo bychan, tlws a gwên fymryn yn gam yn llonyddu croen ei hwyneb hi. Mi aeth hi â gwynt pawb. Roedd hi'n ddigon o ryfeddod! A 'nei di byth ddyfalu be ddigwyddodd wedyn.'

Sylweddolodd Rozaliya fod Stanislav yn syllu arni. Gwyddai o'i edrychiad fod rhywbeth pwysig yn gwasgu ar ei feddwl.

'Be sy'?'

'Well ichdi ista,' dywedodd.

Wrth nodio ei phen tuag at lofft Tamara holodd Rozaliya:

'Mae hi'n disgwyl dy fabi di?'

'Na.'

Rhyddhad.

'Be 'ta?'

'Nei di ista?'

'Deud be sy' ar dy feddwl di.'

'Fel ti'n gwbod, 'wêl Tamara mo'r gwanwyn.'

Plethodd Rozaliya ei bysedd main i'w gilydd. Trodd ei phen am draw.

'Fasa ots gen ti?'

Tawelwch.

'Roza?'

'Mae hi wedi gofyn ichdi ei phriodi hi?'

Amneidiodd.

'Os wyt ti wedi penderfynu yn barod, pam wyt ti isio clywad fy ymateb i?'

'Achos dwi am i chdi ddallt na 'neith o ddim gwahaniaeth i ni'n dau.'

Priododd Stanislav a Tamara wythnos ar ôl hynny. O'r diwrnod hwnnw ymlaen, dechreuodd fagu nerth. Dechreuodd fagu gwedd. Doedd hi ddim hanner mor orweddog ag y bu hi.

Chwerw iawn oedd Rozaliya. Er ei bod hi'n casáu'r Azerbaijani â chas perffaith daliodd ati i weithio yn y caffi a thyfodd yn agos at ei wraig.

'Pam wyt ti'n fodlon diodda'r sefyllfa?' gofynnodd honno iddi.

'Pam ydw i?' gofynnodd wedyn iddi hi ei hun wrth chwilota am yr ateb.

Treuliodd Stanislav fwy a mwy o'i amser yn hel tanwydd ar gyfer cadw'r *villa* yn gynnes. Fel llaweroedd o bobol eraill cerddai i lawr hyd y traeth er mwyn hel broc môr – ond yn amal, codai amryw yn gynt o'r hanner, ac erbyn iddo gyrraedd doedd dim byd o werth ar gael.

Un pnawn, pan oedd Tamara yn eistedd mewn cadair a blanced tros ei phengliniau o flaen y tân, dywedodd na allai symud yn rhy bell, a'i bod hi'n rhy wan i adael Rwsia.

'Dyna pam rydan ni yma! Dyna pam y gwnaethon ni beryglu'n bywydau wrth adael Kiev. Er mwyn cyrraedd Paris! Ti'm yn cofio?'

'Paid â chodi dy lais – mae o'n mynd trwydda i i gyd.'

Y noson gynt bu Stanislav yn sgwrsio tan berfeddion hefo Rozaliya am adael Rwsia a chyrraedd Paris.

'Sdim dewis ganddon ni ond gadael. Mae'r Gwynion yn mynd i golli. Fe ddaw'r Cochion yma i'r Crimea a chofrestru pawb. Dyna a ddigwyddodd yn Kiev. Ond y tro yma mi fyddan nhw yn fwy mileinig. Mi saethan nhw ni wrth y miloedd. Dyna pam mae'n rhaid inni adael ar unrhyw long sy' ar gael.'

Tawel iawn oedd Rozaliya.

'Ti byth wedi madda imi am 'i phriodi hi.'

'Dy dwyllo di wnaeth hi.'

'Roedd hi'n meddwl ei bod hi'n marw.'

'Twyll oedd y cwbwl.'

'Rydw i'n dal i dy garu di.'

'Ond ti'n briod hefo hi.'

303

'Dydi hynny'n golygu dim i mi. Mae'n rhaid ichdi 'nghoelio i.'

Erbyn i'r ddau glwydo roedd y coediach wedi hen lwydo'n farwydos.

Daeth diwedd y Crimea fel caer olaf y Gwynion yn llawer cynt na'r disgwyl. Ddydd ar ôl dydd colli mwy o dir a wnaeth milwyr y Barwn Wrangel a phump o fyddinoedd y Fyddin Goch yn eu herlid tua'r môr. Aeth pethau o ddrwg i waeth, nes y daeth y gorchymyn i wagio'r dre. Rhedodd panic poeth i lawr y strydoedd yn sgrechian nerth esgyrn ei ben. Heidiodd miloedd ar filoedd am y porthladd. Tuag at y llongau wrth angor, gwasgodd y gwŷr a'r gwragedd a'u plant.

Dechreuodd Stanislav boeni pan na ddychwelodd Rozaliya o'r caffi wedi iddi fynnu mynd i hawlio ei chyflog. Aeth i chwilio amdani gan adael Tamara ar ei phen ei hun, yn mynnu nad oedd hi'n ddigon cryf o hyd i wynebu mordaith a newydd-deb llethol dinas ddiarth fel Paris. Doedd ganddi mo'r nerth.

'Dwi'n rhy wan.'

'Paid ag anobeithio.'

'Pam na wnei di wrando arna i? Gad fi yma, mi fydda i'n iawn – ond cer di. Cer hefo Rozaliya . . .'

'Ddim hebddach chdi. 'Allwn ni ddim aros yma a disgwyl i'r Comiwnyddion gyrraedd. Toma, ti'n gwbod fy hanas i. Mi ges i fy arestio yn Kiev. Bron imi gael fy saethu. A be ydw i wedi ei wneud yma? Sgwennu sgetsiau a jôcs am Lenin. Mi lladdan nhw fi yn syth. 'Falla gwnân nhw ddial trwy dy garcharu di – neu waeth . . .'

Roedd Sevastopol yn orlawn o bobol yn cythru tua'r cei. Rhuthrodd trwy'r torfeydd, y ceffylau a'r troliau, y lorïau a'r beiciau. Rhuthrodd Stanislav tua'r caffi ond dywedodd gwraig yr Azerbaijani fod Rozaliya wedi gadael. Ond ei bod wedi gadael llythyr i'r sawl a'i mynnai. Y tu allan, agorodd Stanislav yr amlen – a darllen llythyr ffarwél.

Ar ei ffordd yn ôl i'r *villa* gwelodd hi.

'Rozaliya? Be ti'n feddwl ti'n 'neud? Ty'd i bacio. Ma'n rhaid inni adael.'

'Os do i hefo chdi i Baris, mi ddiwedda i fy nyddiau ar fy mhen fy hun, yn unig ac yn amddifad ar strydoedd prifddinas estron yn nabod neb.'

'Mi edrycha i ar d'ôl di.'

'Mae gen ti wraig . . .'

'Mewn enw. Ond ti'n gwbod pam, ti'n gymaint o wraig i mi bob tamad ag ydi Tamara.'

'Dwi wedi meddwl llawar am dy benderfyniad di. Yn dy galon roeddach chdi am ei phriodi hi. Os wyt ti'n bod yn onest hefo chdi dy hun.'

'Dyna oedd ei dymuniad ola hi. Roedd hi'n marw. Mi faswn i'n ddyn calad iawn i wrthod.'

'Roedd yr hawl gen ti i wrthod. Ond mi wnest ti dy ddewis. Fel rydw i'n gwneud fy newis inna. Yn Rwsia rydw i am aros. O leia fydda i ddim yn unig yma.'

'Mwy na fyddi di ym Mharis! Bydd yn onast hefo chdi dy hun, ti ddim isio aros yn Rwsia. Ti isio mynd i Baris.'

Ysgwydodd ei phen.

'Ti ydi'r un sydd wedi breuddwydio am Baris.'

'Ddim mwy.'

'Ond Tamara rwan sy' isio aros yma yn Rwsia ond mae'n rhaid i mi ei gorfodi hi ar y llong i Ffrainc. Ma' hyn yn hollol ynfyd! Rozaliya, ty'd hefo fi. Mi fyddwn ni'n hapus.'

Diflannodd i ganol y dorf.

Yn Moscow roedd pob un dim mor rhacsiog a budur a blêr. Roedd hyd yn oed ceffylau'r *droika* yn nychu ar eu traed a'u gwedd yn ddigalon. Doedd y ddinas yr ymwelodd Alyosha â hi unwaith hefo'i fam a'i dad yn ddim byd tebyg i'r hyn a welai.

Yn yr Hotel Metropole roedd y teulu wedi aros y tro hwnnw, ac am ryw reswm, tuag at yr un lle y teimlai ei hun yn cael ei dynnu y tro yma hefyd. Tros y cerrig coblo a charnau'r meirch a yrrai gan glecian heibio iddo, fe gerddodd tua'r canol, heibio i siopau â'u caeadau pren i lawr. Roedd ffenestri eraill wedi eu malu ac ar hanner eu hatgyweirio a hen gadachau neu hen bapurau newydd wedi melynu wedi eu stwffio i'r tyllau. Llwm a llwyd oedd y bobol hefyd, a'r strydoedd yn bruddglwyfus fel petai'r ddinas mewn galar.

Cadwodd Alyosha yn glir o'r milwyr ifanc a warchodai groes-ffyrdd gwahanol sgwariau. Gwelai nhw'n eistedd ar focsus pren neu hen gasgenni yn chwarae cardiau ger eu wigwam o ynnau. Cerddodd Alyosha fymryn yn gloff oherwydd bod ganddo bigyn yn ei ochr. Teimlai fel dieithryn. Teimlai nad oedd o'n perthyn i neb na dim.

Cerddodd tan faneri anferthol a oedd yn hongian ar draws y strydoedd a gallai ddarllen eu sloganau breision o bell – 'Crefydd yw Opiwm y Bobol'. Meddyliodd am hynt a helynt y misoedd maith a fu. Pasiodd lun o ferch yn gwenu ar ddarn o boster a daeth Mademoiselle Babin i'w feddwl. Doedd o ddim wedi meddwl amdani ers amser maith. Tybed a oedd hi yn Moscow? Go brin. Ddim os oedd hi'n dal hefo'i thywysog.

Roedd hi'n dechrau tywyllu pan glosiodd at y Kremlin a'i dyrau crynion a'i faneri cochion yn hongian yn llesg. Erbyn iddo gyrraedd yr Hotel Metropole roedd bron â drysu wrth ysu am damaid i'w fwyta. Ceisiodd ddwyn i go y prydau bwyd a gafodd yno yng nghwmni ei fam a'i dad. Cofiodd mai yno y cafodd ganiatâd i yfed ei wydryn cynta o siampên. Doedd o fawr hŷn na chwech neu saith oed, neu efallai ei fod yn llai na hynny, ni allai gofio'n iawn. Cofiai ei wely, roedd yn gynnes braf a phlu ei glustog yn mwytho'i glustiau; cofiodd ddeffro ac oglau'r rhosod roedd y forwyn newydd eu gadael wrth droed y gwely yn felys yn ei drwyn. Daeth rhyw deimlad rhyfedd drosto: y sylweddoli sydyn fod talp o'i fywyd eisoes wedi rhedeg heibio, ac nad oedd 'run grym ar wyneb y ddaear a allai alw'r gorffennol yn ôl, a rhoi ail-gyfle iddo i fyw yr un eiliad fyth.

Gwelodd yr adeilad. Roedd yr enw wedi diflannu, er bod ei olion i'w weld o hyd ar draws talcen y gwesty. Y tu allan roedd cryn dwrw, a chryn fynd a dod. Pan gerddodd yn nes, safodd a gwelodd fod y Metropole bellach yn Swyddfa Dramor i'r Comiwnyddion. Penderfynodd gadw'n glir.

Wedi ei roi o ar ben y ffordd, anelodd am ardal yr Arbat, gan geisio cofio enw'r stryd lle yr arferai cyfnither i'w dad fyw – er bod hynny flynyddoedd lawer yn ôl – a gallai'n hawdd fod wedi symud tŷ ers hynny. Meddyliodd am Mishka, Masha a Boris. Tybed a oeddan nhw'n saff? Oeddan nhw'n glyd a chynnes? Oeddan nhw wedi cyrraedd pen eu taith? Dechreuodd oeri a dechreuodd rynnu, ac roedd ei fol yn boen byw annioddefol.

Tywyll oedd y strydoedd a'r ddinas yn fud, ond daeth i stryd lle safai rhesiad o bobol o wahanol oed yn gwerthu mân drugareddau. Pobol yr hen drefn oeddan nhw. Y nhw oedd ar ris isaf yr ystol o ran cael cardiau bwyd y drefn newydd. Gwragedd gweddwon aristocrataidd oedd y tair nesaf – dyna oedd wedi ei ysgrifennu ar ddarn o bren wrth eu traed – a'u gwŷr wedi eu lladd ar ryw ffrynt yn rhywle. Doedd neb i'w weld yn prynu dim, dim ond yn cerdded heibio. Roedd un hen ŵr yn gwerthu llwyth o lyfrau, bathodynnau a fframau sbectol o bob math.

Ar fin troi'r gornel roedd Alyosha pan glywodd wraig yn siarad.

'Ma 'mysadd i wedi fferru . . .'

Cofiodd y llais o weddillion ei blentyndod. Dychwelodd ati, a chraffu i mewn i'r bocs a ddaliai o'i blaen, a oedd yn llawn o ryw fân betheuach.

Holodd:

'Zinaida Ernestovna?'

Wrth i ofn sgrialu trwy ei llygaid bagiodd yn ddyfnach i'r cysgod.

'Pwy wyt ti?' holodd yn amheus.

Gan ddisgwyl iddi ei adnabod, atebodd 'fi'.

'Pwy?'

Cyflwynodd ei hun iddi. Meiriolodd hithau. Holodd Alyosha hi am ei fam a'i dad ond 'chafodd o fawr o oleuni ar hynt a helynt y naill na'r llall. Roedd mwy o flys ar Zinaida i drafod ei gofidiau hi ei hun. Roedd ganddi gant a mil o bob math o broblemau.

'Choeli di byth yr helynt rydw i ynddo fo.'

Roedd Alyosha bron â marw o ddiffyg bwyd a holodd a oedd ganddi ryw damaid i'w fwyta, ac atebodd hi nad oedd, onibai fod rhywbeth yn ei disgwyl pan âi nôl i'r tŷ lle roedd hi'n byw. Doedd dim dal, a doedd hi ddim am godi ei obeithion chwaith.

Drwy gydol y daith draw roedd Zinaida wedi sôn am y drafferth a gafodd i adael Petrograd. Gwnaeth ei gorau glas i gael *visa* i Berlin ond am ryw reswm neu'i gilydd, ni wyddai'n iawn, fe gafodd ei gwrthod er i Orlov wneud ei orau drosti. Cofiodd Alyosha sôn am ryw Orlov, ffrind i'w Ewyrth Artyom. Cofiodd am Zinaida yn gadael ei gŵr er mwyn mynd i fyw ato fo a chreu sôn amdani a sgandal.

Heblaw am olau cannwyll isel roedd y stafell mewn tywyllwch. Pan gerddodd Alyosha i mewn wrth gwt Zinaida, roedd rhyw ddyn wedi hanner codi a throi i'w hwynebu.

'Pwy sy' hefo chdi?'

Wrth i Zinaida dynnu ei chôt a'i sgarff, a diosg ei menyg, holodd,

'Ti'n cofio'r dyn yma? Alyosha? Mab Inessa a Fyodor Mikhailovich Alexandrov?'

O dan ei chôt, roedd hi'n gwisgo ffrog *crêpe-de-chine* a oedd fymryn yn rhy dynn amdani. Gwisgai'r dyn diwnic budur a hwnnw wedi ei ddadfotymu i ddangos brest wen fel brest babi. Anwybyddodd y dyn Alyosha.

'Ti 'di dwad â rhywbeth nôl hefo chdi i'w gnoi?'

'Werthis i'r nesa peth i ddim.'

Grwgnachodd:

'Ti'n da i ddim byd.'

'Ddim mwy nag wyt titha.'

'Ma' hi'n haws i ddynas werthu nag ydi hi i ddyn.'

'Ti'n gwbod am faint o oriau fuos i'n sefyllian allan yn yr oerfal heddiw?'

'Finna ar lwgu.'

'Cau dy geg i gwyno.'

Yng nghanol eu ffraeo y clywodd Alyosha Zinaida yn galw'r dyn yn Kukushkin. Cofiodd o o'r Sioe Ffasiwn, yng nghwmni Perarskii a Lazareva Petrovna, chwaer Andrei Petrovich, bancar ei dad.

Holodd Kukushkin berfedd Alyosha, ei hanes i gyd, a sut a pham y daeth o i Moscow ac o ble. Tywalltwyd te o *samovar*, ac wrth i Alyosha ei flasu cododd ogla pysgod i'w drwyn. Trwy chwalu yn nyfnder rhyw bot daeth Zinaida o hyd i'r mymryn lleiaf erioed o siwgwr, er bod hwnnw wedi llwydo a chaledu'n garreg.

'Well na dim.'

Holodd Alyosha am ei dad.

'Mi welis i dy fam cyn gadael Petrograd,' dywedodd Zinaida.

'Ond ddim fy nhad?'

'Naddo.'

'Waeth i chdi gael clywad y gwir ddim,' dywedodd Kukushkin wrth dywallt fodca i'w de. 'Chynigiodd o ddim i'r ddau arall.

'Bydd yn dyner,' rhybuddiodd Zinaida fo.

'Sut mae bod yn dyner? Y gwir ydi'r gwir.'

'Mae 'nhad wedi marw?' holodd Alyosha.

Mudandod y ddau a saernïodd hynny yn ei feddwl.

'Sut?'

'*Cheka* Petrograd. Mi gafodd ei saethu.'

Ystyriodd y chwe gair.

Cheka Petrograd. Mi gafodd ei saethu.

Ailadroddodd wrtho'i hun:

Mi gafodd fy nhad ei saethu gan *Cheka* Petrograd.

Cofiodd:

Fel *Cheka* Kiev. Aethon nhw â fo at fedd agored mewn gwin-llan fach? Does dim gwinllannoedd yn Petrograd. Sut cafodd o'i saethu? Mewn selar?

Dechreuodd siarad:

'Ond . . .'

'Ond be?' holodd Zinaida.

'Mi ddeudodd fy ewyrth Kozma y basa fo'n trio'i orau i gael fy nhad yn rhydd.'

''Lwyddodd o ddim, mae'n amlwg . . .' crachboerodd Kukush-kin.

Aeth Alyosha yn dawel. Fel petai yn teimlo y dylai wneud yn iawn am ryw ddiffyg cynt, siaradodd Kukushkin mewn llais mwy hynaws am gymeriad ei dad. Wrth iddo glodfori ei dad syllodd ar y sŵn a dywalltai o'i geg siâp calon a'i fwstàsh bach sgwâr a symudai fymryn yn ôl ystum ei wefusau. Cystal roedd yn ei nabod o. Dyn mor solat oedd o. Yn ddyn mor dda. Yn gyf-logwr teg a chyfrifol. Sylwodd Alyosha ar y dyn byr, ei wep anghynnes, ei gorff meddal a'i ben bychan a'i glustiau mawr a gwylltiodd.

'Taw! Taw â siarad am fy nhad fel tasach chdi'n ei nabod o! Doeddach chdi ddim! Felly pa hawl sgen ti i siarad amdano fo?'

'Ges i sgwrs teliffôn hefo fo.'

'Dydi hynny ddim yr un peth â nabod rhywun!'

Tawel iawn oedd Zinaida a'i phen yn ei phlu.

'Ma'n ddrwg gen i,' ymddiheurodd Kukushkin. 'Ro'n i ar fai
. . . Ond dim ond trio gwneud i chdi deimlo yn well o'n i . . .
Do'n i'm yn meddwl dim drwg.'

'Be am Mam?' holodd Alyosha.

Mentrodd Kukushkin ateb:

'Hyd ag y gwn i – ond paid â 'nghymryd i ar fy ngair chwaith
– mae hi'n dal yn Petrograd o hyd.'

Meddyliodd Zinaida ei bod hi wedi croesi'r ffin a'i bod hi'n
byw yn Riga.

'Byw yn Riga?' gwawdiodd Kukushkin.

'Dyna be glywis i.'

Tywalltodd chwanag o fodca iddo'i hun a sarugodd ei lais.

'Ti ar fai i gynnig gobaith i rywun pan oeddach chdi'n gwbod
yn iawn fod yr hyn rwyt ti newydd ei adrodd yn si ail-law. Does
wbod be ydi gwir hanes Inessa erbyn hyn, yn enwedig os ydi hi
wedi bod mor wirion ag aros yn Petrograd ar ôl yr hyn a
'naethon nhw i'w gŵr hi.'

Fel petai am ei brifo yn fwriadol, ychwanegodd:

''Drycha be 'naethon nhw i dy Orlov di.'

Clywodd Alyosha y stori ar ei hyd, a hynny ar ôl i Zinaida
fynd allan drannoeth i drio gwerthu ei mân eiddo am fara ym

marchnad Sukharevka, lle roedd pob math o sothach ar werth. Cadeiriau, carpedi Bokhara, siwgwr, siocled, unrhyw beth a phopeth os oedd iddo fo unrhyw fath o werth, dim ots pa mor isel. Yno y gwerthodd Kukushkin ei nofelau Paul Bourget am lwmp o gaws.

Fel madfall y symudai Kukushkin, ei gamau yn fychan ond yn frysiog.

'Ti'n gwbod be wnaeth Orlov? Wnaeth Zinaida sôn wrthach chdi?'

'Naddo.'

'Ffŵl gwirion. Gwrthododd ildio'i dŷ i Gomiwnyddion Petrograd ar ôl i'r rheini ddatgan fod pob eiddo preifat i'w ddileu am byth. Mi gafodd Orlov ar ddallt fod ei dŷ i'w roi yng ngofal Pwyllgor o Denantiaid, ond y basa fo'n cael caniatâd i aros mewn un stafall, ac iddo ddewis pa un oedd o isio, doedd dim ots am hynny, cyn bellad â'i fod yn ildio i'r drefn. Ond ti'n gwbod be wnaeth o?'

'Be?'

'Styfnigo. Gwrthod symud. O fewn dim mi ruthrodd Zinaida yn ei dagrau draw ata i ddeud fod Orlov wedi cael ei arestio.'

Teimlodd ias o hunan-gasineb.

'Be ddiawl oedd hi'n 'i ddisgwl i mi 'i 'neud? Fi o bawb? Gwas suful o dan yr hen drefn fel fi. Ro'n i'n ddig iawn at Orlov, 'wada i mo hynny. Pam tynnu helynt fel'na ar 'i ben? 'I fai o'i hun wrth reswm, er i ni'n dau drio dal pen rheswm hefo fo, Perarskii a finna. Be oeddan ni haws? Ar ôl deud hynny, sgen yr un dyn hawl i farnu dyn arall onibai ei fod o'n 'i farnu ei hun gynta. A gneud hynny yn hollol onast hefyd. Ma' hunan-dwyll mor dynn yng ngwaed cymeriad pawb. Tasa gen i dŷ yn lle apartment ar rent faswn i 'di gneud yr un peth ag Orlov druan? Anodd deud dydi? Dyna oedd ei benderfyniad o, a ma'n rhaid inni i gyd 'i barchu fo am hynny, yn dal 'i dir ac yn herio'r cnafon. 'Faswn i ddim wedi gneud. Plygu i ba drefn bynnag sydd ohoni a gneud 'y ngora dros bawb. Dyna sut ces i 'nysgu.'

Roedd Orlov wedi ysgrifennu llythyr personol ato fo.

Holodd Alyosha:

'Be oedd hwnnw'n 'i ddeud?'

Tyrchodd Kukushkin botel o rywle a thywallt fodca i'w de drewllyd. Canol y bora oedd hi o hyd.

''Mod i i edrach ar ôl Zinaida.'

Yfodd.

'Dyna pam y des i â hi i Moscow. Roeddan ni wedi gobeithio dengid tua'r de, ond nôl be dwi'n ddallt ma' drws y Crimea wedi'i gau yn glep.'

'Sdim ffyrdd erill allan o Rwsia?'

'Erbyn hyn?'

'Rhaid bod.'

'Dwi'n ama. Busnas perig 'di croesi'r ffin. Onibai bo' chdi isio bwlat yn dy gefn.'

Un pnawn awgrymodd Kukushkin wrth Alyosha y gallai drefnu i Zinaida gysgu hefo fo – am bris.

'Be amdani? Dynas smart. Allach chdi 'neud yn waeth. Ond paid â mentro. Does wbod be 'nei di ddal gen rei o'r rhein sy'n gwerthu eu hunain ar y stryd. Ond be amdani? Be am Zinaida? Hogyn fel chdi. Bron yn ddyn. Faint ydi dy oed di hefyd. Na, na. Paid â deud wrtha i. Gad i mi ddyfalu. Deunaw?'

'Bron iawn.'

'Dwy ar bymthag. Oed da. Dwi'n cofio fy hun yn ddwy ar bymthag. Dyna pryd y daeth dy Ewyrth Artyom a finna'n ffrindia. Roeddan ni'n llancia 'radag honno.' Gwenodd. 'Y petha roeddan ni'n 'u gneud. Taswn i'n dechra deud fasach chdi'n meddwl mai tynnu coes faswn i.'

Crychodd ei dalcen gan edrych yn ddryslyd. Roedd wedi colli rhediad ei feddwl.

'Am be oeddan ni'n sôn rwan? E?'

Swigiodd ei fodca.

'Alyosha?'

'Be?'

'Be oeddan ni'n 'i drafod gynna?'

'Gwerthu Zinaida Ernestovna i mi.'

'Alla i drefnu hynny'n hawdd. Be amdani? Sgen ti flys?'

Y pris oedd fodca neu fwyd.

315

Doedd Kukushkin yn hidio dim am bres.

'Pres! Pa! I be ma' pres yn da i neb mewn uffarn fel hyn?'

Pan gafodd Zinaida glust Alyosha iddi hi ei hun cyfaddefodd mai'r unig reswm y cytunodd i adael Petrograd am Moscow oedd oherwydd bod ganddi gymaint o ofn y *Cheka*.

'Os mai dymuniad olaf fy narpar-ŵr . . .'

(Dywedodd 'darpar-ŵr' sawl gwaith.)

'. . . oedd imi adael Rwsia, yna, ro'n i'n benderfynol o barchu hynny.'

'Hefo fo?'

Gwyrodd Alyosha ei ben at Kukushkin, a oedd mewn trwmgwsg meddw, yn lledan ar ei wely yn nhraed ei sanau, yn hanner mwmian o dan ei wynt.

'Dwi isio cael gwarad ohono fo.'

Drannoeth roedd hi'n bwrw eira'n drwm a'r byd yn drist. Dyna pryd y penderfynodd Zinaida y byddai'n well ganddi ddychwelyd i Petrograd hefo Alyosha na rhygnu byw hefo meddwyn yn oerfel Moscow a'r dyddiau yn dripian i bwll anobaith.

Rhwbiodd Kukushkin ei lygaid melyn tan boeri:

'Ac Orlov wedi deud . . .?'

Paciodd Zinaida ei chês:

'Ma' Orlov wedi marw.'

316

'Marw neu beidio, dwi 'di gaddo edrach ar d'ôl di . . . Ti'n cofio be 'nes i addo i Orlov? Gaddo y ca i chdi allan o Rwsia'n saff . . . 'Chei di'm mynd o'ma . . . Ti'n gwrando arna i? Ti'n 'y nghlwad i? Hefo'n gilydd, mi welwn ni Paris.'

'Ti'n rhy chwil i weld dim byd ond gwaelod y botal nesa.'

'Mi welwn ni Paris, medda fi!'

Baglodd Kukushkin.

Bu'n rhaid i Alyosha ei ddal.

'Hei! Gan bwyll—'

Dechreuodd Zinaida weiddi, ei fygwth a'i felltithio:

'Cadw draw oddi wrtha i y meddwyn. Achos dyna be wyt ti.'

Botymodd Zinaida Ernestovna ei siaced gwiltog yn frysiog:

'Wrth dy fodd yn meddwi'n gaib, yn chwerthin ac ati, yn meddwl bo' chdi'r cesyn mwya sy'n bod, ond yn gwatwar pobol heriol a gwreiddiol? Pam ma'n well ganddon ni'r Rwsiaid addoli'r gwerinwr llon, y bywyd eilradd a'r safonau isel? Y penillion talcan slip a'r beirdd sâl? Ai dyna'n hyd a'n mesur ni? Be ma' diwylliant fel'na'n ei brofi i unrhyw un? Ar wahân i'r ffaith dorcalonnus ein bod ni'n ffyliaid sy'n hapus i ogordroi yn yr un hen rigol? 'Falla fod y Comiwnyddion yn llygad eu lle, a 'falla fod mawr angan ysgwyd y gymdeithas yma o'i thrwm-gwsg a'n gorfodi ni i gyd i wynebu realiti bywyd . . .'

'Trwy ddwyn tai? Trwy ddwyn pres pobol o'u bancia nhw? Dyna ydi wynebu realiti bywyd? 'Drycha sut 'dan ni'n byw! Ydi hi'n haws byw yn dlawd am fod pawb arall yn dlawd? Ydi hi'n haws bod yn llwglyd am fod pawb arall yn llwglyd?'

317

Plwciodd Zinaida ei siwtces oddi ar y gwely.

Poerodd Kukushkin:

'Ar ôl y cwbwl dwi 'di'i 'neud drostach chdi, dyma sut ti'n diolch imi. Ble fasach chdi hebdda i? Mmmm?'

Roedd ei wep mor goch â bricsan a'i wallt yn flêr.

'Yr ast galad, ddifalio! Gadael dy ŵr am Orlov? Ha! Ti'n gwbod be 'di'r jôc? Doedd o ddim math o dy isio di.'

'Oedd, mi oedd o.'

'Chdi wthiodd dy hun arno fo. Doedd o ddim isio chdi ar 'i gyfyl o.'

'Alexei, ty'd . . .'

'Cer 'ta! Ond 'weli di byth mo Paris!'

Dyn yn crefu am chwanag o gosb a dioddefaint a welodd Alyosha wrth gau'r drws ar Moscow.

Yng ngorsaf Nicholevski yn Petrograd roedd murlun enfawr wedi cael ei baentio. Murlun oedd o o filwr tebol o'r Fyddin Goch, ynghyd â morwr, cosac a gwerinwr, a'r pedwar yn chwyrlïo broga gwyrdd llygadfawr ar ben rhaff, wrth i'w lygaid gwibiog reibio'n farus tros yr hyn a welai oddi tano, sef trioedd ymerodraeth Rwsia, lle safai'r milwr, y morwr, y cosac a'r gwerinwr er mwyn ymdrechu i erlid y broga aflan tros y ffin.
O dan y murlun roedd y slogan:

'*Bourgeoisie*, buoch yn ein gormesu gyda'ch boliau tewion.'

Wrth i Alyosha a Zinaida gerdded heibio, roedd posteri eraill yn galw ar y proletariat i gefnogi'r Drydedd *Internationale*.

Ganol Chwefror y cyrhaeddodd y ddau Petrograd. Wrth i'r trên dynnu i mewn i'r orsaf syn-syllai wynebau pobol ar y platfform ar y teithwyr a oedd yn cyrraedd. Ceisiodd Alyosha ddwyn i gof y diwrnod y gadawodd hefo Mademoiselle Babin. O'r braidd y gallai gofio wynebau ei fam a'i daid a'i Ewyrth Kozma. Dim ond nhw eu tri a oedd wedi dod i ffarwelio hefo fo. Roedd Margarita a Larissa wedi ffarwelio hefo fo y diwrnod cynt.

Safodd y ddau y tu allan i'r orsaf, ac am y tro cyntaf ers amser maith, ogleuodd Alyosha ddinas ei blentyndod. Synnodd fod yr adeiladau'n llai a'r eira mor llwyd. Doedd tŷ chwaer Zinaida Ernestovna ddim mor bell â hynny.

Dechreuodd y ddau gerdded. Roedd hi wedi torri gwallt Alyosha'n gwta nes peri iddo fo deimlo ei fod yn edrych yn debyg i ddraenog. Siafiodd ei farf a daeth ei fochau pantiog i'r golwg, a'i lygaid yn dywyll a llydan. Doedd o'n edrych ddim byd yn debyg i'r modd yr edrychai gynt. Roedd eu traed yn crensian trwy'r eira. Gwrandawodd Alyosha ar sŵn rheolaidd ei anadlu ei hun. Chwiliodd am wynebau cynefin ond 'welodd o'r un. Craffodd o'r newydd ar adeiladau y byddai ers talwm wedi eu pasio mor ddisylw, ac aeth heibio i ffenestri heb eu trwsio, reilin coch a'i baent yn plicio a'r haearn oddi tano eisoes yn rhydu, budreddi, drewdod a thlodi.

Cadwai botel o cognac yn ei boced – un a ladrataodd ar y trên – a bob hyn a hyn byddai'n ei sipian er mwyn magu gwres a chadw'n gynnes. Dechreuodd Zinaida swnian:

'Dwi 'di blino. 'Chysgis i fawr ddim. Os o gwbwl. Roedd gen i ormod o ofn i rywun fynd trwy 'mhetha i. Gysgist ti?'

'Ddim winc.'

Pasiodd motor-car unig yn ara deg – ac am un eiliad, dychmygodd Alyosha mai ei dad oedd wedi danfon y *chauffeur* i'w mofyn – ond merch ifanc yn lifrai filwrol y Fyddin Goch oedd wrth y llyw a'r cefn yn wag, a darfu'r sŵn ymhellach i lawr y stryd. Cododd Alyosha ei lygaid i weld baneri cochion fymryn yn rhacsiog yn hongian ar dalcen y Clwb Hwylio. Yn rhannu lle hefo'r faner roedd lluniau llydan o Lenin, Trotskii a Sverdlov. Wrth basio porth y clwb roedd milwr blinedig yn magu mygyn gan ddal y sigarèt y tu ôl i'w glun pan oedd o ddim yn tynnu arni. Edrychai yr un ffunud â Boris.

Ai Boris oedd o?

Craffodd Alyosha arno a chraffodd y milwr ifanc arno'n herfeiddiol a'i wyneb fel petai wedi ei naddu o bren.

Ochneidiodd Zinaida a cherddodd y ddau yn eu blaenau a'u breichiau'n drymion. Cerddodd gwraig mewn *pince-nez* i'w cyfwrdd; gwisgai hen gôt drom o wlân budur a'i llodrau'n racs, siaced goch a sgert las wedi ei rhwygo, a phâr o galoshiaid am ei thraed. Roedd golwg loerig yn ei llygaid. Byseddai rubanau porffor ei chwfl ffwr. Ogleuodd Alexei ogla diod ar ei gwynt.

Ar gornel y stryd safai rhesi o wragedd bonheddig yr olwg a'u dwylo mewn dyrndorchau ffwr, a genod ysgol a'u trwynau smwt yn gochion, yn stampio'u traed er mwyn ymlid yr oerfel. Yn eu mysg nhw hefyd roedd nifer o gyn-swyddogion yn eu lifrai a'u medalau yn gwerthu rhyw bric-a-brac. Hanner gobeithiodd Alyosha weld ei Ewyrth Kozma neu ei Fodryb Ella neu Margarita neu Larissa, ond er iddo graffu 'welodd o'r un.

Cafodd Alyosha ei wadd i aros y nos, ond gwrthod cynnig chwaer Zinaida a wnaeth o, a ffarweliodd â'r ddwy. Siarsiwyd o i gymryd gofal liw nos. Doedd wybod pwy oedd allan yn trampio ar hyd y strydoedd.

'Diolch am bob dim.'

Cusanodd Zinaida Alyosha ar ei ddwy foch.

'A chofia . . . Beth bynnag ddigwyddith ichdi . . . Cofia fod 'na groeso ichdi ddwad yn ôl aton ni i fa'ma.'

'Mi gadwa i hynny mewn co.'

'Cofia wneud.'

Roedd traed Alyosha yn crensian trwy'r eira. Roedd yn closio at adra. Sugnodd ei botel cognac. Roedd yn closio at adra. Sugnodd y botel i'r pen a'i hyfed yn sych. Hefo pob un cam roedd o'n closio at adra. Cododd rhyw wynt o rywle a chwyrlïodd dalen o'r tywyllwch, a daliodd hen faniffesto hefo'i drwyn.

Wrth nesu at y tŷ cyflymodd ei gamre. Tyfodd ei ofn. Brasgamodd yn gynt. Dechreuodd redeg. Rhedodd fwy. Pan ddaeth i olwg y stryd rhedodd hyd yn oed yn gynt a'i galon yn llawn o obaith a'i ben o anobaith. Gwelodd fod golau yn ffenest stydi ei dad. Oedodd a safodd a'i anadlu yn llafurus a'i frest yn llosgi. Ond rhyw ogla diarth a'i croesawodd pan gamodd tros y rhiniog. Pam roedd y drws ar agor? Clywodd sŵn y piano yn cael ei chanu – ac yn llun ei feddwl, gwelodd ei fam. Gwenodd wrtho'i hun. Rhedodd i lawr y coridor tuag at y salon, agor y drws a rhuthro i mewn.

Doedd y stafell ddim byd tebyg i'r hyn a fu. O'i flaen roedd rhyw gymysgedd rhyfedd o gyfoeth a thlodi. Er bod Alyosha yn adnabod ambell gelficyn o'r dyddiau a fu, fel y cadeiriau melfed plysh, y soffa goch a'i gorchudd *chintz*, y seidbord a'r drych gorwych a oedd wedi ei haneru gan ryw bartisiwn o'r llawr i fyny. Nid un stafell oedd y salon, ond stafell wedi ei hollti yn nifer o stafelloedd.

Pan welodd hi Alyosha rhuthrodd y ferch fach a fu'n dyrnu'r nodau draw at wraig a gwthio'i hwyneb i'w chlun,

'Mami, Mami! Ma'r dyn yn mynd i ddwyn miwsig fi.'

Syllodd Alyosha i wyneb y wraig a syllodd hi i'w wyneb o. Roedd y tŷ yn ferw o sŵn plant a phobol, oddi tano, ac uwch ei ben, ac o'i gwmpas ymhob man roedd y lle fel ffau opiwm.

Dywedodd Aisha:

'Alyosha.'

Roedd syndod y ddau mor fawr â'i gilydd. Daeth corrach pen moel i'r golwg hefo rhyw olwg gam ar ei wyneb. Adnabu Alyosha Rodion o'r dyddiau a fu. Y morwr a arferai ddwad draw i'r tŷ i chwilmanta tamaid o fwyd hefo Oleg a thynnu ar y parot.

Cyflwynodd Rodion ei hun – mewn llais swyddogol – fel Cadeirydd Pwyllgor Tenantaid y Tŷ:

'A be ti'n 'i 'neud yma?'

'Fa'ma oedd fy nghartra i am bymtheng mlynadd.'

Roedd emosiynau Alyosha yn surdan a'i ben yn rhy ddi-sut i feddwl yn glir.

'Be ti'n 'i 'neud yma oedd y cwestiwn ofynnis i ichdi?'

Sgwariodd Rodion gan ei sodro'i hun yn solat o'i flaen, ei goesau ar led, fel dyn yn trio ei ewyllysio ei hun i dyfu i'w lawn faint.

'Wyt ti wedi dy gofrestru'n swyddogol? Byddar neu ddim wedi dysgu sut i wrando wyt ti? Mi ofynna i eto: wyt ti wedi ca'l dy gofrestru yn swyddogol?'

Heb hynny doedd ganddo mo'r hawl i aros yn Petrograd.

'Wedi dwad i chwilio am fy nheulu rydw i.'

'Does yr un ohonyn nhw yma,' atebodd Aisha.

'Be am fy nhad?'

322

'Fel gelyn i'r bobol, y sôn ydi iddo fo gael ei saethu.'

'A Mam?'

'Mi lwyddodd i ffoi i rywla ond ers hynny dwi heb glwad yr un gair amdani.'

Mynnai llygaid Alyosha ganlyn ei olwg tros silffoedd llyfrau hanner gwag ei dad. Sylwodd fod ei ddesg wedi hanner ei malu yn goed tân. Syllodd ar y carped a oedd wedi treulio a raflio o dan drampio'r tenantiaid.

Teimlai Alyosha yn hollol chwil. Chwyrlïodd bob un dim o flaen ei lygaid, ac er mwyn trio dwad ato'i hun, eisteddodd i lawr. Yr unig beth a glywai oedd sŵn acordion a thamborin yn rhywle a llais Rodion yn mynnu cael gwybod ei fusnas o.

'Dangos dy bapura imi.'

Trodd Aisha du min mwya sydyn.

'Rho'r gora iddi, Rodya. Ti'm yn gweld 'i fod o wedi blino?'

Roedd Aisha wedi heneiddio'n ddychrynllyd yn ei hwyneb, a'r asbri ifanc a fu'n gymaint rhan ohoni wedi darfod o'r golwg i gyd.

Doedd Rodion ddim yn hapus a mynnodd gael gwybod:

'Wyt ti wedi llenwi'r holiadur? Wyt ti wedi cofrestru i fod yn Petrograd?'

Er ei fod yn ddig, roedd y dicter hwnnw hefyd yn bradychu rhyw ofn – a thynnodd Rodion ei gôt amdano.

'Mi fydda i nôl toc.'

Cerddodd am allan yn gloff gan lusgo'i goes. Yr eiliad y cafodd ei gefn, dywedodd Aisha wrth Alyosha fod yn rhaid iddo adael yn syth.

'Ar dy union, rwan hyn – cod!'

Doedd gan Alyosha mo'r nerth i symud.

'Os na figli 'di hi o'ma, mi ddaw Rodya nôl hefo'r *Cheka*, a sgen ti'm isio i hynny ddigwydd yn nagoes?'

'Sgen i unman i fynd.'

'Be am dy nain a dy daid?'

'Dwi'n gwbod dim o'u hanas nhw. Wyt ti? Ydyn nhw'n Petrograd o hyd?'

Doedd Aisha yn gwybod dim ond roedd hi'n benderfynol fod yn rhaid i Alyosha adael ar ei union

'Be am frawd Oxana? Oleg? Wyt ti ac Oleg ddim hefo'ch gilydd?'

Ffromodd Aisha.

'Rodion ydi 'ngŵr i rwan.'

Dywedodd hefo rhyw bendantrwydd, a oedd yn dal i drio ei ddilysu ei hun.

'Rodion? Pam? Be ddigwyddodd i Oleg? O'n i'n meddwl bo' chi'ch dau yn agos?'

Roedd Aisha ar bigau'r drain iddo adael.

'Ma' hi'n stori rhy hir i'w hadrodd. Sgen i'm digon o amsar i egluro'r cwbwl i gyd.'

Y cwbwl a ddywedodd oedd fod Oleg wedi penderfynu na allai ddiodda' trefn newydd y Comiwnyddion, er iddo fod yn fwy pleidiol na neb iddi ar y cychwyn.

'Ar ôl byw trwy bedair blynadd o Gomwinyddiaeth, roedd Oleg am i Lenin barchu bodolaeth pleidiau gwleidyddol eraill. Caniatáu etholiadau rhydd a pharchu rhyddid y wasg. Yr un oedd teimlad cannoedd o forwyr Kronstadt, er bod amryw yn meddwl yn hollol fel arall hefyd, a Rodion oedd un o'r rheini. Roedd Rodion o'r farn fod siarad o'r fath yn chwarae i ddwylo'r Gwynion a'r imperialwyr tramor a oedd yn ysu i ailblannu cyfalafiaeth yn Rwsia.'

Roedd ffraeo a dadlau tanbaid ymysg y morwyr. Aeth pethau o ddrwg i waeth a'r dynion yn cael eu hollti. Aeth Oleg a Rodion benben â'i gilydd. Tyfodd dau a fu unwaith yn ffrindiau penna yn ddau elyn mawr. Ar y pryd roedd Aisha yn dal yn gariad i Oleg. Mynnodd aros hefo fo yn Kronstadt hyd nes i Rodion ei darbwyllo, er ei lles ei hun a'i phlentyn, i beidio ag aros ar yr ynys gan fod Trotskii ar fin gyrru miloedd o filwyr y Fyddin Goch ar draws y rhew a'r eira yn erbyn y morwyr. Roedd morwyr Kronstadt bellach wedi eu labelu gan Lenin yn elynion i'r chwyldro.

'Gelynion i'r chwyldro? Morwyr Kronstadt? Goeli di? Nhw a enilliodd y chwyldro i Lenin yn y lle cynta.'

'Be ddigwyddodd?'

''Siarada dipyn o synnwyr i ben Oleg,' dyna ddeudodd Rodion wrtha i.'

'A 'nest ti?'

''Nes i drio. Ro'n i'n gweld be oedd yn mynd i ddigwydd. Roedd hynny yn amlwg i bawb. Roedd y morwyr yn mynd i farw. Ond roedd Oleg yn gwrthod gwrando. 'Nid dyma'r drefn 'nes i beryglu 'mywyd amdani yn 1917.' Dyna ddeudodd o wrtha i. Roedd o'n mynnu sefyll ei dir yn Kronstadt a chwffio i'r pen. Hwnnw oedd y tro ola imi weld Oleg ar dir y byw. Mi drechodd y Fyddin Goch forwyr Kronstadt a lladd miloedd. Ers hynny mae Rodion wedi bod yn edrach ar fy ôl i.'

Wrth ei hebrwng ar draws y cyntedd, siarsiodd Aisha Alyosha i gadw draw.

'Paid byth â dwad yn ôl yma eto.'

Cofiodd Aisha gyfeiriad Dunia.

'Wn i ddim a ydi hi'n dal yno o hyd. Ma' cymaint o fynd a dwad.'

Cododd Alyosha goler ei gôt a chamu allan i'r nos.

Yn haul gwan y bora safodd ar y Nevski, a'i anadlu yn llwydo o'i flaen. Trampiodd tros yr eira caled, mor galed mewn mannau nes roedd wedi rhewi'n gorn a pheri iddo sglefrio. O'i gymharu â phrysurdeb y dyddiau a fu, roedd y lle yn wag a fawr neb o gwmpas. Dim torfeydd, dim siopwyr, dim myfyrwyr, dim gwragedd bonheddig yn eu coetsus a'u motor-ceir. Daeth i'w gof Margarita, Larissa ac yntau yn cerdded hefo Mademoiselle Babin amser maith yn ôl.

Pasiodd fegar cynnar, hen gadfridog o'r hen drefn a safai allan yn barod yn hwrjio rhyw dipyn eiddo. Safai yn debol yn ei gap ffwr du tan araf chwythu a llnau ei sbectol arian hefo'i hances boced. Pasiodd *muzhik* bychan mewn côt drom heibio yn bwyta powlennaid o *kasha* hefo darn o grystyn.

Heibio i Alyosha cerddodd dyn canol oed hefo dannedd melyn a barf bigog yn dwrdio gweithiwr ifanc hefo'i fawd mawr.

'Chdi a dy debyg, 'dach chi 'di saethu'r bobol ora i gyd.'

''Dach chi'n un da i siarad, fel tasach chi heb chwipio a char-charu pobol am dri chant o flynyddoedd.'

Roedd Alyosha wedi aros y noson gynt hefo Dunia ond croeso digon llugoer a gafodd o. Efallai am ei bod hi wedi blino. Roedd wedi ailbriodi, yn fam i hogyn bychan ac yn feichiog; neu efallai na chafodd groeso am nad oedd hi isio cael ei hatgoffa o'r gor-ffennol; neu efallai am y gallai ei chael i drwbwl am nad oedd o wedi ei gofrestru i aros yn y ddinas.

Cofiodd deimlo ei bronnau amser maith yn ôl a synnu mor galed oedd y ddwy.

'Fu ei gŵr newydd hi ddim yn or-serchog tuag ato fo chwaith, ac yn gyndyn o rannu bwyd, ac yn hollol groes i'w ewyllys y rhoddodd dalp o fara iddo a'i drin fel tasa fo'n bwydo rhyw gi ar grwydr. Llowciodd Alyosha yn llwglyd wrth holi am ei fam a'r ateb a gafodd gan Dunia oedd ei bod hi dramor yn rhywle. Ni soniwyd yr un gair am ei dad. Ond cafodd wybod lle roedd ei nain a'i daid yn byw.

Dringodd y grisiau rhynllyd i fyny trwy feddrod yr apart-ment bloc. Cerddodd trwy hanner gwyllni drewllyd ar y pumed llawr, a churo deirgwaith ar ddrws. Ar ôl ychydig funudau clywodd ratlo tsiaen.

O'r tu ôl i'r gadwyn gwelodd lygaid ofnus yn sbecian arno.

'Pwy ydach chi? Be 'dach chi isio?'

'Fi sy' 'ma.'

'Alyosha? Alyosha? Chdi sy' 'na?'

Caewyd y drws. Dadfachwyd y gadwyn.

'Ti wedi dwad yn dy ôl? Mi ddoist ti'n do?'

Ailadroddodd Anna Timurovna a'i gwefus isa'n crynu pan dywysodd Alyosha i mewn. Roedd hi'n gwisgo blows wedi ei botymu at ei gwddw, colar asgwrn-pysgodyn, oriawr aur ar ruban ar ei brest, a'i gwallt gwyn wedi ei liwio hefo rhyw wawn melyn yn rhedeg trwyddo fo.

'Dwad yn dy ôl o farw yn fyw! O farw yn fyw! Vasillii! Vasillii! Ty'd yma!'

Dwy stafell oedd ganddyn nhw. Doedd dim lle i droi. Roedd dodrefn palas cyfan wedi eu stwffio i mewn i dwlc. Gosodwyd seidbord ar ben seidbord, cwpwrdd wrth ochor cwpwrdd, ac o gwmpas y bwrdd, roedd tair cadair yn ormod. Gwasgwyd y lluniau ar y muriau yn un haid at ei gilydd ac roedd y llawr o dan draed yn feddal gan garpedi Astrakhan. Ar ben y rheini wedyn roedd darnau o groen eirth gwyn a'u pennau'n gwasgu yn erbyn ei gilydd.

Darfu'r oriau, darfu'r dydd a chynheuwyd hen lamp a honno'n drewi. Treuliodd Alyosha'r amser yn gwrando ar ei nain a'i daid yn adrodd eu helyntion blith-draphlith, y naill yn goferu i sgwrs y llall, nes weithiau ddrysu'n rhemp a ffwndro'i gilydd yn waeth.

Soniwyd fel roedd ei Ewyrth Artyom wedi trefnu *visas* i'r teulu cyfan adael Rwsia trwy groesi'r ffin i Estonia. Cafodd y cwbwl ei drefnu yn y gobaith y byddai ei dad yn cael ei ollwng yn rhydd gan y *Cheka*.

Eglurodd ei daid fel yr aeth ei Ewyrth Kozma at Fyodor pan gafodd ei symud i garchar Niegegorodskaya er mwyn ei saethu. Bu trafodaeth faith ymysg y teulu ynglŷn â'r ffordd orau i'w gael yn rhydd. Roedd ei nain o blaid mynd ar ofyn Maxim Gorkii, ac i hwnnw fynd ar ofyn Lenin. Dyna beth roedd llaweroedd o bobol eraill wedi ei wneud.

Panic Ella a roddodd stop ar bob bwriad. Roedd ganddi ofn y byddai'r teulu yn tynnu chwanag o helynt i'w pennau. Bu ffraeo a dadlau. Inessa ac Anna a benderfynodd fynd i weld Gorkii, ond 'chafodd y ddwy fawr o groeso, ac er iddo wrando'n dawel, gwyddai'r gwragedd nad oedd fawr o gydymdeimlad ganddo fo â'u cais.

Penderfynwyd deisebu Lenin ei hun. Roedd hynny yn fwy anodd, ac roedd y dydd o brysur bwyso yn nesu bob awr a gallai Fyodor gael ei saethu unrhyw eiliad. Yn y diwedd, cafodd Kozma syniad arall. Clywodd fod ar y Fyddin Goch angen swyddogion profiadol, ac er bod hynny'n hollol groes i bob dim a gredai, roedd yn fodlon ei gynnig ei hun i'r Comiwnyddion er mwyn cael ei frawd yn rhydd o grafangau'r *Cheka*.

Roedd Ella yn ffyrnig yn erbyn y bwriad ac aeth y ffraeo rhyngddi hi ac Inessa o ddrwg i waeth.

Aeth si ar led fod cyn-weinidogion yn Llywodraeth Kerenskii yn cael eu symud o garchar Niegegorodskaya i bencadlys *Cheka* Petrograd ar stryd Gorokhavaya.

Aeth si wylltach ar led wedyn fod pob un i gael ei ddienyddio er mwyn dial ar ryw wraig a saethodd Lenin. Doedd dim eiliad i'w cholli. Gan fod pob dim arall wedi methu, crefodd Inessa ar Kozma i'w gynnig ei hun i'r Fyddin Goch ond roedd Ella yn poeni ei fod yn mynd i gerdded ar ei ben i drap ac y byddai'r ddau frawd yn cael eu mwrdro. Bu dadlau a thaeru dychryn-llyd wedyn. Caledodd Ella a dangosodd haearn ei chymeriad trwy honni nad oedd unrhyw reidrwydd ar Kozma i'w aberthu ei hun tros ei frawd. Roedd ganddo ei deulu ei hun i feddwl amdano, gwraig a dwy ferch. Dewis Fyodor oedd derbyn cyfrif-oldeb yn Llywodraeth Kerenskii. Doedd ganddo fo neb i'w feio ond fo'i hun am yr helynt a dynnodd ar ei ben.

Crefodd Inessa trwy ddagrau mai Kozma oedd unig obaith ei gŵr.

Cytunodd Vasillii ac Anna nad oedd unrhyw obaith arall.

Crefodd Ella ar ei gŵr i beidio â'i beryglu ei hun, ond erbyn hynny roedd Kozma wedi penderfynu.

'Be ddigwyddodd yn y diwadd?'

329

Cadwodd Kozma at ei air. Ddeuddydd ar ôl iddo fo fynd at y *Cheka* fe gerddodd Fyodor i olau dydd. Doedd o ddim yn hollol rydd chwaith. Rhyddid amodol oedd o, ac roedd o i riportio nôl iddyn nhw bob dydd, a doedd o na neb arall o'i deulu i adael Rwsia, neu mi fasan nhw'n saethu Kozma.'

'Ble ma' 'nhad rwan 'ta? Yma yn Petrograd o hyd?'

'Berlin.'

'A Mam?'

'Dy fam hefyd.'

'A Georgik?'

'Gosha ynta.'

Oedodd Alyosha i dreulio'r cwbwl, cyn mynd yn ei flaen i ofyn:

'A be am Modryb Ella?'

'Berlin.'

'A Margarita a Larissa?'

'Ma'r tair yno ers dros flwyddyn a mwy.'

Ogla hen bobol a'u hiechyd nhw'n dirywio oedd ar ei daid a'i nain.

Dywedodd Vasillii:

'Ti heb ofyn am dy Ewyrth Kozma.'

Doedd Alyosha ddim wedi gwneud hynny oherwydd ei fod o'n ofni'r ateb.

330

Doedd Vasillii ddim yn ei lawn bwyll. Trwy chwalu ei ffordd o fyw, fe chwalodd y chwyldro ei ffydd. Chwalwyd pob un dim a fu'n sanctaidd ac yn annwyl iddo trwy gydol ei oes. Sylwodd Alyosha fod ei daid yn gwisgo tri o bob dim – tri phâr o hosanau, tri phâr o drowsus, tri chrys, tri chap, tair côt, a byddai wedi gwisgo tri phâr o sgidiau petai hynny'n bosib. Un pâr a wisgai, a'r rheini wedi eu gwneud o rwber teiar motor-car.

'O leia 'neith y Comiwnyddion ddim dwyn y rhein. Ddim digon da, yli.'

Bob hyn a hyn byddai'n dweud yn drist:

'Ma'r tacla 'di dwyn pob dim arall 'ddarna i.'

Cwyn arall oedd:

'Pam sdim sofiet gen bobol fel ni? Ma' sofiet gen bob jac-y-rac arall.'

Ateb amyneddgar ei wraig bob tro oedd:

'Am nad ydan ni'n Gomiwnyddion. Dyna pam sdim isio sofiet ar bobol fel ni.'

Mynnai Vasillii mai gwraidd y drwg oedd fod gan y rhan fwya o bobol fwy o ofn y *Cheka* na'u cydwybod eu hunain.

'Tasa hi fel arall, fasa Rwsia annwyl ddim yn y ffasiwn lanast. Dyna ydi dagra petha.'

Roedd o wedi gweld trwy dwyll y Comiwnyddion ymhell o flaen pawb arall. Be oedd eu Marcsiaeth afiach ond modd o fodloni eu chwant am ffydd heb fradychu eu rheswm? A'u rhag-rith oedd peth arall roedd o'n ei gasáu â chas perffaith. Roedd hynny am eu bod yn honni fod dynion yn gydradd. Ffolineb a redai yn groes i bob tystiolaeth hanesyddol, fiolegol ac anthro-polegol oedd hynny. Trwy fynnu cydraddoldeb ymysg dynion roeddan nhw yn sathru ar yr union beth a oedd yn gwneud pawb yn unigryw.

Yr hyn roedd y Comiwnyddion wir yn ei ofni oedd y gwrth-wyneb – 'hil', 'cenedl', a geiriau fel 'gwahaniaeth dosbarth' a 'hierarchiaeth gymdeithasol'. Mewn gair, realiti. Celwydd oedd mynnu impio rhyw unffurfiaeth ffals ar bawb yn ddiwahân. Doedd hynny ddim yn gwadu na ellid galw cymdogion yn frodyr, bod pobol i barchu ei gilydd ar sail hawliau cyfartal er yn cydnabod y gwahaniaethau.

'Be sy' o'i le ar hynny, Alyosha?'

'Dim, Taid.'

'Yn hollol. Fel arall, mae'r grefydd gomiwnyddol yn cyhoeddi rhyfel ar y cyflwr dynol ei hun, ac mae hynny yn beth gwirion-eddol frawychus.'

Dim ond wedi i'w gŵr fynd allan i chwilio am de y tywallt-odd ei nain ei bol wrth Alyosha.

'Ro'n i'n ysu i adael Rwsia hefo Inessa a Fyodor hyd nes i dy daid roi ei droed i lawr a mynnu nad oedd neb na dim yn mynd i'w hel o Rwsia fyth. 'Radag honno roedd hi'n haws o lawar croesi'r ffin, yn enwedig gan fod Artyom wedi darparu *visas* ar ein cyfar ni.' Sychodd ddagrau. 'Mi losgodd dy daid y ddau o flaen fy llygaid i.'

Collodd Vasillii ac Anna eu tŷ pan gafodd ei hollti yn stafell-oedd, a chafodd y rheini wedyn eu didoli rhwng hanner dwsin o deuluoedd a dau neu dri o gyplau priod di-blant. Roedd bron i hanner cant o bobol yn byw yn eu hen gartre, heb sôn am y cwningod a'r crwbanod, y geifr a'r ieir, y cathod a'r cŵn. Arhos-odd ei nain a'i daid yn un o'u llofftydd am rai wythnosau hyd nes i'r gweiddi eu gyrru o'u coeau.

Gwelodd Alyosha trosto'i hun y dirywiad yn ei daid. Am oriau bwygilydd gorweddai ar ei wely bob dydd, a dim ond blaen ei fysedd oedd i'w gweld ar ei dalcen. Smociai'n ddi-baid ac roedd o wastad yn gofyn i Alyosha rowlio sigarèts iddo fo.

'Pa obaith sydd 'na i hen werthoedd fel gwirionedd, rhyddid, mocsoldeb, unigolyddiaeth, urddas ac anrhydedd mewn cymdeithas fel hon? Sut roedd achub geiriau felly rhag mynd yn bethau diflanedig? Y drwg ydi fod tueddd wedi bod mewn dynion erioed i greu rhyw rith o'r byd i siwtio eu dibenion eu hunain. Yr her i ddynion doeth, Alyosha, ydi dygymod â'r byd fel mae o, er mwyn cydnabod yn onest y gwir am ein cyflwr oesol.'

Mynnai Vasillii nad oedd dim dyfodol, doedd dim presennol chwaith, a'i unig ddileit oedd trin a thrafod y gorffennol.

Byddai'n ei droi a'i drosi, ei dreulio a'i aildreulio gan fwydro siarad trwy'r un hen ddadleuon, dadleuon roedd ei wraig wedi eu clywed ganwaith a chan ei bod hi bellach wedi 'laru yr unig beth a wnâi oedd troi clust fyddar ato.

Rwsia.

Rwsia.

Rwsia.

Galaru roedd o, galaru a cheisio rhesymu sut y darfu'r hyn a fu.

Yn croesi yn araf ar draws Sgwâr Mikailoskaya roedd gorymdaith angladdol. Tynnodd Vasillii Karlovich ei dri chap ffwr i ffwrdd a gorchymyn Alyosha i wneud yr un fath. Yn ôl hen goel, dywedodd ei daid fod dwad ar draws dyn marw yn ei arch yn argoel o lwc dda. Safodd y ddau fel dwy ddelw lonydd ond cododd sŵn motor-beic o'r ochor bellaf, a gyrrodd ar wib i'w cyfwrdd. Gwisgai'r gyrrwr gogls llwydion, cap a siaced ledar ddu, ond pan ddaeth wyneb yn wyneb â'r galarwyr daeth i stop.

Canodd ei gorn main yn flin gan harthio a refio ar i'r bobol symud o'r neilltu. Symud yn ei blaen yn ara a wnaeth yr orymdaith, mor ddigynnwrf â chynt. Gwylltiodd y motor-beiciwr yn waeth, tynnu pistol *mauser* o'i boced, ei chwifio, a phan anwybyddwyd o am y pedwerydd neu'r pumed tro, taniodd ddwywaith, dair i'r awyr.

Refiodd yn gry, a hanner troi olwyn ôl y beic nes sbydu pibiad o eira slwj tros Vasillii ac Alyosha. Taniodd y motor-beiciwr ei wn; a sgrialodd rhai o'r dillad duon gan hollti bwlch pan daniodd wedyn, nesa at eu traed. Gwaeddodd ei daid ar ei ôl gan ddwrdio'r Comiwnyddion am darfu ar y meirw yn ogystal â'r byw.

Drwy gydol y ffordd draw i Eglwys Gadeiriol Pedr a Paul, siaradodd Vasillii Karlovich yn ddi-daw, gan neidio'n afreolus o un pwnc i'r llall. Roedd o'r farn nad Lenin oedd y Lenin go iawn. Clywodd si o le saff iawn mai twyllwr oedd o. Roedd yn gwir gredu hynny. Honnodd fod y Lenin go iawn wedi ei fwrdro gan yr Almaenwyr ar y ffordd nôl i Rwsia yn Ebrill 1917, a'u bod nhw wedi bod yn slei iawn i osod un arall yn ei le fo heb i neb sylwi, a gwneud hynny'n unswydd er mwyn dwad â'r rhyfel i ben, a'i gwneud hi'n bosib i fyddinoedd y Kaiser groesi draw i Ffrainc i ymladd yn erbyn y Saeson a'r Ffrancod. Blwch Pandora o wenwyn oedd y trên hwnnw a ddaeth â 'Lenin' i Petrograd.

"Choelia i ddim fod honna'n stori wir, Taid.'

'Wrth gwrs 'i bod hi'n stori wir! Paid â thynnu'n groes imi.'

O gwmpas pyrth yr Eglwys Gadeiriol roedd haflug o boblach yn mochal rhag y glaw mân a dywalltai'n dawel tros eu pennau. Cerddodd y ddau i mewn at allor y pen pellaf, gan benlinio ger y fan lle cleddid llinach y Tsar. Moesymgrymodd Vasillii nes roedd ei dalcen yn gorwedd ar y llawr oer. Adroddodd weddi hir gan grefu am faddeuant tros bechodau ei gyd-wladwyr.

'Mae'r gwirionedd yn bod yn ôl ei fawredd ei hun,' dywedodd, 'a'i iaith ddirgel yw mudandod.'

Wrth gamu allan o'r gwyllni, daeth y ddau wyneb yn wyneb â Zinaida Ernestovna a'i chwaer. Holodd Zinaida Alyosha am ei fam a'i frawd. Cenfigennodd pan glywodd fod y ddau dramor yn Berlin. Roedd awydd ingol arni hi i adael Rwsia hefyd, ac roedd hi eisoes yn hwylio i wneud hynny. Roedd ei chwaer yr un mor bleidiol i'r syniad, ac eglurodd y ddwy eu bwriad wrth Alyosha a Vasillii, ond rhyw gynllun digon hanner-pan oedd o.

Eglurodd Vasillii nad oedd modd i neb adael yn swyddogol bellach onibai fod cais yn cael ei wneud i Adran Dramor Pwyllgor Taleithiol Gweithredol y Sofietiaid, ond fe wyddai trwy brofiad pobol eraill fod cant a mil o bapurach i'w llenwi. Trefn araf a biwrocratig oedd hi. Ac roedd stamp y caniatâd terfynol yn beth mor brin ag aur. Os oedd unrhyw un yn gobeithio gadael Rwsia ar frys, ffoi tros y ffin oedd yr unig ddewis.

Penderfynodd Alyosha ffoi. Ffoi hefyd oedd bwriad Zinaida Ernestovna a'i chwaer. Dechreuodd y tri gynllwynio eu taith. Fel aelod o Undeb Helwyr Karelian a Petrograd gallodd Vasillii sicrhau pàs i'w ŵyr a'r ddwy ddynas. Byddai hynny'n dangos yn glir i'r sawl a fynnai holi pam roedd ganddyn nhw hawl i deithio ar y trên cyn belled â Shuralovo ar y ffin â'r Ffindir.

Paciodd Anna ei gwdyn bag hefo'r tynerwch mwya gan osod pob un dilledyn yn daclus yn ei le. Mynnodd ei daid roi ei gôt orau iddo, côt ffwr o'r toriad taclusaf (ond a oedd wedi treulio fymryn erbyn hyn) a thrawodd ei gap hela ar ei ben. Y tu fewn i leinin y cap gwnïodd ei nain ddau ddiemwnt a'i modrwy

335

ddyweddïo a'i modrwy briodas. Roedd Alyosha i'w rhoi yn saff yn nwylo ei fam.

Y noson cyn bod Alyosha i ffoi, llosgodd y botel fechan ar y bwrdd yn gry iawn gan droi'r wic wadin yn lliw melynddu, nes roedd ogla'r naptha a'r halen yn drewi'r stafell drwyddi. Penderfynodd Anna fod yn well ganddi ddiffodd y glim. Eisteddodd y tri yng ngolau'r lloer a'r lleufer llwyd yn eu glasoleuo.

"Nei di addo un peth i mi, Alyosha?"

Aeth ei nain ati i egluro mai hen ofergoel a ddysgodd ar lin ei nain oedd achos ei phryder. Dysgodd lawer o hen rwdlian a hen lolian ynfyd pan oedd hi'n hogan fach, ond hefyd, fe ddysgodd wirioneddau doedd fiw i neb eu hanwybyddu. Os deuai gwraig i'w gyfwrdd trannoeth yn cario bwced wag, dim ond trybini a oedd o'i flaen o, ac roedd i droi nôl ar ei union.

'Ti'n gaddo imi?'

'Ydw.'

'Ar boen dy fywyd.'

'Ar boen fy mywyd, Nain.'

Drannoeth, daliodd Anna ei fochau â'i dwylo oerion a'i gusanu'n hir ar ei wefusau. Ceisiodd Alyosha ddarbwyllo ei daid a'i nain i ddwad hefo fo. Ceisiodd ei orau glas i gael y ddau i sylweddoli pa mor ddiobaith oedd eu sefyllfa a pha mor anodd fyddai gori ar eu tlodi yn Rwsia. Bu'n dal pen rheswm am oriau meithion nes ei ddadlau ei hun yn dwll.

Dywedodd ei daid yn lleddf:

'Er gwell neu er gwaeth, dyma 'nghartra i. Does gen i ddim byd i edrach ymlaen ato fo tros y ffin mewn gwlad arall, y cwbwl alla i 'i 'neud 'di aros yma er mwyn costrelu'r hyn a fu, am fod hynny'n fwy o gysur i mi na dim byd arall.'

336

Merch benfelen hefo llygaid gleision a ddaeth i'r fei. Bratiog oedd ei Rwsieg gan mai Ffineg oedd ei mamiaith. Ni ddywedodd ryw lawer, dim ond dweud wrth Alyosha ei bod hi'n bryd iddyn nhw adael am dŷ chwaer Zinaida Ernestovna.

Cododd Alyosha ei becyn ar ei ysgwydd. Roedd Anna yn wylo'n dawel a simsan ei emosiynau oedd Vasillii hefyd, er ei fod yn gwneud ymdrech lew i'w atal ei hun rhag dangos gwendid. Cusanodd Alyosha ei nain a'i daid. Addunedodd y deuai pawb o'r teulu ynghyd ryw ddydd, ac y byddai dathlu eu haduniad yn achlysur i'w drysori.

Pan agorodd Zinaida'r drws, gwyddai Alyosha yn syth fod rhywbeth o'i le. Arhosodd ei chwaer hefo'r ferch benfelen a'r llygaid gleision tra tywyswyd Alyosha i stafell arall. Sibrydodd Zinaida yn daer o dan ei gwynt nad oedd hi na'i chwaer ddim am fentro gadael y noson honno.

'Pam?'

''Dan ni'n cael ein hudo i drap.'

'Pa drap?'

Siarsiodd o i beidio â siarad yn rhy uchel.

'Sut?'

Doedd dim amser i egluro sut na pham, ond clywodd i'r un peth ddigwydd i ryw swyddog Gwyn pan geisiodd groesi'r ffin. 'Chyrhaeddodd o mo'r ochor draw, a phan aeth rhywun ati i holi, cafwyd ar ddallt ei fod wedi ei fwrdro ar lan afon Sestra, yn y tro lle ceid y sarnau yr oedd yn rhaid eu croesi er mwyn bod yn saff o fod wedi camu dros y ffin o Rwsia.

'Dydi fiw inni fynd. Mi fasan ni'n hurt i fentro.'

'Pam?'

'Dydw i ddim yn mynd, yn bendant ddim.'

Tan sibrwd yn dawelach, eglurodd Zinaida yn frysiog fod smyglwyr pobol tros y ffin yn llawiach hefo'r Fyddin Goch. Gwyddai pawb fod pob ffoadur yn fanc bach preifat ar ddwy goes, yn cario pres neu emau gwerthfawr arno'i hun, a bod mwy nag un patrôl yn rhannu'r ysbail rhyngddyn nhw.

Â'i llygaid yn lledu, sibrydodd Zinaida yn daer:

'Os awn ni hefo hon heno, dyna fydd ein diwadd ni.'

Sad-gysidrodd Alyosha ei geiriau.

'Mi fasa'n gallach i chditha beidio chwaith, ddim os ti'n parchu dy fywyd.'

Teimlodd Alyosha y pàs ym mhoced ei gôt.

Pàs deuddydd yn unig oedd o.

Ar ôl hynny byddai'n darfod, ac yn hollol ddi-werth. Roedd yn gwybod i'w daid gael poen a gofid wrth drefnu un iddo fo, a phoen a gofid pellach wrth lwgwr-wobrwyo rhyw glerc i'w stampio. Byddai ail-gyfle yn anoddach fyth, os nad yn amhosib.

'Dwi'n crefu arnach chdi. Paid â mentro. Meddwl am dy fam.'

Doedd dim dewis.

Nid ysodd Alyosha gymaint yn ei fyw erioed i drên gychwyn ar ei daith, ond bu oedi hir, arhosodd yn ei unfan am dros awr a mwy. Roedd Alyosha a'r ferch benfelen hefo'r llygaid gleision wedi cyrraedd Gorsaf y Ffindir ar ôl cerdded yno bob un cam o'r ffordd trwy strydoedd Petrograd.

Dechreuodd oeri a theimlodd Alyosha fodiau ei draed yn fferru. Pan feddyliodd am y daith o'i flaen, dechreuodd boeni y byddai'n rhewi i farwolaeth. Cyrhaeddai pobol, fesul dau a thri. Daeth chwanag i mewn nes prysur lenwi'r seddi. Gweith-wyr swyddfa yn troi am adra wedi gwaith y dydd oedd y rhan fwyaf, eraill yn filwyr, rhai yn forwyr, neu wragedd gwledig a fu wrthi'n gwerthu llefrith yn y ddinas. Llwyd a gwelw oedd wynebau'r rhan fwyaf wrth eistedd yn fud.

Cychwynnodd y trên. Aeth tai heibio, waliau wedyn, simneiau ffatrïoedd a'r mwg tew yn parddduo'r awyr. Cytiau min y ffordd, ffensus rhacsiog a maes o law yr unig beth a oedd yn gwibio heibio o boptu oedd coed a chwanag o goed a'u cysgodion yn duo'r ffenestri wrth i'r trên durio'n ddyfnach trwy fforestydd mawrion y gogledd.

Llanwyd y cerbyd hefo mwg tybaco sur ac o dipyn i beth lleithiodd y ffenestri. Er i'r awydd i godi sgwrs hefo'r ferch benfelen ddod drosto fwy nag unwaith, ni thorrodd Alyosha yr un gair â hi.

Roedd y trên wedi stopio fesul gorsaf i fyny ar hyd y lein, ac o dipyn i beth, gwagiodd y cerbyd nes gadael dim ond tri milwr a dwy wraig ar ôl erbyn i Alyosha a'r ferch benfelen gyrraedd pen y daith. Daeth Shuralovo heibio i'r ffenest.

Pan gamodd ar y platfform gwledig, swatio'n isel ym mrigau'r coed roedd yr haul gan daenu cysgodion hirion ar draws yr eira. Wedi drewdod clòs y trên bu Alyosha'n llowcio'r aer, a'i burdeb rhewllyd yn llosgi'i drwyn. Aeth yn ei flaen. Gwelodd hen wreigan yn dod i'w gyfwrdd. Arhosodd y ferch benfelen pan sylweddolodd fod Alyosha wedi stopio. Gwelodd y llygaid gleision yn syllu arno, ac yn osgo'r ferch, roedd rhyw awgrym na ddylid cicio sodlau gan fod pawb arall wedi diflannu.

Cerddodd yr hen wreigan i'w gyfwrdd. Edrychodd Alyosha i'w bwced. Aeth heibio. Syllodd i lawr y lein. Gwasgodd y bydysawd ar ei ben. A'i lethu. Rhaid oedd penderfynu. Roedd ei bwced yn wag. Rhaid oedd penderfynu. Â'i gefn at Rwsia, aeth i lawr y lôn wen rhwng y coed duon a chanlyn troed y ferch benfelen hefo'r llygaid gleision.

Crawciai brain yn uchel a sŵn eu hadenydd yn gwyntyllu'r brigau. Darfu golau'r dydd. Tŷ pren mewn llannerch yn y wig a ddaeth i'r golwg a golau cannwyll mewn un ffenest, er bod y llenni ynghau.

Dilynodd Alyosha y ferch benfelen trwy'r drws cefn. Yn sefyll ar ganol llawr y stafell roedd gwraig dew, yn ei hoed a'i hamser. Roedd hi'n siarad rhuglach Rwsieg na'i merch. Aeth y ferch benfelen i stafell arall i orwedd a chysgu tra cafodd Alyosha ei wadd i eistedd wrth y bwrdd. Dodwyd bwyd a diod o'i flaen.

Aeth awr neu ddwy heibio. Siaradodd y wraig yn dawel am y peth yma a'r peth arall, y tywydd gan fwya. Aeth awr neu ddwy arall heibio, gan mai'r awr dduaf cyn iddi wawrio oedd yr awr ora i groesi'r ffin. Ni ddaeth y ferch benfelen o'i hystafell. Doedd dim sŵn i'w glywed chwaith. Aeth y wraig yn ei blaen i siarad yn dawel am y peth yma a'r peth arall, ond teimlai Alyosha fod rhywbeth o'i le.

Cododd a brasgamodd at stafell y ferch, ond daeth y wraig i sefyll rhyngddo a'r drws. Gwthiodd hi o'r neilltu a'i agor. Doedd neb yn y gwely. Gwag oedd y stafell. Croesodd ar ei union draw at y ffenest. Doedd honno ddim wedi cael ei chloi. Syllodd allan a gweld olion esgidiau yn yr eira. Craffodd draw i'r coed. A oedd o'n gweld rhyw smicyn goleuni?

Bagiodd a chydiodd mewn cyllell ar y bwrdd. Gorchmynnodd y wraig i wisgo'i chôt. Gwthiodd hi allan. Gwisgodd y ddau sgîs am eu traed. Wrth ei hannog trwy'r goedwig, roedd yn rhaid hastu, meddyliodd. Hastiodd hi'n ffyrnicach nes y dechreuodd ddolefu a chrefu arno i beidio â'i brifo.

Clywodd ryw sŵn a thros ei ysgwydd gwelodd olau lantern. Aeth sgïo trwy'r eira yn waith caletach fyth. Cwynodd y wraig fod ei brest yn gaeth a'i bod hi'n mygu. Dywedodd Alyosha na fyddai'n ei lladd os byddai'n ei dywys at y ffin.

Roedd wyneb y wraig yn fflamgoch a phoer yn llifo tros ei gên.

'Ffor'na . . .'

Pwyntiodd yn llesg:

'Ffor'na . . .'

'Ffor'na, pa ffordd?'

Pallodd.
Gwaeddodd arni:

'Ffor'na?'

Atebodd:

'Naci . . . ffor'na . . . ffor'na . . .'

Gadawodd hi'n dwmpath griddfanllyd yn yr eira.

Tros ei ysgwydd gwelodd Alyosha filwyr ar sgîs a'r ferch benfelen yn eu mysg yn parablu. Cariodd y nos ryw gymaint o'u Rwsieg i'w glyw . . .

Palfalodd Alyosha yn ei flaen, ond doedd dim posib sgïo ymhellach.

Taflodd nhw.
Rhedodd.
Rhedodd nerth ei beglau.
Baglodd.
Crafangodd.
Baglodd.
Crafangodd.

Weithiau fel ci ar ei bedwar.

Cropian wedyn at gopa torlan uchel.

Oddi tano, afon wedi rhewi'n gorn.

Crafangodd, hanner llithrodd i lawr nes powlio trwy'r eira meddal, er bod cerrig yn curo'i esgyrn. Cododd ar ei draed, ond roedd mor fyr ei wynt. Teimlai'n benysgafn, yn hollol chwil.

Clywodd weiddi'r milwyr.

Dododd Alyosha ei bwysau ar y rhew, camodd ar draws yr afon a chyrraedd y dorlan bellaf ac udo'r wraig fel udo bleidd-iast yn y coed.

Magodd nerth o rywle a chrafangodd i fyny'r dorlan, llith-rodd a rowliodd ac ailgrafangodd.

Roedd lleisiau dynion yn closio.

Ni feiddiodd edrych yn ôl, ond hoeliodd ei ymdrech ar ffoi o'u golwg.

Suddodd y fwled gynta i'r eira wrth ei glun.

Cydiodd yng ngwreiddyn rhyw frigyn, a'i halio'i hun i fyny.

Suddodd bwled arall ger ei war.

Unwaith y cyrhaeddodd dir gwastad, bu wrthi'n cropian draw at lwyni o dan y coed a chlecian bwledi yn sisio uwch ei ben.

Pan gyrhaeddodd goeden, mentrodd godi. Pwysodd arni a gwasgodd ei foch boeth yn erbyn ei rhisgl oer.

Syllodd Alyosha ar Rwsia am y tro ola yn ei fywyd.

1921-1924

Roedd yn gas gan Larissa gŵn er pan oedd hi'n hogan fach. Yr un oedd ei barn hi'n union wrth iddi dyfu'n hŷn. Os rhywbeth, aeth ei rhagfarn yn erbyn cŵn yn waeth. Roedd hi'n fwy gwyliadwrus ac yn fwy petrus o bob un waeth be oedd ei hyd na'i led na'i faint. Gallai cŵn bach frathu cynddrwg bob tamaid â chŵn mawr. Os deuai un i'w chyfwrdd ar y palmant, byddai'n croesi'r stryd er mwyn ei osgoi.

Hen gi oedd ci Frau Dorn, ond roedd o fel ci ifanc wrth chwilota am fysedd i'w fwytho. Tan batran tuag at Larissa ar ei bawennau budron, yn siglo ei gynffon, yn codi ei drwyn du (gan amlygu dafaden bengoch afiach, a oedd bob tro yn codi pwys arni) stwffiodd ei ffroen i'w chlun ar ôl iddi gamu trwy'r drws. Wysg ei hochor y gwthiodd Larissa heibio a rhuthro i fyny'r grisiau. Fflat mewn hen apartment bloc pum llawr mewn ardal lom yn Berlin oedd ei chartre.

'Ti nôl yn saff?'

Caeodd y drws.

'Fel gwelwch chi.'

Roedd ei llawes yn drewi o fyctarth petrol motor-ceir ac omnibysus, ac wrth hongian ei chôt ar y bachyn ar gefn y drws, lleithiodd fymryn ar flaen ei thrwyn.

'Dda bo' chdi nôl yn saff, Lala fach.'

'Dwi nôl yn saff bob dydd.'

'Cyfri'n bendithion ddylsan ni bo' chdi nôl yn saff.'

'Dwi'n ddigon tebol i edrach ar ôl fy hun.'

''Nest ti wlychu?'

344

'Dim ond newydd ddechra bwrw rhyw law mân roedd hi wrth imi gyrraedd pen y stryd . . .'

'Gad imi deimlo dy fraich di.'

'Mam, dwi'n hollol sych.'

Ar ôl holi am hynt a helynt ei diwrnod, cododd Ella i osod y bwrdd. Gosododd y bwrdd yn ei ffordd ddienaid ei hun ond yn bwyllog a defodol. Yfodd y ddwy gwpanaid o de. Yn ôl eu harfer, disgwyl a wnaethon nhw nes y deuai Margarita yn ôl adra cyn dechrau bwyta.

'Sgen ti'm gwaith cartra heno?'

Awgrym nosweithiol ei mam cyn iddi dywyllu, ac arbed gorfod cynnau'r lamp a llosgi paraffin.

'Munud ella. Dwi 'di blino.'

'Ti wastad wedi blino.'

Nid atebodd.

'Lala, pam wyt ti wastad wedi blino?'

'Achos 'mod i.'

'Ti'n cysgu'n weddol?'

'Ydw.'

'Be sy'n bod? Ma' rhywbeth yn bod, ond ti'n gwrthod deud. Ti'n gneud imi boeni rwan . . .'

'Sdim isio ichi boeni ar fy nghownt i . . .'

'Sut alla i beidio? Finna'n fam ichdi? Ti'n teimlo bo' chdi mewn rhyw wendid? Pam nad awn ni â chdi at y doctor?'

'Mam, dydw i ddim mewn gwendid. A ma' mynd at ddoctor yn costio.'

Rhoddodd hynny gaead ar y sgwrs. Teimlai Larissa yn amal mor isel ei hysbryd â'i mam er na feiddiai hi ddangos hynny fyth gan i Margarita ei siarsio i wneud ei gorau glas i fod yn ddedwydd. Doedd arni fawr o hwyl. Roedd Larissa yn casáu ei hysgol â chas perffaith. Doedd dim gair da ganddi am y lle o gwbwl, am y disgyblion, yr athrawon, na neb. Doedd byw mewn fflat mor gyfyng yn fawr o help i osgoi'r felan chwaith. Roedd hi'n dyheu am fod yn hŷn.

'Am be ti'n meddwl?' gofynnodd ei mam, a oedd hefyd yn hel meddyliau.

'Pryd ddaw Margarita adra?'

'Mi ddaw. Ma' hi'n ddeddfol iawn.'

Teimlai Larissa braidd yn llwglyd. 'Chafodd hi fawr o ginio. Er na soniodd yr un gair, roedd ei mam yn gwybod yn iawn ei bod hi ar ei chythlwng, ond roedd dealltwriaeth y byddai'r tair yn bwyta hefo'i gilydd bob nos. Tyfodd y swper yn rhyw fath o ddefod, ac i Ella bellach, roedd i ddefodau bach bob dydd bwysigrwydd mawr.

'Pam na 'nei di dy waith cartra?'

'Sgen i ddim gwaith cartra heno.'

'Ddeudist ti gynna bo' gen ti beth.'

'Ddim llawar.'

'Pam na 'nei di o rwan a'i gael o allan o'r ffordd cyn y daw dy chwaer yn ôl?'

Tynnodd Larissa eiriadur Almaeneg/Rwsieg oddi ar y silff – yr unig silff. Tynnodd ei llyfrau o'i bag ysgol a dechreuodd ddarllen, ond cogio roedd hi gan fod ei meddwl wedi dechrau crwydro. Roedd y dydd yn pylu. Llwydodd y cyfnos golau cyn araf dywyllu. Caeodd Ella ei llygaid, plethu ei bysedd i'w gilydd ar ei chôl, nes roedd mor llonydd â llyn. Crynodd gwydr y ffenest wrth i drên ruo heibio a fesul tipyn, melynodd goleuadau ffenestri blociau Neukölln y gwyllni.

Pan glywodd lais ei chwaer a chwerthin gyddfol Klara, y ferch ifanc fronnog a oedd yn byw yn y fflat uwchben, cododd Larissa ei chlustiau. Roedd hi'n llawn cenfigen tuag at Klara am mai ganddi hi roedd y stand-golchi gorau o holl fflatiau'r bloc – yn ogystal â drych heb grac, seidbord a wardrob i gadw ei dillad, ac roedd ganddi fwy na digon o'r rheini, a thri phâr o esgidiau. Pan ddaeth Margarita i mewn trwy'r gegin fach (darfu sŵn traed ysgafn Klara wrth iddi gamu i fyny'r grisiau caled at ei drws hi ei hun) doedd neb yn falchach o'i gweld na Larissa.

'Ti nôl yn saff?'

'Dwi'n dwad yn ôl yn saff bob dydd, Mam.'

Cododd y ddwy chwaer aeliau ar ei gilydd. Cafodd Margarita ei dal mewn cawod hegar, roedd ei gwallt a'i hysgwyddau'n wlyb.

'Dda gweld bo' chdi nôl yn saff.'

347

Tynnodd ei chôt a'i berét, a gwyddai ei chwaer o'i hedrychiad fod ganddi rywbeth da i'w fwyta. Ar dri phlât, gosododd dair cacen fechan. Rhai wedi eu dwyn oeddan nhw ond doedd fiw ensynio dim byd o'r fath o flaen Ella.

'Dowch inni fwyta,' tynnodd y fam ei chadair at y bwrdd. 'Sut ddiwrnod gest ti?'

'Di-fai.'

Roedd Margarita wedi llwyddo i gael gwaith shifft mewn ffatri leol, diolch i Klara, a fu'n canlyn am bwl hefo un o'r fformyn, cyn i wraig hwnnw ddwad i glywed, a rhedeg draw un pnawn i greu'r stŵr rhyfedda trwy daflu ei modrwy briodas i wyneb ei gŵr, galw Klara'n hŵr, a phoeri ar y cacennau wrth strancio a sgrechian. Bu ond y dim i Klara gael ei throi allan a'i thaflu ar y clwt yn y fan a'r lle. Onibai ei bod hi wedi bod yn rhyw fudur focha hefo un o'r cyfrifwyr, dyna fasa wedi digwydd heb os, ond cadwodd hwnnw ei chefn a chadwodd hithau ei lle.

Doedd y cyflog fawr o beth, ond roedd Margarita yn falch o allu derbyn unrhyw fath o waith, nes y deuai rhywbeth gwell i'r fei, er nad oedd hi ddim yn rhy obeithiol y byddai hynny yn digwydd yn fuan chwaith. Am chwarter wedi saith bob bora byddai Margarita yn gadael y fflat ac yn dychwelyd unrhyw bryd rhwng chwech a saith, dro arall byddai bron yn wyth. Diflas ac undonog oedd gwaith y ffatri, ond o leia roedd y merched yn cael eistedd a sgwrsio hefo'i gilydd wrth lapio teisennau a'u dodi mewn bocsus cardbord hefo gwahanol dirluniau ar eu caeadau o lynnoedd a mynyddoedd Bavaria. Diolchodd Margarita i Herr Professor K.K. ei bod hi mor rhugl mewn Almaeneg.

Wrth adael trwy'r drysau ar ddiwedd pob un shifft byddai hanner dwsin o wragedd yn eu bodio a'u byseddu, rhag ofn bod rhywrai wedi dwyn y cacennau. Doedd Margarita erioed wedi meiddio cuddio cymaint â briwsionyn, ond roedd Klara yn llawn direidi, ac wrth ei bodd yn dyfeisio gwahanol ffyrdd o smyglo. Doedd dim pall ar ei chyfrwystra a'i chastiau. Doedd dim byd yn rhoi mwy o bleser iddi na rhoi dau dro am un i'r cyfalafwr a oedd yn eu trin nhw i gyd fel baw.

"Choeliwch chi ddim pwy welis i amsar cinio,' dywedodd Margarita.

'Pwy?' holodd ei chwaer.

'Boris Savinkov.'

Peidiodd ei mam â chnoi.

'Ble gwelist ti o?'

'Ar y stryd. Ar hap.'

'Be? A 'nest ti ddechra sgwrsio hefo fo?'

'Magu plwc a gwneud, do. 'Dach chi'n cofio nôl yn Petrograd? Cyn helyntion Hydref 1917, mi ddaeth o draw i'r tŷ un tro i weld Tada yn do?'

'Do,' atebodd Ella, gan wthio ei phlât draw a rhoi'r gorau i fwyta.

'Mi wnes i holi a oedd o'n gwbod rhywbeth o hanas Tada . . . ond doedd o ddim.

Ratlodd gwydr y ffenest wrth i drên ruo heibio.

'Ond ma' Boris Savinkov am holi, medda fo. Ma' ganddo fo gysylltiada o hyd yn Rwsia. A mi sgwennodd gyfeiriad y fflat 'ma yn ei ddyddiadur. Roedd o'n cydymdeimlo hefo ni.'

'Dydi cydymdeimlad yn fawr o gysur i neb,' surodd tristwch lais Larissa.

'Dal ati i weddïo fydd raid inni,' cododd Ella ei gobeithion.

Cil-edrychodd Margarita ar ei chwaer cyn mentro dweud:

'Roedd Boris Savinkov wedi gweld Ewyrth Fyodor a Modryb Inessa mewn cinio yng Nghlwb y Rwsiaid Alltud hefyd. Ma' nhw wedi cyrraedd Berlin ers amsar. Ma' nhw'n aros yn yr Hotel Adlon.'

'Dwi'n gwbod,' atebodd Ella. 'Mi yrrodd Fyodor neges trwy law ata i.'

Rhyfeddodd y ddwy.

''Dach chi'n gwbod? Ers pryd?'

'Rhai misoedd yn ôl. Pump neu chwech, dwi ddim yn cofio yn iawn . . .'

'Mam! ''Dach chi ar fai!'

'Pam na fasach chi wedi deud?'

'Roedd gen i dda reswm tros beidio â deud dim. Does arna i ddim isio derbyn *kopeck* o gardod fyth gen y dyn yna. Byddai'n well gen i lwgu i farwolaeth na gwneud hynny. Fo fradychodd fy ngŵr i.'

Ar ôl iddo groesi'r ffin o Rwsia cafodd Alyosha ei ddal. Rhyw ffermwr wrthi'n llifio coed a'i bradychodd o i batrôl o filwyr Ffinaidd ar ôl gweld olion ei draed yn yr eira. Roedd y dyn yn amau ei fod wedi gweld Bolshefic yn cerdded ar draws ei dir. Roedd cymaint ohonyn nhw wedi croesi i gynnal achos y Coch-ion yn erbyn y Gwynion yn Rhyfel Cartref y Ffindir.

'Dal dy ddwylo i fyny!'

'Yn uchal uwch dy ben,' bloeddiodd yr ail filwr.

Closiodd y patrôl.

'Be ti'n 'neud yn llercian yn fa'ma?'

Ar ôl treulio ail noson yn yr oerfel roedd Alyosha yn crynu.

'O ble doist ti?'

'Petrograd.'

'Pwy wyt ti?'

'Alexei Fyodorovitch Alexandrov. Dwi'n fab i Fyodor Mikhailo-vitch Alexandrov.'

'Cau dy geg!'

Erbyn hynny, roedd y milwyr wedi tynnu pàs Undeb Helwyr Karelian ei daid o'i boced. Enw gwahanol oedd ar hwnnw.

'Cochyn ydi o.'

'Saetha fo rwan.'

'Arbad y strach o fynd â fo nôl hefo ni.'

'Dwi'n cytuno.'

'Na! Na! Ma'n rhaid i chi 'nghoelio i. Ffoadur ydw i.'

'Ffoadur, myn ffwc i!'

'Bwlat yn 'i ben o.'

Cafodd Alyosha ei bwnio yn ei frest.

'Bagia!'

Bagiodd a baglodd.

'Yn erbyn y goedan 'na!'

Yng nghanol panorama o goed ac eira a'r wybren faith uwchben mor llonydd ag erioed, roedd o'n mynd i farw. Ar ôl ei holl dreialon. Ar ôl ei holl helbulon. Ar ôl llwyddo i ffoi o Rwsia, roedd o'n mynd i gael ei fwrdro yn y Ffindir.

'Saethwch fi.'

Doedd o ddim yn mynd i grefu. Doedd o ddim yn mynd i ildio i'w blys o'i weld yn ymbil am ei hoedal. Roedd wedi gweld digon o filwyr a milwra i ddeall eu natur.

'Basdad coci!'

Rhythodd Alyosha ar y milwr:

'Edrach i fyw cannwyll fy nau lygad i a saetha fi wedyn y cont hyll.'

Brasgamodd y milwr ato a'i ddwrn ar godi ond cafodd ei atal.

'Heikki, paid!'

'Ma'r ffycar haerllug yn gofyn amdani.'

'Gad iddo fod. Awn ni â fo i mewn.'

Cafodd Alyosha ei arestio. Cerddai un milwr ar y blaen a dau y tu ôl iddo. Roedd y ddaear-dan draed yn galed, ac ar yr un pryd, yn feddal. Amrywiai trwch yr eira o eisin ysgafn i luwchfeydd dyfnion. Cododd a gostegodd y gwynt. Cerddodd y pedwar trwy ryw dawelwch pur a'r coedydd mawrion o boptu yn gwasgu ar eu llwybr. Croeswyd dwy afon. Sbonciodd y criw o sarn i sarn nes cyrraedd y dorlan bellaf a dringo i fyny at ben llwybr a ledodd maes o law yn lôn.

Fesul cam daeth cyrion gwersyll yng nghanol y pinwydd a'r cedrwydd i'r golwg. Gwelodd Alyosha fythynnod coed ac ogleuodd fwg yn codi o'r simneiau. Clywodd wehyru meirch a sŵn tryc yn gwrthod tanio. Cafodd ei fartsio heibio i filwyr a oedd yn sefyllian o gwmpas yn smocio, ond 'chymerodd neb fawr o sylw ohono.

'I mewn yn fa'na – cer.'

Cafodd ei gloi mewn cell mewn cwt pren, hirsgwar. Dim ond un dyn arall a oedd wedi ei gloi, yn y gell bellaf oddi wrtho. Cododd Alyosha sgwrs ond gwaeddodd llais hefo grym taran arno i ddistewi.

Byseddodd ei gell. Teimlodd odrwydd y parwydydd. Wrth hongian arnyn nhw am amser maith teimlodd lonyddwch y bariau. Dechreuodd deimlo ei fod yn boddi; câi drafferth i anadlu; rowliodd yn ôl ac ymlaen ar y llawr. Doedd o erioed wedi ei gloi mewn cell o'r blaen. Ni chafodd fwyd. Methodd gysgu. Gwewyr meddwl gwaetha Alyosha oedd y câi ei hel yn ôl i Rwsia. Byddai hynny yn ddigon amdano. Byddai'n gwneud amdano'i hun cyn y byddai hynny'n digwydd.

Llusgodd y nos ei hun tuag at y wawr. Ar ei thoriad edrychodd Alyosha allan heibio i'r bariau a gweld fod niwl llaethog yn llithro heibio i'r coed tuag at y gwersyll fel rhyw elyn mud. Bangiodd y drws hefo'i ddyrnau a chicio'i waelod.

'Dwi isio bwyd!'

Maes o law, fe gafodd fwyd. Llowciodd y cwbwl. Roedd yn dal ar lwgu. At ganol dydd, cafodd ei dywys o'i gell ac allan o'r cwt hirsgwar ar draws y gwersyll i swyddfa. Bwrdd, un gadair a theliffôn. Roedd hwnnw'n canu bob hyn a hyn ac ni thrafferth-odd y milwr a oedd yn ei warchod ateb y ffôn. Aeth awr neu ddwy heibio.

Tuag at ganol y pnawn, cerddodd rhyw swyddog brithwallt, tal i mewn. Roedd o'n ogleuo o ddŵr lafant. Gosododd thermos ar y bwrdd.

'Wyt ti am ddeud y gwir wrtha i?'

Wrth i'r swyddog ei holi byddai'n sgriwio a dadsgriwio'r fflasg, tywallt coffi yn bwyllog iawn i gwpan wen a'i sipian yn ara deg. 'Chafodd Alyosha ddim cynnig cymaint â thropyn. Nodwyd pob un gair a ddywedodd. Llusgodd yr oriau yn araf.

'Dyna'r cwbwl sgen ti i'w ddeud?'

Cododd y swyddog ar ei draed. Roedd hi'n amlwg ei fod yn amau fod Alyosha yn ysbïwr i'r Kremlin. Wrth iddo hwylio i adael, holodd y carcharor:

'Be sy'n mynd i ddigwydd imi?'

Gan droi wrth y drws (hefo rhyw edrychiad dwys-fyfyrgar) atebodd y swyddog:

'Gei di weld bora 'fory.'

''Dach chi ddim am fy hel i nôl i Rwsia, ydach chi?'

'Fasach chdi'n lecio i ni 'neud hynny?'

'Ar ôl bob un dim dwi wedi ei ddeud wrthach chi?'

Drannoeth, cafodd ei ddeffro'n gynnar iawn. Roedd hi'n dal yn dywyll pan ddringodd i gefn lori at saith o filwyr. Bu'r lori ar y lôn trwy'r dydd, yn gyrru trwy fforestydd a thros bontydd afonydd nes cyrraedd dolydd a ffyrdd mwy gwastad ac unionsyth. Torrodd syched pan rannodd un milwr ei botel ddŵr hefo fo. Erbyn i'r lori yrru i mewn trwy byrth carchar i'r dwyrain o Helsingfors, roedd hi wedi tywyllu – a silwét y polion teligraff yn taflu eu cysgodion ar draws yr eira.

Cafodd ei gadw yn y carchar am bron i dair wythnos a hanner. Roedd yn disgwyl i'w dad gyrraedd o Berlin lle byddai'n ciriol trosto fo.

'Neu ddim,' fel yr awgrymodd warden wrth brawf-rifo'r carcharorion yn eu celloedd un noson. 'Achos llys dirgel gei di wedyn. Ma' pob un sbïwr o Rwsia wedi cael ei saethu hyd yma.'

'Dydw i ddim yn sbïwr.'

'Yr un diwn gron sgen bob un. Dyn da ydi'r Cadfridog Karl Gustav von Manerheim am drechu'r Cochion yn y Ffindir. Cystal dyn bob tamad ag yr oedd Napoleon yn ei ddydd.'

Wrthi'n cerdded yn yr awyr agored yr oedd Alyosha un pnawn pan alwyd ei enw. Dilynodd y warden i lawr dau goridor a thrwy dri drws. Camodd i mewn i swyddfa gynnes. Roedd dyn mewn côt dywyll yn eistedd fymryn yn wargrwm â'i gefn tuag ato.

Safodd Alyosha.

Cododd a throdd y dyn i'w wynebu.

Daeth wyneb yn wyneb â'i dad.

Dau ddyn diarth.

Toc:

'Dyma chdi o'r diwadd.'

Noethodd ei ddannedd a gwenodd Fyodor.

'Ti 'di newid.'

Gwasgodd y tad ei fab yn gwrtais o gwmpas ei benelin a'i wasgu eilwaith, yn galetach.

'Ti 'di colli dy ddau ddant blaen?'

'Amser maith yn ôl.'

'Sut?'

'Achub fy nghroen.'

Noethodd ei dad ei ddannedd a gwenodd drachefn: doedd hi ddim yn wên annwyl. 'Fu hi ddim erioed, meddyliodd Alyosha wrtho'i hun.

'Ti wedi bod trwy heldrin enbyd?'

'Do.'

'Tydan ni i gyd?'

O fewn llai na hanner awr roedd Alyosha â'i draed yn rhydd ac ar ei ffordd i Berlin.

Anamal iawn y byddai Ella yn aros ar ei thraed. Byddai'n mynd i'w gwely yn gynnar ond yn cysgu'n hwyr. Wedi iddi gusanu ei dwy ferch a dymuno noswaith dda, ciliai i'w llofft ddioleuni – heblaw am fflam y gannwyll fechan a oleuai'r eicon wrth droed ei gwely. Clywai Margarita a Larissa hi'n offrymu gweddi tros eu tad. Doedd yr un o'r tair wedi clywed bw na be o'i hanes ers amser maith. Oedd o'n fyw? Oedd o'n farw? Ni ellid ond dyfalu, dyfalu a gobeithio, ac yn achos Ella, gweddïo.

Rhuthrodd trên heibio. Gwingodd ellyllon llwydion ar y muriau. Trawodd Ella ei phen i lawr a cheisio mynd i gysgu. Hiraethai ar i rywun estyn ei law a holi,

"Mach i, wyt ti'n iawn? Tywallt dy boen i 'nghôl i.'

Ar adegau felly, clywai lais ei mam. Teimlai fod y gallu i gyd-ymdeimlo wedi ei wagio ohoni a rhyw chwerwedd wedi llenwi ei chalon.

Am yn ail y cysgai Larissa a Margarita ar y soffa a'r llawr.

Sibrwd yn dawel a wnâi'r ddwy gan eu bod yn credu fod eu mam yn effro tan yr oriau mân, yn clustfeinio ar eu sgwrsio.

Roedd gan Larissa ddiddordeb byw yn hanes Klara a Lev Ganin. Alltud arall o Rwsia oedd Lev Ganin, y dyn ifanc mewn-blyg, oriog a oedd yn byw yn y fflat arall ar ben y grisiau. Cadwai ei gwmni ei hun gan amlaf ond gwyddai Margarita a Larissa fod ganddo gariad, hogan ifanc flwyddyn yn iau na Klara o'r enw Lyudmila (a oedd yn byw mewn stafell yn y Königsallee hefo dwy ferch arall), a'i fod o wedi trio gwneud ei orau i dynnu'r garwriaeth i ben ers amser ond ei fod yn cloffi, yn poeni ac yn methu magu'r plwc i gael y maen i'r wal.

Roedd Klara yn ysu, bron â thorri ei bol, i glywed eu bod wedi gorffen, ac roedd hi hyd yn oed wedi mynd mor bell â cheisio awgrymu (yn ei ffordd ddihafal ei hun) wrth Lyudmila nad Lev Ganin oedd y dyn go iawn iddi hi. Difarodd ar ei hunion wedyn, a meddwl ei bod hi wedi bod braidd yn fyrbwyll, a fymryn bach yn or-amlwg yn yr hyn roedd hi'n trio'i 'neud, ond y tro nesaf y gwelodd y ddwy ei gilydd roedd Lyudmila yr un mor serchog ag erioed, ac aeth mor bell ag awgrymu y gallai Lev, Klara a hithau fynd i'r pictiwrs un noson hefo'i gilydd i weld ffilm newydd Charlie Chaplin. Roedd Larissa hefyd â'i llygaid ar Lev. Dyna pam roedd hi'n mynnu siarad cymaint amdano fo.

Doedd gan Margarita ddim llawer o ddiddordeb ym mywyd carwriaethol Klara. Ers gadael Rwsia fe sylwodd Larissa gym-aint roedd ei chwaer wedi newid. Roedd hi wedi difrifoli – a 'fu hi rioed yn un am ddireidi a chwerthin. Doedd fawr o hwyl yn

357

perthyn iddi. Roedd profiadau'r blynyddoedd diweddar wedi ei sadio a'i blino, ond roedd Larissa yn llawn afiaith ifanc, er na châi fawr o gyfle i ddangos hynny yn amal. Ond os byddai Lev a Lyudmila yn gorffen, byddai'n rhaid i Klara weithio yn galed iawn i ddenu Lev. Pwy a ŵyr, efallai y byddai Larissa hyd yn oed yn cael y blaen arni.

Am y tro cyntaf mewn pedair blynedd, daeth Alyosha wyneb yn wyneb â'i fam yn ei *suite* o ystafelloedd yn yr Hotel Adlon. Cerddodd Inessa tuag ato mewn kimono melyn-golau hefo blodau cochion, a'i gwallt wedi ei glymu i fyny yn dwmpath dedwydd ar ei phen. Roedd hi'n gwisgo sbectol las. Yn sefyll nesaf ati roedd Georgik, a oedd newydd ddathlu ei ben-blwydd yn bump oed rai wythnosau ynghynt.

Fyodor a ddywedodd:

'Gosha, dyma dy frawd mawr di, Alyosha. Ti am ddeud 'croeso atom ni i Berlin' wrtho fo?'

Syllodd Georgik i fyny i'w wyneb yn llawn o chwilfrydedd amheus.

'Gosha? Be ti 'di bod yn 'marfar ei ddeud pan fyddach chdi'n cyfarfod Alyosha? Mmmm? Roeddach chdi'n mynd i ddeud 'helo'. Ti'm yn cofio?'

Ysgwyddodd yr hogyn bach ei ben a gwthio'i fawd i'w geg.

'Deud ti rywbeth wrtho fo, Alexei.'

Methodd Alyosha ddweud dim.

'Ma' Gosha wedi edrach ymlaen cymaint at gael dy weld di ar ôl yr holl amsar yma. Dydi o ddim yn dy gofio di. Rydan ni wedi dangos llunia iddo fo, pan oeddach chdi'n hogyn. Rydan ninna wedi sôn cymaint amdanach chdi wrtho fo. Tydan ni, Inessa?'

Roedd pob dim mor chwithig a diarth.

'Helo, Gosha,' gwenodd Alyosha.

Aeth yr hogyn bach i'w gilydd a wardio yn glir o'r golwg y tu ôl i kimono ei fam.

'Sdim isio bod yn swil,' dwrdiodd ei fam yn dyner. 'Dim ond Alexei ydi o.'

'Fi sy'n codi ofn arno fo hefo'r bwlch 'ma'n fy nannadd.'

'Fydd rhaid trefnu deintydd. 'Alla i ddim diodda' cael mab i mi yn cerddad o gwmpas Berlin hefo ceg mor hyll. Fydd rhaid ichdi fynd i weld rhywun y peth cynta bora 'fory.'

Safodd amser yn llonydd.

'Ddoist ti â rhwbath imi o Rwsia?' holodd ei fam ar ôl agor ei llygaid yn hir ar ei mab.

'Do.'

'Do mi weld.'

Dododd ei gap hela yn ei dwylo.

'Inessa,' siaradodd Fyodor yn dawel, ''alla hyn ddim fod wedi aros?'

Morwyn ifanc o'r enw Grete a gafodd y gwaith o agor y pwythi hefo siswrn bychan.

359

'Be am fy mam a 'nhad?' holodd ei fam. 'Sut roeddan nhw?'

'Yn fyw.'

''Nes i ddeud a deud sut y basa hi arnyn nhw yn Rwsia o dan draed lladron a llofruddion, ond doeddan nhw'n gwrando dim arna i.'

Ni holodd chwanag o'u hanes rhag peri gofid iddi hi ei hun.

'Do mi weld,' dywedodd wrth y forwyn.

Camodd Grete ati a dodi'r modrwyau iddi.

Gwasgodd Inessa'r modrwyau yn ei llaw.

Cusanodd ei dwrn.

Teimlai Alyosha nad oedd o'n perthyn. Teimlai ei fod yn tres-masu ar fywydau a oedd wedi bod yn byw yn ddedwydd ddigon am flynyddoedd hebddo fo.

Ar y daith hir o'r Ffindir trwy Sweden i Berlin, fe eglurodd ei dad sut roedd y teulu wedi cyrraedd yr Almaen yn wreiddiol nôl yn 1918. Ffoi i'r Ffindir a wnaethon nhw o Petrograd i gychwyn, ond ar ôl amser fe benderfynwyd symud i Berlin lle roedd miloedd o Rwsiaid eraill wedi dechrau hel. Mewn teli-gram o'r Grand Hotel yn Stockholm i'r Hotel Adlon, neilltuodd Fyodor *suite* o'r ystafelloedd gorau. Doedd Inessa yn disgwyl dim llai. Roedd hi'n edrach ymlaen at wneud llawn ddefnydd o'r gwesty gorau yn Berlin a'i drin fel ail-gartre. Pan gyrhaedd-odd Fyodor ac Inessa y brifddinas a'u gyrru mewn auto-daimler o orsaf Stettiner i'r gwesty, fe gafodd y ddau eu croesawu yng nghyntedd y gwesty gan neb llai nag Iarlles Kleimichael ei hun a phum cant o rosynnod cochion yn addurno eu hystafelloedd.

Wrth swpera'r noson honno, sylwodd Alyosha fod ei fam yn gwisgo modrwy briodas ei nain, a bod y ddau ddiemwnt wedi eu nyddu ymysg y disgleirdeb o fwclis a gadwynai am ei gwddw.

Gwrandawodd ar sgyrsiau o gwmpas y byrddau. Methodd wneud na phen na chynffon ohonyn nhw. Rwsiaid oeddan nhw. Ond a oedd y bobol yma yn siarad yr un iaith ag o? Hyd yn oed ar ôl cyrraedd yr Hotel Adlon, roedd o'n dal i lowcio fel anifail nes codi cywilydd ar ei fam, a hynny yng ngŵydd neb llai na'r Grand Ddug Kyril Vladimirovich, ei wraig a'i blant.

'Hogyn ar ei brifiant,' oedd esgus ei dad, ond mynnodd Inessa ei fod i fwyta'n fwy parchus wrth y bwrdd bwyd.

'Alexei, oes rhaid imi ddeud wrth rywun pedair ar bymthag oed sut mae bihafio?'

'Sgynnoch chi'm syniad sut beth ydi llwgu.'

'Bydd yn weddus.'

'Dwi isio bwyd.'

'Os bydd chwant arnach chdi am chwanag, peth hawdd fyddai trefnu i ragor gael ei yrru i dy stafall di.'

Ymdrechodd Alyosha yn galed i gadw trefn arno'i hun, ond yr eiliad y byddai gweinydd yn taro basgediad o fara o'i flaen, byddai'n cythru dau ddarn yn syth, gan stwffio un i'w safn, a gwthio'r llall i fyny ei lawes.

Addawodd ei dad i Alyosha y câi lofft iddo'i hun, ond roedd Georgik yn mynnu cael cysgu hefo'i frawd mawr. Y gwir reswm pam nad oedd Alyosha am rannu llofft â Georgik oedd fod ganddo ofn dychryn ei frawd bach trwy ddeffro'n chwys oer, llawn hunllefau poethion, yn sgrechian am ei hoedal. Cysgodd y ddau frawd yn eu llofftydd ar wahân.

Doedd Alyosha ddim wedi dysgu sut i setlo eto. Doedd o ddim wedi setlo nôl ynddo'i hun, heb sôn am setlo nôl i arferion teulu er ei fod o'n gwisgo siwt, coler wen galed a thei o sidan du, fel pob dyn arall, i giniawa. Roedd hi'n haws rhoi trefn ar ei gnawd na'i feddwl. Digwyddodd hynny'n weddol hawdd.

Merch o dre Brünn oedd Grete yn wreiddiol. Symudodd i Berlin ar ei phen ei hun y flwyddyn gynt i chwilio am waith. Rhyw ddwy ar bymtheg oedd hi, yn un o deulu mawr. Roedd naw neu ddeg o frodyr a chwiorydd ganddi, a'r rheini'n gweithio mewn llefydd mor wahanol â'r Grossglockner, Salzburg a Zell am See. Grete oedd y forwyn a oedd yn llnau llofft Alyosha bob bora.

Roedd hi'n hogan nwydus iawn. Cerddai fel cath ar ysgafn droed er bod ei chluniau yn dewion. Roedd ganddi groen gwyn, gwallt lliw llew melynaidd, llygaid llwydion a gwefusau a guddiai res o ddannedd anwastad. Roedd hi'n ymwybodol iawn o hagrwch ei dannedd, a bob tro y byddai'n chwerthin, byddai'n codi ei llaw o flaen ei cheg.

Anabu'r chwant llwglyd yn Alyosha yn syth. Doedd o byth yn gallu cael ei wala ohoni. Mynnai dynnu amdani. Mynnai dreulio amser yn syllu ar ei noethni. Byddai'n ei throi ffordd yma, yn ei throi ffordd acw wrth ei lledu ar y gwely. Codi ei choes, syllu ar ei gafl.

'Am draw. Tro'r ffordd arall. Am draw.'

Byddai'n gofyn iddi estyn ei breichiau yn uchel uwch ei phen i godi ei bronnau.

'Penlinia rwan.'

Wedyn byddai'n gofyn,

'Dal dy ben ôl i fyny. Fel'na. Dyna chdi. Ar dy bedwar.'

Er mwyn iddo lyfnu ei ddwylo a llyfu ei dafod drosto.

'Tro drosodd a gorwedd yn llonydd rwan.'

Hithau'n gwenu.

'Cod, ty'd yma.'

Gaflai drosto fel llewpard i siglo ei bronnau uwch ei drwyn.

'Ti'n lecio'n ffwcio i?'

'Dwi wrth fy modd yn dy ffwcio di.'

'Gei di'n ffwcio i am byth.'

'Grete, sefyll uwch fy mhen i ar y gwely eto.'

'Sdim diwadd arnach chdi!'

'Plyga drosodd ar y gwely.'

Safodd wedyn wrth droed y gwely. Sadio'i dwylo ar y gwely. Lledu ei choesau ar y gwely. Byddai'n ei hanwesu drosti, ei chusanu'n ara cyn ei gladdu ei hun ynddi. Ar ôl caru byddai Grete yn dal ei fys bach rhwng ei bys a'i bawd rhwng ei bronnau. Roedd rhyw hen goel yng nghyffiniau Brünn, yn rhan o lên gwerin yr ardal, fod hyn yn fodd o adfer nerth rhywiol dyn ar gyfer sesiwn garu arall . . . Ei phleser hi oedd ei bleser o, a'i bleser o ei phleser hi. Symbylai'r ddau ryw awydd chwantus di-baid yn ei gilydd.

Ond daeth eu bora garu i ben yn sydyn iawn.

'Dwi 'di cael fy sacio.'

'Pryd?'

'Rydw i i fod i adael rwan hyn. Os mentra i roi blaen troed yn yr Hotel Adlon byth eto, maen nhw wedi bygwth gyrru'r plismyn ar fy ôl i.'

'Pwy 'na'th dy sacio di?'

'Sut dwi'n mynd i fyw? Ar be? 'Neith fy nhad hannar fy lladd i. Ga i 'ngholbio yn ddu-las.'

''Chei di mo dy sacio. Paid â phoeni. Pwy sydd uwch dy ben di?'

Pennaeth staff yr Hotel Adlon oedd Albrecht Tänzer. Gwisgai siwt ddu a menyg gwynion, gwallt du wedi ei seimio'n wastad tros ei gorun a llygaid brithion. Doedd o byth yn codi ei lais ond yn sibrwd ei orchmynion yn dawel fel gweddïau.

'Be alla i 'i 'neud i chi?'

Eglurodd Alyosha natur ei gais.

'Ddim y fi gafodd wared ohoni.'

'Pwy?'

'Mater preifat ydi hynny.'

'Os na ddeudi di wrtha i rwan hyn, dwi'n mynd i biso ar ben dy esgid di.'

Gwenodd Albrecht Tänzer ei wên ansiriol. Yn ei ddydd, roedd o wedi gweld pob math o gastiau gwirion gan westeion o bob oed, a doedd o ddim yn ddyn i'w synnu gan ffwlbri na ffyliaid. Ond arswydodd pan ddadfotymodd Alyosha ei falog a thynnu ei gwd allan a'i ddal yn llipa ar ei law agored.

Ar ei union, atebodd Tänzer 'eich mam' a'i fochau hyd at ei glustiau mawrion yn gwrid-boethi'n gochion.

Ar ei bol yn cael ei thylino roedd Inessa.

'Be ti'n 'i 'neud yma? Be sy'? Pam ti'n edrach arna i fel'na?'

'Ma' Grete i aros.'

Patiodd y *masseur* ei chefn.

'Oes rhaid iti siarad am hyn rwan?'

'Be mae hi wedi ei 'neud i'ch pechu chi?'

'Meddwl am dy les di o'n i.'

Caeodd ei llygaid.

'Does dim isio ichi. Dwi wedi dysgu i edrach ar ôl fy lles i hebddach chi am flynyddoedd.'

'Digon gwir, gwaetha'r modd. Ond gan bo' chdi nôl yma rwan hefo ni, hefo dy deulu, 'elli di ddim byw fel roeddach chdi'n byw cynt. Dwi'n gwbod nad dy fai di oedd be ddigwyddodd ichdi ar grwydr trwy Rwsia. Roedd o'n beth anffodus i ddigwydd . . .'

'Anffodus iawn i mi, oedd . . .'

'Ond dyna ni, 'elli di na fi ddim troi'r cloc yn ôl. Cofia di, ma'n gas gen i feddwl sut roeddach chdi'n byw. Yn fwy fel anifail na dyn, ond mae 'na safonau i'w cynnal.'

'Does gen i ddim isio tynnu'n groes, ond dwi'n meddwl y byd o Grete.'

'O ryw hoedan fach o forwyn?'

'Dwi ddim am iddi ddiodda' o'n achos i.'

'Ti'n tyfu'n ddyn rwan, Alyosha. Ti'n tyfu i oed pan mae'n rhaid ichdi ddechra meddwl o ddifri am dy ddyfodol. Dyna be oedd dy dad a finna yn 'i drafod neithiwr. Anghofia Grete, ma' gen ti bwysicach petha o'r hannar i feddwl amdanyn nhw o hyn ymlaen.'

"Wna i ddim madda i chi.'

'Paid â siarad yn wirion,' ymbalfalodd i dynnu ei thywel amdani.

'Cywilydd sydd ganddoch chi o be mae pobol yn feddwl ohona i.'

'Ma' hynny'n wir,' eisteddodd i fyny a'i hwyneb yn gochwlyb a'i dwy ysgwydd drostynt yn frychni haul brown-olau.

'Ond sgen i ddim. Sdim iot o gywilydd gen i o'r hyn ydw i.'

Ar ôl i'r merched adael, arhosai Ella yn y fflat trwy'r dydd – bob dydd – yn hel atgofion, ac yn hel mwy o boen a gofid i'w chalon. Roedd yn gas ganddi Neukölln a'i strydoedd culion, tywyll a'r rhesi ar resi o'r *tenaments* llwydion chwe llawr a oedd yn ei llethu gan eu hundonedd unffurf. Fel baracs llwm di-ddim, roedd milltiroedd ar filltiroedd ohonyn nhw hyd eitha golwg llygaid. Roedd hi'n olygfa neilltuol o drist, yn enwedig o dan len tew o gymylau isel, tywyll a oedd yn bygwth gollwng eu llwyth o law.

Bob tro y byddai Ella'n troi i mewn i'r cowt o'r stryd, camai heibio i nialwch a budreddi, a sbwriel wedi ei reibio gan gathod strae. Yn erbyn y muriau roedd marian o lo, a hogiau budron yn cicio pêl ar ei draws. Ar ddwsinau o gortynnau cris-croes o'r ffenestri uwch ei phen wedyn roedd hen ddilladach gwlybion o bob math yn hongian fel dynion di-waith.

Ceisiodd Ella gynefino hefo byw mewn lle mor ddi-led ond roedd yn gas ganddi agor y drws a chamu'n syth i geginfathrwm – hefo'i stof lo, sinc a thwb. (Yn sinc y gegin o dan yr unig dap roedd y tair yn molchi.) Ar ôl cwta dri cham safai yng nghanol y stafell fyw yn llawn dodrefn rhad, ail-law lle roedd ei bywyd yn gyfyng a'i hamgylchiadau yn fain.

Y tu hwnt i'r unig ffenest roedd arglawdd gweddol uchel, yn ddrain a brwgaij a mieri drosto. Yn rhedeg ar hyd copa'r arglawdd bob awr o'r dydd – ac yn hwyr i'r nos – roedd trenau'r Stadtbahn. Byddai Frau Dorn ar ei chwrcwd yn yr hydref, yn hel mwyar duon i bowlen wen.

Roedd un drws o'r stafell fyw yn agor i unig lofft y fflat – hofal o ogof ddu, a phrin ddigon o le i droi. Cofiodd Ella pan welodd Larissa'r 'llofft' am y tro cyntaf, iddi feddwl mai syllu i gwpwrdd go fawr roedd hi.

Bryd hynny roedd y tair mor ddiolchgar am gael lle iddyn nhw eu hunain, fel eu bod nhw ddim yn malio rhyw lawer nad oedd math o gyntedd na hyd yn oed fathrwm yno. Hefo cymaint o ffoaduriaid o Rwsia yn chwilio am lety, gallai landlordiaid fel Frau Dorn godi crocbris, hyd yn oed am hofal.

Tân ar groen Ella oedd hynny o hyd. Roedd hi wedi casáu'r ddynas o'r cychwyn cynta un. Gwyddai mai hen weddw grintach, fachog am ei phres oedd hi, a dynas gyndyn iawn i roi lles ei thenantiaid yn uchel ar unrhyw restr. Roedd yn gas gan Frau Dorn wario ar ddim, ac os byddai rhywbeth yn cracio neu'n torri, cyfrifoldeb y tenant oedd ei drwsio. Fe wnaeth hynny yn berffaith glir i'r tair wrth iddyn nhw symud i mewn.

Yr unig un i guro ar ddrws Ella yn ystod y dydd oedd yr hen fardd Podtyagin hefo'i ddwylo sych a main, a oedd mor wyn â rhai milwr yn gadael ysbyty. Roedd o'n byw yn y fflat yn union oddi tani. Roedd ei frest yn gaeth (ar ôl smocio cymaint), a'i galon yn wantan iawn. Roedd yn ddyn tlawd, a dywedodd fwy nag unwaith nad oedd ganddo ddim ar ôl i'w werthu ond ei gysgod.

O'r eiliad y cyflwynodd Podtyagin ei hun i Ella am y tro cynta, dywedodd mai dim ond dros dro roedd o'n bwriadu aros yn Berlin. Dywedodd hithau yr un peth, gan mai dyna oedd barn pob Rwsiad arall hefyd. Yn hwyr neu'n hwyrach, roedd y Comiwnyddion yn siŵr o wneud llanast o bethau, ac wedi i bethau fynd yn draed moch go iawn, ac i lywodraeth gallach gymryd eu lle, byddai croeso wedyn i'r miloedd ar filoedd alltud droi am adra.

'Ond na, na . . .'

Pesychodd Podtyagin i'w lawes. Sôn am fynd i Baris roedd o, am mai yno roedd ei unig chwaer yn byw. (Roedd newydd golli ei mab wedi i'w dicáu droi'n *furmuculosis*.) Bu Podtyagin yn disgwyl am ei *visa* ers misoedd a misoedd fel roedd hi, ac roedd yn cael pob math o helbulon wrth drampio o swyddfa i swyddfa ar drywydd darnau o bapur.

'Ar un adag roedd fy mywyd i'n arfar bod yn enfys amryliw o ddarllen cerddi a chyhoeddi. A 'drychwch arna i heddiw mewn difri calon.'

Iddi hi roedd yr hen fardd yn cynrychioli ceidwadaeth yr hen Rwsia ar ei gorau. Gweddillion o ryw fywyd a fu oedd o. Trwy farddoniaeth a barddoni coleddai olion y canrifoedd a rhyw obaith anniffiniol a aeth ar ddisberod wedi croesi'r ffin. Roedd hynny yn amlwg yn y ffordd arbennig a oedd ganddo o gribo'i wallt. Roedd o'n amlwg hefyd yn y ffordd roedd yn plethu ei hancesi yn daclus ym mhoced frest ei siaced a'i ffordd o sefyll a chusanu cefn ei llaw a'i ddull hynafol o ynganu llafariaid arbennig yn ogystal â'i wybodaeth o farddoniaeth a moesgarwch cwrtais, a oedd yn amal yn ymylu ar y sentimental, os nad y digri. Roedd hi'n amhosib i ddyn fel Podtyagin fyw yn y Rwsia newydd. Sut y gallai dyn fel fo dorri brethyn mewn siop a oedd bellach wedi ei hawlio gan deilwriaid a oedd ar dân i ganlyn rhyw ffasiwn chwyldroadol?

Roedd Podtyagin wedi colli pob ffydd yn nyfodol Rwsia, a bob tro y dywedai hynny, fe deimlai Ella yn dristach nag erioed. Dyna pam roedd hi'n anhapus i dreulio mwy o amser yn ei gwmni nag oedd raid. Rheswm arall oedd oherwydd ei fod yn mynnu yfed te o soser trwy sugno yn swnllyd nes codi pwys arni. Yn waeth fyth – fel tywallt dŵr berwedig ar friw byw – roedd o'n mynnu hiraethu am Rwsia ei blentyndod, mynnu ei hatgoffa o strydoedd Petrograd, a sgwariau ac eglwysi ei phlentyndod hithau, yr hyn roedd hi'n gweld ei golli a'r hyn roedd hi'n dyheu amdano: ei gŵr, ei pherthnasau, ei chartre a'i chyfoedion. A phethau bychain fel ogla'r eira.

Motor-car Panhard-Levassor du a yrrodd trwy draffig Berlin o dan y Brandenburger Tor tuag at borth yr Hotel Adlon. Dirmyg oedd ar wefus y porthor unfraich wrth weld baner fechan goch, glas a gwyn Ffrainc yn chwifio ar frig ei fonat. Taflodd y gyrrwr y goriad iddo fo, ac wrth gerdded heibio, yn llawn direidi, tynnodd lawes lac y porthor o'i boced a thywallt llond dwrn o bres mân i mewn iddi. Gwenu a wnaeth y porthor pan chwarddodd y gyrrwr, gwenu am na feiddiai roi dwrn yn ei wep o.

Doedd neb yn falchach o weld ei brawd nag Inessa.

'Gad i mi edrach arnach chdi.'

Daliodd Inessa ddwy law ei brawd yn ei dwy law, a thaenu ei freichiau ar led er mwyn cael ei lygadu o'i gorun i'w sawdl.

'Dwyt ti'n swel!'

Cofleidiodd y ddau ac anwesu'n glòs a chael pleser di-ail yng nghwmni ei gilydd.

'Ma' hi mor braf dy weld di eto.'

'Rhy hir o'r hannar.'

Roedd Artyom wedi ei wisgo mor dandïaidd ag erioed, yn ffasiwn ddiweddara Paris, a rhosyn gwyn ym motwm ei siaced. Awgrymodd swper yn *restaurant* y Kemplinski a bwciwyd bwrdd i ddau am wyth gan nad oedd Fyodor ddim ar gael. Doedd o ddim hyd yn oed yn Berlin.

'I ble mae o 'di mynd i grwydro felly?'

Wrth eistedd ar y *banquette* melfed coch o dan un o'r gwydrau mawrion ar y mur, atebodd Inessa:

'Ar hyd a lled Ewrop. Does dim dal. Echdoe mi aeth o i Brussels. Aeth o ag Alexei hefo fo. Mae Fyodor wedi penderfynu ei fod o am drio gwneud dyn busnas ohono fo.'

'Syniad da. Ma' hi'n hen bryd i Alyosha ddechra gwneud rhwbath ohoni.'

'Fydd o'n ugian flwyddyn nesa.'

'Deunaw oed o'n i'n dechra arni ym Mharis. Ti'n dysgu bron bob dim rhwng deunaw a phump ar hugain. Pryd ti'n disgwyl y ddau yn ôl o Brussels?'

Hefo gwên gynnil, dywedodd Inessa:

'Mi deliffoniodd Fyodor fi o'r Gare du Sud. Ble bynnag eith o, yr eiliad mae o'n cyrraedd y steshion, mae o wastad yn teliffonio.'

Wrth sipian ei fartini, gwenodd Artyom:

'Be aeth â fo i Brussels?'

'Cyfarfod o'r consortiwm.'

'Pa gonsortiwm ydi hwn?'

'O fancia Rwsia.'

Gan ddal llygad y gŵr ar y bwrdd gyferbyn, gwenodd a dywedodd Inessa ar ôl seibyn,

'Y tri pwysica.'

Y tri pwysica oedd Banc Russo-Asiatic trwy Putilov; Banc Azov-Don trwy Andrei Petrovich Vengerov; Banc Volga-Kama y brodyr Nobel. Y cabal a fu ar un adeg â'u bysedd yn trin croen economi yr ymerodraeth. Dim ond ffigyrau ar bapur oedd eu holl gyfoeth yn Rwsia bellach.

'Be ma' nhw'n gobeithio ei gyflawni yn Brussels?'

Doedd dim syniad ganddi.

'Dwi wrth fy modd hefo dy liw haul di, Tomya. Ble wyt ti wedi bod?'

'De Sbaen.'

'Braf iawn.'

'Morocco hefyd.'

'Ydi fan'no yn Affrica?'

'Gogledd Affrica. Poeth iawn.'

'Be achosodd i chdi fynd i'r ffasiwn le?'

'Busnas.'

Gosododd gweinydd mewn siaced ddu a ffedog wen at ei draed y cwrs cynta i lawr. Bwytawyd plateidiau o wystrys ffres, cafiár, bara du ac yfwyd dwy botel o Moselle. Yn yr awyrgylch moethus, cynnes, cafodd y ddau flas ar y bwyd a'r sgwrsio. Ar ôl i Inessa holi, soniodd Artyom am ei wraig, Jeanette, a dangos llun ei fab, Dimitriy. Babi noeth yn gorwedd ar ei fol ar garthen wlanen wen yn wên i gyd oedd Dima.

'Yr unig reswm gwnes i 'i phriodi hi o gwbwl oedd am 'i bod hi'n magu mân esgyrn.'

'Ti'n trio deud fod Jeanette wedi dy drapio di?' hefo gwên hanner-chwareus.

'Math o beth.'

Roedd rhyw annifyrwch yn ei lais.

'Y drwg ydi . . .'

'Y drwg ydi be?'

'Dim.'

'Ti wedi dechra arni rwan.'

''Mots.'

'Ydi, mae o. Deud.'

'Y drwg ydi . . . Wel, y drwg ydi mai trwy briodi, ti ddim ond yn cael dy glymu wrth y wraig yn unig, ond wrth y fam hefyd.'

Chwarddodd Inessa – rhyw chwerthin ysgafn, persain – wrth redeg gewin ei bys hyd rimyn ei gwydr.

'Ti'n caru Jeanette?'

'Caru Alondra yn fwy.'

'O Barcelona?'

'Mmmm-hmmm.'

Lled-feddyliodd Inessa am eiliad.

'Dwi'n cofio chdi'n sôn amdani hi pan ddest ti i Petrograd am y tro ola. Ti'n dal hefo hi?'

'Dal i'w gweld hi bob hyn a hyn. Ma' 'na wahaniaeth. Tempar dychrynllyd. A hynny ar y peth lleia. Ma' hi'n ddynas berig bywyd.' Chwarddodd yn sydyn. '. . . sy'n fy siwtio i'n well na merchaid dof. Dydi merchaid dof yn cynnig dim byd i ddyn ond stamp o'r hyn ydi o, ond mae merchaid gwyllt yn mynd â chdi i diroedd rhyfadd iawn.'

Dechreuodd Inessa feddwi, a dechreuodd drafod ei phriodas. Cafodd ryw ollyngdod, a brigodd pob math o emosiynau o gilfachau ei chalon, emosiynau a fu'n dynn dan glo. Roedd hi'n dal i alaru am Mita Golitzin. Roedd hi hyd yn oed wedi cyfarfod â swyddog alltud, a ddaeth ar daith faith i Berlin o Constantinople trwy Trieste, a oedd yn ei nabod.

'Dim ond newydd glywed y gwir am ei farw o rydw i.'

Cip-edrychodd Artyom arno'i hun yn y drych uwchben ei chwaer y tu cefn iddi ar y mur.

''Chafodd o mo'i saethu gen 'i filwyr 'i hun?'

Ysgwydodd Inessa ei phen. Roedd hi wedi suddo yn is at ei gwydryn.

'Dyna ddalltis i.'

'Pwy ddeudodd wrthach chdi? Fyodor, ma'n siŵr?'

'Be ddigwyddodd 'ta?'

Roedd troli o bwdinau wedi ei phowlio at eu bwrdd.

'Mi gafodd 'i stripio a'i grogi yn ara deg gen griw o Folshefic-iaid.'

Tros frandi a sigarèt, soniodd Inessa wrth ei brawd am helynt eu ffoi o Rwsia. Soniodd am geisio darbwyllo Vasillii ac Anna i ddwad hefo nhw tros y ffin i'r Ffindir.

'Doedd Fyodor ddim am fynd ymhell iawn. Doedd o'm yn disgwyl i'w alltudiaeth bara yn hir iawn. Yn ei galon, dyna mae o'n 'i deimlo o hyd.'

Roedd eu deunaw mis o fyw yn y Ffindir wedi bod yn artaith.

'Roeddan ni wedi gorfod gadael Alyosha ar ôl yn Rwsia. Doeddan ni ddim yn gwbod be oedd wedi digwydd iddo fo. Os oedd o hyd yn oed yn fyw neu'n farw. Roedd y peth yn pwyso yn drwm iawn arnon ni.'

'Alla i ddychmygu . . .'

'Dwi'm yn siŵr a elli di.'

'Ro'n i'n meddwl amdanach chi'ch dau yn amal.'

'Ar ôl inni ffoi o Rwsia roedd Fyodor fel dyn ar goll. Doedd bywyd yn y gwesty fawr o help. Roedd byw mor glòs yn anni-oddefol, a hynny am fod pawb yn mynnu trwyna ym musnes ei gilydd.'

Tra oedd yn Helsingfors aeth Fyodor â grŵp o ddynion busnes eraill o Rwsia ati i gynnal marchnad stoc Moscow. Hel at ei gilydd bob bora a wnâi'r criw. Ar ganiad y gloch, roedd pawb yn dechrau ar y prynu a'r gwerthu. Ffantasi oedd y cwbwl, ond credai Fyodor yn fwy na neb ei bod hi'n bwysig cynnal marchnad rydd yn Rwsia. Chwalu yn saff a wnâi trefn ddieflig Lenin, a phan ddeuai'r awr i'r holl alltudion ddychwelyd adra, fe fyddai'r cytundebau yn siŵr o gael eu hanrhydeddu.

Am fod ei gŵr allan mor amal yn pwyllgora yn Helsingfors, cafodd Inessa rwydd hynt i wneud fel y mynnai hi. Dechreuodd garwriaeth hefo cyfyrder y Grand Ddug Kyril Vladimirovich, ond darfu o fewn dim, pan gafodd ei yrru ar ryw berwyl diplo-mataidd cudd i Sofia a Salonica. Clywodd Fyodor am y garwri-aeth ymhell ar ôl pawb arall, ac yn yr achos yma, ymhell ar ôl iddi ddod i ben. Teimlodd yr ergyd i'r byw.

Mynnodd fod y teulu i adael Helsingfors a threulio'r haf mewn *villa* ar lan un o'r llynnoedd yng nghanol y coedydd pîn. 'Fu Fyodor erioed yn barablwr – ond sylwodd Inessa ei fod yn dawelach byth – fel dyn yn ceisio cadw rhyw wae dan glo. Roedd ei boen beunyddiol am Alyosha wedi dechrau troi'n alar.

'Dwi'n hollol argyhoeddiadol erbyn hyn ei fod o wedi marw yn Rwsia.'

'Dydan ni ddim yn gwbod hynny.'

'Dyna dwi'n 'i deimlo . . .'

'Ddim i sicrwydd, dydan ni ddim yn gwbod hynny i sicrwydd . . .'

'Ei deimlo fo ym mêr fy esgyrn.'

Buan y diflasodd y ddau ar y bywyd gwledig. Diflasodd y ddau yn fwy fyth wrth orfod treulio bron bob awr yng ngwynt ei gilydd. Ar waetha'r awyr iach, doedd hwyliau Fyodor yn gwella dim, a cheisiodd Inessa ei ddarbwyllo i fynd i sanatoriwm. Roedd un gwerth chweil yn Huevinki. Doedd o ddim yn ymddiried ynddi allan o'i olwg a gwrthododd fynd. Y cwbwl a wnâi trwy'r dydd oedd gorwedd ar y *divan* yn darllen hanes Rwsia gan Karamisin, neu rai o'i hoff gerddi o gyfrol Catalws, neu'n gwrando, trwy'r ffenest agored, ar Georgik yn chwarae neu'n cael ei ddysgu gan ei diwtores, y Dduges Lydia Herkulanovna Vors. Alltud o Moscow oedd hi. Gan nad oedd dim byd arall i sgwrsio amdano fo, rhygnodd Inessa am iechyd ei gŵr. Roedd cysgodion y blynyddoedd diweddar wedi bwrw rhyw oerni tros ei hyder.

Yn y diwedd, mynnodd alw doctor, a dywedodd hwnnw ar ôl un archwiliad ei fod yn diodda' o ryw anhwylder nerfol. Cafodd forffia allan o botel. Roedd lliw'r ffisig yn ddisgrifiad teg o'i ogla: rhywbeth tew brown-tywyll, trwm. Cyfaddefodd Fyodor wrth y doctor (er bod Inessa'n gwrando wrth y drws) fod ei alltudiaeth wedi cael effaith andwyol arno.

'Dwi'n teimlo fel dyn dryslyd, fel dyn sy' wedi colli nabod arno'i hun.'

Awgrymodd y doctor gamau tuag at iachád.

'Yn lle gweld eich alltudiaeth fel anffawd,' awgrymodd wrth sipian ei goffi a mynnu llwyo mwy o siwgwr iddo, gan nad oedd o'n ddigon melys, 'pam na 'newch chi ystyried eich cyflwr presennol fel her newydd i'w gorchfygu?'

Roedd Fyodor ar goll yng nghanol plethwaith o emosiynau, a oedd yn ei dynnu y ffordd yma heddiw, a'r ffordd acw 'fory. Dechreuodd sôn am 'gyfrinfa'r enaid' a phethau tebyg nad oedd o hyd hynny wedi eu crybwyll erioed o'r blaen. 'Fu o erioed yn ddyn arbennig o grefyddol. Arferiad oedd pob mân-grefydda a wnâi, ac roedd ganddo fwy o feddwl o Spinoza a Kant na mân chwedlau llyfrau'r Beibl.

'Dwi ddim yn siŵr a alla i, doctor.'

'Mae'n ddrwg gen i . . . Oes 'na chwanag o siwgwr?'

'Dwi'n byw mewn gobaith, a'r gobaith hwnnw ydi awchu am newyddion gobeithiol o Rwsia. Dwi'n gobeithio, yn groes i bob gobaith, fod fy mab i, Alyosha, yn dal ar dir y byw. Dwi hefyd yn gobeithio am fuddugolaeth y Byddinoedd Gwynion. Wedi'r cwbwl, mi lwyddodd Marshal Gustav von Mannerheim i drechu'r Cochion yma yn y Ffindir. Mi lwyddodd Miklós Horthy i drechu'r Cochion yn Hwngari. Pam nad ydi Kolack a Wrangel a chadfridogion Gwynion Rwsia wedi claddu'r Cochion yn fyw fel yn Siófok Budapest? Neu eu crogi wrth y cannoedd ar goed fforestydd Orgovány? Pam ma'r sefyllfa yn Rwsia mor simsan a di-ddal?'

Roedd pob siom yn waeth na'r un o'i blaen, a phob methiant yn ergyd drymach, anoddach i'w threulio. Wrth i'r doctor hwylio i adael, soniodd Fyodor am Anaxagoras. Holodd rhywun o rywdro a oedd o'n gweld colli ei famwlad. Trwy godi ei fys at yr wybren, fe honnodd Anaxagoras nad oedd o.

'Ateb da iawn,' dywedodd y doctor.

Gresynai Fyodor Mikhailovich na allai yntau deimlo yr un fath. Awgrym y doctor oedd iddo roi gymaint o bellter a oedd yn bosib rhyngddo a Rwsia, a mynd i fyw i wlad arall.

'A dyna sut y daethon ni yma i Berlin,' dywedodd Inessa.

Teimlai Alyosha yn amal iawn nad yn Berlin yr oedd o, ond yn Rwsia o hyd, gan fod cymaint o deuluoedd o Petrograd a Moscow yn alltudion yno. Chwaraeai Georgik hefo plant Iarlles Witte ac Iarlles Natalie Eristova (a fyddai'n mynd allan yn amal i siopa hefo Inessa), a dau fab Iarll Chichagor, yn ogystal â phlant teuluoedd eraill.

Câi Alyosha drafferth i gysgu ar fatres o hyd. Byddai'n deffro wrth glywed y smicyn lleiaf, ac yn amal byddai'n cael ei ddeffro gan sŵn haid o blant aristocrataidd yn sgrechian rhedeg ar ôl ei gilydd i fyny ac i lawr coridorau'r Hotel Adlon, a sŵn dwrdio gwahanol weision a morynion wrth iddyn nhw redeg ar eu holau.

'Pam nad ei di am *massage?*' awgrymodd ei fam. 'Deimli di gymaint yn well.'

Roedd Inessa yn cael ei thylino'n gyson. O fewn dim fe welodd Alyosha fod Felix Kersten fel rhyw gysgod tros ei bywyd. Bob bora a phob nos byddai'n 'stwytho'i chyhyrau ac yn trin ei chluniau a'i chefn. Roedd Felix wedi cael digon o brofiad. Hogyn gwydn, tal hefo ysgwyddau llydan a breichiau cryfion oedd o. Pryd tywyll oedd ei wedd ond glas oedd lliw ei lygaid a chymerai ddileit manwl mewn cribo'i wallt pygddu am yn ôl yn do tros ei ben. Llefarai yn dawel a diymdrech, bron nad oedd o'n sibrwd, mewn llais gwastad. Roedd yn hoff o ganu wrth ei waith, caneuon Eidaleg gan fwya. Ar gychwyn pob haf roedd yn mudo fel rhyw wennol tua'r de i fwytho Americanesau cigog yn yr Hotel Excelsior ar y Lido. Roedd amryw wedi dotio a mwy nag un, yn ôl ei fam, wedi mynd â fo mewn cwch-modur yr ochor bella i'r bae i Sgwâr Sant Marco, i eistedd y tu allan i Quadri neu Floriani, i fwyta *cassata con panna* wrth wylio'r haul yn machlud tros y môr. Roedd o leia dwy wedi gofyn iddo eu priodi. Roedd Alyosha yn amau fod mwy na bodio a byseddu rhwng Felix a'i fam.

Allan yn ciniawa bron bob dydd roedd ei dad. Yn amlach na heb byddai hefyd yn swpera allan bron bob nos. Dechreuodd fynnu fod Alyosha yn mynd hefo fo yn lle mynd i'r pictiwrs.

'Oes rhaid imi heno?'

'Oes, dwi'n mynnu.'

'Sgen i ddim math o isio.'

'Dwi ddim yn mynnu rhyw lawar gen ti. Cer i wisgo. Mi dalith ar ei ganfed i chdi ryw ddydd. Ma' magu cysylltiada fel hyn yn bwysig iawn.'

Dyna sut y cafodd Alyosha ei gyflwyo i'r Cadfridog Max Hoffman. Hoffman a'u cyflwynodd nhw yn ei dro i Rittmeister Paul von Rosenberg a Major Willisen, swyddog staff y fyddin a chyfaill agos i'r Cadfridog Groener, a oedd yn gefnogol iawn i gyn-aelod y Duma, y Barwn Krüdener-Struve, ym mhopeth a wnâi. Barwn Krüdener-Struve oedd y ddolen-gyswllt rhwng nifer o uchel-swyddogion hen fyddin y Tsar yn nhiroedd y Baltic, y fyddin a oedd yn trefnu i yrru dynion yn danddaearol i Rwsia er mwyn ceisio tanseilio a chwalu trefn Lenin. Yr hyn a oedd yn clymu'r dynion wrth ei gilydd oedd casineb at Gomiwnyddion ac Iddewon.

'Mae hi'n hen bryd ichdi ddechra dysgu sut mae'r byd 'ma'n gweithio go iawn, Alyosha. Nid hogyn wyt ti rwan, ond dyn.'

Dyna sut y gwelodd Alyosha Copenhagen. Aeth yno hefo'i dad er mwyn sefydlu cwmni o'r enw ICHC. Roedd Syr Henri Deterding o'r Royal Dutch Shell eisoes wedi cytuno i ymuno, ac yn edrych ymlaen at gydweithio hefo'r gweddill.

'Cwmni gwneud ydi ICHC.'

'Cwmni gwneud? Be 'dach chi'n feddwl?' holodd Alyosha ei dad.

'Ffrynt i'r Banque Transatlantique ydi o. Ma' hwnnw yn ei dro yn cael ei reoli gan fanc arall mwy, sef y Banque Commerciale de la Méditerranée. Y nerth y tu ôl i hwnnw ydi hen gyfaill imi, Basil Zaharoff.'

Yn llechu ar gyrion ICHC hefyd – fel 'ymgynghorwyr busnes' – roedd Banc y Midland. Y prif fwriad yn Copenhagen oedd ailsefydlu cysylltiadau masnachol hefo'r Rwsia Sofietaidd. Y gobaith wedyn oedd denu cefnogaeth ymarferol Llywodraeth Ffrainc trwy gwmni 'ffrynt arall', sef y Société Commerciale, Industrielle et Fiancière pour la Russie.

'Fydda i'n amal yn meddwl am fy ffatri yn Petrograd. Gobeithio fod pob dim yn cael ei barchu. Mi fasa'n gas gen i feddwl fod 'na falurio wedi bod.'

'A'r Comiwnyddion isio cymaint o fwledi? Dwi'n siŵr fod y ffatri yn cael ei gweithio nos a dydd.'

'Dwi'm yn ama bo' chdi'n llygad dy le.'

'Saith diwrnod yr wythnos hefyd.'

'Ond fy ffatri i ydi hi o hyd.'

Gwylltiodd; cododd ar ei draed.

'Dyna sy'n fy mlino i trwy'r dydd bob dydd. Rhywsut neu'i gilydd, ma'n rhaid imi wrthi. Ma'n rhaid imi ei chael hi nôl. A dyna pam dwi wedi bod yn fwy brwd na neb o blaid sefydlu un corff mawr Ewropeaidd i adennill rhyw gymaint o'n colledion ni yn Rwsia. Dwi 'di bod yn hyrwyddo'r syniad mewn gwahanol gylchoedd ers rhai misoedd. Ma'n rhaid inni drechu'r Comiwnyddion, Alyosha. Ma'n rhaid inni gladdu'r syniad o Gomwinyddiaeth am byth.'

Doedd gan Alyosha fawr o ddiddordeb yn y cynllwynio diddiwedd. Wrth eistedd hefo dynion busnes o Ewrop o gwmpas eu byrddau mahogani yn yfed gwirodydd o'u gwydrau grisial drud, crwydrai ei feddwl yn ôl at Grete o hyd.

Rhoddodd ICHC ias o'r newydd ym mywyd Fyodor. Penderfynodd agor swyddfa ar Französischestrasse yn ardal fusnes y Gendarmenmarkt. Yno cafodd y mab swyddfa, nesaf at ei dad, a'r ddwy mor fawr â'i gilydd.

'Dwi'n casáu'r gwaith.'

Roedd Alyosha wedi trefnu i gyfarfod â Grete un noson. Ar ôl cael ei sacio o'r Hotel Adlon cafodd waith yn y Grand Hotel. Doedd hi ddim yn hapus. Roedd y cyflog yn llai o lawer a'r amodau gwaith yn waeth.

'A be sy'n waeth, dwi hyd yn oed yn gorfod gwisgo siwt a thei bob dydd.'

'Pam ti'n diodda' mynd o gwbwl?'

'Sgen i ddim math o isio. Dwi'n casáu mynd.'

'Pam ti'n swnian wrtha i? Deud bo' chdi ddim isio mynd.'

'Ti'n iawn.'

'Paid â bod yn gymaint o fabi.'

'Ga i sgwrs hefo 'nhad. Fydd raid imi. A deud sut dwi'n teimlo o ddifri.'

Galwai pob math o ddynion busnes heibio, yn Iseldirwyr, Eidalwyr, Ffrancwyr, Americanwyr, Groegwyr ac ambell un o Ddenmarc a Sweden. Roedd dawns yn sodlau pob un, a llonder yn eu llygaid, am fod eiddo'r Almaen yn rhad, a grym pres tramor – y ddoler, y ffranc a'r bunt – yn agor drysau led y pen. Yn wahanol i'r miloedd o ffoaduriaid eraill rhag chwyldro Rwsia, bu Fyodor yn ddigon hirben i ddiogelu ei bres ym Manc y Credit Lyonaise. Gwarchododd ei gyfoeth, a gwnaeth hynny fwy nag un yn genfigennus iawn ohono gan ei fod mewn lle da i fuddsoddi mewn eiddo.

Un noson cafodd Alyosha ei wadd hefo'i dad i *palazzo* ar gornel Markgrafenstrasse. Gwthiodd ei fys ar fotwm y gloch am saith.

'Os 'newch chi 'nghanlyn i, foneddigion.'

Bwtler prudd a dywysodd y ddau i fyny'r grisiau derw llydan, i stafell â bwrdd hir ar ei chanol, lle cafodd Fyodor ac Alyosha eu cyflwyno fesul un gan Gadeirydd Bleichröder i aelodau o Fwrdd y Banc.

Tros sigârs a brandi ar ddiwedd pryd o fwyd, sleisus tenau o ham oer, tatws wedi'u berwi a phlatiad o ferllys gwynion tan haenen dew o fenyn cynnes, cytunwyd i sianelu pres yn fisol o gyfri banc consortiwm o ddynion busnes dienw, y Verband für Handel und Industrie, trwy gyfrifon yn Zurich ar berwyl igam-ogam ar draws Ewrop trwy Fanc Eingl-Magyar Budapest i Fanc yr Undeb yn Warsaw, nôl i dri chyfri yn Liechtenstein, cyn didoli wedyn yn chwe chyfri trwy'r Deutsche Bank yn Frankfurt i gyfri banc yr ICHC ym Mharis, er mwyn prynu arfau teulu Krupp, a oedd yn fwy na pharod i helpu, er mwyn eu danfon yn danddaearol i Rwsia i ymladd â'r Comiwnyddion. Fyth ers cwymp y Byddinoedd Gwynion yn y Crimea roedd pres yn dal i hel, ond aeth hi'n fwy anodd i anfon arfau lle nad oedd milwyr yn bod.

'Noson lwyddiannus iawn,' dywedodd ei dad ar ôl cefnu ar y brygaldian.

'Os 'dach chi'n deud.'

'Be oedd dy farn di, Alyosha?'

''Nes i ddim dallt y nesa peth i ddim.'

'Neu bo' chdi ddim isio dallt.'

Roedd ei dad yn fyr ei dymer.

'Mae gan bob pen ei biniwn. Mae o'n hollbwysig ichdi ddechra dysgu hynny. Dysga sut i wrando. Dysga sut ma' dynion fel hyn yn siarad.'

Aeth ei anadl yn llafurus-drafferthus.

'Crefft bob dydd ydi gwneud pres. Ond crefft gyfriniol ydi dysgu sut i gadw pres er mwyn magu mwy ohono fo.'

''Wn i ddim a ydi'r grefft honno gen i.'

'Wrth gwrs 'i bod hi. Sut all hi beidio â bod? Ti'n fab i mi.'

Pesychodd Fyodor a dywedodd yn ddwys wrth anwesu rhyw ddigalondid yn araf ac yn oer,

'Ma' amsar yn mynd yn 'i flaen. A ma'n rhaid inni i gyd wynebu realiti bywyd. Pan fydda i wedi mynd . . . pwy 'neith edrach ar ôl Inessa a Gosha wedyn?'

'Oes rhaid ichi siarad fel hyn heno?'

'Does neb ohonon ni yn byw am byth.'

Rai dyddiau'n ddiweddarach, cyfarfu Alyosha a Fyodor â chyn-lysgennad Rwsia yn Rhufain, Sergei Dimitrievich Botkin, tros ginio. Yn rhan o'r gwmnïaeth hefyd roedd Barwn Agro von Maltzan. Soniodd y ddau yn chwithig am eu hymdrechion yn 1920 i brynu saith deg miliwn o fwledi am ugain mil mark trwy Gonsortiwm Schilde, a oedd wedi eu llwytho ar long yn Hambwrg. Erbyn i honno gyrraedd y Crimea roedd y Comiwn-yddion yn Sevastopol a Wrangel a'i fyddin yn alltudion yn Constantinople a Gallipoli. Ofer fu'r cwbwl. Ond roedd y ddau yn dal yn awyddus i weld newid llywodraeth yn Rwsia.

Roedd Fyodor yn fwy diwyd nag erioed. Gorfodai Alyosha hefyd i fod yr un mor ddiwyd. Roedd gwaith llythyru di-baid. Yn amlach na heb, mynnai Fyodor gyfarfod wyneb yn wyneb â phawb, lle byddai sgwrs deliffôn wedi gwneud y tro yn iawn. Aeth ei fywyd yn fwy dyrys fyth pan gafodd ei ethol ar Gyngor Unedig y Sefydliadau Rwsiaidd.

'Dwi'n mynnu eu bod nhw yn dy ethol di hefyd.'

''Nhad, does gen i ddim diddordeb mewn byd busnes.'

'Sut elli di ddeud hynny? Ninna'n gweithio mor dda hefo'n gilydd. Ti'm yn cytuno? Chditha wedi bod hefo fi'n y swyddfa trwy'r dydd bob dydd ers wythnosa?'

'Does dim diddordeb gen i. Ma'n ddrwg gen i. Ond 'alla i ddim diodda' chwanag.'

'Be arall ti isio'i 'neud? Fydd rhaid ichdi 'neud rhwbath. 'Elli di ddim ofera am byth.'

'Sgen i'm syniad eto.'

'Pam wyt ti mor ddi-glem? Pam wyt ti mor ddigyfeiriad?'

Gwylltiodd ei dad.

'Ma'n rhaid i bawb wrth nod mewn bywyd, Alexei. Ma'n rhaid ichdi wrth ryw uchelgais, neu fel arall 'neith dyn ddim byd ohoni byth. Be am newyddiadura? Ti'n meddwl y gallat ti redeg dy bapur newydd dy hun ryw ddydd?'

Awgrymodd Fyodor hyn oherwydd ei fod eisoes yn gwybod fod y Cyngor wedi dechrau ysgogi trafodaeth ynglŷn â sefydlu papur newydd gwrth-gomiwnyddol yn Berlin i'w ddosbarthu nôl yn Rwsia. Cytunwyd yn unfrydol fod hwn yn syniad trawsbleidiol gwych. Cytunwyd hefyd mai Fyodor oedd y dyn i osod y fenter ar ei thraed. Ar ben ei ddyletswyddau hefo ICHC aeth ati hefo arddeliad.

Trefnodd Fyodor ginio hefo Eduard Stadtler.

'Pwy?'

'Newyddiadurwr Catholig o Düsseldorf,' esboniodd wrth Alyosha. 'Mi fu o'n garcharor rhyfel yn Rwsia. Mae o'n frwd iawn o blaid y syniad.'

Awgrym cynta Eduard Stadtler i'r ddau ddyn oedd,

'Pam nad papur dyddiol?'

'Matar o gyllid.'

'Neu fatar o ewyllys?'

''Sneb ar y Cyngor yn brin o hwnnw.'

Dyna pryd y gwnaeth Fyodor awgrym.

384

'Mae fy mab i, Alyosha fan hyn, wedi gweld trwy brofiada personol gymaint o erchyllta roedd y chwyldro a'r rhyfal cartref yn Rwsia. Mae digon o hanesion ganddo fo am greulonderau'r Comiwnyddion. Mi fydd profiad Alyosha o fantais bwysig i ni.'

'Pam lai?' gwenodd Eduard Stadtler.

Roedd yn gas gan Alyosha'r dyn. Roedd yn casáu ei ffug gyfeillgarwch. Synhwyrodd bron o'r cychwyn cynta nad oedd ganddo ddim byd ond dirmyg at Rwsia a'i phobol.

'Rhaid inni wastad gadw mewn co fod dau o bob tri o bobol y wlad yn hollol anllythrennog. Ac ydi o'n wir eu bod nhw mewn rhai pentrefi yn dal i losgi gwrachod o hyd?'

'Nac ydyn siŵr,' atebodd Alyosha, 'pwy ddeudodd hynny am bentrefwyr Rwsia?'

''Falla mai darllen propaganda'r Cochion am yr hen drefn wnes i. 'Falla 'mod i wedi drysu. Ma'r Comiwnyddion yn ddynion clyfar, cyfrwys iawn. O dan eu sloganau syml ac anonest am gydraddoldeb, brawdgarwch, cyfiawnder cymdeithasol a heddwch byd-eang yr iwtopia ddiddosbarth, ma' hi'n amlwg iawn i mi mai nod y Mongoliaid a'r Iddewon ydi tanseilio gwareiddiad Cristnogol y Gorllewin er mwyn yr Anghrist. Dialedd Asia ar Ewrop oedd y chwyldro a brwydr derfynol rhwng dau wareiddiad ydi hon, gyfeillion, brwydr hyd at angau'r naill neu'r llall.'

Yr un oedd barn Heinrich von Gleichen, pennaeth asiantaeth bropaganda'r Almaen yn ystod y Rhyfel Byd, pan gyfarfu hefo Fyodor ac Alyosha ym mar yr Hotel Adlon.

Yn ôl Fyodor, roedd o'n ddyn craff, gwerth ei nabod, yn ŵr o sylwedd. Roedd ganddo wallt gwyn a llygaid llwydion, wyneb hir fel ceffyl a thalcen rhychiog. Roedd o hefyd yn ddyn balch, ffroenuchel, yn sefyll yn solat yn ei hunan-hyder.

Gofynnodd Heinrich ar ei ben:

'Pwy fwrdrodd Grist Iesu ein Gwaredwr?'

Y tu ôl i bob drwg yn y byd roedd rhyw Iddew neu'i gilydd. Uchelgais oesol yr Iddewon oedd llywodraethu'r byd trwy gonsortiwm, nid yn rhy annhebyg i'r Ymerodraeth Brydeinig. Yr Iddewon a drefnodd chwyldro yn 1917. Yr Iddewon a barodd i'r Almaen golli'r Rhyfel Byd trwy fradychu'r fyddin yn y maes. Yr Iddewon a oedd yn llywodraethu Weimar er mwyn amddiffyn eu buddiannau hunanol eu hunain.

'Mae eu castia nhw'n ddi-ben-draw, ac er mwyn twyllo cenhedloedd maen nhw'n gallu swancio fel Comiwnyddion heddiw neu gyfalafwyr 'fory,' meddai. 'Afiechyd Iddewig ydi Comiwnyddiaeth, ac er mwyn iacháu Ewrop, a'i hatgyfnerthu yn foesol ac yn ysbrydol, mae hi'n bwysig i bobol orau'r Almaen a Rwsia uno o dan un faner, i atal y gwenwyn yma rhag difwyno'r byd.'

Blinodd Alyosha ar y rhefru diddiwedd.

Y newyddiadurwr Siegfried Dorschlag a gafodd ei apwyntio'n olygydd y papur. Ym marn Fyodor, roedd gair da iddo fo gan bawb a oedd yn cyfri.

'Dyn sy'n ffieiddio twyll ac anonestrwydd ydw i,' dywedodd yn ei lais main, 'a does dim byd yn rhoi mwy o bleser i mi na dinoethi rhagrith.'

Holodd Fyodor, 'Pwy gawn ni'n brif golofnydd?'

'Heinz Fenner o'r *St Peterburger Zeitung* gynt,' atebodd Siegfried Dorschlag ar ei ben, 'oherwydd ei wybodaeth o Rwsia a'i atgasedd at Lenin.'

'Alyosha, dwi am ichdi weithio fel is-olygydd i Herr Dorschlag,' dywedodd Fyodor wrth ei fab.

'Croeso aton ni, Alexei' estynnodd y golygydd ei law. 'Dwi wedi clywed llawar iawn o betha amdanach chdi.'

'Drwg gobeithio?' tynnodd Alyosha ei goes.

Gwenodd, 'Mae ganddon ni waith pwysig iawn i'w wneud.'

O fewn dim roedd Ernst Jenny o'r *Deutsche Tageszeitung* wedi ei gomisiynu i ysgrifennu cyfres o erthyglau. Roedd o'n hen law ar wybod sut i chwarae ar Rwsia-ffobia Prwsia, a chorddodd deimladau cryfion yn erbyn y Comiwnyddion. Gwaith Alyosha oedd ei helpu i roi lliw yn ei lithoedd trwy ail-fyw ei brofiadau ar dramp yn Rwsia. Ysgrifennodd y ddau gyfres o erthyglau ar y cyd: 'Yn Seilam y Cochion', 'Asia yn Ewrop', 'Imperialaeth y Comiwnyddion', a 'Crist a Chenedlaetholdeb'.

Wrth eu gweld nhw'n ymddangos fesul un mewn print, roedd Alyosha yn gandryll fod ei brofiadau yn cael eu stumio. Gwyddai fod y Gwynion gynddrwg bob tamaid â'r Cochion o ran trais. Credai fod datgan hynny yn bwysig. Pan gafodd yr hanes am ymosodiad y Gwynion ar bentref Mishka, Masha a Boris ei newid yn llwyr a'i briodoli i ddialedd y Comiwnyddion ar bentrefwyr di-nam, cefnodd Alyosha ar y fenter.

'Pam wyt ti'n mynnu tynnu yn groes trwy'r amsar?' holodd ei fam yn ddig. 'Ar ochor pwy wyt ti? Y ni neu nhw?'

'Ar ochor y gwirionedd.'

'Ti ddim yn meddwl ei bod hi'n hen bryd i chdi ddechra tyfu i fyny?'

Ar ei ffordd allan roedd hi. Tra oedd ei dad yn gweithio fel lladd nadroedd, ers tri mis a mwy bu Inessa yn cadw cwmni i'r *Commissioner* y cyfarfu ag o un noson mewn dawns yn Llysgenhadaeth Ffrainc. Ei enw oedd Albert Dupont. Roedd o tua'r un oed â hi, yn briod hefo tri o blant, yn ddyn hefo trwyn siarp, ond yn dal a llydan ac yn edrych yn ysgafn yn ei wisg swyddogol wen. Yn ei gwmni o, a chwmni swyddogion a diplomyddion o wahanol wledydd, y byddai Inessa yn treulio ei nosweithiau yn gwledda ac yn dawnsio hyd yr oriau mân.

Roedd Grete ac Alyosha yn mynd i'r sinema yn amal. Yn enwedig pictiwrs y Kosmos ar gornel Kronenstrasse, gyferbyn â'r Reichshallen Theater. Roedd y ddau wrth eu boddau hefo pictiwrs Harry Piel ac roedd Alyosha yn mwynhau rhai o ffilmiau Charlie Chaplin. Tom Mix oedd ffefryn Grete. Doedd dim ots ganddi hi fynd i weld hwnnw dro ar ôl tro a chael llawn gymaint o hwyl â'r troeon cynt. Roedd tŷ pictiwrs newydd wedi agor y tu cefn i Unter den Linden, hanner ffordd i lawr Mittelstrasse. Ffilm am griw o ladron pen-ffordd yn Corsica oedd hi. Herwgipiodd y lladron ferch ifanc dlos o'r enw Maria a'i chadw'n gaeth mewn ogof uchel yn y mynyddoedd. Roedd ei thad a'i mam a'i chwiorydd bron ag ynfydu wrth boeni eu hen-eidiau amdani, yn gweddïo ac yn crefu am waredigaeth. Daeth y waredigaeth honno trwy lanc ifanc o'r enw Ghjuvan. Aeth i ymweld â'r teulu a chynnig achub eu merch.

Ond haws dweud na gwneud oedd hi. Roedd Maria yn cael ei gwarchod yn rhy glòs o'r hanner gan y lladron. Penderfynodd Ghjuvan mai ymuno â'r gang fyddai'r cam doethaf. I wneud hynny, roedd yn rhaid i Ghjuvan ei brofi ei hun. Cafodd ei rybuddio fod dynion wedi marw wrth geisio gwneud hynny. Wreslodd, paffiodd, cwffiodd a phrofi ei fedr a'i wrhydri wrth daflu cyllyll. Magodd y golygfeydd yma gymaint o dyndra nes bod Grete yn gorfod claddu ei llygaid yn ei dwylo. Hyd yn oed wedi i Ghjuvan ennill ei le ymysg y gang, cafodd ei fradychu gan leidar roedd wedi ymddiried ynddo fo fel ffrind. Bu ond y dim iddo gael ei ladd. Taflwyd corff Ghjuvan tros ddibyn clogwyn ond llwyddodd i'w arbed ei hun a dringo nôl i fyny. Dihangodd y pen-lleidar hefo Maria ar gefn ei geffyl a Ghjuvan ar ei garnau. Un frwydr fawr derfynol oedd ar ôl. Hynny, a phriodas.

'Fasach chdi?' holodd Grete ar y ffordd allan.

'Faswn i'n be?'

'Yn fodlon gwneud hynna drosta i?'

'Wrth gwrs y baswn i,' cusanodd hi yn gry, 'a mwy.'

Disgleiriodd ei llygaid.

'Ond fasach chdi yn gwneud hynna drosta i ydi'r cwestiwn?' pryfociodd Alyosha.

Chwarddodd Grete.

'Sgen i mo'r nerth i gwffio neb yn hir.'

'Ti'n deud bo' chdi'n un hawdd dy demtio?'

'Hawdd fy mhrynu,' atebodd yn llawn goglais.

Pwniodd hi'n ei hochor.

'Paid.'

Cythrodd Alyosha hi a'i chosi nes roedd Grete yn sgrechian-chwerthin.

'Paid, paid!'

'Na, o ddifri. Be fasach chdi'n 'i 'neud?'

'I dy gael di'n rhydd? Cysgu hefo'r pen-bandit.'

Doedd Alyosha ddim yn cynhesu at yr awgrym; synhwyrodd Grete hynny.

'Dim ond ffwc fasa hi. Ddim byd mwy.'

'Ond sut faswn i'n gwbod hynny?'

'Er mwyn dy gael di'n rhydd, be fasa o'i le ar hynny?'

'Fasach chdi'n fodlon ffwcio unrhyw un?'

'I dy gael di'n rhydd. I dy gael di nôl yn saff ata i, baswn. Faswn i'n fodlon ffwcio unrhyw un. Tasa gen i ddim dewis arall.'

Croesodd y ddau y stryd mewn tawelwch.

'Be? Ti'n meddwl 'mod i'n fodlon mynd hefo rhywun-rhywun?'

Roedd Alyosha yn dawel.

'Ti ddim yn 'y nhrystio i? Dyna be ti'n 'i ddeud wrtha i?'

'Wn i ddim be ti'n 'i 'neud trwy'r dydd.'

'Gweithio fel sgifi yn y Grand Hotel,' gostegodd ei llais. 'Dyna be dwi'n 'i 'neud trwy'r dydd, yn newid gwlâu ac yn rhedag i bawb. A tasan hi'n dwad i hynny, dwi ddim yn gwbod be ti'n 'i 'neud trwy'r dydd chwaith.'

Ochneidiodd Grete yn sydyn.

'Lol ydi hyn. Pam 'dan ni'n siarad lol?'

Gwenodd yntau.

'Ti'n iawn. Hen siarad gwirion.'

Cusanodd y ddau. Ar ôl eistedd wrth fwrdd yn y Café Schwedischer, eglurodd Alyosha wrthi sut roedd pethau wedi mynd o ddrwg i waeth rhyngddo fo a'i dad. Ers iddo wrthod mynd i swyddfa ICHC yn y Französische Strasse a gwrthod cyfrannu mwy i erthyglau Ernst Jenny, dechreuodd Fyodor droi tu min.

'Dyma sut yr aeth y sgwrs rhyngthon ni,' eglurodd iddi. ''Wna i ddim gadael i chdi bydru yma yn Berlin yn gwneud dim byd,' medda fo wrtha i. 'Pam na 'newch chi adael imi fod?' medda fi wrtho fo. 'Yn niffyg pob diddordeb mewn dim byd arall, dwi'n mynnu bo' chdi o leia yn ailgydio yn dy addysg'.'

'Be? Ti'n mynd nôl i'r ysgol?' chwarddodd hi. 'Ti bron yn ugain oed.'

'Mae o am imi sefyll arholiadau a mynd i Brifysgol Zurich.'

'Zurich?'

'Dyna ble'r aeth o. Mae o eisoes wedi cyflogi tiwtores.'

'Dwi'n gwbod. Dwi'n 'i chofio hi'n iawn. Y Dduges Lydia Herkulanovna Vors honno 'nes i gyfarfod â hi yn yr Hotel Adlon.'

'Ble cafodd 'y nhad afael arni, dyn a ŵyr.'

'Hen snoban ffyslyd hefyd. Roedd hi'n fy nhrin i fel baw ar esgid.'

Digiodd Alyosha.

'Oedd hi?'

'Pam ti'n synnu?'

'Alla i ddallt pam. Monarchydd rhonc fel Taid ydi hi. Ma' hi'n addoli'r Tsar a'i deulu.'

'Faint ydi'i hoed hi? Anodd deud.'

'Deugain,' atebodd Alyosha. Mae hi'n weddw. O dras Armenaidd. Mi gafodd ei gŵr – roedd o'n Swyddog Gwyn – ei ddal a'i fwrdro nôl yn Rwsia yn y rhyfel cartre.'

'Soniodd Alyosha ddim am y si wrth Grete iddo gael ei daflu'n fyw i ffwrnais llong gan y Bolsheficiaid. Doedd o'i hun ddim yn amau nad oedd hynny'n wir am eiliad, oherwydd roedd rhyw dywyn o wallgofrwydd yn llygaid y Dduges Lydia Herkulanovna Vors. Roedd stori arall ar led iddi weld yn ffenest rhyw siop ar Friedrichstrasse benddelwau o Lenin a Trotscii. Dychwelodd drannoeth a phrynu'r ddau. Wedi talu i'r siopwr, tynnodd forthwyl o'i bag a'u malurio'n siwrwd ar y cownter.

'A ti'n mynd i gael dy ddysgu gan ddynas fel honna?'

'Be ti'n feddwl?'

Smyglodd Grete i'w lofft yn yr Hotel Adlon. Ar ôl caru, swatiodd y ddau ym mreichiau ei gilydd.

'Falla mai lleidar ddylwn i fod. Dwi'n gwbod sut ma' torri i mewn i dai. Dwi'n cofio 'mosod arna i fy hun unwaith . . .'

'Sut?'

Cnoc ar y drws.

'Sssssh.'

Clywodd lais Albrecht Tänzer. Dychrynodd Grete a meddwl yn syth fod rhywun wedi ei gweld yn sleifio i mewn i'r Hotel Adlon ac achwyn amdani.

'Be wyt ti isio?' galwodd Alyosha.

'Neges gen eich tad.'

Gwthiodd nodyn o dan y drws.

'Be mae o isio?' holodd Grete.

'Mae o isio 'ngweld i rwan hyn.'

'Ynglŷn â be?'

'Dydi o ddim yn deud.'

Dododd Alyosha y nodyn i lawr.

'Well ichdi fynd.'

Doedd drws ei ystafell ddim ar glo. Camodd Alyosha i mewn. Roedd wedi hanner disgwyl ei weld yn ei gadair ger ei bureau lle roedd y lamp werdd yn gwyro ei goleuni tros ei waith.

'Alyosha, ty'd yma.'

Doedd o erioed wedi gweld ei dad yn y bath o'r blaen.

'Ty'd i mewn.'

Yn y dŵr eisteddai dyn blinedig yn mwytho cysgodion duon o dan ei lygaid.

'Dwi'n falch bo' chdi wedi dwad. Ma' gen i rywbeth pwysig dwi am i chdi 'i glywad.'

'Amdana i?'

'Amdana i,' atebodd ei dad wrth wasgu'r sebon rhwng ei ddwylo.

Newydd ddychwelyd o Cannes ychydig oriau ynghynt roedd Fyodor, lle bu ar waith i'r ICHC.

'Fasach chdi'n golchi 'nghefn i?'

Suddodd Alyosha y sbynj melyn yn y dŵr.

'Poen meddwl mwyaf y gynhadledd oedd dyfodol diwydiant olew Rwsia. A oedd modd ennill yr hawl i gael monopoli gan y Sofietiaid? Dyna pam ddaethon ni at ein gilydd yn Cannes. Er i sianelau answyddogol gael eu creu hefo'r Comiwnyddion i weld sut roedd y gwynt yn chwythu, ara deg iawn oedd yr holl drafod. Yn y diwadd mi wnes i gynnig a gafodd ei dderbyn gan Syr Henri Deterding. Yn sgil hwnnw, mi fydd ICHC a Royal Dutch Shell yn lobïo ar hyd a lled Ewrop o blaid llunio ffrynt unedig o'r holl gwmnïau a'r holl fanciau hefo buddiannau yn Rwsia yn erbyn y Sofietiaid. Boicot ydi'r gair. I wrthod prynu na gwerthu dim hefo Rwsia hyd nes y byddai Lenin yn digolledu pawb yn deg am bob eiddo a wladolwyd.'

'Dyna'r peth pwysig 'dach chi am ei ddeud wrtha i?'

'Na.'

'Be 'ta?'

Am ryw reswm, dewisodd beidio â dweud. Ond roedd y siarad i gyd yng ngofal ei dad,

'Yn fy nghalon dwi'n gwbod na ddaw dim byd o'r cynllun yma – fel sawl cynllun arall. A ti'n gwbod pam?'

'Pam?'

394

'Ma' hynny yn bennaf am fod cwmnïau a banciau yn eu blys am elw yn torri'r boicot trwy fynd at y Kremlin y tu ôl i gefnau ei gilydd. Siafia fi hefo'r rasal yma. Tra oeddan ni yn Cannes roedd 'na gonsortiwm arall o Saeson a Ffrancod yn cyfarfod i fyny'r lôn yn San Remo er mwyn didol meysydd olew Persia a Mesopotamia rhyngddyn nhw, hefo'r bwriad o atal Standard Oil New Jersey rhag cael troedle yn y Dwyrain Canol. Ma' fy ffrind Basil Zaharoff am atal yr Americanwyr hefyd. Ma' ganddon ni freuddwyd fawr i greu trefn newydd yn y Dwyrain Canol, trefn a fyddai'n lledu maes o law trwy odra Rwsia, ar draws y Caucusus hyd at gyrion Môr y Caspian a thu hwnt, er mwyn gwarchod y canrifoedd o olew rhag blys America.'

''Dach chi'n siarad gormod i mi'ch siafio chi.'

'Y drwg ydi fod y mandariniaid yn Llundain a Paris ond yn gweld Rwsia fel ail India. Pwrpas bodolaeth Rwsia i'r Saeson ydi i'w digolledu nhw am golli marchnadoedd yn y Dwyrain Pell i'r Americanwyr. Dydi hi fawr o gyfrinach fod Washington – trwy lobi rymus y National City Bank, cadw-mi-gei Rocker-feller – yn frwd o blaid torri enw ar gytundeb masnachol hefo Rwsia er mwyn cael y blaen ar sawl consortiwm Ewropeaidd fel ICHC. Ma' hynny yn peri mwy o gur pen i mi na dim byd arall. Os digwydd hynny, mi fydd llywodraeth anghyfreithlon Lenin yn cael sêl bendith llywodraethau'r byd. Unwaith y byddai un wlad yn cydnabod Rwsia Gomiwnyddol, mi fydd y lleill yn siŵr o ddilyn y ffasiwn. Unwaith y bydd hynny'n digwydd, mi fydd sefyllfa alltudion fel ni yn ganmil gwaeth. Do mi'r tywal 'na.'

Trodd Alyosha ei gefn pan gamodd ei dad yn noeth o'r bath.

'Sycha 'nghefn i.'

Dri llawr i lawr clywai Alyosha fiwsig y gerddorfa lle roedd ei fam yn dawnsio o swyddog i swyddog. Fel petai ei dad wedi darllen ei feddwl, dywedodd:

'Dwi 'di'i charu hi erioed.'

Ysgydiodd Alyosha ei gnawd.

'Yn fy ffordd drwsgwl, hunanol fy hun, ma'n siŵr. Ond dwi wedi ei charu hi. 'Fuos i rioed yn anffyddlon iddi . . .'

Rhwbiodd yn galetach.

'Ma' hi hefyd yn 'i ffordd 'i hun yn 'y ngharu i. Dwi'n siŵr o hynny erbyn hyn.'

Gwenodd yn dirion.

'Fydda i ddim yno, wrth reswm, ond gei di weld sut y bydd hi ar lan fy medd i.'

Fel arall yn hollol oedd barn ei fab, er na ddywedodd ddim. Ar ôl gwisgo ei ŵn nos, tywalltodd Fyodor Alexandrov cognac i ddau wydr.

'Tynn dy gadair yn nes ata i.'

Am y tro cyntaf erioed, fe soniodd Fyodor am ei brofiadau yn ngharchar *Cheka* Petrograd.

'Ust!'

Dywedodd:

'Gwranda . . .'

Gwrandawodd Alyosha.

'Ust!'

Tan siffrwd,

'Gwranda'n astud.'

Yr unig beth roedd o'n ei glywed oedd y gerddorfa. Gof-ynnodd ei dad iddo wrando yn fwy astud fyth.

'Glywi di hi?'

'Clywed be?'

'Ti ddim yn gwrando digon. Gwraig yn sgrechian?'

Hynny a yrrodd ei dad o'i go. Meddwl fod y *Cheka* yn poen-ydio ei wraig mewn cell arall. Meddwl fod Inessa yn cael ei churo a'i chamdrin. Nos ar ôl nos fe glywai'r un sŵn, yr un sgrechian. Nos ar ôl nos, yr un sŵn, yr un sgrechian. Nos ar ôl nos, nos ar ôl nos, nes i garcharor arall a gafodd ei gloi hefo fo rhyw fora ddweud mai clywed sŵn dŵr yn y peipiau roedd o. Teimlai fod amser wedi sefyll yn ei unfan. Roedd o'n colli ei bwyll. Doedd dim dwywaith amdani. Roedd o'n mynd yn lloerig. Os byddai'n aros yn Rwsia, dyna fyddai'n siŵr o ddigwydd. Dyna pam y bu'n rhaid iddo ffoi i'r Ffindir. Er mwyn Inessa. Er mwyn Gosha. Er ei fwyn ei hun. Ni soniodd ei dad yr un gair am ei frawd, Kozma. Dim un gair o gwbwl. Gwyddai Alyosha mai dyna oedd gwir achos ei anhwylder nerfol.

Gwrthododd Alyosha gael ei ddysgu gan y Dduges Lydia Herkulanovna Vors. Gwrthododd wneud dim byd arall chwaith. Oherwydd bod pethau mor annifyr rhyngddo fo a'i dad a'i fam byddai'n cadw'n glir o'r Hotel Adlon yn ystod y dydd. Am fod Grete yn gweithio, fe grwydrai strydoedd Berlin yn ddiamcan ar ei ben ei hun. Eistedd yn y Café Adler roedd o un prynhawn, pan gerddodd hi heibio yn ei gwisg ysgol. Curodd ar y ffenest. 'Chlywodd hi mohono fo. Lluchiodd bres ar y bwrdd a rhuthro allan. Pan glywodd hi rywun yn gweiddi ei henw, roedd o'n eglur o'i chil-edrychiad iddi ddychryn am ei heinioes. Am un eiliad – oherwydd ei fod o wedi newid cymaint – 'wnaeth hi ddim dal nabod arno fo. Dim ond ar ôl iddi syllu i'w lygaid y sylweddolodd Larissa pwy oedd o.

'Alyosha!'

Cofleidiodd y ddau. Dawnsiodd Larissa yn ei hunfan, a gwichian mewn llawenydd.

'O ble doist ti rwan? Ble ti wedi bod?' a chant a mwy o gwestiynau tebyg.

'Pam na ddoi di hefo fi i'r Hotel Adlon?'

''Fasa dim byd yn fy mhlesio i'n fwy, 'Lyosha, ond ma' Mam yn fy nisgwyl i adra cyn bo hir. Dydi fiw imi fod yn hwyr ne' mae hi'n mynd i boeni.'

Oherwydd ei fod o mor awyddus i weld Margarita aeth Alyosha hefo hi. Ar ddec uchaf yr omnibws i Neukölln, siaradodd y ddau yn blith-draphlith a chwerthin bob yn ail heb ddallt yn union pam, ond eu bod nhw'n mwynhau'r teimlad o fod yng nghwmni ei gilydd unwaith eto. Gwasgwyd blynyddoedd o fywyd i ddeugain munud o sgwrs. Soniodd Larissa am ryw Lev Ganin – roedd hi'n amlwg wedi mopio amdano fo ac yn mynnu ei drafod rownd y rîl – a oedd wedi gorffen hefo rhyw Luydmilla am fod ei wraig Marie ar fin dwad allan o Rwsia ymhen yr wythnos. Soniodd am ryw Frau Dorn a'i chi. Soniodd am ryw Klara a oedd yn byw yn y fflat uwchben.

Soniodd fod Margarita wedi bod mor lwcus iawn o'r diwedd â chael gwaith clarcio mewn banc bychan ar Schutzenstrasse.

'A hynny ar ôl treulio misoedd yn gweithio mewn ffatri gacennau.'

'Margarita? Ffatri gacennau?'

'Doedd dim dewis. Mi gymrodd be bynnag oedd ar gael. O leia roedd hynny'n haws na nyrsio. Mi wnaeth hi hynny yn Petrograd. Ond roedd hi'n anobeithiol fel nyrs. Cofia di, dwi'n siŵr ei bod hi'n dda fel clerc. Ma' hi mor drefnus hefo'i phetha. Ddim fel fi . . .'

Roedd hyd yn oed ei mam wedi dwad o hyd i waith llnau mewn ysgol Berlitz ar gongol Friedrichstrasse a Leipziger-strasse, a oedd mewn hen swyddfeydd a fu gynt yn perthyn i gwmni insiwrans uwchben siop Gerold. Ar hap bron y digwyddodd hynny pan aeth y tair i helpu yng nghanolfan y Groes Goch ar yr Uhlandstrasse. Gan ei bod hi wedi mynd mor ddihyder wrth wynebu pobol, bu'n rhaid dwyn perswâd ar Ella i ddod allan yn y lle cyntaf. Gwnaeth fyd o les iddi. Roedd angen mwy byth o berswâd arni i dderbyn y gwaith a gynigiwyd iddi. Crintach iawn oedd y cyflog, ond gwaith oedd gwaith. Y peth pwysicaf oedd rhoi rhyw ystyr i'w bywyd a'i harbed rhag y felan.

Pan agorwyd y drws, gwyllni trist eu fflat a sigodd galon Alyosha. Safodd yn y gegin-fathrwm a sŵn trên y stadtbahn yn rhuthro heibio nes crynu gwydr y ffenest yn ei ffrâm.

'Fa'ma 'dach chi'ch tair yn byw?'

'Dydi o fawr o le dwi'n gwbod, ond 'dan ni'n dod trwyddi'n iawn.'

Roedd Larissa wedi cynefino hefo'r byw cyfyng, ond doedd hi byth wedi cynefino hefo'r ysgol. Eglurodd wrth Alyosha mai wedi dengid o'i dosbarth roedd hi'r pnawn hwnnw, gan grwydro ar hyd strydoedd canol y ddinas heibio i'r diobaith a'r di-waith.

Agorodd y drws yn ddirybudd. Trodd Ella ar ei hunion er mwyn tynnu ei macintosh a'i tharo ar y bachyn. Yn ei llaw roedd ganddi fag llinyn a hanner dwsin o nionod ar ei waelod. Trwy gil ei llygaid gwelodd Alyosha.

'Mam? 'Drychwch pwy welis i.'

'Chlywodd Ella mo'i geiriau gan fod ei llygaid wedi eu hoelio ar ei nai. Yn ei meddwl, nid Alyosha a welai yn eistedd o'i blaen ond ei dad, Fyodor Mikhailovich. Roedd y mab wedi mynd yn debycach i'w dad bob tipyn.

'Mae o wedi'n gwadd ni'n tair draw i'r Hotel Adlon am swper dathlu heno.'

Yn llesg o sarrug holodd Ella,

'Dathlu? Be sy' 'na i'w ddathlu?'

'Bo' ni fel teulu hefo'n gilydd unwaith eto.'

'Ydan ni wir?'

'Mewn dinas ddiarth. Ma' hynny yn achos llawenydd ydi o ddim?'

'A dy dad? Be amdano fo? Wyt ti wedi anghofio amdano fo?'

'Naddo, siŵr . . .'

'Ddaw Kozma i'r dathlu 'ma heno? Be fydd gwerth y draul heb hynny?'

Difethodd hwyliau ei merch: eu malu'n deilchion racs nes y teimlai Larissa fel gwthio fforc trwy'i garddwrn. Roedd gan ei mam y ddawn i beri iddi ei chasáu ei hun ac roedd y teimlad o fod yn hollol ddiwerth wedi dwysáu yn ei halltudiaeth.

Teimlodd Alyosha reidrwydd i siarad.

'Does dim rhaid ichi ddwad heno, Modryb Ella. Rhywbryd eto 'falla. Mi ga i air hefo 'nhad.'

'Ar ôl iddo fo dorri'i air i 'ngŵr i? Ar ôl i Kozma ei gael o'n rhydd o afael y *Cheka*? Yr amod oedd fod dy dad di yn aros yn Petrograd. Ond be wnaeth o? Ffoi tros y ffin.'

''Alla i ddim atab tros fy nhad.'

'Peidiwch â bwrw'r bai ar Alyosha, Mam.'

'Does wbod a ydi Kozma yn fyw neu'n farw. Dyna be sy' waetha. Dwi'n gobeithio 'i fod o'n fyw ond yn 'y nghalon . . .'

Roedd hi ar fin torri. Doedd hi ddim isio crio yn ei ŵydd o.

''Nei di adael, os gweli di'n dda?'

Stopiodd styfnigrwydd Ella mo Alyosha rhag ailgysylltu hefo Larissa a Margarita ar ôl hynny. Roedd Margarita ar dân i'w weld. Llwyddodd i wadd y ddwy i'r Hotel Adlon. Darn-wirionodd Larissa pan welodd ei ystafell, y nenfwd uchel a'r siandelîr (o weithdai enwog Murano), ei wely mawr, meddal, ei ddesg lydan, ei wardrob, ei lenni trwchus a'r gwres canolog a'r carped *saronnerie* o'r lliw gwyrdd a phinc gwelwaf. Pan ddaeth Gosha o'i wers nofio, dotiodd y ddwy.

'Dwyt ti wedi prifio?'

'Ti'n hogyn mawr rwan.'

'Sgen ti gariad eto?' tynnodd Larissa ei goes.

'Lala,' crychodd Margarita ei thalcen, 'bihafia.'

Taflodd Larissa bêl feddal yn ôl a 'mlaen rhyngddi hi a Georgik.

'Dal hi! Da hogyn! Dwyt ti'n hogyn clyfar!'

Hel atgofion a wnaeth y cefnder a'i ddwy gyfnither.

'Y tro dwytha 'nes i weld Mademoiselle Babin oedd ar gefn ceffyl yn trotian i lawr y lôn o'r *dacha*. A'r Tywysog Yakov Sergeevich Peshkov yn marchogaeth wrth ei hochor hi.'

'Oeddan nhw mewn cariad?' holodd Larissa.

'Oeddan, dwi'n meddwl.'

'Be ti'n feddwl, ti'n meddwl?'

'Dwi ddim yn cofio'n iawn,' cymerodd arno, 'ma' cymaint wedi digwydd ers hynny.'

Doedd Margarita na Larissa erioed wedi amau fod rhywbeth rhwng eu tad a'u tiwtores. Ceisiodd y ddwy ddyfalu lle roedd y Ffrances erbyn hyn.

'Yn briod ac yn byw yn hapus hefo'i thywysog yn rhywla, fwy na thebyg,' goleuodd Larissa. 'Yn Harbin, Shanghai neu San Francisco.'

'A Valeriya Markovna?' holodd Margarita. ''Dach chi'n ei chofio hi?'

'Ei chofio hi'n iawn.'

'Sut allwn ni beidio?'

'Os ydi hi'n dal i ganu ei phiano liw nos, ydi hi'n dal i hiraethu am Herr Professor K.K. o hyd? 'Dach chi'n ei chofio hi'n lliwio ei gwallt mewn rhyw hen liw camomeil ych-a-fi unwaith?'

'A ble mae o erbyn hyn?'

'Mae Tada wedi derbyn llythyr ganddo fo,' dywedodd Alyosha, 'yn deud ei fod o'n dysgu mewn ysgol i hogia mewn rhyw dre ar lan afon Schwarza yn Thuringia.'

'Yn hen lanc o hyd?' holodd Larissa.

'Siŵr o fod.'

'Yn dal i ysgrifennu am hanes Cristnogaeth yn ei oriau hamdden?' holodd Margarita.

'Am wn i. Ond digon amdano fo. Be amdanach chdi?'

Roedd Alyosha wedi mynd â nhw i lawr i'r *restaurant*.

'Dwi'm yn drwglecio gweithio yn y banc, er ei fod yn ddiflas,' cyfaddefodd Margarita, 'y cwbwl dwi'n 'neud ydi cadw cyfrifon yng nghwmni hogan arall mewn stafall yn y cefn.'

'Swnio'n ddiflas iawn i mi.'

'Y gobaith ydi cael gwaith ar y cowntar. Ma' nhw wedi hanner gaddo.'

'Neu chwilio am rywbeth sy'n fwy at dy ddant di,' ychwanegodd Larissa, 'ti wedi deud sawl gwaith yn do?'

'Sdim llawar o waith ar gael i rywun fel fi . . .'

Sylwodd Alyosha fod Margarita wedi dechrau siarad mewn rhyw lais a oedd yn dalach na hi ei hun. Cafodd sawl cyfweliad am sawl swydd. Er na fynnai ei mam iddi fynd amdani (gan nad oedd ganddi fawr o feddwl o'r dyn a wnaeth fwy na neb i fradychu Rwsia i'r Comiwnyddion) cafodd Margarita ei chyfweld gan Alexander Kerenskii. Roedd o'n golygu ei bapur

403

newydd ei hun yn Berlin, ac yn chwilio am ferch i glercio. Er mwyn cyrraedd ei swyddfa fewnol, bu'n rhaid iddi fynd heibio i bedwar drws, a doedd y rheini ond yn agor wrth adrodd rhyw air. Rhaid oedd bod yn ofalus iawn. Roedd cymaint o bobol am waed Kerenskii, a mwy nag un yn benderfynol o'i ladd.

'Hyd yn oed cyn dwad wyneb yn wyneb â chyn-Brif Weinidog Rwsia, ro'n i'n gwbod yn fy nghalon na allwn i byth weithio i'r ffasiwn ddyn, ond ro'n i'n benderfynol o fachu ar fy nghyfla i gael deud fy neud am y llanast a achosodd o trwy adael i'r Comiwnyddion ddwyn Rwsia oddi arnan ni.'

'Oedd o'n glên hefo chdi?' holodd Alyosha.

'Clên, oedd. I ddyn heb fawr o ffrindia yn y byd 'ma does fawr o ddewis ganddo fo ond bod yn glên iawn hefo pawb. Mi holodd o fi am fy mywyd yn Berlin, sut o'n i'n byw ac ati, a'r bywyd oedd gen i nôl yn Petrograd. 'Sut fasach chi'n datrys sefyllfa bresennol Rwsia?' Dyna a ofynnodd o imi.'

'Sut atebist ti?'

'Trwy adfer undod y Tsar, yr Eglwys a'r bobol. Does dim dyfodol i Rwsia fel arall.'

'Be ddeudodd o?'

'Gwenu fel hyn. A gofyn imi wedyn, 'Be'n hollol mae uno'r Tsar a'r bobol yn ei olygu o ddifri?' 'Dwi'n dymuno gweld Rwsia fel roedd hi cyn 1917,' atebis inna. Mi ofynnodd o imi wedyn: 'Be'n hollol mae uno'r Tsar a'r bobol yn ei olygu o ddifri?' Roedd o fel tasa fo yn edrach trwydda i ar rywun arall. Roedd yn rhaid imi bwyso ar eiriau Tada, trio dwyn i gof be fydda fo'n arfar ei ddweud . . . wrth sôn am undod ysbrydol wedi ei sylfaenu ar ddefod a thraddodiad . . . ac aeddfedrwydd gwleidyddol a doethineb cymdeithasol yr oesoedd wedi eu plethu yn un, a hynny yng Nghrist Iesu.'

'Siŵr 'nath hynny gau'i geg o!' dotiodd Larissa at glyfrwch ei chwaer.

''Yn anffodus, rydan ni'n byw yn y byd modern.' Dyna ddeudodd o wrtha i.'

Yn iach o'r sauna, cerddodd Inessa i mewn i'r *restaurant*.

''Drychwch chi pwy sy' 'ma! Dyma be ydi syrpreis! A be ydi'ch hanes chi'ch dwy?'

Gwrandawodd ond doedd ganddi ddim gwir ddiddordeb yn eu bywydau. Aeth ati wedyn i ganmol Berlin, a disgrifio gogoniant y ddinas, yn enwedig o'i gymharu â rhyw bwt o le di-ddim fel y Ffindir. Eglurodd sut roedd hi'n treulio'i dyddiau yn trin ei gwallt, yn dadwreiddio ei haeliau, a thynnu llinellau duon uwch ei llygaid, tylino'i chorff, a phrynu dillad ar gerdyn American Express ei gŵr.

'Dwi hyd yn oed wedi dechra chwarae tennis eto.'

Gan ei bod o ddifri, roedd wedi cyflogi hyfforddwr ifanc i'w rhoi hi ar ben y ffordd, hogyn tal, main a oedd yn prysur foeli, o'r un enw yn union â'i dad, Vladimir Nabokov, a oedd yn olygydd y *Rul*. Cywilyddiodd Alyosha wrth ei fam am barablu mor ddifeddwl. Roedd Margarita a Larissa yn fud ers meityn.

'Diolch am bob dim, Alyosha. Ond ma'n well i ni fynd,' cododd Margarita a Larissa, 'neu mi fydd Mam yn dechra poeni.'

'Fydd rhaid ichi ddwad draw i'n gweld ni'n amlach,' gwenodd Inessa. 'Yma y byddwn ni'n aros tan awn ni nôl adra i Rwsia. Cyn bo hir gobeithio.'

Ar y ffordd allan o'r Hotel Adlon, daeth Margarita a Larissa wyneb yn wyneb â'u Hewyrth Fyodor Mikhailovich. Newydd ddod o gyfarfod o'r ICHC roedd o, ac yn cerdded yng nghwmni Rittmeister Paul von Rosenberg a Major Willisen.

405

'Dyma ferch ieuengaf fy mrawd Kozma, Larissa Kozmyevna Alexandrov.'

Cyrtsi.

'A dyma ei chwaer fawr hi, Margarita Kozmyevna Alexandrov.'

Cyrtsi.

Rowliodd meddwl Alyosha yn ôl i'r bora hwnnw amser maith yn ôl pan gafodd y tri eu cyflwyno i Mademoiselle Babin yn stydi ei dad . . .

'Sut mae Ella?' holodd Fyodor, 'sut mae eich mam?'

'Yn y gwaith mae hi.'

'Yn gwneud be yn union?'

'Llnau swyddfeydd.'

Noethodd Fyodor ei ddannedd ond ni wenodd.

'A be amdanach chi'ch dwy?'

Yn wahanol i'w wraig, roedd ganddo wir ddiddordeb yn eu hynt a'u helynt.

'Ma' Margarita yn gweithio mewn banc,' dechreuodd Larissa, fel petai hynny yn fodd i leddfu rhyw gymaint ar y cywilydd a deimlai.

'Mwynhau?' holodd Fyodor.

'Ddim felly.'

'O leia ti'n cael profiad.'

Pan holodd be oedd ei chyflog, a chlywed pa mor bitw oedd o (gan guddio ei euogrwydd), dywedodd Fyodor ar ei union,

'Dwi'n fodlon talu hynny ichdi o 'mhen a 'mhastwn fy hun. Mi fasa'n well o'r hannar gen i dy weld di'n ailgydio yn dy addysg.'

Pendronodd Margarita, ond gwyddai na allai dderbyn cynnig ei hewyrth heb bechu ei mam yn anfaddeuol. Gwrthododd ei gynnig trwy hel esgus nad oedd dim digon o Ladin ganddi i gael ei derbyn mewn gymnasiwm.

Wffiodd:

'Twt lol.'

Gwnaeth ei orau i ddwyn perswâd arni ond gwrthod bob tro a wnaeth Margarita. Lleisiodd Larissa ei chŵyn hithau ynglŷn â'i haddysg ac anogodd ei hewyrth hi i gael ei dysgu gan y Dduges Lydia Herkulanovna Vors, a oedd hefyd yn dysgu Georgik. Byddai'n rhaid i Ella gael gwybod; doedd dim posib cadw hynny rhagddi. Byddai'n hwylusach i Larissa fyw yn nes. O dipyn i beth felly y tyfodd y syniad o rentu fflat fwy i'r tair, ond heb yn wybod i Ella, Fyodor a fyddai'n talu'r rhent i gyd.

Roedd hi'n chwith gan Klara weld y tair yn gadael Neukölln. Ond doedd fflat bedair llofft yn Leibnizstrasse oddi ar y Kurfürstendamm ddim yn rhywbeth i droi eich trwyn arno fo. I'r gwrthwyneb yn hollol, roedd o'n lle delfrydol i fyw. Roedd Ella yn amheus, ond llwyddodd Larissa a Margarita i'w hargyhoeddi mai rhywun yn y banc a glywodd am y lle, ei fod yn fargen, ac iddi beidio â phoeni, achos roedd y rhent o fewn eu cyrraedd – diolch i gyflog Margarita.

Ni holodd Ella chwanag, ac yn ei chalon roedd hi'n falch o allu cefnu ar eu hofal. Aeth i lawr y grisiau a churo ar ddrws yr hen fardd Podtyagin,

'Gadael?' holodd trwy ryw hurtni meddwl, 'gadael am ble? Rwsia?'

'O na fasan ni,' dywedodd llais y tu mewn iddi. 'Am fflat arall.'

'Dal i ddisgwyl am fy *visa* i Ffrainc rydw i o hyd. Dwi'n disgwyl a disgwyl . . .'

Cydymdeimlodd Ella, er iddi glywed y stori ganwaith. Aeth i'w gwaith. Lledodd rhyw wasgfa ar draws calon Podtyagin y pnawn hwnnw. Teimlodd ei frest yn cloi fel rhew mewn pridd. Ar ben y grisiau cafodd godwm a chrafangu ar ei bedwar tuag at ei ddrws. Clywodd Lev Gavin ryw winedd yn crafu ar bren ei ddrws. Cynigiodd Lev fynd ar ofyn Frau Dorn er mwyn i honno alw doctor, ond doedd yr hen fardd ddim am iddo wneud hynny, a thynnodd ryw esgus ato'i hun.

'Rhyw bwl ydi o . . . ymysg y pylia dwi'n eu cael o bryd i'w gilydd,' gwichiodd wrth siarad, 'a sgen i'm isio i neb boeni . . . achos o gael hoe fach dawal . . . mi ddo i ataf fi fy hun cyn pen dim.'

Y gwir reswm oedd na allai fforddio talu. Bu Lev wrth law i dendiad ac edrach ar ei ôl o am weddill y pnawn. Aeth Podtyagin i gysgu ond pan ddeffrôdd doedd o ddim yn siŵr a oedd o wedi breuddwydio, a holodd Lev ynglŷn â Marie, ei wraig.

'Ydi hi wedi cyrraedd Berlin yn saff o Rwsia eto? Oedd hynny'n wir neu beidio?'

'Ddim eto.'

'Pryd ddaw hi? Oes rhyw sôn?'

'Dwi'n byw mewn gobaith y daw hi cyn bo hir.'

Gwyddai'r hen fardd o brofiad mor anodd oedd cael caniatâd i groesi'r ffin o Rwsia. Roedd o'n poeni yn arw am wahanu gŵr a gwraig. Er mwyn tawelu ei feddwl dywedodd Lev fod Marie wedi llwyddo i ffoi a'i bod hi bellach yn Warsaw, yn disgwyl trên i Berlin.

Hyd at ryw fis ynghynt doedd neb o'r tenantaid hyd yn oed wedi cael gwbod mai dyn priod oedd Lev. Pan ddaeth hyn i glustiau Larissa cafodd dipyn o sioc. Yn fuan wedi i Lev orffen hefo Luydmilla y daeth y ffaith yn hysbys i bawb, a hynny, wrth gwrs, trwy Klara.

Y noson cyn i Ella, Margarita a Larissa adael am eu fflat newydd fe drefnodd Klara barti bach i ddymuno'n dda i'r tair yn eu cartref newydd. Daeth y tenantiaid ynghyd yn ei fflat a phawb mewn hwyliau gweddol. Daeth yr hen fardd â photel o fodca hefo fo. Roedd yn barti di-fai hyd nes i Podtyagin ddechrau holi Lev ynglŷn â Marie.

'Ble mae dy wraig di erbyn hyn? Pam nad oedd hi byth wedi cyrraedd Berlin?'

'Mi ddaw.'

'Ydi hi'n cael rhyw drafferthion yn Warsaw?'

'Na.'

'Pryd wyt ti'n disgwyl iddi gyrraedd Berlin? Oes rhyw ddyddiad eto?'

Roedd pawb arall wedi distewi ac yn gwrando.

'Dwi'n ei gweld hi'n hir yn dwad fy hun.'

'Mi ddaw.'

'Be sy'n bod? Oes 'na ryw rwystr?'

'Na.'

'Oes gen ti lun ohoni?'

Yn sydyn, cododd Klara ar ei thraed, gosod ei gwydr i lawr a cherdded allan. Aeth Margarita ar ei hôl. Sylwodd pawb ar hyn ond 'ddywedwyd yr un gair.

'Be sy'?' holodd Podtyagin yr wynebau, 'ydw i wedi dweud rhwbath na ddyliwn i?'

Pan ddychwelodd Klara a Margarita i'r parti ymhen sbel, roedd Podtyagin wedi dechrau ei dal hi.

'I Ella a'i merched!'

Cynigiodd lwnc-destun.

'Pob llwyddiant i bawb!'

Eisteddodd Klara heb edrych ar Lev, ac ni ddywedodd yr un o'r ddau air o'u pennau am weddill y nos.

Daeth newid graddol i bryd a gwedd Ella wrth iddi gyrchu ei swyddfa yn yr ysgol Berlitz bob bora. Cymerai dipyn mwy o ofal ohoni hi ei hun. Roedd hi hyd yn oed wedi mentro draw i'r brifysgol un noson i wrando ar Karl Stählin yn darlithio ar Rwsia. Er iddi gwyno am ddyddiau eu bod nhw'n rhy ddrud, ac na allai fforddio prynu pâr, eu bod yn wastraff arian, ac y gwnâi'r hen rai y tro yn iawn, prynodd esgidiau newydd.

Am fod Ella mor gydwybodol ac mor brydlon yn ei gwaith, a phan gafwyd ar ddallt iddi fod yn athrawes am bwl cyn priodi, awgrymwyd y byddai'n dda o beth iddi ddysgu ambell ddosbarth. Gwrthododd y cynnig, er i un o'r athrawon hŷn ei hannog. Siarsiodd Margarita a Larissa hi hefyd, ond roedd Ella yn rhy swil a dihyder. Roedd hi eisoes wedi cael dyrchafiad o fod yn ddynas llnau i ddynas glarcio.

Un bora ni ddaeth yr un tiwtor i'w waith oherwydd ffliw, a chrefwyd ar Ella i ddysgu'r grŵp elfennol. Cafodd hwyl arni ac roedd hi'n abal yn ei gwaith. Mewn dim o dro cafodd gynnig swydd lawn-amser a chafodd ei symud o'r swyddfa i'r stafell ddosbarth. Ar ben hynny, cafodd fwy o gyflog. Er ei bod hi'n cynilo'r rhan fwya, penderfynodd fod yn rhaid iddi brynu un peth.

Pan ddychwelodd Margarita o'r banc un noson, y peth cynta a welodd wedi camu trwy'r drws oedd Larissa yn eistedd ar stôl â'i chefn tuag ati a'i mam wrth ei hysgwydd yn troi'r dalennau. Bu ond y dim iddi grio mewn llawenydd am ei bod wedi crefu am gael piano ers cyrraedd Berlin. Doedd dim lle yn yr hen fflat oherwydd ei bod yn llawer rhy fychan. Gwenodd Ella. Cododd Larissa hefyd yn wên i gyd ac aeth Margarita ati i chwarae nes y dechreuodd y ddwy arall ganu. Am y tro cyntaf ers amser teimlai'r tair rywbeth yn debyg i hapusrwydd.

Pan oedd Ella yn y gwaith, fe aeth Alyosha draw i'r fflat newydd. Croesodd gowt yng nghefn apartment bloc oddi ar Leibnizstrasse. Ogleuai'r lobi o blanhigion (ac nid hen ogla bresych wedi'u berwi a hen gŵn), gan fod yr ofalwraig yn eu tendiad yn ddeddfol, er ei bod hi'n hen jadan anghynnes a edrychai i lawr ei thrwyn ar y tair o Rwsia ar y trydydd llawr. Larissa a agorodd y drws. Roedd camu i mewn i oleuach, brafiach fflat mewn ardal a oedd dipyn yn fwy llewyrchus na Neukölln yn fendith ynddo'i hun. Roedd dipyn gwell graen ar y dodrefn hefyd. Cadeiriau a bwrdd Biedermeister a charpedi oriental dan draed. Roedd y trên agosaf ymhell i ffwrdd, yn egwan ei sŵn wrth dynnu i mewn ac allan o orsaf Savignyplatz.

'Diolch i dy dad am bob dim,' tywalltodd Larissa goffi iddo fo. 'A diolch am gael gwersi bob bora.'

Magodd Larissa hyder newydd. Yn y Dduges Lydia Herku-lanovna Vors roedd hi wedi cael athrawes roedd hi'n hoff ohoni, ond yn bwysicach na dim roedd hi wedi cael ffrind – yn union fel Mademoiselle Babin gynt – i rannu ei phryderon a'i gobeithion. Oherwydd ei thras aristocrataidd, mynnai gael ei galw wrth ei theitl a'i henw llawn. Roedd y Dduges Lydia Herkulanova Vors yn casáu'r ffaith ei bod hi wedi colli ei breintiau a'i safle cymdeithasol blaenorol. Peth di-chwaeth oedd gorfod siarad hefo pobol na fyddai hi gynt wedi hyd yn oed sylwi arnyn nhw.

Cyfaddefodd Larissa ei bod hi'n ysu am gael cariad fel Lev Gavin. Roedd hi wedi mopio ar Lev Gavin ond roedd o'n briod. Roedd hi'n ysu i briodi a magu teulu. Er ei bod hi'n weddw, roedd y Dduges Lydia Herkulanovna Vors yn fwy na pharod i drafod ei phriodas fer hefo Larissa. Doedd dim dwywaith nad oedd hi wedi bod mewn cariad hefo'i gŵr. Y peth gorau un am briodi oedd y ffaith ei fod yn cynnig lloches rhag y baich o orfod penderfynu.

'Poen i mi ydi gorfod dewis.'

Dyna roedd hi wedi ei ddweud wrth Larissa. Unwaith roedd y fodrwy ar ei bys, roedd y dewis terfynol wedi ei wneud. Dyna un rheswm pam na allai'r Dduges Lydia Herkulanovna Vors ei gweld ei hun yn priodi rhywun arall. Soniodd am y ffydd roedd arni ei hangen i briodi y tro cynta. Y stamina moesol y bu'n rhaid ei fagu i wneud y penderfyniad, i wneud yr addewid y byddai'n rhaid iddi ei chadw am byth. Ar fore dydd ei phriodas, sylweddolodd ei bod hi wedi dewis un dyfodol ar draul pob dyfodol arall, a'i bod yn datgan y dewis hwnnw yng ngŵydd y byd a'r betws.

Mentrodd Larissa:

'Ond hwnnw oedd y dewis iawn, ma'n amlwg?'

'I mi oedd, mi roedd o.'

'Pan ddaw'r amsar, dwi'n gobeithio y gwna inna ddewis cystal â chi hefyd.'

Cariodd Larissa chwanag o glecs i Alyosha pan ddywedodd ei bod hi'n meddwl fod Margarita wedi dwad o hyd i gariad.

'Hi ddeudodd?'

'Fi 'na'th ddyfalu.'

'Sut?'

'Ma' hi'n ogleuo o sent am y tro cynta erioed.'

Teimlai Larissa fymryn yn genfigennus. Hwn oedd cariad cyntaf ei chwaer fawr.

'Rhywun o'r banc?'

'Dwi'm yn meddwl.'

'Rwsiad?'

'Dwi'm yn siŵr.'

'Pam?'

'Ma' hi'n gwrthod deud.'

'Be sy' ganddi i'w guddio?'

'Deud ti wrtha i.'

Soniodd Larissa am y mater wrth y Dduges Lydia Herku-lanovna Vors.

'Pam mae hi'n gwrthod deud?' holodd honno hefyd.

'Fel'na ma' hi.'

'Oes ganddi hi gwilydd ohono fo?'

"Falla fod ganddi gwilydd o fi a Mam.'

Am rai wythnosau fe gadwodd Margarita ei chariad newydd yn gyfrinach dawel iddi hi ei hun.

'Pam na ddeudi di?'

'Bydd dawal.'

'Be sy'n bod?'

'Sdim byd yn bod.'

'Pwy ydi o 'ta? Pam na ddeudi di?'

'Oes rhaid i chdi holi cymaint?'

'Isio gwbod ydw i.'

'Ddeudodd Margarita ddim.

Stopiodd ei chwaer holi. Gan ei bod hi'n teimlo'n weddol ddedwydd ynddi hi ei hun, penderfynodd nad oedd hi'n mynd i falio, ac y byddai yn cyfarfod ag o ryw ddydd, neu fyddai hi ddim.

Amser a ddengys, meddai wrthi hi ei hun. Tan hynny, doedd hi ddim yn mynd i boeni iot am y mater. Roedd ganddi bethau eraill i feddwl amdanyn nhw, pethau mwy personol o lawer. Fel

Lev Gavin. Neu rywun tebyg. Teimlai Larissa y byddai ei bywyd hi ei hun yn gwella o hynny ymlaen.

'Wyt ti, Alyosha? Wyt ti'n meddwl fod bywyd yn mynd i wella o hyn ymlaen?'

'Ydw,' atebodd, 'ydw, mi ydw i.'

Ond 'ddywedodd Alyosha yr un gair wrth ei gyfnither am Grete. Roedd o'n poeni amdani. Roedd Grete wedi diflannu oddi ar wyneb daear Berlin.

Ar fusnes hefo'r ICHC roedd Fyodor, ac yn ciniawa yng Nghlwb Brenhinol y Rwsiaid Alltud, pan ddywedodd wrth y Grand Ddug Kyril Vladimirovich ei fod am bicio allan i'r cefn i gael mymryn o awyr iach. Bu'n cwyno cyn hynny am ryw wynt camdreuliad a mymryn o ddolur gwddw.

'Os 'newch chi'n esgusodi i.'

Hanner awr yn ddiweddarach gyrrwyd gweinydd allan. Gwelodd hwnnw ddyn yn penlinio wrth erchwyn y fainc farmor wen ym mhen isa'r ardd. Roedd ei ben yn gorwedd arni ar ogwydd, ei lygaid ar agor a glafoer wedi hel yng nghil ei geg. Ar y ddaear nesa ato roedd ei waled ar agor, a llythyr personol yn ei law, llythyr roedd ar hanner ei 'sgrifennu at Lenin, yn holi am wybodaeth am ei frawd Kozma. Bu'n 'sgrifennu hwnnw cyn cael ei alw at y bwrdd bwyd.

Gwibiwyd Fyodor ar ei union draw mewn motor-car preifat i glinic yn Weichelstrasse. Ymdrechodd tri doctor ymdrech deg i'w achub, a galwyd arbenigwr o ysbyty yn Potsdam draw. Dangosodd y *post-mortem* iddo farw o waedlif ar yr ymennydd. 53 oed oedd o.

Cafodd Inessa, Alyosha a Gosha eu danfon draw i'r clinic. Gorwedd ar fwrdd moel roedd Fyodor. Closiodd y tri a syllu arno. Roedd angau eisoes yn tynnu ar gonglau ei geg, yn cafnu ei ddau lygad yn ddwfn i'w ben a'i ddwylo a oedd wedi eu plethu ar ei frest yn hollol oer. Cofiodd Alyosha am Leo'r tramp. Yn ei dranc edrychai ei dad yn union yr un fath. Ogleuai'r stafell yn gryf o oglau camffor. Cusanodd Inessa ei gŵr ar ei dalcen. Gwnaeth Alyosha yr un peth. Gwrthododd Gosha. Roedd yn methu deall pam nad oedd ei dad yn deffro.

Cafodd marwolaeth annisgwyl Fyodor Mikhailovich Alexandrov ei gyhoeddi yn y rhifyn min nos o'r *Berliner Tageblatt,* a thrannoeth wedyn yn y *Vossische Zeitung,* ac ar ôl hynny, yn y rhan fwya o bapurau newydd Ewrop. Cyhoeddwyd brasluniau a theyrngedau teg o'i fywyd, yn ogystal â chrynodeb o'i gyfraniad i Lywodraeth Ddarpariaethol ola Rwsia.

Manteisiodd rhai Monarchwyr ar ei farw i godi pastwn er mwyn colbio Alexander Kerenskii, a chyhoeddwd llu o erthyglau i'r un perwyl ym mhapurau newydd yr *émigrés* yn Berlin a Paris. Am rai dyddiau bu llythyru chwyrn a dadlau ffyrnig, fymryn yn ffiaidd. Roedd ambell un yn gallach na'i gilydd yn gofyn pam roedd pobol orchfygedig wastad yn cecru ymysg ei gilydd? Am nad oedd canol i'w bywydau heb ganolbwynt grym, atebodd rhywun dienw. Bu llythyru addfwynach ar ôl hynny yn nodi yn ddiolchgar pa mor hael a charedig y bu Fyodor Mikhailovich wrth gyd-wladwyr alltud a ddôi ar ei ofyn yn Berlin am fodd i'w cynnal yn eu cyni hyd nes y deuai'r awr i bawb ddychwelyd i'w gwlad.

Cyn yr angladd, methodd Alyosha â chael gwared â'r ogla camffor. Hyd yn oed yn ei stafell, pan oedd yn gorwedd ar ei wely, roedd yr ogla yn mynnu ei ganlyn. Yr un ogla yn union oedd o â'r un a fu yn ei ffroenau pan oedd ar wastad ei gefn yn y 'sbyty hwnnw yn Rwsia. Bob tro roedd yn cau ei lygaid gwelai geg farw-lonydd ei dad.

Bu llawer iawn o fynd a dwad yn yr Hotel Adlon, ac Alyosha a Georgik yn gorfod bod yn gefn i'w mam. Fe'u siarsiwyd gan amryw byd o bobol (pobol a symudai'n araf a phwyllog mewn galarwisgoedd trymion) i fod yn wrol yn eu colled. Gwrandaw-

416

odd Alyosha ar ddynion syber yn canmol clodydd ei dad, a'i fam yn eistedd yn gefnsyth trwy'r cwbwl, yn gwrando, yn sychu dagrau a chwythu ei thrwyn.

Meddyliodd Alyosha fod du yn siwtio ei fam.

'Ma' Modryb Ella yma.'

'Pwy?'

'Modryb Ella, Margarita a Larissa.'

Roedd ei fam wedi suddo o'r golwg yn ei byd bach ei hun.

'Mi alwn ni eto,' dywedodd Ella a gadael.

Pwyllgor tan gadeiryddiaeth y Grand Ddug Kyril Vladimirovich a ofalodd am y trefniadau gan bwysleisio wrth Inessa y byddai'n angladd urddasol. O fewn dim daeth dirprwyaeth arall o Rwsiaid i'r Hotel Adlon i ofyn am gael ei gweld. Roedd y rheini'n gwthwynebu'r ffaith fod y Monarchwyr yn hawlio'i diweddar ŵr i'w hachos eu hunain. Drannoeth daeth dirprwyaeth o blaid y Kadet ati a mynnu mai eu dyn nhw oedd ei diweddar ŵr. *Bourgeoise* rhyddfrydol oedd Fyodor Mikhailovich o'i gorun i'w sawdl.

Di-glem oedd Inessa lle roedd didol glo mân gwleidyddiaeth yn y cwestiwn, a doedd hi ddim am bechu na thynnu neb i'w phen. Doedd hi ddim hyd yn oed yn ymwybodol fod plaid y Kadet wedi ei hollti'n ddwy, a'u bod yn colli aelodau yn ddyddiol bron i'r Monarchwyr ar y dde a'r Chwyldroadwyr Cymdeithasol ar y chwith. Yr awgrym gorau oedd i sefydlu pwyllgor amal-bleidiol. Fel mab i'w dad etholwyd Alyosha, ond 'welodd o erioed y fath gasineb ymysg dynion.

Angladd yn unig a oedd ar agenda'r pwyllgor, ond tynged Rwsia a gâi ei drin a'i drafod. Roedd pawb o bob plaid benben â'i gilydd, yn beio'i gilydd, yn rhegi ei gilydd am achosi cwymp eu gwlad. Methwyd cytuno ar ddim. Methwyd hyd yn oed â chytuno ar gadeirydd. Penderfynwyd gohirio cyfarfod y pwyllgor cynta er mwyn i bawb cael cyfle i bwyllo, sadio a dwad at ei goed. Doedd yr ail bwyllgor fawr gwell na'r cynta, ac roedd y trydydd bron o'r dechrau i'r diwedd yn storm o edliw cwerylgar, gweiddi, galw enwau, bygwth a brygowthan hunan-gyfiawn i gyfeiliant sŵn cadeiriau'n crafu'r llawr a drysau yn cau'n glep.

Comisiynodd Clwb Brenhinol y Rwsiaid Alltud gerflunydd i weithio ar goeden farmor, a honno wedi ei thocio yn ei hanner, fel symbol ingol ond pwrpasol o fywyd Fyodor Mikhailovich a'i gyfraniad i ogoniant Rwsia. Pan glywodd cyn-weinidogion Alexander Kerenskii am gomisiwn y Clwb Brenhinol, penderfynodd mai plannu coeden boplys, fel symbol o fywyd tragwyddol a'r gobaith am adfer democratiaeth yn Rwsia, oedd y deyrnged orau. Roedd rhywrai eraill am godi plac. Roedd rhywun â'i fryd ar gomisiynu cofiant. Roedd ambell fardd wedi sgwennu marwnad. Roedd pawb yn cyfrannu at ei goffâd yn ôl ei argyhoeddiad o werth ei deyrnged.

Ddeuddydd cyn yr angladd aeth pethau o ddrwg i waeth. Roedd anghytuno ffyrnig ynglŷn â'r union drefn yn y fynwent a bu'n rhaid gofyn yn y diwedd i Inessa dorri'r dadlau. Rhaid oedd osgoi rhwyg. Rhaid oedd dangos unoliaeth. Rhaid oedd dangos urddas. Roedd alltudion o bob cwr yn cyrraedd fesul awr o Baris, Nice, Prâg, Sofia, Munich, Hamburg – o ble bynnag roedd Rwsiaid ar wasgar wedi hel at ei gilydd fe yrrwyd un neu ddau ar ran y gweddill. Cafodd Inessa gardiau cydymdeimlad o Baden-Baden, Brussels, Stockholm, Königsberg, Breslau, Lyon, Frankfort, Dresden, Leipzig, Stuttgart, Halle, Heidelberg, Götingen a nifer o fân drefi eraill.

Metropolitan Evlogy a dau offeiriad arall o eglwys Rwsiaidd ar yr Unter den Linden a wasanaethodd yn eu casogau breision a'u lleisiau dyfnion. Claddwyd Fyodor Mikhailovich ym mynwent Friedhofskirche Eglwys Sant Konstantin, ar brynhawn chwilboeth o Orffennaf gerbron torf o dros dair mil a hanner o alarwyr a chwysai dan eu dillad trymion. Cyrhaeddodd Artyom o Baris i sefyll hefo'i chwaer ar lan y bedd, a safai'r Dduges Lydia Herkulanovna Vors yno hefyd. Gwisgai'r ddwy wraig gotiau duon, hetiau *cloche* o'r un lliw a fêl tywyll tros eu hwynebau.

Safai Alyosha a Georgik o boptu i'w mam a'u menyg duon yn cydio'n dynn yn eu dwylo poethlyd. Yr ochor bellaf i'r arch safai rhes o ddynion, a wisgai rubanau duon o gwmpas y llewys. Roedd dau yn adnabyddus i Alyosha, sef Tywysog Lvov ac Alexander Kerenskii, hefo pedwar gwarchodwr personol a wisgai bedair sbectol haul dywyll tebyg i'w gilydd yn gefn iddo fo.

Roedd y Grand Ddug Kyril Vladimirovich a gweddillion Llys y Tsar yn sefyll ar wahân. Roedd pawb yng ngharchar ei blaid a phawb yn bwriadol anwybyddu ei gilydd trwy hoelio eu llygaid ar yr arch. Ar y blaen, safai dynion o gylchoedd busnes Berlin, a gwŷr syber y banciau. Di-wên oedd cadeiryddion y Deutsche Bank, y Disconto-Gesellschaft Bank, y Dresdner Bank a'r Darmstädter Bank. A'r un mor ddi-wên oedd cynrychiolwyr y prif gwmnïau: Waldstein, Delbrück Schickler a Bleichröder yn ogystal â dau ddwsin a mwy o gwmnïau llai.

Yr eiliad y suddodd Fyodor Alexandrov i'r bedd, suddodd Inessa i'w gliniau a chrefu am ei faddeuant am fod mor ddifalio ohono fo. Hisian a glywodd Alyosha, hisian isel fel si gwenyn. Am un eiliad cofiodd lais ei dad yn sôn am sgrechian ei fam ym mheipiau'r *Cheka*. Aeth yr hisian o ddrwg i waeth, nes roedd y dorf fel haid o seirff. Dechreuodd yr awyr lawio pridd. Cododd dau o'i warchodwyr ddwy ymbarél uwchben Alexander Kerenskii a'i dywys i lawr y llwybr tua phen ucha'r fynwent.

'Bradwr!'

'Cachgi!'

Cododd rhywrai eu lleisiau a'i gyhuddo o golli Rwsia i'r Comiwnyddion.

'Cer o'ma! 'Sneb isio dy weld di!'

Y fo a gâi'r bai am drallod pawb. Waldiodd carreg fechan o ar ei war, stopiodd a throdd i wynebu ei gyhuddwyr gan gyhoeddi yn glir,

'Ma' rhwydd hynt i chi i fwrw'ch llid arna i. Ond mi wna i addewid gyhoeddus yma heddiw y bydd corff Fyodor Mikhailovich Alexandrov a phob un alltud arall yn cael ei gladdu ym mhridd daear Rwsia yn y dyfodol agos.'

Cafodd fwy fyth o ddirmyg.

Cyhoeddodd, 'Byr alltudiaeth fydd ein halltudiaeth ni oll.'

Casineb a dywalltodd o geg y Grand Ddug Kyril Vladimirovich, a hynny'n dawel ond yn urddasol o dan ei wynt.

Wrth i Alyosha dywys ei fam tuag at yr auto-daimler camodd Ella ati. Dododd ei llaw i orwedd ar lawes Inessa, a gripio'i braich yn dyner. Y tu ôl i'w mam, fe safai Margarita a Larissa. Daliodd Alyosha lygaid rhyw ddyn, dyn nad oedd wedi ei weld ers amser. Camodd y dyn ato a gwasgu ei law hefo un llaw a gwasgu ei ysgwydd hefo'r llall.

'Ma'n ddrwg gen i glywad am dy brofedigaeth di.'

Doedd dim amser i siarad. Roedd yn rhaid i Alyosha gadw cwmni ei fam a'i frawd bach. Camodd i mewn i'r motor-car. Wrth gael ei yrru yn araf, gwelodd Alyosha wyneb Stanislav Markovich unwaith eto.

Sefyll â'i gefn at wal uchel y fynwent roedd o, ei ddwylo'n ei bocedi, yn sugno ar ei getyn wrth siarad hefo'i gyfnither, Margarita. Y fo, yn amlwg, oedd ei chariad.

Fel pryfaid gleision at bot o fêl, fe ddenodd gweddwdod Inessa bob math o ddynionach ar draws cyntedd yr Hotel Adlon. Masnachwr gwin o Arras oedd un o'r rhai cynta i'w gyflwyno'i hun iddi – dyn boldew hefo gwên lechwraidd a thraed mawr. Postiwyd llu o gardiau gwahoddiadau ati, blodau a mân anrhegion. Diddanwyd a swperwyd hi gan amryw o uchelswyddogion a diplomyddion. Galwodd tirfeddiannwr cefnog heibio, dyn a arferai, yn unol â'r traddodiad, fagu eirth yn Zarla, er mwyn ei gwadd i'r opera. Gwnaeth *Attaché* milwrol Llysgenhadaeth yr Ariannin ymdrech debol i ddysgu'r tango iddi. *Chargé d'affaires* Budapest a aeth â hi am bicnic ar lan y Wansee ac i hwylio ar afon Havel. Addawodd rhywun arall fachludoedd haul diderfyn iddi ymysg y gwinllannoedd o gwm-pas Llyn Balaton. Cafodd gynnig castell Ranhenegg yn ernes o gariad tragwyddol gan ryw aristocrat, ac roedd rhyw Ffrancwr ffrenetig â'i fryd ar fynd â hi am fis o wyliau i bentre Le Pouldu o olwg pawb i gyd – ond fo.

Galwodd ambell Iddew cefnog o berchennog papur newydd heibio hefyd, yn ogystal ag ambell Sais dwl hefo enw fel Dickie neu Johnny o ryw goleg yn Rhydychen neu Gaergrawnt, a oedd yn digwydd bod yn cwna yn rhai o glybiau nos y ddinas ar y pryd, ac yn ddigon hy i drio'u lwc. A'r *gigolos* profiadol wedyn, roedd y rheini'n bla. Dynion main hefo gwallt seimllyd du wedi'i frwshio'n wastad oeddan nhw bron bob un, hefo enwau gwneud fel Kuki, Sigi neu Fufu, a'r rhan fwya yn dwyllwyr profiadol wrth reddf, ac un neu ddau yn feibion deurywiol i aristocratiaid Swabia, ac o hen dras.

Am gyfnod gweddus fe wisgodd Inessa ei galarwisg, ond ddim yn ddigon gweddus i amryw, a bu cryn dipyn o dwt-twtio a dwrdio yn ei chefn. Sylwodd Alyosha fel y daeth ei hen asbri nôl ymhen dim, sionciodd ei cham, disgleiriodd ei llygaid, a chan ei bod yn gymaint o ganolbwynt sylw, cafodd adfywiad rhyfeddol. Cafodd amser gorau'i bywyd. Aeth si ar led trwy Ewrop gyfan fod gwraig ifanc weddw'r diweddar ddiwyd-iannwr Fyodor Mikhailovich Alexandrov yn gorwedd ar wely cyfoethog iawn. Dechreuodd smocio. Cafodd holder du hefo cylch bychain o ddiemwntiau yn anrheg gan frawd Ahmed Zog, brenin Albania.

Roedd hi allan bron bob nos. Aeth i ddawns un noson lle roedd pawb mewn clytiau babanod. Roedd rhywun neu ryw-beth i'w ddathlu bron bob wythnos. Unig achos dathlu criw ei fam, fel y sylwodd Alyosha, oedd eu dathlu eu hunain. Roedd eu bywydau yn hwyl, ac roedd Inessa wrth ei bodd, a buan y rhoddodd y gorau i wisgo'i galar a hongian ei du.

Roedd gan Alyosha ei bryderon ei hun. Doedd o byth wedi gweld Grete. Roedd hi wedi diflannu o'i fywyd mor dawel a disylw â niwl o afael nant. A oedd hi wedi gadael Berlin? A oedd hi wedi mynd yn ôl adre i Brünn? A oedd hi ar dir y byw? A oedd hi fel Maria yn Corsica wedi ei chipio a'i chadw mewn ogof yn y mynyddoedd? Y poen meddwl arall oedd Stanislav. Holodd Larissa am gariad ei chwaer. Er mwyn godro cymaint o wybodaeth ag y gallai ohoni, cymerodd Alyosha arno na wyddai pwy oedd Stanislav, ond roedd yn ei gofio'n iawn.

Y stabal yn Kiev. Y stafell ddosbarth. Yr wybren fawr. Y winllan fach. Y bedd. Y gwn . . .

'Ble wnaeth o a Margarita gyfarfod â'i gilydd?'

'Pam ma' gen ti gymaint o ddiddordeb?'

'Isio gwbod pwy ydi o ydw i.'

'Yn Amgueddfa y Kaiser Friedrich. Dyna be ddeudodd Margarita wrtha i. Aeth hi yno o'r banc un amsar cinio. Gweld y dyn 'ma. Dechra siarad. Ac mi aeth y ddau am goffi i'r lle gyferbyn, yn y bar Americanaidd. Ti'n gwbod yr un dwi'n feddwl?'

'Lle ma' hi'n bosib ista a gwylio'r cychod yn mynd a dwad ar ddŵr y gamlas?'

'Yr union le. Trin a thrafod Petrograd a Moscow wnaeth y ddau, hel atgofion ac atgoffa ei gilydd o wahanol lefydd a gwahanol bobol nôl gartra yn Rwsia. Dyna ddaeth â nhw at ei gilydd. Neu dyna ddeudodd hi, beth bynnag. Roedd o'n amlwg wedi'i ffansïo hi, achos wrth ffarwelio mi wnaeth o'i gwadd hi i barti. Trwy lwc, mi wnaeth Margarita ofyn a faswn i'n cael dwad hefyd, chwarae teg iddi. Ti'n gwbod cymaint dwi'n mwynhau partïon.'

Roedd Larissa yn ei helfen yn sôn am y parti. Ar ryw stryd heb fod ymhell o'r Nollendorfplatz roedd yr apartment. Roedd sŵn y parti i'w glywed ddau lawr yn is wrth i'r ddwy ddringo'r grisiau. (Un, dau, tri – hyp!) Carlamodd Larissa i fyny o'i blaen a hastio ei chwaer i beidio â loetran. (Un, dau, tri – hyp!) Tyfodd miwsig y gramaffôn – rhyw record *jazz* – ac ogla'r mwg baco wrth i'r ddwy gamu i mewn trwy'r drws agored.

Holodd Larissa braidd yn uchel:

'Ydi o yma? Ble mae o? Alla i 'i weld o?'

'Bihafia! Ne' 'ddo i ddim â chdi hefo fi i'r un parti byth eto.'

Roedd y stafelloedd wedi eu brith-oleuo gan ganhwyllau tewion ar soseri, a'r dodrefn wedi eu gwthio draw yn erbyn y muriau er mwyn gwneud mwy o le i bobol ddawnsio. Roedd rhyw ddwsin neu fwy wrthi; yr hogiau yn edrych yn fenywaidd a'r genod yn wrywaidd. Sylwodd Larissa fod pawb yn droednoeth.

'Ydi hi'm yn well inni dynnu'n sgidia hefyd?'

'Ddim os nad 'dach chi isio.'

Gwisgai Stanislav grys melyn ysgafn a'i goler ar agor.

'Do'n i'm yn siŵr a oeddan ni'n y parti iawn ai peidio . . .'

Dweud o ran dweud roedd Margarita am ei bod hi'n teimlo fymryn yn ddihyder. Cododd Larissa ei haeliau wrth edrych ar Stanislav, cystal â deud fod y chwaer yn gallu bod yn fymryn o het.

Gwenodd yntau.

'Diod?' gofynnodd.

'Os gweli di'n dda. Beth bynnag sy' ar gael,' dywedodd Larissa.

Yr eiliad y trodd ei gefn i mofyn diod i'r ddwy, pwniodd Larissa hi, nodio'i phen, gwneud llygaid awgrymog a thynnu cudyn dychmygol o wallt tros ei thalcen. Sibrydodd Margarita o dan ei gwynt:

'Paid â chodi cwilydd arna i . . .'

Erbyn i Stanislav ddychwelyd hefo dau wydryn o fodca Pwylaidd, roedd rhyw hogyn tal pryd tywyll wedi hudo Larissa i ddawnsio. Cydiodd Margarita yng nghoesau'r ddau wydryn yn ei dau ddwrn, ond 'yfodd hi yr un tropyn. Syllodd Stanislav arni. Heb ddweud dim byd, gwyrodd ati a'i chusanu'n hir.

Dywedodd Larissa wrth Alyosha:

'Ddylsach chdi fod wedi'i gweld hi.'

Roedd hi'n chwerthin:

'Margarita o bawb yn cusanu!'

Be oedd Stanislav wedi'i ddweud wrth Margarita amdano fo, Alyosha, oedd y cwestiwn. A oedd Stanislav wedi sôn amdano'n gweithio i'r *Cheka* yn Kiev? Dyna oedd yn ei boeni. Gwyddai yn ei galon hefyd na fyddai Margarita na Larissa byth byth-oedd yn maddau iddo fo. Ac os deuai hynny'n wybodaeth gyhoeddus, byddai'n esgymun yn Berlin.

Yng Nghlwb y Rwsiaid Alltud roedd Inessa yn treulio'r rhan fwya o'i dyddiau a'i nosweithiau yn chwarae *baccarat* a *poker* a *roulette*, lle byddai'n llwyddo i sbydu pyramidiau ar ffurf clipiau pren crynion mor naturiol ag anadlu. Fel gweddw'r diweddar Fyodor Mikhailovich Alexandrov, ac er parch i'w goffadwriaeth (a chan eu bod mor brin o bres), cafodd ei gwadd i fod yn aelod o *sanctum* mewnol grŵp o ddynion a oedd yn benderfynol o ddymchwel y drefn gomiwnyddol yn Rwsia.

Hwn oedd y trydydd neu'r pedwcrydd gwahoddiad gan griw o'r fath. Wrth i'r blynyddoedd fynd heibio, mwy a dim llai o gynllwynio a oedd yn erbyn Rwsia. Cafodd Inessa achlust o'r holl gastiau dirgel a oedd ar y gweill, a gwnaeth hi ei rhan yn fwy na neb i'w porthi er mwyn parhau â'r crwsâd yn erbyn Comiwnyddiaeth. Cynnal yr achos hwnnw oedd y parch mwya y gallai ei roi i goffadwriaeth ei diweddar ŵr.

Gwelodd Alyosha lai a llai ar ei fam. Daeth Boris Savinkov yn ffrind mynwesol iddi, a'r cyn-weinidog o lywodraeth Alexander Kerenskii, a fu gynt â gofal trwy hynt y rhyfel, a'i cyflwynodd hi tros goctêls yn y bar un min nos i ddyn main (a edrychai fel petai wedi ei nych-fagu) o'r enw Sidney Reilly a'i wraig, Pepita Bobadilla.

Tros bryd o fwyd, eglurodd Savinkov a Reilly eu syniadau clir a phendant ar sut i ennill Rwsia yn ôl trwy *coup d'état*. Roedd yn Rwsia eisoes rwydwaith o weithredwyr a oedd yn fwy na pharod – pe rhoid y gair – i godi fel un ac ymosod ar y Kremlin. Mater o amser, ac yn fwy na dim, o bres, oedd hi cyn y gallai pawb alltud ddychwelyd i'w gwlad.

'Dwi'n hollol argyhoeddedig o hynny,' chwythodd Savinkov fwg sigâr tros ei wefus isaf.

'A finna,' cytunodd Reilly, ''falla mai gambl ydi creu gwrth-ryfal yn Rwsia, ond onid oedd hi'n gambl werth ei mentro tros wareiddiad Ewrop?'

Rhyw hanner gwrando roedd Inessa oherwydd ymlwybrodd dyn i mewn o dan ei bwysau, dyn a dynnodd ei sylw yn syth. Teimlai ei thu mewn yn meddalu. Ar draws y bwrdd *roulette* yn ddiweddarach y noson honno, teimlai ei bod hi eisoes yn dis-gyn tros ei phen a'i chlustiau mewn cariad. Roedd ei bochau'n gochion a theimlai'n anarferol o glòs a phoeth. Teimlai fel tynnu amdani a gorwedd yn noeth ar wastad ei chefn. Roedd hi'n lleithio rhwng ei choesau. Gwyddai ei bod hi'n yfed gormod ond llwyddodd i dynnu'i sylw, edrychodd draw, gwenu a gwenodd hithau nôl. Doedd yr un o'r ddau wedi torri gair erioed er iddyn nhw ddwad o fewn trwch blewyn i wneud hynny flynyddoedd lawer ynghynt. Tybed a oedd o'n cofio? Holodd Inessa ei hun a'i dwylo'n chwyslyd.

Pan ddaeth ei chyfle, bachodd arno.

'Inessa Vasilievna,' cyflwynodd hi ei hun.

'Dwi'n gwbod,' cusanodd gefn ei llaw a gwenu ei wên enwog.

Teimlai ei chalon yn curo'n gynt a chynt; roedd rhyw lymder o sychder wedi crino ei chorn gwddw yn golsyn sych. Cynigiodd brynu siampên iddi. Rhoddodd hyn esgus i'r ddau neilltuo i un o'r byrddau ochor mewn cilfach fwy preifat. Teimlai Inessa yn benysgafn; fe'i teimlai ei hun yn troedio ar hyd ymyl rhyw glogwyn cul-wan.

'Dwi'n cydymdeimlo hefo chi'n eich profedigaeth.'

Doedd Alexei Dashkov ddim wedi newid dim. Meddai ar yr un llonyddwch diegni a'i gwnâi yn ddyn mor rhywiol ag erioed.

Aeth y sgwrsio yn ei flaen hyd nes yr holodd hi:

'Be am y Pafiliwn ar y traeth yn Yalta? 'Dach chi'n cofio hwnnw?'

'Dwi wedi bod yno ryw unwaith neu ddwy ...'

'Dyna lle gwnaethon ni gyfarfod o'r blaen,' dywedodd Inessa yn olau, yn y gobaith ei fod o'n ei chofio. 'Amser maith yn ôl.'

'Wrth gwrs. Y Pafiliwn yn Yalta . . .' hefo mwy o ddifrifoldeb.

Gwnaeth ei orau glas i gymryd arno ei chofio. Doedd o ddim. Doedd o ddim yn ei chofio hi o gwbwl. Ond wrth i Inessa ei atgoffa am Nina Charodeyeva, roedd hi'n haws o lawer i Alexei Dashkov osod ei atgofion mewn rhyw fath o ffrâm.

'Dynes ofnadwy . . .'

'Glywis i ei bod hi wedi marw?'

'Maddeuwch imi ei ddeud o, ond diolch i'r drefn. Malais oedd ei henw canol hi. Roedd ganddi gymaint o feddwl ohoni hi ei hun a chyn lleied o allu pob actor ac actores arall.'

Teimlai Inessa ei hun yn cael ei thynnu ato. O fewn dim, roedd y ddau yn 'chdi' a 'chditha'.

'Ma'r llofnod ges i gen ti yn Yalta yn saff o hyd . . .'

'Sgrifen flêr iawn oedd gen i 'radag honno. Mae dipyn gwell graen arni erbyn hyn.'

Cyffyrddodd â'i gwar hefo'i fysedd. Teimlai Inessa ei bod eisoes dros ei phen a'i chlustiau mewn cariad. Oni fu hi erioed? Onid ar ôl yr actor enwog yr enwodd ei mab cynta?

Aeth y ddau i hel atgofion am Rwsia.

'Yn syth ar ôl y chwyldro yn 1917, mi adewais i ar y trên cynta i Vienna. Yn fan'no dwi wedi bod tan yn ddiweddar yn gwneud tipyn o waith theatr.'

'Pam wyt ti yma yn Berlin?'

'Stop dros dro ydi Berlin i fod. America fydd y stop nesa. Dwi'n teimlo erbyn hyn mai Hollywood ydi fy haeddiant i.'

427

Pan gyfarfu ag Inessa, teimlai Alexei Dashkov ei fod gam o'r ffordd yn nes.

Penderfynodd Alyosha fod yn rhaid iddo fynnu gair hefo Stanislav. Roedd yn rhaid iddo dawelu ei feddwl ei hun fod y dyn wedi cadw yn dawel am Kiev. Roedd hynny yn pwyso yn drwm ar ei feddwl. Roedd cymaint o gasineb tuag at y Comiwnyddion ymysg *émigrés* Berlin, fel y gallai gael ei erlid o'r ddinas; neu ei gyhuddo o fod yn ysbïwr i'r *Cheka*. Roedd yn rhaid iddo ddatrys y mater unwaith ac am byth.

Daeth y cyfle pan ddaeth Larissa ato o'i gwers hefo'r Dduges Lydia Herkulanovna Vors un pnawn. Roedd ei thiwtores newydd ddweud cyfrinach wrthi.

'Ydi o'n wir fod dy fam yn bwriadu dyweddïo hefo Alexei Dashkov?'

'Mae'n debyg.'

'Alexei Dashkov o bawb! Ma'r peth yn anhygoel!'

Gwyddai Larissa eu bod yn canlyn. Ond cwta bythefnos oedd hynny.

'Pam ma' nhw wedi cyhoeddi dyweddïad ar ôl cyn lleied o amser? Mae'n rhaid eu bod nhw mewn cariad go iawn.'

Atebodd ei chwestiwn hi ei hun trwy ddweud,

'Mae'n rhaid eu bod nhw. Dwi'n meddwl fod y cwbwl mor rhamantus.'

'Dwi'n meddwl 'i fod o'n llawar rhy gynnar ar ôl claddu fy nhad.'

'Ma'n rhaid i fywyd fynd yn ei flaen, Alyosha.'

'Yn gynt o'r hannar i rei pobol, ma'n amlwg.'

'Pam wyt ti mor gas?'

'Dda gen i mo'r dyn. Hen fochyn dauwynebog ydi o.'

Roedd Alyosha wedi bod yn amheus o Alexei Dashkov o'r eiliad y cafodd ei gyflwyno iddo gan ei fam. Dywedodd Larissa:

'A pheth arall, mi ddeudodd y Dduges Herkulanovna Vors wrtha i fod y ddau â'u bryd ar wneud ffilm hefo'i gilydd. Ydi hynny'n wir?'

'Glywis inna hynny hefyd,' atebodd Alyosha, cyn ychwanegu, 'hefo pres Mam.'

Gwaith Alexei Dashkov oedd hyn i gyd. Byddai cynhyrchu pictiwr yn Berlin yn siŵr o ddenu sylw draw yn Los Angeles. Teimlai Alyosha yn ddig.

'Ond mi geith llawar o Rwsiaid alltud waith gobeithio,' dywedodd Larissa.

'Gobeithio, neu fel arall, 'ddaw dim da o'r peth.'

'Gawn ni'n gwadd i'r briodas ti'n meddwl?'

'Siŵr o fod.'

'Erbyn hynny, 'falla y bydd yn rhaid gwadd Stanislav hefyd. Ma' Margarita a fo yn canlyn yn selog iawn. Ma' hi hyd yn oed wedi ei gyflwyno fo i Mam.'

'Be mae o'n 'i 'neud yn Berlin?'

'Dwi ddim yn siŵr.'

'Ti'n gwbod ble mae o'n byw?'

'Ydw.'

Bu'n daith faith i'w fflat. Trampiodd Alyosha ar draws y Nollendorfplatz hefo'i eryrod concrit a'i ferandas, a oedd yn bwrw eira o huddug tros y pafin islaw. Cerddodd trwy amryw droelliadau gwe glòs o strydoedd a'i gam yn chwim, ond aeth ar goll. Bu'n rhaid iddo holi'r ffordd o dan bont y stadtbahn, a rhuo'r trên uwchben yn boddi llais y wraig. Gwasgodd ei glust yn agosach at ei gwefusau.

'Tua'r gorllewin, felly?' holodd yn uwch.

'Ffordd acw,' pwyntiodd hi hefo'i basged wag.

Golygai anelu trwy Tauentzienstrasse a Wittembergplatz, a'r muriau fesul cam yn fwy di-lun a thlawd. Erbyn cyrraedd pen y daith roedd yng nghanol cachu cŵn a phesychu'r di-waith yn anfadwch tamp y tenaments. Roedd rhyw deimlad gwahanglwyfus i bob un dim a welai a'r bobol wedi eu gwisgo mewn pob math o ddilladach budron, a'r rheini wedi eu clytio at ei gilydd yn flêr a di-raen. Troednoeth a choesnoeth oedd y rhan fwya o'r plant.

Curodd ar y drws. Oedodd ond doedd dim ateb. Curodd eilwaith. A disgwyl. Roedd y llenni ynghau. Roedd y fflat yn fud. Doedd neb adra. Roedd ar fin camu nôl i lawr pen y grisiau pan glywodd sŵn dadfolltio. Yn yr eiliad cyn i'r drws agor, meddyliodd Alyosha na allai pethau fod yn dda ar Stanislav gan ei fod yn byw mewn slym.

Heb ddweud na bw na be, fe syllodd y ddau ar ei gilydd. Am un eiliad meddyliodd Alyosha pa mor debyg yr edrychai Stanislav i orangiwtang.

'O'n i'n meddwl y basach chdi'n dwad o hyd imi.'

430

Agorodd y drws yn lletach. Cafodd Alyosha ei gymell i mewn. Ar y papur wal melyn roedd rhyw rosynnod gleision a oedd wedi pylu. Melynllyd hefyd oedd y llenni a thrwch blynyddoedd o fwg tybaco wedi mwydo i bob twll a chornel nes roedd rhyw hen surni ym mhob man. Llwm a di-ddim oedd y dodrefn.

'Dydw i ddim wedi gwisgo, rhaid ichdi fadda imi,' clymodd ei ŵn nos amdano yn dynnach. 'Dim ond newydd godi ydw i. Faint o'r gloch ydi hi?'

'Tynnu at ddau.'

'Ista. Ond ddim ar y gadar yna, dydi honna ddim yn saff.'

Safodd Alyosha yn yr hanner gwyll.

'Ti'n canlyn hefo fy nghyfneither i?' holodd.

Heb osgoi ei lygaid, atebodd Stanislav yn ddidaro ei fod o.

'Pam? Teimlo'n warchodol ohoni?'

'Gan bo' chdi'n gofyn, ydw.'

'Chwara teg ichdi.'

Tynnodd ei getyn oddi ar y silff.

'Dyna pam ddoist ti allan yma yr holl ffordd i 'ngweld i?'

'Na.'

Teimlai Alyosha ei fod wedi ei gau ar waelod pydew tywyll hefo sarff.

'O'n i'n ama.'

Saib.

'Ti ddim am ista?'

Anwybyddodd Alyosha ei gwestiwn a gofyn:

'Sut 'nest ti adael Rwsia? Gest ti drafferth?'

'Doedd petha ddim yn hawdd. Fu raid imi gladdu gwraig yn y Môr Du. A chdi? Sut wnest ti adael Rwsia? Gest ti drafferth?'

Roedd rasal rhyw goegni ar groen ei holi.

'Trwy'r Ffindir,' atebodd Alyosha.

'I Paris o'n i isio mynd. A hitha o ran hynny. Tamara oedd ei henw hi. Tamara Bobrikov. Yn Kiev wnaethon ni gyfarfod. Ar ôl iddi farw, es i ddim i Baris ar ôl cyrraedd Ffrainc o Constantinople. Ro'n i wedi gaddo mynd â hi yno. Ond doedd hi ddim hefo fi. Roedd yn well gen i gychwyn o'r newydd yma yn Berlin.'

'Mae'n ddrwg gen i.'

Saib arall.

'Ti'n boenus iawn am rwbath?' holodd Stanislav wrth fodio baco i'w getyn.

'Dwi'n meddwl bo' chdi'n gwbod am be,' atebodd Alyosha.

'Ydw i?'

Oedodd Stanislav cyn tanio'r fatsien.

'Dwi'n meddwl bo' chdi.'

Sugnodd ar ei getyn.

'Wyt ti wedi sôn rhwbath wrth Margarita am be ddigwydd-odd yn Kiev?'

Sugnodd Stanislav yn dawel.

''Alla i mo dy stopio di rhag gwneud, dwi'n gwbod hynny.'

Plethodd Stanislav ei freichiau ar draws ei frest.

'Ond mi faswn i'n gwerthfawrogi tasach chdi ddim.'

'Pam fasach chdi'n gwerthfawrogi taswn i ddim?'

'Fi achubodd chdi yn Kiev. Hebdda i, fasach chdi ddim yn fa'ma heddiw.'

Heb yngan yr un gair, syllodd Stanislav arno fo trwy'r mwg,

'Ond . . .?' holodd Alyosha.

Tawelwch.

'Ond?' holodd yn uwch.

'Ond be?' caledodd Stanislav.

'Dwi'n teimlo fod 'na rwbath sy' ddim yn cael ei ddeud yma.'

'Ma' wastad rwbath sy' ddim yn cael ei ddeud. Ma' gen bob un ohonon ni ryw hanas mae o am 'i guddio. Nid chdi ydi'r unig un. 'Drycha.'

Tynnodd ei getyn o'i geg, gwyro'i gorun a rhannu'i wallt.

'Weli di hi? Anodd peidio dydi?'

Eisteddodd yn ôl yn ei gadair.

'Ti'n cofio sut ges i'r graith yna? 'Alla i mo dy helpu di. Deud o unwaith eto. 'Alla i mo dy helpu di. Deud o unwaith eto. Ble oeddach chdi pan oedd hynny'n digwydd? Sefyll yno'n fud. Be 'nest ti? Dim. 'Ddeudist ti'r un gair. Mwy na wnest ti drio atal yr anifail yna rhag fy nghuro i. Be wnest ti wedyn? Fy llusgo i ar hyd y llwybr hwnnw tuag at y bedd. Finna'n waed i gyd, prin yn gallu siarad. Onibai bod y Comisâr wedi disgyn i mewn i'r bedd, mi fasach chdi wedi fy saethu i.'

''Falla mai felly rwyt ti'n gweld petha.'

'Pa ffordd arall sydd o weld petha?'

'Mi wnes i 'ngora i dy helpu di.'

'Medda pwy?'

'Medda pobol sy'n Rwsia heddiw. Tasa posib inni'n dau gyfarfod â nhw. Masha. Mishka. Mi wnes i 'ngorau glas i dy achub di.'

'Ar ôl imi saethu'r Comisâr 'na? Be ddigwyddodd wedyn? Y cwbwl wnest ti oedd achub dy groen dy hun.'

'Fel wnest ti. Doedd dim dewis ganddon ni. Roedd yn rhaid inni ein dau ffoi o Kiev.'

Roedd cetyn Stanislav fel gwn yn ei ddwrn.

'Ti'n ama 'mod i'n dal i weithio i'r *Cheka*?'

'Rhwng pob dyn a'i gydwybod ddeuda i.'

'Dydw i ddim yn gweithio i'r *Cheka*.'

'Mi wnest ti weithio i'r *Cheka* unwaith. Fasach chdi'n gwadu hynny hefyd?'

434

Wrth ymyl y Bahnof-am-Zoo roedd café-gyngerdd awyr agored.

'Alexei Fyodorovitch,' cyflwynodd Margarita, 'dyma Stanislav Markovich.'

'Neu Alyosha fel rydan ni'n y teulu yn ei alw fo,' ychwanegodd Larissa yn or-lawen.

Ysgwydodd y ddau ddwylo'i gilydd.

'Braf dy gyfarfod di o'r diwedd,' dywedodd Stanislav.

'A chditha.'

'Dwi wedi sôn dipyn go lew am dy hanas di wrth Stanislav yn barod, Alyosha,' gwasgodd Margarita fraich ei chariad.

Noson addfwyn o Ebrill oedd hi. Yfodd y pedwar gwrw Dunkel. Dechreuodd y band ganu am saith.

'Dwi'n breuddwydio am gael actio mewn ffilm fy hun ryw ddydd.'

'O'n i'n meddwl mai nyrs oeddach chdi am fod?' tynnodd Margarita ei choes.

'Gen bawb hawl i newid ei feddwl.'

'Digon gwir,' porthodd Stanislav. 'Rydan ni i gyd yn newid.'

''Falla 'mod i un cam yn nes at fod yn actores, os ca i ran fach yn y pictiwr sy' ar y gweill gen Alexei Dashkov a Modryb Inessa. Be ti'n feddwl, Alyosha?'

'Fydd raid ichdi holi Mam am ran.'

'Paid ti â phoeni. Dwi'n siŵr o 'neud.'

Ni ddangosodd Stanislav ac Alyosha eu bod wedi cyfarfod â'i gilydd erioed o'r blaen. Fel pob tro arall yn ddi-ffael, lle roedd criw o alltudion o Rwsia wedi hel at ei gilydd, fe drodd y sgwrsio nôl at eu mamwlad.

'Dwi'n cofio'r fordaith o'r Crimea ar draws y Môr Du,' cnociodd Stanislav ei getyn ar ochor y fainc bren. 'Mi stopiodd y llong yn ddirybudd yng nghanol y môr am fod y glo wedi darfod a'r cannoedd ar y bwrdd yn gwallgofi wrth ddychmygu'r Bolsheficiaid yn tanio a phawb yn boddi. Toeddan ni'n darged hawdd? Llong lonydd ar fôr gwastad. Awgrym rhyw athro ysgol o Bryansk a achubodd y dydd.'

'Sut?' holodd Larissa.

'Fe fu'n rhaid i bob dyn gario coflaid o'r llwyth ceirch i lawr i'r gwaelodion. Dim ond wrth losgi tunelli ar dunelli o ŷd y gwnaethon ni lwyddo i gyrraedd arfordir Twrci yn un darn. Hyd yn oed wedyn, mi fuon ni'n lwcus i gael caniatâd i ddocio o gwbwl. Hwylio yn eu blaenau i'r dyfodol diddyfodol oedd tynged llongau eraill. A'r syched. Roedd pobol mor sychedig. A'r Twrciaid bloesg 'ma mewn cychod bychain wrth ochor ein llong orlawn ni yn mynnu lira am fwced o ddŵr. Roedd hynny'n grocbris. Dwy filiwn o rubles oedd gwerth un lira 'radeg honno. Doedd ryfadd fod cymaint ohonon ni wedi cymryd yn erbyn y Twrciaid. Ac ar dir Twrci, roedd amodau byw yn afiach a chyntefig yng nghanol trochion arogleuon gwterydd agored. Mi fu'n rhaid i mi dreulio fy nosweithiau cynta yn llochesu mewn ogof.'

Cydiodd Margarita yn ei law a'i gwasgu.

'Sgen i'm isio tosturi neb. Dwi'n gwbod fod pobol eraill wedi cael gwaeth treialon na beth ges i.'

Syllodd Stanislav i lygaid Alyosha.

'Sut le ydi Constantinople?' holodd Larissa.

'Prydferth ryfeddol a'r ddinas yn llawn o ryfeddodau. Minaret y Mosque Glas. Tyrau Palas Top-Kapi. Palas Dolma-Bakhche. Caer Rumeli. Y Grand Bazzar. O dipyn i beth y gwnes i lwyddo i gael fy nhraed oddi tana. Ges i waith fel barman mewn clwb o'r enw y Rose Noire. 'Après le Ciné, faites un tour de fox-trot à la Rose Noire', fel y byddai'r towts y tu allan yn udo ar bobol y stryd. Dwi'n cofio sefyll un bora Sul o flaen terminws yr Orient Express, yn teimlo fod Ewrop mor agos ac eto mor bell.'

Goleuwyd rhesi o fylbiau amrywiol ym mrigau'r coed pan ddechreuodd nosi. Cododd cyplau i ddawnsio ar y llwyfan pren. Cynigiodd Stanislav ei law i Larissa. Cododd hithau ar ei hunion a diflannodd y ddau heibio i'r byrddau tuag at y band.

'Ti'n hapus?'

'Ydw, mi ydw i,' atebodd Margarita. 'Alla i ofyn be ti'n feddwl ohono fo? Ti'n meddwl bo' ni'n siwtio?'

'Be ddeudodd dy fam?'

'Teimlo ei fod o braidd yn hen imi.'

'Faint ydi'i oed o?'

'Mi fydd o'n dri deg dau ym mis Medi. A dwi'n un ar hugain 'leni. Fel ti'n gwbod.'

'Sdim cymaint o fwlch â hynny.'

'Dwi'n falch o dy glwad di'n deud. Leciwn i tasa Tada wedi gallu'i gyfarfod o.'

''Falla gwneith o ryw ddydd. Ti byth yn gwbod.'

'Dwi'n ama. Yn wahanol i Mam a Lala, sy'n dal i obeithio, dwi'm yn meddwl y gwelwn ni Tada eto. Dwi'n meddwl ei fod o wedi marw.'

Roedd goslef y geiriau 'wedi marw' yn awgrymu 'wedi ei ladd'.

''Sdim dal.'

'Pam poenydio'n hunain trwy ddal gafael ar ryw obaith?'

Methodd ei chefnder gynnig ateb.

'Alyosha? Alla i ofyn cymwynas? Alla i ofyn ffafr fawr iawn?'

'Be?'

'Glywist ti Stanislav yn sôn heno am 'i helbulon wrth ffoi o Rwsia. A'i fywyd o yn Nhwrci. Mae o'n ddyn sydd wedi diodda'. Ond be wnaeth o ddim mo'i ddeud wrthach chdi, achos doedd o ddim isio difetha'r noson i Lala . . . ond fe fu'n rhaid iddo fo gladdu ei wraig yn y Môr Du.'

Roedd yn rhaid i Alyosha gogio syndod.

'Elli di ddychmygu unrhyw beth mwy erchyll? 'Alla i ddim. A tasach chdi'n gweld lle mae o'n byw yn y ddinas 'ma. Ma'i fflat o yn gwneud i'n hen le ni yn Neukölln edrach fel palas. Ma' hofal yn air rhy neis i ddisgrifio'r lle. Ond ma' ganddo fo dalent. Mae o'n ddramodydd. Mae o'n sgwennu sgriptiau ffilm hefyd. Dim ond iddo fo gael y cyfla i brofi ei werth i rywun.'

Heb iddi orfod yngan rhagor, roedd o wedi deall ei chais.

'Dwi'n gwbod 'mod i'n gofyn andros o gymwynas. Ond fasach chdi?'

Sŵn anadlu trwm a barodd i'r ddau godi eu pennau. Plonc-iodd corff ei hun ar y fainc bren. Gwgodd Margarita ar ei chwaer, gwg a awgrymai: gofalus, rhag ofn ichdi dywallt y diodydd 'ma.'

Llithrodd Stanislav yn union at Margarita a dweud ei fod allan o wynt.

Cusanodd y ddau.

'Am be oeddach chi'ch dau yn sgwrsio mor ddwys?' holodd Larissa

'Dim byd o bwys,' atebodd ei chwaer.

Yn hwyrach y noson honno wrth i bawb ffarwelio, daeth Stanislav at Alyosha. Safodd y ddau ar fin y palmant tolciog.

'Pa ffordd ti'n mynd?'

'Ddim yr un ffordd â chdi.'

Liw nos dywyll oedd hi a goleuadau'r traffig yn rhibiniau golau yn y gwyll.

'Noson dda.'

'Oedd.'

Taniodd ei getyn.

'Dwi'n dallt fod Margarita wedi cael gair hefo chdi amdana i . . .'

Roedd Alyosha yn gwegian fymryn ar ei draed. Bu'n slotian.

'Do, mi wnaeth hi.'

'A?'

'A?' dynwaredodd Alyosha.

''Nei di ofyn i Alexei Dashkov drosta i?'

'Go brin. Y peth ola ydw i isio'i wneud ydi dechrau crafu dyn fel fy llystad.'

'A'r peth ola dwi isio'i neud ydi gori mewn tlodi. Ma' tlodi yn fy lladd i'n ara deg.'

'Dwi ddim mewn sefyllfa i addo dim i neb . . .'

Yn ei lygaid, cafodd Alyosha gip ar ryw gysgod arall.

'Ddim mwy nag y galla inna addo peidio â sôn am *Cheka Kiev.*'

Ar ôl priodi fe wnaeth Alexei Dashkov yr Hotel Adlon yn gartre dedwydd iddo'i hun. Roedd yn yfed siampên i frecwast. Yn yfed siampên i ginio. Yn yfed siampên i swper.

Methodd Alyosha fagu'r stumog i fynd at y dyn. Aeth at ei fam.

'Pam wyt ti â diddordeb mewn sgwenwyr sgriptiau mwya sydyn?'

'Mae o'n ddyn talentog.'

'Ond be sy' a wnelo hyn â chdi? Sgen ti'm profiad. Gad ti sgriptio i'r rheini sy'n dallt y grefft. Dynion fel dy lystad. Ti'n gwbod dim.'

'Dwi ddim yn gofyn iddo fo gyflogi Stanislav Markovich.'

'Be wyt ti'n 'i ofyn?'

'Iddo fo ei gyfarfod o. Dwi'n gwbod pa mor brysur ydi o. Ond 'neith o ddim drwg.' Pwysodd Alyosha. 'Dim ond unwaith. Dyna'r cwbwl dwi'n 'i ofyn.'

Edrychiad drwgdybus a oedd yn llygaid ei fam.

'Oes arnach chdi bres i'r dyn yma?'

'Nagoes, siŵr.'

'Alexei, bydd yn onest.'

'Does arna i ddim byd iddo fo.'

'Pam wyt ti'n dadlau mor daer o'i blaid o felly? Chlywis i mohonach chdi erioed yn dadlau o blaid neb arall erioed.'

'Am ei weld o'n cael cyfla rydw i.'

Galwyd Stanislav i weld Alexei Dashkov. Cyfarfod byr iawn oedd o, ond er mawr ryfeddod, cafodd gynnig comisiwn. Cafodd gyflog chwe mis er mai digon symol oedd y tâl. Cafodd Stanislav ei blesio.

'Diolch ichdi, Alyosha,' roedd Margarita yn ei seithfed nef.

Ysgwydodd Stanislav ei law a'i dal yn dynn.

'Gobeithio na 'nei di anghofio'r gymwynas yma.'

''Wna i ddim, paid â phoeni.'

'Gobeithio na 'nei di.'

Hyd yn oed cyn dechrau ffilmio, cynyddu roedd y gwariant.

'Dwi'n berffeithydd yn fy nghrefft,' cyhoeddodd Alexei Dashkov gerbron y cast a'r criw ar lawr y stiwdio. 'Dwi'n mynnu gosod pob un manylyn yn hollol yn ei le.'

O'r cychwyn cyntaf un, doedd o ddim yn fodlon ar strydoedd na mosgiau Constantinople. Doedd yr awyr las ddim yn ddigon glas. Er na fu Alexei Dashkov erioed ar gyfyl y ddinas mynnai y byddai yn lasach, ar waetha'r ffaith fod pobol a fu yno yn mynnu fel arall a bod yr wybren yn iawn fel ag yr oedd hi. Dyna pryd y cododd yr anghytuno cynta rhwng Stanislav a'i gyflogwr.

'Sawl gris yn union sy'n codi o Bont Galata?'

Wrth i'r setiau gael eu codi, wrth i'r actorion ddechrau ymarfer eu llinellau ac i brysurdeb stiwdio ddechrau magu stêm ac i ddyddiad y diwrnod cyntaf o ffilmio nesáu mewn hen hangar a fu unwaith yn mochel Zeppelin ar gyrion Berlin, mynd o ddrwg i waeth roedd anfodlonrwydd Stanislav. Mynnai Alexei Dashkov newid cymaint ar y sgript trwy fynnu sgwennu ac ailsgwennu diddiwedd. Teimlai Margarita fod Stanislav yn pellhau oddi wrthi. Roedd hi'n gweld llai a llai arno fo.

'Dwi'n brysur eto fyth tydw?' (Roedd o'n fyrrach ei dymer.)

Ar ei ffordd adra o'r banc un pnawn roedd hi wedi trefnu i'w gyfarfod yn y Café Leon ar y Nollendorfplatz. Ar yr ail lawr roedd wastad ryw Rwsiaid yn trin a thrafod, neu'n darllen barddoniaeth, neu'n dadlau. Yno un tro roedd hi wedi gweld yr hen fardd Podtyagin yn cael ei hel allan am fod yn afreolus. Fel pob bardd gwerth ei halen roedd ganddo wenwyn at feirdd iau, wrth weld y genhedlaeth a gythrai ar sawdl ei awen fel bygythiad byw.

Eisteddodd Margarita ger y ffenest a disgwyl. Y tu allan roedd cyn-filwr dall yn tapio'r pafin hefo'i ffon wen wrth hel cardod i focs wrth ei draed. Er iddi ddisgwyl a disgwyl am bron i dri-chwarter awr ni ddaeth Stanislav i'r fei a phenderfynodd ddychwelyd i'r fflat. Ni soniodd yr un gair am ei siom wrth Larissa, a oedd yn parablu'n frwd am gael mynd draw i'r stiwdio i weld y ffilmio. Alyosha a drefnodd hynny iddi gan ei fod o'i hun wedi cael gwaith fel *extra*. Ni sylwodd yr un o'r ddwy fod eu mam heb yngan gair o'i phen nes y dywedodd tan deimlad,

"Dach chi'ch dwy wedi anghofio pa ddiwrnod ydi heddiw?"

Roedd y drwg wedi ei wneud. Am weddill y nos bu'r tair yn dawel iawn, yn cofio'r dydd yr aeth eu tad i ffwrdd, a'r dydd na ddaeth yn ôl.

Pan gyrhaeddodd Alexei Dashkov lawr y stiwdio ar fora cynta'r ffilmio, roedd mor biwis o flin fel y penderfynodd ohirio pob ffilmio tan drannoeth. Diflannodd i'w stafell wisgo a gadael llanast o'i ôl. Cnociwyd ar ei ddrws. Dechreuodd y seboni. Gwnaeth sawl un sawl ymdrech i'w liniaru ond roedd yn anghymodadwy. Dyn croendenau, siomgar a hawdd ei ddigio oedd o. Doedd neb wedi sylweddoli'r gwir tan hynny. Dechreuodd pobol ynfydu a rhedeg o gwmpas fel pethau gwirion, a'r rhan fwya'n drysu am fod cant a mil o benderfyniadau'n siwrwd racs.

O enau'r *chauffeur* chwyslyd y clywyd y gwir. Eglurodd wrth y cast a'r criw – a'r ddau ddyn camera o Hollywood (roedd Alexei Dashkov wedi darbwyllo Inessa fod yn rhaid eu cael ar gost a dolciodd y cyllid yn hegar) – i'r Mercedes gael pedwar pyncjiar ar y ffordd draw i'r stiwdio o'r Hotel Adlon.

'Be? I gyd hefo'i gilydd?'

'Fwy neu lai hefo'i gilydd.'

443

Wrth droi trwyn y Mercedes i mewn i Friedrichstrasse, sbotiodd rhyw lafnau di-waith yn loetran, yn smocio ac yn cicio'u sodlau. Taflodd tri ohonyn nhw lond dwrn o wydr i lwybr y car. Bangiodd yr olwynion fesul dwy. Suddodd y motor trwm i'r tarmac. Tynnu rhyw stumiau mwncïod a wnaeth y llanciau wrth sgrialu i ffwrdd.

'Plismon! Plismon!'

Bloeddiodd Alexei Dashkov wrth i'r *chauffeur* redeg ar eu holau ond methodd ddal un ohonyn nhw. Dyna pam roedd y dyn yn dal i chwysu fel ceffyl.

Siomwyd Larissa i'r byw. Roedd hi wedi edrych ymlaen cymaint at weld stiwdio wrth ei gwaith. Teimlai braidd yn rhynllyd yn yr ogof uchel o adeilad na ellid ond rhyw led synhwyro ei faint. Roedd Alyosha eisoes wedi sôn wrthi am wres tanbaid y lampau mawrion ac roedd hi wedi ysu i'w teimlo'n cynhesu ei chroen. Daeth rhyw gryndod drosti a thynnodd ei chardigan yn dynnach amdani. Teimlai fod rhywun yn ei gwylio.

Cip-edrychodd tros ei hysgwydd, a hanner troi i sylwi ar hogyn gweddol dal a thrwsiadus. Roedd o'n gwisgo pâr o fenyg ysgafn, chwaethus o liw hufen, a'r rheini'n berffaith lân. Safai draw ar ei ben ei hun yng nghysgod y mosg fel petai rhyw angel yn ei warchod. Roedd toriad ei wallt melyn golau yn gwta, mor agos at ei ben ag y gallai fod, gan beri iddo edrych yn foel er nad oedd wedi colli ei wallt. Pe bai o'n dewis ei dyfu fe fyddai ganddo fo drwch o wallt. Corciai fonocôl yn ei lygad chwith, a hwnnw ar gortyn lledar, main o gwmpas ei wddw.

Camodd tuag ati a'i gyflwyno'i hun. Cododd ei llaw at ei wefusau, oedi hanner eiliad i edrych arni, cyn ei chusanu. Holodd Larissa ei hun: 'Sgwn i ai actor ydi o?' A'i ddychmygu yn cusanu ei gwar nes peri goglais iddi. 'Paid, ti'n cosi,' clywai ei hun yn ei ddwrdio'n ddireidus. Dechreuodd eu carwriaeth y noson honno. Roedd hi'n garwriaeth hapus, ysgafn braf – carwriaeth aeddfed gyntaf Larissa, ac un a barodd yn ddidramgwydd, hyd nes i rywbeth creulon ddigwydd i chwalu'r cwbwl.

Am iddi glywed si o fwy nag un lle, penderfynodd Inessa fynd draw i'r stiwdio ryw ben bob dydd. Sylwodd Alyosha fod ei fam yn cymryd gofal manylach nag arfer wrth wisgo a thrin ei gwallt. Gwisgai ddilledyn newydd amdani bob dydd, rhywbeth na welai mohoni'n ei wisgo byth wedyn, ac roedd ei cholur yn gysáct, a'i hewinedd yn gochion a'i llais a'i hosgo yn mynnu sylw.

Bu Inessa â'i bys yn y broses gastio. Ond pan fynnodd Alexei Dashkov gynnig y brif ran i Miss Gosovska, roedd hi'n llawn gwenwyn a chenfigen. Roedd hi'n ei chasáu â chas perffaith. Yn yr actores, fe welai ddrych ohoni hi ei hun. Gwaethygodd ei hamheuon amdani, yn enwedig pan ddaeth si i'w chlustiau fod rhyw saer wedi dal ei gŵr yn byseddu Miss Gosovska yn nrws cefn clwb nos Maxim, ar un o strydoedd cefn Constantinople, tan olau lleuad artiffisial.

Parhâi Inessa i dorri ei henw ar sieciau, weithiau ddwywaith dair y dydd. Aeth y ffilmio rhagddo, a chwanag a chwanag o bobol blygeiniol wrth y clwydi bob bora yn crefu am waith. Doedd dim angen chwanag, a chafodd cannoedd eu troi i ffwrdd, er eu bod yn hel drannoeth yn union yr un fath, gan fynnu eu bod yn fodlon gweithio am ddim cyn belled â'u bod yn cael eu bwydo.

Wrth i'r *chauffeur* arafu'r Mercedes, gwnâi Inessa ac Alexei Dashkov eu gorau i osgoi'r llygaid dolefus a grefai o'u cwmpas bob bora. Roedd hi'n anodd eu hosgoi gan fod y crefu yn amlach na heb yn sŵn eu mamwlad, acenion amrywiol Petrograd, Moscow, Rovno, Vinnitsa, Poltava ac Odessa. Er i'r *chauffeur* osgoi'r clwydi blaen a gyrru trwy'r clwydi cefn, roedd pobol yno yr un fath. Gwyrodd talcen rhyw ddyn truenus yr olwg fodfedd neu lai at wydr y ffenest, ac yngan rhywbeth, ond oherwydd iddo waldio'r gwydr hefo cledr ei law, collodd Inessa ei eir-iau. Adnabu ei lygaid. Unwaith roedd hi'n saff o fewn ffens y stiwdio gorchmynnodd y *chauffeur* i fynd allan a chynnig diwrnod o waith a thri phryd o fwyd i gyn-fancar ei diweddar ŵr.

'Nid chwilio am waith i mi fy hun rydw i,' dywedodd Andrei Petrovich yn wylaidd, 'ond i fy merch Galina. Mae hi wedi dyheu am gael bod mewn pictiwr, byth ers iddi weld Vera Voronina yn actio ar y sgrin.'

'Siomodd Inessa mohoni hi. Cafodd Galina ei gwisgo fel un o'r *extras*, a'i gosod mewn golygfa hwyr y nos wrth fwrdd yng nghlwb nos myglyd y Rose Noire. Dyna lle y gwelodd Alyosha hi. 'Wnaeth o mo'i nabod hi ar ei union, am ei bod hi'n edrych fel tywysoges alltud o Lys y Tsar; ond ar ben hynny, roedd hi wedi newid yn ei phryd a'i gwedd. Sbonciodd rhyw lun ohoni i'w feddwl, a gwelodd hi'n ling-di-longian ar hyd y cei yn Yalta flynyddoedd lawer ynghynt. Daeth i'w gof glompan o hogan braidd yn dew yn syllu arno tan barasôl wen a'i thad yn dweud rhywbeth wrthi, rhywbeth na allai ei ddwyn i go. Roedd hi wedi tyfu'n hogan weddol dal, lawn mor dal â fo, a'i chorff yn osgeiddig. Cafodd Alyosha ei atgoffa o Masha – ble roedd hi erbyn hyn, tybed? – yn enwedig ei gwallt hir.

O ran actio, doedd dim disgwyl i Galina wneud rhyw lawer o ddim byd, ar wahân i sipian ei diod yn ysbeidiol wrth wylio cyplau'n dawnsio'r *fox-trot*. Llusgodd yr oriau. Tyfodd y set yn boeth a chlòs nes troi'n llethol, a llewygodd un o'r merched coluro. Bu'n ddiwrnod melltigedig o hir am fod Alexei Dashkov yn anfodlon.

'Eto! Eto!' gwaeddai tan sefyll ar ben ei gadair yn ei gap gwyn.

Mynnai saethu ac ailsaethu'r un olygfa drosodd a throsodd. Pan siaradodd Alyosha hefo hi'n y diwedd, roedd Galina wedi bwrw pob awgrym o swildod a oedd yn perthyn iddi gynt.

'Oes gen ti hawl i ista hefo fi?' gofynnodd Galina.

'Ga i 'neud fel dwi'n mynnu.'

Tynnodd Alyosha gadair at ei bwrdd yn y clwb nos.

'Dwyt ti ddim wedi newid rhyw lawer,' dywedodd hi wrth astudio'i wyneb.

'Ma' bod yn dywysoges yn dy siwtio di.'

'Tywysoges dlawd iawn.'

Doedd pethau ddim yn dda ar y teulu. Roedd banc ei thad wedi mynd â'i ben iddo, ac roedd o wedi bod yn chwilio am waith bancio arall yn Berlin, a hyd yn oed yn Hamburg. Doedd hynny ddim yn hawdd, yn enwedig gan fod degau o fanc-wyr eraill alltud o Rwsia yn chwilio am waith tebyg. Hyd yn hyn, yr unig waith a gafodd ei gynnig iddo oedd fel gweinydd mewn clwb o'r enw y Bürger-Casino. Symol oedd ei mam. Bu'n orweddog ers amser. Doedd chwaer ei thad ddim yn dda iawn ei hiechyd chwaith, ac yn gorfod treulio cyfnod o amser mewn clinic preifat ar gyrion Potsdam.

Ar y bore Sul trefnodd Alyosha i gyfarfod â Galina o flaen yr Eglwys Ffrengig yn y Gendarmenmarkt.

'Pam nad awn ni i'r Café Kranzler? Dau *schapps* cyn dal y trên?'

Trip i'r wlad oedd y cwbwl iddo fo, a chyfle i ddwad i nabod Galina yn well. Cyfle i ymweld â'i modryb oedd o iddi hi. Cyfle hefyd i ddwad i nabod Alyosha yn well.

Câi Alyosha drafferth i beidio â syllu ar ei choesau, a oedd mewn sanau sidan duon. Yn eistedd hefo nhw yn yr un com-partment roedd rhyw ddau werinwr Kassubaidd yn eu dillad traddodiadol. Siaradodd Galina ac Alyosha yn Rwsieg a gwneud hwyl yn slei bach am ben y ddau.

Bu'n rhaid cerdded yr hanner milltir o'r orsaf ar hyd lôn wledig, at glwydi haearn, lle canodd Galina'r cloch. Dyn mewn

447

het werdd feddal a siwt lwyd a holodd am eu henwau a'u perwyl. Clamp o blasty tebol oedd y clinic, yn sefyll ar ei ben ei hun yng nghanol gerddi meddal. Roedd mur tebol, wyth troed-fedd o uchder, o gwmpas y lle.

Gwraig yn gorwedd ar *lounger* ar batio yng nghefn y plasty wedi ei lapio mewn blancedi a welodd Alyosha wrth glosio. Dechreuodd Lazarevna Petrovna ystwyrian pan glywodd Galina yn galw, cil-godi ei sbectol haul a sbecian. Cododd ar ei thraed a symudodd draw i eistedd ar fainc bren yng nghanol y lawnt. Eisteddodd rhwng y ddau a thaenu ei blancedi tros bengliniau ei nith a'i ffrind. Canol Mai oedd hi, a doedd yr heulwen ddim yn gynnes. Haul y gwanwyn oedd o o hyd, yn cogio dynwared haul yr haf.

Galina a siaradodd gan fwya, gan sôn yn frwd am y profiad o fod yn actores. Roedd ei modryb am glywed yr hanesion i gyd. Roedd ganddi ddiddordeb byw ym Miss Gosovska. Holodd amdani. Roedd ganddi ddiddordeb ymhob dim, a doedd y manylyn lleia ddim yn rhy ddibwys iddi. Trwy gydol y sgwrsio, daliai Lazarevna fysedd ei nith mewn un llaw, a'i fysedd o yn y llall. Synhwyrodd Alyosha ei bod hi'n ddynes unig iawn.

Ni thynnodd Lazarevna mo'i sbectol haul nes iddi agor drws ei stafell a diosg ei blancedi. Yn wahanol i Galina, a oedd yn drwch ohono fo, doedd Lazarevna yn gwisgo dim math o golur. O ganol ei hwyneb claerwyn, syllai allan ar y byd trwy lygaid duon, a oedd yn cynnal bagiau trymion. Roedd ei gwallt wedi ei dorri'n gwta (yn ôl y ffasiwn ddiweddara), ac roedd graen ar ei dillad. Eisteddodd Alyosha. Hanner gorweddodd Galina ar y gwely yn rhyw how droi tudalennau rhyw gylchgrawn o'r pentwr ar y cwpwrdd bach.

Tro Alyosha oedd hi i gael ei holi a sylweddolodd Laza eu bod wedi cyfarfod o'r blaen, flynyddoedd lawer ynghynt. Roedd hi'n meddwl y byd o Inessa. Roedd hi hefyd wedi clywed am farwolaeth ei dad.

'Onibai am fy salwch mi fuaswn i wedi gwneud ymdrech i fod yn yr angladd.'

Roedd gan Alyosha ryw frith-gof ohoni pan safodd rhyngddi a Zinaida Ernestovna yn y Sioe Ffasiwn nôl yn Petrograd flynyddoedd ynghynt. I'w lygaid ifanc o ar y pryd roedd hi'n edrych fel gwraig soffistigedig iawn. Roedd ei gydymdeimlad tuag ati yn dwysáu.

Canwyd y gloch ginio. Roedd yn awr ffarwelio. Tynnodd Galina ei chôt satin a ffwr mwnci amdani a chodi ei menyg. Cusanodd y ddwy yn y dderbynfa, ac wrth iddi osod cusan ar foch Alyosha teimlai fysedd Lazarevna yn ei boced. Yn ôl yn Berlin, ffarweliodd hefo Galina. Safodd y tu allan i orsaf Friedrichstrasse, lle cafodd y cyfle cynta i agor yr amlen fechan. Darllenodd ei hysgrifen draed brain. Ar ei ffordd yn ôl i'r Hotel Adlon bu'n pendroni wedyn ynglŷn â be i'w wneud nesaf.

I *restaurant* enwog yr Hocher yr aeth Herman Swartz a Larissa Kozmyevna. Mewn bwced arian ger eu bwrdd, roedd potel o siampên yn oeri. Doedd hi erioed wedi smocio o'r blaen, ond rhwng bys a bawd cododd sigarèt o'r cas arian. Snapiodd Herman o ynghau, ei lithro i'w boced, tapio ei sigarèt ar ei ewin a'i chodi i'w wefusau, ac erbyn hynny roedd eisoes yn dal leitar aur, a gwyrodd Larissa at y fflam.

Yn ei gwmni daeth Larissa yn ymwybodol iawn o'i hacen Rwsiaidd, a theimlai'n chwithig gan fod ei Almaeneg o mor goeth. Yng nghanol yr holl holi ac ateb – 'dwad i adnabod' – ni feddyliodd Larissa y dylai hi ei holi o fel roedd o'n ei holi hi. O boced ei wasgod cododd gadwyn, ac ar ben y gadwyn roedd yr oriawr leia a welodd Larissa yn ei byw. I lawr ei drwyn y craffodd Herman arni, wrth ei dal yn wastad ar gledr ei law. Oedd o'n fyr ei olwg?

Roedd Larissa wedi poeni nad oedd ganddi ddim i'w wisgo. Achosodd hynny boen meddwl mawr iddi a thrwy garedig-rwydd hogan roedd Margarita'n ffrindiau hefo hi yn y banc y llwyddwyd i fenthyg gwisg, a oedd bron yn ffitio. Llwyddodd y ddwy rhyngddyn nhw i roi trefn ar ei gwallt, a rhoddodd

Larissa finlliw ar ei gwefusau. Teimlai'n hŷn na'i hoed ac wrth syllu arni hi ei hun yn y drych, teimlai fel ei phinsio'i hun.

Siafiai Herman ddwywaith y dydd, unwaith ar ôl codi ac unwaith cyn mynd i'w wely, waeth pa mor hwyr fyddai hynny. Siafiai bob un blewyn nes bod croen ei fochau'n berffaith lân; a siafiai mor glòs weithiau nes y byddai croen ei wyneb yn las, yn enwedig ar fora oer o aeaf. Roedd hyn yn esbonio tarddiad y graith hyll ar ei foch pan gydiodd mewn rasal ar ôl noson hwyr yn dathlu pen-blwydd rhyw ffrind yn y Keplinski ar ôl rowlio i'w fflat yn chwil.

Wrth i'r noson fynd rhagddi, teimlai Larissa allan ohoni. O'u cwmpas tyrrodd gwŷr yn eu cotiau tinfain duon a gwragedd yn eu gwisgoedd drudion a hwyl eu lleisiau a'u chwerthin yn llenwi'r ystafell yn gymysg â miwsig tawel y band a ganai o'r ochor draw ar y llwyfan isel.

Syllai Herman arni trwy ei fonocôl – a gwenu.

Gwenodd hithau, ond er mwyn cuddio'r ffaith ei bod hi'n teimlo fymryn yn anesmwyth.

'Ti'n gwbod be?'

'Be?'

'Ti 'di'r brydfertha sy' 'ma heno.'

Swiliodd; aeth i'w gilydd i gyd.

''Fydda dim byd yn rhoi mwy o blesar i mi na dy weld di mewn gwisg a fyddai'n dangos dy ysgwyddau di'n noethion.'

Roedd am iddi brynu ffrog felly iddi hi ei hun.

'Paid â phoeni dim am y gost. Y fi fydd yn talu'r bil.'

Weithiau roedd hi'n ei hamau hi ei hun, amau mai wedi breuddwydio'r cwbwl roedd hi, a bod hyn ddim yn digwydd o ddifri ac y byddai'n deffro unrhyw eiliad. Roedd fel rhywbeth

450

allan o ryw stori dylwyth teg. Be oedd rhywun fel Herman Schwartz wedi ei weld ynddi hi? Roedd o deulu cefnog iawn, un o'r teuluoedd cyfoethocaf yn Berlin.

Yr hyn a surodd y noson braidd oedd iddi or-barablu hefo'r weinyddes ar draul siarad hefo fo. Doedd ganddi fawr o ddewis oherwydd pan welodd Klara a Larissa ei gilydd, bu ond y dim i'r ddwy wichian yn uchel. Prin y gallai Herman ddiodda' eu sgwrs 'ailgydio' a 'be oedd pawb yn ei wneud'.

Hanner gwrando roedd o ar y ffaith fod Klara wedi ei diswyddo o ryw ffatri yn rhywle am ddwyn rhyw fisgedi neu'i gilydd, fod Margarita yn canlyn hefo Rwsiad o'r enw Stanislav, a bod Ella bellach mor uchel ei pharch fel ei bod hi'n dysgu gyda'r nosau hefyd yn yr ysgol Berlitz.

Pan oedodd Klara ger eu bwrdd ar ôl gosod y prif gwrs wedyn, treuliodd amynedd Herman yn fain iawn, a theimlai ryw dymer yn hel at ei gilydd. Doedd Klara heb hyd yn oed sylwi pwy oedd o, ac roedd ei diffyg moesgarwch wedi ei ddigio.

Pan ddododd Klara y coffi a'r cognac i lawr roedd hi'n dal i fwydro wrth Larissa am hynt a helynt rhyw denantiaid mewn lle yn Neukölln, ardal nad oedd Herman ond wedi gyrru trwyddi ar wib ryw unwaith neu ddwy ar y ffordd i rywle arall.

Gan smocio ei sigâr, pwysodd i'w gadair, a hanner gwrando ar y ddwy yn sôn am ryw ddyn doedd o ddim hyd yn oed yn ei nabod – a llai fyth o ddiddoreb yn ei nabod – a oedd yn disgwyl ei wraig o Warsaw ar ôl iddi gael caniatâd i adael Rwsia.

Lloffodd Larissa hanesion Klara i gyd yn llwglyd er mwyn eu hailadrodd wrth Margarita. Yn achos Lev Ganin – y dyn roedd Klara wedi bod â'i llygaid arno ers gyhyd – doedd y wraig o'r enw Marie o Rwsia ddim yn bod o gwbwl.

'Ddim yn bod o gwbwl? Wir?' holodd Larissa yn syn.

'Os nad ydw i wedi camddallt. Ond dwi ddim yn meddwl 'mod i.'

Crychodd Larissa ei thalcen wrth geisio dyfalu.

'Pam ddeudodd Lev fod ganddo fo wraig yn Rwsia yn y lle cynta? I be? Dwi'm yn dallt pam fasa fo'n deud hynny.'

Dirgelwch llwyr oedd y cwbwl i Klara hefyd.

'Onibai fod Lev ddim yn gwbod sut i 'ngwrthod i ac mai dyna pam greodd o'r ddynas ddychmygol yma. Mae rhei dynion mor ddihyder hefo merched fel na fedran nhw feddwl am ffordd arall o wrthod rhywun sy'n amlwg isio nhw . . .'

Gwyddai Klara ei bod hi'n gor-siarad, ac roedd wedi synhwyro fod Herman yn big – ond wedyn, pa help oedd ganddi? Doedd hi ddim wedi gweld Larissa na Margarita nac wedi clywed oddi wrthyn nhw ers amser ac roedd cymaint i'w ddweud am Frau Dorn a'r tenantiaid newydd. Roedd hi hefyd yn sylweddoli fod yr Almaenwr wedi bod yn syllu ar ei bronnau. Yr hyn a roddodd daw ar y siarad yn y diwedd oedd y maître d'. Daeth draw a siarsio Klara yn ei hôl tua'r gegin.

Costiodd y pryd bwyd naw miliwn a chwe chan mil mark.

Teimlai Larissa fysedd Herman yn chwarae'n ysgafn ar ei gwar. Cydiodd mewn llywethan o wallt strae a'i rowndio o gwmpas ei fys, ei rowndio a'i rowndio nes ei dynnu ym môn y gwraidd; roedd o'n brifo, ond roedd yn frifo pleserus. 'Fyddai dim wedi plesio Larissa yn fwy na mynd i glwb nos a dawnsio hyd berfeddion, ond roedd hi eisoes yn hwyr a hithau wedi addo i'w mam y byddai'n dwad yn ôl mewn da bryd.

Agorodd y *chauffeur* y drws a chyn iddi gamu allan, daliodd Herman ei garddwrn, gofyn iddi aros eiliad. Roedd wedi cloddio yn ei boced a thynnu rhywbeth allan yn yr hanner gwyll. Gwasgodd flwch bychan i'w llaw a gofyn iddi ei agor wedyn. Cusanodd hi ar ei gwefusau'n dyner a dymuno nos da iddi. Cafodd freichled ddrud yn anrheg.

Cafodd Alyosha ei dywys i lawr coridor melyn y clinic tuag at ei stafell.

'Gest ti draffarth i ddwad o hyd iddo fo?' holodd hi ar ei hunion.

Am ryw reswm roedd wedi ei ddychmygu ei hun yn cofleidio Lazarevna.

'Es i'm at y doctor,' atebodd.

Ciliodd ei gwên.

'Yma i wella rhag y morffia . . .'

Torrodd Lazarevna ar ei draws:

'Sgen i'm isio pregeth, diolch yn fawr.'

Rywle yr ochor isa i'r coed ym mhen draw'r ardd cododd rhyw sgrechian-crio.

Dywedodd hi'n oeraidd:

'Ti 'di'n siomi i, Alexei.'

'Fiw imi smyglo morffia i mewn i fa'ma, siŵr.'

'Ti 'di'n siomi i.'

Yn wahanol i'r tro cynt doedd ei hwyneb ddim mor welw ag angau. Roedd hi wedi taro colur ar ei chroen. Coch oedd ei gwefusau; yr un lliw â'i gwinedd.

'Os na cha i beth gen ti, dwi'n mynd i farw'n fa'ma . . .'

Yr unigrwydd eto.

'Alyosha?'

Gwaniodd:

''Alla i'm addo . . .'

'Ond i mi? Mmm?' (Roedd hi'n syllu.) 'Pam arall ddoist ti yma? Yr holl ffordd yma?'

Cododd ei ddwylo a'u rhoi i orwedd ar ei dwy glun; ogleuodd ei gwres; cododd ei freichiau nes roedd ei ddwy law ar ei chefn, a theimlodd pa mor esgyrnog oedd hi o dan ei chroen. Purddu oedd ei gwallt, mor dywyll â'i llygaid, a oedd wedi lleithio, a'i cheg ar agor ryw fymryn, ei dannedd yn wynion . . .

Rhwbiodd ei phen-glin yn araf yn ei goes. Bagiodd, hanner camodd Alyosha. Roedd edrychiad Laza yn llawn hurtni, drysni a gofid.

'O'n i ar fai . . .'

Heliodd ei draed.

'Paid â mynd.'

''Wna i'm galw yma eto . . .'

'Paid ti â 'ngadal i hefyd . . .'

Roedd hi am ei gadw, ond 'wthiodd Lazarevna mohoni hi ei hun arno fo wedyn.

'Gad inni fod yn ffrindia.'

Dangosodd i Alyosha beth o natur frau ei henaid. Roedd rhyw addfwynder ynddi. Roedd o'n gwybod ei fod o'n troedio llwybr tywyll trwy ryw wig lle gallai fynd ar goll. Yr her oedd i frwydro yn erbyn ei demtasiwn ei hun. Roedd yn pendilio rywle yn y canol. Roedd o'n teimlo drosti, yn gwirioneddol deimlo drosti – ac am ei helpu i chwalu'r unigrwydd a oedd wedi ei charcharu.   Ond eto, gallai ildio hefyd . . .

Ni fu Laza erioed yn briod, ond cafodd sawl perthynas flêr a sawl carwriaeth gudd – ambell un ffwrdd-bwt, a'r lleill yn para yn fwy, ac un a rygnodd ymlaen am sawl blwyddyn, ond gorffen yn llawn llid a llanast a wnâi pob un. Bu'n angor i sawl sgandal. Bu'n gyfrifol am chwalu sawl priodas, ac mewn rhai cylchoedd doedd neb hyd yn oed yn fodlon crybwyll ei henw hi.

Esgymun hollol oedd hi'n Berlin. Crogodd rhyw wraig ei hun o'i hachos hi. Roedd rhyw gariad arall wedi gorfod dengid i Tseina er mwyn ffoi rhag y gyfraith am iddo fynd i ddyledion ar ei chownt hi. Be bynnag oedd y stori, Lazarevna oedd yn cael y bai bob tro. Teneuodd cylch ei ffrindiau. Cafodd ei gwthio ymhellach at y cyrion. Doedd hyd yn oed ei brawd ei hun ddim yn siarad hefo hi, er bod Andrei Petrovich yn talu am le iddi yn y clinic. Honno oedd ei unig gymwynas.

Roedd un actor eisoes wedi dweud wrth Alyosha:

'Mi daflodd hi'r cwbwl i ffwrdd.'

Barn rhywun arall oedd:

'Y gelyn gwaetha sy' ganddi ydi hi'i hun.'

Ond roedd hi'n dal yn ddeniadol eithriadol, meddyliodd Alyosha, yn osgeiddig hefyd, ac o dan y cwbwl, yn ddireidus. Roedd o wedi bod yn breuddwydio amdani, nes y deffrôdd un bora a theimlo mai fo oedd yr un i'w hachub. Roedd o'n grediniol y gallai ei helpu. Roedd o'n chwarae hefo tân. Roedd o'n sylweddoli hynny ond eto, roedd 'na rywbeth amdani a oedd yn mynnu ei dynnu yn ôl . . .

Pan ddywedodd Herman wrthi am fynd i siop Wertheim, ni phrynodd Larissa ond y nesa peth i ddim gan ei bod hi wedi arfer byw mor gynnil yn Berlin. Y cwbwl a wnaeth hi oedd codi a byseddu ffrogiau, dillad isa a bocsus bychain o sebon sent gwahanol, a syllu arnyn nhw. Cerddodd allan hefo dwy hances – a gyflwynodd iddo fo yn anrheg wedi ei lapio. Disgynnodd ei fonocôl pan chwarddodd. Digiodd Larissa wrth feddwl ei fod o'n gwneud hwyl am ei phen hi. Dywedodd wrthi am wario, a gwario faint fyd a fynnai, ond roedd yn rhaid iddi gael dillad a weddai i'w gwmnïaeth o.

Y gwmnïaeth oedd criw o hogiau ifanc a yrrai geir drudion ar wib hefo genod ifanc main â gwalltiau cwta yn eistedd yn y cefn. Rasiai'r criw ei gilydd ar nosweithiau braf o haf trwy'r Grünewald, allan o Berlin i gyfeiriad Potsdam; neu weithiau tua'r gogledd trwy addfwynder ardal Sachenhausen.

A'r gwynt yn ei gwallt a'r lôn yn eboli o'i blaen yn ei phosibilrwydd diderfyn, teimlai Larissa fod ei bywyd yn fêl. Trwy gil ei llygaid edrychai ar Herman yn gyrru'r Mercedes di-do, a dim ond gewin ei fys bach yn gorwedd ar y llyw. Gwibiai ceir o boptu tan igam-ogamu ar draws ei gilydd a'r hogiau'n hwtian a'r merched yn chwerthin heibio a gwlithlaw o siampên yn tasgu'n gawod am eu pennau.

Ar ôl rhialtwch y gyrru, byddai llonyddwch y llyn hyd yn oed yn hyfrytach. Llithrai cwch hwylio gwyn ar draws y Wansee, a haid o wybed bychain oedd yr unig bethau i aflonyddu ar bleser tawel y min nos.

Angorid ger un o'r ynysoedd lle byddai bar a rhesi o lanteri Siapaneaidd ynghŷn. Eisteddai'r criw ar feinciau'r byrddau pren i yfed a chanu a sgwrsio a smocio. Larissa oedd yr unig un o Rwsia yn eu mysg ond roedd pawb yn gyfeillgar a chwrtais tuag ati. Meibion i gadfridogion hen fyddin y Kaiser oedd dau neu dri o'r hogiau a'r lleill i gyd yn blant i gyfoethogion.

Gwisgai pawb yn hynod ac ambell un yn lled-fohemaidd, er bod natur eu magwraeth yn mynnu tynnu'n groes i hynny.

Diolchodd Larissa nad oedd hi'n teimlo'n rhy wahanol yn eu cwmni. Teimlai ei bod hi a Herman – yn ei siwt fflanel wen – yn edrych yn smartiach na'r un cwpwl arall. Roedd o mewn hwyliau ardderchog ac wedi dal yr haul a'i dalcen a'i drwyn yn gochlyd. Trawodd rhywun gân – 'Vas ist des Deutschen Vaterland' – cododd a lledodd i lawr y bwrdd, ar hyd byrddau eraill a'u lleisiau'n asio ymysg y brigau.

Eistedd yn nesa at hogan lonydd, fymryn yn hŷn na hi roedd Larissa, a sylwodd honno ei bod hi'n edrach ar ei breichled o gwmpas ei garddwrn.

'Anrheg gan Herman,' eglurodd Larissa.

Ar ôl i'r ddau fod yn yr Horscher, cofiodd y teimlad cynnes cynnes a aeth drwyddi wedi iddi agor y bocs nôl yn nhawelwch ei llofft.

'Tlws iawn.'

Hanner gwenodd y ferch; tynnu ar ei sigarèt.

'Siwtio chdi.'

Gan deimlo, am ryw reswm, fel hogan fach, atebodd Larissa yr hogan hŷn:

'Diolch,'

Roedd pawb o gwmpas y byrddau bellach ar eu traed yn canu ei hochor hi a'r potiau cwrw yn hongian ar ogwydd yn nwylo mwy nag un. Cododd yr hogan a chododd Larissa i'w chanlyn, ond teimlai allan ohoni gan na wyddai eiriau'r caneuon. Gwnaeth ei gorau i geisio ymuno yn yr hwyl. Sylwodd fod Herman â'i freichiau tros ysgwyddau'r ddau nesa ato a'i wyneb yn gigliw a'i lais yn grug.

Teimlai'r hogan yn pwyso arni, roedd croen ei braich yn boeth ar ei braich hi a thybiodd iddi ei chlywed yn yngan rhywbeth wrthi, rhywbeth na ddeallodd mono. Gwenodd yr hogan, sipian ei chwrw a llyfu ei gwefus isa â'i gwefus ucha hefo blaen ei thafod, a hyd yn oed wedyn, a'r unig air a ddeallodd Larissa oedd 'sbeit'.

Sylweddolodd Lazarevna nad ar chwarae bach roedd hi'n mynd i gael ei ffordd hefo Alyosha. Er ei bod hi'n gaeth ymhob ffordd, roedd hi'n fodlon disgwyl. Siarad yn siriol, chwerthin yn ffraeth, dyna a wnaeth hi yn ystod tri ymweliad, ond pan alwodd Alyosha yn y clinic am y pedwerydd tro, gwyddai ar ei union fod rhywbeth wedi newid.

Roedd hi'n gorwedd yn y gwely mewn pyjamas duon, y llenni ar gau a'r stafell mewn tywyllwch.

''Fydd gen i'm dewis ond deud wrthyn nhw be wyt ti wedi bod yn 'neud i mi.'

A glywodd Alyosha hi'n iawn?

'Gwneud be?'

'Paid â dwad yn nes. Sa lle'r wyt ti. Ma'r staff wedi dy weld di'n mynd a dwad, yn treulio amsar yma hefo fi. Ti hyd yn oed wedi deud celwydd yn barod, trwy honni bo' chdi'n perthyn . . .'

'Er mwyn dwad heibio i'r glwyd . . .'

'Er mwyn fy helpu i' (yn wawdlyd bigog). 'Ti'n gwbod sut ma'n helpu i go iawn – ond ti'n gwrthod gneud. Gneud fydd raid ichdi rwan.'

Mygodd Alyosha ryw dristwch.

458

Dywedodd yn dawel:

'"Neith blacmêl ddim gweithio arna i.'

'Sdim rhaid iddi ddwad i hynny . . .'

Roedd rhyw olwg bell, hiraethus arni. Teimlodd yntau'n wag. Addfwynodd hi. Cododd ar ei heistedd.

'Ista nesa ata i yn fa'ma – ty'd.'

Sefyll a wnaeth Alyosha.

'Tynnu dy goes di ydw i.'

Cododd fymryn o wên. Taniodd sigarèt a throdd y sgwrs. Dechreuodd Lazarevna hel atgofion.

'Ti wedi smocio hashish erioed?'

'Sawl gwaith.'

'Pryd?'

'Rwsia. Hefo Mishka, Masha a Boris.'

Craffodd Laza arno am ennyd a phigo rhyw flewyn oddi ar ei thafod.

'Y tro cynta wnes i oedd yn Tehran. Yn fuan ar ôl y chwyldro yn 1917. Fuos i'n lwcus i ffoi o Rwsia trwy Baku ar long yn cario geifr lawr y Caspian i borthladd Enzeli. Petha drewllyd ydi geifr. Afiach a deud y gwir. A thwll o le ydi Enzeli. Fan'no ces i 'nhwyllo wrth gyfnewid deng mil o roubles – y cwbwl oedd gen i – am bres Persiaidd. Do'n i fawr callach, hyd nes imi orfod dechra prynu bwyd a diod a gweld cyn lleied oedd gen i wrth gefn.'

Croesodd y ddau gan milltir i Tehran ar gefn camel mewn cadwyn o gamelod a gludai bobol fel hi i'w halltudiaeth, Rwsiaid a oedd yn oernadu ac yn sychedu wrth nychu yng ngwres yr haul. Bu hi'n lwcus i fyw o gwbwl gan i ddegau gael eu claddu o dan y twyni tywod. Roedd smocio hashish yn pylu poen, yn pylu hiraeth hefyd. Doedd dim chwant arni i wagsymera rhyw lawer yn Tehran, ac anelodd am Tabriz yn y gobaith o gyrraedd Mesopotamia ar ei siwrnai faith i Ewrop. Teithiodd saith diwrnod trwy'r anialwch i gyrraedd Tabriz, a thair wythnos arall i gyrraedd Baghdad, y ddinas futraf a mwya anghynnes y bu hi ynddi erioed. Ei gobaith oedd cyrraedd Constantinople.

Cafodd ei chynghori gan amryw y byddai'n hwyluso pethau iddi hi ei hun os byddai'n ymweld â'r Cownsel Twrcaidd. Cafodd groeso cynnes, a'r noson honno cafodd ei gwadd i swper mewn clwb. Clwb i ddynion busnes o Saeson a Ffrancod oedd o'n benna, hefo ffaniau yn troi yn y nenfwd a gweinyddion mewn siacedi-*mess* gwynion yn chwyrlïo rhwng y byrddau yn cario hambyrddau arian ar flaenau'u bysedd. Talodd Laza am ei swper a'i stafell yn y Darush Grand Hotel trwy gysgu hefo Diprwybennaeth y Cyngor Busnes, a fu'n ddigon hael hefyd i dalu am docyn dosbarth cynta iddi ar y Baghdad-Constantinople Express.

Yng nghanol ei holl atgofion, meddyliodd Alyosha fod y sôn am flacmêl wedi mynd yn angof ac mai jôc wael oedd hi.

'Ddoi di â morffia imi?'

Teimlai fod y stafell yn dywyllach.

''Alla i ddim.'

'Dim ond y chdi all fy helpu i.'

Mwythodd gefn ei law. Roedd hi'n ei drin fel rhywun hawdd ei bocedu. Roedd ganddo fwy o urddas na hynny. Yn hynny o beth, roedd yn fab i'w dad a theimlodd fod y clinic cyfan wedi troi pob un claf i'w wâl. Roedd rhyw dawelwch nerthol lond y lle, rhyw fyllni llonydd, trwm cyn terfysg.

''Alla i ddim.'

'Alyosha, paid â 'ngorfodi i i dy orfodi di,' dywedodd hyn mewn llais truenus.

Caledodd yn ei herbyn. Penderfynodd herio'i bygythiad. Cerddodd allan o'i hystafell. Cerddodd i lawr y coridor. Cerddodd trwy borth y plas dan awyr frith-gymylog. Roedd blas glaw ar y gwynt o hyd. Bu'n cawoda ynghynt a llynnoedd bychain o ddŵr ar y llwybr. Wrth nesáu at y glwyd haearn, gwelodd y dyn mewn het werdd a'r siwt lwyd yn camu o'i gwt. Po fwya o bellter a roddai Alyosha rhyngddo a'r clinic, ysgafnu a wnaeth ei hwyliau, nes y penderfynodd na fyddai byth eto yn ymweld â Lazarevna Petrovna. Ar y trên yn ôl i Berlin, fe giliodd hi'n llwyr o'i feddwl.

Dechreuodd feddwl am Grete a dirgelwch ei diflaniad. Gloywodd ei feddwl wrth feddwl amdani. Hogodd ei ewyllys. Bu'n holi eisoes amdani yn y Grand Hotel. Y cwbwl a ddywedodd morwyn o'r enw Valborga wrtho oedd fod Grete wedi gadael un bora.

'Am westy arall?'

'Dwi ddim yn meddwl.'

'Ddim yn meddwl, neu ddim yn gwbod?'

''Wnaeth hi ddim dweud.'

Holodd Alyosha am gyfeiriad iddi yn Brünn, ond doedd neb yn y gwesty yn gwybod be oedd hwnnw. Penderfynodd alw heibio i'r Hotel Grand eto.

Ychydig iawn o bobol a oedd yn y bar. Ordrodd gwrw rheinbecker a chodi sgwrs hefo'r barman.

'Staff? Mynd a dwad. Synnach chdi,' sychu gwydrau o dan ei bwysau roedd yr hogyn, cyn eu gosod yn bwyllog ar y silff mewn rhes. 'Talu yn giami ma' nhw yma. 'Sneb yn aros yn hir.'

461

'Ers faint wyt ti yma?'

'Ers dechra'r flwyddyn. Pam? Ti'n chwilio am waith?'

'Na. Siŵr bo' hi'n anodd cofio pawb. Os oes cymaint o fynd a dwad.'

'Gen i go fel eliffant.'

'Ti'n cofio hogan o'r enw Grete yn gweithio yma?'

'Siŵr iawn.'

'Ydi hi yma o hyd?'

'Na. Gallach hogan o'r hannar.'

'Pam ti'n deud hynny?'

''Fu hi ddim yma bron ddim. Dwi'n 'i chofio hi'n gadael.'

'Wyt ti?'

'Cofio'r union fora. Tuag un ar ddeg. Mi dynnodd car at y pafin tu allan. Car du. Mercedes neu Rolls Royce. Sefyll draw yn fan'cw roedd Grete. Sefyll yn ei chôt, yn union fel tasa hi'n disgwyl amdano fo. Mi gamodd allan hefo'i bag yn ei llaw a chamu i mewn.'

Tyfodd darlun gloyw ym meddwl Alyosha o Maria unig yn ei hogof yn mynyddoedd Corsica.

'Os ca i fod mor hy â gofyn, pam wyt ti'n holi am Grete?'

'Dwi heb ei gweld hi ers amsar.'

462

'Na finna chwaith. Berig fod rhywun oedd yn aros yma wedi cynnig rhyw fywyd gwell iddi. Ma' hynny'n digwydd. Ddim yn amal. Ond mae o'n digwydd weithia.'

Teliffoniodd Lazarevna Alyosha yn hwyr y noson honno,

'Os na ddoi di â pheth imi 'fory, mi fydd Galina yn sôn wrth dy fam am be ti 'di bod yn 'i 'neud imi. Dwi wedi deud y cwbwl wrthi.'

Aeth Alyosha ar ei union drannoeth i weld Galina er mwyn achub ei gam. Roedd hi'n gwrthod siarad hefo fo, ond llwyddodd i'w darbwyllo i beidio â mynd at ei fam.
Deffrôdd o'i gwsg berfeddion noson arall i glywed llais pell ac eiddil ar y teliffôn yn sôn am ei riportio.

'Onibai . . .' a hyd yn oed hynny wedyn roedd yn swnio'n wylofus yn lle caledu i bwrpas.

'Ddigwyddodd dim byd y diwrnod hwnnw. Bwriodd Alyosha hi tros gof. Teimlai ei sodlau'n ysgafnu. Teimlai wres codiad haul ar ei war wedi nosweithiau oerion.

Ond y diwrnod wedyn . . .

Ar Bont Galatia cafodd ei arestio yng ngŵydd y cast a'r criw.

Ni fyddai byth yn dal y tram onibai y byddai wedi blino tu hwnt i flinder, neu os byddai wedi mynd yn hwyr iawn arni'n gadael yr ysgol Berlitz. Gan ei bod hi mor olau yn ystod mis-oedd yr haf, cerddai bob un cam o'r ffordd yn ôl i'r fflat. Cerddai nes y byddai ei thraed yn wayw byw, ac, weithiau, bron â'i lladd. Dyna pam y mynnai hoe bob hyn a hyn.

Yn enwedig pan oedd ganddi bnawn rhydd fel heddiw. Dyna pryd y byddai Ella yn taro heibio i siop lyfrau Vikentiy Lvovich Weinstock, er nad oedd hi wedi prynu bron ddim byd ganddo fo erioed, ond hoffai fodio drwy'r cyfrolau. Roedd hi'n hoff o'r hen Weinstock, ond doedd dda ganddi'r hogyn o'r enw Smurov a oedd yn gweini yno, er ei fod yn hanu'n wreiddiol o Petrograd. Doedd Smurov ddim yn or-hoff ohoni hithau chwaith. Y rheswm tros hynny oedd am nad oedd hi byth yn prynu dim byd.

'Siop ydi hon, ddim llyfrgell,' dywedodd yn swta wrthi untro.

'Wyddai'r hogyn mo'i hanner hi. Doedd Ella yn gwario ond y nesa peth i ddim ar fwyd hefyd. Pan fyddai athrawon eraill yr ysgol yn hel at ei gilydd i agor eu pecynnau cinio, roedd yn gas ganddi fod yn eu cwmni a byddai'n hel rhyw esgus i fynd allan. Treuliai ei hamser yn crwydro yn ddiamcan i fyny ac i lawr Friedrichstrasse, neu weithiau'n eistedd ar un o'r meinciau ar Unter den Linden yn gwylio'r byd yn hel ei draed.

Yn y dyddiau cynnar, pan ddychwelai i'r ysgol, roedd rhywun yn siŵr o fod yn smala a'i phryfocio ynglŷn â lle y bu hi'n ystod ei hawr ginio, ond doedd Ella ddim yn un i ddiodda' neb yn tynnu ei choes. Buan y sylweddolodd pawb hynny, a chafodd lonydd. Weithiau fe gerddai heibio i Lysgenhadaeth Rwsia, ac un tro, fe oedodd y tu allan i weld pwy a âi i mewn.

Daeth pwl o hiraeth drosti, hiraeth ingol, a bu ond y dim iddi gerdded i mewn er mwyn gofyn am yr hawl i fynd yn ôl i Rwsia. Pwl o wendid oedd yr awydd, fe sylweddolai hynny, achos ni allai adael Margarita a Larissa ar eu pennau eu hunain yn Berlin. Nid Berlin oedd ei chartre. Ni allai ymgartrefu a bwrw gwreiddiau fyth. Yn ei hachos hi, roedd hynny'n rhy hwyr. Doedd dim cysur mewn dim. Doedd dim cysur mewn cysgu. Wrth orwedd yn ei gwely bob nos, cripian yn araf tros ei hysgwydd a wnâi'r un hen atgofion, gan edliw pob penderfyniad a wnaeth hi erioed.

Ni allai hi chwaith fyth fynd yn ôl i Rwsia ar ei phen ei hun. Dychwelyd at bwy? Ac i be? Ni wyddai a oedd Kozma ar dir y byw ai peidio. Doedd hi heb glywed yr un gair ganddo, na

464

chlywed dim o'i hanes gan neb arall chwaith. Roedd hi'n gobeithio ei fod yn fyw, yn gweddïo ei fod yn fyw. Roedd yn benderfynol o beidio ag anobeithio. Gwaith a âi'n anoddach fyth bob dydd oedd hynny, yn enwedig ar ôl pedair blynedd a mwy heb glywed na bw na be. Ei hunig gysur oedd gwybod nad oedd ei sefyllfa hi ddim yn un unigryw, gan iddi glywed hanesion tebyg gan bobol eraill. A straeon llawer gwaeth.

Cofiodd y bora pan aeth hefo'i merched a'r hen fardd Podtyagin i gynnig help yng Nghanolfan y Groes Goch, a oedd mewn hen ysgol y tu cefn i'r orsaf yn Uhlandstrasse. Cafodd gwmni Rwsiaid tebyg iddi hi ei hun a hanesion pawb yn drist a dryslyd. Bryd hynny y daeth hi i ddallt, ac yn y diwedd, i gydymdeimlo hefo'r hen Podtyagin wrth ei glywed yn sôn am ei chwaer, a lwyddodd i adael Moscow a chyrraedd Paris ar ôl pob math o helbulon.

Teimlai Ella ei bod hi'n byw rhyw fywyd yn y limbo rhyfedd hwnnw rhwng bod yn briod un eiliad ac yn weddw'r nesa, yn pendilio yn ôl ac ymlaen ar drugaredd ei theimladau. A gâi hi waredigaeth fyth?

Trefnodd Inessa gyfreithiwr i'w mab. Doedd dim dewis. Llwyddodd hwnnw o drwch blewyn i arbed Alyosha rhag cael ei gadw yng ngharchar Moabit. Cael a chael oedd hi. Roedd y cyhuddiad yn un mor ddifrifol. Doedd dim dewis ond talu mechnïaeth sylweddol er mwyn ei gadw â'i draed yn rhydd. Roedd yn rhaid i Alyosha riportio bob dydd i swyddfa'r heddlu.

'Yn y llys, dim ond ei gair hi yn erbyn dy air di fydd hi,' dywedodd ei fam. 'Ti yn dallt hynny yn dwyt ti?'

'Ydw i'n edrach fel ffŵl?'

'Mi wyt ti wedi bod yn ffŵl. Be tasa dy dad wedi byw i weld rhywbeth fel hyn? Druan ohono fo. Ma'n well o'r hanner ei fod o'n lle mae o na gorfod wynebu rhyw erchylltra . . .'

'Mi fasa fo wedi fy nghoelio i.'

''Drycha'r trwbwl rwyt ti wedi'i dynnu ar dy ben dy hun.'

'Dwi wedi cael cam.'

Yn ei datganiad fe honnodd Lazarevna i Alyosha addo dwad draw i'r clinic hefo morffia iddi ar yr amod ei bod hi'n cysgu hefo fo. Yr un tro, pan na ddaeth â morffia, oedd y tro y treisiodd hi.

''Wnes i ddim.'

'Ti'n deud y gwir?'

'Ydw.'

'Wyt ti? Edrach i fyw fy llygad i . . .'

'Dwi'n deud y gwir.'

Hwylio i swpera hefo Katharina Schratt, cyn-feistres yr Ymerawdwr Franz Joseph, a Dug Almássy (a oedd newydd ddychwelyd o'i deithio yn Affrica) roedd Inessa. Roedd ei fam yn amau'n gry fod ei mab yn euog ac yn beio barbareiddiwch ei fywyd yn Rwsia cyn iddo lwyddo i ddianc am chwalu ei foesoldeb.

'Wyt ti'n gwbod y gwahaniaeth rhwng da a drwg? Dwi'n amau'n gry a wyt ti.'

Sut y gallai Alyosha ddweud wrthi ei fod wedi gweld y dyhead am gariad ym mhersonoliaeth Lazarevna? Yr hiraeth i chwalu'r unigrwydd a'i gyrrodd hi i'r clinic yn y lle cynta? Neu a oedd o ond wedi ei dwyllo ei hun y gallai o o bawb ei hachub hi? Pam wnaeth o feddwl hynny o gwbwl? Er mwyn bwydo ei falchder ei hun?

'Pam est ti yno, Alexei? Pam est ti yno ar dy ben dy hun? At ddynas fel honna? Mmm?'

'Adicts,' poerodd Alexei Dashkov wrth yfed ei drydedd botel o siampên. 'Pam mocha hefo adicts?'

Drannoeth, galwodd Inessa Andrei Petrovich draw i'r swyddfa yn y stiwdios er mwyn trafod y mater.

''Wnaiff y sgandal yma ddim lles i enw neb. Mi fydd yn dwyn anfri ar bob Rwsiad yn Berlin. Ma' petha yn ddigon dyrys arnon ni fel mae hi. 'Dach chi'n cytuno?'

'Ydw, mi ydw i'n cytuno.'

'Leciwn i feddwl fod modd atal yr achos rhag cyrraedd y llys.'

'Grym y gyfraith ydi grym a gyfraith,' atebodd y cyn-fancar. 'Ac ma'r fath beth â chyfiawnder hefyd yn y fantol, cofiwch.'

'Dwi'n sylweddoli hynny. Ond rydan ni'n nabod ein gilydd ers amser maith. 'Dach chi'n gwbod gystal â fi, Andrei Petrovich, fod gan fy niweddar ŵr feddwl uchel iawn ohonach chi. Roedd ganddo fo barch i'ch barn chi.'

'Fel roedd gen i i'w farn o.'

'Oes dim posib i ni ddwad i ryw fath o gytundeb?'

'Dwi ddim mor siŵr.'

'Pa les fydd peth fel hyn i neb ohonan ni?'

Edrychodd y cyn-fancar trwy'r ffenest.

'Ydi hi ddim yn bosib inni drafod?'

'Dwi'n deall be 'dach chi'n 'i awgrymu . . .'

'Rhyw feddwl rydw i . . .'

'Ond 'alla i ddim ateb tros fy chwaer.'

'Ond mi allwch chi ofyn iddi?'

Nodiodd ei ben.

'Dwi'n ddiolchgar iawn.'

Roedd yn amlwg fod Andrei yn teimlo ei fod wedi ei osod mewn lle annifyr.

'Ond dwi'n gaddo dim, cofiwch.'

'Dwi'n siŵr y gwnewch chi'ch gorau.'

Cytunwyd ar setliad ariannol sylweddol. Torrodd Inessa ei henw ar siec a roddai ddigon o fodd i Lazarevna brynu hanner ffatri. Doedd Andrei Petrovich ddim yn hollol hapus i fod yn drefnydd cytundeb o'r fath. Roedd ei ferch yn fwy anhapus fyth.

Dechreuodd Galina bardduo enw Alyosha ar lawr y stiwdio. Hyd nes y daeth Inessa i glywed a rhoi ei throed i lawr.

'Dyma sut ti'n diolch imi? Doedd dim rhaid imi dy gyflogi di. Cymryd trugaradd arnach chdi wnes i. A be dwi wedi'i 'neud? Rhoi bwyd a diod yn dy fol. Pres yn dy bocad di. A dyma sut ti'n dewis talu nôl imi.'

'Ma'ch mab chi wedi treisio fy modryb i.'

'A ma' dy fodryb di wedi derbyn pres mawr gen i.'

'Ma'ch mab chi'n dreisiwr.'

Cododd ei chlustiau.

'Os deudi di hynna unwaith eto . . .'

'Mi ddeuda i o wrth unrhyw un sy'n fodlon gwrando.'

Cafodd ei thaflu ar y clwt a'i hel trwy glwyd y stiwdio.

'Yn y carchar ddylach chdi fod am be wnest ti.'

Daliai Galina i erlid Alyosha. Roedd hi'n golyn gwenwynig.

''Wnes i ddim byd o'i le. Dy fodryb di sathrodd arna i.'

''Fasa hi byth yn gwneud hynny. Chdi fanteisiodd arni yn ei gwendid.'

''Wnes i ddim.'

'Mi oedd o'n beth anfaddeuol i'w wneud.'

Ochneidiodd Alyosha.

''Falla gallwch chi brynu 'nhad ond 'newch chi mo 'mhrynu i. Dwi'n mynd i gosbi dy fam am be wnaeth hi.'

'Oes 'na ddim digon o ddrwg wedi bod yn barod?'

'Pwy oedd achos hwnnw?'

Sbonciodd ei dicter trwyddi yn boen di-baid. Os rhywbeth, fe waethygodd ei chasineb yn erbyn Alyosha, ac aeth yn ffyrn-icach nag erioed. Doedd dim distewi arni. Trwy ledaenu'r si ei bod hi wedi cael ei thalu mewn doleri, llwyddodd Galina i achosi niwed difrifol i Inessa. Roedd yr *extras* eraill yn gyd yn derbyn reichmarks, a oedd yn werth llai a llai bob dydd oher-wydd chwyddiant (Doedd yr hyn a ddywedodd Galina ddim yn wir, ond roedd hi â'i bryd ar greu cythrwfwl.) Aeth yr hyn a ddywedodd ar led fel si iasol trwy bob sgwrs nes bod y stiwdio mewn pandemoniwm gwyllt.

Galwyd cyfarfod o'r holl *extras* a phenderfynwyd eu bod i fynd ar streic gan fynd â'u gwisgoedd adra hefo nhw rhag i'r stiwdio allu cyflogi rhywrai eraill. Achosodd streic yr *extras* anesmwythder mawr ymysg y criw. Galwyd cyfarfod a phleidleisiodd y rheini i streicio mewn cydymdeimlad. Dechreuodd y cast droi'n anniddig.

Miss Gosovska oedd achos y drwg. Aeth pethau'n rhemp pan glywodd trwy un o'r merched gwisgoedd fod y brif actores arall, Miss Ostrovski (oherwydd ei bod hi'n caru hefo un o'r ddau ddyn camera o Los Angeles, roedd hi'n amau) wedi nodi'n ei chytundeb ei bod hi i'w thalu mewn doleri.

'Pam na ches i fy nhrin yr un fath?'

Daeth streic y criw a'r *extras* i ben. Ond roedd Miss Gosovska yn mynnu dal ei thir ar ei phen ei hun. Roedd hi wedi pwdu'n bwt ac wedi styfnigo. Wedi iddi fethu cael ei ffordd ei hun, dechreuodd greu stŵr. Pan gafodd ei galw ar y set, gwrthododd actio ei golygfa ar Bont Galatia o dan y lloer lle roedd hi i fod i ganu cân o hiraeth am Rwsia. Hwn oedd uchafbwynt emosiynol mwya'r pictiwr ac roedd Alexei Dashkov o'i go.

'Be dwi'n mynd i'w 'neud? Ma'r hulpan ddynas yna'n fy ngyrru i'n honco bost!'

Gwrthododd Inessa ddiodda' ei lol.

'Ma'n rhaid inni gael gwarad ohoni.'

'Ffwlbri fyddai hynny,' anghytunodd ei gŵr, 'a chymaint o'r pictiwr wedi ei ffilmio'n barod.'

Magodd ffrae rhwng y ddau.

'Dydw i ddim yn mynd i gael fy amharchu fel hyn,' gwaedd-
odd Miss Gosovska mewn llais dramatig ar Bont Galatia, er
mwyn i bawb ei chlywed. Dwi'n actores sydd wedi gweithio
hefo'r goreuon yn Theatr Imperialaidd Moscow.'

Trwy bob sut a modd fe geisiodd Alexei Dashkov ddal pen
rheswm a seboni. Ofer fu pob ymdrech. Er bod y ffilmio ar stop,
doedd amser ddim, ac roedd Inessa yn ei gwaith yn dal i dorri
ei henw ar sieciau wrth y *bureau* derw o dan y lamp Jupiter
fawr mewn pwll llachar o oleuni.

Fwy nag unwaith fe driodd Alyosha siarad hefo'i fam ond
roedd ei lystad wastad o fewn clyw. Penderfynodd ei bod hi'n
hen bryd rhoi stop ar y gwario gwirion. Ar ddiwedd yr wythnos
gynta o ffilmio roedd Inessa wedi gwario tair biliwn mark. Ar
ôl pythefnos roedd cyflogi criw a chast rhwng 6.a.m. a 9.p.m.
yn costio bron i bum miliwn mark y dydd ac roedd costau cudd
o bob math yn dal i ddringo fesul awr, ac yn y diwedd, fesul
munud. Roedd ei fam yn prysur wario ffortiwn ei dad i gyd.

O'r cychwyn cynta roedd Alexei Dashkov wedi ailsgrifennu'r
sgript er mwyn rhoi mwy o ran iddo'i hun. Fo oedd â'r mwya o
linellau ymhob un golygfa, ac roedd wedi gwyrdroi cymaint ar
y stori nes difetha'i rhediad. Aeth y cwbwl i'w ben. Pan fu'n
gweithio'n Rwsia roedd yna wastad gynhyrchydd uwch ei ben,
ond yn Berlin roedd yn feistr arno'i hun, ac felly'n rhoi pen-
rhyddid i'r hunanoldeb gwaetha.

''Dach chi'n gwrando arna i?'

Troi clust fyddar a wnaeth hi.

'Mam?'

Erfyniodd:

'Mae'n rhaid i hyn stopio!'

471

Yn y glust arall, honnai ei gŵr nad oedd pres yn bwysig o gwbwl, ochor yn ochor â chyflawni campwaith artistig o bwys. Cyfrwng y ffilm, heb os, fyddai ffurf gelfyddydol bwysicaf yr ugeinfed ganrif, a byddai'r pictiwr hwn am ing Rwsiaid alltud yn Constantinople yn agor llygaid y byd i ddioddefaint na welwyd mo'i debyg. Byddai hefyd, gobeithio, yn agor y drws i Hollywood.

Rhoddai Inessa goel ar eiriau ei gŵr gan ei bod mewn cymaint o gariad hefo fo. Daliodd ati i bluo llyfrau sieciau a gofyn i'r banc ddanfon dau neu dri arall yn ddyddiol iddi.

Gwyddai ei mab o brofiad be oedd cyni. Gwyddai be oedd tlodi. Gwyddai be oedd bod ar lwgu a'i ddillad a'i wallt yn berwi o lau a'i geseiliau'n rhydu ers misoedd. Doedd ei fam ddim wedi diodda' eiliad o galedi yn ei bywyd, ddim go iawn – er y byddai Inessa'n mynnu mai caledi oedd cael ei hel o'i thŷ a'i gorfodi i adael ei gwlad.

Aeth Alyosha at ei fam. Bachodd ar ei gyfle pan oedd yn sauna'r Hotel Adlon pan oedd Inessa yn cael ei thylino gan Doctor Ko, lama-ddoctor hynafol o fynachdy uchel yn Tibet, cneuen gnotiog o hen ŵr hefo barf gafr fach wen, a oedd wrthi'n ddiwyd yn lleoli patrwm curiad ei phedwar pyls. Digiodd Inessa fod Alyosha wedi tarfu arni. Cafodd ei hel allan.

'Ma'n rhaid inni drafod,' mynnodd Alyosha yr ochor bella i'r drws.

Yng ngŵydd ei frawd bach Georgik, a ddefnyddiai fel tarian am ei fod yn anwylach ganddi, yr aeth Alyosha i ffraeo hefo'i fam yn ei hystafelloedd ar ôl i bob ymresymu arall fynd i'r wal. Crefodd arni i atal y gwario.

'Ydach chi isio'n gadael ni heb ddim?'

'Hisst rwan, tiwn gron.'

'Be ddaw ohonon ni wedyn?'

'Ti'n codi cur pen arna i.'

'Be ddaw o Gosha?'

'Sut elli di edliw gwario i mi? Ti'n gwbod faint fu'n rhaid i mi 'i dalu i dy arbed di rhag achos llys.'

Yn lifrai Barwn Wrangel y martsiodd Alexei Dashkov i mewn hefo Stanislav wrth ei sawdl. Roedd ar ganol sgwrs am ail-sgwennu rhyw olygfa. 'Chymerodd o ddim sylw o Alyosha. Dywedodd wrth Inessa,

'Dwi wedi gadael i Miss Gosovska fynd.'

'O'r diwadd!'

'Doedd dim dewis.'

Roedd o wedi cyrraedd pen ei dennyn a doedd o ddim yn mynd i ddiodda' chwanag o'i sterics. Yn waeth fyth, roedd yn tarfu ar ei iechyd emosiynol, yn sugno ei egni a difwyno ei weledigaeth artistig. Dyna pam y galwyd Stanislav i ailsgwennu ei rhan.

'Paid â sgwennu gair arall,' crefodd Alyosha.

Byddai mwy o olygfeydd yn golygu mwy o wario. Gwario neu beidio, tywalltodd Alexei Dashkov siampên iddo'i hun, roedd yn benderfynol o gael y maen i'r wal a gwireddu ei freuddwyd. Roedd Inessa yn dal yn gefnogol iddo.
Cerddodd Alyosha allan, cau'r drws yn glep, a gwnaeth Alexei ryw ystum wrth grychu ei drwyn, a oedd gystal â deud, 'gwynt teg ar ei ôl o.'

Pan gaeodd Ella ddrws y fflat roedd ar ei chythlwng. Roedd ei llwnc yn sych a thywalltodd ddŵr a'i yfed. Aeth ati wedyn i ddynnu ei mân neges o'i bag. Prynodd selsig iau rhad a photyn o fêl (doedd o ddim yn fêl go iawn, ond yn rhywbeth gwneud o dyn-a-wŷr-be), fel y marjiarin roedd hi'n ei daenu ar ei chrystyn yn lle'r menyn melys yr arferai ei fwynhau 'slawer dydd.

Roedd Margarita a Larissa wedi bod allan bob un nos ers dechrau'r wythnos. Doedd hi ddim yn lecio meddwl am Larissa allan ar ei phen ei hun yn hwyr, ond roedd y ddwy chwaer wedi tyfu'n ffrindiau agos iawn ac yn gefn i'w gilydd. Synnodd Ella fod Larissa wedi cymryd diddordeb mor fyw mewn cerddoriaeth ar ôl yr holl flynyddoedd o gwyno am orfod ymarfer ei phiano. Daeth tro ar fyd, a da o beth oedd hynny. Roedd Larissa bellach wrth ei bodd yn ciwio am docynnau opera neu gyngerdd iddi hi a'i chwaer – yn y galeri, wrth gwrs. Roedd Margarita wrth ei bodd yn dilyn y sgôr ac yn benthyca'r rheini o'r llyfrgell, ddau ddrws i fyny o'r banc.

Roedd y ddwy wedi tyfu. Nid genod oeddan nhw mwyach ond merched ifanc. A oedd hi wedi eu magu nhw'n iawn? Be ddywedai Kozma, tybed? A oedd hi wedi rhoi gormod o benrhyddid i Larissa? A oedd hi allan ormod? Ar y dechrau roedd hi wedi ei dwrdio ond teimlai fwyfwy fod ei hewyllys bellach yn gwanio. Teimlai mor llegach yn amal, fel mai prin roedd ganddi'r nerth i hwylio bwyd iddi hi ei hun, ond cododd ar ei thraed a tharo'r badell haearn bwrw (a oedd bron yn rhy drwm iddi) ar y stof.

Dim ond newydd eistedd i lawr roedd hi, ac ar fin codi'r tamaid cyntaf o gig seimllyd ar ei thafod pan glywodd sŵn curo ar y drws. Ochneidiodd a chododd. Dyn esgyrnog, tal a safai o'i blaen. Syllodd Ella i'w wep sychlyd. Roedd rhywbeth yn hollol aflan ynglŷn ag o. Edrychai fel tylluan. Holodd ei henw ac atebodd hithau gan ddal y drws yn dynn, roedd hi mor amheus ohono.

474

'Dwi wedi galw unwaith yn barod heddiw,' dywedodd y dylluan.

Daliai amlen o flaen ei thrwyn.

'Dydi'r rhent ddim wedi cael ei dalu ers dros ddau fis a mwy,' dywedodd yn blwmp. 'Os na fydd taliad o fewn dau ddiwrnod, 'dach chi allan.'

Asiant ar ran y perchennog oedd o. Gwnaeth yn glir fod ei fywoliaeth o'i hun yn ddibynnol ar hel pres rhent dyledus mewn da bryd neu byddai'n ddifonws ddiwedd y flwyddyn.

'Dyna pam 'wna i ddim diodda' unrhyw lol ganddoch chi na neb arall, waeth befo'r esgusodion, ma' gan bawb ymhob man ddigonadd o'r rheini, ond setlo ma' raid i bawb ei 'neud lle dwi'n y cwestiwn,' siaradodd heb gymryd ei wynt ato. 'Ydw i wedi gneud fy hun yn glir?'

Hefo'i lygaid duon mawr yn rhythu i lawr arni, ceisiodd Ella ddal pen rheswm trwy haeru fod y rhent yn cael ei dalu'n fisol (a'i dalu'n brydlon) am fod ei merch hynaf yn gwneud hynny o'r banc.

'Dwi'm yn hollol siŵr o'r union drefniant, na'r union ddydd-iad . . .'

Roedd Ella'n fwy na pharod i gyfadda hynny, ond roedd hi'n gresynu'n fawr os oedd rhyw esgeulustod wedi bod. Gan feddwl ei bod hi'n dechrau chwarae mig hefo fo, dechreuodd y dylluan droi tu min. Cyhuddodd hi a phob Rwsiad, Pwyliad a Bwlgariad, a phob un dieithryn arall roedd yn gorfod ymhél hefo fo, o anonestrwydd.

'Does ryfadd fod petha cynddrwg yn Berlin a phob un ddinas arall ar hyd a lled y wlad 'ma hefo paraseits fel chi a'ch tebyg yn trio'u lwc. Os 'dach chi ddim yn hapus i dalu'ch ffordd, pam

475

aros o gwbwl? Pam nad ewch chi i gyd yn ôl o ble daethoch chi?'

Doedd o ddim balchach ei bod hi'n byw yno.

'Strach a straffîg, treialon a thrwbwl ydach chi a'ch tebyg, a dim byd arall.' Lled-ddofodd rywfaint ar ei ddicter ond cododd ei wrychyn ei hun eilwaith. 'Pam dwi byth yn cael helbul fel hyn hefo 'mhobol fy hun?'

Aeth rhagddi wedyn i refru am draha'r Ffrancod, am golli'r Ruhr a'r Saar a'r holl ddiweithdra. Cododd ei weiddi ofn ar Ella ac roedd hi'n hwyr glas ganddi weld ei gefn. Ar ôl bygwth galw'n ddyddiol hyd nes y câi ei bres, diflannodd. Eisteddodd Ella wrth y bwrdd a'i chinio wedi oeri.

Pan gerddodd Margarita i mewn i fflat Stanislav, Asia Turgenev a welodd hi gynta, yn wynepgoch chwyslyd, a'i bronnau'n gwasgu'n dynn yn erbyn ei blows. Roedd o leia ddeg i ddwsin o bobol eraill yno a'r lle yn llawn o fwg tybaco. Yr agosa ati oedd y bardd Boris Pil'niak. Newydd agor y ffenest roedd Stanislav. Yn eistedd o dan y ffenest yn syllu'n hiraethus ar Asia Turgenev roedd Andre Beli.

Ni thorrodd Margarita ar wres y dadlau a'r ffraeo. Roedd pethau wedi dechrau mynd yn boeth a blêr. Rwsia, fel arfer, oedd asgwrn y gynnen, a'r bardd o Moscow, a oedd ar ymweliad â Berlin, wedi llwyddo i gynhyrfu'r dyfroedd a chodi crachod trwy ailgodi hen ddadleuon a fu'n berwi trafodaethau'r alltud-ion ers misoedd lawer. Roedd Pil'niak ei hun ymhell o fod yn sobor,

'. . . ma' dyddia'r miri lol ar ben . . . ma' hi'n hen bryd i bawb ddwad adra i 'sgwyddo baich yr atgyfodiad, i osod Rwsia nôl ar ei thraed . . . yn enwedig pobol fel chi . . .'

Winciodd Stanislav ar Margarita a gwefuso rhywbeth na ddeallodd.

'. . . y miloedd ar filoedd a gefnodd arni yn awr ei chyfyng-der . . .'

Doedd fawr neb yn cytuno. Rhaffodd amryw yr un hen ddadleuon am beidio â gwneud dim oll a roddai swcwr a chefn-ogaeth i'r Comiwnyddion a ddifwynodd eu mamwlad.

'. . . 'dach chi'r deallusion . . .'

Cododd Pil'niak ei lais.

'. . . wastad isio herio . . . Wastad isio gwrthwynebu . . . Byth yn fodlon ildio i ewyllys y bobol am eich bod chi'n rhy falch o ohonoch chi'ch hunain . . . Peidiwch byth ag anghofio mai ewyllys y bobol a greodd y chwyldro, ewyllys y bobol a frwydrodd a thywallt gwaed, ac ewyllys y bobol a enillodd y rhyfal cartre yn erbyn holl nerth Denikin, Kolach, Wrangel, Japan, America, Ffrainc a Lloegr . . . Be 'dach chi'n 'neud? Dal i bigo beia! Dal i haeru fod llywodraeth Rwsia heddiw yn annemocrataidd ac yn anghyfreithlon. Be oedd eich llywodraeth ola chi? Yr un fuoch chi gymaint o'i phlaid hi? Be oedd honno, mmmm? Be oedd tair canrif o lywodraeth y Tsar?'

Pasiodd Andre Beli botel i'r dyn nesa. Lev Ganin oedd hwnnw.

'Oedd, mi oedd 'na chwyldro,' atebodd Asia ar ei ben, 'chwyl-dro poblogaidd y gwanwyn a oedd yn dangos yn glir be oedd barn y bobol, dangos eu bod nhw wedi cael llond bol ar y rhyfal. Ond chwyldro bwrgais oedd hwnnw. A llywodraeth o'r lliw hwnnw a dyfodd ohono fo . . .'

Eiliodd rhywun a eisteddai â'i gefn ar y wal â'i ên i fyny.

'Doedd be 'na'th ddigwydd wedyn ddim byd tebyg. Wrth i'r hydref aeafu mi fachodd y Bolsheficiaid ar eu cyfla—'

'—i droi'r dŵr—'

'—alla i ddeud—?'

'—i droi'r dŵr—'

'—'naethon nhw drio'r mis Gorffennaf hwnnw—'

'—i droi'r dŵr i'w melin 'u hunan.'

'—'dach chi'n cofio?'

'Ac achub Rwsia!'

Cododd Asia ei llais.

'A'i chadw hi'n gyfa, rhag iddi chwalu yn dipia mân. Fasa unrhyw lywodraeth arall ond un Lenin wedi gallu cyflawni camp debyg? 'Choelia i fawr! Yn lle rhefru a rhuo byth a hefyd, pan na 'newch chi ddim cydnabod hynny'n deg? Be 'dach chi'n 'neud? Byw a beirniadu o fynwent dlos fel Ewrop. Y Comiwnyddion sydd wedi cadw Rwsia rhag mynd yn lludw. Mae gen i ffydd yn y Rwsia newydd sy' wedi codi o'r chwyldro. 'All Ewrop heddiw ddim dal ati i chwarae'r ffŵl ac mae hi'n hwyr glas iddi sylweddoli mai achubiaeth Rwsia gomiwnyddol fydd ei hachubiaeth hitha hefyd. Dyna'r unig ddyfodol. I ni yma heddiw, dau ddewis sydd: cefnu am byth ar Rwsia a throi'n golygon tua'r gorllewin, suddo'n ddyfnach i ddyfnderoedd alltudiaeth a diweddu'n hoes mewn gwtar o ddinas fel Paris, neu gydnabod ein dyletswydd, pacio'n bagiau heno a dychwelyd adra bora 'fory i Moscow.'

'I dŷ 'di chwalu gan storm.'

478

Lev Ganin a siaradodd yn dawel â'i lygaid ar flaen ei sigarèt.

'Sy' ddim yn ddrwg o beth.'

Fel pob person hunangyfiawn doedd Boris Pil'niak byth heb ateb parod.

'Ma' tywydd garw weithia'n fodd i ddangos lle ma' gwendid tŷ. Ar ôl i'r storm chwythu heibio, ma' posib ailosod seilia cadarnach, gwneud i ffwrdd â'r hen drawstia gwantan oedd yn gwneud y to yn berig bywyd.'

Trodd Asia at Margarita:

'Ti'n sobrach na'r un ohonan ni . . . haws i chdi feddwl yn gliriach . . . deud dy farn.'

Â'i getyn yng nghongol ei geg, syllodd Stanislav draw ati.

'Fasach chdi'n mynd nôl i fyw dan drefn Lenin a'i griw?' holodd Asia wedyn.

Dechreuodd Andre Beli igian a slapiodd yr hogan ifanc a eisteddai nesa ato ei gefn.

Atebodd Margarita ar ei ben, 'Nid chwyldro ddaeth â'r Comiwnyddion i rym ond *coup d'état.*' Aeth yn ei blaen, 'Lleidar ydi pob Comiwnydd a llofrudd digydwybod. Ac ma'n gas gen i feddwl am Rwsia heddiw yn gwingo o dan eu sawdl nhw. Y nhw oedd yn gyfrifol am ein gyrru ni fel teulu ar ffo. Tra bydda i byw 'alla i fyth faddau i'r Comiwnyddion. Mi wna i bob un dim o fewn 'y ngallu i'w trechu nhw.'

Roedd dyfnder ei dicter yn amlwg yn ei hwyneb, ond difalio oedd y bardd o Moscow gan iddo glywed degau os nad ugeiniau o bobol eraill yn mynegi'r un safbwynt.

'*Coup d'état*?' Er bod y dosbarth gweithiol wedi bod yn gefn iddyn nhw?'

Chwarddodd rhywun o gwr y ffenest:

'Y dosbarth gweithiol wir!'

'Ia, ia. Digon hawdd i chi wawdio a chwerthin. Ond pa lywodraeth arall all warchod buddiannau Rwsia heddiw a'r byd fel mae o?'

'Trwy ddwyn eiddo pobol?'

'Rhoi eiddo nôl i bobol. Dyna fasa Iesu wedi'i 'neud.'

'Didol eich eiddo eich hun oedd cyngor Iesu, nid didol eiddo pobol erill.'

Chwarddodd Boris Pil'niak:

'Dyna achos y chwerwedd yma? Am eu bod nhw wedi mynd â'r tŷ oddi arnach chi, a'i roi o i'r digartra?'

Syllodd i ganol wyneb Margarita. Teimlai hi ryw golofn eirias o gasineb yn codi y tu mewn iddi, ac atebodd:

''Mots gen i am frics a choed. Ond ma' ots gen i am fy nhad.'

Rhoddodd hynny stop ar y siarad. Roedd yr amser wedi darfod. Roedd yn rhaid iddi fynd nôl i'w gwaith.

'Slava?'

Mynnodd air. Aeth Stanislav a hithau allan.

'Dwi wedi methu cael gafael ar Modryb Inessa. Dwi wedi gadal sawl neges. Yn yr Hotel Adlon. Yng Nghlwb y Rwsiaid

Alltud. Y stiwdios. Dwi'n meddwl ei bod hi yn f'osgoi i o fwriad.'

'Sdim dal . . .'

'Ma' hi wedi stopio talu'n rhent ni ar y fflat. Pam na fasa hi wedi deud rhywbeth? Yn lle gadael i'r dyn ofnadwy 'na guro ar y drws neithiwr a dychryn Mam. Be wyt ti'n feddwl ddylswn i 'i 'neud rwan?'

'Wyt ti am i mi drio cael gafael arni hi drostach chdi?'

'Fasach chdi?'

'Dwi i fod i gyfarfod ag Alexei Dashkov yn yr Adlon heno eto i drafod y sgript.'

'Mwy o ailsgwennu?'

'Ma'n debyg. Os gwela i Inessa Vasilievna mi wna i gyfleu dy negas di.'

'Gobeithio y cawn ni ryw drefn. Mae Mam yn poeni yn ofnadwy.'

'Mi wna i 'ngora.'

Diolchodd a chusanodd Margarita fo. Brysiodd yn ôl i'w gwaith. Doedd dim amser i oedi a brasgamodd yn ei blaen. Ar y pontydd pasiodd ddynion heb goesau neu freichiau yn begera. Yr unig wahaniaeth oedd fod begerwyr Berlin wedi'u gwisgo fymryn yn fwy trwsiadus na begeriaid Petrograd, eu dwylo'n wynion ac yn feddal a'u hewinedd yn lân. Aeth trwy ddrws y banc. Roedd llawnder o bobol yno, rhyw dorf ffril-ffral yn gynnwrf i gyd, a gwraig ifanc mewn cadair hefo babi yn crio yn ddolefus annisgrifiol.

'Be sy'? Be sy'n bod?'

Gwthiodd heibio iddyn nhw. Safai'r staff yn dal pen rheswm. Roedd rhai yn smocio, a dwy neu dair yn crio. Pan gyrhaeddodd ei swyddfa yn y cefn, gwelodd y rheolwr yn cael ei gynnal yn glaf. Roedd y banc newydd fynd â'i ben iddo.

Gorwedd yn noeth ar lieiniau sidan roedd Larissa, gan fwynhau rhyw ryddid a barai iddi deimlo mor ysgafn ag aderyn. O'i chymharu â'i llofft ei hun, roedd llofft Herman gymaint â'i fflat hi i gyd. Doedd dim yn rhoi mwy o bleser a boddhad iddi na cherdded o gwmpas ar ei phen ei hun yn teimlo mai hi oedd piau'r lle.

A glywodd sŵn y lifft yn dringo? Sŵn ping y drysau'n agor? Clustfeiniodd am glic y goriad main yn troi yn nhwll y clo. Nid agorodd y drws. Amdrôdd yn ddioglyd ar ei hochor. Bu'n disgwyl Herman am dros awr a mwy, a doedd o ddim yn ei natur o i fod yn hwyr. Roedd prydlondeb yn rhinwedd pwysig ganddo fo. Roedd cadw at amser yn rhywbeth deddfol, yr un mor ddeddfol â chadw at ei air. Yr un tro, pan nad oedd hi'n barod, ac ar ôl iddi ei gadw o'n aros am ychydig funudau, fe bwdodd Herman a gwrthod torri gair hefo hi hyd nes i'r ddau gamu ar ddec y llong hwylio. Dim ond pan gododd o'r angor y cododd rhyw lun o wên ar ei wyneb.

Ar y bwrdd crwn wrth erchwyn y gwely roedd llun. Syllodd arno. Cododd ar ei heistedd a'i dynnu ati gan synnu fod y ffrâm arian mor drwm – yn drymach nag y meddyliodd. Daliodd y llun rhwng ei dwy glun, plethu ei dwylo tu ôl i'w chorun a'i astudio'n fanwl. Edrychai Herman mor ifanc – bron fel hogyn ysgol – hyd yn oed hefo'i fonocôl. Deunaw oedd hi, bron yn bedair ar bymtheg i'w bymtheg ar hugain o. Teimlai yn llawer hŷn. Roedd hi mor falch fod Herman a hithau wedi mynd i'r gwely. Roedd hi gymaint ar dân ag roedd o – er na ddywedodd o fawr ar ôl y peth.

'Falla nad ydi cariadon i fod i siarad ar ôl caru. 'Falla mai bod yn ansoffistigedig roedd hi. Gorweddai yno â rhyw wres melys ar hyd ei chnawd.

Cofiodd pan oedd hi wedi camu o'r lifft a cherdded allan o'r adeilad. Cofiodd fel yr oedd yr hogyn a warchodai'r drws wedi codi pig ei gap arni. Cochodd wrth feddwl ei fod o'n gwybod be roedd hi newydd ei wneud. Oedd o'n gallu deud? Oedd hi'n edrych yn wahanol? Gwenodd wrth gofio . . .

Cododd a cherddodd ar hyd y carped i lawr y tri gris ac i'r ystafell fyw. Dechreuodd ddawnsio. Roedd Herman wedi crefu arni fwy nag unwaith i symud ato i fyw, a 'fyddai dim wedi ei phlesio yn fwy, ond gwyddai y byddai hynny'n ddigon i roi'r farwol i'w mam. Pwdodd Herman. Bu'n rhaid iddi fod yn dyner iawn ohono fo, peidio â'i bryfocio a buan y daeth ato'i hun.

Gan nad oedd raid iddo godi i fynd i weithio, gwell o lawer gan Herman oedd cysgu'n hwyr a chodi'n hwyrach. Cael bath wedyn. Siafio, ei batio a'i dwtio'i hun cyn gyrru draw i Keplinski am ginio. Byddai'n galw ar Larissa, a byddai'r ddau yn galw ar ffrindiau neu'n mynd nôl i'r fflat i garu. Câi'r ddau fath hefo'i gilydd wedyn. Byddai rhywbeth gwahanol i'w wneud bob nos. Nid arhosai Larissa hefo Herman trwy'r nos, yn hytrach dychwelai at ei mam. Fe wyddai Ella am Herman, er ei bod hi eto i gyfarfod ag o yn ffurfiol, ond fe ddywedodd Margarita wrth ei mam ei fod o'n ddyn ifanc gwerth ei nabod ac o deulu da. Roedd hyn yn ddigon i dawelu pryderon ei mam.

Heb ddweud dim byd wrthi ymlaen llaw, roedd Herman wedi gyrru Larissa yn ei fotor-car ryw brynhawn trwy glwydi agored o haearn bwrw ffansi uchel a dau eryr ar ddau gopa â'u hadenydd ar led, ar hyd lôn unionsyth at balas bychan, palas a safai ar ei ben ei hun yng nghanol gerddi graenus. Parciodd ar y graean, a sbonciodd tros ddrws ei gar to agored.

'Ty'd! Paid â bod yn swil.'

Cymhellodd Larissa i'w ganlyn. Agorwyd y drws gan forwyn barlwr mewn glas, ac o fewn dim roedd Larissa wyneb yn wyneb â gwraig ganol oed ifanc a haid o gorgwn bychain yn coethi wrth ei sodlau. Cynigiodd ei boch i Herman ei chusanu, ac wedi iddo ei chusanu ddwywaith, cyflwynodd Herman Larissa i'w fam, gwraig a wisgai fonet les llydan. Roedd hi'n amlwg wedi bod yn torri rhyw flodau yn yr ardd.

Cafwyd cinio allan ar y teras yng nghanol potiau enfawr o diwlips melyn, coch a gwyn. Eisteddodd Larissa wrth fwrdd hefo lliain claerwyn. O'i blaen roedd cyllyll a ffyrc arian a gwydrau grisial. Pytiog oedd y sgwrsio wrth i'r powlenni gael eu symud i wneud lle i'r platiau. Bwtler a dwy forwyn yn eu ffedogau gwynion a'u capiau gwynion oedd wrthi'n tendiad. Hufen o gyw iâr, cimwch mewn aspic, *vol-a-vent* a *chatreuse* o golomen.

Uwch y pwdin Nesselrode, cyhoeddodd Herman fod ganddo rywbeth i'w ddweud.

'Larissa?' trodd ati, ''nei di 'mhriodi i?'

Bu ond y dim iddi fygu.

''Nei di?'

Cochodd Larissa hyd at fôn ei chlustiau.

'Herman!'

'Oes rhaid imi ofyn deirgwaith?'

Gwthiodd focs bach coch ar hyd y bwrdd hefo'i fys.

'Agor o.'

Edrychodd Larissa ar ei fam.

'Agor o rwan.'

Wrth i Larissa godi'r fodrwy ddyweddïo, roedd ei dwylo yn crynu.

'Herman?' ymbiliodd mewn is-lais.

'Rho dy fys i mi.'

Teimlodd gylch o haearn yn gwasgu am ei chnawd.

'Ydw i'n cael cusan?'

Dadfachodd ei dad ei hun oddi wrth erchwyn y bwrdd a rowlio ei gadair olwyn ymaith. Roedd y fam yn dal i wenu'n dawel. Gwenodd Herman. Roedd rhyw wawl las yn ei fonocôl.

'Pawb yn hapus?' holodd wrth godi llwyad o'r pwdin i'w geg.

O fewn dim, gwyrodd pen y bwtler i sibrwd yn ei glust.

'Esgusodwch fi,' cododd Herman, 'teliffôn.'

Diflannodd trwy ddrws agored i mewn i'r tŷ. Gadawyd Larissa ar ei phen ei hun am y tro cynta erioed hefo'i darpar fam-yng-nghyfraith a'r ddwy yn teimlo yr un mor ddiarth. Teimlai Larissa yn annifyr iawn; 'wyddai hi ddim ble i'w rhoi ei hun na be i'w ddweud. Daeth magwraeth dda y fam i'r adwy ac ail-sefydlwyd rhyw fath o normalrwydd, er na soniwyd yn union-gyrchol am y dyweddïad, na hyd yn oed am y berthynas rhwng Herman a Larissa, na pha mor hir roedd y ddau wedi bod yn canlyn. Doedd Larissa ddim yn wirion; gwyddai yn y fan a'r lle na fyddai hi byth yn cael ei derbyn ar yr aelwyd yma.

Wrth yrru nôl i Berlin nid ynganodd Herman yr un gair o'i ben, dim ond gwenu bob hyn a hyn. Doedd o byth yn chwerthin, roedd Larissa wedi sylwi. Ar y dechrau meddyliodd fod hynny yn beth braidd yn od.

'Wyt ti o ddifri?' holodd Larissa, gan ddal ei bys i fyny.

Tynnodd ei fonocôl, chwythu un anadliad hir, ei sychu ar ei frest cyn ei ailgorcio wrth wasgu ei ben-glin o dan lyw'r car. Gwenodd.

485

'Herman!' Pwniodd o'n chwareus, 'yng ngŵydd dy fam a dy dad . . .' Pallodd. 'Pan gest ti dy alw at y teliffôn . . .?

''Ches i mo 'ngalw at y teliffôn. Ges i 'ngalw at fy nhad. 'Nest ti'm dyfalu?'

'Do, siŵr. Gawsoch chi eiria croes?'

'Ah-huh,' ynganodd yn Americanaidd.

Tawelwch.

'Be'n union oedd ganddo fo i'w ddeud 'ta?'

'Ydi o ots?'

Roedd ei gwestiwn yn gymysg o ryw ddirmyg a chasineb ffwrdd-â-hi. Wrth yrru trwy lwydni'r dydd i'r nos teimlai Larissa y tywyllwch yn hel amdani. Am un eiliad gwelodd ei holl fywyd yn tynnu o'i blaen fel rhyw lawes hir heb ddim goleuni. Pam roedd hi'n teimlo felly? Fe ddylai deimlo yn hapus. Doedd Herman ddim wedi sylweddoli pa mor ddig oedd hi; roedd hi'n gandryll, ond am ei bod hi hefyd wedi cynhyrfu, teimlai'n anarferol o falch a hapus. O holl ferched y byd roedd o wedi ei dewis hi yn wraig. Y hi o bawb! Cyffyrddodd Herman â'i gwar ac aeth rhyw ias trwyddi. Pan gusanodd ei hysgwydd teimlai awydd cryf i garu yn y fan a'r lle.

Yn gynharach yn y dydd bu cymylau isel yn gwasgu tros y goedwig. Roedd hi'n bygwth glaw. Doedd Alexei Dashkov yn malio dim am ei fod o'r farn fod angen creu awyrgylch sinistr. Roedd yn hapusach hefo'r tywydd nag roedd o hefo'r sgript. Yn ôl ei arfer roedd wedi bod wrthi yn ysgrifennu ac yn ailysgrifennu ei linellau ei hun, yn ychwanegu fan hyn a thocio fan draw, ond roedd rhywbeth o hyd heb fod yn iawn, ac ni allai yn ei fyw roi ei fys ar yr union nam.

Dangosodd y sgript i'w wraig ond ychydig iawn o ddiddordeb oedd ganddi yn ei darllen. Roedd Inessa yn teimlo'n flin ac yn annifyr fod ei nith, Margarita, a'i mab, Alyosha, wedi dwad ati y noson gynt yn yr Hotel Adlon pan hi oedd dan fysedd Felix Kersten er mwyn mynnu ei bod yn anrhydeddu'r hyn a addawodd ei diweddar ŵr mewn rhent ar fflat i Ella a'i merched.

Eglurodd Margarita ei phicil: fod y banc newydd fynd â'i ben iddo, ei bod hi ei hun ar y clwt, a bod dim sôn am waith arall ganddi er ei bod hi'n mynd i chwilio yn syth, ond doedd dwad o hyd i rywbeth ddim yn waith hawdd.

'Be? Ydi hi'n haws i mi'ch cynnal chi'ch tair? Dyna ti'n 'i awgrymu?'

'Nage . . .'

'Be 'ta?'

Ymbiliodd Alyosha:

'Mam.'

'Digon hawdd i bobol ddwad ar 'y ngofyn i i fegera pres trwy'r amsar.'

Rhagddi yr aeth Inessa, a rhagddi yr aeth am bwl, yn rhoi Margarita ar ben y ffordd ynglŷn â gwariant a chyllido pictiwr a pha mor ddrud oedd y cwbwl. Soniodd am yr holl gostau a gafwyd. Faint gostiodd y streic. Faint o gynnydd a fu mewn cyflogau. Nid oedd ganddi bellach fawr ddim wrth gefn. Byddai'n rhaid iddi fod yn gynilach nag y bu yn y gorffennol gan fod yr esgid fach yn gwasgu'n dynnach nag erioed. Pregethodd ei phregeth ac fe aeth i'w hystafell.

'Paid â phoeni,' dywedodd Alyosha, 'mi ro i un cynnig arall arni.'

Diolchodd Margarita.

Eistedd gyferbyn â'r drych hirgrwn yn gosod colur ar ei bochau a'r mwclis drudion am ei gwddw roedd Inessa.

'Alyosha, 'ngwas i, fasach chdi'm yn . . .?'

Hwylio i fynd allan am noson o gamblo roedd hi.

'Diolch ichdi . . .'

Cyffyrddodd ei fysedd â gwar ei fam ac aeth rhyw ias trwyddo fo. Edmygai Inessa ei hun, gan symud ei hwyneb o'r naill ochor i'r llall, wrth bwyso a mesur ei chlust-dlysau. Cadwodd Alyosha bart ei gyfnither, dadlau ei hachos i'r carn, ond methodd newid meddwl ei fam.

'Dwi wedi trio 'ngora glas . . . Ma'n ddrwg iawn gen i . . .'

'Mi wnest ti dy ora . . . 'Allach chdi ddim fod wedi gwneud mwy . . .'

Yn isel iawn ei hysbryd y dychwelodd Margarita i'r fflat.

Clywodd Larissa sŵn ping y lifft. Rhag ofn fod Herman wedi hudo rhywun i'w ganlyn diflannodd i'r llofft. Hanner caeodd y drws wrth glywed y drws arall yn agor. Yr unig beth roedd Larissa yn ei wisgo oedd ei modrwy ddyweddïo. Pan agorodd gil ar ddrws y llofft, gwelodd fod Herman â'i gefn tuag ati, ar ei bengliniau yn tyrchu yn nrôr isaf ei *bureau*.

Sleifiodd Larissa ato ar ddistaw droed, gwasgu ei bronnau ar ei gefn, gwasgu ei breichiau amdano a chnoi ei glust.

'Paid.'

Yn swta. Heb hyd yn oed drafferthu i edrych arni, croesodd draw i'r gegin. Be oedd yn bod arno fo? Bu'n stwna yno am sbel. Daeth Larissa yn ymwybodol o'i noethni.

Teimlai'n oer. Cerddodd Herman allan o'r gegin. Heb hyd yn oed edrych arni, dywedodd:

'Hel dy betha.'

Diwaelododd rhyw emosiwn.

'Paid â dwad yn d'ôl.'

Glywodd hi fo'n iawn? Oedd o wedi colli arno'i hun?

Dychwelodd at ei ddesg:

'Glywist ti fi.'

Â'i lais yn codi. Rhedodd i wisgo amdani. Hefo dagrau poethion, caeodd gareiau ei hesgidiau gan ddisgwyl unrhyw eiliad y deuai Herman ati ond 'ddaeth o ddim. Pan gamodd hi nôl i'r stafell, roedd o'n eistedd â'i freichiau ar freichiau ei gadair a'i lygaid yn rhythu ar y ddesg o'i flaen.

'Y fodrwy.'

Cliciodd ei fys. Doedd gan Larissa lai na'i ofn o. Gwaeddodd:

'Ty'd â hi i mi.'

'Ma' gen i hawl i wbod pam.'

Dim ateb.

'Pam?'

Cafodd ei chefn ati.

'Be dwi 'di'i 'neud?'

Tawelwch.

'Herman? Ma'n rhaid 'mod i 'di gwneud rhywbeth.'

Tawelwch.

''Nei di ddim deud wrtha i?'

A thawelwch hirach, dyfnach yn llawn düwch.

'Ma' 'nhad wedi gwneud amdano'i hun.'

Oherwydd eu bwriad i briodi?

Closiodd ato'n llawn cariad.

Ai dyna oedd y rheswm?

Beiodd hi ei hun.

Y wisgi. Y tabledi. Neu raff? Neu be? Neu be?

Gwthiodd Herman hi draw.

'Am fod y stiwdio 'di mynd â'i phen iddi . . .'

Tan yr eiliad honno, 'wyddai Larissa ddim mai teulu Herman oedd biau'r Starken hyd yn oed. Bob dim! Tu hwnt i gysur. Yn ffiaidd ei emosiynau. Pa bwrpas byw?

'Dos at dy bobol dy hun. Cerwch nôl i'ch gwlad eich hunain, i'ch tylla llygod yn Rwsia ne' ble bynnag . . .'

Pan gamodd Larissa o'r lifft roedd y swadyn hogyn yno fel erioed i agor y drws tuag allan. Cododd big ei gap arni. Synnodd na welodd o mohoni'n crynu: roedd ei thu mewn yn dipiau mân a niwl o boen o flaen ei llygaid. Roedd y ddinas fel erioed yn byw ei bywyd ei hun er ei bod hi'n bwrw glaw, a'r olwynion yn tasgu trwy'r pyllau dŵr. O'i chwmpas hi ac o gwmpas pawb arall roedd gelyn anweledig. Roedd y gelyn anweledig newydd ladd tad Herman Schwartz. Roedd y gelyn anweledig wedi troi ei dyweddi yn ei herbyn.

Pan oedd Margarita yn sôn byth a hefyd am chwyddiant – roedd hi'n cael trafferth i ddychmygu'r peth, ar wahân i brisiau'n codi. Iddi hi pres oedd pres, ond roedd pres am ryw reswm y tu hwnt i reswm wedi colli ei ben. Roedd pres wedi dal rhyw aflwydd poeth fel annwyd trwm a'i wres yn codi nes berwi'n bendro chwil a busnesau a banciau yn marw yn ei sgil.

Roedd Alexei Dashkov mor anhapus hefo ailsgwennu diweddara Stanislav fel y gyrrodd ei *chaffeur* i'w mofyn draw i'r stiwdio am gyfarfod arbennig.

"Mots gen i be fydd ei esgus o,' cerddodd yn ôl a blaen yn ei iwnifform Barwn Wrangel wrth ei edmygu ei hun yn y drych, 'deud fod rhaid iddo fo ddwad yma hefo chdi ar ei union. Ma'n rhaid imi ddysgu un neu ddau o betha am sgriptio iddo fo.'

Pan ddarllenodd Stanislav y stomp diweddara roedd yr actor wedi ei wneud o'i olygfeydd, penderfynodd nad arno fo roedd y bai. Oherwydd bod y taliad terfynol heb ei anrhydeddu, penderfynodd ei bod hi'n ddoethach brathu ei dafod a ffrwyno fymryn arno'i hun. Ond roedd yn gandryll.

Daeth Inessa i'r fei. Eisteddodd i dorri ei henw ar becyn o sieciau. Oherwydd bod gan Alexei Dashkov ormod o feddwl ohono'i hun i gydnabod mai y fo oedd yn gyfrifol am y llanast, bwriodd y bai ar Stanislav mewn ffordd slei a braidd yn dandin. Dechreuodd bigo beiau cyffredinol. Dechreuodd feirniadu golygfeydd unigol, eu hadeiladwaith a'u hamcan. Haerodd:

"Falla bod y cyfanwaith yn gneud synnwyr perffaith i chdi, ond dydi o'm yn gneud dim math o synnwyr i mi.'

Doedd y golygfeydd ddim yn dilyn yn naturiol, Roedd y naratif yn aneglur a thrwsgwl, os nad yn hollol ddryslyd. Yn waeth byth, doedd y stori bellach ddim yn asio'n daclus hefo'r hyn roedd eisoes wedi ei ffilmio yn y stiwdio, sef y golygfeydd yn Constantinople.

Wrth i'r actores ifanc (a oedd yn actio Anastasia, merch y Tsar) ail-lenwi ei wydryn:

'Be'n hollol wyt ti'n trio'i ddeud yn fan hyn, er enghraifft?'

Daliodd Stanislav ei dir. Gwrthododd ildio dim. Gan fod yr actor yn ei ddiraddio yng ngŵydd y cast a'r criw, dechreuodd ddigio ac roedd mewn perig o golli ei limpyn. Treuliodd wythnosau yn ysgrifennu drafft ar ôl drafft hyd oriau mân y bora. Gan fod Alexei Dashkov yn gwybod ym mêr ei esgyrn ei fod wedi mocha'r sgript, a chan ei fod yn sefyll o flaen cymaint, a bod dau newyddiadurwr yn bresennol, dadlwythodd y bai i gyd ar Stanislav, gan fynnu nad oedd dim dewis ganddo fel cynhyrchydd ond ailsgwennu'r sgript ei hun oherwydd ei bod yn ddiffygiol o ran thema.

Pan glywodd grybwyll gair newydd sbon, holodd Stanislav yn syn:

'Thema? 'Chlywis i rioed mohonon ni'n trafod thema cyn hyn. Adloniant oedd y gair mawr.'

Cododd Inessa ei phen â rhyw olwg chwilfrydig, ond eto hanner blin, arni.

'Does 'na'r un pictiwr heb thema.'

Ailbwysleisiodd y gair yn uchel. Holodd Stanislav yn ddrys-
lyd:

'Sut? Pa thema? Dwi'm yn dallt . . .'

Aeth yr actor ati i honni fod ei sgript wreiddiol yn fwy
pleidiol i achos y Cochion nag yr oedd hi i achos y Gwynion.
Heb ddisgwyl peltan o'r fath, gwrandawodd Stanislav yn syn.

'Pam wyt ti wedi dangos cystal ymladdwyr oeddan nhw?
Pam wyt ti heb wir ddangos eu hochor dywyll nhw? A'u
barbareiddiwch nhw? Pam wyt ti'n collfarnu cadfridogion y
Gwynion yn llawer gwaeth?' Holodd yn ei lais bas trwm. 'Be
sgen ti i'w ddeud trostach chdi dy hun?'

Am y tro cynta, roedd Alexei Dashkov wedi rhoi ei fys ar
rywbeth, ac i raddau, roedd yn dweud calon y gwir. Doedd
Stanislav ddim yn meddwl ei fod o'n bleidiol i'r Comiwnyddion
– ond eto, doedd o heb eu llwyr bardduo a'u collfarnu chwaith.
Os rhywbeth, roedd ei sgript yn weddol gytbwys yn ei phortread
o'r naill ochor a'r llall. Roedd rhywbeth wedi digwydd iddo,
sylweddolodd hynny. Roedd rhyw newid wedi dechrau dwad
drosto fo; digwyddodd fesul tipyn, yn ara ers wythnosau, y
teimlad fod rhywbeth yn mynnu ei orfodi i benderfynu i ba
ochor roedd o wir am berthyn. Rwsia? Neu Ewrop? Cytunodd i
ailsgwennu, a gwnaeth hynny tan ganol y pnawn pan ddaeth
ei deipiadur i stop.

Gwelodd ryw ddau ddyn hefo dau briffces yn cerdded tuag at
Inessa. Clywodd bytiau o'u sgwrs.

'. . . a'r cyfri arall?'

'. . . mae gen i ofn.'

'. . . hyd yn oed yr American Express?'

'. . . hwnnw hefyd, Madam.'

Lladdwyd gweddill y pictiwr yn y fan a'r lle.

Wrth i Larissa nesu at ben y stryd roedd rhyw hen wreigan wedi nogio yn eistedd yn ei chwman, ei gên ar ei brest. Rhuthrai pobol heibio iddi fel pe na bai hi'n bod. Byseddodd Larissa ei gwallt o'i llygaid, sychu'r glaw mân â'i llawes, ond pan ddaeth o fewn hyd braich, gwelodd mai ei mam oedd hi.

'Be sy' wedi digwydd? Be 'dach chi'n 'i 'neud yn fa'ma?'

Roedd mor ysgafn i'w chodi.

'Mam? Be sy'n bod?'

Pwysodd Ella yn erbyn y reilin haearn yn frau ei chnawd a'i hesgyrn yn clywed dim ond dwyster dwfn rhyw fudandod mawr. Wrth ei thraed roedd rhyw hen dùn bisgedi gwag.

'Dowch – mi awn ni adra.'

Cododd Larissa'r tùn a'i ddal o dan ei chesail wrth dywys ei mam yn ara tua'r fflat. Dododd Ella i eistedd ond ni symudodd, ac yn ei chardigan frown edrychai'n bruddaidd iawn, ei hwyneb yn welw a'i llygaid yn bŵl. Erbyn i Margarita ddychwelyd wedi pnawn arall yn trampio'r strydoedd yn chwilio am waith, roedd Larissa wedi llwyddo i gael calon y gwir.

Gan fod y rhent heb ei dalu, a chan fod y dylluan gorniog wedi galw sawl gwaith, gan godi mwy o dwrw bob tro, roedd Ella wedi penderfynu ei bod hi'n bryd rhoi'r pres roedd wedi'i gynilo ar waith. Hefo'r tùn bisgedi llawn marks roedd hi wedi mynd i'r *Bureau* Deithio ar Unter den Linden yn ei hawr ginio, lle clywodd ei bod hi'n bosib cyfnewid y cwbwl am sterling, doleri neu ffrancs. Roedd perthynas, rhyw ferch i frawd un o'r

494

athrawon eraill yn yr ysgol Berlitz, yn gweithio yno, a doedd eu comisiwn ddim mor uchel ag un y banciau, a theimlai Ella yn weddol hyderus wrth ddisgwyl ei thro.

Pan gamodd allan bu ond y dim iddi gael codwm ar y pafin. Ni chofiodd ddim o'i thaith yn ôl i'r fflat hefo Larissa; ni sylweddolodd ei bod hi wedi dechrau bwrw glaw mân, glaw mân a droes yn gawodydd trymion wcdyn, nes ei gwlychu al ei chroen. Câi drafferth i anadlu. Câi byliau o fethu â chael ei gwynt ati. Teimlai ei brest yn gaeth. Roedd bendro arni.

Am y tro cynta yn eu bywydau, gwelodd Margarita a Larissa eu mam yn wylo y noson honno. Nid wylo tros Kozma a wnâi, er iddi alaru – a pharhau i alaru – ar ei ôl. Yn hytrach, ei gwewyr meddwl mwya oedd teimlo fod popeth yn mynd ar chwâl yn Berlin, yn union fel yr aeth popeth o chwith yn Petrograd.

"Fydd neb yn gallu talu am fwyd toc. 'Fydd dim bwyd. 'Fydd ffermwyr ddim yn danfon dim i Berlin am bapur sy'n cogio bod yn bres. 'Fyddwn ni i gyd ar ein cythlwng, yn crafu cardod, yn ciwio hefo powlan am griwal. Mymryn o reis, darn o fara, nionyn, tysan, afal. Pawb yn llwgu, pawb yn gorymdeithio a phawb yn puteinio. Dyn yn lladd dyn, a dyn yn lladd dyn er mwyn dyn ar y strydoedd.'

Byddai'r Comiwnyddion yn siŵr o gipio'r Almaen trwy *coup d'état* a byddai'r tair yn gaeth yn Berlin heb unrhyw ffordd i ffoi am loches i wlad arall. Roedd hynny'n bownd o ddigwydd! Roedd yn rhaid trefnu *visa* i Ffrainc.

'Mi gawn ni i gyd ein saethu yma! Gwrandwch arna i!'

"Dan ni yn gwrando arnach chi, Mam.'

'Rhaid inni chwilio am le i fyw ym Mharis!'

Sut roedd gwneud hynny â'i holl enillion yn werth llai nag un ddoler?

Ar ôl iddi fynd i'w gwely, safodd y genod ar eu traed. Holodd Margarita a oedd hi'n bosib i Larissa fynd ar ofyn ei dyweddi am fenthyciad i dalu'r rhent. Cafodd wybod yr hanes i gyd.

'Lladd ei hun?'

'Do.'

'Ti'n cofio be ddeudodd yr hogan honno wrtha i?' meddai Larissa, gan atgoffa ei chwaer o'r sgwrs a gafodd y ddwy ryw ddeufis ynghynt – rywdro yn nechrau Gorffennaf – pan soniodd am y noson yr aeth Herman â hi i hwylio ar y Wansee.

Cofiodd Larissa gyffyrddiad poeth ei chnawd ar ei braich a mân glecian, fel trydan, ym mlewiach ei gilydd.

'Rhwbath am sbeit?'

'Dyna chdi.'

Dyna pam roedd o hefo hi. Roedd o wedi ei dewis hi – dewis merch dlawd o Rwsia yn fwriadol – er mwyn brifo ei dad a'i fam, gan wybod yn iawn mai eu dymuniad nhw oedd iddo briodi merch o'i gefndir a'i ddosbarth ei hun. Cysurodd Margarita hi trwy honni:

'Galar sy' 'di peri iddo fo fod yn gas . . . Mi 'neith dy briodi di, dwi'n siŵr.'

'Ddim rwan. Ma'r rheswm tros wneud hynny wedi mynd . . .'

Gwrthododd Margarita ei choelio. Doedd neb yn y byd mor sinicaidd â hynny. Y noson honno, gwasgodd Larissa ei hwyneb yn galed i'w chlustog a'i brathu rhag i'w sŵn crio ddeffro ei mam. Yn ei gwely hithau, gorweddai Margarita ar ddi-hun am oriau yn gwybod nad oedd dim dewis gan y tair ond codi pac a dechrau chwilio am le rhatach i fyw.

Am na lwyddwyd i orffen y ffilmio i gyd, roedd y pictiwr yn anorffenedig. Stopiodd hynny mo Alexei Dashkov rhag dangos y ffilm yn y Kosmos, ym mhalas pictiwrs mwya Berlin. Talwyd yn ddrud i logi'r lle. O fewn ugain munud, dechreuodd pobol chwerthin, chwerthin lle nad oedd achos chwerthin nes roedd rhai yn gorfod stwffio hances i gegau. Cododd Alexei Dashkov ar ei draed. Dechreuodd weiddi. Bytheiriodd mewn Rwsieg a rhyw hanner Almaeneg, nes codi gwrychyn mwy nag un, a dechreuodd amryw ei heclo. Un beirniad a arhosodd tan y diwedd oedd Ernst Jenny. Ar y palmant y tu allan, teimlodd Alyosha fysedd yn ei dapio'n ysgafn ar ei ysgwydd. Cyfarchodd y newyddiadurwr o fel hen ffrind.

'Ti'n actor hefyd? Dyn o amryfal ddonia. 'Wyddwn i mo hynny.'

'Dim byd o werth. Rhan fach fel *extra*.'

Cwpanodd Ernst Jenny ei law o gwmpas fflam ei leitar. Sugnodd ar ei sigarèt Manoli a thynnu mwg yn ddwfn i'w ysgyfaint.

'Be oedd y farn amdani?' holodd Alyosha.

'Fel pawb arall gei di weld f'adolygiad i yn y *Deutsche Zeitung* bora 'fory.'

'Ers pryd rydach chi'n gweithio i hwnnw?'

'Ers i bapur newydd dy dad fynd i'r gwellt. Roedd hi'n chwith garw i hynny ddigwydd. Ond heb ei gefnogaeth ariannol a moesol o, roedd hynny'n siŵr o ddigwydd.'

Pan ddaeth tacsi i stop, gwyrodd Ernst Jenny ei ben a chamu i mewn. Roedd hi wedi dechrau bwrw glaw.

497

'Pam na ddoi di hefo fi? (A oedd gwên fach slei yng nghil ei lygad?) Dwi am fynd i glwb.'

Oedodd Alyosha. Roedd rhwng dau feddwl. Roedd rhywbeth oeraidd a braidd yn anghynnes yn y dyn o hyd. Doedd ei ail-gyfarfod heb beri iddo newid dim ar ei farn flaenorol amdano, pan fu'r ddau yn cydweithio ar y gyfres o erthyglau.

'Dydi o ddim mor bell â hynny.'

Gyrrodd y tacsi trwy symudliw'r strydoedd. Yn niferion y glaw ar wydr y ffenest, cribodd y daith trwy oleuadau melyn-goch y nos, goleuadau llwydlas y nos, a rhyw oleuni pygliw hefyd. Aeth y gyrrwr â nhw tuag ardal Friedrichsgracht i'r de o'r Spittelmarkt tuag at y Spree. Talodd Ernst Jenny yrrwr y tacsi a fflicio stwmp ei sigarèt i'r afon dywyll.

Mwg glas smocio trwm a'u croesawodd nhw i'r Bürger-Casino, a chanu piano egnïol. Bar anferthol oedd y lle, yn orlawn i'r ymylon. Gwthiodd Ernst Jenny ei ffordd i stafell arall, fymryn yn dywyllach ond yn dawelach, lle roedd byrddau wedi eu goleuo â lampau cochion. Ar y muriau roedd portreadau o wahanol ddynion. Cerddodd Ernst Jenny draw at hogyn ifanc pryd tywyll a gododd i'w groesawu. Cusanodd y ddau.

'Dyma Alyosha. Alyosha dyma Bartos.'

Eisteddodd y tri. Drwodd mewn stafell arall gallai Alyosha weld dawnsio. Hen ddynion a dynion canol oed mewn siwtiau siarp oeddan nhw, yn gripio pen-olau hogiau ysgol yn dynn mewn dawns, ond bod yr hogiau hefyd yn llawer hŷn na'u hoed.

'Be gawn ni? Siampên? I ddathlu'r pictiwr a welodd Alyosha a finna heno.' Trodd Ernst Jenny at Bartos, 'Ydi Mina yma?'

'Roedd hi gynna,' atebodd mewn acen drwchus.

'Gad imi ddeud cyfrinach fach wrthach chdi, Alyosha,' gwyrodd fymryn a chodi ei law at ei geg mewn ffug-ystum. 'Ma' Bartos fan hyn yn Gomiwnydd bach. Yn dwyt ti, Bartos?'

Roedd hyn yn amlwg yn rhyw hen ddireidi rhwng y ddau.

'Dychmyga, Alyosha. Dyn fel fi o bawb yn cysgu hefo cochyn bach.' Gwasgodd ei law yn wastad ar ei fron mewn ffug-fraw. 'Be fasa pobol yn 'i ddeud tasan nhw'n gwbod?'

Gwenodd Bartos ar Alyosha.

'Dyma Mina yn dwad.'

Roedd Alyosha â'i gefn tuag at y dyn pan glywodd ei lais. Adnabu fo ar ei union. Trodd a syllodd ar Andrei Petrovich, mewn dillad gweinydd. Lledodd syndod ar draws wyneb cynfancar ei dad pan welodd Alyosha.

'Dau Moet a Chandon, Min,' ordrodd Ernst Jenny.

'Rhywbeth arall? Rhywbeth i'w fwyta?'

'Yn nes ymlaen 'falla.'

Heb yngan yr un gair wrth Alyosha fe giliodd Andrei Petrovich.

'Pam 'dach chi'n ei alw fo'n Mina?' holodd.

'Achos fod pob gweinydd yma yn cael enw.'

'Mae o'n draddodiad,' ychwanegodd Bartos hefo'i acen drwchus.

'Martina gafodd y gweinydd yna ei alw,' taniodd Ernst Jenny sigarèt. "Wn i ddim be ydi ei enw iawn o. Ddim fod ots. Ma' rhei yn ei alw o'n Tina. Lleill yn Mina. Rhei yn Min.'

'Neu amball un yn ddim ond 'M',' dywedodd Bartos.

Doedd Bartos byth yn gwenu. Yr un edrychiad a oedd ar ei wyneb yn wastadol. Mynnodd Ernst Jenny fod Alyosha yn clywed hanes Bartos. Hogyn o Hwngari oedd o. Gadawodd yr ysgol yn ddeg oed i fynd i weithio mewn siop ond pan gyhoeddodd Béla Kun lywodraeth Sofietaidd yn Budapest yn 1920, roedd Bartos yn un ar bymtheg. Ymunodd hefo'r Comiwnyddion. O fewn dim fe drechwyd y rheini gan luoedd Miklós Horthy. Bu erlid creulon a lladdwyd y rheini a oedd wedi methu ffoi. I Rwmania yr aeth Bartos, ond doedd dim croeso o gwbwl i Gomiwnyddion yn fan'no a chafodd ei hel o'r wlad. Aeth i Slofacia yn y gobaith y câi ddychwelyd yn y man i Budapest. O dan lywodraeth Horthy doedd dim gobaith y byddai hynny'n digwydd. Syrffedodd Bartos ar fyw yn Bratislava. Penderfynodd ymadael am Berlin.

Dododd Andrei Petrovich ddwy fwced arian yn llawn rhew ger eu bwrdd.

'Ydw i i agor y ddwy?'

'Pam lai?'

Roedd Ernst Jenny braidd yn biwis wrth y gweinydd am dorri ar draws yr hanes.

'Do'n i ddim isio aros yma yn Berlin chwaith,' dywedodd Bartos.

'Pam?' holodd Alyosha.

'Rhy fawr, rhy ddiarth.'

Roedd rhywbeth anghynnes o drist yn llais Bartos.

'Ro'n i isio mynd i Hamburg. Mi glywais i fod 'na longa yn chwilio am ddynion.'

500

'A bod yn gabin-boi,' campiodd Ernst Jenny. 'Diolch, Tina.'

Symudodd Andrei Petrovich i ffwrdd ond roedd wedi dal llygaid Alyosha.

'Deud pam na chest ti ddim mynd i'r môr, Bartos,' porthodd Ernst Jenny.

'Doedd dim papura gen i.'

Cododd y tri eu gwydrau.

'Deud wrth Alyosha lle dois i o hyd i chdi. Ti wedi anghofio deud hynny. Ti wastad yn anghofio deud hynny.'

'Mewn lle lojio ar gornel Grenadier Strasse a Hirten Strasse.'

'Twll o le, hofal erchyll. Yr hofal waetha yn Berlin,' datganodd Ernst Jenny.

Distawodd Bartos.

'Yn llawn dop o Iddewon o'r Dwyrain. O Wlad Pwyl. Galicia. Hwngari. Yn chwain i gyd. Pwy achubodd chdi rhag y riff-raff, Bartos?' Tapiodd Jenny gefn ei law hefo'i fys. 'Cofia di hynny.'

Pan aeth Ernst Jenny a Bartos i ddawnsio, daeth Andrei Petrovich at Alyosha.

'Wn i ddim be i'w ddweud,' dywedodd, 'mae gen i gymaint o gywilydd.'

'Ma' gwaeth gwaith dwi'n siŵr.'

'Ddim i ddyn fel fi.'

'Be am eich chwaer?' holodd Alyosha.

501

'Be amdani?'

'Alla hi ddim fod wedi cynnig help? Mi dalodd Mam ddigon iddi. A 'naethoch chi ddim talu am y clinic iddi?'

'Do. Ond i Lazarevna yr aeth pres dy fam i gyd, Alexei Fyodorovitch.'

'Chawsoch chi ddim?'

'Hyd yn oed tasa hi wedi cynnig, mi faswn i wedi gwrthod. Ro'n i'n gwbod dy fod ti'n ddieuog. Ro'n i'n gwbod sut un ydi fy chwaer.'

Llygadrythodd Andrei ar y bwrdd. Roedd mewn poen.

'Ma' 'ngwraig i'n marw. 'Wn i ddim be ddaw o Galina. Does dim diwrnod yn mynd heibio nad ydan ni yn ffraeo fel cath a chi. Roedd hi'n arfer bod yn ferch fach mor addfwyn. Dwi'n trio fy ngora glas. Ond 'wn i ddim a ydi hynny'n ddigon. Dyna pam dwi'n casáu fy hun.'

Dechreuodd wylo.

'Roedd gen i fywyd unwaith. Ond mae fel tasa be oedd gen i mor ddi-sôn-amdano fo nes peri imi deimlo ei fod o'n hollol ddiwerth. Dwi'n deffro weithia a meddwl 'mod i wedi anghofio'r cwbwl. Oedd Rwsia yn bod? Dydi fy holl hanes i bellach yn dirwyn yn ôl at ddim.'

Trwy gawod o ddagrau a chawod o wenau holodd,

'Pa ddyfodol sydd gen i? Dwi'n methu plannu gwreiddia. Dwi'n methu cynllunio dim.'

Sut roedd cynnig cysur i ddyn a oedd yn teimlo ei fod wedi ei drechu a'i werthu o dan draed estroniaid?

Aeth hi'n noson hwyr. Drannoeth roedd yr adolygiadau o'r ffilm mor drybeilig fel na chafodd y pictiwr ei ddangos mewn mwy na dwy sinema am fwy na thair noson. Digiodd Alexei Dashkov wrth y fath ymateb philistaidd o du'r beirniaid. Yr unig eithriad oedd Ernst Jenny. Canmolodd y weledigaeth waelodol. Doedd Alyosha erioed wedi agor tudalennau y *Deutsche Zeitung* cyn hynny. Papur gwrth-semitig oedd o, yn llawn o straeon am Iddewon blysig ac erthyglau yn erbyn ffoaduriaid o ddwyrain Ewrop. 'Rhaid hel pawb adra' oedd pennawd un rhifyn.

'Be ma' nhw'n wbod, p'run bynnag?' holodd Alexei Dashkov ei wraig.

Yn enwedig ar ôl iddo wadd y beirniaid i dderbyniad siampên a pharti mawr hyd oriau mân. Roedd pawb wedi bod mor barod i ledu'r wên deg yn ei wyneb a bod mor ddichellgar yn ei gefn.

'Sut ma' gen y dynion yma'r wynab i fod mor rhagrithiol?'

Onid oedd Inessa ac yntau yn gwpwl cyfareddol? Hi a'i chorff hudolus. Y fo a'i sgwrsio swynol. Di-fudd ei holl ymdrechion. Methiant fu'r pictiwr.
Aeth pethau'n fain. Roedd yr Hotel Adlon yn ysu'n ddyddiol ar i Inessa dalu'r bil yma neu'r bil acw. Byddai cwpwl arall wedi setlo yn syth, torri dyledion, pacio a gadael gwesty drud er mwyn arbed pres trwy chwilio am lety rhatach. Yr hyn a wnaeth Alexei Dashkov oedd dechrau breuddwydio am greu pictiwr newydd.

'Dyna ddeudodd o.'

Clywodd Inessa ei hun am eiliad yn swnio yn union fel ei mam.

'Dio rioed o ddifri?'

Gan na chafodd ateb, holodd Alyosha hi wedyn:

'Mam? Dydi o rioed o ddifri?'

'Dydio ddim yn ddyn i wamalu.'

Cododd Alyosha brotest yn erbyn ei lystad.

'Hissst i redag arno fo bob gafal!'

'Sut allwch chi gytuno i rywbeth mor wirion?'

'Os mai dyna'i ddymuniad o.'

''Fasach chi byth mor rhadlon tasa fo'n Tada.'

Calon y gwir, ond anwybyddodd Inessa ei mab a throi ei chefn.

'Be amdanan ni?'

Teimlai Alyosha fod ei galon wedi ei chlwyfo.

'Ma'n rhaid ichi feddwl amdanan ni, Gosha a fi.'

Dim ond dau ddiemwnt a oedd yn weddill o gwmpas gwddw ei fam. Gwerthwyd y lleill i gyd, ynghyd â modrwy briodas ei nain. Wedyn, clywodd Alyosha sôn fod rhywrai wedi gweld Alexei Dashkov fraich-ym-mraich hefo Miss Gosovska, ymysg y cannoedd o bobol yn cerdded un min nos ar un o draethau Llyn Wansee. Gwnaeth Alyosha yn siŵr fod ei fam yn cael clywed y cwbwl a thaenodd yr hanes ar led. Dewis gwrthod gwrando a wnaeth hi. Crefodd ei mab arni i adael yr actor, gadael Berlin, gadael yr Almaen a mynd i fyw i Baris. Byddai bywyd yno'n haws. Byddai Ewyrth Artyom yn siŵr o helpu hefo *visas*. Gwrthododd Inessa.

Pan agorodd y landlord y drws, suddodd ysgwyddau Ella. Un wardrob a oedd yn erbyn y mur ar y dde, er bod crac yng ngwydr un drws. Gyferbyn, roedd un gwely dwbwl, a'r ochor bella i'r gwely, roedd bwrdd plaen a dwy gadair bren. Gyferbyn â'r bwrdd, roedd soffa goch, a fu unwaith yn soffa grand, ond a oedd bellach wedi gweld dyddiau gwell, gan fod ei breichiau wedi breuo. Safai stand-golchi hen ffasiwn iawn y tu ôl i'r drws. Rhaid oedd cario dŵr i fyny o'r gegin, cegin roeddan nhw i'w rhannu hefo'r tenantiaid eraill. Un ffenest oedd yno, a honno'n wynebu'r drws.

Trodd y landlord yr allwedd ar ei fys. Syllodd Ella trwy'r ffenest, ond nid edrychodd Larissa ar y landlord, ddim mwy nag y gwnaeth Margarita, er iddi nodio'i phen. Dim ond dechrau'r daith oedd hynny. Dechreuodd eu holi. Bu'n rhaid i Margarita frwydro'n galed iawn i ddarbwyllo'r landlord (a oedd wedi cael profiadau erchyll hefo pob Rwsiad alltud) nad oeddan nhw yn dioddef o deiffws, *cholera* neu *syphilis*. Doeddan nhw chwaith ddim yn mynd allan i hel dynion liw nos a'u denu nôl, ddim mwy nag roeddan nhw'n chweina, nac yn magu llau, nac yn dioddef o ryw anfadwch angheuol arall. Dim ond ar ôl hynny y cytunodd i osod y lle iddyn nhw.

Rhoddodd Margarita ei holl bres ar y bwrdd. Gorfodwyd nhw i werthu'r piano am y nesa peth i ddim a mân drugareddau fel oriawr eu tad a nifer o fedalau. Yn y fflat y treuliodd Ella ei dyddiau gan fod disgyblion yr ysgol Berlitz wedi diflannu tros nos am na allai neb bellach fforddio talu iddi. Yr unig lygedyn o gysur oedd fod Larissa wedi cael ei derbyn ar gwrs nyrsio. Yn well byth, câi fyw yn y 'sbyty yn rhad ac am ddim a chael ei phrydau bwyd i gyd. Roedd hyn yn faich mawr oddi ar ysgwyddau Margarita, a oedd dal yn ddi-waith.

Rhyw ben bob dydd, yn hwyr yn y pnawn gan amla, byddai Margarita yn cyfarfod â Stanislav yng nghaffi Langrafa ar y Kurfürstendamm. Roedd yn well ganddi hi'r Café Leon a'i gwsmeriaid, oherwydd eu bod yn fwy llawdrwm ar y Comiwn-yddion na chwsmeriaid y Langrafa, ond roedd yn well gan

Stanislav yr ail un. Fe wnâi Margarita yn siŵr fod un banad o goffi a gwydryn hir o ddŵr yn gwneud y tro iddi hi am awr neu ddwy. Roedd Stanislav hefyd yn ddi-waith, ac oherwydd ei bod hi'n fain iawn arno fo am bres, cytunodd i ysgrifennu nifer o erthyglau i'r cyfnodolyn *Smena Vekh*.

Darllenodd Margarita ei erthyglau a dechreuodd y ddau ddadlau yn eu cylch. Roedd agwedd Stanislav tuag at Rwsia wedi dechrau tyneru ond roedd ei hagwedd hi yr un mor ddi-gyfaddawd ag erioed. Trwy ddarllen rhai o'r papurau newydd eraill, neu godi sgwrs, gobaith penna Margarita oedd dwad o hyd i waith. Rhyw fora pan oedd hi wedi dechrau anobeithio, gwelodd hysbyseb fechan yn cynnig contract i genod ifanc i ymuno â chorws dawnsio a oedd i berfformio mewn café-dawns. Nodwyd fod disgwyl i'r ymgeiswyr fod yn barod i ber-fformio am saith, naw a hanner nos.

Sugnodd Stanislav ar ei getyn.

'Dangos dy glunia ydi'r unig beth fyddan nhw'n disgwyl ichdi 'i 'neud.'

Tapiodd hithau'r hysbyseb:

'Dim cyfeillachu hefo'r cwsmeriaid. Dyna be mae o'n 'i ddeud yn glir yn fa'ma – 'drycha . . .'

'Dyna ma' nhw i gyd yn 'i ddeud. Er mwyn cadw'r heddlu yn hapus.'

Pan aeth i'r cyfweliad cafodd ei thywys i mewn i stafell weddol foel, heblaw am hanner dwsin o gadeiriau pren. Roedd rhyw wyth neu naw o genod yno, a phob un yn tynnu ei nicyrs. Edrychodd hogan hefo ysgwyddau llydan a cheg letach arni.

'Y tro cynta i chdi, ma'n amlwg?'

Nodiodd Margarita.

'Pa mor despret wyt ti 'di'r cwestiwn?'

Cododd Margarita ei sgert, tynnu ei nicyrs a'u gwthio i mewn i'w bag. Fesul un, cafodd y merched eu galw drwodd. Margarita oedd yr wythfed. Pan gamodd trwy'r drws roedd mewn stafell lai a besychai o fwg sigarèts. Ar ôl sgwrs gwta, gofynnwyd iddi fagio draw a chodi ei sgert yn ara deg.

Aeth cant a mil o bethau trwy ei meddwl . . .

'Pan wyt ti'n barod.'

Ymdrechodd yn galed i gael gwared ag wyneb ei thad . . .

'Uwch eto . . .'

Cododd fwy.

A gweddïo ei mam . . .

'Ac eto . . .'

A siom Larissa mewn cariad . . .

Cododd.

Ac Alyosha yn tynnu ar Professor K.K. . . .

'Yn uwch . . .'

Gwelodd ei hun â'i llygaid ar gau.

Daliodd ei sgert yn uchel er mwyn i'r ddau ddyn a'r ddynes hefo'r sbectol gael ei gweld yn iawn.
Eistedd ar y gadair ger y bwrdd roedd Ella pan ddychwelodd Margarita i'r fflat. Ni symudodd ei mam flewyn, dim ond dal i syllu allan drwy'r ffenest. Wrth weithio gyda'r nos bob nos,

byddai ei mam yn cael ei gadael fwyfwy i dreulio'r oriau ar ei phen ei hun. Poenai Margarita am hynny, ond be oedd hi i fod i'w wneud? Gwaith oedd gwaith, cyflog oedd cyflog. Doedd dim dewis ganddi ond derbyn. Roedd yr ymarferion i ddechrau drannoeth.

Digyffro oedd ymateb Ella pan esboniodd Margarita ei bod ar gyfnod prawf am fis, a olygai y byddai ei chyflog fymryn yn llai, ond pe câi ei derbyn yn aelod llawn o'r corws byddai fwy neu lai yn dyblu. Synnodd Margarita na leisiodd ei mam unrhyw wrthwynebiad i'r syniad ohoni'n cicio'i choesau ar lwyfan o flaen unrhyw un. Nid ynganodd air o'i phen, dim ond gwenu'n dawel a dweud,

'Dyna ni 'ta, os mai felly ma' hi i fod.'

Llyncodd prysurdeb yr ymarferion ei hamser, ac ni welodd Margarita fawr ar Stanislav yn ystod yr wythnos gyntaf yn y café-dawns, ond yn ystod hoe ar ganol un o'r ymarferion, roedd un o'r merched eraill, a oedd yn dod o Moscow yn wreiddiol, wedi prynu'r copi diweddara o *Smena Vekh*, a darllenodd Margarita erthygl, erthygl a'i brifodd i'r byw.

Gwylltiodd. Roedd hi'n ysu i weld Stanislav er mwyn cael clywed sut roedd yn gallu cyhoeddi'r fath sothach. Roedd o bellach yn dadlau'n gryf ei bod hi yn amser i'r alltudion oll ddychwelyd i Rwsia.

Cafodd Alyosha ei alw draw i stafell ei fam yn yr Hotel Adlon.

'Pam? Be sy'?'

Roedd ei gŵr yn sefyll yno, ei freichiau ymhleth, yn edrych yn ddu.

'Be 'dach chi isio?'

Clegrodd Alexei Dashkov,

'Paid ti â chymryd arnat. Ti'n gwbod yn iawn be sy'n bod. Rwan, ymddiheura i dy fam.'

Dryslyd iawn oedd ymateb Alyosha.

'Ymddiheuro am be?'

'Paid ti â dechra actio'r lolyn hefo fi y coc oen bach powld.'

Sythodd ei lystad ei war.

'Dwi am dy glwad di'n deud ei bod hi'n wirioneddol ddrwg gen ti am ddwyn 'i phetha hi.'

Roedd yn awgrym mor wallgo nes y dechreuodd Alyosha chwerthin.
Doedd y dyn erioed o ddifri? Dwyn ei phetha hi?

'Pa betha?'

Mewn llais tawel (fymryn yn drist) torrodd ei fam ar ei draws,

'Alexei?'

Trodd y ddau ddyn i edrych arni.

'Paid â gneud petha'n waeth i chdi dy hun trwy wadu. 'Dan ni'n gwbod mai chdi wnaeth. Ma' 'na dyst.'

Ychwanegodd Alexei Dashkov,

'Ac ar ben pob dim roedd gen ti'r hyfdra neithiwr i fegera doleri ganddi'n bres pocad. Be ti 'di 'neud hefo'i sana sidan hi? Eu rhoi nhw i ryw adict?'

Cododd wrychyn Alyosha i'r entrychion,

'Medda'r dyn sy'n ffwcio pob un dim sy'n symud!'

Gwgodd Inessa,

'Rhag cwilydd!'

Gan wasgu ei dwylo'n dynn dros glustiau Gosha.

'Iaith!'

Teimlodd Alyosha ei foch yn poethi mwya sydyn.

'Gwylia dy dafod budur y mochyn!'

Roedd yr actor newydd roi peltan stowt i'w lysfab. Heb feddwl eilwaith, cododd Alyosha ei ben-glin i'w afl yn hegar. Chwythodd hwnnw ei fochau wrth foesymgrymu i ebwch.

'Oooooooooooo . . .'

Cwpanodd ei geilliau hefo'i ddwylo wrth i'w bengliniau wasgu i'w gilydd. Tynnodd anadl hir trwy'i ddannedd.

'Ti'n haeddu honna ers sbel!'

Hefo'i ddwrn, waldiodd Alyosha fo ar draws ei arlais. Disgynnodd Alexei Dashkov wysg ei ochor fel rhyw gyw eliffant gwan. Trawodd ei ben ar erchwyn y bwrdd. Rowliodd pot o rosod draw a tharo potel o sebon sent i'r llawr wrth i Inessa sgrechian ar ei mab i roi'r gorau i guro ei gŵr.

''Welwch chi mohona i byth eto!' dywedodd Alyosha.

Clywodd sŵn drymio trwm ar y carped. Wrth agor y drws, trodd i weld wep borffor, gynddeiriog Alexei Dashkov yn hun-

510

llefu'n fyw o flaen ei lygaid. Crampiodd yr actor ei ddwy law am ei gorn gwddw hefo holl nerth ei greu. Trwy ei gynddaredd, ysgyrnygodd,

'Chdi 'di'r 'sglyfath bach mwya' anghynnas i mi 'i gyfarfod erioed.'

'Ti'n 'y mygu i! Paid!'

'Dydw i byth eto am dy weld di ar gyfyl Inessa na fi.'

'Gollwng!'

'Tasach chdi'n marw 'fory nesa yn y gwter futra yn Berlin, 'faswn i'n hidio dim.'

'Gollwng fi! Gollwng fi!'

Rowliodd y ddau am draw. Sathrwyd y botel dan draed nes bod y gwydr yn crensian ac ogla sent cryf iawn yn llenwi'r ystafell fel ogla carped newydd. Cochodd wyneb Alyosha, dechreuodd fygu. Ymdrechodd i godi ei ben-glin, ond roedd Alexei Dashkov wedi gwasgu ei liniau at ei gilydd. Tros ysgwydd ei lystad clywodd Alyosha ei fam yn crefu ar i'r ddau ddod at eu coed.

'Peidiwch rwan! Peidiwch!'

Er mawr syndod i Alyosha, heb iddo wneud un dim, dechreuodd ceg, ac wedyn wyneb, yr actor weddnewid. Yn lle edrychiad gwyllt ei lygaid a lliw lloerig ei fochau, cododd rhyw boen gwyn trwy ei groen.

'Iiiiiiiiiiiiiiiiiiiiii . . .'

Yn ara bach, tyfodd sgrech bigfain o'i gorn gwddw.

511

'Iiiiiiiiiiiiiiiiiiiiiiiiiiiiiiiiii . . .'

Gollyngwyd Alyosha – a hanner bagiodd Alexei, a hanner disgyn – fel petai ei goes yn llawn pinnau bychain, a honno wedi colli ei nerth.
Udodd:

'Ooooooo . . .!'

Roedd dannedd ifanc Gosha wedi suddo'n ffuret-ddwfn i'w ffêr.
Dechreuodd yr actor enwog sgrechian:

'Ffwcin hel binc!'

A sgrechian yn saith gwaeth.

'Aaaaaaaaaagggggghhhhh!'

Roedd yr hogyn bach wedi brathu at y byw, nes roedd Alexei Dashkov yn hopian o gwmpas y stafell ac yn udo mewn poen.

Yn gynnar drannoeth cerddodd Inessa i mewn i lofft ei mab.

Safodd a dywedodd ei phwt:

"Falla mod i'n fam i chdi . . .'

(Doedd dim maddau i fod.)

'Ond dwi'n wraig iddo fo.'

Ymbiliodd Alyosha yn gysglyd,

512

'Allwn ni drafod hyn rywbryd eto?'

'Sgen i'm isio clywad dim arall o dy geg di.'

''Newch chi wrando—'

'Gwranda di arna i am unwaith.'

Doedd hi ddim isio gorfod dewis rhwng y ddau ond roedd hi wedi cael ei gwthio i wneud hynny. Cafodd Alyosha ar ddallt fod ei fam yn mynd i alw ar dwrnai'r teulu, hen ffrind ei dad o'i ddyddiau yn Zurich, a'i bod hi am iddo fo ddwad o hyd i ysgol addas i'w mab.

'Be os dwi ddim isio mynd?'

'Does gen ti fawr o ddewis.'

Yn ddiweddarach, cafodd Alyosha gip ar ei lystad yn camu allan hefo sgriptiwr newydd yng nghyntedd yr Hotel Adlon. Edrychodd Alexei Dashkov arno yn hyll – a'i anwybyddu.

Y noson honno, teimlai Alyosha fod staff y gwesty yn syllu'n gam arno fo. Dechreuodd pawb ei drin yn wahanol. Roedd gwesteion eraill, a fu gynt yn ddigon serchog, bellach yn cadw'u pellter. Roedd rhai eraill wedi dechrau ei osgoi o yn gyfan gwbwl. Pan gwynodd wrth ei fam am y sïon maleisus roedd ei lystad yn eu lledaenu amdano fo, y cwbwl a gafodd o ganddi oedd:

'Chdi dynnodd yr helynt yma ar dy ben dy hun a neb arall.'

Penderfynodd Alyosha dynnu ei dynged i'w ddwylo ei hun. Paciodd ryw ychydig o ddilladach, llyfr ar hanes Rwsia gan Karamisin, cyfrol ei dad o gerddi Catalws. Torrodd i mewn i lofft Alexei Dashkov, a dwyn hynny a allai o ddoleri. Cafodd help Gosha.

'A fan'na.'

Roedd mwy o dan y carped.

'Fan'na hefyd.'

Wedi eu strapio ar gefn y wardrob.

'Paid ag anghofio fan'na chwaith.'

Y tu ôl i'r papur wal.

'Ti'n werth y byd, Gosha.'

Roedd ei frawd bach yn gwybod cymaint o wiwer oedd ei lystad am guddio pres a gemau mewn pob math o dyllau a chilfachau. Stwffiodd Alyosha'r cwbwl i mewn i gwdyn yn ei drôns a dymuno'r gorau i'r hogyn bach.

'I ble ti'n mynd?'

'Dwi ddim yn gwbod eto.'

'Ble ti'n mynd i fyw?'

'Dwi'm yn gwbod hynny chwaith.'

'Ti'n gwbod rhywbeth?'

Gwenodd Alyosha a sibrydodd yn gyfrinachol yn ei glust:

'Y Grand Hotel. Ond paid â sôn gair wrth neb. Ti'n addo?'

Nodiodd ei ben.

'Dwi'n gwbod y gwela i chdi eto cyn bo hir.'

'Pryd?'

'Yn fuan.'

Cerddodd Alyosha allan o'r Hotel Adlon.

Meistres galed iawn oedd ei hyfforddwraig. Disgwyliai i bawb hel at ei gilydd yn brydlon am wyth bob bora, ac ni fyddai neb yn cael gadael cyn wyth y nos. Roedd y dawnsio'n lladdfa, a newyn wedi gwanio cyrff y merched, nes peri i'w symudiadau anoddaf fod yn galed a llafurus.

Gwelodd Fraulein Waldschmidt ar ei hunion fod Margarita yn fwy di-glem na'r un o'r lleill, am nad oedd ganddi hyfforddiant coleg dawns yn gefn iddi. Margarita oedd yr unig un i gadw ei gwallt hir. Roedd pob un o'r genod eraill, yn unol â'r ffasiwn, wedi ei dorri yn gwta. (Y gwir reswm tros adael i'w gwallt dyfu oedd am na allai hi fforddio ei dorri mewn salon.) Am fod Fraulein Waldschmidt am i'r corws edrych yr un fath, mynnodd Madame (fel y mynnai gael ei galw gan y genod) dorri gwallt Margarita ei hun. Ar ôl wythnos, dechreuodd gael blas ar y dawnsio, yn enwedig walts y Ddanaw Las.

Dechreuodd deimlo ei bod hi'n cael ei thraed dani. Ar y pnawn Sul, cyfarfu Margarita hefo Stanislav. Aeth y ddau am dro tua'r Tiertergarden, lle roedd dau hogyn bach mewn trowsusau cwta yn trio bwrw barcud sgwâr i'r awyr ond gwrthodai'r awel ei godi i'r entrychion. Doedd hynny'n mennu dim ar hwyl y ddau, a redai yn ôl ac ymlaen yn y gobaith o'i weld yn esgyn, er ei fod o, dro ar ôl tro, yn mynnu cwympo i'r ddaear. Sylwodd Margarita ei fod wedi ei wneud o bapurau reichmark di-werth.

Roedd yr erthygl a gyhoeddodd Stanislav yr wythnos flaenorol yn hongian fel rhyw fath o fwgan rhwng y ddau. Roedd Margarita'n teimlo ym mêr ei hesgyrn fod eisoes ryw bellter wedi dechrau lledu rhyngddyn nhw. Yn y man, holodd hi be yr

515

oedd o yn ei feddwl wrth y teitl 'Gormes cyfalaf: pa ddyfodol sydd?'.

''All neb bellach wadu nad ydi'r rhyfel dosbarth yn bod.'

Roedd o fymryn yn nawddoglyd, meddyliodd.

'Os rhywbeth, mi faswn i'n dadlau ei fod yn ffyrnicach rwan nag y bu erioed.'

Roedd o o'r farn fod y Comiwnyddion yn onestach o'r hanner na'r *bourgeoise*, yn cyhoeddi ac yn cydnabod y wir sefyllfa, ac yn brwydro i'w newid, yn wahanol i'r dosbarth cyfalafol, a oedd yn cynnal y rhyfel dosbarth trwy guddio a gwadu fod gwahaniaethau o'r fath hyd yn oed yn bod.

'Bob dydd o'n bywyd,' taenodd ei fraich tua Brandenburger Tor, 'hyd yn oed wrth wneud rhywbeth mor syml â cherdded i lawr Friedrichstrasse, o'n cwmpas ni ma' brwydra' hollol gudd ond ffiaidd y tu ôl i ffenestri banciau, drysau cwmnïa insiwrans, swyddfeydd pleidia gwleidyddol a phapura newydd, a hyd yn oed yn y sinemâu ac yn rhaglen waith y theatra.'

''Wnes i erioed feddwl y baswn i'n byw i glywed rhyw betha fel hyn yn dwad o dy enau di.'

'Fel hyn ro'n i'n arfar meddwl yn hogyn pymtheg oed.'

'Ma' hi'n iawn i hogyn pymtheg oed ddrysu ei ben hefo rhyw hen ffolineb arwynebol fel Marcsiaeth. Ond nid dyn yn ei oed a'i amsar.'

'Mae Marcsiaeth yn gwneud perffaith synnwyr o hanes y byd i mi.'

'Ond ddim i mi.'

"Drycha, ma'r *bourgeoisie* yn chwarae gêm glyfar trwy wadu bodolaeth y rhyfel dosbarth, er eu bod nhw yn ei gynnal o hefo pob grym o fewn eu gallu, trwy ddefnyddio pob un ystryw posib: gwladgarwch, cenedlaetholdeb, hiliaeth, crefydd, arian, breintiau ac anrhydeddau i brynu neu i dawelu pob gwrthwynebiad i'w trefn. Trefn sydd yn dawnsio o flaen ein llygaid ni ydi hi fel *masquerade*. Ond be sy'n cynnal hyn? Elw, elw, elw ar draul pawb a phob un dim. A be ddaw yn sgil hynny? Rhyfeloedd. Chwyddiant. Streiciau. Diweithdra. Dioddefaint. Gwallgofrwydd.'

'A bai cyfalafiaeth ydi hyn i gyd?'

'Dedwyddwch paradocsaidd ydi amod byw pob cymdeithas gyfalafol, am fod y *bourgeoisie* yn credu yng nghytgord buddiannau sy'n hollol groes i'w gilydd, hyd nes i lastig y croestyniadau gael ei dynnu'n rhy dynn a thorri.'

'Mae rhyfela wedi bod yn rhan o wead pob cymdeithas ddynol erioed,' dadleuodd Margarita. 'Dydi hyn yn ddim byd newydd. Os rhywbeth, mae o mor hen â dyn ei hun.'

Anwybyddodd Stanislav hi trwy ddweud,

'Rhagrith moesol sy'n cynnal y cwbwl ...'

'Rhagrith rwyt ti am weld ei ddinoethi ma'n amlwg?'

'Heblaw am bleidia sosialaidd ac undeba llafur, pwy o fewn cyfalafiaeth sy'n codi llais yn erbyn diweithdra? Tai gwael? Diffyg addysg? Hawl i iechyd? Pwy sy' wir yn gwarchod buddiannau'r gweithwyr? Pwy sy' wedi taro nôl a chwalu'r drefn aflan yma?'

Crashiodd y biliynau o reichmarks nesa atyn nhw, ryw ddwylath i ffwrdd.

517

Cofiodd Margarita ddarllen unwaith pan ddaeth i Berlin gynta fod cymdeithas Ffrainc cyn y chwyldro yn llawer dedwyddach nag yr oedd ar ôl hynny. Ai felly roedd hi'n Rwsia hefyd? Neu a oedd hi'n camgofio? Sut roedd petha draw yno erbyn hyn tybed?

'Be am ddemocratiaeth?'

'Yma?' holodd Stanislav, 'neu'n Rwsia?'

'Rwsia.'

'Sut wyt ti'n diffinio democratiaeth? Pawb â'i bleidiais? Cydraddoldeb gwleidyddol? Fod y tramp a'r aristocrat ger bron mainc y gyfraith yn gydradd?'

''Neith y tro i mi.'

Tapiodd ludw o'i getyn ar fraich y fainc.

'Be dâl democratiaeth ochor yn ochor ag anghyfartaledd economaidd? Does fawr o ddemocratiaeth lle mae o wir yn cyfri nac oes?'

Sylweddolodd Margarita be roedd o yn ei ddweud wrthi o ddifri.

'Ti'n benderfynol o fynd yn ôl i Rwsia yn dwyt ti?'

Synfyfyriodd cyn ateb, a gofyn,

'Be sydd i 'nghadw i yma yn Ewrop?'

Tawelwch.

'Ddoi di hefo fi?'

518

Tawelwch maith.

"Nei di feddwl am y peth?'

Addawodd wneud. Cusanodd y ddau a ffarweliodd. Roedd Larissa yn dod nôl o'r ysbyty i'w gweld y noson honno, ac roedd Margarita yn poeni am ei mam.

A allai Margarita fynd yn ei hôl i Rwsia gomiwnyddol? Yn nhrên yr S-bahn tynnodd gopi o straeon byrion Anton Tsiecoff o'i phoced. Câi rhyw gysur wrth ddarllen hanes doctor gwledig o'r enw Dmitri Startsev yn ymweld â theulu Mr Turkin, ei wraig Vera, a'i ferch Catherine.

Fel hi ei hun, roedd Catherine yn hoff iawn o ganu'r piano. Disgrifiodd Tsiecoff sŵn eu haelwyd, clecian cyllyll a ffyrc, ac ogla ffrio nionod mewn hen badell haearn bwrw ddu, a'r ogla hwnnw'n goferu nes llenwi'r cowt trwy ffenest agored y gegin. Codai'r ogla da archwaeth bwyd ar bob gwestai a fyddai'n taro heibio.

Yr awydd am bryd iawn o fwyd, neu'r hiraeth am eu mamwlad, ni wyddai Margarita be sigodd hi waetha. Aeth darllen brawddeg ar ôl brawddeg, paragraff ar ôl paragraff, yn waith ingol. Ar wahân i godi pob math o atgofion, roedd y stori ei hun yn drist. Cafodd Doctor Startsev ei gyflwyno i Catherine, a oedd yn ddeunaw oed, ac o ran anian roedd hi'n debyg iawn i'w mam. Roedd hi'n ferch hoenus, brydferth, llawn egni a llawn bywyd. Madame Zarkovsky oedd ei hathrawes, ac er na allai Catherine ganu'r piano mor iasol â hynny, roedd hi eisoes wedi ei hargyhoeddi hi ei hun fod y gallu ganddi i fynd i'r *conservatoire*.

Roedd Doctor Startsev wedi drysu ei ben amdani, yn crefu ar Catherine i beidio â'i boenydio rhagor (gan na allai ddiodda' byw yr un eiliad arall heibddi) ac yn ymbil arni i gytuno i'w briodi. Ond dal i freuddwydio am ennill lle yn y *conservatoire* roedd hi. Roedd tynfa ei huchelgais yn gryfach na dim, er ei fod o'n weddol amlwg i bawb nad oedd hi byth bythoedd yn debygol o lwyddo i droi ei breuddwyd yn ffaith, ac y buasai'n rheitiach iddi briodi rhywun fel Doctor Startsev, dyn a allai gynnig dyfodol saffach a dedwyddach iddi. Mewn twll o le di-nod fel Dyalizh doedd fawr o obaith am ddim byd arall. Gwrthod Doctor Startsev a wnaeth Catherine. Gwrthod gan ei bod mor hyderus y byddai hi ryw ddydd yn bianydd enwog iawn ar lwyfannau'r byd.

'Ddigwyddodd hynny ddim. Bedair blynedd yn ddiweddarach, pan alwodd Doctor Startsev heibio i'r teulu, roedd o wedi newid. Roedd hithau hefyd wedi newid. Gogordroi yn ei hunfan a wnaeth Catherine, ar wahân i ddal ati i ganu'r piano. Câi byliau o deimlo'n isel ei hysbryd, ac er mwyn gwaredu'r felan byddai ei mam yn mynd â hi am wyliau i'r Crimea. Roedd y teimladau cariadus hynny a goleddai Doctor Startsev tuag ati bellach wedi hen ddarfod. 'Briododd yr un o'r ddau.

Meddyliodd Margarita mor aml y digwyddai rhywbeth fel hyn yng ngwaith Tsiecoff, hyd yn oed yn ei ddramâu, y gwelodd eu perfformio yn Theatr Kamenno-Ostrovski nôl yn Petrograd. Roedd wastad ryw un eiliad dyngedfennol pan oedd dau gariad yn closio at ei gilydd ac yn canfod rhyw lygedyn o hapusrwydd, ond, am ryw reswm, roedd un o'r ddau yn cloffi, neu'n cymryd rhyw gam gwag, neu, efallai, yn dweud neu wneud y peth na ddylid, weithiau rhywbeth mor ddibwys â bod fymryn yn anghwrtais neu'n ddiffygiol mewn moesgarwch; ac roedd cyfle arbennig – cyfle unigryw – y ddau gariad yn cael ei golli am byth.

Mae cymaint mewn bywyd yn troi ar hap a damwain, meddyliai. Dyna pam mae'n rhaid bachu cyfle pan ddaw o heibio, rhag ofn na ddaw o eto. Roedd Stanislav wedi penderfynu dychwelyd i Rwsia. Yno roedd o'n gweld ei ddyfodol. Ond be amdani hi? Be am ei theimladau tuag ato fo? Cyn belled ag yr oedd cariad – gwir gariad – yn y fantol, onid oedd rhyw dwll du, rhyw ddyhead na allai neb byth ei lwyr ddiwallu, dim ots pa mor berffaith y dyn, na pha mor ddedwydd y berthynas?

Os oedd hi am i'w perthynas fyw, a allai hi ei ddilyn? Ai Stanislav, ei chariad cynta, a'i hunig gariad, oedd yr un iddi hi am weddill ei bywyd? Os fo oedd o, os Stanislav oedd yr un, wedyn roedd ei hunan-holi eisoes wedi ei ateb ac roedd ei phenderfyniad wedi ei wneud. Y cwestiwn oedd, a allai adael ei mam? Neu, a ddeuai ei mam yn ôl efo hi? A beth am Larissa? Ond y cwestiwn pwysica un oedd hwn: a oedd Margarita yn ei nabod ei hun yn ddigon da i ymrwymo?

Ar ganol un prynhawn, galwyd Madame allan o'r ystafell ymarfer. Bu'n ddiwrnod caled ar ei hyd, ac roedd y merched yn falch o weld ei chefn, a chael cyfle am hoe. Closiodd Margarita at y ferch o'r un oed â hi. Mis o wahaniaeth oedd rhwng y ddwy o ran eu penblwyddi. Merch o dras Rwsiaidd-Iddewig oedd Lida. Roedd hi'n ferch blaen ei thafod, hyderus ei barn: 'Gormes ydi dathlu pen-blwydd: pwy yn ei iawn bwyll sy'n dymuno nodi'r ffaith ei fod o'n mynd yn hŷn ac yn closio at y bedd'. Roedd yn hanu o Moscow yn wreiddiol, a'i thad yn bennaeth ar gwmni insiwrans ar sgwâr y Lubyanka.

Pan daniodd y chwyldro ar hyd strydoedd y brifddinas, pan ddechreuodd carfanau o filwyr yrru ar draws y sgwariau liw nos, paciodd y teulu beth eiddo ac anelu am Kiev. Flwyddyn yn ddiweddarach, gwelodd Lida arfordir Rwsia'n cilio i'r pellter oddi ar fwrdd llong ar y Môr Du. Cyrhaeddodd Constantinople, lle llwyddodd i ddal llong i Malta ac o Malta i Genoa. Am fod gan ei thad gysylltiad busnes â Berlin, penderfynodd mai'r fan honno oedd y lle gorau i ddisgwyl i bethau dawelu yn Rwsia. Yn Berlin roedd y teulu o hyd . . .

Dychwelodd Madame a chyhoeddi bod yr ymarferion ar ben. Doedd ar y café-dawns mo'u hangen rhagor, roedd y lle newydd gau, gan fod yr hwch newydd fynd trwy'r siop. Ochneidiodd y merched fel un ac roedd Margarita, a oedd mewn gwewyr am iddi dynnu cyhyr, yn rhy ddiegni i wneud dim ond cau llygaid.

Gwahoddodd Lida hi am ddiod i'r Café Dalles ar y Neue Schönhauser Strasse.

'Palas yr Angylion oedd hwn yn arfer cael ei alw. Llawer gwell enw, ti'm yn meddwl?'

'Mwy barddonol.'

'Pam ma' nhw'n mynnu newid enwa o hyd ac o hyd? Digon i ddrysu rhywun.'

Tros goffi dywedodd Lida y gallai hi gael gwaith i'r ddwy. Doedd gan Lida ddim cywilydd o'i chorff, roedd wedi bod trwy ormod o drin i hidio am rywbeth mor gyffredin â chnawd a chroen ac esgyrn.

'Sgen ti awydd?'

'Deud fwy wrtha i.'

Roedd Margarita yn amheus.

'Dwi'n gwbod y basa disgwyl ichdi 'neud rhei petha . . .'

Gwneud rhei petha . . .

'A phetha fel maen nhw, go brin gei di gynnig dim byd arall. Mae o'n talu'n dda. Dwi'n nabod merch arall yno. Dim ond ichdi ddechra arfar medda hi, a dydi o ddim hannar mor ddrwg. Mae o'n talu'n well na dim.'

Yn talu'n well na dim . . .

Doedd Margarita ddim yn siŵr.

Mae pob un dim o'n i, a phob un dim ydw i, yn y fantol.

'Be arall nei di?'

'Gad imi feddwl am y peth.'

'Fu dim rhaid iddi feddwl yn hir. Roedd bil bwyd i'w dalu. Doedd dim modd ei setlo.

'Pryd allwn ni fynd draw?' holodd Margarita.

'Ti'n gneud dim byd heno?'

'Na.'

'Pam nad awn ni yno am naw? Wna i sôn wrth Dirk.'

Teimlai Margarita fod Lida wedi dechrau gweithio yno'n barod. Doedd hi'n fawr o gyfrinach mai deurywiol oedd Lida; tra bu'n dawnsio yng nghwmni Fraulein Waldschmidt, bu'n cynnal pethynas hefo lesbian o'r enw Anna. Wrth i'r berthynas fynd rhagddi, newidiodd Lida ei phryd a'i gwedd er mwyn siwtio'r rôl a oedd yn graddol ddatblygu rhwng y ddwy. Anna oedd y *bubi* a wisgai ddillad dyn a monocôl. Roedd hi hefyd yn smocio sigâr a Lida oedd ei *garçonnes* a wisgai ei gwallt yn gwta, pensilio ei haeliau a gwasgu ei thraed i esgidiau sodlau uchel. Yn amal iawn fe âi'r ddwy i'r Clwb Monbijou. Ond o fewn dim, cyfarfu Anna â lesbian ganol oed, gyfoethog, a'i cymerodd hi oddi ar Lida.

Torrodd ei chalon. Ond doedd Lida ddim yn un i ddigalonni yn hir. Dechreuodd edrych trwy golofnau'r *Einsame Herzen* yn y *Blätter für Menschenrecht*, a thrwy ateb un o'r rheini cafodd ei gwadd i glwb preifat o lesbiaid Iddewig a oedd yn cyfarfod bob yn ail ddydd Mawrth yn y Zauberflöte. Daeth Lida o fewn cylchdro Selli. Cysgodd hefo Selli. Trwy Selli cyfarfu â dyn o'r enw Diederick. Fe gysgodd hefo fo. Dechreuodd gysgu hefo'r ddau. Yn amal iawn, fe gysgai'r tri hefo'i gilydd. Dirk oedd perchen yr Rio Rita Bar.

Pan gerddodd Margarita i mewn yng nghwmni Lida, yr hyn a welodd oedd clwb *chic*. Ar ganol y llawr roedd lle dawnsio hefo byrddau crynion o'i gwmpas. Draw ar hyd y waliau roedd decor chwaethus, fymryn yn Americanaidd. Roedd yn lle poblogaidd hefo twristiaid, yn enwedig Eidalwyr o ddinasoedd Torino a Milano. Cyn cyfarfod â Dirk cafodd Margarita ei chyflwyno i'r dyn dall a oedd yn canu'r piano ac yn arwain y band *jazz*.

'Croeso i'r RRB.'

Teimlodd Blaz ei hwyneb hefo'i ddwy law. Wrth siarad, rowliodd ei ddau lygad yn ei ben. Daeth Dirk i'r fei. Doedd o ddim byd yn debyg i'r llun roedd Margarita wedi ei dynnu yn ei phen. Bloc sgwâr o ben oedd ganddo fo, mop o wallt, croen gwael, yn dyllau ac yn greithiau i gyd, a rhyw olwg ddwysbigog yn ei lygaid. Roedd o hefyd yn ddyn disiarad, neu'n ddyn a oedd yn dewis siarad i bwrpas yn unig hefo'r rheini roedd yn meddwl eu cyflogi. Eglurodd drefn ei glwb mewn dull di-lol.

'A'r ffordd yma . . .'

Tywysodd Margarita i lawr coridor.

'. . . ma'r ddwy stafall V.I.P.'

Agorodd ddrws. Gwelodd Margarita stafell foethus, yn ogleuo o lemwn ac orennau.

'Ond mi fydd yn rhaid i bwy bynnag dalu i Gaba am eich amser chi allan.'

'Amser allan?'

'Yma.'

Edrychodd Dirk arni hefo rhyw edrychiad: 'ydan ni'n dallt ein gilydd?' Pan ddychwelodd y ddau i'r bar roedd Blaz yn canu'r piano.

'Oes rhywbeth rwyt ti isio'i ofyn?'

Roedd Margarita yn teimlo'n wan. Cydiodd Lida yn ei llaw y tu ôl i'w chefn a gwasgu ei bysedd.

'Pryd geith hi ddechra?'

'Pryd ma' hi isio dechra?'

'Margarita?' trodd Lida ati

Oedodd, a mentrodd:

'Nos 'fory.'

'Ma' nos yfory yn iawn gen i os ydi o'n iawn gen ti,' atebodd Dirk tan bigo'i drwyn. 'Oes gen ti rywbeth i'w wisgo?'

'Oes.'

'Ond dwyt ti ddim i wisgo dim o dan y ffrog. Dyna bolisi'r RRB.'

Nodiodd Margarita.

'Geith hi aros heno i weld y genod erill wrthi?' holodd Lida.

'Siŵr iawn.'

'Wyt ti'n gweithio heno?'

'Ydw,' atebodd Lida.

Ailymddangosodd Blaz wedi ei ddilladu yn drwsiadus mewn siwt ddu a thei a'i wallt wedi ei oelio. Fel criw o chwaraewyr tennis, roedd gweddill y band – ffidil, sacsaffôn, ffliwt, acordion a drwm – mewn crysau gwynion llewys byr a throwsusau gwynion. Codai Blaz bob hyn a hyn oddi ar stôl ei biano i sefyll o flaen meicroffôn a chanu. Roedd ganddo lais croyw. Canodd hefo rhyw arddeliad a barai i wyn ei lygaid rowlio hefo'r miwsig.

Roedd deunaw o ferched ar stolion y bar, neu'n eistedd ger y byrddau, yn sgwrsio ac yn smocio. Doedd fawr neb yn gwrando ar y canu na'r band. Doedd y Rio Rita Bar ddim wir yn dechrau hel cwsmeriaid tan wedi un ar ddeg. Ar ôl hynny byddai criwiau mawr yn tyrru draw i greu rhialtwch.

Am hanner nos roedd y lle o dan ei sang a llawnder o bobol o gylch y byrddau. Benbwygilydd o un pen o'r bar i'r llall roedd egni bywiog: chwerthin, smocio ac yfed a phawb yn treiglo trwy'i gilydd. Roedd Blaz wedi diosg ei siaced a llacio'i dei a'r band yn canu ei hochor hi, a'r drymiwr ifanc bob hyn a hyn yn jyglo'i ffyn i'r awyr. Gorlawn i'r ymylon oedd y llawr dawnsio ac oglau minlliw, brandi a thybaco yn mygu'r aer. Cadw golwg ar Gaba roedd Margarita. Dyn araf, pwyllog a diwylltio oedd y pen-weinydd. Bob hyn a hyn, byddai un o'r merched, yn ei hwyrwisg hardd a'i hysgwyddau noethion, yn camu ato. Ni welodd Margarita arian yn cyfnewid dwylo ond roedd hynny'n digwydd, doedd dim dwywaith. Law-yn-llaw wedyn fe ymlwybrai'r merched hefo'r dynion tuag at y stafelloedd V.I.P.

Teimlai Margarita fod ei bywyd wedi disgyn yn dipiau mân o'i chwmpas.

'Sgen ti awydd trio cael y ddau lob yma i brynu siampên inni?' gofynnodd Lida. 'Eglurodd Dirk?'

'Do. Am bob potel ma' nhw'n brynu dwi'n ennill comisiwn.'

Gwenodd Lida ar y dynion. Yn y man cododd y ddau a chamu at eu bwrdd. Erdmut a roddodd ei fraich am ysgwydd Lida a Fester a eisteddodd nesa at Margarita. Roedd y ddau yn smocio sigarèts Twrcaidd ac roedd Fester yn ogeulo o chwys. Stocbrocer oedd Erdmut a diwydiannwr o'r Ruhr ar ymweliad busnes â Berlin oedd Fester. Potel o Cordon Rouge mewn bwced o rew a ddodwyd ar eu bwrdd. Clinciwyd y gwydrau.

'Chin! Chin!'

Taniodd Erdmut sigarèt i Lida. Newidiodd goleuadau'r clwb. Glasodd gwefusau Fester ac roedd ei ben moel yn lliw pinc. I gyfeiliant yr acordion, canodd Blaz gân deimladwy a senti-mental, a chafodd gymeradwyaeth fyddarol. Ailgydiodd y band ynddi a llanwyd y llawr. Cododd Lida. Yn ei llaw roedd bysedd Erdmut. Diflannodd y ddau. Teimlodd Margarita law boeth ar ei chlun a llais soeglyd yn sibrwd rhywbeth yn ei chlust. Roedd chwys Fester yn drewi fel hen bres. Stwffiodd ei drwyn i'w gwddw a llyfu ei chlust; teimlodd ei fysedd yn mwytho'i bron.

'Paid.'

Gallai deimlo ei gorff yn gwasgu arni.

'Awn ni i rywle mwy preifat . . .'

'Na.'

Pinsiodd o ar ei drwyn hefo'i hewinedd caled.

'Bitsh!'

Cododd ei law i roi peltan iddi ond methodd Fester symud ei fraich. Roedd hi wedi cyffio yn yr awyr. Trodd Fester i syllu i fyny ar ddyn yn gwyro drosto.

'Gollwng fy ngarddwrn i.'

'Os ei di o'ma.'

Agorodd Alyosha ei siaced i ddangos carn cyllell i'r dyn.

'Sgen i'm isio trwbwl.'

'Na finna chwaith.'

Cododd y diwydiannwr. Edrychodd yn hyll ar Margarita; rhythodd ar Alyosha a chiliodd.

"Nes i'm disgwyl y baswn i'n dy weld di mewn lle fel hyn byth.'

'Na finna.'

Cododd Alyosha wydryn siampên Fester a'i yfed.

'Ma' petha'n anodd iawn arna i,' atebodd yn lleddf.

Mud oedd Alyosha.

'Heno oedd y tro cynta imi fod yma. Be ddaeth â chdi yma?'

Pwyntiodd Alyosha at ferch ifanc benddu, ddau fwrdd i ffwrdd.

'Dwi'n 'i gwarchod hi.'

"I gwarchod hi?'

'Fel cymwynas i'w modryb hi.'

'Dwi ddim yn dallt,' dywedodd Margarita.

'Hefo'r ddwy rydw i'n cuddio.'

'Cuddio? Pam?'

'Ma' hi'n stori hir.'

'Leciwn i glywed.'

Eglurodd Alyosha am y ffrae a'r ffeit a fu rhyngddo ac Alexei Dashkov yn yr Hotel Adlon. Soniodd am sut yr oedd ei lystad wedi gwneud ei orau i'w bardduo trwy ei gyhuddo o ddwyn oddi ar ei fam. Lledaenodd yr actor si amdano ymysg staff y gwesty nes y daeth y sôn amdano i glustiau'r gwesteion. Gwnaeth hynny bethau yn annifyr iawn iddo fo. Penderfynodd fod dim dewis ganddo ond codi ei bac a gadael yr Hotel Adlon. Penderfynodd ddwyn hynny a allai o bres oddi ar Alexei Dashkov.

'Ac mi wnes i, diolch i Gosha. Roedd o'n gwbod lle roedd o wedi cuddio'r cwbwl. Ac mi wnes i'n siŵr 'mod i'n mynd â'r cwbwl hefo fi. Neu o leia hynny allwn i ddwad o hyd iddo fo.'

'Pam na fasach chdi'n deud wrth dy fam be oedd o'n 'neud ichdi?'

'Fasa hi ddim wedi gwrando arna i.'

Dyna oedd dagrau pethau.

'Be wnest ti wedyn?'

'Mi es i i aros i'r Grand Hotel, sy' ddim yn grand o gwbwl, ar Marchstrasse, nesa at y Knie S-bahn. Ond 'fues i ddim yno'n hir iawn.'

'Pam?'

'Cnoc ar y drws. Plismyn. Prin ges i gyfla i daflu dillad amdana i, a neidio allan trwy'r ffenast. Mi chwalon nhw'r drws a rhedag ar f'ol i. Roedd Alexei Dashkov wedi fy riportio i. Mae'n rhaid ei fod o wedi godro'r wybodaeth am y ffaith 'mod i'n cuddio yn y Grand Hotel allan o Gosha.'

'Gest ti dy ddal?'

'Cael a chael oedd hi. Ro'n i'n hollol droednoeth ar y stryd a hithau'n ganol nos. A be oedd waetha, ro'n i wedi gorfod gadael y rhan fwya o 'mhres yn y gwesty. Doedd gen i'r nesa peth i ddim. Doedd gen i ddim digon i brynu pâr o esgidiau. Doedd gen i ddim dewis ond i ddwyn rhai. Dydi dwyn o siop ddim mor anodd â hynny. Wedyn, mi wnes i ddwyn crys a chôt. Bwyd hefyd. Ond roedd yn rhaid imi gael to uwch fy mhen. Roedd yn rhaid imi gael pres. Dyna pryd y gwnes i benderfynu torri i mewn i dŷ. Charlottenburg o'n i'n meddwl. Ardal gyfoethog. Ond roedd 'na ryw rwystr bob tro. Garddwyr gan amla, neu bobol yn danfon nwyddau. Yn hwyr un pnawn, ro'n i wedi cyrraedd Neu-Babelsberg a chlwstwr o *villas* ar lan y Griebnitz-See. Tai moethus hefo gerddi mawrion a digonadd o lwyni a choed. Doedd fawr o neb o gwmpas, amball gwch ar yr afon, ond roedd o'n lle perffaith i ladrata. Trwy ffenast ar y llawr cyntaf es i mewn ac ro'n i wrthi'n mynd trwy ddesg yn y stydi, pan glywais i sŵn ar y grisiau. Mi godais i gyllell agor llythyrau. Wrth imi gamu am y drysau ffrengig mi agorodd y drws a hogyn ifanc mewn dillad golffio yn syllu arna i. Brith go sgen i o'r gwffas. Mi hitiodd o fi ar fy ysgwydd hefo clyb. Mi wnes i daflu rhywbeth ato fo. Y cwbwl oedd ar fy meddwl i oedd rhedeg allan ond . . .'

'Ond be?'

'Mi wnes i 'i wanu o.'

''I wanu o?'

Nodiodd wrth syllu yn fyw i'w llygaid.

''I wanu o sut?'

'Yn fa'ma.'

Pwyntiodd at ei frest. Roedd o'n ei herio hi i'w gollfarnu. Mentrodd Margarita ofyn,

'Ddim yn ei galon?'

''Falla. Dwi ddim yn siŵr.'

Sigodd ei hysbryd; daeth rhyw bwl sydyn o ysictod drosti.

'Yn ddwfn iawn?'

'Mmmm?'

'Pa mor ddwfn aeth y gyllell?'

'Roedd y dodrefn yn waed i gyd; roedd gwaed ym mhobman . . .'

'Oedd o'n fyw?'

Dychwelodd Lida ac Erdmut a'i wyneb cochlyd wrth ei chwt.

'I ble'r aeth Fester?' holodd y stocbrocer wrth sychu ei dalcen hefo hances wen.

'Mi aeth am dro,' atebodd Alyosha yn sychlyd, heb edrych ar y dyn.

Cyflwynodd Margarita ei chefnder i Lida ac Erdmut.

'Chwanag o siampên?' holodd Erdmut. Roedd o'n ei fwynhau ei hun.

Cyrhaeddodd bwced arian arall yn llawn seremoni. Pan giliodd y gweinydd, datgelodd ferch wallt ddu hefo llygaid duon yn sefyll ger eu bwrdd.

'Apolonia.'

Cymhellodd Alyosha hi i eistedd.

''Alla i ddim aros yn hir.'

Gwelodd Margarita oddi wrth ei hedrychiad fod y ferch yn chwilfrydig amdani hi. Ni chlywodd y sgwrs rhwng Alyosha ac Apolonia. Cododd y ferch ac aeth tua'r bar.

'Honna ti'n ei gwarchod?'

Nodiodd Alyosha.

'Be'n hollol mae gwarchod yn ei olygu?'

''Mod i'n ei thywys hi nôl adra yn saff bob nos.'

'Ti yn y clwb yma bob nos?'

'Ydw.'

'A ble ti'n byw?'

'Mewn stafall yn apartment Apolonia a'i modryb.'

Enwodd y rhif a'r stryd. Chwarddodd Lida a thaflu ei phen yn ôl wrth i Erdmut ei chosi.

''Chafodd hi mo'r plentyndod hapusa,' cyfeiriodd Alyosha at Apolonia. Roedd hi'n eistedd ar stôl ger y bar a'i choesau hirion ar goedd i bawb eu gweld. 'Mi gafodd ei thad hi ei ladd ar y môr yn y Rhyfel Mawr. Wedyn, mi gollodd ei mam yn ifanc. Dyna pryd yr aeth hi at ei modryb. Chwaer ei thad. Mi gafodd hi ei haddysgu gen leianod mewn cwfaint Catholig. A'i churo a'i chamdrin. Bwrw ei hwyneb hi hefo cadacha gwlybion oedd un peth roeddan nhw'n ei 'neud. A chlymu dwylo'r genod i'w matresi bob nos. Ond mae ganddi'r natur addfwyna yn y byd, dwi erioed wedi cyfarfod â neb mwy calon-agored. Ond am y fodryb . . .'

Darfu yn annelwig fel ton ar draeth rhyw chwerwedd.

'Be am y fodryb?'

Oedodd, a dywedodd:

'Mae pawb yn gorfod byw, am wn i.'

Cododd Lida ar ei thraed a thywys Erdmut i ddawnsio.

Rowndiodd meddwl Margarita yn ôl at yr hogyn yn y *villa* yn Neu-Babelsberg.

'Ond y gwanu? Ydi'r hogyn yn fyw?'

Cododd Alyosha ei ysgwyddau.

'Ti ddim yn poeni?'

'Dwi heb ddweud y peth pwysica un wrthach chdi eto,' tynnodd sigarèt o baced Erdmut a'i thanio. 'Pan o'n i'n rheibio pres o stafall Alexei Dashkov yn yr Hotel Adlon, nid pres oedd yr unig beth ddes i ar ei draws o . . .'

'Ond be?'

'Pan gyrhaeddis i Berlin yn wreiddiol, ar ôl i 'nhad ddwad draw i'r Ffindir i fy nôl i, mi wnes i ddisgyn mewn cariad. Ar y pryd do'n i ddim yn sylweddoli mai dyna be oedd o. Ro'n i'n meddwl mai llonyddu rhyw chwant ro'n i. Ro'n i'n bwyta fel peth gwyllt am fy mod i wedi llwgu cymaint yn Rwsia. Ro'n i'n ei thrin hi gymaint am fy mod i'n methu cael digon ohono fo. Grete oedd ei henw hi, o dre Brünn. Yn fan'no gafodd hi ei magu, ond roedd hi'n gweithio yn yr Adlon. Doedd Mam ddim yn hapus 'mod i'n cysgu hefo hi. Mi drefnodd iddi gael y sac. Ond nadodd hynny mohona i rhag cadw ei hochor hi a dal ati i'w gweld hi yn union yr un fath. Ond tua phymthag mis yn ôl, nes at ddeunaw mis erbyn hyn 'falla, mi ddiflannodd Grete oddi ar wyneb y ddaear. Er imi holi, er imi chwilio, doedd dim siw na miw ohoni. Erbyn hyn, dwi'n gwbod pam.'

Tynnodd Alyosha lyfr bychan o'i boced. Agorodd o'n wastad ar y bwrdd. Syllodd Margarita ar fôn y siec.

'Dyna pam na alla i byth faddau i Mam.'

'Mi dalon nhw i Grete i adael Berlin?'

'Pam ddiflannodd hi mor sydyn? Does dim rheswm arall.'

Roedd Blaz yn canu wrth y meic gan glicio'i fysedd.

'Dwi hyd yn oed yn rhyw ama fod a wnelo fy Ewyrth Artyom rywbeth â hyn. 'Falla mai yn ei gar o yr aethon nhw â hi i ffwrdd.'

'Sut wyt ti'n ama hynny?'

'Du oedd lliw'r car. Barman y Grand Hotel ddeudodd wrtha i. Du ydi lliw Panhard-Levassor fy ewyrth.'

'Mae 'na gannoedd os nad miloedd o geir du yn Berlin.'

'Fo aeth â hi. Ar ran Mam. Dwi bron yn siŵr o hynny.'

'Ti'n meddwl fod Grete ym Mharis?'

''Faswn i'm yn synnu. Po fwya dwi'n pendroni ynglŷn â'r peth, dwi'n dwad fwyfwy i deimlo mai ym Mharis mae hi. Ac os mai yno mae hi, mi wna i 'ngora i ddwad o hyd iddi. A deud y gwir, dwi'n benderfynol y do i o hyd iddi.'

Cyhoeddwyd erthygl arall gan Stanislav yn *Smenavekh* yn datgan yn glir na fyddai dim dyfodol na swyddogaeth i'r Rwsiaid alltud yn Ewrop. Byr alltudiaeth oedd Berlin i fod o'r cychwyn cynta un. Adra, nôl adra, roedd eu lle, yn gwneud eu gorau i godi cymdeithas newydd ar ei thraed. Rwsia oedd y dyfodol gan ei bod yn dangos arweiniad i weddill y byd. Yno roedd moesoldeb newydd yn lliwio meddwl ac ymddygiad dyn. Doedd dynion yn y Rwsia newydd ddim yn breuddwydio am hapusrwydd personol ond, yn hytrach, yn breuddwydio am hapusrwydd y proletariat a'r ddynoliaeth gyfan. Doedd a wnelo hyn ddim oll â balchder unigolyddol a hunanoldeb yr hen drefn ond â ffordd wahanol, wreiddiol o feddwl, ond ffordd hefyd a oedd yn mynnu hunan-aberth. Pwy oedd yn ddigon gwrol i droedio'r llwybr hwn?

Doedd y cyfarfod rhwng Margarita a Stanislav ddim yn hawdd. Rhoddodd Stanislav ogwydd personol i'w ddadleuon er mwyn ceisio ei denu.

'Be ydw i'n 'neud yn Berlin? Byw o'r llaw i'r genau. Pa ddewis arall sgen i? Sgwennu propaganda i'r *bourgeoisie*? Trio denu comisiwn arall fel yr un ges i gen Alexei Dashkov? Dyn sydd am weld yr hen Rwsia yn cael ei hailorseddu, ond sydd am wneud enw iddo'i hun yn America?'

Roedd arno gywilydd iddo sgwennu'r ffilm erioed – er iddo geisio bod yn gytbwys ar y pryd – ac roedd o'n falch fod y pictiwr wedi suddo a diflannu. Bwriodd olwg dros ei fywyd alltud yn Berlin.

'Be fu o 'mhlaid i o'r cychwyn cynta? Cyni, dioddefaint ac anobaith.'

Yn yr un cwch yn union â fo y bu Margarita, Larissa a'i mam. Roedd hi hyd yn oed yn byw mewn gwaeth hofal rwan nag yr oedd hi yn Neukölln hefo astan o landlordes a oedd â dim byd ond dirmyg a chasineb tuag atyn nhw.

'Fe ddylach chdi o bawb allu uniaethu hefo cyflwr y dosbarth gweithiol, wedi'r cwbwl, mi wyt ti wedi cael profiad o weithio mewn ffatri, lle roedd y merched yn cael eu trin fel anifeiliaid, yn cael eu bodio a'u byseddu'n ddyddiol ar ddiwedd pob shifft.'

Gwyddai pa mor bitw oedd eu cyflogau, a'r rhan fwya yn gweithio'n rhan-amser.

'Oedd 'na undeb yn y ffatri? A be am dy brofiad di o weithio mewn banc wedyn? Faint o barch gest ti'n fan'no? Dim. Cael dy daflu ar y clwt yn ddiseremoni heb rybudd o fath yn y byd.'

'Fel pawb arall . . .'

'Ond pwy oedd yn malio unrhyw beth amdanach chdi? Go iawn? Neb.'

'Mynd â'i ben iddo wnaeth y banc. Doedd gan neb mo'r help.'

'Ond be wyt ti'n 'i 'neud rwan?'

Doedd hi ddim wedi yngan gair wrtho am y Rio Rita Bar.

'Chwilio am waith.'

'Fel y miloedd ar filoedd o bobol erill sy'n pendilio rhwng gobaith ac anobaith.'

Soniodd Stanislav am undonedd dienaid tlodi, y tlodi sy'n magu anobaith. Roedd budreddi ac anhrefn eu byw a'u bod bob dydd yn peri i bobol freuddwydio am dai hefo waliau gwynion, glân, lloriau gloyw, bwyd a thân – a gobaith.

'Delfryd a gobaith mae Rwsia heddiw yn ei gynnig. O dan Gomiwnyddiaeth rydw i'n argyhoeddedig y daw hynny i fod.'

Roedd Margarita yn dawel ers meityn.

'Ein drwg ni'r Rwsiaid ydi gor-garu'r gorffennol ond yr her rwan ydi dysgu sut i garu'r dyfodol.'

Roedd Margarita ymhell o gael ei hargyhoeddi.

'Does dim byd i chdi yma, cymdeithas ar y goriwaered ydi hon. Cymdeithas sy'n edwino, yn prysur fadru a marw. Dyna pam dwi mor falch fod fy merch i'n cael ei magu yn Rwsia.'

'Merch?'

A glywodd Margarita'n iawn?

'Merch?' holodd eilwaith. 'Pa ferch? Am be ti'n sôn?'

Doedd o erioed cyn hynny wedi sôn am ferch.

'Ma gen ti ferch?'

'Oes.'

Tawelwch.

'Yn Moscow, Petrograd, ble?'

'Petrograd.'

Tawelwch.

Dywedodd Stanislav toc:

'Byw hefo'i mam mae hi . . .'

Roedd meddwl Margarita'n frwgaij. Roedd hi wastad wedi meddwl amdano fel dyn gweddw, di-blant. Aeth Stanislav ati i egluro am garwriaeth a ddigwyddodd ym Mharis flynyddoedd ynghynt, wedi iddo ddengid yno'n wreiddiol er mwyn osgoi'r *Okrahna*, heddlu cudd y Tsar.

"Naethoch chi erioed briodi?'

'Naddo.'

'A faint 'di oed dy ferch di?'

'Pedair ar ddeg eleni.'

Gwasgodd Margarita ei berét yn ei llaw, a'i rowlio hefo'r llall yn galed galed.

'Ddoi di hefo fi i Rwsia?'

Rhoddodd ei berét am ei phen.

'Dwi'n dy garu di.'

'Dwi'n dy garu ditha hefyd.'

'Meddwl o ddifri, 'nei di?'

Cerddodd allan o'r café. Cerddodd i ffwrdd heb edrych yn ôl. Roedd Margarita wedi meddwl galw heibio i'r ysbyty i weld ei chwaer ond penderfynodd beidio. Mwya tebyg, byddai wrth ei gwaith, a doedd hi ddim eisiau tarfu arni.

Pan agorodd ddrws y fflat, roedd ei mam yn y gadair yn eistedd ger y bwrdd yn syllu allan. Tynnodd Margarita ei chôt a'i berét a'u hongian. Roedd yr ystafell yn oerllyd iawn, a rhwbiodd ei bysedd. Roedd arni flys rhywbeth poeth i'w yfed, a holodd ei mam a oedd hi awydd te. Nid atebodd. Holodd wedyn, a phan nad ynganodd Ella air, croesodd Margarita ati. Dododd ei bysedd ar ei hysgwydd ac yna ar groen ei gwar a oedd yn rhew ar gefn ei llaw.

Ar y bwrdd o'i blaen roedd dalen wen, a'r unig eiriau arni oedd:

'Annwyl Kozma . . .'

Camodd Margarita i'r ochor bella.

Syllodd i lygaid mud ei mam, a oedd yn llydan syn.

Ar bnawn oer o Ionawr, safai'r tri ym mynwent Friedhofskirche Eglwys Sant Konstantin a'r tywydd yn erwin. Rhynnai Larissa er bod côt amdani a sgarff wedi ei lapio yn uchel am ei hwyneb a'i het wlanen wedi ei thynnu yn isel tros ei thalcen. Roedd ei dagrau yn oeri'i hwyneb. Stampiai Margarita ei thraed a churo'i menyg yn ei gilydd wrth i'r offeiriad ifanc offrymu gweddïau tros enaid ei mam.

Ar wahân i'r pedwar, doedd neb arall ar gyfyl y fynwent heblaw am gigfrain yn uchel ym mrigau noethion y dderwen yn y pen ucha. Mor wahanol oedd angladd ei dad, meddyliai Alyosha. Pnawn chwilboeth o haf a'r miloedd yn chwysu. Yn eu tro, taflodd y tri lond dwrn o ludw tros yr arch. Rhoddwyd Ella i orffwys ym mhridd Berlin.

Fraich-ym-mraich y cerddodd Margarita a Larissa allan o'r fynwent. Alyosha a gaeodd y glwyd. Aeth y tri i'r Schloss-Café.

'Dwi'n rhynnu,' closiodd Larissa at y tân. 'A ma' 'nhraed i bron â fferru.'

Ordrodd Alyosha goffi.

'Mam druan,' dywedodd Larissa toc a dagrau yn cronni.

Eisteddai'r tri yn fud yng nghanol eu meddyliau.

Dywedodd Larissa 'mam druan' eilwaith hefo ochenaid ddyfnach.

Roedd Alyosha yn awyddus i droi'r sgwrs.

'Sut mae'r cwrs?'

'Fydda i'n nyrs erbyn yr haf.'

'Da iawn.'

'Biti na fydd mam ddim yma i 'ngweld i yn fy iwnifform.'

'Go brin y gwna inna chwaith,' dywedodd Margarita.

'Pam? Ble fyddi di?'

'Dwi wedi penderfynu mynd nôl i Rwsia.'

'Ers pryd?'

'Dyna dwi wedi'i benderfynu.'

'At Stanislav?'

''Falla. Dydi hynny ddim wedi'i benderfynu eto.'

'A 'ngadael i ar ôl yma yn Berlin?'

'Ti'n ddigon abal i edrach ar dy ôl dy hun.'

'Dwi ddim am fynd nôl i Rwsia. A dwi'n synnu bo' chdi hefyd, Margarita. Ar ôl y cwbwl ti wedi'i ddeud.

'Dwi'n meddwl y bydd petha yn dechra newid draw yno rwan fod Lenin wedi marw.'

'Diolch i'r drefn fod Alyosha yn dal yma.'

'Ddim am hir iawn.'

Ceisiodd Margarita ddal ei lygaid ond edrychodd ar Larissa.